Dies ist die Geschichte des jungen Christian Ebinger, seiner Familie und eines kleinen Dorfes in der Nähe von Tübingen. Drei Jahrzehnte deutscher Geschichte lässt der Autor Revue passieren, von den schweren Zeiten gleich nach dem Krieg bis in die Sechzigerjahre. Das Buch handelt von Kriegsheimkehrern, Mitläufern und Bekehrten, aber auch von einer Zeit, die unglaublich spannend und lebendig war, die sich für Christian, des Autors Alter Ego, wie ein einziges großes Abenteuer anfühlt. Ein großes Sittengemälde dieser jungen Bundesrepublik und ein großer Erzähler, dessen Roman geradezu nach Verfilmung schreit.

»Dialoge sind Hubys Stärke. Manchmal genügt ihm ein Satz, um eine Figur zur Person zu machen, und seine Handhabung der Sprache ist dabei unübertroffen.« *Die Zeit*

Felix Huby schreibt seit 1976 Kriminalromane, Tatorte und Fernsehserien. Aus seiner Feder stammen u. a. die Kommissare Bienzle, Palü, Schimanski und Peter Heiland. Felix Huby wurde für sein Werk mit dem »Ehrenglauser« der Autorengruppe Deutsche Kriminalliteratur DAS SYNDIKAT ausgezeichnet. Der Autor ist verheiratet, lebt in Berlin und hat zwei erwachsene Söhne.

Weitere Informationen finden Sie auf www.fischerverlage.de

Felix Huby

Heimatjahre

Roman

FISCHER Taschenbuch

MIX
Papier aus verantwortungsvollen Quellen
FSC® C083411
FSC
www.fsc.org

Erschienen bei FISCHER Taschenbuch
Frankfurt am Main, August 2017

Lizenzausgabe mit freundlicher Genehmigung des Verlags
Klöpfer und Meyer, Tübingen.

Druck und Bindung: CPI books GmbH, Leck
Printed in Germany
ISBN 978-3-596-29713-9

Für meine Frau Marielis

Albert Ebinger stand vor der großen Landkarte, die er selbst auf Pappe aufgezogen und mit Reißnägeln an die Wand gepinnt hatte. Ein roter Wollfaden, der sich in einer Zickzacklinie fast über die ganze Breite der Landschaften zog und immer dort die Richtung änderte, wo Ebinger eine Stecknadel gesetzt hatte, zeichnete den Verlauf der Front nach. Mit einem tiefen Seufzer zog Ebinger eine Nadel nach der anderen heraus und platzierte sie ein Stückchen weiter westlich. »Man hätt es wissen müssen«, sagte er. Seine Frau Luise, die auf dem Sofa saß, hob den Blick von ihrem Strickzeug, sagte aber nichts.

»Napoleon hat seinen Russlandfeldzug auch im Winter verloren«, sagte ihr Mann.

»Ihr habt ja eurem Hitler geglaubt.«

»Ja. Leider.«

»Und jetzt sagst du, man hätt es wissen müssen. Jetzt, wo es zu spät ist.«

Albert Ebinger sah auf seine Frau hinab. Diesen verbitterten Ton kannte er nicht von ihr. Über seine Parteizugehörigkeit sprachen sie fast nie. Nur einmal, als er, wie alle linientreuen Mitglieder, aus der Kirche ausgetreten war, hatte Luise mit ihm gestritten. In diesem Moment war für sie klargeworden, dass die NSDAP eine gottlose Partei war, und in so einer Organisation hatte ein anständiger Mensch nichts verloren. Luise war eine gradlinige Frau, für die es von Kind an klare Maßstäbe gegeben hatte. »Das tut man nicht!« war eine allemal gültige Aussage für sie, die keiner weiteren Erklärung bedurfte. Was richtig und was falsch war, stand fest, und im Zweifel stand es in den zehn Geboten.

»Du hast in dieser Partei nichts verloren«, hatte sie damals gesagt. Und er hatte geantwortet: »Das verstehst du nicht!«

Wie oft hatte sie diesen Satz in ihrer Ehe schon gehört. Und sie hatte nie aufbegehrt; denn es stimmte ja: Sie verstand so vieles nicht. Luise hatte nur die Volksschule besucht, sie las keine Bücher. Sie konnte nicht mitreden, wenn ihr Mann mit Freunden und, was schlimmer war, mit befreundeten Frauen seine klugen Gedanken austauschte. Als 1929 ihre Hochzeit bevorstand, hatte ihr Vater, ein einfacher Holzarbeiter, stolz gesagt, sie werde *hinauf*heiraten. So ein Junglehrer werde später einmal Beamter, wer weiß, vielleicht Schulleiter oder gar Schulrat. Da habe sie dann ausgesorgt.

Luise hatte Albert von Anfang an gemocht, als der junge neue Lehrer zum ersten Mal den Gesangverein dirigierte, in dem sie Sopran sang und in dem sie wie selbstverständlich die wenigen Solopartien übernahm. Den erstaunten Blick hatte sie nie vergessen, den er ihr zugeworfen hatte, als der Chor zur Einstimmung für den neuen Dirigenten »Bunt sind schon die Wälder« im Arrangement seines Vorgängers gesungen hatte und sich Luises Stimme in einem speziell für sie geschriebenen Solo hell, mühelos und leicht über den Chor erhob: »Rote Blätter fallen, graue Nebel wallen, kühler wird der Wind.« »Schön«, hatte er leise gesagt und dann noch einmal: »Wunderschön!« Dabei hatte er sie so intensiv angesehen, dass sie nicht wusste, ob er ihren Gesang oder sie selbst meinte.

Damals war er nie ungeduldig gewesen, wenn sie manches nicht verstanden hatte. Er werde ihr schon alles erklären, hatte er gesagt. Vielleicht hatte sie gehofft, dass er ihr auch die Liebe erklären würde. Sie wusste nicht, was sie von der Liebe erwartet hatte, aber sie wusste oder ahnte doch zumindest: Was sie mit ihrem Mann erlebte, war sie nicht.

Geheiratet hatten sie im Mai 1929, und als die großen Ferien bevorstanden, die vom 28. Juli bis über den 31. August hinaus dauern sollten, hatte Luise ihren Mann gefragt: »Was machen wir denn in der Vakanz?« So nannte man die unterrichtsfreie Zeit damals in Schwaben.

»Ich geh auf eine Bergwanderung mit meinen Freunden.«

»Und ich?«, hatte sie nachgefragt.

»Du bleibst daheim.« Da waren sie noch keine zehn Wochen verheiratet. Und als Albert in den Bergen wanderte, erfuhr Luise, dass sie schwanger war. Neun Monate später kam Hanna zur Welt. Fünf Jahre danach erst Gerhard und weitere drei Jahre später der kleine Christian. Alles ging seinen Gang. Das Leben bestand aus Gewohnheiten, gegen die Luise nichts einzuwenden hatte. Was das Leben ihr vorenthielt, wusste sie nicht so genau, und deshalb beklagte sie sich auch nicht. »Er ist mir ein guter Mann«, sagte sie einmal zu ihrer Mutter, die freilich die Trauer hinter diesen Worten heraushörte und deshalb fragte: »Aber?«

»Aber er ist halt so weit weg!«

»Wir verlieren den Krieg, gell?«, sagte sie jetzt.

Ihr Mann nickte.

»Und die neue Wunderwaffe?«

Albert winkte nur ab.

»Wenigstens kommt der Russe nicht zu uns«, sagte seine Frau.

In diesem Augenblick heulten die Sirenen los.

Das Dorf lag knapp 30 Kilometer südlich von Stuttgart. Die Bomberverbände der Alliierten donnerten in geringer Höhe über Fleckenhausen hinweg, wenn sie ihre Ziele in der Landeshauptstadt Württembergs anflogen. Weit über 30 Prozent der Stadt waren schon zerstört. Und fast täglich flogen die Amerikaner und die Briten neue Angriffe auf die Industrieanlagen, aber auch auf die Wohngebiete Stuttgarts. Nur einmal hatte die kleine Gemeinde im Schönbuch Schaden genommen, als einer der Bomber seine todbringende Ladung schon 30 Kilometer vor dem eigentlichen Ziel fallen ließ. Sieben Häuser waren zerstört worden. Vier Menschen starben, elf barg man verletzt aus den Trümmern.

Jetzt war das tiefe, gleichmäßig anschwellende Brummen der herannahenden Flugzeuge zu hören. Luise war zum Fenster geeilt.

»Gerhard! Christian!«, rief sie mit gellender Stimme. Die Tür in ihrem Rücken ging auf. Gerhard trat herein. »Was schreist denn so, Mama? Ich bin doch da!« Sie hatte ihn nicht kommen hören, aber das war oft so bei ihm. Ständig darauf bedacht, keine Aufmerksamkeit zu erregen, ging er still durchs Leben. Sein Gesicht hatte oft einen nachdenklichen Ausdruck. Aber wenn ihn seine Eltern fragten: »Was denkst du denn grade?«, schüttelte er nur den Kopf und sagte: »Nix Bsonders!«

»Wo ist der Christian?«, fragte seine Mutter und wandte sich schon wieder dem offenen Fenster zu. Noch lauter als zuvor schrie sie: »Christian!«

Da hörte sie plötzlich seine Stimme. »Rattattattatta!« Der Junge lag auf der Böschung jenseits der schmalen Straße, die an der Giebelfront des Schulhauses vorbei zu den Feldern hinausführte. Der fünfjährige Bub presste sein Holzgewehr, das ihm ein Nachbar geschnitzt hatte, gegen die Schulter und zielte hoch in die Luft. »Ich hol ihn!«, schrie Luise. »Geht ihr in den Keller!« Sie rannte aus dem Zimmer. Albert rief ihr nach: »Bleib hier! *Ich* hol ihn!« Aber da war seine Frau schon die Treppe hinuntergestürmt.

Der Bomberverband war jetzt nahe. Keilförmig donnerten die Flugzeuge heran. Seitdem die meisten Flakstellungen ausgeschaltet waren, flogen sie in weniger als 300 Metern Höhe über das Dorf hinweg. Christian kniff das linke Auge zu, sein rechtes erfasste den Bomber an der Spitze. »Rattattatta!«, machte der kleine Bub. Im gleichen Augenblick packten ihn die starken Hände seiner Mutter im Genick und an der linken Schulter und zogen ihn unter einen Busch. Sie warf sich über ihn und zischte: »Du rührst dich nicht!«

»Ich hab ihn getroffen!«, schrie Christian. »Ich hab ihn getroffen!«

Die Flugzeuge waren nun direkt über ihnen. Der Lärm war so ohrenbetäubend, dass der Junge nicht mehr verstand, was seine Mutter rief. Er rang nach Luft. Der fleischige Körper der Frau umfloss ihn weich und warm und drohte ihn zu erdrücken. Das dumpfe Motorengeräusch der Flugzeuge verebbte. Ächzend erhob sich die Mutter. »Dummer Bub! Jetzt komm!« Sie nahm den Jungen an der Hand und zog ihn über die steile Böschung hinab auf das schmale Sträßchen und hinüber in den Schulhof.

Die Sirenen gaben Entwarnung. Als Erster stürzte Albert Ebinger aus dem Gewölbekeller des Schulhauses, der als Luftschutzraum eingerichtet worden war. Als er seine Frau und den Jungen sah, erfasste ihn eine grenzenlose Erleichterung. Er rannte auf die beiden zu und schloss Luise in seine Arme. Sie stand steif da. Erst nach ein paar Augenblicken entspannte sich ihr Körper, und sie ließ sich gegen ihren Mann sinken.

Nach und nach traten die anderen aus dem Luftschutzkeller ins Freie. Frauen, Kinder und drei oder vier alte Männer. Niemand sprach. Christian hatte sich von der Hand der Mutter losgemacht und rannte zu seinem Bruder Gerhard. »Ich hab einen getroffen!«, rief er.

»Ja, ja«, sagte der Ältere. Er sah erstaunt zu den Eltern hinüber, die sich noch immer in den Armen hielten.

Die Detonationen der Bomben, die über Stuttgart abgeworfen wurden, waren nun zu hören. Der Himmel im Norden färbte sich rot. In der Kellertür erschien Marie Häfner, eine Bauersfrau, die ihren Hof alleine bewirtschaftete, seitdem ihr Mann an der Front war. Sie hielt ihre siebenjährige Tochter Inge an der Hand.

Luise Ebinger löste sich von ihrem Mann und wendete sich der jungen Frau und dem Mädchen zu. »Wie geht's Ihnen? Haben Sie was von Ihrem Mann gehört?«, fragte sie. Marie Häfner schien die Frage nicht gehört zu haben. »Ich muss noch aufs Feld«, sagte sie, und dann zu ihrer Tochter: »Komm, wir gehen!«

Die Gemeindeschwester Gertrud trat zu Frau Ebinger. Sie trug, wie auch sonst jahraus, jahrein, ihr graues, steif gebügeltes Diakonissenkleid mit einer weißen Schürze davor und auf ihren eisgrauen, streng nach hinten gekämmten Haaren das akkurat gefaltete weiße Häubchen, dessen Schleife tief in ihr fleischiges Kinn einschnitt. »Sie hat's halt arg schwer, so allein mit dem Hof und dem Mädchen und immer diese Ungewissheit …«

Am Abend, als die Familie Ebinger im Wohnzimmer der Lehrerwohnung beim Abendessen saß, ließ der Vater plötzlich ein glucksendes Lachen hören. Luise und die drei Kinder schauten überrascht auf. Albert Ebinger fuhr seinem Jüngsten mit gespreizten Fingern durchs Haar. »Stell dir vor«, sagte er zu seiner Frau, »einer von den Bombern wäre genau in dem Moment abgestürzt, weil ihn eine Flak getroffen hätte. Unser Christian würde ein Leben lang glauben, er hätte den Flieger mit seinem Holzgewehr vom Himmel geholt.«

Hanna, die erst kurz zuvor nach Hause gekommen war, sah fragend in die Runde. Sie hatte bislang nichts mitbekommen von dem lebensgefährlichen Einsatz ihres jüngsten Bruders. Am Nachmittag war sie beim Unterricht im Sindelfinger Goldberg-Gymnasium gewesen, wo sie die neunte Klasse besuchte. Aber auch sie hatte den halben Nachmittag im Luftschutzkeller zugebracht. Ihre Mutter erzählte ihr, was passiert war. »Wann ist der Krieg eigentlich endlich aus, Vater?«, fragte Hanna.

»Bald! Ich fürchte, bald«, antwortete Albert Ebinger nun wieder ernst. »Und wir wissen nicht, ob das, was danach kommt, besser ist.«

»Alles ist besser als dieser Krieg«, sagte seine Frau, ohne von ihrem Teller aufzuschauen.

»Ja«, pflichtete Albert ihr bei. Er hatte seinen Kopf weit in den Nacken zurückgelegt und sah zur Decke hoch. »Wir fangen Kriege an, die wir nicht gewinnen können. Damals, 1914, war es genauso.«

»Bist du da auch Soldat gewesen?«, fragte Christian.

»Ich war zu jung. 1914, als der Krieg anfing, war ich ja grade erst 14 Jahre alt. Ich ging aufs Lehrerseminar, und als ich 16 war, hat man mich in den Schuldienst geschickt.«

»Mit 16?« Gerhard sah den Vater ungläubig an.

»Ja. Und meine Schüler waren grade mal zwei Jahre jünger als ich. Ich bin nach Esslingen gekommen und hatte 79 Schüler in der Klasse. Da bischt in d' Schtiefel neikomme, kann ich dir sage!« Es gehörte zu den Angewohnheiten Albert Ebingers, hochdeutsch zu sprechen und nur ins Schwäbische zu verfallen, wenn er einen alten Mundartspruch zitieren oder eine Pointe setzen wollte.

Gerhard schob seinen Teller von sich. »Was passiert denn, wenn wir den Krieg verloren haben?«

»Dann marschieren unsere Feinde hier ein. Wir werden besetzt«, antwortete der Vater.

»Und sie werden uns bestimmt nicht schonen«, setzte seine Frau bitter hinzu.

»Brrrr!« Marie Häfner ließ die Griffe des Pflugs los. Sie drückte ihre beiden Hände flach gegen ihren Rücken und versuchte ihren Körper geradezuziehen. Das schwere Pferd blieb stehen. Die Bäuerin hob den unteren Rand ihrer Schürze und wischte sich den Schweiß von der Stirn. Es war ungewöhnlich schwül und für März viel zu warm. Ihr Blick ging zum Himmel. Eine dunkle Wolkenwand schob sich von Westen her über die bewaldete Kuppe des Eckbergs. Sie würde es nicht schaffen, das ganze Feld zu pflügen, ehe das Gewitter sie erreichte. Der Acker war 200 Meter lang und 80 Meter breit. Knapp drei Viertel hatte sie bereits bewältigt. Marie Häfner schaute zurück. Die Furchen waren lange nicht so tief, wie wenn Anton sie gezogen hätte. Ihr Mann war stark. Einen Zentnersack Kartoffeln warf er sich mit einer Hand über die Schulter. Das hatte sie selbst oft genug gesehen. Freilich stimmte es nicht, was sich seine Altersgenossen im Wirtshaus zur Sonne erzählten, wenn sie nach vier oder fünf Glas Bier von ihren Heldentaten sprachen. In Wahrheit habe er niemals einen Ochsen mit einem Faustschlag zwischen die Hörner gefällt, hatte er ihr gegenüber zugegeben, aber sollten das die Leute ruhig glauben. Konnte ja nichts schaden.

Ihre Handgelenke taten ihr weh. Marie wischte sich noch einmal Stirn und Nacken trocken, packte die Holme des Pflugs und rief dem Kaltblüter ihr »Hüah!« zu. Langsam setzte sich der Gaul in Bewegung.

Seine Hufe drückten sich tief in das weiche Erdreich. Der Pflug ruckte wieder an. Die beiden hintereinander angeordneten Pflugscharen schälten feuchte schwarze Schollen aus der Erde.

Im Westen fuhr ein langer Blitz über den Himmel. Automatisch begann Marie zu zählen: »Einundzwanzig, zweiundzwanzig, dreiundzwanzig …« Drei Sekunden, ein Kilometer Entfernung. So hatte sie es in der Schule gelernt. Sie kam bis fünfzehn, ehe der Donner folgte. Runde fünf Kilometer war das Gewitter also noch entfernt. Die Bäuerin beschloss, am Ende der Furche das Pferd auszuspannen und nach Fleckenhausen zurückzukehren. Wieder schoss ein Blitz durch das dunkle Gewölk, greller und länger als der erste. Der Hengst warf seinen Kopf hoch und schnaubte aufgeregt. »Ja, ist gut, Gustav. Mir höret auf. Brrr!« Am unteren Feldrand blieb das Pferd stehen. Marie löste das Geschirr. Der Pflug konnte hier draußen bleiben. Die Zugriemen hingen lose herunter. Marie klopfte dem Kaltblüter den Hals und fuhr ihm kurz über die Nüstern. Dann fasste sie nach dem Führriemen und sagte eher leise: »Hüh, Alter!« Erst jetzt merkte sie, wie müde und zerschlagen sie war.

Wie jeden Tag war sie um fünf Uhr aufgestanden, hatte die Hühner, Enten und Gänse gefüttert, den Stall ausgemistet, ihre drei Kühe gemolken und, genauso wie das Pferd, mit Futter versorgt. Danach war sie für eine halbe Stunde ins Haus zurückgekehrt, um ein Glas warme Milch zu trinken und ein Brot, das sie dünn mit Butter bestrichen hatte, zu essen. Wie immer hatte sie dazu den Volksempfänger eingeschaltet. Sie mochte die Schlager, die da frühmorgens schon gespielt wurden. Am meisten »Es geht alles vorüber, es geht alles vorbei, auf jeden Dezember folgt wieder ein Mai«. An diesem Morgen hatte sie das Lied sogar leise mitgesungen und war dabei unsäglich traurig geworden. Lange hatte sie danach auf ihrem Küchenstuhl gesessen, die Hände zwischen ihre Knie gepresst, den Kopf leicht nach vorne geneigt, und die Tränen waren ihr über die Wangen gelaufen. Als eine Sondermeldung von der Front angekündigt wurde, hatte sie das Radio ausgeschaltet.

»So, wie ’s aussieht, kommet mir net trocke heim, Gustav«, sagte sie zu ihrem Pferd. Die schwarze Wolkenwand hatte sich schneller als erwartet über den Eckberg geschoben. Blitz und Donner waren immer rascher aufeinander gefolgt. Jetzt stand die giftig gelbe Kante der schwarzen Gewitterwolke direkt über ihr. Erste schwere Tropfen fielen und schlugen kleine Krater in den sandigen Weg. Ein Blitz schoss fast senkrecht vom Himmel und blendete sie. Ein gewaltiger Donnerschlag folgte fast in der gleichen Sekunde. Marie sah mit Entsetzen, wie ein Feuerball in einen freistehenden Apfelbaum einschlug, keine 100 Meter von ihr entfernt. Der Hengst bäumte sich auf, wieherte laut. Marie spürte, wie der Lederriemen ihr Handgelenk einschnürte. Im nächsten Augenblick wurde sie von den Beinen gerissen. Das Pferd raste in wilder Panik los. Das Zuggeschirr wickelte sich um ihre rechte Schulter. Ihr Kopf schlug auf dem staubigen Weg auf. Alles Schreien nützte nichts. Der schwere Kaltblüter hörte sie nicht. Gehetzt galoppierte er auf den Dorfrand zu. Marie versuchte sich aus der Verstrickung zu lösen, aber es gelang ihr nicht. Sie spürte, wie ihr Kleid zerriss, ein wilder Schmerz stach in ihre Hüften. Aber sie bemühte sich jetzt nur noch, ihren Kopf zu schützen. Nasser Sand drang in ihre Augen und in ihren Mund. Sie spürte nicht, wie der Regen als Wolkenbruch vom Himmel stürzte.

Plötzlich blieb der Kaltblüter stehen, schnaubte durch die Nüstern, drehte den Hals und schaute nach hinten, als wollte er nachsehen, ob die Bäuerin noch da war. Die hob vorsichtig den Kopf und erkannte, dass Gustav direkt vor seiner Stalltür angehalten hatte. Inge, Maries achtjährige Tochter, kam aus dem Haus gestürzt. Entsetzt schrie sie auf, als sie ihre geschundene Mutter am Boden liegen sah, noch immer in das Ledergeschirr verheddert. »Hilf mir!«, bat die Bäuerin schwach.

Ein halbe Stunde später stand Marie Häfner in ihrer Küche und betrachtete ihr Gesicht in dem kleinen Spiegel, der neben dem Spülstein hing. »Nur Schürfwunden«, sagte sie, sah an sich hinab, band die Schürze ab und hob den Saum ihres Kleides an. »Das kann ich wegschmeißen.« Ihre kleine Tochter kam herein. Sie hatte ein braunes Fläschchen und einen kleinen Pinsel in der Hand. »Was hast du denn da?«, fragte ihre Mutter.

»Erst auswaschen und dann das da draufpinseln.«

»Wer sagt das?«

»Die Schwester Gertrud.«

»Du bist bei ihr gwesen?«

»Mhm.« Inge nickte ein paarmal eifrig mit dem Kopf.

Marie zog ihr Kind an sich und umarmte es so heftig, dass das Mädchen einen Augenblick Angst bekam, keine Luft mehr zu kriegen.

Marie hatte nicht bemerkt, dass ihre Tochter sofort losgerannt war, als sie selbst sich von den Leinen befreit und wieder aufgerappelt hatte. Die Bäuerin hatte das Pferd in den Stall geführt und mit Futter versorgt, war dann die sechs Steinstufen zur Haustür hinaufgehumpelt und hatte sich im Flur völlig erschöpft und niedergeschlagen auf die zweite Stufe der Treppe gesetzt, über die es zum Schlafzimmer und zum Kinderzimmer hinaufging. Sie wusste nicht, wie lange sie dort gesessen hatte. Sie wusste auch nicht mehr, worüber sie nachgedacht hatte. Vermutlich über nichts. Sie hatte nur eine tiefe innere Leere gefühlt. Ganz langsam hatte sich ihr Atem beruhigt. Schließlich war sie aufgestanden und die paar Schritte in die geräumige Küche gegangen. Dort hatte sie sich auf einen Stuhl gesetzt.

Jetzt nahm sie ihrem Kind das braune Fläschchen aus der Hand. Auf einem gezackten weißen Etikett stand mit ungelenken Buchstaben »Jod« geschrieben. Inge musste den Unfall und die Verletzungen der Mutter drastisch geschildert haben, denn so ohne weiteres rückte die Gemeindeschwester von ihren eifersüchtig gehüteten und in den Kriegsjahren arg zusammengeschrumpften medizinischen Vorräten nichts heraus. Bei kleineren Wunden und Abschürfungen riet sie ihren Patienten, einfach drüberzupinkeln, die Gerbsäure im Urin habe eine heilsamere Wirkung als die meisten Salben und Tinkturen.

Schwester Gertrud, diese große, grobknochige Frau, war wegen ihres herrischen Wesens im Dorf gefürchtet. Hinter ihrem Rücken nannten sie die Leute »Feldwebel Gertrud«. Sie war jetzt fast 60 Jahre alt. Sonntags stand sie am Eingang zur Kirche und registrierte genau, wer zum Gottesdienst kam und wer nicht, und manch einer entschloss sich zum Kirchgang nur, weil er es sich mit der Diakonisse nicht verscherzen wollte. Jeder in Fleckenhausen konnte sich an einen Fall erinnern, in dem Schwester Gertrud ihm oder seiner Familie schon einmal in großer Not geholfen hatte. Der einzig erreichbare Arzt praktizierte im nächsten Ort und war nur schwer dazu zu bewegen, nach Fleckenhausen zu kommen. Das lag unter anderem daran, dass er nur noch selten Benzin für seinen Opel P4 bekam. Der Treibstoff wurde an der Front gebraucht und war scharf rationiert. Immer häufiger ließ sich Dr. Hartter von seinem Nachbarn ein Pferd vor sein kastenförmiges Auto spannen, wofür er zuvor vom Schmied eine spezielle Vorrichtung hatte anfertigen und an die vordere Stoßstange anbauen lassen. Die Frontscheibe seines Opels konnte man nach vorne herunterklappen. Durch die so entstehende Öffnung führte er die Zügel. Gemütlich saß der Doktor auf dem Fahrersitz und kutschierte so zu seinen Patienten. Für ihn war das Fahrzeug genauso ein Statussymbol wie sein weißer Mantel und das Stethoskop, das er um den Hals trug. Aber nach Fleckenhausen waren es sechs Kilometer, und zudem fiel die Straße auf den letzten zwei Kilometern vor dem Dorf steil ab. Also ging es auf dem Rückweg erst einmal jäh bergauf. Für das Pferd, fand er, war das eine Zumutung. Aber nicht nur deshalb mied er das Dorf nach Möglichkeit. Er tat es auch, weil er dort unausweichlich auf Schwester Gertrud traf, die ihn in den jeweiligen Krankheitsfall einwies und ihn dabei wie einen begriffsstutzigen Schüler behandelte.

Marie heizte den Wasserkessel an, in dem sie sonst ihre Wäsche kochte. Sie kippte die Zinkbadewanne um, die neben dem Küchenbüfett senkrecht an die Wand gelehnt war. Dann erst zog sie sich aus. Inge war zum Elternschlafzimmer hinaufgestiegen und schleppte nun den Spiegel, der dort über einer kleinen Frisierkommode hing, in die Küche, damit ihre Mutter den ganzen geschundenen Körper betrachten konnte. »Dass du auch immer an alles denkst«, sagte Marie und sah das Kind voller Zärtlichkeit an.

In der Schule galt Inge Häfner als zurückgeblieben. Seit kurzem war sie in der zweiten Klasse, obwohl das in Fleckenhausen nichts zu bedeuten hatte; denn es gab hier zurzeit für alle acht Jahrgänge nur eine Klasse. Zu Friedenszeiten waren zwei Lehrer an der Schule gewesen, Albert Ebinger und Heinz Panke. Ebinger unterrichtete die Klassen fünf bis acht, Panke die ersten vier. Doch Panke war vor einem Vierteljahr zum Militär eingezogen worden, und so war der Unterricht für alle Schüler an dem älteren Lehrer hängengeblieben. Ebinger war vom Wehrdienst freigestellt, nicht weil er Lehrer war, sondern weil man ihn für ein wichtiges Parteimitglied hielt. Die führenden Nazis im Kreis Tübingen wussten um seine Popularität bei der Fleckenhausener Bevölkerung.

Wie so viele, hatte auch Albert Ebinger an die Versprechungen der Nationalsozialisten geglaubt. Inzwischen war er klüger geworden. Aber darüber redete er nicht. Die Fleckenhausener freilich ahnten es. Wenn er zum Beispiel durchs Dorf ging und eine Frau beim Holzspalten traf, pflegte er in umgänglichem Ton und ohne die Hand zu heben, zu sagen: »Ja jetzt, Heil Hitler au, Frau Scheuerle, tun Sie Holz spalte?« Niemand konnte ihm vorwerfen, den Hitlergruß nicht auszuüben, aber es klang in Gottes Namen halt wie »Grüß Gott«.

Die Fleckenhausener liebten ihren Schulmeister. Marie Häfner besonders; denn er hatte den Kindern unter Strafe verboten, Inge zu hänseln oder sich über sie lustig zu machen. Eines Tages hatte er das Klassenzimmer seines Kollegen Panke besucht, er war ja der Schulleiter und hatte von Fall zu Fall den Unterricht des wesentlich jüngeren Kollegen zu visitieren. Es sei ein Kreuz mit der Inge Häfner, hatte Panke gesagt, sie könne bis heute nicht auf zehn zählen. Ebinger hatte sich daraufhin zu dem Mädchen in die Bank gezwängt, seinen

Füllfederhalter mit der roten Tinte herausgezogen und aufgeschraubt. »Das wollen wir jetzt doch mal sehen!« Er hatte ihre linke Hand in die seine genommen und dann ihre Finger einzeln berührt. Dabei hatte er den alten Kinderreim zitiert: »Das ist der Daumen. Der da«, er nahm den Zeigefinger, »schüttelt die Pflaumen. Der da«, jetzt war der Mittelfinger dran, »liest sie auf. Der da«, gemeint war der Ringfinger, »trägt sie heim. Und der Kleine isst sie ganz alleine auf.« Ein paarmal wiederholte er den Kinderreim, und Inge sprach schon bald begeistert mit. Schließlich konnte sie das Gedicht alleine. Danach hatte Ebinger mit der roten Tinte eine Eins auf den Fingernagel von Inges Daumen gemalt, auf den Zeigefinger eine Zwei, auf den Mittelfinger die Drei und so weiter. Und dann war es wie ein Wechselgesang: »Das ist der Daumen, der mit den Pflaumen und mit der …« – »Eins!«, rief Inge begeistert. – »Und der da?« – »Zwei!« Der Lehrer vergaß nicht, das Kind zu loben, sobald es wieder eine der Zahlen von eins bis fünf richtig genannt hatte. Das Ganze hatte er dann mit den Zahlen sechs bis zehn an Inges rechter Hand wiederholt, und am Ende konnte sie bis zehn zählen. Das war vor einem guten halben Jahr gewesen. Inzwischen kam die kleine Inge auch ganz gut mit dem Rechnen zurecht, grade so, als habe der Schulmeister Ebinger damals eine Tür für sie aufgestoßen.

Marie Häfner stellte den Schlafzimmerspiegel behutsam auf einen Stuhl und betrachtete ihren nackten Körper. Die Schürfwunden an den Knien und den Ellbogen schillerten rot und begannen bereits zu nässen. An den Schultern und auf den beiden Jochbeinen in ihrem Gesicht zeichneten sich die Blutergüsse ab, die bald in allen Farben leuchten würden. Marie lachte auf. »Ich seh ja gediegen aus!«

Inge saß mit angezogenen Knien auf dem uralten Sofa, das sie in die Küche rangiert hatten, als fürs Wohnzimmer die feinen Sessel und eine Couch geliefert worden waren. Inzwischen hatte die Katze Mimi hier ihr Nest. Sie bekam auf dem Sofa auch ihre Jungen. Und nur in dieser Zeit duldete das Tier die kleine Inge nicht auf dem Möbel.

Das Wasser im Waschkessel begann zu blubbern. Marie betrachtete sich weiter im Spiegel. Sie drehte sich. Auch ihr Po begann sich bunt zu verfärben, und sie stellte einen Bluterguss unter den Schulterblättern fest. Marie war schmalgewachsen und hatte lange Beine, um die sie von anderen Frauen beneidet wurde. Ihr Busen war fest und klein. Anton liebte ihre Brüste. »Mehr, als in eine Hand geht, dürftest du gar nicht haben«, sagte er oft. Marie spürte einen Stich in der Herzgegend. Wo mochte er sein? Wie harmlos war das, was sie in den letzten Stunden erlebt hatte, gegen das, was ihr Mann durchmachen musste? Entschlossen nahm sie den Deckel aus Blech vom Waschkessel, griff nach der Schapf mit dem langen Holzstiel und begann das heiße Wasser in die Zinkbadewanne zu schöpfen. Als sie zur Hälfte gefüllt war, wickelte sie den Schlauch, der zusammengerollt über dem Wasserhahn hing, ab und führte ihn zur Wanne. »Drehst du mal auf, Inge?« Das Mädchen rutschte vom Sofa, rannte zum Schüttstein und drehte den Wasserhahn auf. Immer wieder prüfte Marie mit der linken Hand die Temperatur. Schließlich rief sie: »Halt!« Inge drehte den Hahn zu und kehrte auf das Sofa zurück. Marie ließ sich in das warme Wasser gleiten.

»Gell, Mama, das hilft«, rief Inge.

»Ja, das tut gut!« Marie seufzte tief. »Jetzt werd ich ein paar Tag aussehen wie ein Regebogen, und dann ist alles wieder gut.«

Sie schloss die Augen. Wo mochte Anton jetzt sein? Kurz vor Weihnachten war er noch einmal dagewesen. Ganz verändert hatte er ausgesehen. Grau im Gesicht. Die Augen lagen tief in ihren Höhlen. Die Gesichtshaut spannte sich über seine Wangenknochen. Fremd war er ihr vorgekommen, bis er sie endlich, endlich in die Arme schloss und an sich drückte. Am ganzen Körper hatte er gezittert, und als er sie wieder losließ, sah sie, dass er weinte. Sie hatte ihn zuvor noch niemals weinen sehen.

Als er am 28. Dezember wieder ging, hatte er einen Marschbefehl an die Ostfront in der Tasche.

Und jetzt war es schon März. Marie begann leise zu singen: »Im Märzen der Bauer die Rösslein einspannt …«

Inge fiel ein: »Er setzet die Felder und Wiesen instand. Er pflüget den Boden …« Beide brachen gleichzeitig ab.

»Wenn bloß dein Papa wieder da wär«, sagte Marie.

17 Männer, der Jüngste 52, der Älteste 74 Jahre alt, standen in einer Reihe, der Größte ganz links, der Kleinste auf dem rechten Flügel. Jeder hatte ein Gewehr auf dem Kolben abgestellt, direkt neben dem rechten Fuß. Es war ein warmer Frühlingstag. Die Birken, die den Sportplatz auf der südlichen Seite säumten, zeigten das erste Grün. Auf der anderen Seite der Rasenfläche floss der Schaichbach in sanften Windungen talwärts. An seinem Ufer standen Weidenbüsche, an deren Zweigen grau-silberne Kätzchen im Morgentau glänzten. In der Ferne hörte man das Grollen von Geschützfeuer.

Albert Ebinger stand den Männern gegenüber. Sein Blick glitt über die Gesichter. Da war der 60-jährige Maurermeister Otto Trautwein, ein bedächtiger Mann, der noch mit 50 Jahren eine Spezialausbildung zum Baumeister abgeschlossen hatte und nun selbständig Häuser entwerfen und deren gesamte Bauleitung übernehmen durfte wie ein Architekt. Daneben Horst Kümmerle, von Beruf Bäcker und der Sänger mit dem schönsten Bariton im Gesangverein, den Albert Ebinger noch immer dirigierte und in dem es kaum noch Männerstimmen gab. Ulrich Bürkle, auch schon fast 60, war der Friedhofsgärtner. Gleich neben ihm stand Kurt Birkenhofer, der Steinmetz, von dem nahezu alle Grabsteine auf dem Fleckenhausener Friedhof stammten. Manche der Männer hatten im Ersten Weltkrieg gekämpft. Nun hielten sie wieder eine Waffe in der Hand. Sie bildeten das letzte Aufgebot, den Volkssturm.

»Lächerlich«, entfuhr es Albert Ebinger. Er sollte diese Männer in die letzte Schlacht um Deutschland führen. »Wir werden das Vaterland nicht am Eckberg verteidigen, Leute«, sagte er nun laut. »Dort drüben steht ein Leiterwagen, dort sammeln wir die Gewehre.«

»I hab's doch gwusst, Sie sind ein vernünftiger Mann«, sagte Otto Trautwein, »trotz allem …«

Ebinger schenkte es sich zu fragen, was Trautwein mit »trotz allem« meinte. Er konnte es sich ja denken.

Die Männer machten sich mit ihren Gewehren auf den Weg zu dem Leiterwagen.

Ein Kübelwagen der Armee fuhr in hohem Tempo den Sportplatzweg herunter, eine gewaltige Staubfahne hinter sich her ziehend. Das Fahrzeug stoppte dicht vor Ebingers Füßen. Ein junger Offizier sprang heraus. Er salutierte kurz und rief dann mit einer seltsam hohen Stimme: »Ich übernehme das Kommando. In Marschformation angetreten!«

Albert Ebinger sah dem Soldaten in die Augen. Er war bestimmt nicht viel älter als 20 Jahre und hatte ein Gesicht, in das noch nichts hineingeschrieben war. »Tut mir leid, Herr Leutnant, aber wir stehen Ihnen nicht mehr zur Verfügung.«

»Was?« Die Stimme des Offiziers überschlug sich.

»Für uns ist der Krieg zu Ende!«

»Sie wissen, was das bedeutet! Ich lasse Sie am nächsten Baum aufknüpfen, Mann!«

Der Offizier griff nach seiner Pistole, die er am Gürtel trug.

»Des läscht besser!«, sagte Otto Trautwein.

Er lud sein Gewehr durch und richtete es auf den Offizier. Nacheinander hörte man das Klacken der anderen Waffen, die entsichert wurden.

»Seid ihr wahnsinnig?«, schrie der Leutnant. »Die Franzosen sind keine fünf Kilometer entfernt, und wir haben die Chance, sie zurückzuwerfen.«

»Sieh zu, Bürschle, dass du Land gewinnst!«, ließ sich der Bäckermeister Kümmerle hören.

Die Männer hatten einen Kreis gebildet und ihre Gewehre auf den Offizier gerichtet. Ein kundiger Betrachter hätte leicht erkennen können, wer von ihnen den Umgang mit der Waffe einst gelernt hatte und wer nicht. Dem jungen Leutnant genügte ein Blick, um zu erkennen, dass er hier nichts mehr ausrichten konnte. Sein Fahrer saß hinter dem Steuer des Kübelwagens und sah in den klarblauen Himmel hinauf, als ob ihn das alles nichts anginge. Noch ein paar Augenblicke zögerte der Leutnant, dann sprang er in das Fahrzeug zurück. Von dort aus schrie er: »Damit kommen Sie nicht durch. Ich komme mit Verstärkung wieder!«

»Bloß send mir dann nimmer da!«, sagte Trautwein leise.

Der Fahrer legte den ersten Gang ein und gab langsam Gas.

»Abmarsch!«, rief Albert Ebinger. Es war sein erstes Kommando an diesem Tag.

Die Franzosen waren nicht aufzuhalten, nicht durch die Panzersperre, die ein Fähnlein der Hitlerjugend quer über die Landstraße gebaut hatte, noch durch die paar Mann, die der schneidige junge Leutnant doch noch hatte auftreiben können. Drei Stunden nachdem Ebinger seinen Volkssturm nach Hause geschickt hatte, rollten die ersten Panzer in Fleckenhausen ein. Die meisten Bewohner hatten sich in den Kellern verkrochen. Auch Luise Ebinger hatte sich mit ihren drei Kindern in das tiefe Gewölbe unter dem Schulhaus geflüchtet. Nur ganz leise hörte man hier das Rasseln der Ketten und das Dröhnen der Panzermotoren. Dann war mit einem Mal alles still.

Albert Ebinger stand im Schulhof neben dem Leiterwagen, auf dem die Gewehre lagen. Seltsamerweise fühlte er keine Angst, auch nicht, als ein Soldat in brauner Uniform aus einem Jeep sprang und mit gezogener Pistole auf ihn zukam.

»Ich bin der Ortsgruppenleiter hier«, sagte der Lehrer, »und möchte Ihnen diese Waffen übergeben.«

Der Franzose lachte, winkte ein paar Männer her und befahl ihnen offensichtlich, die Gewehre wegzuschaffen. »Sehr vernünftig«, sagte er dann auf Deutsch zu Albert Ebinger.

»Sie sprechen Deutsch?«

»Ich bin Elsässer. Und Sie sind festgenommen!« Wieder lachte der Uniformierte.

»Wo bringen Sie mich hin?«

»Zu den anderen Nazis.«

»Kann ich mich noch von meiner Familie verabschieden?«

Auf Albert Ebinger wirkte die Situation völlig unnatürlich. Er und der französische Offizier unterhielten sich in einer Art Plauderton, und dabei wusste der Lehrer nur zu genau, dass es um seine Existenz ging.

»Wo ist Ihre Familie?«

Ebinger nickte zum Haus hin. »Im Keller!«

»Sie wohnen hier?«

»Ja!«

Der Blick des Franzosen ging an dem Schulhaus hinauf.

»Unten sind die Schulräume, oben ist unsere Wohnung«, erklärte Ebinger.

»Wird unser Hauptquartier. Ihre Leute müssen da raus!«

Ebinger sagte nichts darauf. Er wusste ja, dass er keine Möglichkeit hatte zu verhindern, was ab nun geschah.

Wenig später trieben zwei Soldaten mit vorgehaltenem Gewehr die Menschen aus dem Haus. Luise lief auf ihren Mann zu. Albert legte seine Hand auf ihren Arm und sagte: »Sie nehmen mich mit!«

»Wohin?«

Er zuckte die Achseln. »Sie sperren mich ein. Ich weiß noch nicht, wo.«

Der kleine Christian trat vor den französischen Offizier hin und sagte: »Das dürfen Sie nicht!«

»Christian!«, rief sein Vater mahnend.

Der Elsässer beugte sich zu dem Kind hinunter. »Doch«, sagte er, »das dürfen wir.« Er richtete sich wieder auf und fixierte Hanna, die dicht neben ihrer Mutter stand. »Das und noch viel mehr!«

»Ihr müsst aus unserer Wohnung raus«, sagte Ebinger zu seiner Frau. »Sie richten da ihr Hauptquartier ein.«

»Und wo sollen wir hin?«

Marie Häfner, die kleine Inge an der Hand, trat zu ihr und sagte: »Wenn ihr wollet, kommet zu mir. Platz isch gnueg!«

»Ich gebe Ihnen eine Stunde Zeit«, sagte der französische Offizier zu Ebinger. »Und versuchen Sie nicht, zu fliehen. Sie würden nicht weit kommen.« Er sah auf die Uhr, ehe er sich an Luise Ebinger wandte. »Um sieben Uhr beziehen wir Ihre Wohnung!«

»Habt ihr gehört, Kinder«, rief Luise Ebinger, »fangt schon mal an, einzupacken, was ihr mitnehmen wollt.«

»Los!« Hanna fasste ihre Brüder an den Händen.

Sie verschwanden im Haus. Luise und Albert Ebinger machten ein paar Schritte zur Seite und blieben dann dicht voreinander stehen. »Es wird schwer für dich werden«, sagte er.

»Ich mach mir viel mehr Sorgen um dich«, antwortete seine Frau und griff nach seinen Händen.

Ebinger schluckte. »Ich war dir nicht immer ein guter Mann …«

»Hör auf damit!«

»Es ist nur, weil …«

Sie unterbrach ihn: »Du kommst wieder!« Sie zog ihn an sich und umarmte ihn. »Es ist gut, dass der Krieg vorbei ist«, sagte sie dicht an seinem Ohr. Dann löste sie sich von ihm und sah ihm noch einmal ins Gesicht, als ob sie es sich einprägen wollte. »Los, komm, wir müssen für dich packen!«

Albert Ebinger fand sich im Tübinger Gefängnis wieder. Die Besatzungstruppen hatten einen Flügel für die politischen Häftlinge frei gemacht. Ebinger wurde in eine Zelle gebracht, in der schon elf einstige Parteigenossen untergebracht waren. Sie kannten sich alle von zahllosen Parteisitzungen, Propagandaveranstaltungen und Feierstunden. Jetzt war es wie ein Klassentreffen – absurd, völlig absurd, dachte Albert Ebinger. Er saß still in einer Ecke, die Füße dicht an den

Körper gezogen. Die Zelle war höchstens für vier Menschen gedacht. Nun drängten sich hier zwölf Mann dicht zusammen, die zudem noch nie in ihrem Leben in einer auch nur annähernd vergleichbaren Situation gewesen waren.

Ebinger war mit Hallo und Schulterklopfen begrüßt worden. Aber die anfänglich seltsam aufgekratzte Stimmung hatte sich bald eingetrübt. Nur mit halbem Ohr hörte er in seiner Ecke, wie seine Mitgefangenen diskutierten.

»Man hat doch immer nur das Beste gewollt«, hörte er die Stimme eines alten Bekannten. »Also ich hab mir nichts vorzuwerfen.«

»Keiner von uns«, rief ein anderer. »Wir haben doch alle nur unserem Volk gedient.«

»Das letzte Wort ist noch nicht gesprochen«, ließ sich ein dritter hören. »Ich sage euch, der Führer ist nicht tot. Eines Tages kommt er über die Pyrenäen wieder!«

Ebinger lachte so laut auf, dass alle zu ihm herüberschauten.

»Du glaubst das nicht, hä?«, rief einer.

»Mir ist mein Glaube schon länger verlorengegangen. Ich denke, wir sollten anfangen, den Tatsachen ins Auge zu sehen.«

»Welchen Tatsachen denn?«

»Allen, die wir als NSDAP-Mitglieder mit zu verantworten haben.«

»Jetzt komm du bloß nicht auch noch mit dieser Judenlüge.«

»Ruhe!«, schrie einer. »Ich will davon nichts mehr hören.«

Aber der zuletzt gesprochen hatte, ließ sich nicht drausbringen. »Konzentrationslager! Gasöfen, in denen Menschen systematisch umgebracht wurden … alles feindliche Propaganda.«

Noch einmal meldete sich Ebinger zu Wort: »Wir sollen auch in eine Art Konzentrationslager kommen, habe ich gehört. Wollen wir hoffen, dass es nicht so ein schlimmes wird wie die von der SS.«

Plötzlich herrschte Schweigen, bis einer sagte: »Solchen Defätisten wie dir sollte man das Maul stopfen.«

Das Bauernhaus der Familie Häfner lag nur gut 400 Meter vom Schulhaus entfernt. Man musste das Sträßchen an der Giebelfront des Backsteinbaus steil hinaufgehen. Nach etwa 40 Metern teilte sich der Weg. Links ging es auf die Wiesen und Felder hinaus, die sich über sanfte Hügel schwangen und erst am Waldrand endeten, der am Horizont die Landschaft säumte. Zwar trug die Gegend zwischen Tübingen, Böblingen und Steinenbronn den Namen »Schönbuch«, aber dort hinten standen nur hohe, schlanke Tannen dicht an dicht und bildeten eine grüne Mauer. Der Pfad, der in einem jähen Anstieg nach rechts abbog, führte an einem ehemaligen Steinbruch vorbei, der längst stillgelegt und weitgehend zugewuchert war, und erreichte quasi von hinten den östlichen Teil des Dorfes, wo eine steil abfallende Straße zum Dorfkern hinunterging. Hier standen auf beiden Seiten der Straße eine Reihe Bauernhäuser, die alle in einer ähnlichen Bauweise entstanden waren. Grob behauene Sandsteine bildeten einen etwa zwei Meter hohen Sockel. Über eine Steintreppe gelangte man zur Haustür im Erdgeschoss. Darüber befand sich meistens nur ein Stockwerk und darüber ein geräumiger Dachboden, hier »Bühne« genannt. Stall und Scheune waren auf der von der Straße abgewandten Seite angebaut. Dort befanden sich auch der Misthaufen und die Jauchegrube, die man hierzulande das Gülleloch nannte.

Marie Häfner sagte, sie könne Luise Ebinger ein Zimmer im ersten Stock anbieten, wo sie zusammen mit Hanna schlafen könne. Die Buben könnten sich auf der Bühne einrichten.

Viel hatten sie nicht mitgenommen. Luise Ebinger war überzeugt, dass sie jederzeit in ihre Wohnung im Schulhaus zurückkehren könne, um das eine oder andere zu holen und nach dem Rechten zu sehen.

Zu Marie Häfner sagte sie: »Die Hanna und der Gerhard können dir ja beim Schaffe vielleicht a bissle zur Hand gehen. Und ich selber natürlich auch.«

»Das wär mir sicher eine große Hilfe«, erwiderte die Bauersfrau.

Gerhard und Christian richteten sich auf dem Dachboden ein. Sie waren begeistert und nannten die neue Bleibe ihr Lager. Aus Kisten und Brettern bauten sie ein Regal, über einen alten Besenstiel zogen sie eine Decke, um sich gegen den offenen Treppenaufgang abzuschotten. Da schliefen sie nun auf zwei Strohsäcken, zugedeckt mit voluminösen rot-weißen Plumeaus, die Marie noch schnell frisch bezogen hatte. Auch Hanna war früh zu Bett gegangen.

Die beiden Frauen saßen alleine in der Küche. Von ferne hörte man die Klänge eines Akkordeons und Gesänge aus rauen Männerkehlen. »Sie feiern ihren Sieg«, sagte Marie Häfner. Luise Ebinger seufzte. »In Waldenbuch sind schon die Amerikaner, und wir sind französische Besatzungszone. Die Amerikaner und die Engländer, sagt man, seien sehr freundlich, aber die Franzosen …«

»Der alte Erbfeind halt«, warf Frau Häfner ein. Plötzlich stand sie auf. »Ich hab noch ein paar Fläschle Wein, da mach ich jetzt eins auf.«

Auch als es auf Mitternacht zuging, dachte keine der Frauen daran, schlafen zu gehen. Sie waren zwar todmüde, aber von den Ereignissen des Tages so aufgewühlt, dass an Schlaf nicht zu denken war.

Luise Ebinger nippte an ihrem Weinglas. »Für dich ist es doch viel schlimmer als für mich. Wann hast du denn die letzte Nachricht von deinem Mann gekriegt?«

»Eine Feldpostkarte. Im Januar. Er ist ja im Dezember noch mal dagewesen. Aber da konnte man ihm schon ansehen, was er durchgemacht hat.«

Luise nickte. »Die, die das alles angerichtet haben, kommen glimpflicher davon!«

Überrascht sah die Bäuerin auf. »Aber dein Mann …« Sie vollendete den Satz nicht.

»Er hätte mit denen nicht mitlaufen sollen. Wenn er nur das eine Mal auf mich gehört hätte!«

»Aber er ist doch so ein gscheiter Mann!«

»Verblendet war er trotzdem. Aber da war er ja, weiß Gott, nicht der Einzige.« Luise Ebinger nahm noch einen Schluck.

Marie Häfner sah die Lehrersfrau versonnen an. »Alle haben dich damals beneidet, wie er sich in dich verliebt hat.«

»Verliebt …« Luise Ebinger seufzte. »Weißt, das hört sich schön an. Vielleicht hat's ja auch gstimmt. Aber wenn einer seine Liebe nicht zeigen kann …«

»Wie meinst denn des?«, fragte Marie überrascht.

»Er war immer so weit weg, so, ich weiß auch nicht, wie ich sagen soll. So fremd. Ja, er – oder wir – ja, wir sind uns eigentlich immer fremd geblieben.«

»Das könnt ich jetzt von meinem Anton und mir gar net sage.«

»Also hätt ich viel mehr Grund, dich zu beneiden, Marie, als umgekehrt.«

Marie Häfner verteilte den Rest aus der Flasche auf die beiden Gläser. »Was wir für Gespräche führen an so einem Tag.«

Erst gegen ein Uhr waren die beiden Frauen ins Bett gegangen. Die Gesänge der siegreichen Soldaten waren lauter geworden und dauerten immer noch an, als Luise Ebinger endlich in einen unruhigen Schlaf fand.

Am nächsten Morgen kam Hanna grade aus der Küche zurück, wo sie sich gewaschen hatte, als Luise Ebinger aufwachte. Die Tochter trug nur ein kurzes Hemdchen. Ihre Haare waren offen und noch nicht zu Zöpfen geflochten. Luise stützte sich auf die Ellbogen auf und sah ihrer Tochter zu, wie sie sich anzog. Hanna wurde im April 15 Jahre alt. Sie war hübsch und hatte eine kräftige, gleichwohl aber sehr gut proportionierte Figur. Als der französische Kommandeur am Tag zuvor mit Blick auf das Mädchen gesagt hatte: »Wir dürfen das und sogar noch viel mehr«, war Luise zutiefst erschrocken. Bis zu diesem Augenblick hatte sie sich kaum einmal Gedanken darüber gemacht, dass ihre Hanna einmal das Ziel männlicher Wünsche, oder sollte sie sagen, männlicher Begierde werden könnte. Und gleichzeitig wurde ihr bewusst, dass sie nie mit dem Kind über all die Dinge gesprochen hatte, die auf eine junge Frau so oder so zukommen würden. Als Hanna ihre erste Regel bekam, hatte die Mutter es dabei bewenden lassen zu sagen, das sei so, wenn Frauen langsam erwachsen würden, und das werde nun alle vier Wochen passieren. Jetzt räusperte sie sich. »Hanna, ich muss etwas mit dir besprechen.«

Das Mädchen hatte begonnen, ihr Haar auf der rechten Seite in drei Strähnen zu ordnen, die sie zum Zopf flechten wollte. Über die Schulter sagte sie: »Mama, des kommt jetzt a bissle spät!«

»Du weißt doch gar net, was ich sage will.«

»Aber ich kann's mir denke. Und alles des hat mir dem Vadder sei Bäsle längst erzählt.«

»Die Lydia?« Luise war entsetzt. Alberts Cousine galt in der Familie als schwarzes Schaf. »Eine Freidenkerin«, pflegte Luises Mann zu sagen. Aber immer, wenn er über sie sprach, klang so etwas wie Bewunderung mit.

»Was hat sie dir erzählt?«

»Halt alles, was mit unserer Sexualität zu tun hat. Ihr hent ja ein saumäßigs Geheimnis draus gmacht. Dabei ischt des doch alles nur natürlich. Auf jeden Fall, so viel ischt klar: Ich zieh meinen alten Trainingsanzug an und mach aus meine Zöpf einen Knote im Gnick. Verführerisch seh ich dann bestimmt nimmer aus.«

Luise ließ sich ins Kissen zurücksinken. Es war ja alles besprochen, ohne dass sie etwas hätte dazu sagen müssen.

Als die Franzosen einmarschiert waren, hatte Hansjörg Schmoll dem Impuls widerstanden, auf sie zuzugehen. Er hatte diesen Tag so sehnlich erwartet, und nun fühlte er eine seltsame Beklemmung. Stundenlang hatte er am Fenster gestanden und auf die Straße hinuntergeschaut. Sie führte am Fuß einer steilen Böschung, auf der sein kleines Einfamilienhaus stand, in einer Kurve ins Zentrum des Dorfs hinein. Er hatte die Panzer und die Mannschaftswagen gesehen und die ausgelassenen, siegestrunkenen französischen Soldaten. Was würde nun werden?

Schmoll, ein hagerer Mann von 61 Jahren, stand auch noch leicht gebeugt mit nach vorne hängenden Schultern am Fenster, als der letzte französische Jeep längst ins Dorf hineingefahren war. Seine Augen waren plötzlich müde. Hansjörg Schmoll war bis 1933 der Bürgermeister von Fleckenhausen gewesen. Er hatte das Dorf gut verwaltet, aber er hatte auch alle fortschrittlichen Gedanken abgelehnt. Das Bewährte bewahren, so hatte es einst auf seinen Wahlplakaten gestanden. Als die Nationalsozialisten auch in Fleckenhausen eine Ortsgruppe gründeten, hatte er zu seinen Freunden, mit denen er sich jeden Freitag zum Stammtisch im Gasthaus zur Sonne traf, gesagt: »Das ist eine vorübergehende Erscheinung.« Albert Ebinger, der damals mit am Tisch saß, hatte den Kopf geschüttelt. »Da täuschen Sie sich!« Schmoll hatte dem Lehrer, den er zu seinen guten Bekannten zählte, in die Augen geschaut und gesagt: »Herr Ebinger, Leut wie wir werden doch diesem Rattenfänger nicht nachlaufen!« Und er musste erstaunt registrieren, dass Ebinger an jenem Abend den neuen Reichskanzler Adolf Hitler vehement verteidigte. Das sei ein Mann, der wisse, was er wolle. Der werde dem Volk Arbeit und dem Vaterland wieder Ansehen in der Welt verschaffen. Schließlich dürfe man nicht vergessen, dass die Partei das Wort »sozial« im Namen trage. Erstaunt registrierte der Bürgermeister damals, dass die Mehrheit am Stammtisch dem Lehrer recht gab. Aber dass Albert Ebinger schon wenige Wochen nach diesem Abend selbst das Parteiabzeichen am Revers seiner Jacke trug, hatte Hansjörg Schmoll doch überrascht und erschüttert.

Erster Ortsgruppenleiter der NSDAP wurde Egbert Zeiler, ein damals 50-jähriger Mann, der nicht aus Fleckenhausen stammte, sondern erst 1925 zugezogen war. Er war im Krieg 1914/18 zum Hauptmann der Reichswehr aufgestiegen und hatte im Zivilleben als selbständiger Handelsvertreter nie richtig Fuß gefasst. Seine Versuche, in einem der Fleckenhausener Vereine eine wichtige Rolle zu spielen, waren gescheitert. Es war ihm auch nicht gelungen, Mitglied der Stammtischrunde im Gasthaus zur Sonne zu werden. Den Einheimischen war der laute Mann, der mit Vorliebe über seine Heldentaten im Krieg redete, immer fremd geblieben. Seine Frau hatte sich von ihm getrennt, als er sich den Nazis anschloss. Man munkelte, sie sei Kommunistin gewesen und nach der Scheidung nach Russland gegangen. Jedenfalls hatte man nie wieder etwas von ihr gehört.

Am 14. September 1933 war der Ortsgruppenleiter Zeiler, begleitet von vier Parteigenossen in SA-Uniform, ins Dienstzimmer des Bürgermeisters gestürmt und hatte ihm in schneidigem Ton erklärt, die neue Zeit habe nun auch das Dorf Fleckenhausen erreicht. »Ab sofort übernehme ich im Auftrag des Führers Adolf Hitler die Führung der Gemeinde.« Schmoll könne weiter Bürgermeister bleiben, habe aber nach den Anweisungen des Ortsgruppenleiters zu handeln. Schmoll war daraufhin aufgestanden, hatte Zeiler kurz gemustert, dann die Männer des Kommandos angesehen. Keiner hielt dem Blick des Bürgermeisters stand. Da Schmoll mit der Machtübernahme durch die Nazis gerechnet hatte, waren seine persönlichen Sachen längst gepackt. Mit einem melancholischen Lächeln wendete er sich an die beiden jüngsten SA-Männer, die er kannte, seitdem ihre Eltern deren Namen auf dem Standesamt, das er selbst mit verwaltete, hatten eintragen lassen: »Wenn ihr mir bitte helfen würdet, Wilfried und Helmut!« Er zeigte auf zwei Kisten, die neben seinem Schreibtisch standen.

»Aber erst, wenn ich alles überprüft habe«, bellte Zeiler.

Schmoll hatte nur mit den Achseln gezuckt und zugeschaut, wie der neue Herr über sein Dorf die Kartons durchstöberte. Alles, was ihn bei den Nazis hätte kompromittieren können, hatte der Bürgermeister längst nach Hause gebracht.

»In Ordnung«, sagte der Ortsgruppenleiter schließlich. Die jungen Männer waren froh, etwas zu tun zu haben, und schafften die Kisten hinaus. Schmoll blieb unter der Tür stehen und blickte zu seinem Schreibtisch zurück, hinter dem Zeiler bereits mit breit ausgestellten Knien Platz genommen hatte.

»Hier wird eines Tages wieder ein frei gewählter Bürgermeister sitzen«, sagte Hansjörg Schmoll leise. »Gebe Gott, dass es nicht zu lange dauert!«

»Ja, ja. Schon gut«, antwortete der neue Herr über Fleckenhausen ungeduldig. »Machen Sie, dass Sie rauskommen! Und denken Sie daran, dass wir alles, was sich gegen den Führer und unsere Partei richtet, gnadenlos verfolgen.«

»Ja, damit rechne ich«, sagte Schmoll und verließ das Rathaus. Die jungen Parteigenossen hatten die Kisten auf einen Handwagen geladen. Ihnen war sichtlich nicht wohl, als sie zusahen, wie der Bürgermeister nach der Deichsel griff und den Wagen hinter sich her ziehend die Störrenstraße hinunterging, ohne sich noch einmal umzusehen.

An der Ecke zur Schulstraße, die demnächst in Adolf-Hitler-Straße umbenannt werden sollte, begegnete Schmoll dem Lehrer Albert Ebinger. Beide blieben gleichzeitig stehen. Sie sahen sich ein paar Augenblicke schweigend an, bis Schmoll mit einem bitteren Lächeln sagte: »Das war's jetzt, Herr Ebinger!«

Der Schulleiter schluckte. »Tut mir leid!«

Schmoll nickte. »Das glaub ich Ihnen sogar.«

»Und es ist nicht rechtmäßig«, sagte Ebinger, nachdem er sich sichernd umgesehen hatte. »Die Partei hat keine Weisungsbefugnis gegenüber der bürgerlichen Gemeinde.«

»Ganz recht. Und sagen Sie mir jetzt auch noch, wie ich mich wehren kann.«

Albert Ebinger biss sich auf die Unterlippe. »Sie waren halt von Anfang an nicht kooperativ, Herr Schmoll!«

»Ich habe die Weisungen des Ortsgruppenleiters nicht befolgt – meinen Sie das? Und jetzt hat die Partei Neuwahlen angesetzt und auch schon bestimmt, wer dann mein Nachfolger wird.« Ein bitteres

Lächeln flog über Schmolls Gesicht. »Ihr seid mir schöne Demokraten!« Damit zog er sein Wägelchen weiter.

Die Männer in den langen grauen Ledermänteln, die an einem kalten Februarmorgen 1935 sehr früh am Morgen vor Hansjörg Schmolls Häuschen aus einem schwarzen Mercedes stiegen, hatte er sofort richtig eingeordnet. »Geheime Staatspolizei«, stellten sie sich vor. Die Ausweise, die sie ihm unter die Nase hielten, sah er gar nicht an. »Bitte kommen Sie doch herein!«

Der größere der beiden lachte gallig auf. »Wir brauchen Ihre Einladung nicht!« Er schob Schmoll zur Seite und ging an ihm vorbei ins Wohnzimmer. »Sie leben alleine?«

»Meine Frau ist vor zwei Jahren gestorben. Geht das nicht aus Ihren Akten hervor?«

»Was in unseren Akten steht, geht Sie einen Scheißdreck an. Beantworten Sie nur meine Fragen, ja?!«

Der zweite Gestapomann stand nun vor dem Bücherregal. »Sieh sich das einer an, was der Mann so liest. Tucholsky, Heine, Ossietzky. Dass der sich nicht schämt. Des send doch alles Jude, oder?«

»Sie sollen unseren Führer einen Rattenfänger genannt haben«, sagte jetzt der andere.

Schmoll zündete sich eine Zigarette an. »Daran kann ich mich nicht erinnern.«

»Aber andere können sich sehr genau erinnern!« Der Gestapomann stellte sich dicht vor Schmoll, der ihn freilich fast um einen Kopf überragte. »Am 21. Januar haben Sie das im Gasthaus zur Sonne gesagt. Laut und deutlich. So dass es jeder hören konnte.«

»Und Marx – Karl Marx!«, schrie der vor dem Bücherregal herüber. »Ischt des net seller Oberkommunischt?! Gleich drei Bände!«

»Das ist also Ihre Lektüre? Das kommt Sie teuer zu stehen!«, sagte der Mann, der immer noch breitbeinig dicht vor Schmoll stand.

»Was heutzutage alles ein Vergehen ist.« Schmoll schüttelte verständnislos den Kopf.

»Werden Sie bloß nicht auch noch frech! Los! Sie kommen mit!«

»Wohin?«

»Das werden Sie ja dann sehen. Ein Vergnügungsausflug wird es jedenfalls nicht.«

Sie hatten grade das Haus verlassen und gingen auf den schwarzen Mercedes zu, als Albert Ebinger völlig außer Atem auf seinem Fahrrad den schmalen Weg von der Straße heraufstrampelte. Er sprang ab und verstellte den drei Männern den Weg.

»Augenblick!«

»Ich kenn Sie doch«, sagte der größere der beiden Gestapomänner.

»Ja sicher, Parteigenosse. Sie waren bei meiner letzten Rednerschulung dabei. Albert Ebinger, mein Name. Hier in Fleckenhausen habe ich die Ortsgruppe mit aufgebaut und bin der stellvertretende Ortsgruppenleiter.«

»Angenehm«, sagte der Gestapomann.

»Was werfen Sie Herrn Schmoll vor?«

»Ich glaube nicht, dass ich mit Ihnen darüber reden muss.«

»Das sollten Sie aber, wenn Sie nicht einen schweren Fehler machen wollen«, sagte Ebinger scharf. »Erst gestern habe ich noch mit Gauleiter Murr gesprochen …«

Beim Namen des Gauleiters schlug der Gestapomann unwillkürlich die Hacken zusammen.

»Also, was werfen Sie ihm vor?«

»Er hat unseren Führer einen Rattenfänger genannt.«

»Wann soll er den Führer so bezeichnet haben? Etwa im Februar im Gasthaus Sonne?«

»Genau!«

Ebinger lachte auf. »Da kann man mal sehen, wie die Dinge manchmal verdreht werden.«

»Wieso?«

»Das war ich!«

»Wie bitte?«

»Ich habe an jenem Abend erzählt, beim letzten Sängerfest habe ein Mann gesagt, Hitler sei ein Rattenfänger, und ich hätte ihm dafür eigenhändig ins Gesicht geschlagen. Und ich kann mich erinnern, dass das alle an dem Stammtisch gut gefunden haben. Man muss mit Denunziationen vorsichtig sein, Volksgenossen. Manchmal nützen Menschen die Tatsache, dass wir Nationalsozialisten an der Macht sind, nur, um anderen zu schaden. Und genau das darf nicht passieren. Fragen Sie unseren Ortsgruppenleiter Zeiler, wie kooperativ Herr Schmoll war, als wir die Leitung im Rathaus übernommen haben.«

»Und was ist mit den Büchern?«, fragte der andere Gestapomann. »In dem seiner Bibliothek wimmelt es nur so von nationalfeindlichem und jüdischem Dreck!«

»Die Bücher könnten Sie bei mir auch finden. Man muss doch wissen, wie der Feind denkt. Aber natürlich werden wir uns sukzessive von diesen Schmökern trennen, nicht wahr, Herr Schmoll?«

Der ehemalige Bürgermeister, dem es buchstäblich die Sprache verschlagen hatte, nickte nur.

»Also, meine Herren, Sie müssen den Herrn Schmoll jetzt nicht mitnehmen. Ich übernehme die Verantwortung dafür. Wie Sie wissen, gehöre ich neuerdings zu den Gaupropagandarednern und verdanke dieser Tatsache auch einen gewissen Einfluss.«

Die Gestapomänner wechselten einen Blick und nickten dann zustimmend.

Als der schwarze Mercedes ohne ihn davonfuhr, sagte Schmoll mit belegter Stimme: »Danke, Herr Ebinger!«

»Schon recht. Aber passen Sie in Zukunft auf, was Sie sagen.«

»Wer hat denen das wohl gesteckt?«, fragte Schmoll.

»Die Zeiten ändern sich und mit den Zeiten die Leut«, gab Ebinger zurück und setzte sich wieder auf sein Fahrrad.

»Woher haben Sie gewusst, dass die bei mir sind?«

»Der Bäcker Kümmerle hat's gesehen und seinen Buben zu mir gschickt.« Ebinger setzte seinen Fuß aufs rechte Pedal, aber Schmoll hielt ihn noch einmal auf. »Und Sie haben wirklich mit dem Gauleiter gesprochen?«

»Ach was. Ich kenn den nur ganz flüchtig. Aber meinen Sie, die fragen bei ihm nach?«

Schmoll lachte, wurde aber gleich wieder ernst. »Herr Ebinger! Was wird aus unserem Land?«

»Alles wird gut, Herr Schmoll! Ich hab Vertrauen zu unserer Führung. Der Hitler zieht den Karren aus dem Dreck, glauben Sie mir!« Die ersten paar Meter trat Ebinger stehend in die Pedale. Schmoll sah ihm nachdenklich hinterher. »Da glaubt der womöglich wirklich dran?«, sagte er leise.

Hansjörg Schmoll verhielt sich von da an vorsichtig, aber nicht immer gelang es ihm, seine Abneigung, später seinen abgrundtiefen Hass gegen die Nazis zu verbergen. Und über die ganze Zeit der Schreckensherrschaft hatte er das Gefühl, beschützt zu werden.

Gleich nach Beginn des Zweiten Weltkrieges war der Ortsgruppenleiter Zeiler zur Wehrmacht eingezogen worden, und Albert Ebinger rückte in dessen Position auf. Schmoll und Ebinger gingen sich, wann immer dies möglich war, aus dem Weg. Wenn sie sich dennoch sahen, was in so einem Dorf ja nicht immer zu vermeiden war, blieben sie höflich distanziert.

Hansjörg Schmoll trat vom Fenster zurück, ging in die Küche und schmierte sich ein Butterbrot. Was würden die neuen Herren mit Ebinger machen? Und wie sollte es im Dorf weitergehen? Einen Augenblick lang spielte er mit dem Gedanken, den Kontakt zu dem französischen Kommandanten aufzunehmen und seine Dienste anzubieten. Was seit seiner Zeit als Bürgermeister auf dem Rathaus geschehen war, hatte er stets aufmerksam verfolgt. Und er hatte gesehen, wie dilettantisch die Verwaltung des Dorfes gewesen war. Andererseits: Alles war von der Kreisleitung oder dem Gauleiter vorgegeben. Der Ortsgruppenleiter führte im Grunde nur die Befehle von oben aus, und der Parteigenosse, der zuletzt als Bürgermeister fungierte, war nur seine Marionette. Auch begabtere Menschen hätten unter diesen Umständen nichts Eigenes gestalten können.

Aber Schmoll war zu müde, um etwas zu unternehmen. Er hatte sich in seinem neuen Leben eingerichtet. Nach seinem Rauswurf aus dem Rathaus hatte er sich als Imker durchgebracht. Inzwischen besaß er über 80 Bienenvölker, die er im Frühjahr an den Waldrändern des Schönbuchs, einige auch tief im Gehölz stationierte. Der Honig ließ sich gut verkaufen. Zudem verfügte er über einen großen Garten, in dem er Gemüse und Kartoffeln anpflanzte. Er und seine Frau hatten nie viel zum Leben gebraucht, und seitdem Elisabeth tot war, lebte Hansjörg Schmoll noch bescheidener. Es gab Tage, da vergaß er das Essen. Aber es gab auch Abende, an denen er eine Flasche Rotwein entkorkte, in einer oder zwei Stunden leer trank und sofort eine zweite öffnete, die er meist auch noch schaffte. Dann lief er ruhelos in seinem Häuschen auf und ab und hielt wild gestikulierend laute Reden. Er beschrieb seinen nicht vorhandenen Zuhörern, wie das Nazisystem in sich zusammenbrechen werde, wie Männer wie er neu anpacken und das Land wieder aufbauen würden, nachdem die Schuldigen ihrer gerechten Strafe zugeführt worden waren. Er hatte Glück gehabt, dass ihn dabei niemand belauscht hatte.

Luise Ebinger hatte bei ihrem überhasteten Auszug aus ihrer Wohnung manches vergessen, was für das tägliche Leben notwendig war. Und nicht immer konnte Marie Häfner aushelfen. Also ging die Frau des Lehrers eines Tages mit einem Merkzettel, auf dem sie alles aufgeschrieben hatte, was sie aus ihrer Wohnung holen wollte, ins Schulhaus. Sie stieg mit festen Schritten die rechte der beiden Steintreppen hinauf, die von zwei Seiten zur großen Eingangstür des Gebäudes führten. Eigentlich hatte sie erwartet, dass eine Wache davor stünde, aber sie konnte ungehindert eintreten. Im Erdgeschoss befanden sich die beiden Klassenzimmer, in denen jetzt Soldaten auf Feldbetten herumlungerten und Karten spielten. Was die Franzosen hinter ihr her riefen, verstand sie nicht. Sie öffnete die Tür zum Treppenhaus, über das man zur Wohnung des Schulleiters hinaufgelangte: Elf Stufen, dann der Treppenabsatz mit den beiden Fenstern zum Garten hinter dem Haus und noch einmal elf Stufen, dann stand sie vor der Wohnungstür, die ab Hüfthöhe aus matten Glasfenstern bestand. Die Tür war nur angelehnt. Luise Ebinger stieß sie auf, trat in den langen Flur, überquerte ihn und öffnete die Tür zum Wohnzimmer. An dem Tisch, an dem sie und ihre Familie zu essen pflegten, beugten sich zwei Offiziere über eine Karte und parlierten laut. Sie verstand nur die Worte »Schönbuch«, »Tübingen« und »Kilometer«. Letzteres sprachen die Männer »Kilometre« aus. Sie bemerkten Frau Ebinger erst, als sie laut und mit fester Stimme »Grüßgott!« sagte.

Überrascht hoben die Soldaten die Köpfe. »Ah, Madame«, sagte der Mann, der sie vor zwei Wochen aus dem Haus gewiesen hatte. Sie wollte erklären, dass sie nur ein paar Sachen holen wolle, aber da fiel ihr Blick durch die Tür zu ihrer Linken in ihr eheliches Schlafzimmer. Dort lag ein Soldat in voller Uniform, die Stiefel an den Füßen, auf ihrem Bett und rauchte. Wütend stürmte sie hinein. »Ja, des gibt's doch net! Du Saukerle, gehst du sofort aus meim Bett raus! Liegt da mit de Stiefel drin. Ja, gibt's denn so was? Hascht du überhaupt koi Kinderschtub? Raus, han i gsagt! Raus aus meinem Bett, und zwar a bissle dalli, ja?!« Und mit jedem Wort wurde ihre Stimme lauter. Die große, kräftige Frau hatte ihre Fäuste in die Hüften gestemmt und blitzte den Mann in ihrem Bett aus ihren blauen Augen böse an.

Der sprang unwillkürlich hoch, schlug die Hacken zusammen und sagte: »Egale Bismarck!«

»Egal? Gar nix ischt egal. Und was hat des überhaupt mit Bismarck zu tun?«

Der Kommandant trat neben sie, in seinem elsässischen Tonfall sagte er: »Egale heißt auf Deutsch ›wie‹. Er will damit sagen, Sie wirken auf ihn wie Bismarck.«

»Hauptsach, er wälzt sich net in unsere Ehebette rom!«

»Das wird er nicht mehr tun, Madame! – Was wollen Sie eigentlich hier?«

Luise hielt dem Offizier ihren Zettel unter die Nase und bemühte sich nun, hochdeutsch zu reden. »Ich brauche Unterwäsche, Geschirr, Zudecken und sonst noch so einiges.«

Der Kommandant machte eine einladende Geste. »Bedienen Sie sich!«

Marie Häfner war einigermaßen überrascht, als ein Jeep vor ihrem Haus vorfuhr. Neben dem Fahrer saß Luise Ebinger, hinter ihr ein weiterer Soldat, der ihr beim Ausladen half und ihre Sachen ins Haus trug.

Auf der anderen Straßenseite fegte Kathrin Lubinger ihre Haustreppe mit einem Reisigbesen. Sie hielt inne und starrte herüber. Als der Fahrer den Motor des Jeeps abgestellt hatte, rief sie: »Ja, jetzt wird's Tag! Fährt die Frau Ortsgruppenleiter scho wieder mit dem eigenen Chauffeur vor?!«

Hinter ihr erschien ihr Sohn Hans, ein dicklicher zwölfjähriger Junge. »Mama, was ist denn?«

»Wir habet nie einen Chauffeur gehabt. Für was auch? Schließlich hent mr ja au kei Auto ghet!«, gab Luise zurück.

Marie Häfner trat neben sie. »Lass nur, die Kathrin hat's auch nicht leicht. Sie neidet mir, dass du bei mir wohnst und dass deine Kinder so kräftig mit zupacket. Sie hat halt gar keine Hilfe. Der Hans ist ja eher eine Last. Und von ihrem Mann hat sie viel länger nix ghört als ich von meinem. Dabei sind die zwei doch bei derselben Einheit, der Anton und der Andreas.«

Luise Ebinger ging über die Straße. »Wir wollen uns nicht streiten«, sagte sie. »Man hat uns halt aus unserer Wohnung vertrieben. Und jetzt hat der Kommandant …«

Kathrin Lubinger ließ Luise nicht ausreden. »Sie könnet ja au nix dafür. Aber Ihr Mann und alle die andere, die uns in dieses Unglück hineingetriebe habet.«

Luise nickte nur. Die Frau hatte ja recht.

Diejenigen, die Kathrin Lubinger gemeint hatte, waren, soweit sie aus der Gegend von Tübingen, Reutlingen und Hechingen stammten, in einem Lager am Rande der Stadt Balingen zusammengezogen worden. Dort hausten sie in niedrigen Baracken, jeweils 42 Männer, die auf Feldbetten schliefen und ihre schmale Habe in Kartons unter ihren Liegen verstaut hatten. Lagerkommandant war ein Algerier, den sie heimlich »Ali Baba« nannten, weil sich die Legende hartnäckig hielt, er sei ein Muselmann. Ali Baba war ein kleingewachsener Mann mit sehr dunkler Haut. Seine schwarzen Haare kräuselten sich in zahllosen Löckchen um das langgezogene Gesicht. Ein schmales Bärtchen saß messerscharf über seiner Oberlippe und zog sich bis zu den Mundwinkeln hinab. Seine ausdruckslosen Augen glichen grauen Kieseln. Ali Baba trug stets Reiterhosen, die eigentlich den Offizieren der Kavallerie vorbehalten waren. Freilich gab es in der französischen Armee nur noch eine kleine nostalgische Truppeneinheit zu Pferde, und der Balinger Lagerkommandant hatte ihr niemals angehört. Aber er fand, dass ihm diese Kleidung besonders gut stand, weil sie ihm etwas Herrenhaftes gab. Passend zu den Hosen hatte er stets eine Reitpeitsche in der Hand, mit der er knallend gegen seine kniehohen Stiefel schlug, wenn er mit den Gefangenen oder seinen Untergebenen sprach. Unvermittelt konnte er mit dieser Gerte aber auch zuschlagen, mit Vorliebe ins Gesicht seines Gegenübers.

Der Kommandant schien ständig damit beschäftigt zu sein, sich neue Schikanen auszudenken. So ließ er die Deutschen tagelang mit Schubkarren Schottersteine von großen Haufen über einen Platz verteilen, dann wieder zusammenscharren und per Schubkarre auf einen neuen Haufen transportieren. Als Werkzeuge standen ihnen lediglich ihre Hände zur Verfügung. Er wusste, dass es gegen diese unsinnigen Strafübungen Widerspruch auch unter seinen Unterführern gab, und er hörte sich auch die Beschwerden des Lagerrates an. Doch immer nach solchen Gesprächen rief er die Häftlinge und ihre Bewacher in der größten Baracke zusammen und ließ ihnen die Filme vorführen, die amerikanische Kameraleute nach der Befreiung des Konzentrationslagers Auschwitz gedreht hatten. In seinem gebrochenen Deutsch sagte er dann: »Ist milde Strafe für euch gegen das!«

Darin gab Albert Ebinger dem Kommandanten in seinem Inneren recht. Aber als er einmal die Gelegenheit hatte, mit Ali Baba zu reden, weil er in den Lagerrat gewählt worden war, und sagte: »Wie sollen wir glauben, dass Ihr System besser ist, wenn es nur neue Formen der Ungerechtigkeit hervorbringt?«, traf ihn ein Hieb mit der Gerte mitten ins Gesicht – Ali Babas Art, solche Gespräche abrupt zu beenden.

Im Herbst 1945 erging der Erlass, die Internierten sollten für sinnvolle Arbeiten auch außerhalb des Lagers eingesetzt werden. Albert Ebinger wurde einer Gruppe zugeteilt, die zur Waldarbeit abgestellt wurde. Ein paar Kilometer vom Lager entfernt brachte man ihn und 23 andere Häftlinge im Saal eines früheren Gasthofs am Rand eines kleinen Dorfes am Steilabfall der Schwäbischen Alb unter. Die zwölf französischen Soldaten des Wachkommandos logierten in den Hotelzimmern des Haupthauses. Jeweils sechs von ihnen begleiteten das Arbeitskommando in den Wald und hielten mit ihren geladenen Gewehren Wache.

Gleich in den ersten Tagen versuchte einer der Deutschen zu fliehen, wurde von einem der Wächter niedergeschossen und verblutete im Unterholz des Waldes. Danach wagte lange keiner mehr, den Franzosen zu entkommen.

Die Angehörigen hatten die Internierten schon ein Vierteljahr nach deren Festnahme in Balingen besuchen dürfen. Aber es waren kurze Begegnungen in der Versammlungsbaracke. An Tischen, die in einer Reihe aufgestellt waren, saßen die Häftlinge nur einen Meter von den Nebenleuten entfernt und warteten. Die Besucher hatten auf der anderen Seite Platz zu nehmen. Mehr als eine Berührung der Hände war nicht erlaubt. Luise Ebinger hatte beim ersten Mal kaum einen Ton herausgebracht. Beim zweiten Mal hatte sie einen Zettel in ihrer Jackentasche, auf dem sie alles notiert hatte, was sie mit Albert besprechen wollte. Sie arbeiteten die Liste Punkt für Punkt ab. Die Begegnung hatte auf diese Weise etwas Geschäftsmäßiges. Und als Luise ihren Mann endlich fragte: »Erzähl doch, wie geht's dir? Wie fühlst du dich?«, waren die 40 Minuten abgelaufen, die man ihnen genehmigt hatte.

Das änderte sich nach Alberts Verlegung in den Nachbarort Balingens. Nun durften auch die Kinder mitkommen. Öffentliche Verkehrsmittel gab es nicht, deshalb mussten die 45 Kilometer von Fleckenhausen bis in die Gegend von Balingen zu Fuß zurückgelegt werden. Nach zwei Drittel der Strecke kam man nach Dußlingen. Dort wohnte die Familie von Alberts Bruder Ottmar, der bis Kriegsende Bezirksnotar gewesen war, nun aber ebenfalls in Balingen einsaß. Ein hagerer, hochaufgeschossener Mann mit einem schmalen Gesicht, das Luise immer an einen Windhund denken ließ. In den Zeiten nach 1933 war er ein weit fanatischerer Anhänger der Nazipartei und Adolf Hitlers gewesen als sein Bruder Albert. Und auch jetzt gehörte er noch zu denen, die das zusammengebrochene Regime vehement und ohne jede Einsicht in die längst bekannten Tatsachen verteidigten. Seine Frau Frieda dagegen war eine sanfte, über alle Maßen gutherzige Frau. Sie hätte die uneinsichtige Haltung ihres Mannes sonst wohl kaum verziehen.

Luise Ebinger belud einen Handwagen mit Kleidern, Decken und allem, was sie zu essen und zu trinken fand beziehungsweise von freundlichen Nachbarn und Marie Häfner erbettelte. Frau Häfner gab ihr sogar einen viertel Zentner Kartoffeln für die Verwandtschaft mit.

Der Handwagen rumpelte über die schnurgerade Straße durch den Schönbuch. Es war der sogenannte Römerweg, den Julius Cäsars Truppen einst angelegt hatten, als sie nach Germanien zogen. Längst führte eine andere Straße nach Tübingen. Die schwang sich in sanften Kurven über die Hügel, um steile Anstiege und Gefälle zu vermeiden. Der wesentlich kürzere Weg führte über die Römerstraße, die sich kompromisslos bergauf, bergab durch den Schönbuch schob. An manchen Stellen musste man umständlich Bombentrichter umfahren, und nie verließ Luise die Angst, dass da irgendwo noch Blindgänger verborgen sein könnten, die explodieren und ihre ganze Familie zerreißen könnten.

Die Räder quietschten in den Achsen, die Eisenreifen klirrten laut auf der gepflasterten Fahrbahn. Wenn es bergab ging, durfte der kleine Christian aufsteigen. Doch sobald der Weg eben oder steil wurde, musste er genau wie seine Geschwister schieben. Nach Tübingen wurde die Straße breiter und die Fahrbahn glatter. Aber wenige Kilometer vor ihrem Etappenziel baute sich der Dußlinger Buckel vor ihnen auf. Ein langgezogener Anstieg, der zu einer Kuppe hinaufführte, hinter der das Dorf lag. Christian war vor Müdigkeit auf dem Kartoffelsack eingeschlafen. Aber jetzt rüttelte ihn sein Bruder wach. »Los! Runter! Schieben!« Der sechsjährige Bub stieg ab. Ohne etwas zu sagen, trat er hinter den Leiterwagen, bohrte seine Stirn in den Kartoffelsack und packte links und rechts die Holme des Leiterwagens. Die Mutter zog an. Die Geschwister schoben links und rechts an den Seiten. Christian sah unter sich seine Füße, die im immer gleichen Rhythmus voran-tappten. Der Schweiß lief ihm in die Augen. Sein Atem ging kurz. Die Waden schmerzten. Seine Mutter rief von vorne: »Christian, streng dich net so an. Du musst den Wagen net alleine schieben!« Aber er hörte sie nicht. Er sah nur seine beiden nackten Füße in den zu weiten Sandalen, die er von seinem Bruder geerbt hatte. Tapp, tapp, tapp.

»Mein Gott, was ist denn mit dem Kind?« Tante Frieda war aus dem Haus geeilt, als sie die Familie mit dem Handwagen hatte kommen sehen. Jetzt starrte sie entsetzt auf Luises Jüngsten. Christian hatte sich einfach fallen lassen, als sie das Haus der Tante erreicht hatten. »Vielleicht bin ich ja jetzt tot«, war es ihm durch den Kopf geschossen. Dann hatte er das Bewusstsein verloren.

Als er wieder zu sich kam, hörte er ein Stimmengewirr, von dem er zunächst nicht wusste, wo es herkam. Nur mühsam kriegte er die Augen auf. Über sich sah er einen weißen Himmel mit Blumen und Girlanden – die mit Stuck verzierte Decke des Arbeitszimmers seines Onkels Ottmar. Er wandte den Kopf und sah in dem halbrunden Erker, der auf Tante Friedas Blumengarten hinausging, den schweren dunklen Schreibtisch, der ihn schon immer fasziniert hatte, weil Christian glaubte, in den vielen Schubfächern und hinter den Türchen müssten sich die spannendsten Geheimnisse verbergen. Es war nämlich streng verboten, sich dem Möbel zu nähern oder es gar anzufassen.

Jetzt begriff er endlich, dass er auf der Couch lag, die seinem Patenonkel für dessen Mittagsschlaf diente. Und auch die Stimmen aus dem Nebenzimmer ließen sich langsam zuordnen. Tante Frieda sprach immer in einem sanften Singsang. Bei ihr klangen alle Wörter weich, selbst wenn sie streng war oder sich über etwas ärgerte, was freilich bei ihr nur sehr selten geschah. Dagegen war die Stimme von Christians Mutter laut, hoch und scharf. Wenn sie am Abend aus dem Fenster des Schulhauses ihr langgezogenes »Christiaaaaan!« rief, um ihren Sohn zum Nachtessen nach Hause zu zitieren, hörte er das sogar auf dem Sportplatz, der mehr als 400 Meter entfernt war.

Christian richtete sich auf und schwang seine müden Beine über die Kante der Couch. Er blieb noch eine ganze Weile sitzen, als ob er sich nicht entschließen könnte, ob er aufstehen oder sich zurücksinken lassen sollte. Endlich richtete er sich auf und hob die Arme über den Kopf. »Atmen!«, sagte sein Vater immer. »Atmen ist das Wichtigste, wenn's dir mal nicht gutgeht. Gleichmäßig atmen, tief und immer tiefer.« Und tatsächlich, es half. Seine Lebensgeister kehrten zurück. Langsam ging er zur Tür, die ins Wohnzimmer führte, und stieß sie auf. Alle Blicke wendeten sich ihm zu. »Geht's wieder?«, fragte Tante Frieda. Ihr ältester Sohn Armin rief grinsend: »Gell, Christian, was uns nicht umbringt, macht uns stärker!«

»Du wirst Hunger haben«, meinte die Tante.

Christian nickte. Da saßen sie um den ovalen Tisch. Seine Schwester, sein Bruder, seine Cousins Armin und Walter, die wesentlich älter waren als er, und sein Bäsle Renate. Auf dem Tisch stand das Kaffeegeschirr. Und auf einer runden Platte erkannte er die Reste eines gelben Kuchens. Tante Frieda legte ein großes Stück auf einen Teller und stellte ihn vor Christian hin. »Maiskuchen«, sagte sie. »Was anderes als Mais kriegt mr ja grad net.« Ohne danke zu sagen, begann der kleine Junge zu futtern, und er glaubte, nie in seinem Leben etwas Besseres gegessen zu haben.

Anderntags waren es noch 15 Kilometer bis zur neuen Bleibe des Vaters in dem kleinen Dorf. Sie kamen kurz vor Mittag an. Die

Männer seien im Wald, sagte eine Frau, die im Garten des Gasthofs Wäsche aufhängte. »Net weit, es isch knapp a Kilometer.«

Das Kommando war leicht zu finden. Die Axtschläge und das gleichmäßige Raatzen der Zugsägen waren weit zu hören. Unwillkürlich beschleunigten Luise und ihre Kinder ihre Schritte immer mehr, je näher sie den Arbeitsgeräuschen kamen. »Baum fällt!«, hörten sie plötzlich rufen. Das Ächzen und Stöhnen einer riesigen Fichte ertönte, die sich langsam neigte, dann schneller zu Boden stürzte und mit einem mächtigen letzten Aufrauschen dicht vor den Besuchern zum Liegen kam.

Christian sah seine Mutter mit großen Augen an. »Huscht des ghört, Mama? Der Baum hat gheult!« Die Mutter schaute ihren Buben verständnislos an. »Auf was du auch immer kommst!«

Plötzlich stand ein Soldat in einer braunen Uniform vor ihnen, das Gewehr auf die kleine Gruppe gerichtet. »Arrêtez-vous!«

»Om dr Gottes willa!«, entfuhr es Luise.

Hanna, die im Gymnasium seit dem Einmarsch der Besatzer Französisch lernte, sagte: »Nous sommes la famille de Monsieur Ebinger!«

Der Soldat ging zu dem Handwagen und hob mit der Mündung seiner Waffe die Decke hoch, unter der Luise die Mitbringsel für ihren Mann verwahrt hatte. Danach untersuchte er, was Frau Ebinger in Küchenhandtücher eingewickelt und sauber in den Wagen geschichtet hatte. Er nahm ein Stück Schinkenwurst und ein Brot heraus und schob beides in die aufgesetzten Taschen seiner Uniformjacke, dann steckte er zwei Finger in den Mund, pfiff und schrie: »Ebinger! Viens ici! Dalli, dalli!«

Es wäre nicht nötig gewesen, so laut zu rufen. Die Männer des Arbeitskommandos standen hinter der gefallenen Fichte und beobachteten durch die Äste die kleine Szene. Jetzt löste sich Albert Ebinger aus der Gruppe und kam herüber. Sein Gang war schleppend. Christian fiel auf, wie dünn der Vater geworden war. Seine Schultern hingen nach vorn. Das Gesicht wirkte sehr schmal und seltsam dunkel. Als er ihn umarmte, spürte Christian die stachligen Bartstoppeln auf seiner Haut.

Von der Kirchturmuhr schlug es zwölf.

»Mittagspause«, rief ein großer, breitschultriger Mann.

»Unser Kapo!«, sagte Albert Ebinger.

»Was ist ein Kapo?«, fragte Christian.

»Der Anführer. Er teilt die Arbeit ein und passt auf, dass wir alles richtig machen«, klärte ihn der Vater auf. »Und er verhandelt mit dem Wachpersonal. Er ist Förster. Versteht also was vom Wald. Gernot Löffler heißt er.«

Löffler verhandelte mit dem Chef des Wachkommandos und zeigte dabei immer wieder auf die Familie Ebinger, die jetzt im Gras auf einer lichten Stelle des Waldes saß. »Was schwätzt der denn mit dem?«, wollte Gerhard wissen.

»Das werden wir gleich erfahren.« Der Vater hatte eine Flasche Wasser aus dem Handwagen genommen und trank in großen Schlucken. Christian starrte ihn verwundert an. Er hatte den Vater noch nie aus einer Flasche trinken sehen. »Wir benutzen ein Glas«, pflegte er zu sagen, »das unterscheidet uns von den Bauarbeitern.« Luise hatte inzwischen begonnen, den zweiten Laib Brot, den sie eingepackt hatte, aufzuschneiden. Sie rief zu den Deutschen hinüber. »Kommt her. Es ist genug für alle.« Bald saß die ganze Gruppe um die Familie Ebinger herum, nur der Förster Löffler verhandelte noch immer mit den Franzosen. Als er endlich herüberkam, beugte er sich zu Albert Ebinger hinunter und flüsterte ihm etwas ins Ohr. Luise konnte es dennoch hören und errötete. Aber dann stand sie entschlossen auf, nahm die Wolldecke vom Handwagen, fasste ihren Mann an der Hand und sagte: »Kinder, wir sind bald wieder da!« Christian sprang auf: »Wartet, ich komm mit!« Aber Löffler packte ihn am Handgelenk und zog ihn wieder neben sich ins Gras. »Lass mal«, sagte er. »Die haben jetzt so viel zu besprechen. Das machen sie besser alleine!«

Es wurde still in der Runde. Einer der Männer hatte ein kleines Feuer gemacht, an dem sie nun die Schinkenwurst, die der Franzose nicht gefunden oder freundlicherweise nicht konfisziert hatte, in schmalen Scheiben an spitzen Stöcken in den Flammen brieten. Gerhard wandte sich an den Förster – eigentlich nur, weil er das

Schweigen durchbrechen wollte. »Mein kleiner Bruder hat gemeint, der Baum, der gefällt worden ist, hätt geheult.«

Löffler fuhr Christian kurz über den Kopf. »Das hast du gehört?«

Christian nickte ernst. »Mhm!«

»Ja, so etwas gibt es«, sagte der Förster ernst. »Pflanzen wollen genauso wenig sterben wie die Tiere und wir Menschen.«

Einer der Männer sagte: »Jetzt übertreib aber mal nicht, Gernot!«

»Wer versteht mehr von Pflanzen, du oder ich?«, gab Löffler zurück. Dann aßen sie wieder schweigend.

Es dauerte keine Stunde, da kamen die Eltern wieder. Sie wirkten erhitzt. Luises Frisur war in Unordnung geraten, und überall an ihren Kleidern hatten sich Tannennadeln, Buchenblätter und Grashalme festgesetzt. Die Männer am Feuer lächelten sich zu.

»Auf geht's!«, ließ sich der Kapo Löffler hören. »Wir müssen wieder!«

Albert Ebinger durfte seine Familie noch bis zum Waldrand begleiten. »Es dauert nimmer lang, dann komm ich wieder heim«, sagte er, umarmte seine Kinder und hielt noch eine ganze Weile die Hände seiner Frau in den seinen. »Zum Glück bist du stark«, sagte er schließlich.

»Bleibt mir ja nix anders übrig«, gab sie zurück und versuchte ein wenig zu lächeln.

Kurz nach dem Jahreswechsel erschien der elsässische Offizier in Marie Häfners Bauernhaus und eröffnete Luise Ebinger, sein Kommando werde das Dorf verlassen, die Wohnung im Schulhaus stehe ihr wieder zur Verfügung. Auch die Klassenräume würden geräumt. Zwei neue Lehrer sollten ab Dezember den Unterricht wieder aufnehmen.

Inzwischen hatten sich in Marie Häfners Haus so viele Habseligkeiten der Familie Ebinger angesammelt, dass man für ihre Rückkehr den großen Leiterwagen brauchte, vor den Marie ihren Kaltblüter spannte.

Acht Tage lang putzte Luise Ebinger in einem wahren Furor die fünf Zimmer, die große Küche, die Speisekammer und sogar den Dachboden, ließ keine Ecke und keinen Winkel aus. Weil es weder Seife noch Waschpulver gab, verwendete sie fast kochendes Wasser, so dass ihre Hände krebsrot aussahen, wenn sie sie aus dem Putzeimer zog. Obwohl es draußen schrecklich kalt war, ließ sie alle Fenster sperrangelweit offen stehen, um den Geruch von Zigarettenrauch, Männerschweiß und schalem Bier zu vertreiben. Als sie es endlich geschafft hatte, sagte sie zu ihren Kindern: »Jetzt kommt bestimmt unser Vater auch bald heim.« Aber das war ein Trugschluss. Es sollte noch fast zwei Jahre dauern, bis Albert Ebinger endlich aus dem Internierungslager entlassen wurde.

Bei anderen ging es schneller. Sogar bei manchen, die in russischer Kriegsgefangenschaft gewesen waren. Zu ihnen gehörte Anton Häfner. Marie und die kleine Inge waren grade dabei, Grünfutter abzuladen, das sie im Gewann Hirschland, wo sie drei Wiesen hatten, gemäht und auf den leichteren der beiden Leiterwagen geladen hatten, als sie die Stimme ihrer Nachbarin Kathrin Lubinger hörten. »Marie, Inge! – Höret doch! Wo seid ihr denn? Inge, Marie, kommet schnell!«

»Was hat sie denn?«, fragte Marie. »Geh doch amal und guck!«

Wieder tönte es von der anderen Straßenseite. »Marie! Marie! Der Anton!«

Marie Häfner durchfuhr es wie ein Stromschlag. Inge schaute zu ihr auf. »Der Papa?« Die Bäuerin warf die Gabel weg, raffte ihren Rock und rannte an der Hausmauer entlang zur Straße. Gegen die tiefstehende Sonne sah man den Schattenriss eines Mannes, der sich langsam und schleppend auf der Waldenbucher Straße den Berg heraufbewegte. Jetzt blieb er stehen, nahm die speckige Schildmütze vom Kopf und winkte damit. Marie rannte auf ihn zu, wurde aber von Inge überholt, die ihren Vater beinahe umgeworfen hätte, als sie in seine Arme sprang. Nachbarn kamen aus ihren Häusern. Endlich erreichte auch Marie ihren Mann. Sie schloss ihn in ihre Arme, drückte ihn an sich und bedeckte sein Gesicht mit Küssen. »Anton! Anton, bist du 's wirklich?« Anton stand steif und ohne erkennbare Regung da. Vorsichtig schob er seine Frau und seine kleine Tochter ein wenig von sich. »Ja … äh … also, da bin ich wieder.«

»Gott sei Lob und Dank!«, rief Marie.

»Damit habt ihr wohl gar nimmer grechnet?« Er versuchte ein Lächeln.

»Jeden Tag hab ich dafür gebetet«, sagte Marie mit tränenerstickter Stimme.

Hans Lubinger kam über die Straße. Er hatte sich dem Griff seiner Mutter entwunden und stellte sich nun vor den Heimkehrer hin. »Und mein Papa?«

»Wer bist denn du?«, fragte Anton Häfner.

»Der Hans Lubinger!«

»Der Sohn vom Andreas Lubinger?« Zum ersten Mal hob Anton den Kopf und sah sich suchend um. Sein Blick fiel auf die Nachbarin, die auf ihrer Haustreppe stand und ihre Schürze mit den Händen zerknüllte. »Ach, Kathrin!«

»Ja, von meim Andreas«, sagte sie. »Wie ihr en Kriag hent müsse, ischer ja no so a kloiner Bua gwesa.« Sie senkte ihre flach abgewinkelte linke Hand bis auf die Höhe ihrer Hüfte. Jetzt stieg sie die Steinstufen herunter. »Ihr seid doch a Zeitlang zamme gwese – mei Andreas und du!«

»A Zeitlang? – Die ganze Zeit … bis … also eigentlich bis zum Schluss.« Er verstummte.

»Was weischt denn von meim Andreas, Anton?«

Marie Häfner stand daneben und hatte plötzlich das Gefühl, es gehe gar nicht mehr um ihr Wiedersehen mit ihrem Mann. »Jetzt lass ihn doch erst amal heimkomme«, sagte sie.

Anton nickte. »Mir schwätzet später drüber, Kathrin. Lass me no zerscht a bissle ausruhe.« Er legte seine Arme um die Schultern seiner Frau und seiner kleinen Tochter, um sich zu stützen, und ging die letzten Schritte zu seinem Haus.

Marie wollte alles auf einmal machen: sich waschen, kämmen, ein Essen für ihren Mann, eine Flasche Wein öffnen, einen Blumenstrauß im Bauerngarten hinter ihrem Haus pflücken. Sie flatterte durchs Haus und über den Hof und brachte gar nichts zustande. Als sie endlich wieder ins Wohnzimmer trat, lag ihr Mann auf dem Sofa und schlief. Vor dem Sofa kauerte Inge mit überkreuzten Beinen auf dem Boden und sang leise ein kleines Lied vor sich hin, das sie sich selbst ausgedacht hatte. Marie blieb unter der Tür stehen. Der Mann sah erbärmlich aus. Seine Füße waren mit Lappen umwickelt, die nun über den Rand des Sofas hinunterhingen. Die graue Hose war verfleckt und zerrissen. Die abgeschabte Uniformjacke hatte er ausgezogen. Unter dem brüchigen Stoff seines Hemdes konnte man die Rippen mit dem bloßen Auge zählen.

Langsam wurde Marie ruhiger. Sie zwang sich dazu, in die Küche zu gehen und etwas zu essen zu machen. Ihre Bewegungen wurden jetzt mit jedem Handgriff langsamer. Das Glücksgefühl, das sie zuerst überwältigt hatte, wich einer Bangigkeit, die sie sich nicht erklären konnte. Oder doch? Es war so viel Zeit vergangen. Anton musste so viele schreckliche Dinge erlebt haben. Und sie selbst, war sie nicht auch hart geworden in den Kriegsjahren, in denen sie ganz auf sich allein gestellt war? Und wie würde das jetzt werden, wenn er wieder da war?

Plötzlich stand Anton hinter ihr. »Ich geh noch gschwind rüber zu der Kathrin.«

»Hat das nicht Zeit bis morgen, Anton?«

Er schüttelte den Kopf. »Ich muss es hinter mich bringen – je eher, umso besser.«

»Aber zieh dir doch noch was anderes an. Deine Sachen hängen alle im Schrank.«

Er nickte nur, wendete sich um und ging hinauf in den ersten Stock ins Schlafzimmer.

Als er die Treppe wieder herunterkam, hatte er seinen alten grauen Anzug angezogen, der ihm viel zu weit geworden war. »Ich seh aus wie eine Vogelscheuche, gell«, sagte er zu Inge, die auf der untersten Stufe saß.

»Gar nicht!«, sagte das Mädchen.

Anton Häfner ging aus dem Haus, überquerte die Straße und klopfte bei Kathrin Lubinger. Hans öffnete. Er sah den Besucher aus seinen hervorquellenden Augen an. Er habe die Basedow-Krankheit, hatte Dr. Hartter damals gesagt. Im Dorf nannten sie den Jungen nur »Wasserkopf«. Er streckte Anton die Hand hin, machte einen Diener und sagte in einem seltsam feierlichen Ton: »Grüßgott auch!«

Kathrin kam aus ihrer Küche. Sie musste jetzt 37 oder 38 Jahre alt sein. Eine hübsche Frau. Hätte man in Fleckenhausen früher einmal einen Schönheitswettbewerb abgehalten, sie hätte garantiert gewonnen. Ihre vollen roten Haare hatte sie zu einer Hochfrisur aufgesteckt. Sie trug eine rote Kittelschürze, die wie ein hübsches Sommerkleid geschnitten war und ihre Figur wunderbar zur Geltung brachte. An den Füßen hatte sie hochhackige Schuhe, die ihre langen Beine noch länger erscheinen ließen und in die sie rasch hineingeschlüpft war, als es an der Tür geklopft hatte.

»Komm rein, Anton!«

»Ich will mich nicht lang aufhalten, es ist nur, weil du mich gefragt hast …«

»Setz dich. Magst einen kleinen Likör?«

»Wenn du so was hast.« Er nahm auf dem Sofa Platz.

Kathrin ging zu einem Büfett und schenkte zwei Gläser ein. Anton nahm eines und konnte nichts dagegen machen, dass seine Hand zitterte. Er räusperte sich, sagte leise »Prost«, trank dann aber doch nicht, sondern stellte das volle Gläschen auf den Tisch. Kathrin drehte zwei Zigaretten und bot ihm eine an. »Später vielleicht«, sagte er und steckte die Zigarette hinters Ohr. »Der Andreas war mein allerbester Kamerad! Ohne ihn … ohne ihn hätt ich nicht überlebt«, begann er unvermittelt. »Ich weiß gar net, wie oft ich allen Mut verloren hab, und er hat mich wieder aufgrichtet, Kathrin. Der beste Kamerad, ehrlich und …« Antons Stimme versagte, er griff nun doch wieder nach dem Likörgläschen und leerte es in einem Zug.

»Aber du bischt alloi zrückkomme«, sagte Kathrin.

Anton konnte nur nicken.

»Heißt des … Anton, heißt des … Jetzt sag doch was!«

»Es war halt so schwer! Diese mörderische Schlacht um Stalingrad. Des kann sich koiner vorstelle, der net dabei war. Mir hent von Anfang an gwisst, jetzt send mir verlore. Der Andreas hat's immer wieder gsagt: ›Warum ergebet mir ons net. Mir hent doch sowieso koi Chance.‹ Aber noi, sie hent ons immer weiter nei triebe in unser Verderbe, Kathrin.« Er nickte ein paarmal und wiederholte: »Unser Verderben! Und die Kriegsgefangenschaft … Mr woiß net, was schlemmer war: diese sinnlosen Kämpfe oder der Hunger, die Entbehrungen und die Misshandlungen im Lager.«

Kathrin Lubinger stand auf, setzte ihr Glas hart auf dem Tisch ab. »Anton! Du musst mir des jetzt sage: Was ist mit meim Andreas?«

»Eigentlich ischt er immer der Stärkste von uns alle gwesa, aber wie dann der Typhus umgange ischt …«

Kathrin begriff mit einem Schlag. »Hat er sehr leide müsse?«

Anton schaute auf. »Ich weiß es nicht!« Er schüttelte den Kopf. »Es hat da eine Ärztin gegeben, die sich als Einzige um uns gekümmert hat. Sie hat gsagt, er muss auf die Krankenstation. Bevor sie ihn dorthin abtransportiert haben, hat er zu mir noch gsagt: ›Lebendig komm ich da nimmer raus!‹« Anton zog ein kleines Päckchen unter seinem Hemd hervor und reichte es Kathrin. »Da – das hat er mir gegeben und gesagt: ›Sag der Kathrin, wie sehr ich sie geliebt hab. Aber i glaub, des woiß sie au so!‹«

Kathrin Lubinger legte das Päckchen auf den Tisch. »Wenn's net so wäre, dät's vielleicht au net so weh, Anton.« Sie ließ sich neben ihm auf dem Sofa nieder. Unbeholfen legte er seinen Arm um sie. »Ich hab nix mehr von ihm ghört, aber ich denk immer noch, dass er eines Tages wiederkommt. Sonst …« Er schluckte. »Aber man darf die Hoffnung niemals aufgeben, Kathrin.«

Plötzlich sprang Kathrin wieder auf, nahm ihr Likörglas und warf es mit aller Kraft in die Glastür des Büfettaufsatzes, die splitternd zersprang. »Dieser Krieg! Dieser Scheißkrieg. Alles hat er kaputt gmacht. Bloß Elend hat er über uns bronga. Alles hat er ons gnomme, dieser Krieg, dieser absolut sinnlose, hirnlose, dieser domme, domme, domme Krieg!«

Anton stand nun auch auf. Es schien, als koste ihn das unendlich viel Kraft. »Wenn ich bloß wüsst, wie man dich tröste kann.«

Kathrins Stimme wurde jetzt wieder ganz leise. »Da gibt's koin Trost, Anton. Wenn er net wiederkommt, was soll ich dann noch mit meinem Lebe?«

»An dr Front, wenn's ganz schlimm komme ischt, und des war ja nicht selte, da hemmer emmer gsagt: Das Leben geht weiter. Aber dass des gloge war, ist uns jeden Tag neu bewiese worde.«

Kathrin legte eine Hand auf Antons Arm. »Du kommscht hier wieder auf d' Füeß, Anton. Aber ich …?«

»Kathrin …!«

»Besser, du gehst jetzt wieder zu deiner Frau!«

»Ja, dann … also, wenn mr dir was helfe kann …?«

Sie schüttelte nur den Kopf und sagte: »Gutnacht, Anton!«

»Gutnacht, Kathrin!«

Er trat vor die Haustür und zog die kühle Abendluft tief in seine Lungen. Die Häuser, die mit ihren Giebeln zu der abschüssigen Straße standen, waren nur als Silhouetten zu erkennen. Eine Straßenbeleuchtung gab es schon lange nicht mehr. Das Dorf wirkte wie ausgestorben. Nur hinter wenigen Fenstern brannte Licht. Auch bei ihm zu Hause, drüben auf der anderen Straßenseite. Im Schlafzimmer.

Auf dem Weg hinüber holte Anton die Zigarette hinterm Ohr hervor und zündete sie an. Er stieg die sechs Steinstufen zur Haustür hinauf, öffnete sie aber nicht. Er blieb stehen und zog den Zigarettenrauch in die Lunge. Die Selbstgedrehte hatte er längst zu Ende geraucht, als er seine Hand auf die Türklinke legte und endlich ins Haus trat.

Marie hörte seine Schritte auf der Treppe. Sie schlug die Bettdecke zurück und richtete sich ein wenig auf. Ob er das Nachthemd erkannte?

Er hatte es ihr damals geschenkt, als sie nach Inges Geburt aus der Klinik zurückgekommen war. Die Tür ging auf. Anton stand auf der Schwelle. Ein leises Zittern ging durch Maries Körper. Beide schwiegen. Langsam zog sich der Mann aus und setzte sich auf seiner Seite auf die Kante des Ehebetts. Marie drehte sich auf die rechte Seite und legte ihre flache Hand zwischen die hervorstehenden Schulterblätter auf die nackte Haut seines Rückens. Er zuckte zusammen, wendete sich dann um und sagte leise: »Ich brauch noch a bissle Zeit!« Dann zog er seinen Schlafanzug an, legte sich neben sie und zog die Bettdecke bis zum Kinn hinauf. Marie beugte sich über ihn und drückte ihm einen Kuss auf die Lippen, den er nicht erwiderte. Danach lag sie noch viele Stunden wach und lauschte auf seine gleichmäßigen Atemzüge. Wann sie dann endlich eingeschlafen war, wusste sie am anderen Morgen nicht, als sie wie immer um sechs Uhr aufstand, um die Kühe im Stall zu versorgen.

Schon früh im November fing es an zu schneien. Nach drei Tagen lag der Schnee fast einen Meter hoch. Auf Geheiß des neuen Bürgermeisters spannte der Bauer Schätzle seine zwei starken Pferde vor den Bahnschlitten. Die Gäule versanken fast bis zu ihren Bäuchen im Schnee, stapften aber gleichmütig vorwärts, als bedeute ihnen das schwere Holzdreieck in ihrem Rücken nichts. Ihr Kummet war mit Glöckchen behängt, und bei jedem Tritt mit ihren schweren Hufen erschallte ein mehrstimmiges fröhliches Klingeln, das so gar nicht zu dem düsteren grauen Tag passen wollte. Die Wolken hingen tief, und unablässig fielen weiter riesige Flocken. »Groß wie Taschentücher«, sagte Luise Ebinger, die am Fenster stand und zusah, wie Schätzle seine Pferde in die Bergstraße lenkte. »Die armen Leut in der Stadt. Was machen die jetzt bloß, wenn's noch kälter wird?«

Im Herbst waren sie in Scharen ins Dorf gekommen, auf Fahrrädern und zu Fuß. Hamsterer, wie man sie geringschätzig nannte. Aber sie waren zum Betteln gezwungen, wenn sie nicht verhungern wollten. Manche tauschten wertvollste Güter gegen ein paar Pfund Kartoffeln, eine Tüte Mehl oder ein paar Eier. Vom Bauern Oberdinger ging die Rede, er könne langsam seinen Stall mit Perserteppichen auslegen, so geschickt und gnadenlos hatte er mit den bedürftigen Städtern verhandelt, bevor er ihnen ein paar Lebensmittel überließ. Dem Bauern Schätzle sagte man nach, er tausche Lebensmittel nur gegen Silberbesteck und -geschirr. Die Tugend des Teilens war nicht weit verbreitet. Das bekam auch Luise Ebinger mit ihren drei Kindern zu spüren. Außer Marie Häfner gab ihr niemand etwas von selbst. Und betteln würde sie nicht. Das verbot ihr der Stolz, den ihr der Vater einst eingepflanzt hatte. Also ging sie mit ihren Kindern im Herbst Ähren lesen, wenn die Bauern ihre Kornfelder abgeerntet hatten. Wenn sie nach ein paar anstrengenden Tagen einen Leinensack mit ihrer Ausbeute füllen konnten, schickte sie die Buben mit dem Leiterwägelchen nach Waldenbuch zur Seitenbachmühle.

Man musste auf dem Weg, der über die Fortsetzung der alten Römerstraße nordwärts führte, die Demarkationslinie zwischen französischer und amerikanischer Besatzungszone überqueren. Erwachsene wurden streng kontrolliert. Kinder konnten in aller Regel ungehindert passieren.

Der alte, weiß bestäubte Seitenbachmüller verstand sich mit allen Kindern gut. Christian Ebinger aber hatte er besonders ins Herz geschlossen, seitdem er Zeuge geworden war, wie der Junge sich zu wehren verstand, wenn's darauf ankam. Eine Frau, die ebenfalls ihre Ähren zum Mahlen brachte, hatte den Buben rüde zur Seite gestoßen, als der eigentlich dran war, und gesagt: »Du wartest gefälligst, bis die Erwachsenen fertig sind.« Christian hatte sich vor der untersetzten Waldenbucherin aufgebaut und geantwortet: »Bloß weil Sie scho groß sind, sind Sie auch nix Bessers als ich!« Die Frau hatte zu einer Ohrfeige ausgeholt, hatte aber ruckartig innegehalten, als der Müller mit seiner Bassstimme rief: »Hier wird koi Kend gschlage!« Und dann: »Komm her, Büble!« Er hatte Christian das Getreidesäckchen abgenommen, war nach hinten gegangen und hatte kurz darauf dem Jungen denselben Sack wieder überreicht – bis an den Rand mit Mehl gefüllt. Als Gerhard den Brustbeutel herauszog, in dem ihm die Mutter das Geld fürs Mahlen mitgegeben hatte, winkte der alte Müller ab. »Heut war's amol umsonscht. Aber des wird natürlich net zur Gewohnheit, gell!« Auch diesmal tauschte der Müller wieder großzügig Mehl gegen Getreide. »Was höret ihr denn von eurem Vadder?«, fragte er. Christian zuckte die Achseln. Gerhard sagte: »Vor Weihnachten kommt er bestimmt heim.«

»Wolle mr's hoffe.« Der alte Mann schüttelte den Kopf. »Jetzt sind's bloß fünf Kilometer von uns bis zu euch. 'nauf da Berg ond 'nonder da Berg, aber wir sind amerikanische Zone, und ihr ghöret zu de Franzose. Bei ons wär er längst dahoim!«

Nun stand Weihnachten vor der Tür. Albert Ebinger hatte eine Postkarte geschrieben: »Sie machen mir keine Hoffnung«, hieß es da, »niemand weiß, wie lange ich noch hierbleiben muss.« Es wurde kälter, sehr viel kälter sogar. Das ganze vom Krieg geschundene Land litt unter arktischen Temperaturen. In den Städten, so hörte man, starben tausende Menschen den Kältetod. Aber auch wer im Dorf nicht in den warmen Jahreszeiten vorgesorgt und einen großen Holzvorrat angelegt hatte, war dem Frost plötzlich hilflos ausgeliefert. Kohlen gab es schon lange nicht mehr und Strom nur an zwei Stunden am Tag. Manchmal auch tagelang gar nicht.

Weihnachten hatte es diesmal im Haus Ebinger keinen Weihnachtsbaum gegeben. Und es gab auch nur ganz kleine Geschenke.

Als der Vater noch zu Hause gewesen war, hatten sich die Kinder immer im Herrenzimmer um das Klavier versammelt und gemeinsam Weihnachtslieder gesungen, während die Mutter im Wohnzimmer die Kerzen am Tannenbaum entzündete und die Geschenke sorgfältig unter den Zweigen aufschichtete. »O Tannenbaum«, »Alle Jahre wieder kommt das Christuskind« und natürlich »Stille Nacht, heilige Nacht« sangen sie. Mutters Lieblingslied allerdings war »Hohe Nacht der klaren Sterne«, das die Nazis eingeführt hatten. Der Autor der drei Strophen, Hans Baumann, hatte auf alle christlichen und weihnachtlichen Begriffe verzichtet und stattdessen die im Nationalsozialismus aufgegriffenen Mythen der Nacht, des Wintersonnenwendfeuers und der Mutter zum Thema gewählt. Das freilich ahnten weder Luise

Ebinger noch ihre drei Kinder, wenn sie inbrünstig zu Vaters schlichter Klavierbegleitung sangen:

Hohe Nacht der klaren Sterne,
Die wie weite Brücken stehn
Über einer tiefen Ferne,
Drüber unsre Herzen gehn.

Christian freilich wurde da schon unruhig. Er wusste, das war immer das letzte Lied, bevor die Mutter im angrenzenden Wohnzimmer die kleine kupferne Glocke läutete. Luise Ebinger stand dicht hinter der Tür und lauschte ihrem Lieblingslied.

Hohe Nacht mit großen Feuern,
Die auf allen Bergen sind,
Heut muss sich die Erd erneuern
Wie ein jung geboren Kind!

Und jedes Jahr überlief sie ein Schauer, wenn ihr Mann und ihre Kinder schließlich sangen:

Mütter, euch sind alle Feuer,
Alle Sterne aufgestellt;
Mütter, tief in euren Herzen
Schlägt das Herz der weiten Welt.

Albert Ebinger schloss dann hörbar den Klavierdeckel, Luise klingelte, und die Kinder stürmten ins Zimmer. Immer war der Tannenbaum gut zwei Meter hoch und mit roten, goldenen und silbernen Kugeln sowie mit Goldschnüren und viel Lametta geschmückt. Gut 30 Kerzen verstrahlten weiches Licht in dem sonst dunklen Zimmer.

Doch Weihnachten 1946 war alles anders. Luise Ebinger führte einen Brauch wieder ein, den ihr Mann Ende der dreißiger Jahre abgeschafft hatte. Sie las den Kindern die Weihnachtsgeschichte aus der Bibel vor. »Es begab sich aber zu der Zeit, als Cyrenius Landpfleger in Syrien war …« Danach sagte sie: »Wir wollen beten, dass unser Vater bald nach Hause kommt.« Die Kinder falteten die Hände und schielten nach den Geschenken, während ihre Mutter ihre Bitte in einfachen Worten an den lieben Gott richtete.

Als sie die Päckchen auspacken durften, sah man Hanna und ihren Brüdern die Enttäuschung an den Gesichtern an. Alle drei hatten selbstgestrickte Socken gekriegt. Luise war so stolz gewesen, an die Wolle gekommen zu sein. Und jetzt erfasste sie plötzlich ein unerwarteter Zorn. »Wisst ihr eigentlich, dass es Flüchtlingskinder gibt, die keine warmen Kleider haben? Ohne Strümpfe und in Holzpantoffeln müssen da manche rumlaufen, weil ihre Familie nur noch ein Paar Strümpfe für alle hat, die sie abwechselnd tragen müssen. Und das bei 15 Grad minus! Die Opalskis zum Beispiel drüben im alten Waschhäusle. Es gibt sogar welche, die überhaupt keine Strümpf mehr haben, sondern bloß Lappen um die Füß oder Igelitschuhe, die kein bissle warm geben.«

Die drei Kinder schauten auf. Die Erregung der Mutter verstörte sie. Endlich sagte der kleine Christian: »Weißt was, Mama? Ich hab doch noch Strümpf, ich schenk die neuen Socken dem Heinz Opalski.« – »Dann kriegt meine die Rosalie«, sagte Hanna. Natürlich wollte auch Gerhard nicht zurückstehen: »Und meine kriegt der Peter.« Ein Leuchten ging über das Gesicht der Mutter. »Dann nehm ich ihnen auch was mit.« – »Und was?«, wollte Hanna wissen. – »Das wirst scho sehe!«

Bei Opalskis war es dunkel. Luise Ebinger klopfte trotzdem ans Fenster. Es dauerte nicht lange, da sah man den schwachen Schein einer Kerze hinter der Scheibe, die seltsam undurchsichtig wirkte, als ob sie aus Milchglas wäre. Die Tür ging knarzend auf. »Ja, was ist?«

»Guten Abend, Frau Opalski, und fröhliche Weihnachten!«, sagte Luise.

»Fröhliche Weihnachten!«, echoten die Kinder.

»Wollt ihr mich vergackeiern?«

Das Wort kannten sie nicht. Christian prustete los. »Eier kackern, was ischt des?«

Aber niemand beachtete ihn.

»Wir haben Ihnen was mitgebracht«, sagte seine Mutter mit ruhiger Stimme. »Es ist doch Weihnachten. Dürfen wir reinkommen?«

Zögernd trat die Schlesierin zur Seite. Das alte Waschhaus glich einem Eiskeller. Die grob gemauerten Wände und die Fenster waren mit einer glitzernden Schicht überzogen. Das pure Eis. Die Bleibe der Familie Opalski bestand nur aus diesem einen Raum. In einer Ecke stand ein riesiger Waschkessel, der über eine große Feueröffnung beheizt wurde. Aber da hatte in den letzten Wochen nur noch selten ein Feuer gebrannt. Der einzige Nebenraum war ein Klosett.

Luise Ebinger stellte den Korb ab, den sie die ganze Zeit in beiden Händen vor sich her getragen hatte. Er war bis oben gefüllt mit Holzscheiten. Dazwischen hatte sie ein paar Kerzen gelegt. Sie gab ihren Kindern je zwei davon, und die zündeten sie an dem Licht in Frau Opalskis Hand an. Im Hintergrund unter einem Haufen Kleider und einer Wolldecke regten sich Heinz, Rosalie und Peter.

»Am besten bleibt ihr liegen, bis das Feuer brennt«, sagte Luise Ebinger.

Eine halbe Stunde später saßen sie auf zwei einfachen Bänken an dem groben Holztisch, der in der Mitte des Raumes stand. Luise Ebinger war noch mal nach Hause geeilt, um einen halben Laib Brot, etwas Butter und selbstgemachte Marmelade zu holen. Die Kinder hatten inzwischen ein Spiel begonnen: »Ich seh etwas, was du nicht siehst, und das ist …« Unter dem Waschkessel, der zur Hälfte mit Wasser gefüllt war, knisterte das Feuer, und weil die Tür zum Feuerloch offen stand, warf das flackernde Licht der Flammen seltsame Schatten an die Wände, wo jetzt das Eis zu schmelzen begann und in kleinen Rinnsalen zum Boden lief. Henriette Opalski versuchte, mit ein paar Zeitungsseiten das Wasser aufzutrocknen, und wickelte dann die Holzscheite in das nasse Papier. »So hält das Feuer länger.«

»Und wo haben Sie die Zeitungen her?«, fragte Luise Ebinger. »Es gibt doch hier keine.«

»Ach, die sind noch von zu Hause. Es waren Artikel über meinen Mann. Wissen Sie, er hat bei uns einen berühmten Chor geleitet. Und das hier waren Kritiken und Berichte über seine Arbeit. Er wird es verstehen, falls er überhaupt wiederkommt.«

»Haben Sie denn Nachricht von ihm?«, wollte Hanna wissen.

»Nein. Er ist vermisst. Aber man gibt die Hoffnung ja nie auf.«

Luise nickte. Plötzlich schämte sie sich ein bisschen. Wie gut ging es doch ihr und ihrer Familie, wenn man es am Schicksal der Opalskis maß.

Als die Ebingers nach zwei Stunden wieder gingen, war es wohlig warm in dem kleinen, kahlen Raum. Und das würde sicher bis zum Morgen vorhalten. Und dann?

Gerhard, der sich wie immer scheu zurückgehalten hatte, sagte, als er schon draußen im tiefen Schnee stand: »Wir kümmern uns morgen darum, dass Sie Brennholz kriegen, Frau Opalski.«

»Das wäre … also das wäre, das wäre ja ganz wunderbar! Ich weiß gar nicht, ob ich das annehmen kann.«

Gerhard lächelte. »Ich habe neulich gelesen, es soll Menschen geben, für die verwandelt sich ein Geschenk gleich in Schuld.«

»Ja, ich bin auch ein bisschen so.« Frau Opalski gab Gerhards warmes Lächeln zurück. Hanna und Luise sahen den elfjährigen Jungen überrascht an. Seine Mutter ging nicht zum ersten Mal ein Spruch durch den Kopf, wenn sie Gerhard betrachtete: »Stille Wasser gründen tief.« Aber sie sagte nichts, sondern wünschte den Opalskis nur noch eine gute Nacht.

Rosalie, die etwa in Hannas Alter war, nahm Luises Hand in ihre beiden Hände: »Das war so schön. Ich möchte mich bedanken!«

»Ist gut. So was Bsonders war's dann auch wieder nicht!«, antwortete Luise Ebinger spröde, wie es nun mal ihre Art war. »Gutnacht!«

Draußen schneite es schon wieder, und ihre Füße versanken bis zu den Knöcheln im Neuschnee. Luise Ebinger blieb stehen. »Das hättest du net versprechen dürfen, Gerhard. Wir können von unserem Holz nix mehr abgeben, sonst haben wir in zwei Wochen selber nix mehr.«

Gerhard nickte. »Ich weiß. Aber mir wird scho was einfalle.«

Seine Mutter lachte auf. »Du Träumerle! Ich red in den nächsten Tagen mit der Frau Opalski und erklär's ihr.«

»Aber bitte erst nach Weihnachten«, sagte Gerhard.

Sie kamen am Brunnen vorbei, der unterhalb des Schulhofs stand und über und über mit Eiswülsten bedeckt war. Luise seufzte. »Wenn's bloß endlich a bissle wärmer werde dät!«

»Du hast's versprochen, jetzt musst du's auch halten«, sagte Christian zu seinem großen Bruder morgens am ersten Weihnachtsfeiertag. Gerhard nickte nur. »Das weiß ich selber!« Er umwickelte seine Füße mit ein paar Lappen und schlüpfte in ein paar Stiefel seines Vaters, die er ganz hinten im Schuhkämmerchen gefunden hatte. Die Mutter hatte sich mit Marie Häfner getroffen. Sie wollten gemeinsam in den Weihnachtsgottesdienst gehen. Hanna hatte sich mit einer Freundin verabredet. Die beiden Jungen waren allein. Nachmittags würden auch sie in die Kirche gehen, in den Kindergottesdienst.

»Was hascht denn vor?«, wollte Christian wissen.

»Besser, du weißt es nicht, dann kannst du mich auch nicht verraten.« Gerhard war, außer seinem Vater, der Einzige in der Familie, der meistens hochdeutsch sprach. Warum, wusste keiner, und er selbst konnte es auch nicht erklären.

»Es gibt nirgends Brennmaterial!«

»Um ganz Fleckenhausen rum gibt's des!«, erwiderte der Ältere.

»Spinnst du? Für Holzdiebstahl kommscht ins Gfängnis! Vielleicht wirscht sogar erschosse!«

»Da müsste man mich aber erst mal erwischen!«

»I gang mit!«, sagte Christian entschlossen.

»Du bleibst da, und wehe, du sagst was.«

»I gang mit!«

»Du bleibst da!«

Das ging eine Weile so, bis Gerhard nachgab. Christian zog die warmen Stiefel an, aus denen Gerhard herausgewachsen war. Dann holten sie den Schlitten aus dem Keller, zogen ihn die Schulstraße bis zur Hauptstraße vor, was ganz einfach war, weil Schätzle hier mehrfach mit seinem Bahnschlitten gefahren war – Weihnachten hin oder her. Sie erreichten den alten Gasthof zum Bären, in dessen Saal früher die Hochzeiten gefeiert wurden, der aber jetzt verwaist dalag und von dem es hieß, demnächst werde dort eine Fabrik einziehen. Dahinter ging es den »Bärenbuckel« hinauf. Überrascht stellten sie fest, dass hier ein Pferdeschlitten gefahren war. Die Spuren der beiden breiten Kufen hatten sich tief in den Schnee gedrückt. Sie waren so breit, dass die Buben darin gehen konnten, wenn sie die Füße voreinander setzten. Auch die Abdrücke der Pferdehufe waren deutlich zu erkennen.

Die beiden Brüder erreichten die Höhe und folgten weiter den Schlittenspuren, die in den Wald hineinführten. Nach ein paar hundert Metern blieben sie stehen. Dunkel wuchsen die Stämme aus dem Schnee heraus. Die Äste beugten sich tief unter der weißen Last. Aber noch war keiner gebrochen, was Gerhard im Stillen gehofft hatte. Christian wollte etwas sagen, aber Gerhard legte den Zeigefinger auf die Lippen und zischte: »Pssst, ich hör was!« Gespannt horchten sie in den Wald hinein. »Was war das?«, fragte der Kleinere flüsternd. »Ein Pferd hat geschnaubt. Das muss da vorne sein.« Langsam schlichen sie unter den Bäumen weiter. Dabei sanken sie manchmal bis zum Bauch im Schnee ein. Und dann sahen sie ihn: Der Bauer Schätzle hatte seinen Gaul vor einer Beuge Meterholz angehalten. Sorgsam zog er ein Stück aus der zweiten oder dritten Lage heraus, warf es auf den Schlitten und glich dann den Holzstapel wieder so aus, dass niemand das Fehlen des einen Stückes erkennen konnte – ein Meter auf einen Meter auf einen Meter. Laut rief er seinem Pferd zu: »Weiter geht's. Hüja, Alter.« Der Schlitten ruckte an, und Schätzle suchte nach dem nächsten Stapel.

»Was macht der denn mit dem Holz?«, fragte Christian. »Verkaufen, was sonst?« Gerhard zog den Schlitten zu dem Holzstapel und zog nun seinerseits ein Scheit heraus. Und weil es so leicht ging, ließ er ihm gleich noch ein zweites folgen. Dann machten sie kehrt und rannten auf die Helligkeit des Waldrands zu. Inzwischen hatte es wieder begonnen zu schneien. »Das hat sich der Schätzle sauber ausdenkt«, sagte Gerhard. »Wenn's wieder den ganzen Tag und die Nacht über schneit, sieht keiner mehr die Spuren.«

»Unsere auch net!«, gab Christian erleichtert zurück. »Aber wenn uns jetzt einer sieht?«

Doch auf der kurzen Strecke vom Dorfrand bis zum Waschhaus am Ufer der Schaich begegnete ihnen niemand.

Henriette Opalski stand ratlos vor den schweren Meterhölzern. Der Raum hatte die Wärme noch ein bisschen gehalten, aber auf dem Rost unter dem Waschkessel lag nur noch weiße Asche. »Die passen doch nu aber gar nicht in den Ofen«, sagte sie.

»Ja«, sagte Gerhard, »das muss man natürlich kleinsägen.«

»Und wie soll das gehen? Ich hab keine Säge!«

»Aber wir«, meldete sich Christian. »Ich hol sie.« Und raus war er.

»Setz dich doch«, sagte Frau Opalski zu Gerhard. »Leider kann ich dir nichts anbieten.«

Gerhard setzte sich. Die drei Opalski-Kinder saßen in der Ecke auf ihrem Lager. Alle hatten die neuen Strümpfe an den Füßen.

»In der letzten Nacht haben wir zum ersten Mal nicht gefroren«, sagte Rosalie. »Mhm«, machte Gerhard. Ihm war unbehaglich. Und als Frau Opalski sagte: »Ein bisschen sind wir uns vorgekommen wie die Heilige Familie im Stall von Bethlehem«, wurde er noch unsicherer. »Mhm«, machte er noch einmal. Wo bloß sein Bruder mit der Säge blieb?

Der hatte das Handwerkszeug schnell gefunden. Es hing auf dem Dachboden an einem Nagel, der in einen Stützbalken getrieben war. Ein paar Schritte weiter stand ein Holzklotz, auf dem sie ihr Anfeuerholz, dünne Spächele, wie es bei ihnen hieß, spalteten. Er sammelte zwei Händevoll vom Boden auf und steckte sie in die Hosentaschen. Als Christian die Treppe vom Schulhof zur Straße hinuntersprang, kam der Bauer Schätzle mit seinem Schlitten vorbei. Was er geladen hatte, sah man nicht, denn es war mit einer großen Plane zugedeckt. »Wo willscht jetzt au du mit der Säge hin?«, rief er dem Jungen zu.

Christian antwortete, ohne anzuhalten: »Wer will des wisse?«

»I!«, trompetete Schätzle. »Bischt du mit no oim em Wald gwesa?«

Christian erstarrte. Schätzle saß auf seiner Ladung – ein großer, kräftiger Mann in ledernen Kniehosen und einer Jacke aus Loden. Auf dem Kopf trug er wie immer einen speckigen Hut, der schief auf seinen wilden schwarzen Haaren saß. Das Gesicht mit der weit vorspringenden Nase über den dünnen Lippen und den schmalen dunklen Augen erinnerte an einen Raubvogel. Jetzt lachte er. »Ich hoff, ihr verirrt euch net no öfter in den Wald. Aber wenn ihr euch fürs Holzgschäft interessieret, dann kommet amal bei mir vorbei.« Er knallte mit seiner Peitsche, rief mit seiner tiefen Stimme: »Hüja, Alter, heim geht's!« Sanft glitt der Schlitten durch den tiefen Schnee die Bergstraße hinauf. Christian blieb noch einen Moment stehen und rannte dann weiter.

Gemeinsam wuchteten sie das erste Holzstück auf zwei Bänke, so dass es etwa 20 Zentimeter überstand. Gerhard setzte die Säge an, Christian wollte sie auf der anderen Seite fassen, aber da sagte Frau Opalski: »Lass mich das mal machen.«

»Nicht schieben, nur ziehen«, rief ihr Gerhard nach den ersten zwei, drei Versuchen zu. »Sonst klemmt das Sägblatt.«

»Du verstehst was davon, nicht wahr?«, ließ sich Peter hören.

»Ja freilich, ich hab scho oft gholfe – also ich habe schon oft geholfen.«

Rosalie lachte. »Wir verstehen dich schon.«

Christian und Heinz schüttelten die Asche vom Rost und schichteten die Spächele zu einem kleinen Berg. Das Zeitungspapier war verbraucht. »Wie kriegen wir das jetzt zum Brennen?«, fragte Heinz. Das erste abgesägte Stück Holz fiel mit einem lauten Schlag zu Boden. Gerhard lehnte die Säge gegen die Bank und zog sein Taschenmesser heraus. Er reichte es Peter. »Da! Du musst ganz feine Späne machen, also Holzspän, verstehst, hauchdünn, dann fangen sie Feuer. Die Spächele sind ja trocken.«

Eine halbe Stunde später stieg Rauch aus dem Kamin auf dem Dach des Waschhauses, Luise und Marie, die aus der Kirche kamen, blieben überrascht stehen. »Der wird doch nicht …!« Aber Luise Ebinger unterbrach sich. Sie hatte den Schlüssel zum Holzkeller in der Manteltasche, und bevor sie in die Kirche gegangen war, hatte sie gut abgeschlossen.

Als sie nach Hause kam, waren ihre Söhne da. »Seid ihr im Waschhaus gwesa?«, fragte ihre Mutter.

»Ja, scho«, sagte Gerhard.

»Und was habt ihr da gmacht?«

»Nix«, sagte Christian schnell und überlegte sich eine Lüge. Aber sein Bruder Gerhard, der Lügen verabscheute, erzählte wenigstens einen Teil der Wahrheit. »Wir sind mit dem Schlitten im Wald gwesen, und da war a Holzbeuge, und da habet mir zwei Stück mitgnomme.«

Luise reagierte entsetzt. »Mein Gott! Seid ihr denn von alle gute Geister verlasse? Wir sind doch sowieso in dr Strafklass, weil euer Vater in der Partei gwesen ist. Da gibt's doch Leut, die warten nur drauf, dass wir einen Fehler machen. Holzdiebstahl ist strafbar!«

»Und wenn die Opalskis erfrieren?«, entgegnete Gerhard ernst.

Sofort war die Mutter ein wenig besänftigt. »Ich weiß ja, ihr habt's gut gmeint. Aber, bitte, macht so was nie wieder! Versprochen?«

»Versprochen!«, antworteten die Jungen im Chor.

Als die beiden am Abend in ihren Betten lagen, sagte Christian: »Der Schätzle hat uns gsehen.«

Gerhard fuhr hoch. »Was schwätzscht denn da?«

»Er hat mich mit der Säge gsehen und gsagt, mir sollet ja nimmer in den Wald gehen.«

Gerhard ließ sich in das Kissen zurückfallen und stieß wütend mit dem rechten Fuß gegen die kupferne Bettflasche, die ihre Mutter abends mit heißem Wasser füllte, eine halbe Stunde vor dem Zubettgehen unter die Decken schob und alle zehn Minuten noch mal verrückte. »Mist, verdammter!«

»Er hat gsagt, wenn wir uns fürs Holzgschäft interessieren, sollen wir amal bei ihm vorbeikomme.«

Und so kam es, dass Gerhard und Christian Ebinger am zweiten Weihnachtsfeiertag gegen elf Uhr bei Gottlieb Schätzle klingelten. Als niemand öffnete, gingen sie ums Haus herum, vorbei an dem geräumigen Stall, in dem nur noch das Pferd stand. Die Kühe hatte Schätzle verkauft und sein Land nach und nach verpachtet. »Ich sehe mich als Geschäftsmann«, hatte er damals zu Albert Ebinger gesagt. Trotzdem wurde er im Dorf immer weiter »Bauer Schätzle« genannt. Die Buben fanden ihn schließlich in einem Schuppen, den er eigenhändig an den Stall angebaut hatte.

Gerhard stieß einen Flügel der schweren Holztür auf. Der Schuppen war etwa zehn auf zehn Meter groß. Der Boden war aus festgestampftem Lehm. In der Mitte türmte sich ein Haufen Holz aus etwa zehn Zentimeter dicken kleingesägten Stücken. Dahinter standen drei Spaltblöcke, in denen kurze Äxte steckten. Schätzle selbst lag auf dem Rücken unter einem stählernen Ungetüm, das wie ein halber Traktor aussah.

»Grüßgott«, sagte Gerhard.

»Do semmer!«, sagte Christian.

»So hätt's dann au wieder net pressiert«, sagte der Bauer und stand vom Boden auf. Er deutete auf das stählerne Ungetüm. »Die Bandsäg da hab ich ganz günstig kaufe könne. Sie funktioniert auch, aber ich brauch einen Antrieb. Jetzt muss ich gucke, wo ich einen Motor herkrieg.« Schätzle wischte seine Hände an einem Knäuel Putzwolle ab. Er hatte mit den Jungen wie mit seinesgleichen geredet.

»Wir waren bloß im Wald, weil …«, fing Gerhard an.

»Des will ich gar net so genau wisse«, unterbrach ihn Schätzle. »Oder, i will mal so sage, ich weiß es sowieso. Ihr habt für die Flüchtling Holz beschafft. Gutmütig wie euer Vadder.«

Die Jungen sahen sich ratlos an. Was wollte der Mann von ihnen? »Ich hab ihn immer gut leide könne, euern Vadder, obwohl ich von der Nazipartei nix hab wisse wolle. Ond, i will mal so sage, er hätt mir des auch übelnehme könne.«

»Ja, aber …«, meldete sich Gerhard.

»Kannst du Holz spalte?«

»Ja natürlich!«

»Des kann i au«, rief Christian.

»Ha komm, Büeble!«

Christian ging zu einem der Spaltblöcke, zog die Axt heraus, legte ein Holzstück darauf, holte aus, schlug zu. Die stählerne Schneide blieb nicht allzu tief im Holz stecken.

Schätzle lachte. »Übernimm dich net, Büeble!« Er drehte sich zu Gerhard um. »Jetzt du!«

Gerhard wählte ein Holzstück, legte es auf einen anderen Block, holte weit mit der Axt aus, trieb sie tief ins Holz, hob das Beil erneut, drehte es und schlug es mit der platten Rückseite auf den Klotz. Das Stück zersprang in zwei Teile.

»Gut!«, sagte Schätzle und zu Christian: »Du kannst ja vielleicht Anfeuerholz mache.«

»Wieso sollet mir des mache?«, fragte Gerhard.

»Weil ich euch brauche kann, und weil ihr dabei ebbes verdiene könnet. Und – ich will mal so sage – weil ich glaub, dass ihr auch 's Maul halte könnet.«

»Wie viel kann mr denn da verdiene?«, wollte Gerhard wissen.

»25 Pfennig pro Sack.« Schätzle wandte sich wieder Christian zu. »Die Säck einfülle, das könnt dein Gschäft werde, aber ich muss dir genau zeige, wie das geht, dass net bloß Holz, sondern auch Luft in de Säck ist. So und jetzt kommet mit.«

Der Bauer ging ins Haus voran und dort in die Küche. Vor dem Fenster hatte er auf einem Brett zwei tönerne Schüsseln stehen. In der einen war Hausmacherwurst und in der anderen Butter und Käse. »I will amal so sage: Wer schafft, muss auch veschpere! Greifet zu, meine Herrn.« Während die Jungen kräftig mampften, fuhr der Holzhändler fort: »Zweimal in der Woch fahr ich mit meine Gäul nach Stuttgart. Die Leut reißet mir das Holz nur so aus de Händ. Ich könnt viel mehr verkaufe, aber bisher han i ja alles alloi mache müsse. Ihr wisset ja, i han koi Familie, und Freund muss mr sich sorgfältig aussuche.«

Gerhard verschluckte sich fast. Hatte Schätzle sie jetzt grade als Freunde bezeichnet?

Christian nahm vor Begeisterung gleich noch ein großes Stück Wurst.

»Mit eurer Mutter red ich. Wenn sie net einverstande ischt, wird au nix aus unserer Partnerschaft, klar?«

»Klar!«, sagte Christian mit vollem Mund.

Am nächsten Tag tauchte Schätzle bei Luise Ebinger auf. Er hatte eine Bügelfaltenhose, ein hellblaues Hemd und eine frische Lodenjacke angezogen. Sein Haar hatte er ohne besonderen Erfolg zu bändigen versucht. Aus einem geflochtenen Korb zauberte er eine Packung Bohnenkaffee, eine Schachtel Pralinen und ein halbes Pfund Butter hervor. »Alles ohne Lebensmittelmarken«, rief er aufgeräumt. »D' Leut zahlet halt für mei Holz mit allem Möglichen.« Er habe die beiden Buben ins Herz geschlossen, sagte er. Selber habe er ja keine Familie, und er sei ja auch viel allein. Er würde sich gern »a bissle um den Gerhard und den Christian kümmern«. Und jetzt, wo sie Ferien hätten, könnten sie auch »a bissle was bei ihm schaffe, a paar Mark verdiene«, und später vielleicht, je nachdem, wie viel Zeit sie neben der Schule hätten, könne das auch weitergehen.

»Mir ist nicht wohl dabei«, sagte Luise Ebinger.

Schätzle fuhr fort, ohne auf ihren Einwand zu achten: »Ich will amal so sage: Ich hab Pläne, net wahr. Es gibt jetzt Lastwagen mit Holzvergasermotor. So einen will ich möglichst bald kaufe, dann wird der Weg nach Stuttgart ja viel kürzer. Und ich könnt des Auto au anders nutze, verstehet Se? Wenn mr da auf die Ladefläche a paar Bänk nagelt, wär des jo glatt ein Omnibus. D' Leut kommet ja gar net raus ausem Dorf.«

»Wo krieget Sie denn das Holz überhaupt her?«, fragte Luise Ebinger.

»Ach. Ich hab denkt, Sie wüsstet das?«

»Nein, ich hab keine Ahnung.« Dass im Dorf so allerlei gemunkelt wurde, wollte sie nicht ins Feld führen.

Hatten die Buben also tatsächlich dichtgehalten. Schätzle schmunzelte in sich hinein. »Man muss Beziehunge habe und wisse, wie mr's macht. Außerdem – ich weiß net, ob Sie des wisset, ich hab ja auch einen eigenen Wald.«

Das hatte Luise nicht gewusst. Langsam verflogen ihre Bedenken. Der frische Kaffee schmeckte wunderbar, die Pralinen himmlisch, und irgendwie genoss sie die männliche Gesellschaft. Zudem ging ihr durch den Kopf, dass ihr Sparguthaben, von dem sie lebten, seitdem kein Gehalt mehr gezahlt wurde, langsam zu Ende ging. Irgendwann würde der Tag kommen, und der war wahrscheinlich gar nicht so fern, da würde sie ohne einen Pfennig dastehen. Nie hatte sie sich um diese Dinge kümmern müssen. Das war immer Sache ihres Mannes gewesen. Das Haushaltsgeld zahlte er ihr immer am Ersten eines Monats aus, und es war ihre Sache, damit zurechtzukommen. Darin war sie auch richtig gut. Aber alles, was darüber hinausging, hatte sie nicht zu interessieren. Das hatte Albert ihr gleich am Anfang ihrer Ehe klargemacht. Dass auf der Sparkasse die Schecks mit ihrer Unterschrift anstandslos eingelöst wurden, hatte damit zu tun, dass der Rechner, wie man den einzigen Angestellten dort nannte, sie seit Jahren sehr gut kannte. Zudem war er ein treuer Parteigenosse ihres Mannes gewesen, und da war »Solidarität in diesen schweren Zeiten«, wie er sagte, »bitter nötig«.

»Also, was meinen Sie?«, fragte Schätzle.

»Wenn sich's die Buben zutrauen …«

»Ich werd die Kerle scho net überfordern, Frau Ebinger.« Schätzle gehörte zu den Menschen im Dorf, die Luise siezten und seit ihrer Heirat mit »Frau Ebinger« ansprachen, obwohl sie die Frau ja von Kindesbeinen an kannten und wussten, dass sie die Tochter eines einfachen Holzarbeiters gewesen war.

Luise Ebinger trank den Rest ihres Kaffees in kleinen Schlucken, als wollte sie das Gespräch ein bisschen hinauszögern. Als Gottlieb Schätzle aufstand, um sich zu verabschieden, ertappte sie sich dabei, dass sie bedauerte, wie schnell diese kleine Visite vorübergegangen war.

Zwei bis drei Stunden am Tag arbeiteten nun die Ebingerbrüder beim Holzhändler Schätzle. Sie sprachen mit niemandem darüber, auch nicht mit Heinz und Peter Opalski, mit denen sie jetzt immer häufiger beisammen waren. So auch beim Schlittenfahren. Nachdem der Schneefall nachgelassen hatte und Schätzles Bahnschlitten die meisten Straßen bis auf eine feste Schneedecke geräumt hatte, traf sich die Dorfjugend in der Nachmittagsdämmerung am Bären. Alle hatten ihre Schlitten dabei, und wer keinen besaß, konnte bei den anderen aufsitzen. Sie trabten den Berg hinauf zum Sauwasen und weiter zum Eckberg. Das waren gute zweieinhalb Kilometer, und bei jedem Schritt aufwärts konnte man sich darauf freuen, nachher die ganze lange Strecke hinunterzurasen. Am liebsten eingehängt in langen Ketten. Einer lag bäuchlings auf dem ersten Schlitten und hatte den nächsten, auf dem ein weiterer Schlittenfahrer lag, mit den Füßen vorne eingehakt. Auch der zweite zog einen Schlitten mit den Füßen hinter sich her, und so setzte sich das über sieben oder acht Schlitten fort. Oft saßen auf den Rücken der liegenden Fahrer Freunde oder Freundinnen, die kein eigenes Gefährt hatten. Zum Schluss kam dann der größte aller Schlitten, auf dem dichtgedrängt bis zu zehn Kinder und Jugendliche saßen. Und ab ging die Post. Wie ein Lindwurm bewegte sich die Schlittenschlange talwärts, wurde immer schneller und erreichte in den steilen Stücken atemberaubende Geschwindigkeiten. Manchmal geriet die Kette ins Schlingern, manchmal verlor auch einer der liegenden Fahrer seinen Hintermann, und nicht selten landete die ganze Korona im tiefverschneiten Graben rechts oder links der Straße. Dass niemand zu Schaden kam, grenzte an ein Wunder. Ebenso die Tatsache, dass sich die Eltern keine besonderen Gedanken zu machen schienen, obwohl das Spiel oft bis tief in die Dunkelheit hinein weiterging.

Für Hanna und ihre Freundinnen ging es gar nicht so sehr um die rasenden Fahrten vom Berg hinab bis zum Ortskern. Ihnen war viel wichtiger, dass man bei diesen Gelegenheiten gleichaltrige oder, was noch besser war, ältere Jungen traf. Manch eine von ihnen erlebte ihren ersten Kuss in den kalten Nächten zwischen Eckberg und Bären.

Christian durfte nur selten dabei sein. Er sei dafür noch viel zu klein, meinte seine Mutter, und die größeren Kinder fanden sowieso, dass die Kleinen bei ihren Abenteuern nur störten.

Auch der Jahrhundertwinter 1946/47 ging zu Ende. Anfang März verschwanden die letzten Schneeflecken auf den Feldern, und die Eisränder an den Bächen lösten sich im schnell dahinfließenden Wasser auf. Anton Häfner pflügte das Feld, auf dem seine Frau zwei Jahre zuvor vom Gewitter überrascht worden war. Der Bauer war wieder zu Kräften gekommen. Dass er nie mehr die Stärke erreichen würde, die ihn vor dem Krieg ausgezeichnet hatte, wusste er. Überhaupt spürte er, dass vieles nicht mehr so war wie vor dem Krieg. Er war nicht mehr in den VFL, den Verein für Leibesübungen, eingetreten, für den er als Fußballspieler einst eine wesentliche Stütze gewesen war. Einladungen zum Kartenspiel im Gasthaus zur Sonne, die er früher niemals ausgeschlagen hatte, lehnte er nun ab. Im Dorf war es üblich, dass eine Hand die andere wusch. Wenn einer baute, halfen ihm alle, und der eine half seinerseits allen anderen, wenn sie bauten. Das fing grade erst an, doch es sollte in den nächsten Jahren immer wichtiger werden. Aber Anton Häfner sagte: »Ich helf koim, und mir braucht au koiner helfe!« Wortkarg war er geworden. Gesprächen ging er aus dem Weg. Auch denen mit seiner Frau Marie. Nur bei seiner Tochter Inge galt das alles nicht. Ihr widmete er viel Zeit, half ihr bei den Hausaufgaben, ging auf ihre Spiele ein und nahm alles, was sie tat und sagte, so ernst, als wäre sie eine erwachsene Frau.

»Dabei ist sie doch noch ein Kind!«, sagte Marie zu Luise Ebinger. »Im Mai wird sie acht. Ich bin so unglücklich, Luise.«

»Dabei habt ihr euch doch immer so gut verstanden, dein Anton und du.«

»Aber irgendwas ist zerbroche, Luise. Ich weiß nicht, was. Er ist ein ganz anderer Mensch, und …« Sie unterbrach sich. Tränen traten in ihre Augen.

»Was und?«

»Er geht jetzt immer öfter hinüber über d' Straß. «

»Hinüber über d' Straß? Du meinst, zur Kathrin Lubinger?«

»Er sagt, er fühlt sich verpflichtet. Und dann sagt er immer: ›Mich hätt's genauso erwische könne wie ihn, dann wärst du auch froh, wenn der Andreas sich a bissle um dich kümmern dät.‹ – A bissle um sie kümmern, wenn ich wüsst, was er darunter versteht.«

»Jetzt steiger dich in nix rein, Marie!«

»Das sag ich mir ja auch jeden Tag, aber es hilft nichts.«

Anton Häfner schaute auf seine Furchen zurück. Sie waren schnurgerade und tief, genau, wie es sein musste. Morgen würde er eggen und säen. Er sah zum Himmel hinauf. Federwolken glitten dahin und ließen genug Sonne durch, so dass sie schon kräftig wärmte. Anton zog ein Päckchen Tabak und Zigarettenpapier aus der Tasche, drehte sich eine und steckte sie an. Das Leben war schön, dachte er, das stimmte doch. Aber warum empfand er es nicht so? Er warf die angerauchte Zigarette auf den Boden, trat sie tief in die frisch gepflügte Erde, ging zu seinem Pferd und geschirrte es aus. Er klopfte dem Tier den Hals. »Du verstehst das au net, Gustav, gell?«

Langsam führte er das Pferd Richtung Dorf, nahm aber einen Umweg. Er folgte dem Bach, der sich zwischen Erlen und Haselnussbüschen kaum sichtbar durch die Wiesen schlängelte. Für ein paar Augenblicke blieb er stehen und ließ den Hengst in Ruhe saufen. Er selbst genehmigte sich eine Zigarette, ehe sie beide weitertrotteten. Nach 300 Metern stieß er auf einen geschotterten Weg, der am Waldrand entlangführte und einen Kilometer weiter auf die Bahnhofstraße stieß. Zwischen Waldsaum und Dorf lagen ein paar Gärten, auf denen Geschirrhütten standen, die manche Besitzer freilich schon vor dem

Krieg zu Wochenendhäuschen ausgebaut hatten. So wie auch Andreas Lubinger. Er war ja Zimmermann gewesen und wurde von allen für seine handwerkliche Geschicklichkeit gerühmt.

Kathrin Lubinger schaute auf, als sie den Hufschlag hörte. Sie trug nur eine leichte Kittelschürze und ein Höschen darunter. Es war ja in den letzten Tagen so warm geworden. Die Arbeit erhitzte sie zusätzlich, und hier draußen konnte man sich ja unbeobachtet fühlen. Sie zog den Spaten, mit dem sie ein Beet umgrub, in das sie Kartoffeln pflanzen wollte, aus der Erde. Mit der rechten Hand raffte sie den Ausschnitt ihrer Kittelschürze zusammen und trat an den Zaun.

»Grüß dich Gott, Kathrin!« Anton blieb stehen.

»Bischt auf dem Feld gwesa?«

Er lächelte. »Mhm. Im Märzen der Bauer die Rösslein einspannt.« Nach einer kurzen Pause fügte er hinzu: »Hat mei Inge heut morge scho am Kaffeetisch gsunge. – Hascht dein Hans net dabei?«

»Er darf ja jetzt in d' Schul. Der neue Herr Pfarrer hat sich dafür eingesetzt.«

»Und? Kommt er mit?«

»Es ist natürlich schwer. Aber er freut sich so. Und der Lehrer Klein gibt sich wirklich Mühe mit ihm.«

»Wie der Ebinger damals bei meiner Inge.«

Kathrin Lubinger nickte nur. Es trat eine Pause ein. Anton räusperte sich und brachte dann mit rauer Stimme hervor: »Bischt a schöne Frau, Kathrin!«

»Danke!« Sie ließ den Ausschnitt ihrer Kittelschürze los. Ihre hellen, prallen Brüste drängten heraus. Anton schluckte trocken. Kathrin stellte ihren rechten Fuß auf die Schaufel des Spatens. Ihr nacktes Bein wurde bis weit über den Schenkel hinauf sichtbar. »Ich hab drin einen Most!«

»Durst hätt ich scho!«

»Ja, dann komm!«

Anton Häfner band sein Pferd an einen Zaunpfosten und folgte der Frau in die Hütte, in der er das letzte Mal vor über zehn Jahren gewesen war. Sie hatten damals eine Skatrunde, er und Andreas und der Maurermeister Otto Trautwein. Jeden Freitagabend hatten sie hier gesessen, Karten gespielt und ihren Most getrunken. Häfner erkannte den bauchigen grauen Steingutkrug wieder, aus dem Kathrin jetzt einschenkte.

Anton hatte sich auf die Eckbank gesetzt. Mit seinen Augen verfolgte er jede Bewegung der Frau. Ein paarmal fuhr sie sich mit den gespreizten Fingern durch ihr wildes rotes Haar, aber das waren vergebliche Versuche, ihre Frisur in Ordnung zu bringen. Sie hatte das auch gar nicht vor. Es war eher eine Geste der Verlegenheit. Irgendetwas musste er jetzt sagen. Das Schweigen dauerte schon viel zu lange.

Kathrin setzte sich auf die Ecke des Tisches. Die Kittelschürze glitt rechts und links von ihren Schenkeln herab. Zwischen ihren Beinen blitzte das weiße Höschen. Sie nahm ihren Becher und sagte: »Greif doch zu!«

Anton fasste nach ihren gebräunten Schenkeln. Kathrin lachte auf. »Den Most hab ich gmeint!« Aber das hörte er schon nicht mehr. Seine Finger krümmten sich um den Gummibund ihres Höschens. Kathrin beugte den Oberkörper weit zurück und schob ihm ihr Becken über den Tisch entgegen. Dabei rief sie ein ums andere Mal: »Anton, wir dürfen das nicht! Wir dürfen das doch nicht! Anton!«

Als Anton Häfner sein Pferd losband, stand Kathrin auf der anderen Seite des Zauns. Ihr Gesicht war noch erhitzt. Auf ihrer Stirn und neben den Nasenflügeln perlten kleine Schweißtropfen. »Was soll denn jetzt werden?«, fragte sie.

Anton zuckte die Achseln. »Ich weiß nicht!« Und zu seinem Hengst: »Komm, Alter!« Ohne sich noch einmal umzusehen, ging er den Schotterweg hinunter. Kathrin sah ihm nach, bis er den kleinen Bahnhof erreichte. Bald sollten von dort aus wieder Züge nach Sindelfingen und Böblingen rollen, hieß es.

Als Anton Häfner sein Pferd versorgt hatte, trat er ins Haus. Er hörte Stimmen und war sofort erleichtert, dass er Marie nicht alleine antreffen würde. Er stieß die Tür zur Küche auf. Seine Frau saß einem Mann gegenüber, den er nicht kannte.

»Da bischt ja endlich!«, sagte sie. »Der Herr Pfarrer Lietzenauer hat grad gehe wolle.«

»Ach, Sie sind des!« Anton reichte ihm die rechte Hand und legte gleichzeitig seine linke auf die Schulter des schmächtigen Mannes. »Bleibet Se sitze!« Dann nahm er sich einen Stuhl und rückte ihn an den Tisch heran. Viel älter als 30 konnte der neue Geistliche nicht sein. Er hatte ein helles, schmales Gesicht. Die dünnen Haare waren nach vorne gekämmt und endeten in einem zipfeligen Pony. Und er hatte auffallend dunkle, fast schwarze Augen.

»Ich mache Hausbesuche«, sagte er. »Eigentlich wollte ich zu Frau Lubinger, aber die war nicht daheim, da dachte ich, ich schaue mal bei Ihnen rein. Ihre Frau kenne ich schon ganz gut. Sie kommt ja regelmäßig in die Kirche.«

Das klang für Anton wie ein Vorwurf. »Ja, i net!«, sagte er. »Ich halt mich aus allem raus, seitdem ich aus der Gfangeschaft zrück bin.«

Der Pfarrer nickte. »Das verstehe ich. Aber vielleicht überlegen Sie sich's noch einmal.«

»Des glaub i kaum!«

»Wir müssen um jeden kämpfen«, sagte Robert Lietzenauer. »Vor allem gegen unsere eigene Konkurrenz!«

»Und wer soll des sei?«, fragte Anton.

»Der Herr Pfarrer Rust«, antwortete Marie.

Und Lietzenauer ergänzte: »Mein Vorvorgänger.«

»Ach, den gibt's auch noch?«

Lietzenauer lachte leise: »Mehr denn je. In seine Bibelstunden gehen mehr Leute als in unsere Kirche.«

»Also sind Sie mir net bös, Herr Pfarrer, aber des interessiert mi jetzt wirklich nicht!«, sagte Anton Häfner.

»Aber mich!« Marie stand auf und strich mit den flachen Händen ihren Rock glatt. »Der Pfarrer Rust spaltet doch die Gemeinde.«

»Ganz recht!«, meinte Lietzenauer. »Es wird mir nichts anderes übrigbleiben, als den Kampf aufzunehmen.«

»Des wird aber net einfach«, meinte Anton. »Der Rust ist ein verdammt sturer Hund!«

»Oh, das hab ich erlebt.« Lietzenauer lächelte. »Erst gestern.«

Am Abend zuvor war er so gegen sieben Uhr ins Gasthaus zur Sonne gegangen, um etwas zu essen. Während er auf sein Gulasch mit Spätzle wartete, machte er ein paar Notizen für seine nächste Predigt. Plötzlich riss ihn eine tiefe Stimme aus seinen Gedanken. »22 Prozent!«

Lietzenauer hatte aufgeschaut. »Bitte?«

»22 Prozent gehen in Fleckenhausen in die Kirche. Weihnachten, Ostern und Konfirmationen schon mitgerechnet.«

Lietzenauer legte seinen Notizblock zur Seite und nahm einen Schluck Wein. »Also das sind Zahlen, die mir unbekannt sind.«

»Zu meiner Zeit vor dem Krieg war das anders!«

»Moment! Dann sind Sie …«

»Ihr Vorvorgänger, genau.«

»Pfarrer Rust?« Lietzenauer stand auf. Er war einen Kopf kleiner als Rust, der fast 1,90 Meter groß war – eine imponierende Erscheinung mit vollen eisgrauen Haaren und einem breiten Gesicht, in dem sich die alte Haut über die Knochen spannte. Lietzenauer wollte ihm die Hand geben, aber sein Gegenüber achtete nicht darauf. »Bei mir war die Kirche voll, und wenn nicht, habe ich Feuer und Blitze von der Kanzel geschleudert. Ich habe es nicht zugelassen, wenn meine Schäfchen sich von unserem Herrn und seinem Wort abgewendet haben.«

»Das waren allerdings andere Zeiten«, meinte Lietzenauer. »Waren Sie es nicht, der gesagt hat, Adolf Hitler sei der Antichrist?«

»War er ja auch!«

»Respekt, großen Respekt!«, sagte Lietzenauer und hob sein Viertelesglas.

»Ich war ja dann auch nicht mehr tragbar, nicht wahr? Fand selbst die Kirchenleitung. Aber jetzt hat doch kein Pfarrer mehr etwas zu fürchten.«

»Das stimmt!«

»Und trotzdem sind Sie zu feige, sich ganz auf Gottes Wort zu verlassen!«

»Wie bitte?«

»Dieser ganze Firlefanz. Gottesdienst mit Musik. Tanzstunde für junge Leute. Diskussionsabende mit dem Thema: »Wie können wir heute noch glauben?«

Das Essen kam. »Sie entschuldigen, darf ich?«, fragte Lietzenauer den Älteren höflich.

»Guten Appetit!«

Lietzenauer begann zu essen. Rust starrte ihn entsetzt an. »Beten Sie nicht vor dem Essen?«

»Sie kennen doch sicher die Geschichte: Zwei Kollegen treffen sich. Sagt der eine zum andern: ›Wie halten Sie 's denn mit dem stillen Gebet?‹ Sagt der andere: ›Ich zähle bis 35‹, worauf der Erste antwortet: ›Ich zähle bis 40, aber der Kollege Müller zählt bis 60, und das halte ich dann doch für eine arge Frömmelei.‹«

Am Nebentisch lachte jemand.

Rust sah den jungen Pfarrer finster an. »Und das muten Sie mir jetzt allen Ernstes zu?«

Lietzenauer winkte ab. »Ich hab schon gehört, Herr Kollege …«

»Nennen Sie mich lieber nicht mehr Kollege«, fuhr der andere dazwischen. Doch Lietzenauer redete unbeirrt weiter: »… dass Sie wohl schon immer Gottes Wort sehr, sehr eng ausgelegt haben. Ich hätte Sie ohnehin in den nächsten Tagen aufgesucht, um mit Ihnen über Ihre Bibelstunden, die ja so eine Art Nebenkirche darstellen, zu sprechen.«

»Ich sehe ja nun, wie wichtig und richtig meine Arbeit ist. Und was man Ihnen da erzählt hat – ein riesiger Irrtum, ich lege nicht aus, ich interpretiere nicht. Ich predige, was in der Bibel steht. Wort für Wort, Satz für Satz!«

An den anderen Tischen war es still geworden. Die Wirtshausgäste schienen die Debatte der beiden Theologen mit zunehmender Aufmerksamkeit zu verfolgen.

»Es ist eine neue Zeit angebrochen«, fuhr der Altpfarrer fort. »Jetzt sind wir gefragt. Wir, die Diener Gottes und die Hirten unserer Gemeinden. Wir müssen uns auf das Wort besinnen, wie es in der Heiligen Schrift steht. Und da muss man doch wissen: Gottes Wort ist nicht dehnbar wie ein Kaugummi.« Rust zog eine Bibel aus der Jackentasche, legte sie auf den Tisch neben den Spätzlesteller und klopfte mit den Fingernägeln drauf. »Hier finden Sie alles, was Sie brauchen. Hier steht alles drin. Ohne Wenn und Aber!«

»Und Sie meinen, wir sollten nicht darüber nachdenken? Dürfen wir denn, Ihrer Meinung nach, nichts in Frage stellen?«

»In Frage stellen? Gottes Wort? Ich verschwende meine Zeit. Hirten wie Sie haben unserer Kirche seit jeher mehr geschadet als die Wölfe. Aber zum Glück gibt's auch hierzulande noch Gläubige, die auf die Wahrheit hören!« Wütend schnappte der Altpfarrer seine Bibel und stapfte hinaus.

Die Bedienung trat an den Tisch. »Der hat mich und meinen heutigen Mann damals auf dem Konfirmandenausflug beim Knutschen erwischt, und daraufhin hat er uns vom Abendmahl ausgeschlossen. Mir habet extra nach Waldebuch müsse, zum Pfarrer Haigis, damit wir konfirmiert worde sind. – Noch a Viertele, Herr Pfarrer?«

»Ja, gern!«

Er war nun sechs Wochen in Fleckenhausen. Es war seine erste Pfarrstelle. Zuvor war er als Vikar an der Tübinger Stiftskirche gewesen. Vor den Fleckenhausenern hatte man ihn gewarnt. Ein dickköpfiger Menschenschlag sei das. Vor dem Krieg sei das Dorf als rotes Nest verschrien gewesen. Bei den letzten freien Wahlen, am 6. November 1932, hatten die Wähler in Fleckenhausen die KPD mit 198 Stimmen zur stärksten Partei gemacht. Die NSDAP hatte nur 81 Stimmen auf sich vereint. Aber das Sagen hatte immer vor allem eine eher liberale Familie gehabt. Die Theuerkaufs. Sie hatten den Steinbruch besessen, zuletzt sieben Brüder, die zweimal sieben gleiche Häuser gebaut hatten: zuerst im Dorf verstreut stattliche dreigeschossige Gebäude mit hohen steilen Dächern, die Giebel alle in der gleichen Manier mit Schieferschindeln verschalt, die unterschiedlichen Mustern folgten. Später, in den zwanziger Jahren dann, hatten sie in der Birkenwaldstraße sieben sehr viel kleinere Häuser gebaut, eins neben dem anderen, aufgereiht wie an einer Perlenschnur auf derselben Straßenseite und ganz aus Sandstein, den sie draußen im Mühlhau selber brachen wie ihre Väter, Großväter und Urgroßväter schon. Starke Männer, die stolz darauf waren, einst das Baumaterial für das Stuttgarter neue Schloss geliefert zu haben.

Ohne die Theuerkaufs ging nichts in Fleckenhausen. Das Erstaunlichste aber war wohl, dass sie zusammenhielten wie Pech und Schwefel. Sie bestimmten die Vereine, dominierten den Gemeinderat, wenn nicht selbst, dann durch Leute, die ihnen ergeben waren. Als die Nazis an die Macht kamen, nahmen sie es zur Kenntnis, opponierten nicht, liefen denen aber auch nicht hinterher. Der Maurer und spätere Baumeister Otto Theuerkauf hatte einmal zu Albert Ebinger gesagt: »Man wird warte könne, bis es vorbei ist.« Ganz so war es freilich nicht gekommen. Drei der Brüder waren im Krieg gefallen. Die anderen traten in der gewohnten Familiensolidarität für deren Witwen ein, kümmerten sich um die Kinder und waren bemüht, den Familien, wo immer es ging, das Leben leichter zu machen. Aber die Ehemänner der Frauen und die Väter der Kinder konnten sie natürlich nicht ersetzen.

Marie Häfner brachte den neuen Pfarrer bis vor die Tür. Am Fuß der Treppe hatte er sein Fahrrad angelehnt. Er winkte ihr noch einmal zu und fuhr davon.

Anton trat neben seine Frau. »Der gfällt dir, gell?«

»Er hat's net leicht«, gab Marie zurück, »mir solltet ihm a bissle helfe.«

»Also ich hab damit nix zu tun.«

»Vielleicht wär's gar nicht schlecht, wenn du amal mit ihm reden würdest.«

»Ich? Über was denn?«

»Über alles, was du mit mir nicht besprichst.«

»Ich geh jetzt da Stall ausmischte!«, antwortete Anton und stieg die Treppe hinunter.

Er kam erst kurz nach neun Uhr am Abend ins Haus zurück. Leise ging er hinauf in den ersten Stock, öffnete behutsam die Tür zu Inges Kinderzimmer und trat über die Schwelle. Draußen war eine helle Mondnacht. Die Vorhänge waren zurückgezogen, das Fenster einen Spalt geöffnet. Die frische Nachtluft strömte herein, und ein zartes Licht lag auf dem Gesicht des Mädchens. Inge schlief auf dem Rücken und atmete gleichmäßig. Anton beugte sich über das Kind und betrachtete dessen entspannte Züge. Als er sich wieder aufrichtete, krampfte sich alles in ihm zusammen. Was er heute getan hatte, hätte er ihr nicht antun dürfen, schoss es ihm durch den Kopf. Er verließ das Zimmer und stieg ins Erdgeschoss hinab.

Marie hatte längst abgewaschen. Jetzt saß sie am Küchentisch, vor sich eine Flasche Wein und zwei leere Gläser. Anton kam herein, wusch sich am Spülstein unter dem Wasserhahn die Hände, trocknete sie umständlich ab und setzte sich dann seiner Frau gegenüber.

»Wo kommt denn der Wein her?«

»Von der Luise Ebinger. Sie hat noch a Kischtle davon im Keller. Scheints hent die Franzose ihn vergesse!« Sie goss ein.

Anton hob das Glas. »Na dann!«

»Zum Wohl!«, sagte Marie.

Beide nippten nur ein klein wenig an ihrem Glas. Dann hob Marie den Kopf und sah ihrem Mann in die Augen. »Könntest du mir nicht versprechen, dass du nimmer so oft über d' Straß nübergehst?«

»Warum?«

»Meinst, ich seh nicht, was die Kathrin vorhat?«

»Was hat sie denn vor?«

»Man kann sie ja bis zu einem gewissen Grad verstehn. Sie hat kein Mann, und mr weiß ja von früher, wie sie ist.«

»Wie denn?«

»Lebenslustig, leidenschaftlich, ich weiß net, wie ich's anders sagen soll. 's gibt Leut, die sagen, sie sei mannstoll!«

Anton nahm jetzt einen großen Schluck, setzte sein Glas hart auf dem Tisch ab und schüttelte wütend den Kopf. »Böse Mäuler hat's hier scho immer gnueg gegebe!«

Sie schwiegen eine Weile. Dann sagte er: »Wer weiß, vielleicht kommt der Andreas ja doch wieder.«

»Glaubst du des wirklich?«

»Wichtig ist, dass sie dran glaubt«, gab er zurück und ertappte sich dabei, dass er im Stillen hoffte, es möge nicht geschehen.

Marie nahm einen Schluck. »Es gibt Frauen, die lassen ihre Männer für tot erklären.«

»Ja sicher. Als Kriegerwitwe steht ihnen eine Rente zu.«

»Ich könnt des net!«, sagte Marie.

»Ich bin ja au wieder da.«

»Wenn's bloß so wär«, erwiderte seine Frau.

»Was soll denn des jetzt?«

»Manchmal hab ich das Gefühl, du bist no längst net wieder heimkomme.«

Anton sagte nichts darauf. Er leerte sein Glas in einem Zug und goss sich wieder ein.

Marie fasste nach seiner Hand. »Ich hab dich um etwas gebeten«, sagte sie fast feierlich.

»Marie …« Er redete nicht weiter.

»Ja?«

»Nix!« Er trank sein Glas aus, stand auf und sagte: »Ich bin müd. Ich geh ins Bett!«

Marie hatte Mühe, aufzustehen und ihm zu folgen. Als sie ins Schlafzimmer kam, saß Anton auf seinem Bett und hatte sein Gesicht in den Händen vergraben. Sie setzte sich neben ihn, gab aber darauf acht, ihn nicht zu berühren. »Was ist denn, Anton?«

»Ich pack's nicht!«, kam es dumpf hinter seinen Händen hervor.

»Was denn?«

»Was denn? Was denn? 's Lebe halt!«

»Du brauchst Hilfe, Anton!«

»Und wo soll die herkomme?«

»Du musst über alles spreche, was dich so bedrückt.«

»Ja, wenn's so einfach wär.« Er nahm die Hände vom Gesicht, und jetzt sah Marie, dass Tränen aus seinen Augen sickerten. Anton stand auf. »Heut Morgen hast du gsagt: Man müsst endlich im Hirschland drauße ackere!«

»Ja, das stimmt doch, und du hast es doch au gmacht.«

»Du hast vorgestern gsagt, man müsst endlich Mist fahre, und gestern, mr sollt des Gras im hintere Garte mähe.«

»Ja. Und?«

»Mr müsst, mr sollt, du könntest doch endlich … Früher hat mir keiner gsagt, was ich mache soll!«

»Ach, so meinst des. Ja. Die ganze Jahr hab ich mich halt um alles gekümmert.«

»Ja, und dann bin ich zrückkomme, und immer, wenn ich gsagt hab, ›Jetzt machet mir des oder jenes‹, hast du entweder gsagt, ›Des hab ich scho gmacht‹ oder ›Lass amal, des machet mir nächste Woch!‹. Du hascht kei Ahnung, wie oft ich mir hier überflüssig vorkomm! So als ob ich hier gar net dahoim wär.«

»Um Gottes willen, Anton!«

»Und du hast des net gmerkt!«

»Ich hab doch immer denkt, alles wird wieder so wie früher.«

»Ja, dann hättest es aber auch zulasse müsse!«, schrie er plötzlich laut.

Marie begriff mit einem Mal, wie unglücklich ihr Mann sein musste, und dabei empfand sie doch ihr eigenes Unglück schon als so groß. »Hast du deshalb nimmer mit mir gschlafe, seitdem du wieder da bist?«

»Ich weiß net, warum.«

»Und mit der Kathrin?«

Die Frage traf ihn wie ein Schlag. »Wie kommst du denn da drauf?«

»Ich seh doch, wie sie seit a paar Woche um dich rumbalzt. Und sie hat ja auch alles, was euch Männer verrückt mache kann.«

»Du vergisst, wie sehr sie an ihrem Andreas hängt!«

»Den Andreas gibt's nimmer. Aber dich gibt's!«

Einen Augenblick lang überlegte Anton, ob er seiner Frau alles gestehen sollte. Die Last abwerfen. Danach könnte er vielleicht durchatmen und sich selbst wiederfinden. Aber er verwarf den Gedanken, ließ sich in sein Bett zurückfallen und sagte: »Komm her, Marie!« Er zog sie an sich. Eng umschlungen blieben sie liegen, ohne sich zu bewegen. Wer zuerst eingeschlafen war, hätten sie am nächsten Morgen nicht zu sagen gewusst.

Zur Zeit der ersten Dämmerung kam Anton zu sich. Seine Frau lag noch immer in seinen Armen. Er löste sich behutsam, stieg aus dem Bett und trat ans offene Fenster. Der neue Tag kündigte sich mit einer ersten, kaum wahrnehmbaren Dämmerung im Osten an. Häfner drehte sich eine Zigarette und rauchte versonnen. Er bemerkte nicht, dass Marie mit offenen Augen im Bett lag und auf seinen schmalen Rücken starrte.

Fast zur gleichen Zeit klingelte es an der Wohnungstür der Familie Ebinger. Luise kam mühsam zu sich, sah auf den Wecker, der neben einem Bild ihres Mannes auf dem Nachttisch stand, und stellte fest, dass es erst halb fünf Uhr war. Plötzlich war sie überzeugt davon, ihr Albert sei zurückgekommen. Sie sprang mit beiden Beinen aus dem Bett, eilte im Nachthemd an die Glastür und riss sie auf. Draußen stand ein Mann, den sie erst nach ein paar Schrecksekunden erkannte: Gernot Löffler, der Förster und Kapo aus dem Internierungslager.

»Tut mir leid!«, sagte er.

Luise trat zur Seite und ließ ihn ein. »Gehen sie da rechts in die Küche, ich komm gleich«, sagte sie.

Minuten später saß sie ihm in einem Morgenrock, den sie rasch über das Nachthemd geworfen hatte, am Küchentisch gegenüber.

Löffler kämpfte mit dem Schlaf. »Ich bin die ganze Nacht marschiert. Jetzt bin ich fix und fertig«, sagte er mit müder Stimme.

»Sind Sie …?« Luise unterbrach sich.

»Ja, ich bin abgehauen. Ich hab's nicht mehr ausgehalten. Meine Familie ist inzwischen in Stuttgart, also in der amerikanischen Zone, und wenn ich über die Grenze komme, ist für mich alles gut!«

»Ich dät Ihnen en Kaffee mache, aber ich hab bloß Zichorie.«

Er ging nicht darauf ein. »Ihr Mann sagt, Sie oder Ihre Buben wüssten einen Weg, wie man von hier nach Waldenbuch kommt, ohne dass man in eine Kontrolle gerät.«

Luise nickte. »Der Gerhard hat schon zweimal jemand über die Grenze gholfe. Aber ich hab zum Glück immer erst hinterher davon erfahre.«

»Ich möchte natürlich niemand in Gefahr bringen«, sagte Löffler.

Luise war inzwischen aufgestanden und hatte Brot und etwas Butter auf den Tisch gestellt, dazu einen Teller und ein Messer. »Sie habet doch sicher Hunger.«

Löffler schnitt sich ein dickes Stück Brot ab und hielt es an seine Nase. »Hmmm, das riecht ja wunderbar!«

»Ja, wir haben unser Backhäusle wieder in Betrieb genommen«, sagte Luise. »Zum Glück hab ich noch a bissle Mehl vom Ährenlesen.«

Gernot Löffler bestrich sein Brot mit Butter und biss hinein. »In einer Stunde ist Frühappell. Spätestens dann merken die, dass ich fehle!«

Luise verstand. Sie ging ins Bubenschlafzimmer und weckte Gerhard.

Im Tal schlug die Kirchenuhr sechsmal, und gleich darauf begann das Morgenläuten. Gerhard ging auf dem schmalen Wiesenweg durch die Rosswiesen in Richtung Hohe Reute voraus. Löffler folgte dichtauf. Das Gras war noch nass vom Tau. Als sie den Wald erreichten, sprach der Junge zum ersten Mal: »Kriegt mein Vater jetzt Schwierigkeiten, weil Sie abgehauen sind?« Löffler blieb stehen. »Wahrscheinlich das ganze Kommando, aber mit deinem Vater hab ich darüber gesprochen. Nur mit ihm, sonst mit keinem. Er hat mich ermuntert, und er hat mir auch geraten, zu euch zu gehen, weil er wusste, dass ihr mir helfen könnt.«

Gerhard nickte nur und teilte mit den Armen die Zweige zweier engstehender Büsche. Dahinter kam ein schmaler Trampelpfad in Sicht, der quer zum Waldsaum verlief. »Von hier aus find ich den Weg auch alleine«, sagte Löffler. Aber Gerhard schüttelte den Kopf. »Der Weg gabelt sich noch a paarmal, und wenn man da einmal den falschen Abzweig erwischt, läuft man direkt zum Posten der Franzosen. Und man muss an einer ganz bestimmten Stelle über den Bach.«

»Du kennst dich aus im Wald, was?«

»Mhm«, machte Gerhard nur.

»Vielleicht solltest du auch einmal Förster werden wie ich.«

»Ja, vielleicht!«

Der schmale Pfad stieß jetzt auf ein Bächlein, nur so ein Rinnsal, das trocken blieb, wenn es längere Zeit nicht geregnet hatte. Gerhard sprang darüber. Hier gab es keine Wege und Pfade mehr. Der Junge ging zwischen den dichtstehenden Bäumen über einen sanften Abhang hinab und zählte dabei seine Schritte. Als er bei 60 angekommen war, wendete er sich nach links. »Jetzt noch die Böschung runter, dann sind Sie in Amerika«, sagte er.

Löffler legte seine Hände auf die beiden Schultern des Jungen. »Du hast was gut bei mir!«

»Ich komm drauf zurück«, sagte Gerhard ernst, tauchte unter den Händen des Försters weg und machte sich auf den Rückweg. Er wählte dafür eine kürzere Strecke, auf der man aber einer französischen Patrouille begegnen konnte. Gerhard hatte dafür eine Ausrede parat. Tags zuvor sei er beim Pilzesuchen gewesen, habe sich verlaufen und dann zu allem Unglück auch noch seinen Hausschlüssel verloren, den er jetzt suchen müsse.

Dass er sich fürchtete, wenn er allein im Wald war, hatte Gerhard noch nie jemandem erzählt. Er ging jetzt viel vorsichtiger als zuvor, als Gernot Löffler noch hinter ihm gewesen war. Immer wieder blieb er stehen, hielt den Atem an und horchte in den Wald hinein. Er durchquerte ein lichtes Stück Buchenwald und lief dann durch kniehohes Farnkraut, das sanft raschelnd um seine Knöchel glitt. Dort, wo der Buchenbestand endete, öffnete sich eine kleine Lichtung, auf der eine alte Eiche stand. Dahinter begann eine Tannenschonung, in der die Bäume dicht an dicht standen und eine undurchdringliche Mauer zu bilden schienen. Hier würde er den versteckten Trampelpfad wieder erreichen, über den er eine halbe Stunde zuvor Gernot Löffler geführt hatte, und auf dem vertrauten Weg würde er ruhiger werden. Plötzlich blieb er stehen. Zwischen Eiche und Waldrand stand ein Hirsch – ein gewaltiges Tier, größer als der Hengst des Bauern Schätzle. Im selben Augenblick fielen die ersten Sonnenstrahlen durch das lichte Blattwerk der Buchen im Rücken des Jungen. Das Fell des mächtigen Tieres glänzte wie Samt und schimmerte nun fast golden in dem flimmernden Morgenlicht. Der Hirsch hatte geäst, aber nun schien er die Witterung des Jungen aufgenommen zu haben. Er hob seinen mächtigen Kopf und sah zu Gerhard herüber. Der war unbeweglich stehen geblieben, verspürte aber keine Angst. Er kniff die Augen zusammen und versuchte die Enden des gewaltigen Geweihs zu zählen. Ein Zwölfender war das mindestens, dachte er. Vorsichtig machte Gerhard ein paar Schritte zurück, aber er konnte nicht verhindern, dass er auf einen Ast trat, der krachend zerbrach. Der Hirsch senkte sich kurz auf seine Hinterbeine und drückte seinen schweren Körper dann mit einem Stoß vom Boden ab. Einen Augenblick schwebte das Tier in der Luft, ehe es nach dem ersten gewaltigen Satz wieder auf dem Waldboden landete. Die nächsten Sätze waren kürzer, folgten aber immer schneller aufeinander. Einen Augenblick sah es so aus, als käme der Hirsch direkt auf Gerhard zu, aber dann bog er nach links ab und verschwand zwischen den Buchen.

Der Junge stieß die Luft aus, die er die ganze Zeit angehalten hatte. Er blieb noch eine Weile stehen, als wollte er das Bild nicht zerstören und noch möglichst lange festhalten. Schließlich nahm er seinen Weg wieder auf.

Als Gerhard nach Hause kam, war es zu spät für den Bus, der ihn jeden Morgen um 6 Uhr 04 nach Tübingen in die Schule brachte. Er ging jetzt in die dritte Klasse des dortigen Keplergymnasiums. Gerhard Ebinger war ein ruhiger Schüler, der kaum einmal auffiel. Seine Noten waren durchschnittlich. »Wie der ganze Kerl«, pflegte sein Klassenlehrer zu sagen, der den unauffälligen Schüler mochte und nach Kräften förderte.

Luise Ebinger atmete auf, als ihr Sohn die Treppe heraufkam. Immer wieder war sie ans Fenster getreten, um nach ihm Ausschau zu halten. Mehrfach hatte sie schon nach ihm gerufen. Jetzt stand er vor ihr und strahlte über das ganze Gesicht.

»Was ist denn mit dir los? Hat dir der Herr Löffler was gschenkt?«, fragte seine Mutter.

»Ich hab einen riesigen Hirsch gesehen. Ganz nah! Ich glaub, es ist ein Vierzehnender gewesen.«

»Ach so«, sagte seine Mutter.

Gerhard war enttäuscht. Wie konnte man ein solches Erlebnis mit einem »Ach so« abtun. Wortlos verschwand er in seinem Zimmer. Eine halbe Stunde später machte er sich auf den Weg zu Gottlieb Schätzle. Wenn er schon gegen seinen Willen einen Tag schulfrei hatte, konnte er auch etwas arbeiten. Christian saß einen Stock tiefer im Klassenzimmer und sah seinen Bruder draußen vor dem Fenster vorbeigehen. Seine Mutter hatte ihm erzählt, Gerhard müsse einen Bekannten nach Waldenbuch begleiten. »Das hätt ich doch auch können«, hatte Christian gesagt.

»Ja, ja, du traust dir ja alles zu«, hatte seine Mutter geantwortet.

»Oder die Hanna.«

Luise Ebinger wollte ihrem Jüngsten nicht erklären, warum sie es nicht für ratsam hielt, ihre 17-jährige Tochter mit einem Mann alleine durch den Wald zu schicken. »Der Gerhard kann des am besten«, beschied sie Christian; und damit war für sie die Diskussion beendet.

Gerhard erzählte auch Gottlieb Schätzle von dem Hirsch, den er am frühen Morgen im Wald zwischen Waldenbuch und Fleckenhausen gesehen hatte.

»Und was hast du da zu suchen?«, fragte der Holzhändler, fuhr dann aber gleich fort: »Ich will's lieber gar nicht wissen. – Da, guck amal!« Stolz zeigte er auf einen Motor, den er an die Bandsäge angebaut hatte.

»Tut der auch?«

»Das wirst gleich sehen!« Schätzle zog mehrfach an einem Strick, der aus einer Öffnung an dem Motor hervorkam. Der Motor gab zunächst nur ein seltsam blubberndes Geräusch von sich, brüllte dann aber mit einem Schlag laut los. Schätzle verschob einen kleinen Hebel, und nun ging das Motorengeräusch in ein gleichmäßiges Brummen über. Jetzt schob der Holzhändler einen breiten Lederriemen auf ein eisernes Rad oben an der Säge, und Gerhard sah, dass derselbe Riemen unten am Motor über ein kleineres Rad lief. Plötzlich begann das Sägblatt hektisch auf- und niederzufahren. Es verschwand in Hüfthöhe durch einen schmalen Spalt in der blanken Metallplatte, auf die Schätzle nun ein Meterholz schob. Gerhard bückte sich und sah, dass knapp über dem Boden die Kraft von dem Rad auf einen Kolben übertragen wurde, der wiederum das Sägblatt in seine Bewegung versetzte. Jedes Mal, wenn Schätzle das Holzstück gegen die Säge drückte, gab es ein anschwellendes helleres Geräusch. Das Stahlband fraß sich in wenigen Augenblicken durch das Holz. Das abgesägte Stück fiel zu Boden, und Schätzle schob das Meterholz nach.

Gerhard schnappte sich ein Beil und begann mit seiner Arbeit. Er war beim Holzspalten immer sicherer geworden, und er schien auch an Kraft zuzulegen. Ein, zwei Stunden konnte er arbeiten, ohne sonderlich zu ermüden. Da Christian nicht da war, füllte er die Scheite selbst in die Säcke. Er achtete nicht sehr darauf, sie so zu schichten, dass möglichst viel Luft dazwischen war, denn der Junge hatte längst begriffen, dass sein Arbeitgeber auf diese Weise seinen Kunden weit weniger Holz zukommen ließ, als es den Anschein hatte. Und da er bei den Opalskis erlebt hatte, was es bedeutete, nicht genug Feuerholz zu haben, wollte er bei diesen Betrügereien nicht mitschuldig sein.

Er hatte fünf Säcke gefüllt, als Schätzle seine Maschine abstellte und rief: »Vesperpause!« Sie traten vor den Schuppen und setzten sich auf eine Bank, die der Holzhändler selbst gezimmert hatte. Es gab

Leberwurstbrote und Most, den Gerhard für sich am Wasserhahn, der an der Außenwand befestigt war, verdünnte.

»Hast also wieder einem nach Amerika geholfen?« Schätzle wollte es also offenbar doch wissen.

Gerhard nickte. »Einem Freund von meinem Vater aus dem Lager.«

»Also – i will mal so sage – irgendwann wird es die Grenzen nicht mehr geben.«

»Ja, irgendwann«, sagte Gerhard.

Sie schwiegen eine Weile, aber dann musste Gerhard doch eine Frage loswerden, die ihn schon lange umtrieb. »Herr Schätzle …«

»Kannst Gottlieb zu mir sagen«, gab der überraschend zurück.

»Gottlieb!«

»Ja?«

»Warum lebst du eigentlich allein?«

»Hoppla. Das willst du wirklich wissen?«

»Es gibt so viele Frauen, die allein sind, weil doch so viele Männer im Krieg gefallen sind.«

»Ja, und?«

»Ist da denn keine dabei für Sie … äh … für dich, Gottlieb?«

»Soll ich dir ein Geheimnis verraten, aber du darfst es nicht weitersagen!«

»Ja!«

»Also, i will mal so sage: Ich trau mich nicht.«

»Sie ... äh, du traust dich nicht? Was meinst denn damit?«

»Ich bin saumäßig schüchtern, verstehst? I will mal so sage: Ich bin halt ein Einzelgänger. Schon immer gwesen. Geschwister hab ich nicht ghabt. Mein Vater ist abgehauen. Der ist damals nach Amerika. Schon anfangs der zwanziger Jahre. Und mei Mutter hat sich … äh … also, i will mal so sage: Sie ist vor lauter Gram gestorben.«

»Und Sie sind immer allein geblieben … also du, mein ich.«

»Mir war das ganz recht. Obwohl – das ist au a bissle gloge. Manchmal wär ich auch lieber net so allein.«

»Bei mir ist es grad umgekehrt.«

»Was?«

»Ich wär manchmal gern mehr allein.«

»Ja no – i will mal so sage: Was dem einen sein Uhl ischt, ischt dem andere sei Nachtigall, heißt es irgendwo. Komm, Kerle, iss was, dass du was wirst, bis du deine Rente kriegst.« Schätzle schob Gerhard die Leberwurst und den Brotlaib noch mal hin.

Eigentlich hatte sie in den Garten gehen wollen, den ihr Mann schon vor dem Krieg gepachtet hatte. Das eingezäunte Stück Land lag etwa 70 Meter oberhalb des Schaichbachs, der mitten durchs Dorf floss. Einen Großteil des acht Ar großen Areals wollte sie auch dieses Jahr wieder mit Kartoffeln, Gurken und Tomaten bepflanzen. Aber sie hatte es sich auch nie nehmen lassen, genügend Platz für ihre Blumenrabatten zu behalten. Ihr ganzer Stolz war der Rittersporn, der im Frühherbst so herrlich blau blühte, doch sie pflanzte auch Gladiolen, Astern und Ringelblumen an. Jetzt wäre es freilich darum gegangen, die Saatkartoffeln in die Erde zu bringen, die sie von Marie Häfner bekommen hatte. Aber grade, als Luise Ebinger losgehen wollte, klingelte es an der Glastür. Marie Häfner stand draußen.

Luise sah sofort, wie aufgewühlt die Bauersfrau war. »Komm rein!«, sagte sie ohne Umstände. Sie holte ganz hinten aus dem untersten Fach des Küchenbüfetts das Päckchen Bohnenkaffee, das ihr kürzlich Gottlieb Schätzle dagelassen hatte, als er ihre beiden Buben fürs Holzspalten angeworben hatte. Für den flüchtigen Gernot Löffler war ihr der echte Kaffee zu schade gewesen. Das jetzt war etwas anderes.

Marie Häfner setzte sich an den Küchentisch, während Luise den Kaffee aufbrühte. »Ich weiß nimmer aus noch ein«, sagte die Bäuerin. »Der Anton betrügt mich.«

Luise hielt mitten in ihrer Bewegung inne. »Sei so gut! Also des kann ich mir mit dem beschte Wille net vorstelle!«

»Ich hab's schon eine ganze Weile befürchtet. Als Frau spürt man des. Aber dann hab ich mir auch immer wieder gsagt, ich bilde mir vielleicht was ein.«

»So wird's sein«, gab Luise zurück.

»Gestern war er bei ihr im Gartehäusle. Er hat den Gustav am Zaun angebunde und ischt mit ihr verschwunde, und man hat von drauße ghört, was drinne passiert ischt!«

»Sagt wer?«

»Sagt die Christine Lauer, die dort mit dem Fahrrad vorbeigekomme ischt.«

»Und die hat dir das natürlich brühwarm erzähle müsse?!«

»Ja, heut Morge, wie ich die Milch in die Molkerei gebracht hab.«

Luise schenkte den Kaffe ein, dessen Duft sich bereits in der Küche ausgebreitet hatte. Marie Häfner nahm einen Schluck. »Es ist ja von allem Anfang an nimmer so gwese wie früher zwische meinem Anton und mir, seitdem er aus der Gefangeschaft heimkomme ischt.«

»Ja, viele von den Männern, die im Krieg waren, sind verstört, des hört man immer wieder. Wir können uns ja gar net vorstelle, was die durchgemacht haben.«

»Ja, aber warum lässt er es nimmer zu, dass ich ihn in den Arm nehm, und warum nimmt er mich nicht mehr in den Arm?«

»Ich kann dir das auch nicht erkläre, aber scheints bist du nicht die Einzige, der es so geht.«

»Und dann ausgerechnet die Kathrin Lubinger!«

»Sie wird scho was dazu getan habe, dass es so weit gekomme ist.« In Luises Stimme schwang ein bitterer Ton mit.

Marie nickte nur, trank ihren Kaffee aus und schob die Tasse noch einmal zum Einschenken über den Tisch.

»Hast du schon mit deinem Mann gsprochen?«, fragte Luise, während sie eingoss.

»Nein, ich bin gar nimmer heim nach der Molkerei. Des Wägele mit der großen Milchkanne steht drunten vorem Haus.«

Luise seufzte. »Wenn jetzt mein Mann da wär, müsst er mit deinem Anton spreche. Der Albert dät scho die richtigen Worte finde.«

»Was soll ich denn jetzt bloß mache, Luise?«, stieß Marie Häfner verzweifelt hervor.

»Ich dät ihm auf den Kopf zusage, dass ich's weiß.«

»Und wenn ich ihn dann verlier?«

»Die Frage ist, ob du ihn nicht schon verlore hascht!«

Marie starrte Luise mit weit aufgerissenen Augen an. »Wie kannscht du so was sage.«

»Entschuldige.« Luise Ebinger hätte sich die Zunge abbeißen können. »Ich bin sicher, er kommt zu Verstand. Aber reden müsst ihr drüber. So was kann man nicht in sich reinfressen und weiter nebeneinander her leben.«

Die zierliche Bauersfrau stand mühsam auf. »Wahrscheinlich hast du recht!« Aber dann setzte sie sich doch noch einmal hin, als ob sie eine schwere Last auf den Stuhl zurückdrücken würde. »Da hab ich die ganzen Kriegsjahre geschuftet wie ein Brunneputzer. Ich hab versucht, alles für ihn zu erhalten. Hab gschafft für zwei, hab mich um des Kind gekümmert, ums Haus, um die Felder, ums Vieh, und wenn er im Fronturlaub da war, war alles so … alles so … wie soll ich des sagen, alles so innig. Und jetzt auf einmal soll des alles nix mehr gelte!« Sie schluchzte auf. Ein Weinkrampf schüttelte sie.

Luise Ebinger trat hinter Marie und legte ihre Arme um sie. »Red mit ihm«, sagte sie leise. »Und ich rede mit der Kathrin Lubinger.«

»Das würdest du mache?«

»Ja. Ich versprech's dir!« Luise Ebinger ließ die Freundin los und setzte sich wieder an den Tisch.

Marie Häfner hatte den festen Vorsatz gehabt, sofort mit ihrem Mann zu reden, wenn sie nach Hause kam. Aber er war nicht da. Sie fand auch keinen Hinweis darauf, wo er sein könnte. Das Pferd stand im Stall. Das Fahrrad lehnte an der hinteren Wand des Hauses. Es fehlte auch kein Werkzeug aus dem Geräteschuppen. Eigentlich hatte er ja vorgehabt, draußen im Hirschland zu säen und zu eggen. Aber der

Sack mit dem Saatgut stand in der Scheuer, und die Egge hing an zwei Haken an der Wand.

Marie spülte die Zwanzigliter-Milchkanne mit dem harten Strahl aus dem Wasserschlauch aus und kippte sie auf ein Holzstück, so dass Luft hineinkonnte. Sie gab den Kühen noch einmal Futter und warf den Hühnern ein paar Handvoll Körner hin. Jetzt wollte sie in die Küche, um das Mittagessen vorzubereiten.

Marie hatte den Fuß schon wieder auf der untersten Stufe der Steintreppe, die zu ihrer Haustür hinaufführte, als sie sich plötzlich entschloss, über die Straße hinüberzugehen und bei Kathrin Lubinger zu klingeln. Ihr Herz klopfte bis hinauf zum Hals. Ihr Atem ging stoßweise. Marie wusste nicht, was sie sagen würde, wenn sich die Tür öffnen und Kathrin vor ihr stehen würde. Aber im Haus bewegte sich nichts. Marie klingelte ein zweites Mal, diesmal lang und anhaltend. Doch entweder war die Nachbarin nicht da, oder sie hatte bemerkt, wer vor der Haustür stand, und beschlossen, nicht aufzumachen.

Luise Ebinger hatte den Sack mit den Saatkartoffeln auf den Handwagen geladen. Dazu eine Hacke, einen Rechen und die Gießkanne. Es waren nur zehn Minuten bis zu ihrem Garten. Als sie ankam, stellte sie den kleinen Leiterwagen hinter dem Zaun ab, ging die Bahnhofstraße hinauf, überquerte die Gleise direkt vor dem Prellbock und nahm den Schotterweg Richtung Waldrand. Sie erreichte die lose Ansammlung der Schrebergärten und blieb erst vor Kathrin Lubingers kleinem Anwesen stehen. Überrascht stellte sie fest, dass Anton Häfner, nur mit seiner alten Militärhose und einem grauen Unterhemd bekleidet, ein Stück Erde umgrub. Er bemerkte sie erst, als sie ihn ansprach. »Grüßgott, Herr Häfner!« Luise hatte den Bauern nie geduzt.

Häfner richtete sich auf, drückte seine flache rechte Hand gegen seinen Rücken und stieß einen Seufzer aus. »Mei Kreuz! Es ischt einfach nemme des!«

»Ja, den Eindruck hat man«, gab Luise spitz zurück. »Haben Sie daheim net gnug Gschäft?«

»Ich helf der Frau Lubinger a bissle. Sie hat ja sonst niemand.«

»Weiß das die Marie?«

»Was isch?«

»Ob Ihre Frau weiß, dass Sie hier schaffen statt in Ihrer eigenen Landwirtschaft?«

»Was geht des jetzt Sie an, Frau Ebinger, hä?«

»So viel, wie so ebbes eine gute Freundin einer Frau angeht, die von ihrem Mann betrogen wird.«

Häfner kam nun auf sie zu. Er hielt den Spaten in der Mitte des Stiels und warf ihn plötzlich dicht vor Luise Ebinger gegen den Zaun.

Luise machte einen Schritt zurück. »Sie sind ein undankbarer Mensch, Herr Häfner!«

»Aha?«

»Sie wissen ganz genau, was die Marie geleistet hat, solang Sie im Krieg waren.«

»Ja, und?«

»Und das ist nun Ihr Dank! Dass Sie ein Verhältnis mit der Kathrin Lubinger anfangen? Wo ist sie überhaupt?«

»Des geht Sie an Scheißdreck an. Und jetzt hauet Se ab, bevor ich mich vergess!« Er hob den Spaten wieder auf und hielt ihn nun drohend in der Hand.

»Man kann sich mal vergessen«, sagte Luise Ebinger. »Aber halt bloß einmal. Denken Sie drüber nach!« Luise wendete sich ab und ging den Schotterweg zurück Richtung Bahnhof.

Anton Häfner setzte sich auf die schmale Bank, die vor dem Gartenhäuschen stand, drehte sich eine Zigarette, zündete sie an und zog den Rauch tief in die Lungen. Ihm war nicht wohl. Plötzlich erschien ihm die Tatsache, dass er in Kathrins Garten arbeitete statt auf seinem eigenen Feld, als der größere Verrat gegenüber seiner Frau und seiner kleinen Tochter. Andererseits: Als sich Kathrin vor einer Stunde von ihm verabschiedet hatte, um mit ihrem Fahrrad nach Tübingen zu fahren, wo sie Besorgungen machen wollte, hatte sie ihm versprochen: »Wenn ich zurückkomm, bring ich lauter schöne Sachen für uns mit. In der Stadt gibt's jetzt ein Geschäft für Unterwäsche, so was hascht du in deinem Leben noch nie gsehen, Anton!« Und dann hatte sie ihn geküsst und gestreichelt, wie er es auch noch nie erlebt hatte. Der Gedanke daran ließ ihn nicht los. Anton spürte, wie sein Geschlecht sich regte. Fast hätte er danach gegriffen, um sich selbst zu befriedigen, so sehr spürte er plötzlich eine unbändige Lust. Stattdessen aber stieß er den Spaten in das halb umgegrabene Stück Erde und verließ Kathrin Lubingers Garten.

Luise Ebinger war auf dem Rückweg zu ihrem Garten, als sie in der Silcherstraße Christine Lauer begegnete.

»Morgen, Christine!«

»Morgen, Frau Ebinger!«

Die junge Frau war im ersten Jahrgang gewesen, den Albert Ebinger in Fleckenhausen unterrichtet hatte, als er damals, 1931, als Lehrer in dem Dorf angefangen hatte. Und alle, die einmal bei ihrem Mann Schüler oder Schülerinnen gewesen waren, duzte Frau Ebinger für den Rest ihres Lebens.

Luise blieb stehen. »Sag amal!«

»Ja?«

»Hat des jetzt sei müsse, dass du der Marie Häfner erzählt hast, was du gestern beobachtet hast, da drauße in de Gärte?«

Christine Lauer wurde rot. »Das wissen Sie?«

»Krieg ich eine Antwort?«

»Ich find's halt bodelos! Des kann der Anton doch nicht mache!«

»Das stimmt. Aber manchmal isches besser, man redet nicht gleich über alles, was man gesehen hat!«

»Ich werd's mir merken!«, sagte Christine Lauer und ging rasch weiter.

Luise Ebinger schaute ihr nach. »Du wirst es sofort wieder vergessen«, sagte sie leise, »und das mit Fleiß!«

Luise konnte arbeiten, ohne zu ermüden. Sie hackte in schneller Folge tiefe Löcher in den Boden und legte die Saatkartoffeln hinein. Die größeren teilte sie in zwei Hälften. Die würden dennoch treiben. Sie zog mit dem Rechen die Erde wieder über die Pflanzlöcher, nahm ihre Gießkanne und einen Eimer, der neben dem Zauntor stand, und ging zum Bach hinunter. In der Tonne war kein Wasser mehr. Es hatte zu lange nicht mehr geregnet. Siebzehnmal ging sie zum Bach und mit den vollen Gefäßen den ansteigenden Weg zu ihrem Garten wieder hinauf, um die Kartoffeln anzugießen. Es gehörte zu ihren Angewohnheiten, solche Gänge zu zählen. Manchmal zählte sie sogar jeden einzelnen Schritt.

Es war zu warm für Mitte März. Das Thermometer neben der Haustür hatte 23 Grad gezeigt, als sie gegen zehn Uhr weggegangen war. Jetzt schlug die Kirchturmuhr eins. Zeit, sich ums Essen zu kümmern. Frau Ebinger zog ihren Handwagen zum Schulhaus zurück.

Die Schule war schon aus. Es herrschte Ruhe rings ums Haus. Christian war bestimmt mit den anderen auf dem Fußballplatz, wo sie mit einem Stoffball oder mit einer Schweinsblase auf ein improvisiertes Tor kickten. Luise ging ums Haus herum zu dem Hof, von dem man durch eine schrundige grüne Holztür zu einem kleinen Flur kam, von dem aus man in den Keller gelangte. Drei Treppenstufen in der anderen Richtung gingen zum Treppenhaus hinauf, das zur Lehrerwohnung führte. Vor der Glastür im Oberstock war ein größerer Absatz, links ging eine weitere Tür ab, die ins frühere Kartenzimmer führte, wo alle Landkarten, aber auch andere Unterrichtsutensilien verwahrt worden waren. Seit einem halben Jahr wohnte dort der Lehrer Klein, der schon bei seiner Ankunft klargemacht hatte, keinen Anspruch auf die Lehrerwohnung zu erheben.

Jetzt, da sie die Treppe hinaufstieg, spürte Luise doch die Müdigkeit in ihren Beinen und einen leichten ziehenden Schmerz im Rücken. Vor der Glastür blieb sie erst einmal stehen, um zu Atem zu kommen. Sie kramte in ihrer Schürzentasche nach dem Schlüssel, und erst als sie aufschließen wollte, bemerkte sie, dass die Wohnungstür nur angelehnt war. Sie trat in den Flur und wendete sich nach rechts. Die Tür zur Küche stand offen. Auf einem Stuhl am Kopfende des Tischs saß ein Mann. Als er Luises Schritte hörte, drehte er sich um. Albert Ebinger war nach Hause gekommen.

Er stand auf und nahm seine Frau stumm in die Arme. Als er sie wieder losließ, sagte er: »Das ist ganz schnell gegangen. Gestern Abend hat man mich auf die Kommandantur gerufen. Und da ist mir kurz und knapp mitgeteilt worden, dass ich entlassen bin. Telefonieren kann man ja nicht. Heut Morgen bin ich dann schon vor Tau und Tag einfach losmarschiert. Einmal hat mich einer auf so einem Holzvergaser mitgnomme. Von Mössinge bis Bebenhausen. Aber den Rescht hab ich dann wieder laufen müssen.«

»Hauptsach, du bist wieder da«, sagte Luise. »Die Kinder werdet Auge mache!«

Am Abend gegen sechs Uhr war die ganze Familie Ebinger um den großen Esstisch im Wohnzimmer versammelt. Luise hatte das weiße Damasttischtuch aufgelegt, das sie von ihrer Schwiegermutter geerbt hatte. Sie hatte das gute Geschirr aus dem Wohnzimmerbüfett genommen und mit einem Tuch sorgfältig abgerieben. Sie hatte das Silberbesteck aufgelegt und die guten Gläser platziert, die sie rasch unter dem laufenden Wasserhahn noch einmal gespült hatte.

In der Speisekammer hatte sie einen geräuchten Schinken aufbewahrt, der erst dann zubereitet werden sollte, wenn ihr Mann nach Hause kommen würde. Sie hatte das Fleisch in Scheiben geschnitten und mit einem Kilo Linsen, die sie ebenfalls schon seit längerem aufgehoben hatte, gekocht. Und sie hatte noch genug Mehl, um Spätzle dazu zu machen – ein wahres Festmahl, zumal auch noch eine Flasche von dem Wein da war, den die Franzosen im Keller vergessen hatten.

Am Tisch redete nur der Vater. Er erzählte von den vielen Leiden in dem Internierungslager, von der Bösartigkeit des Lagerkommandanten und von der wunderbaren Kameradschaft unter den deutschen Gefangenen. Aber er sagte nicht Lager oder Internierungslager, er sagte KZ.

Als sich dies zum dritten Mal wiederholte, meldete sich Gerhard. »Sind denn bei euch auch Leute vergast worden?« Plötzlich war es ganz still am Tisch, und als der Vater seinen Redefluss nicht wieder aufnahm, sondern nur den größeren seiner beiden Söhne irritiert ansah, fragte der: »Oder glaubst du das auch nicht, was mit den Juden passiert ist?«

»Hat das jetzt sei müsse, Gerhard?«, sagte die Mutter.

»Ich frag ja bloß«, gab der zurück. »Der Vater hat immer gesagt: Es gibt keine dummen Fragen, nur dumme Antworten!«

Albert Ebinger hatte es buchstäblich die Sprache verschlagen. Nicht, was der Zwölfjährige gesagt hatte, brachte den Vater aus dem Gleichgewicht, sondern vielmehr, *dass* er es gesagt hatte. Der Bub hatte sich in den letzten zwei Jahren verändert. Plötzlich wirkte er fast erwachsen. Albert Ebinger wusste, dass er die Frage nicht einfach abtun konnte, zu ernsthaft hatte sein Sohn gewirkt, als er sie gestellt hatte. Endlich sagte der Familienvater: »Nein, Gerhard, bei uns ist niemand vergast worden, und ich sollte das Internierungslager wirklich nicht KZ nennen. Trotzdem, auch mir und meinen Kameraden ist bitter Unrecht getan worden. Man hat uns behandelt wie den letzten Dreck!«

Auch Hanna war der Redefluss ihres Vaters unangenehm gewesen. Sie nippte an dem Wein, der für sie mit viel Wasser verdünnt worden war, während die Buben gar nichts davon abbekommen hatten, und sagte: »Morgen erzählen wir dir dann, was bei uns alles passiert ist, Vater!«

Albert Ebinger sah seine Tochter an. Groß war sie geworden, beinahe schon eine junge Frau. Bei den kurzen Besuchen der Familie im Balinger Internierungslager hatte er das nie so richtig registriert. »Das tut mir leid, ich hab euch gar nicht zu Wort kommen lassen«, sagte er jetzt und wirkte sichtlich betreten.

»Macht ja nichts«, krähte Christian. »Mir hent ja noch Zeit gnueg! Oder musst du gleich morgen wieder in d' Schul?«

Der Vater schüttelte den Kopf. »Ich muss vorerst überhaupt nicht mehr in die Schule und vielleicht sogar nie mehr.«

»Wieso denn nicht?«, wollte Christian wissen.

»Weil es mir die Franzosen verboten haben. Ich muss mir eine andere Arbeit suchen.«

»Müssen wir dann auch aus dem Schulhaus raus?«, fragte Hanna.

»Gut möglich. Aber darüber muss ich erst einmal mit dem Bürgermeister und den anderen Behörden reden.«

»Jetzt lasst doch euren Vater erst amal richtig heimkommen, Kinder!«, meldete sich die Mutter.

Anton Häfner war um die Mittagszeit heimgekommen. Aber er hatte das Haus nicht betreten. Marie hörte das laute Klirren, als er die Egge von der Scheunenwand wuchtete und auf den Leiterwagen warf. Sie trat ans Küchenfenster und sah, wie er den Hengst anschirrte und wie er mit dem Fuhrwerk den Hof wieder verließ. Er hatte kein einziges Mal aufgeschaut. Kurz danach war Inge nach Hause gekommen. Marie hatte Spiegeleier und Bratkartoffeln gemacht.

»Isst der Papa nicht mit?«, fragte das Mädchen.

»Ich glaub, er isst erst heut Abend wieder was. Jetzt ist er auf dem Feld«, antwortete Marie.

Anton hatte das Erdreich des Ackers mit der Egge glattgezogen. Jetzt ging er mit gleichmäßigen Schritten über das Feld und warf die Saatkörner mit ausgreifenden Bewegungen aus dem Tuch, das er um die Schultern geschlungen und vorne zu einer ausladenden Tasche geformt hatte, über den tiefbraunen, matt glänzenden Ackerboden. War er anfänglich noch unruhig gewesen und zwischendurch immer wieder einmal stehen geblieben, so erfasste ihn jetzt das Gleichmaß der Bewegungen mehr und mehr. Sein rechter Arm schwang rhythmisch im immer gleichen Takt aus und zurück. Anton ging wie in Trance. Eine große Ruhe kam mit einem Mal über ihn. Wann hatte er das letzte Mal den Weizen, den Roggen, den Hafer ausgesät? Krieg und Gefangenschaft hatten ihn fast zehn Jahre seines Lebens gekostet. Zehn Jahre, in denen er kein Bauer sein durfte, sondern ein Krieger sein musste. Jahre, die ihn aus dem Gleichgewicht gebracht hatten, das er jetzt zum ersten Mal wieder zu verspüren glaubte. Er hielt nur inne, um die Tasche vor seinem Bauch aus dem Saatgutsack neu zu füllen, und jedes Mal kehrte er sofort in das Gleichmaß seiner Bewegungen zurück.

Es war gegen vier Uhr, als er die letzten Körner verteilt hatte. Er nahm Gustav wieder ins Geschirr vor die Egge. Wie er da links hinter seinem Hengst über den Acker ging, den Führriemen lose in der rechten Hand, und zusah, wie die Hufe in gleichmäßigem Takt in die Erde einsanken und sich wieder lösten, ging es ihm plötzlich durch den Kopf, dass Marie all die Jahre diese und all die anderen Arbeiten alleine auf sich genommen hatte und wie dankbar er ihr dafür eigentlich sein müsste.

Als er das Feld fertig bestellt hatte, hob er die Egge auf den Leiterwagen und spannte das Pferd davor. Er selbst setzte sich auf das Brett, das über dem Ende der Deichsel von Holm zu Holm eine kleine Bank bildete. Aber er blieb noch lange sitzen, ehe er die Zügel aufnahm und Gustav mit einem leisen Schnalzen und einem kurzen Auf- und Abschwingen der Lederriemen das Zeichen gab, loszugehen.

Sie hatten zu Abend gegessen, Anton hatte sich von Inge die Schularbeiten zeigen lassen, und er hatte das Mädchen sehr gelobt für ihre saubere Rechenarbeit. Jetzt schlief das Kind sicher längst. Marie und Anton saßen in der Küche, und ein schweres Schweigen lastete auf ihnen. Bis endlich Marie Luft holte und sagte: »Anton, wir müssen mitnander reden!«

»Ja«, sagte er. »Ich weiß.«

»Also weißt du auch, über was?«

»Ja. Es tut mir leid, Marie. Ich kann auch nicht erklären, was über mich gekommen ist. Oder doch, ich könnt's erklären, aber ich will dir nicht weh tun.«

»Das hast du schon.«

»Ja, aber das hab ich nicht wollen.«

»Ist es denn vorbei?«, fragte Marie.

Anton schwieg. Marie antwortete sich selbst: »Also nicht!«

»Vielleicht doch!«

»Was soll denn da ein Vielleicht?« Maries Ton war plötzlich scharf geworden.

Anton hob die Arme und ließ sie wieder fallen.

Marie stand auf. »Ich weiß nicht, was ich mach, wenn du nicht damit aufhörst.« Sie verließ die Küche. Anton hörte, wie sie die Treppe hinaufstieg, die Schlafzimmertür hinter sich zuwarf und den Schlüssel im Schloss drehte.

Er ging ins Wohnzimmer hinüber, machte aber kein Licht, sondern zog die Vorhänge vor dem Fenster zur Straße zurück und zündete sich eine Zigarette an. Auf der anderen Seite war Kathrins Schlafzimmer im ersten Stock hell erleuchtet. Das Fenster stand offen. Das Licht der Deckenlampe wurde von einem mannshohen Spiegel zurückgeworfen, vor dem Kathrin stand. Immer wieder drehte sie sich um und sah zum Haus der Häfners herüber. Als ob sie wüsste, dass er sie beobachtete. Vielleicht hatte sie ja die Glut seiner Zigarette gesehen. Sie ließ ihre Kittelschütze über ihre Schultern zu Boden gleiten, zog einen Büstenhalter und ein Höschen an – offenbar die neue Unterwäsche, die sie in der Stadt gekauft hatte. Dann betrachtete sie sich in verschiedenen Posen im Spiegel. Anton zog die Vorhänge wieder zu und warf sich auf das Sofa, fand aber keinen Schlaf.

Auch die beiden Ebingerbuben schliefen noch nicht, obwohl es für sie längst höchste Zeit gewesen wäre. Sie unterhielten sich flüsternd von Bett zu Bett. Hanna, die im Verlauf des Tages Christine Lauer getroffen hatte, wusste alles über Anton Häfners Seitensprung und hatte es prompt Gerhard erzählt. Schon vor einiger Zeit hatte sie sich vorgenommen, ihre Brüder aufzuklären, weil sie genau wusste, dass ihre Eltern dazu nicht in der Lage waren. Und so eine Affäre war ein guter Ansatzpunkt, um quasi beiläufig auf das Thema Sex zu kommen. Gerhard erzählte nun seinerseits dem Jüngsten, was zwischen Anton Häfner und Kathrin Lubinger offenbar gelaufen war. Christian verstand eigentlich nicht so recht, worum es ging, hatte aber dennoch eine Idee, wie man die Situation retten könnte: »Der Schätzle hat doch koi Frau!«

»Ja und? Was hat des jetzt mit dem Häfner und der Frau Lubinger zu tun?«, fragte Gerhard leicht genervt.

»Ha, wenn der jetzt mit der Frau Lubinger … also wenn die zwei miteinander … Also dann hätt doch die Lubinger an andere und dät den Häfner in Ruhe lasse, oder?«

»He, du bist ja net amal so blöd!«, rief der Ältere. Er erinnerte sich an das Gespräch mit Gottlieb Schätzle, in dem der darüber geredet hatte, dass er lieber nicht so alleine wäre.

»Und wie krieget mir des hin?«, fragte Christian.

»Mir?«

»Ja, so was lauft doch net, wenn mr's net anschuckt!«

»Was du älles woischt. Des solltet mir mit der Hanna bespreche!«

Auf Zehenspitzen schlichen die beiden Buben in ihren Nachthemden über den langen Flur, an dessen anderem Ende Hanna ihr Zimmer hatte. Christian wollte gleich hinein, aber Gerhard hielt ihn zurück. »Klopf erst amal.«

»Hä?«

»Ja, das gehört sich so!«

Christian zuckte die Achseln, klopfte zweimal kurz mit den Fingerknöcheln gegen die Tür und stieß sie im selben Augenblick auch schon auf. Hanna saß in ihrem Bett und las. »Was ist denn mit euch? Spinnet ihr?« Aber sie ließ sich dann schnell darauf ein, mit ihren Brüdern Kriegsrat zu halten.

Gottlieb Schätzle hatte in den letzten Wochen sein Unternehmen weiter ausgebaut. Es war ihm gelungen, billig an einen Lastwagen zu kommen und ihn auf Holzvergaserbetrieb umzustellen. In einem riesigen Kessel direkt hinter dem Führerhaus wurden kleine Stücke Brennholz mit Sägespänen vermischt und in einer Hitze bis zu 1 100 Grad Celsius unter wenig Luftzufuhr zu Holzkohle verbrannt. Das dabei entstehende Gas trieb die Kolben des Motors an. In letzter

Zeit sah man immer mehr von diesen Autos herumfahren, die im Grunde wie die Dampflokomotiven der Eisenbahn angetrieben wurden.

Am vergangenen Wochenende hatte Gerhard dem Holzhändler dabei geholfen, zwei lange Bänke auf die Ladefläche zu schrauben. Und er durfte Schätzle aufs Rathaus begleiten, wo der neue Fuhrunternehmer die Zustimmung des Bürgermeisters erhielt, dass der Büttel beim »Ausschellen« ankündigen sollte, am kommenden Sonntag werde Gottlieb Schätzle eine Fahrt nach Tübingen zu einer Kinovorführung anbieten. Kosten für Fahrt und Kino drei Mark.

Tatsächlich ging schon tags darauf der Gemeindediener Motzer mit seiner großen Glocke durchs Dorf und hielt an den bekannten Stellen an, um zuerst laut zu schellen, und wenn die Bürger an ihren Fenstern erschienen waren, auszurufen, was auf seinem Zettel stand. Seine Betonung war dabei sehr ungewöhnlich, zudem pflegte er manche Vokale endlos lang zu dehnen, andere dagegen vollkommen zu verschlucken, so dass Zuhörer, die seine Art nicht kannten, oft nur raten konnten, was er verkündete. Die erste Nachricht war, dass auf dem Rathaus am Freitag Lose für verschiedene Waldstücke vergeben würden. Man konnte diese Lose ziehen und danach bezahlen und erwarb so das Recht, in dem genau bezeichneten Geviert alles am Boden liegende Holz aus dem Wald zu holen. Der Büttel also rief: »Aaaaam Frtag um drei Uuuuuhr nachmttags werdn auf dem Raaaaths Lose frs Hooooolzmchn vergebn.« Danach teilte er noch mit, dass der Wasserzins bis zum 30. des Monats zu bezahlen sei, und schließlich kam er zu der Meldung: »Gottlb Schääääätzle fährt am Sooooonntg mit seinem Laaaastwgn nach Tbingen ins Kiiiiino. Abfrt 13 Uhr im Schulhf. Kooosten 3 Mark. Solange der Plaaaaatz reicht.«

Wenn Kathrin Lubinger in den Gemischtwarenladen Koch an der Tübinger Straße ging, um dort einzukaufen, was sie auf die Lebensmittelkarten bekam, musste sie am Schulhaus vorbei. Hanna Ebinger hatte auf diese Gelegenheit gelauert, und als die Rothaarige den Laden verließ, begegnete sie ihr und ließ es so aussehen, als geschehe das ganz zufällig. »Grüßgott, Frau Lubinger. Haben Sie das gehört: Der Herr Schätzle fährt am Sonntag nach Tübingen ins Kino.«

»Ja, des ischt ja ausgschellt worde.«

»Fahren Sie auch?«

»Weiß ich noch nicht, warum?«

»Ich war ganz sicher«, sagte Hanna. »Weil doch der Herr Schätzle gsagt hat, die Einzige, die bei ihm im Führerhaus mitfahren dürfe, seien Sie.«

Kathrin Lubinger sah das Mädchen überrascht an. »Das hat er wirklich gsagt?«

»Ja. Meine Brüder schaffen doch bei ihm«, antwortete Hanna, als ob das eine Erklärung wäre.

»Ja, da könnt man sich's ja grad noch amal überlege!«, sagte Frau Lubinger und warf mit einer anmutigen Kopfbewegung ihre roten Haare aus der Stirn.

Am selben Nachmittag gab sich Gerhard besondere Mühe beim Holzspalten. Betont beiläufig fragte er, als er sich nach einem neuen Stück Holz bückte: »Wie viel Leut gehen denn jetzt auf den Lastwagen am Sonntag?«

»24, und wenn se a bissle drucket, vielleicht au 26 oder auch 28, warum?«

»Nur so. Und dann wär ja au noch Platz im Führerhaus.«

»Ja, so gsehe, wären's dann 29«, gab der Holzhändler zurück. »Willst für deine Eltern reserviere, oder was?«

»Des net. Ich frag bloß, weil die Frau Lubinger gsagt hat, wenn sie neben dir im Führerhaus sitzen könnt, dät sie sogar noch was draufzahlen.«

Schätzle lachte. »Die Lubingerin? Ja, jetzt wird's Tag. Also, i will amal so sage, a hübsche Frau isch se ja. Aber des verstehst du ja zum Glück noch net.«

»Das dät ich jetzt nicht sage«, gab Gerhard kess zurück. »Jedenfalls scheint sie stark an dir interessiert zu sein.«

»Kerle, du schwätzscht wie der Blinde von dr Farb!«

Gerhard grinste: »Also, ich will mal so sagen: Könnt sein, ich hab darüber schon mehr gelesen, als du vielleicht erlebt hast.«

»Hoppla, und deshalb schwätzscht so gewählt nach dr Schrift, hä? Und woher weißt du überhaupt, dass die Kathrin Lubinger gsagt hat, sie möchte mit mir im Führerhaus fahre?«

Gerhard antwortete nicht auf die Frage, sondern sagte: »Soll ich ihr sagen, dass dir das recht wäre?«

»Noi, du naseweiser Blitz. Mr wird ja dann scho sehe, was sich ergibt.«

Gerhard und Christian lagen auf ihren Ellbogen auf dem Fenstersims des Wohnzimmers, als Gottlieb Schätzle mit seinem Holzvergaser in einem eleganten Bogen auf den geteerten Schulhof fuhr. Der Andrang war groß. Es waren fast nur Frauen, die auf die Fahrt nach Tübingen warteten.

Schätzle stieg aus und rief: »Der Omnibus ist da!« Der Fuhrunternehmer trug einen richtigen Anzug mit einer Bügelfaltenhose und einer schwarzen samtenen Weste unter dem braunen Jackett. Er ging um seinen Lastwagen herum, öffnete die hintere Ladeklappe, zog eine Leiter herunter und stellte sie an. Christian zählte und kam auf 31 Leute, die mitfahren wollten und die jetzt nervös zu der Leiter drängten. Eine der Ersten war seine Schwester Hanna. Nur zwei Männer waren darunter. Die Frauen hatten ihre hübschesten Kleider angezogen und ihre Frisuren besonders fein hergerichtet. Manche hatten ihre Lippen geschminkt. Nur wenige trugen Seiden- oder Nylonstrümpfe, andere hatten sich eine Naht mit schwarzem Stift auf die nackte Haut ihrer Beine gepinselt, um die Strümpfe vorzutäuschen.

»Langsam, schön eine nach der anderen«, rief Schätzle. »Ich bring euch alle unter. I will amal so sage: Wenn die zwoi Männer auf dem

Bode sitzet und zwei oder drei von dene jüngere Mädle auch, dann geht des schon. Und ihr müsst halt eng zusammerücke.« Mit der linken Hand kassierte er die drei Mark von jedem, mit der rechten half er den Frauen und Mädchen die Leiter hinauf. Es waren fast alle untergebracht, da kam Kathrin Lubinger auf ihrem Fahrrad herangefahren. Der Fahrtwind hatte ihren Rock weit über ihre Schenkel hinaufgeblasen. Sie trug eine weiße Bluse und hatte ihre rote Haarpracht hoch aufgetürmt. Das Fahrrad lehnte sie an den Zaun, der den Schulhof begrenzte, und trat nun auf ihren Stöckelschuhen zu Gottlieb Schätzle.

»Stimmt das, du lässt mich im Führerhaus mitfahre?«, fragte sie.

Schätzle war überrumpelt. »Äh … also, ich will amal so sage … äh … Kannscht ja schon amal neisitze.«

Kathrin Lubinger stieg aufs Trittbrett. Der Neid musste ihr lassen, dass sie sehr schöne lange Beine hatte, die bei dieser Aktion noch einmal richtig zur Geltung kamen. Hannelore Birkenhofer, die Frau des Steinmetzes, rief von der Ladefläche herunter: »Aber dass du dich beim Fahre net ablenke lässt, Gottlieb!«

Schätzle schob die Leiter unter eine der Bänke, arretierte die Klappe und rief: »Los geht's.« Blubbernd begann der Holzvergasermotor zu arbeiten. Nach ein paar Augenblicken drehten sich die Räder. Eine der Frauen begann zu singen: »Wenn bei Capri die rote Sonne im Meer versinkt ...« Bei der zweiten Zeile stimmten andere mit ein: »Und vom Himmel die bleiche Sichel des Mondes blinkt ...« Und schon sangen alle mit:

»Ziehn die Fischer mit ihren Booten aufs Meer hinaus.
Und sie legen in weitem Bogen die Netze aus.
Nur die Sterne, die zeigen ihnen am Firmament
Ihren Weg in den Bildern, die jeder Fischer kennt.
Und von Boot zu Boot das alte Lied erklingt.
Hört von fern, wie es singt:
Bella, bella, bella Marie,
Bleib mir treu, ich komm zurück morgen früh.
Bella, bella, bella Marie,
Vergiss mich nie."

Im Führerhaus des Lastwagens sang auch Kathrin Lubinger den Schlager mit. Und als es zum Refrain kam, brummelte selbst Gottlieb Schätzle dazu: »Bella, bella, bella ... Kathrin ...«

Kathrin Lubinger warf ihren Kopf herum, strahlte den Lastwagenfahrer aus ihren grünbraunen Augen an und rief: »Schön ischt des, Gottlieb! Wunderschön!«

Das Kino befand sich in Tübingen im Museumssaal. Gespielt wurden im zweiten Jahr nach Kriegsende vor allem amerikanische Filme wie »Das Leben ist schön«, ein bitteres Liebesdrama mit James Stewart in der Hauptrolle, inszeniert von Frank Capra. Oft waren es Abenteuerfilme wie »Tarzan wird gejagt« mit Jonny Weissmüller oder »Sindbad der Seefahrer« mit Douglas Fairbanks jr. Auch der unermüdliche Heinz Rühmann war schon 1947 wieder in brandneuen Filmen auf deutschen Leinwänden zu sehen. Zusammen mit Hertha Feiler spielte er in »Quax in Afrika«. Aber es gab auch ein Wiedersehen mit Filmen aus den Kriegstagen.

Für die Lastwagenpassagiere aus Fleckenhausen hatte Gottlieb Schätzle Karten für »Münchhausen« besorgt, einen der ersten Farbfilme aus dem Jahr 1942 mit Hans Albers in der Hauptrolle. Das Drehbuch hatte auf Geheiß des Propagandaministers Goebbels der eigentlich verfemte Dichter Erich Kästner unter dem Pseudonym Berthold Bürger geschrieben. Es war ein Unterhaltungsfilm ohne irgendeine propagandistische Andeutung. Sogar eine subversive Äußerung blieb in dem Film erhalten: Münchhausen sagt einmal, als ihm sein Diener mitteilt, die Uhr sei defekt: »Ja, ja, die Zeit ist kaputt!«

Eine bessere Wahl hätte Gottlieb Schätzle gar nicht treffen können, obwohl, eine Wahl war ihm eigentlich gar nicht geblieben. Er musste nehmen, was man ihm im Museumskino anbot. Jedenfalls: Seine Fleckenhausener waren begeistert.

Als sie aus dem dunklen Kinosaal kamen, schien draußen noch die Sonne. Hannelore Birkenhofer sagte zu Hanna Ebinger: »Nach so einem Film isches mir, als dät ich an halbe Meter überm Bode laufe!« Gottlieb Schätzle versammelte die Kinogänger um sich und rief: »Also, i will mal so sage: Wir fahren in einer Stunde zrück. Wer noch a Spaziergängle mache will … Und drunte am Neckartor gibt's au wieder a Café. Da soll's erstklassige Kuchen gebe! Abfahrt um halb achte. Aber bitte pünktlich. Wer nicht rechtzeitig da ist, muss laufen!«

Die Kinogänger verstreuten sich in kleinen Gruppen. Hanna schloss sich niemandem an, sondern beobachtete zunächst Kathrin Lubinger, die sich jetzt ungeniert bei Schätzle einhängte und sagte: »Ich war erst neulich mit dem Fahrrad hier. Es gibt auch ein Weinstüble in der Hirschgasse. Mir wär jetzt a Viertele lieber als ein Kaffee.«

Offenbar war Schätzle einverstanden, denn er ließ sich von Frau Lubinger zum Schimpfeck hinüberziehen, und von dort schwenkten sie nach rechts in die Altstadt.

Hanna hatte genug gesehen. Sie bummelte die Mühlstraße hinunter, stieg kurz vor der Neckarbrücke ein Treppchen nach rechts hinab und ging auf dem schmalen Plattenweg am Ufer entlang bis zum Hölderlinturm. Dort setzte sie sich auf das Mäuerchen und sah auf das schnell dahinfließende Wasser hinab. Der Neckar teilte sich ein Stück weiter oben und umschloss dann eine Platanenallee. Das wasserumflossene Stückchen Land nannte man in Tübingen die Seufzerinsel, wohl weil man abends und nachts auf diesem romantischen kleinen Eiland so manchen Liebesseufzer hören konnte. Als Hanna daran dachte, gab auch sie einen kleinen sehnsuchtsvollen Seufzer von sich. Sie dachte an die schöne junge Sophie von Riedesel aus dem Film, die sich insgeheim in den Geschichtenerzähler Münchhausen verliebt hatte, was man sehr gut verstehen konnte. Welche Frau hätte nicht Lust gehabt, sich in Hans Albers, der den Münchhausen spielte, zu verlieben.

Zwei Meter unter ihr fuhren ein paar Studenten in einem Stocherkahn vorbei. Einer rief herauf: »Magst mitfahren?«

»Wenn ich Zeit hätt, gern!«, gab Hanna zurück.

»Sieht aber nicht so aus, als hättest du keine!«

»Das täuscht!«, rief Hanna.

Sekunden später glitt der Kahn unter der Neckarbrücke durch und verschwand flussabwärts.

Zur Rückfahrt waren alle Kinobesucher pünktlich und vollständig versammelt. Nur der Chauffeur und seine Begleiterin verspäteten sich ein wenig. Inzwischen war die Dämmerung in die Straßen und Gassen der Stadt gekrochen, und es war kühl geworden. Auf der Rückfahrt sangen sie wieder die Caprifischer. »Als ob's keine andere Lieder gäb!«, schimpfte Hannelore Birkenhofer. Einmal versuchte sie, »Im schönsten Wiesengrunde« anzustimmen, aber niemand wollte das alte Volkslied so recht mitsingen, so dass es schon nach zwei, drei Zeilen versickerte. Auf der Kälberstelle schaltete Schätzle den Motor aus und ließ seinen Lastwagen im Leerlauf die abschüssige Straße nach Fleckenhausen hinunterrollen. Am Bären hielt er an und ließ seine Fahrgäste absteigen. Die meisten beeilten sich, nach Hause zu kommen. Hanna gab vor, ihre Schnürsenkel hätten sich gelöst, und band ihre Schuhe umständlich neu. Und so konnte sie beobachten, dass Kathrin Lubinger nicht aus dem Führerhaus ausstieg, sondern geduldig wartete, bis Schätzle sich wieder hinter sein Steuer setzte.

Zu Hause waren ihre Brüder begierig auf Hannas Bericht. Die Eltern waren bei einem Vortragsabend im evangelischen Gemeindesaal. Pfarrer Lietzenauer referierte über den schwäbischen Reformator Johannes Brenz.

Albert Ebinger war schon gleich nach seiner Rückkehr aus dem Internierungslager wieder in die Kirche eingetreten. Eines Tages hatte er ohne Vorankündigung den neuen Pfarrer Lietzenauer besucht und hatte ihm erzählt, wie er damals, »dem Führerbefehl folgend wie so vielen anderen Führerbefehlen«, aus der Kirche ausgetreten sei. Dabei beschönigte er nichts. Inzwischen habe er viel einsehen müssen, sagte er, zum Beispiel, dass der Mensch ohne einen echten Glauben und ohne die Gemeinschaft in der Kirche arm dran sei. Er wisse auch sehr wohl, welche gesellschaftlichen Aufgaben die evangelische Kirche in diesen schlimmen Zeiten großer Not erfülle – Aufgaben, die sonst von niemandem übernommen würden. Kurz und gut, er würde gerne wieder in die Gemeinschaft der Kirche zurückkehren.

Lietzenauer fühlte sich in dem Gespräch überfordert. Er konnte nicht erkennen, ob Ebinger es ehrlich meinte oder ob der Wunsch nach Wiederaufnahme in die Kirche nur ein Manöver war – Teil eines Plans, um in der Dorfgemeinschaft wieder neu akzeptiert zu werden. Der Pfarrer sagte, er wolle in Ruhe darüber nachdenken, und der Schulmeister Ebinger war damit zufrieden. Er wusste, der Geistliche würde sich mit seinen Kirchengemeinderäten beraten, und unter denen war keiner, der Albert Ebinger nicht geschätzt hätte.

Beiläufig erwähnte der Lehrer noch, dass er an einer Vortragsreihe über Martin Luther arbeite. »Da ich nicht weiß, wie es mit mir weitergeht, muss ich mich ja mit irgendetwas beschäftigen.«

Lietzenauer war irritiert. »Sie könnten doch sehr viel zur Aufarbeitung unserer jüngeren Vergangenheit beitragen«, sagte der Pfarrer mit leiser Stimme.

»Das muss sich erst setzen, Herr Pfarrer. Ich hab einfach zu dick dringesteckt.«

»Und Sie hatten nie Bedenken?«

»O doch. Aber ich will gerne zugeben, dass ich lange Zeit regelrecht mitgerissen war. Und ich war stolz, dass ich meinerseits andere Menschen mitreißen konnte. Sie hätten mal meine Reden hören sollen. Ich würde lügen, wenn ich nicht zugeben würde, dass ich meine eigene Wirkung genossen habe und für manches, was mir längst hätte auffallen müssen, keinen Blick hatte.«

»Und Ihre Vortragsreihe über Luther? Dafür hätten Sie wohl gerne meine Kanzel?«

»Ach nein. So weit denke ich gar nicht. Wissen Sie, wie ich damals 1916 das Lehrerseminar verließ, als noch nicht mal halbfertiger Lehrer, haben wir Seminaristen gemeinsam beschlossen, uns jedes Jahr einmal zu treffen. Und jeder musste in der Zwischenzeit etwas vorbereiten, was er bei diesen Zusammenkünften vortragen wollte. Das konnte ein selbstverfasstes Gedicht sein oder ein Violinkonzert. Manche hielten wissenschaftliche Vorträge, andere servierten uns ihre Reiseberichte.«

»Und Sie?«

»Ich habe einmal über Mörikes Werk und einmal über Hölderlins Leben referiert. Das ging so bis in die ersten beiden Kriegsjahre hinein. Und jetzt wollen wir wieder damit anfangen, obwohl … 1940 waren wir noch 23. Heut sind wir nur noch sieben. Aber keiner von denen hat abgesagt!«

Lietzenauer sah den Lehrer aufmerksam an. Die Tatsache, dass der und seine Seminarfreunde so ein Projekt über viele Jahre durchgezogen hatten, beeindruckte ihn, noch mehr aber faszinierte ihn die eloquente Art, in der Ebinger ihm davon erzählte. Jeder Satz war nahezu druckreif. Lietzenauer ertappte sich dabei, dass er mit zunehmendem Interesse und Vergnügen zuhörte. Es fiel ihm nun nicht mehr schwer, sich Ebinger als Propagandaredner vorzustellen. Als er sich nach diesem ersten Treffen von dem 47-jährigen Lehrer verabschiedete, empfand er plötzlich eine starke Sympathie für diesen Mann, fühlte sich dabei aber nicht wohl, weil er sich nicht sicher war, ob nicht vieles von dem, was Ebinger gesagt hatte, kühl kalkuliert gewesen war, um ihn zu beeindrucken.

Lietzenauer hatte danach schon bei der nächsten Sitzung seine Kirchengemeinderäte befragt, und keiner hatte Bedenken gegen die Wiederaufnahme des Lehrers in die Kirche.

Der Friedhofsgärtner Bürkle sagte: »Der Ebinger war immer menschlich.«

»Stimmt!«, hatte Otto Trautwein zugestimmt. »Also gut, er war ein Nazi, aber er war auch ein guter Lehrer.«

»Wichtig für mich war«, sagte Herbert Sommer, ein Daimlerarbeiter und Kleinbauer, »dass bei ihm in der Schul die ganze Hitlerei keine Rolle gspielt hat.«

Bürkle nickte. »Das hat ihm sogar eine Rüge vom Kreisleiter Rauschnabel eingebracht.«

Als Lietzenauer den einstigen Schulleiter zu einem weiteren Gespräch ins Pfarrhaus bat, wusste Ebinger längst, wie die Sitzung des Kirchengemeinderats gelaufen war. Aber es gelang ihm, auf den jungen Pfarrer so zu wirken, als sei die gute Nachricht, über die er sich erkennbar freute, ganz neu für ihn.

Seitdem sah man das Ehepaar Ebinger jeden Sonntagvormittag im Gottesdienst. Schwester Gertrud registrierte es mit Genugtuung, vor allem, weil die kräftige Stimme des Lehrers den Gesang der Gemeinde bei den vorgegebenen Chorälen eindeutig stabilisierte. Albert Ebinger nahm niemals mehr auf der Empore Platz, wo, einer alten Tradition folgend, die Männer saßen, während die Frauen im unteren Kirchraum Platz nahmen. Er saß neben seiner Frau Luise in der dritten Bank. Erst nach und nach folgten andere Männer diesem Beispiel, die zuvor auf die Bitten des Pfarrers, die Geschlechtertrennung in der Kirche endlich aufzugeben, nicht reagiert hatten.

Albert Ebinger ließ ein paar Wochen verstreichen, ehe er dem Pfarrer vorsichtig ein paar Ratschläge gab, wie der seine Predigten vielleicht »etwas verständlicher und spannender« machen könnte. Auch den Vortrag des heutigen Abends waren sie miteinander durchgegangen, wobei Lietzenauer fast alleine eine Flasche Spätburgunder leerte und Ebinger, der nur am Sonntag ein Bier zum Essen trank, beim Wasser blieb.

Jetzt lauschte Ebinger wohlgefällig dem Vortrag des Geistlichen, und wo er Wendungen wiederfand, die er ihm empfohlen hatte, nickte er beifällig.

Zu Hause hockten die drei Geschwister im Bubenzimmer. Gerhard und Christian schon in den Nachthemden auf ihren Betten, die Knie auf gleiche Weise dicht an den Körper herangezogen und mit den Armen umklammernd. Hanna saß mit baumelnden Beinen auf dem Tisch, an dem die beiden ihre Hausaufgaben zu machen pflegten.

»Also: Der Baron Münchhausen, der hat eine unheimliche Ähnlichkeit mit seinem Ururgroßvater, der in dem Saal auf einem riesigen Bild zu sehen ist. Und auf einem seiner Feste erzählt er nun, was sein Urahn vor 200 Jahren für unglaubliche Geschichten erlebt hat. Der ist zum Beispiel an den russischen Hof geschickt worden, wo damals die Zarin Katharina die Große regiert hat. Die verliebt sich sogar in ihn.«

»Die Zarin?«, fragte Gerhard ungläubig dazwischen. »Das ist doch so eine Art Kaiserin, oder?«

»Ja. Aber in der Liebe spielt das keine große Rolle«, wusste Hanna. »Er war halt auch ein ganz toller Typ. Und die Zarin ist ganz schön scharf auf Männer gwesen. Aber sie hat ihn dann doch weggeschickt, und zwar in den Krieg gegen die Türken. Aus Versehen fliegt der Baron Münchhausen – also damals vor über 200 Jahren – auf einer Kanonenkugel mitten in die Festung der Feinde.«

»Und das sieht man in dem Film?«, wollte Gerhard wissen.

»Ja! Aber er wird von den Türken sofort gefangen genommen und nach Konstantinopel gebracht. Und dort wettet er mit dem Sultan, bei dem er als Diener schaffen muss, innerhalb von einer Stunde eine Flasche Tokayer – also das ist irgend so ein besonderer Wein – aus Wien herbeizuschaffen. Direkt vom Hof der Kaiserin Maria Theresia.«

»Das kann doch alles gar nicht wahr sein«, warf Gerhard nüchtern ein.

»Es sind ja auch Lügengeschichten.«

»Ach so!«

»Aber im Film glaubst du das halt. Der Münchhausen hat dann auch noch einen Ring. Den hat er von einem Zauberer, Cagliostro oder so ähnlich, gekriegt, weil er den gewarnt hat, dass er verhaftet werden soll. Mit dem Ring kann er sich unsichtbar machen. Und das hilft ihm unheimlich dabei, eine wunderschöne Gräfin aus dem Harem von dem Sultan zu befreien und mit ihr nach Venedig zu fliehen. Aber auch dort gerät er in Schwierigkeiten und haut mit einem Heißluftballon ab, mit dem er bis zum Mond fliegen kann …«

»Und kommt er gar nimmer auf die Erde zurück?«, fragte Christian, der mit roten Backen und weit aufgerissenen Augen zuhörte.

»Doch, natürlich. Er hat ja Zauberkräfte. Und jetzt kommt's: Der Zauberer Cagliostro hat ihm auch noch angehext, dass er nicht älter wird.« Fast pathetisch fuhr Hanna fort: »Der Münchhausen hat die Gabe ewiger Jugend.«

»Nicht schlecht!«, ließ sich Gerhard hören.

»Wie man's nimmt. Es ist nämlich so – passet auf –, der Münchhausen, der die Geschichte von seinem Urahn erzählt, also der, der erst neulich gelebt hat sozusagen, ist selber dieser Urahn.«

»Hä?«, machte Christian.

»Ha ja, ist doch klar«, sagte Gerhard. »Wenn er das Zaubermittel genommen hat und niemals älter geworden ist, kann er doch seine eigene Gschicht auch noch 200 Jahr später erzähle.«

Hanna nickte. »Nur dass er in dem Film dann die Nas voll hat. Er will jetzt endlich wieder ein normaler Mensch sein. Deshalb gibt er den Zauber freiwillig zurück und wird jetzt genauso älter wie alle andere Leut!«

»Wenn ihm das nicht noch amal leidtut«, sagte Christian.

»Möchtest du immer so bleiben, wie du jetzt bist?«, fragte ihn sein Bruder.

»Jetzt net, aber in 20 Jahr vielleicht.«

In diesem Augenblick ging draußen die Wohnungstür. Die Eltern kamen zurück. Luise Ebinger sah nach ihren Kindern. »Ja schlafet ihr denn noch net?«

»Die Hanna hat den ganzen Film erzählt«, sagte Gerhard.

»Spannend!«, rief Christian. »I will au amal ins Kino!«

»Ja, scho gut. Leget euch hin und schlafet!« Die Mutter deckte ihre Buben liebevoll zu und ging dann mit Hanna hinaus. Als sie die Tür hinter sich geschlossen hatten, sagte Hanna: »Die Kathrin Lubinger hat was mit dem Schätzle angfange.«

»Ach ja?«

»Und weißt, wem sei Idee des war?«

»Woher soll ich des wisse?«, fragte ihre Mutter dagegen.

»Des war die Idee vom Christian!«

»Von unserem Christian? Sei bloß so gut!« Die Mutter schüttelte ungläubig den Kopf.

In der Küche erzählte Hanna ihr die ganze Geschichte, während der Vater im Wohnzimmer im Radio die Nachrichten hörte.

Anton Häfner hatte gesehen, wie Kathrin Lubinger um die Mittagszeit auf ihrem Fahrrad davongefahren war. Ihr Sohn Hans lebte seit einiger Zeit bei ihrer Mutter in Bodelshausen, genau genommen, seitdem sie mit Anton Häfner ein Verhältnis angefangen hatte. Hans war gerne bei der Großmutter, die im Unterschied zu Kathrin mit großer Geduld auf den basedowkranken Jungen einging. Kathrins Eltern hatten eine kleine Landwirtschaft und konnten sich mit allen Nahrungsmitteln selbst versorgen. Das hatte den Vorteil, dass Hans seine Lebensmittelmarken nicht brauchte. Kathrin konnte deshalb, wie sie manchmal sagte, »aus dem Vollen schöpfen«.

Hans liebte den Bauernhof seiner Großeltern. Er konnte sich nützlich machen und wurde nicht müde, auf seine treuherzige Art zu fragen: »Und was kann ich jetzt arbeiten, Oma?« Er fütterte das Federvieh, trieb die Schweine auf den kleinen eingezäunten Acker oberhalb des Dorfes. Er lernte die beiden Kühe zu melken und half der Großmutter dabei, wenn sie aus dem Milchrahm Butter machte.

Jedes Mal, wenn er nach Fleckenhausen zurück sollte, weinte Hans bitterlich. Und so war es gekommen, dass er am Ende fast ganz bei den Großeltern lebte.

Kathrin hatte betörend ausgesehen mit ihrer weißen Bluse, dem schwarzen Rock und den hochaufgetürmten roten Haaren, als sie auf ihrem Fahrrad aus ihrem Hof auf die Straße eingebogen war. Sie hatte Anton am Fenster gesehen und ihm zugewinkt. Dann war sie schnell die Waldenbucher Straße hinabgefahren. Anton hörte hinter sich die Stimme seiner Frau: »Wahrscheinlich fährt sie ins Kino nach Tübingen.«

Anton gab nur einen knurrenden Laut von sich.

»Hast nicht mit wollen?«, fragte seine Frau bitter.

»Schwätz net raus!«

Marie trat dicht hinter ihn. »Anton, ich hab dir gsagt: Ich weiß nicht, was ich mach, wenn du nicht damit aufhörst.«

»Ja, und?«

»Du hast nicht damit aufghört!«

Wieder sagte er nur: »Ja, und?«

Inge war in der Kinderkirche. Die beiden waren allein. »Du musst selber sehen, wie du damit fertig wirst!«, sagte Marie.

»Mit was?«

Aber sie gab keine Antwort mehr, sondern verließ wortlos das Wohnzimmer. Anton drehte sich eine Zigarette. Der letzte Satz seiner Frau hallte in seinem Kopf nach. »Du musst selber sehen, wie du damit fertig wirst!« Plötzlich erfasste ihn eine Unruhe, die er sich nicht erklären konnte. Anton ließ die halb gedrehte Zigarette fallen. Der Tabak verbreitete sich auf den Dielenbrettern. Das Zigarettenpapierchen flatterte zu Boden wie ein Schmetterling. Anton rannte aus dem Zimmer. Er hastete die Staffel zur Straße hinunter, umrundete das Haus im Laufschritt. Das Scheunentor klapperte im Wind. Er riss die Tür auf. »Marie! Bist du verrückt?!«

Sie hatte das Seil, mit dem man die Strohballen über eine Winde auf den Heuboden hinaufziehen konnte, über einen Balken geworfen, festgezurrt und eine Schlinge geformt, die sie sich in diesem Augenblick über den Kopf streifte. Marie stand auf der dritten Stufe der Leiter, die hinauf zum Heuboden reichte. Anton rannte auf seine Frau zu, stolperte über eine Heugabel, die am Boden lag, fing sich wieder, rannte weiter. Marie sprang. Aber bevor sich das Seil straffen konnte, hatte Anton seine Frau aufgefangen. Er drückte den zitternden Körper fest an sich. Während er Marie mit dem linken Arm festhielt, löste er mit der rechten Hand behutsam den Knoten und schob das Seilende über ihren Kopf. Marie drückte ihr tränenüberströmtes Gesicht in seine Halsbeuge. Es dauerte eine ganze Weile, bis sie etwas sagen konnte. »Ich hab mir nicht mehr anders zu helfe gwusst!« Anton legte seinen rechten Arm in ihre Kniekehlen und hob sie hoch. »Nicht!«, sagte sie.

»Lass gut sein«, sagte er.

Später hatte Anton seine Tochter Inge ins Bett gebracht und ihr noch eine Geschichte vorgelesen. Es störte das Mädchen nicht, dass der Vater schwerfällig las, immer wieder stockte, bei manchen Wörtern zwei- oder dreimal ansetzen musste, bis er sie endlich richtig herausbrachte. Sie hätte sagen können: »Lass mich doch lesen«; denn sie hätte es bestimmt viel besser gekonnt. Aber sie genoss die Situation und hörte ihrem Vater mit einem stillen, zufriedenen Lächeln zu. Als er schon »Gutnacht!« gesagt hatte, fragte das Kind: »Warum ist denn die Mama jetzt immer so traurig?«

Anton war unter der Tür stehen geblieben. »Das geht jetzt vorbei«, sagte er.

»Sicher?«, fragte Inge.

»Ganz bestimmt!«

Er hatte die Tür zum Kinderzimmer leise hinter sich zugezogen. Sie hatten danach still in der Stube gesessen. Marie mit einer Handarbeit auf dem Schoß, die sie freilich ruhen ließ. Anton drehte Zigaretten auf Vorrat. Als es dunkel wurde, hatten sie das Licht nicht angemacht. Es war schon fast zehn Uhr, als der Motor des Lastwagens zu hören war und die Scheinwerfer des Fahrzeugs zwei Lichtkegel in die dunkle Waldenbucher Straße bohrten. Der Holzvergaser hielt vor Kathrin Lubingers Haus. Ihr girrendes Lachen war über die Straße zu hören. Dann der dunkle Bass von Gottlieb Schätzle. Anton widerstand dem Impuls, aufzustehen und zum Fenster zu gehen. Marie hob den Kopf. Als die Tür im Haus auf der gegenüberliegenden Straßenseite ins Schloss gefallen war, sagte Marie Häfner: »Das war doch der Schätzle.«

Anton antwortete nicht.

Seine Frau zog die Vorhänge zu, machte Licht und sagte: »Der passt besser zu ihr.«

Altpfarrer Emanuel Rust hatte nach seiner Pensionierung am Rand des Dorfes ein Einfamilienhaus gekauft und mit einem langgestreckten, barackenähnlichen Anbau versehen lassen. In dem schlichten Raum versammelte er jeden Sonntagvormittag zur selben Zeit, in der auch in der Gemeindekirche Gottesdienst war, und jeden

Mittwochabend seine Getreuen um sich. Bei schönem Sommerwetter hielt er seine Andachten und Versammlungen auch im Freien ab. Der amtierende Geistliche Robert Lietzenauer hatte sich für den ersten Mittwochabend im August vorgenommen, eine von Rusts Veranstaltungen zu besuchen. Am Nachmittag schon hatte Regen eingesetzt, und es war für die Jahreszeit viel zu kalt. Dennoch schwang er sich auf sein Fahrrad. Als er in Rusts Andachtsraum ankam, war er klitschnass, und außerdem kam er zu spät. Der Prediger war bereits mitten in seiner Ansprache. Als Lietzenauer leise die Tür öffnete, tönte ihm die donnernde Stimme seines Vorvorgängers entgegen: »Und wenn ihr, liebe Freunde, diesen Ruf hört, dann gibt es nur eines: Entscheide dich jetzt, und entscheide dich ganz. Sag: Ja, ich will!«

Eine Frau, die Lietzenauer nicht kannte, erhob sich, breitete die Arme aus und rief: »Amen, ja, ich will!«

Rust nickte der Frau freundlich zu. »Sehr gut! – Du sagst ›ja‹, liebe Seele. Andere aber sagen vielleicht: ›Ich will ja ganz gern, aber ein wenig möchte ich mir das schon noch überlegen.‹« Seine Stimme schwoll an: »›Nein!‹, sagt die Schrift. ›Wer seine Hand an den Pflug legt und sieht zurück, der ist nicht geschickt zum Reich Gottes!‹«

Einige der Zuhörer riefen nun im Chor: »Herr, bewahre uns! Kyrie! Kyrie eleison!«

Rusts Stimme bekam einen schmeichelnden Ton. »Lieber Bruder, liebe Schwester, willst du dich nicht jetzt rufen lassen, in dieser Stunde, in diesem Moment!?« Aber die letzten beiden Worte klangen plötzlich zögernd. Rust schien für einen Moment irritiert zu sein. Er hatte Lietzenauer entdeckt, der sich in diesem Augenblick auf einen Stuhl in der letzten Reihe setzte. Der Prediger nickte dem Gemeindepfarrer kurz zu, überwand seine Irritation und fuhr nun noch lauter fort: »›Aber‹, sagt dann einer, ›aber mit dem oder jenem Wort der Bibel kann ich nichts anfangen, das muss man doch im heutigen Sinn verstehen, das widerspricht den naturwissenschaftlichen Meinungen.‹ Leider sagen das viele moderne Theologen. – ›Nein!‹, sagt die Schrift: ›Wenn du ein Jota dazu oder davon tust, es wäre besser, wenn dir ein Mühlstein um den Hals gehängt und du in die tiefste Tiefe des Meeres versenkt würdest.‹«

Eine Frau rief: »Kyrie! Herr, erbarme dich!«

Rust fuhr fort: »Ach, dass wir doch immer daran dächten: Gott lässt seiner nicht spotten! Achtet darauf, ob euch jemand des Glaubens berauben will durch Weltweisheit und leere Täuschung! So steht es beim Apostel Paulus im zweiten Kolosserbrief. Wer aber glaubt, der hat genug am Evangelium. Denn in Christus wohnt die ganze Fülle der Gottheit leibhaftig.«

Jetzt antwortete die ganze Gemeinde im Chor: »Halleluja!«

Als die Bibelstunde zu Ende war, blieb Lietzenauer einfach auf seinem Stuhl sitzen. Um seine Füße hatte sich eine Pfütze gebildet. Seine nassen Haare hingen ihm in die Stirn. Rust stand keine zwei Meter von ihm entfernt an der Tür des Andachtsraums. Der Altpfarrer verabschiedete sich von jedem seiner Gläubigen mit einem kräftigen Händedruck seiner Rechten. In der linken Hand hielt er ein Bastkörbchen bereit, in das seine Anhänger ihre Kollekte legten. Man könnte neidisch werden, fuhr es Lietzenauer durch den Kopf. Denn die Besucher von Rusts Bibelstunde dankten ihrem Prediger mit ansehnlichen Scheinen. Da war keiner, der nur eine Münze in das Körbchen gelegt hätte. Und das in Zeiten des knappen Geldes, dachte Lietzenauer. Andererseits: Es ging das Gerücht, dass es demnächst eine Währungsreform und damit neues Geld geben sollte. Niemand wusste, was dann die alte Reichsmark noch wert sein würde.

Draußen regnete es immer noch. Die Leute zerstreuten sich schnell und eilten unter ihren Schirmen nach Hause. Als der letzte Besucher gegangen war, saß Lietzenauer noch immer auf dem Stuhl in der letzten Reihe. Rust trat auf ihn zu. »Ich hoffe, Sie haben gut zugehört.«

Lietzenauer nickte und fuhr sich durch sein nasses Haar. »O ja, das habe ich. Aber ich will mit Ihnen nicht über Ihre Predigt diskutieren.«

»Sondern?«

»Ich verlange von Ihnen, dass Sie Ihre Veranstaltungen ...«

»Gottesdienste!«, fuhr Rust dazwischen.

»... nicht zur gleichen Zeit abhalten, in der in der Kirche der Hauptgottesdienst stattfindet.«

Ein maliziöses Lächeln umspielte den Mund des längst pensionierten Pfarrers. »Die Gläubigen haben die freie Wahl.«

Lietzenauer wurde jetzt richtig ärgerlich. »Ich hoffe, Sie haben nicht alle Loyalität gegenüber Ihrer Kirche verloren. Wählen Sie bitte einen anderen Termin!«

Rust sah auf den Jüngeren, der noch immer saß, fast mitleidig hinab. »Da hätten Sie sich den Weg sparen können! Darüber diskutiere ich nicht mit Ihnen. Sie brauchen mich also gar nicht erst darum zu bitten, dass ich ...«

Jetzt stand Lietzenauer auf. »Ich diskutiere auch nicht mit Ihnen«, unterbrach er den Altpfarrer. »Und ich bitte Sie auch nicht. Ich verlange das von Ihnen, Herr Kollege Rust! Haben Sie verstanden?«

Damit machte er auf dem Absatz kehrt und stürmte aus dem Andachtsraum hinaus in den Regen.

Rust sah ihm nach. Er war plötzlich beeindruckt. »Mutig, junger Mann«, sagte er leise. »Mutig!« Dann begann er das Geld in dem Körbchen zu zählen.

Albert Ebinger war beim Oberschulamt vorstellig geworden, um zu erfahren, ob für ihn eine Chance bestehe, in den Schuldienst zurückzukehren. Der neue Schulrat, Werner Köberle, ein gemütlicher Mann Mitte 50 mit einem unübersehbaren Bauchansatz und einer blanken Glatze, hatte ihn persönlich empfangen. Sie kannten sich flüchtig, und Ebinger wusste, dass sein Gegenüber 1936 vom Schuldienst entbunden worden war, weil er als politisch unzuverlässig galt, wie das damals hieß. Köberle war schon kurz nach dem Ersten Weltkrieg in die Sozialdemokratische Partei eingetreten, und er hatte sie auch nicht verlassen, als die obere Schulbehörde ihm das Mitte der dreißiger Jahre nachdrücklich nahegelegt hatte. Zu Beginn des Zweiten Weltkrieges war er dann sofort eingezogen worden und hatte die ganzen sechs Jahre bis 1945 Dienst an der Front getan.

Köberle saß weit zurückgelehnt in seinem Bürostuhl und schaute Ebinger an. »Wie ein fanatischer Nazi wirken Sie ja nicht auf mich«, sagte er. »Aber wenn man bedenkt, wer alles bei denen mitgemacht hat …«

»Ich habe mitgemacht. Das würde ich nie bestreiten. Aber wenn Sie sich die Mühe machen wollen, in Fleckenhausen Erkundigungen einzuziehen …«

Köberle winkte ab. »Das nützt doch nichts. Wir entscheiden sowieso nicht. Das haben sich die Besatzer vorbehalten. Wenn die Franzosen beschließen, dass Sie wieder unterrichten dürfen, dann muss ich nur die Schule für Sie finden.«

Albert Ebinger verstand nicht. »Wie, eine Schule finden?«

»Nun ja, das Urteil könnte lauten: Arbeitsverbot. Oder Lehrerlaubnis, aber mit Kreisverbot. Oder dasselbe, aber mit Ortsverbot, dann könnte ich Sie hier in Tübingen wieder anstellen, aber eben nicht in Fleckenhausen.«

»Sie können also nichts für mich tun?«

»Ich werde Ihre Eingabe weiterleiten, ich werde nichts gegen Sie einwenden, aber ich will Sie auch nicht empfehlen, Herr Ebinger. Ich denke, Sie können das verstehen.«

»Ich war immer ein guter Lehrer.«

»Ja. Möglich. Aber Sie waren auch ein guter Propagandaredner, nicht wahr?«

Ebinger sagte nichts dazu. Er stand auf. Deutete eine kleine Verbeugung an, bedankte sich und verließ den Schulrat, der ihm weder zur Begrüßung noch zum Abschied die Hand gereicht hatte.

Am Rande des Dorfs, hinter dem Sackbahnhof, der die Endstation der sogenannten Sauschwänzlesbahn markierte, stand die Zaunfabrik – einer der wichtigsten Arbeitgeber der Schönbuchgemeinde. Sie wurde von zwei Brüdern geleitet. Jetzt, in den ersten Nachkriegsjahren, war die Nachfrage nach Holzzäunen gering. Aber die findigen Fabrikanten hatten sich auf die Herstellung von Holz für Holzvergaser spezialisiert, und das hatte sich als genau die richtige Entscheidung erwiesen.

Ebinger kannte die beiden Fabrikantenfamilien. Alle ihre Kinder, insgesamt waren es fünf, waren zu ihm in die Schule gegangen. Und die Gespräche mit deren Eltern waren stets angenehm und freundlich gewesen.

»Ja, ich weiß ja nicht«, sagte der ältere der beiden Fabrikanten, »im Büro haben wir nichts, und alles andere ist schwere körperliche Arbeit.«

»Das bin ich gewöhnt«, antwortete Ebinger. »Ich habe zwei Jahre lang im Wald geschafft.«

»Trotzdem!« Dem Fabrikanten fiel es schwer, sich den Lehrer als Holzarbeiter vorzustellen. Und wie sollte das gehen? Dessen Arbeitskollegen wären ja zum Teil seine ehemaligen Schüler gewesen. Einen davon hätte der alte Schulmeister als seinen Vorgesetzten akzeptieren müssen. Aber da hatte der Fabrikant plötzlich eine Idee. »Ihr Nachbar, der Sonnenwirt, schafft doch bei uns als LKW-Fahrer. Die Gastwirtschaft schmeißen ja seine Frau und seine Tochter Ida ganz und gar ohne ihn.«

Ebinger nickte. Das war ihm bekannt.

»Sein Beifahrer will schon lang lieber ins Sägwerk. Könnten Sie sich vorstellen …«

»Was müsste ich denn da machen?«, unterbrach Ebinger. »Ich würde ja bestimmt nicht nur mitfahren.«

Der Fabrikant lachte. »Nein, Sie müssten natürlich beim Auf- und Abladen helfen. Aber der Lastwagen hat eine Kettenwinde. Also einen Flaschenzug halt. Man lernt schnell, damit umzugehen. Allerdings, den Sonnenwirt kennen Sie ja.«

»Den Herrn Kreft? Den kenn ich natürlich.«

»Dann wissen Sie ja, dass der so gut wie nichts redet.«

»Wenn's kein größeres Problem gibt.«

Das Gasthaus zur Sonne lag dem backsteinernen Schulhaus, in dessen Obergeschoss die Ebingers wohnten, gegenüber. Zwischen den beiden Gebäuden führte ein schmales Sträßchen ein kurzes Stück steil den Berg hinauf. Wo der Weg wieder eben wurde, stand auf der einen Seite ein großes Bauernhaus und auf der anderen das Anwesen des Holzhändlers und ehemaligen Landwirts Gottlieb Schätzle. Dahinter lag ein aufgelassener Steinbruch. Schon seit Jahrzehnten wurden hier keine Sandsteine mehr gebrochen. Das Areal war längst von allen möglichen wilden Pflanzen überwuchert und wurde von manchen Dorfbewohnern als Müllkippe genutzt. Die Fleckenhausener nannten deshalb das düstere Loch nur Steingrube. Man erzählte sich, Berthold Kreft habe dort einmal ein Motorrad gefunden, hergerichtet und wieder fahrtüchtig gemacht. Danach habe er's für viel Geld an einen Stuttgarter verkauft. Kreft hatte diese Legende nie bestätigt, aber auch nie geleugnet. Er hatte einfach, wie es seine Art war, nichts dazu gesagt.

Den Kindern war es streng verboten, dort zu spielen. Aber es hinderte die meisten von ihnen nicht daran, das geheimnisvolle Gelände zu erkunden. Hinter dem dichten Gebüsch gab es höhlenartige Vertiefungen im Sandstein. Schmale Trampelpfade führten zu den Eingängen. Im letzten Kriegsjahr erzählte man sich im Dorf, ein englischer Bomberpilot, der mit dem Fallschirm aus einem brennenden Flugzeug abgesprungen sei, verberge sich in der Steingrube. Eine Gruppe beherzter Männer mit Beilen, Äxten und Sensen machte sich auf, um den Feind zu stellen. Nur Kreft, der ja nahe bei der Steingrube wohnte, weigerte sich, mitzugehen. Die anderen fanden eine zerschlissene englische Fliegeruniform, einen Gürtel und die zusammengeknüllte Fallschirmseide, um die sich alsbald die Frauen der mutigen Männer stritten, weil man daraus die schönsten Sachen nähen konnte.

Es musste sich also tatsächlich ein englischer Soldat im alten Steinbruch versteckt haben. Die Frage war nun, wer das Gerücht, das sich als Tatsache erwiesen hatte, als Erster aufgebracht hatte, denn der musste ja etwas gesehen und womöglich nicht rechtzeitig Alarm geschlagen haben. Womöglich hatte er ja dem feindlichen Piloten sogar geholfen. Der Ortsgruppenleiter Albert Ebinger hatte sich damals mit dem verantwortlichen Polizeichef in Tübingen beraten. Doch er war nicht bereit gewesen, den Verdacht, den er durchaus hatte, auszusprechen. Und so wurde auch der Sonnenwirt nicht näher befragt, und die Sache verlief im Sand.

Berthold Kreft also sollte Ebingers Chef werden. Der Lehrer war zufrieden damit, denn Kreft hatte sich immer als guter Nachbar erwiesen. Einmal im vorletzten Sommer, an einem besonders heißen Tag, so hatte ihm Luise erzählt, war Hanna alleine in der Wohnung gewesen. Wegen der Hitze waren alle Fenster und Türen weit geöffnet. Da stand plötzlich ein französischer Soldat im Zimmer und sagte: »Fräulein, komm her!«

Hanna, die mit dem Rücken zum Raum am Fenster gestanden hatte, fuhr herum. Da war der dunkelhäutige Franzose schon dicht bei ihr und packte sie am Arm. Sie riss sich los und wollte zur Tür. Aber der Franzose umrundete den großen Wohnzimmertisch und schnitt ihr den Weg ab. Hanna stieß einen lauten Schrei aus, drehte sich wieder um und rannte durch die seitliche Tür ins Herrenzimmer. Ihre Schreie wurden immer panischer. Der Soldat war dicht hinter ihr. Sie riss die Tür zum Korridor auf, stolperte an der Schwelle, strauchelte, konnte den Sturz aber gerade noch auffangen, doch dadurch war ihr Verfolger näher gekommen. Wieder fasste er nach ihr und versuchte, das Mädchen an sich zu ziehen.

»Lass das!« Die Stimme des Sonnenwirts war tief und kräftig. Der Nachbar hatte Hannas Schreie gehört und war auf dem schnellsten Weg ins Schulhaus geeilt. Der Franzose starrte ihn an. Kreft machte einen Schritt auf den Soldaten zu, der plötzlich beide Hände hob und zwei, drei Schritte rückwärts ging. Der Sonnenwirt nahm Hanna ein wenig zur Seite, zeigte auf die Tür und sagte: »Da hat der Schreiner 's Loch 'naus gmacht!«

Der Soldat schob sich seitlich an den beiden vorbei, und als er sie passiert hatte, begann er zu rennen. Man hörte seine Stiefel noch auf den hölzernen Stufen im Treppenhaus.

»Herr Ebinger, was ist?«, fragte der Fabrikant.

»Entschuldigung, ich war grad mit meinen Gedanken woanders.«

»Also sind Sie mit einem Stundenlohn von 2 Mark und 50 Pfennig einverstanden?«

»Ja. Ja natürlich. Ich empfinde das wirklich als großzügig – für einen ungelernten Hilfsarbeiter.«

Anfangen konnte Ebinger bereits am nächsten Tag. Die beiden Männer gaben sich die Hand, und der Fabrikant sagte: »Es ist ja sicher nur vorübergehend. Bis Sie halt wieder Schule halten dürfen.«

»Darauf kann ich nur hoffen.« Ebinger verließ das Büro, ging zwischen den langen Stapeln aus Stammholz über den Fabrikhof, wich einem Gabelstapler aus, blieb stehen und sah an dem Turm hinauf, den die Fabrikanten erst kürzlich hatten aufstellen lassen. In seinem Inneren arbeitete ein kompliziertes Spaltwerk, das sie selbst entwickelt hatten. Oben wurde das Stangenholz eingefüllt, das ein Transportband zur Öffnung hochzog. In mehreren Arbeitsgängen zerkleinerten motorgetriebene Stahlkeile das Holz zu handlichen Stücken in Form von Briketts – ideal für das Befeuern von Holzvergaserkesseln. Die Maschine machte einen Höllenlärm. Fasziniert sah Ebinger eine Weile zu, wie die Holzstücke direkt in Säcke ausgespuckt wurden, die ein Arbeiter im schnellen Wechsel an vier metallisch blinkende Öffnungen hielt. Der Lehrer nickte dem Mann zu, aber der hatte nur Augen für seine Arbeit, die ihm keine Möglichkeit ließ, etwas anderes wahrzunehmen.

Auf dem Weg durchs Dorf begegnete Ebinger am Ende der Schliffstraße, wo diese bei der Brücke über die Schaich auf die Bachstraße traf, dem ehemaligen Bürgermeister Hansjörg Schmoll. Er hatte ihn seit seiner Rückkehr aus dem Internierungslager noch nicht wiedergesehen. Schmoll blieb stehen und reichte Ebinger die Hand. »Schön, dass Sie wieder da sind.«

»Wie geht's Ihnen?«, fragte Ebinger den Exbürgermeister.

»Ich kann nicht klagen. Die üblichen Malaisen halt, um die man in meinem Alter nicht rumkommt. Rheuma im Kreuz und Gicht in den Knien.«

»Warum haben Sie sich eigentlich nach dem Einmarsch der Franzosen nicht wieder um das Amt des Bürgermeisters beworben?«

»Wenn eine Wahl gewesen wäre, hätte ich's vielleicht gemacht. Aber mich von der Besatzungsmacht einsetzen lassen …?« Er schüttelte heftig den schmalen Kopf.

»Aber jetzt stehen doch Wahlen an.«

»Ja, aber ich hab ja nun die Altersgrenze fast erreicht. Das ist für mich alles vorbei, Herr Ebinger. Mal sehen, wie's mit dem neuen Geld wird. Dann muss das ja auch mit den Ruhebezügen geklärt werden. Ich bin nicht anspruchsvoll und komme mit wenig rum. Außerdem habe ich meine Bienen und neuerdings am oberen Rucken einen Garten mit drei Ar.«

Ebinger nickte. »Sie waren schon immer ein bescheidener Mann!«

»Und wie geht's Ihnen?«, fragte Schmoll. Er lehnte sich gegen das Brückengeländer, um seinen Rücken ein wenig zu entlasten.

»Ich arbeite ab morgen in der Zaunfabrik.«

»Sie kommen also nicht wieder in den Schuldienst?«

»Vorderhand nicht, und ob sich das ändert, weiß ich nicht.«

»Das werden viele im Dorf bedauern«, sagte Schmoll. »Vielleicht sollte man eine Eingabe machen.«

»Hab ich schon versucht. Aber da geht nichts.«

»Nicht Sie selber sollten so eine Eingabe machen!«

»Wer denn sonst?«

»Hier, die Leute aus dem Dorf. Die wollen Sie doch wiederhaben.«

»Nicht alle!«, wendete Ebinger ein.

»Aber die meisten!«

Ebinger war nachdenklich geworden. Er umfasste das eiserne Brückengeländer mit beiden Händen und sah in das schnell fließende Wasser des Schaichbachs hinab, das an ein paar Steinbrocken gischtende Strudel bildete. »Wissen Sie, ich habe eingesehen, dass ich vieles falsch gemacht habe. Nicht zuletzt meine Kinder machen mir das klar mit all ihren bohrenden Fragen. ›Warum hast du da mitgemacht? Warum hast du nichts dagegen getan, dass dieser Hitler den Krieg angefangen hat und so viele unschuldige Menschen umbringen ließ?‹

Ich weiß, Herr Schmoll, dass ich schuldig geworden bin wie so viele. Aber ich weiß nicht, wie hoch die Strafe sein soll, um dafür zu büßen. Da gibt es kein Maß. Und deshalb kann ich auch nicht wissen, ob ich jemals wieder Kinder unterrichten darf.«

Schmoll löste sich von dem Geländer. Das schmale Gesicht mit den harten Kanten überzog für Sekunden ein freundliches Lächeln. »Ich wünsche Ihnen jedenfalls, dass das bald wieder der Fall sein wird, Herr Ebinger.« Er ging die Schliffstraße hinauf Richtung Bahnhof. Ebinger spazierte am Bach entlang Richtung Schulstraße. Aber man konnte nicht durchs Dorf gehen, ohne mindestens drei oder vier Leuten zu begegnen, mit denen man reden musste. Auf der Höhe der Raiffeisenkasse, wo sich die Bauern und Gartenbesitzer des Dorfes mit Saatgut, Kunstdünger und Gartengeräten versorgten, begegnete Ebinger Hannelore Birkenhofer. Er wollte kurz grüßen und schnell weitergehen, aber die Frau des Steinbildhauers hielt ihn auf. »Wissen Sie des scho vom Pfarrer Rust?«

»Dass er seine Sonntagsstunde vom Vormittag auf den Nachmittag gelegt hat, weil ihm der Pfarrer Lietzenauer die Leviten glesen hat? Also das ist doch nicht mehr als recht und billig, Frau Birkenhofer. Er kann doch der Kirchengemeinde nicht Konkurrenz machen, wo er doch selber amal ihr Pfarrer gweseischt.«

»Das mein ich nicht«, antwortete die Frau ernst. »Er soll einen Schlaganfall gehabt haben.« Ihre Stimme bekam plötzlich einen dramatischen Klang. »Und jetzt kämpft er mit dem Tod!«

»Liegt er im Krankenhaus?«

»Nein, der Doktor Hartter und die Schwester Gertrud kümmern sich scheints um ihn. Und natürlich all die Kanzelschwalben, die ihn früher schon immer so oheimlich verehrt haben.«

Ebinger musste lächeln. Das war schon immer ein Thema im Dorf gewesen. Der gutaussehende Pfarrer, der so wunderbar predigen konnte, dass es den Gläubigen einen Schauer nach dem anderen über den Rücken jagte, war ein Leben lang unverheiratet gewesen. Aber er hatte nie ein Problem damit gehabt, Frauen für die verschiedenen kirchlichen Dienste zu gewinnen. Ehrenamtlich natürlich. Die eine sorgte für den Kirchenschmuck, eine andere suchte mit ihm die Choräle für den Sonntagsgottesdienst aus und steckte die Tafeln mit den entsprechenden Nummern im Gesangbuch und der Anzahl der Verse, die zu singen waren. Eine dritte unterstützte ihn bei der Kinderkirche. Besonders begehrt war die Aufgabe, den Talar und die weißen Kragenbäffchen für den Herrn Pfarrer zu waschen und zu bügeln. Der Frauenbibelkreis war immer hervorragend besucht gewesen.

Albert Ebinger und Emanuel Rust hatten sich nie gut verstanden. Einmal, als der Geistliche zu Ebinger gesagt hatte: »Früher, als der Pfarrer noch der Dienstvorgesetzte der Lehrer war, hat eine ganz andere Zucht und Ordnung an den Schulen geherrscht!«, waren sie richtig aneinandergeraten. Der Schulmeister hatte gesagt: »Gott sei Dank ist das ja lange vorbei!« – »Lassen Sie Gott aus dem Spiel«, hatte ihn der Pfarrer angefahren. Ebinger hatte kurz aufgelacht und danach von seinem Onkel erzählt, der schon ausgangs des 19. Jahrhunderts Lehrer gewesen war. Von ihm wusste er, dass die Schulmeister dem Pfarrer einer Gemeinde tatsächlich einmal weisungsgebunden gewesen waren. Dieser Onkel hatte einst die größten Schwierigkeiten bekommen, als der Geistliche einen Buben zu ihm geschickt hatte mit der Nachricht: »Der Herr Lehrer soll bitte ins Pfarrhaus kommen. Der Herr Pfarrer will einen Spaziergang mit ihm machen.« Ebingers Onkel hatte den Jungen mit den Worten zurückgeschickt: »Jetzt sagst du dem Herrn Pfarrer, der Herr Lehrer gehe lieber mit seinem Hund spazieren.« »Unverschämtheit«, hatte Pfarrer Rust geknurrt und Albert Ebinger unbeeindruckt weiter Vorwürfe gemacht, wegen der »Verweltlichung des Schullebens«, wie er es ausdrückte.

Aber was zählte das alles, wenn einer schwerkrank war und vielleicht nicht mehr lange zu leben hatte? Ebinger war selbst von sich überrascht, als er nicht direkt ins Schulhaus zurückging, wo sie noch immer wohnen durften, sondern den Bärenbuckel hinaufstieg zu Rusts kleinem Anwesen mit dem angebauten Kirchenraum.

An der Tür empfing ihn die Gemeindeschwester Gertrud. »Es geht ihm nicht gut«, sagte die Diakonisse. »Aber Sie könnet scho kurz zu ihm rein. Ich hab ihm übrigens neulich scho gsagt, dass Sie wieder in d' Kirch eingetrete sind.«

Der alte Pfarrer lag hoch in den Kissen. Sein sonst so hartes und angespanntes Gesicht zeigte ungewöhnlich weiche Züge. Er war überrascht, als ausgerechnet Ebinger sein Schlafzimmer betrat. Damals, als Rust sein Amt aufgeben musste, weil er von der Kanzel herab verkündet hatte, Adolf Hitler sei der Antichrist, war es Ebinger gewesen, der ihn als Erster zur Rede gestellt hatte. Ob der Lehrer und spätere Ortsgruppenleiter seine Entlassung betrieben hatte, wusste Rust nicht genau, aber er hatte es immer angenommen, zumal der Lehrer schon gleich nach der Machtübernahme durch die Nazis sozusagen demonstrativ aus der Kirche ausgetreten war. Andererseits konnte es durchaus das Verdienst Ebingers gewesen sein, dass man den Pfarrer danach in Ruhe ließ, obwohl der auch weiterhin aus seiner Haltung gegen das herrschende Regime keinen Hehl machte.

»Ich hab gehört, es geht Ihnen nicht so gut«, sagte Ebinger und zog einen Stuhl nahe an das Krankenbett heran.

Rust hatte Mühe zu sprechen. »Meine Zunge macht nicht mehr so richtig mit«, brachte er mühsam hervor. »Aber ich bin jetzt 83. Da kann man sich nicht beschweren, wenn der Herrgott einen zu sich ruft.«

»Sie sind eine zähe Natur«, sagte der Lehrer. »Sie werden mit der Krankheit schon fertig werden.«

Rust winkte müde ab. »Lassen wir das. Aber warum kommen ausgerechnet Sie zu mir?«

»Sagen wir so: Ich versuche einen neuen Anfang. Das geht aber nur, wenn ich ein paar Sachen geklärt habe. Ich kann mir denken, dass Sie glauben, ich sei damals schuld daran gewesen, dass Sie von Ihrer Kanzel vertrieben wurden.«

Rust schüttelte den Kopf. »Das waren die Kirchenoberen, die es den neuen Herren recht machen wollten. Ich hätte von mir aus gehen müssen, als dieser Bischof Müller verkündet hat, der Führer sei von Gott gewollt. Aber ich konnte natürlich meine Gemeinde nicht im Stich lassen.« Das Gesicht des alten Geistlichen belebte sich mit jedem Wort, das er hervorbrachte. Er redete langsam und stockend, musste immer wieder neu ansetzen, aber er wollte reden, ja, er genoss es womöglich.

»Ich war schon mit schuld«, sagte Ebinger. »Nach Ihrer Predigt damals und nach dem Gespräch, das wir miteinander geführt haben, habe ich eine Meldung an die Kreisleitung geschrieben. Aber ich habe auch darum gebeten, nicht weiter gegen Sie vorzugehen.«

Rust nickte. »So haben Sie es ja auch beim Bürgermeister Schmoll …« Die Stimme versagte. Emanuel Rust schloss die Augen. Sein Atem ging plötzlich stoßweise. Seine sehnige, von Altersflecken bedeckte Hand fuhr in raschen, unkontrollierten Bewegungen auf der Bettdecke hin und her. Ebinger sprang auf, eilte zur Tür und rief Schwester Gertrud. Sie warf einen Blick auf ihren Patienten und sagte zu dem Lehrer: »Lassen Sie uns allein.« Ebinger ging zur Tür und sah noch einmal zurück. In einer sanften, ja zärtlichen Geste nahm die große, grobknochige Krankenschwester beide Hände Rusts in die ihren und begann zu beten: »Vater unser, der du bist im Himmel …« Ebinger verließ das Haus.

Am Abend desselben Tages erfuhr der Lehrer, dass der Altpfarrer gegen vier Uhr am Nachmittag gestorben sei. »Dann war ich der letzte Besucher, der bei ihm gewesen ist«, sagte er zu seiner Frau. »Ich versteh nur nicht, dass die Schwester Gertrud nichts weiter unternommen hat, als mit ihm zu beten.«

»Vielleicht habet se 's so ausgmacht, der Herr Pfarrer und die Schwester Gertrud«, antwortete Luise Ebinger nachdenklich.

Albert Ebinger verließ nun jeden Morgen Punkt sechs Uhr das Haus. Er trug eine alte Cordhose und ein kariertes Hemd. Auf dem Kopf eine Schildkappe und über der rechten Schulter eine Leinentasche, in der sein Vesper und etwas zu trinken war. Im selben Augenblick trat auch immer der Sonnenwirt Berthold Kreft aus dem Nachbarhaus. Die Männer nickten sich wortlos zu und gingen, ohne zu reden, die Bachstraße entlang, die Schliffstraße hinauf und überquerten die Gleise hinter dem Bahnhof. Wenn sie dann den Lastwagen erreichten, der auf dem Fabrikhof hinter dem kleinen Bürogebäude abgestellt war, schloss Kreft die Fahrertür und die Beifahrertür auf und sagte: »Dann wolle mr amal wieder!«

»Ja«, sagte Ebinger. Die beiden stiegen ein. Kreft studierte den schriftlichen Auftrag, den die Firmenleitung auf dem Armaturenbrett abgelegt hatte und der das jeweilige Ziel und die zu ladende Menge Holz angab. Er reichte den Zettel an Ebinger weiter, der ihn ebenfalls las und dann in der Hand behielt, bis der LKW irgendwo im Wald ausrollte und vor einem Stapel Langholz anhielt und Kreft sagte: »Packe mr's?«

Ebinger nickte und antwortete: »Des mache mr!«

Sie stiegen aus. Der Sonnenwirt stieg auf die Ladefläche und warf dem Schulmeister die Ketten des Flaschenzugs zu. Ebinger knotete sie an den beiden Enden eines der astlosen und entrindeten Baumstämme fest, und Kreft kurbelte die Last hoch. Sein Helfer musste nun nur darauf achten, dass sich der Stamm, an den Ketten hängend, nicht verdrehte oder gar die Balance verlor. Die beiden Männer arbeiteten schweigend. Sie waren schon nach wenigen Tagen so gut aufeinander eingespielt, dass nur selten ein kurzer Zuruf nötig war. Punkt neun Uhr rief der Sonnenwirt, der freilich über keine Uhr verfügte: »Veschper!«

So auch an diesem Junimorgen. Sie setzten sich auf einen der blanken Baumstämme des wesentlich kleiner gewordenen Stapels und packten ihre Brote und ihre Feldflaschen aus. »Mahlzeit«, sagte der Sonnenwirt, und der Lehrer antwortete: »Einen Guten!« Und in aller Regel war der nächste Satz, der gesprochen wurde, Krefts Aufforderung: »Packe mr's wieder!« Dann war exakt eine halbe Stunde vergangen.

Doch an diesem Junitag war es anders. Kreft ließ seine mit Filz ummantelte Feldflasche sinken und sagte: »Das mit dem neuen Geld …«, brach dann aber ab.

»Ja?« Ebinger sah seinen Nachbarn fragend an.

»Wissen Sie da Bescheid?«

Ebinger faltete sein Vesperpapier sorgfältig zusammen und legte es in die Blechdose zurück, in der ihm seine Frau jeden Tag das Frühstücksbrot mitgab. »Ja, schon«, sagte er. Schraubte seine eigene Feldflasche auf und nahm einen Schluck Tee.

»Ja, und?«

»Sie wissen ja, es gibt jetzt in jedem Bundesland eine selbständige Landeszentralbank, und seit März gibt's auch für die eine eigene Zentralbank, die Bank deutscher Länder.«

»Aha!«, sagte Kreft.

»Die organisieren das. Aber natürlich nach den Vorgaben der Besatzungsmächte.«

»Ja, und wie?«

Ebinger packte seine Vesperdose und die Feldflasche in den Leinenbeutel. »Das wird jetzt eine richtige Währungsreform. Es gibt D-Mark statt Reichsmark. Man hört, jeder kriegt erst amal 40 neue Deutsche Mark ausgezahlt.«

»Ond wo kommt des Geld her?«

»Aus Amerika. In New York ist es gedruckt worden, und es soll in 23 000 Holzkisten per Schiff nach Bremerhaven transportiert worden sein.«

»Onser Geld kommt aus Amerika? Ja jetzt Gutnacht, Marie! Wenn die Kischte ens Wasser gfalle wäret. Ond des ganze Geld wär versoffa!« Der Gastwirt lachte leise in sich hinein. Ebinger sah überrascht zu ihm hinüber. Kreft lachte nie, und auch dass er plötzlich in nahezu ganzen Sätzen redete, irritierte den Lehrer.

»Von Bremerhaven aus ist es dann mit Sonderzügen zu den Landesbanken gebracht worden, und von denen wird es über Außenstellen verteilt. 13 Milliarden Deutsche Mark!«

»Ond was wird dann aus onserm jetzige Geld?«

»Genau weiß man's nicht. Aber Finanzexperten haben schon ausgerechnet: Für 100 Reichsmark soll es 6,50 neue Deutsche Mark geben. Auch unsere Sparguthaben sollen in dieser Größenordnung umgetauscht werden. Aber des dauert noch a bissle.«

»Und was ischt mit meim Lohn ond de Gehälter von de Beamte und den Renten und Pensionen und so weiter?«

»Die sollen eins zu eins umgewandelt werden. Das gilt auch für Pachten und Mieten und solche Sachen.«

Mit einer überraschenden Geste legte der Sonnenwirt seine schwielige Hand auf Ebingers Arm. »Es ischt net schlecht, wenn mr oin dabei hat, der a bissle was woiß. Guet also, no packe mr's wieder!« Ächzend stand er auf, warf seine abgewetzte Ledermappe, in der er sein Frühstück transportierte, ins Führerhaus, stieg auf die Ladefläche, spuckte in die Hände und warf seinem Mitarbeiter die Ketten wieder zu.

Weil der kleine Christian Ebinger in den Kriegsjahren immer wieder gehört hatte, der oder jener Soldat sei gefallen, hatte er seinen Vater einmal gefragt: »Warum ist er denn dann nicht wieder aufgestanden?« Danach erst wusste er, dass »gefallen« ein anderes Wort für »gestorben« war. Mit der Zeit hatte er gelernt, dass es dafür auch andere Ausdrücke gab. »Mein Mann ist im Krieg geblieben«, sagte zum Beispiel Marie Lais, die man im Dorf nur die Kranzmarie nannte, weil sie Kränze für alle Gelegenheiten herstellte, vor allem natürlich für Beerdigungen und für den Advent. Die Kriegerwitwe bewohnte ein zweigeschossiges Haus auf dem Sauwasen. Sie lebte allein, seitdem ihr Sohn nach Karlsruhe gezogen war, da er dort eine Arbeit gefunden hatte, und weil ihre Tochter nach Stuttgart geheiratet hatte. Das änderte sich im April. Marie Lais bekam eine Einweisung, musste also eine wohnungslose

Flüchtlingsfamilie aufnehmen. Alle Versuche, dies zu verhindern, scheiterten. Und so standen eines Tages Henriette Opalski und ihre drei Kinder mit einem hochbeladenen Leiterhandwagen vor ihrer Tür. Begleitet wurden sie von Hanna und Gerhard Ebinger, den Kindern des Lehrers, die beim Umzug beziehungsweise Einzug helfen wollten.

»I will koine fremde Leut in meim Haus!«, schrie Frau Lais so laut, dass die Nachbarn ihre Fenster öffneten, um zu hören, was bei der Kranzmarie los war. Henriette Opalski hob bedauernd die Schultern und hielt ein amtliches Schreiben hoch. »Das ist aber so verfügt worden«, sagte sie.

Hanna Ebinger mischte sich ein. Sie kannte die Kranzmarie als freundliche und umgängliche Frau. »Die Opalskis sind unheimlich nett. Man könnt sagen, Sie haben es gut getroffen, Frau Lais.«

»Hätt schlimmer komme könne«, assistierte Gerhard. »Viel schlimmer!«

Frau Lais schluckte, sah zu den Nachbarhäusern hinüber, als erwarte sie von dort Hilfe. Aber als sich die Fenster nacheinander wieder schlossen, räusperte sie sich und sagte: »Na gut, wenn nix zu mache ischt, dann kommet halt rei.«

Es dauerte grade mal ein Vierteljahr, da sagte eines Abends beim Milchholen in der Molkerei Marie Lais zu Luise Ebinger: »Es ist ja fast ein Glücksfall, dass die Opalskis jetzt bei mir wohnen.«

In diesem Vierteljahr hatte sich einiges verändert. Peter und Heinz erwiesen sich als sehr nützlich beim Sammeln der Tannenzweige, die Marie Lais zu Kränzen verarbeitete. Henriette Opalski hatte sich als geschickte Hilfe beim Kranzbinden erwiesen. Außerdem war sie eine sehr gute Köchin. Bevor die Familie aus Schlesien bei ihr eingezogen war, hatte Marie Lais kaum einmal gekocht. »Des lohnt sich doch net für a einzige Person«, pflegte sie zu sagen. Nun aber, da sich die beiden Frauen die Küche teilen mussten, kam es immer öfter dazu, dass die Kranzmarie im Kreis der Familie Opalski mitaß, wogegen sie sich anfänglich heftig gewehrt hatte.

Die entscheidende Veränderung war allerdings die Heimkehr von Ferdinand Opalski. Er war 1943 bei Stalingrad in russische Gefangenschaft geraten und galt seitdem als vermisst. Im Herbst 1948 war ihm die Flucht aus einem Arbeitslager im Ural geglückt. In einem abenteuerlichen dreimonatigen Fußmarsch hatte er sich bis nach Deutschland durchgeschlagen. Beim Roten Kreuz konnte er die Adresse seiner Familie erfahren und war genau am 13. Mai 1949 endlich in Fleckenhausen angekommen. Opalski war ein kleiner, fast zierlicher Mann, dem niemand so ein Fluchtabenteuer zugetraut hätte. Er sprach mit leiser Stimme und anmutigen Gesten.

Luise Ebinger, die seit der Weihnachtsnacht einen freundlichen Umgang mit Frau Opalski pflegte, dabei aber immer auf eine gewisse Distanz achtete, sagte eines Abends zu ihrem Mann: »Wir sollten die Opalskis amal einladen. Der Mann war, glaub ich, Musiklehrer. Vielleicht hättet ihr so manches gemeinsam.«

Und so kam es, dass an einem Freitagabend im Juni das Ehepaar Opalski mit den Ebingers bei einem Glas Wein um den Wohnzimmertisch saß, während Hanna und Rosalie in Hannas Zimmer die jungen Männer des Dorfes durchhechelten und Gerhard, Peter, Christian und Heinz im Schulhof mit einem Stoffball kickten.

Doch dann war es mit einem Mal, als habe jemand die Welt angehalten. Die Buben hörten auf zu kicken, die Mädchen schwiegen plötzlich. Auf der Straße blieben ein paar Frauen stehen, die mit Einkaufsnetzen auf dem Weg nach Hause waren. Aus dem Herrenzimmer, dessen Fenster an diesem Sommerabend weit offen standen, erklang ein Klavierspiel von so ungewöhnlicher, quirliger Schönheit, wie man es sonst allenfalls im Radio hören konnte. Aber das kam nicht aus dem Rundfunkempfänger. Das kam aus dem Herrenzimmer des Schulhauses – klarer, direkter, reiner, brillanter als alles, was je aus dem Radio gekommen war.

Luise und Henriette waren im Wohnzimmer sitzen geblieben, als Ebinger seinem Gast das Klavier gezeigt hatte, das ein Erbstück von Alberts Onkel war.

»Ich hab seit sieben Jahren keine Taste mehr angerührt«, sagte Opalski.

»Dann wird's aber Zeit«, gab Ebinger mit grober Freundlichkeit zurück.

Als müsse er die Tasten erst mühsam ertasten, spielte Opalski zuerst nur mit einer Hand eine einfache Melodie. Aber schon nach wenigen Augenblicken schlug er mit der anderen ein paar kräftige Akkorde dazu an. Jetzt schienen die Finger der Rechten immer freier zu werden. In schnellen Läufen eilten sie über die Klaviatur. Die Körperhaltung des Musikers veränderte sich. Er saß plötzlich ganz aufrecht auf dem Stuhl, hatte die Augen geschlossen und den Kopf leicht nach rechts geneigt. Sein Körper übernahm den Takt des immer hurtiger gespielten Stücks. Albert Ebinger stand fast andächtig daneben, und als Opalski sein Spiel mit einem kräftigen Akkord beendete, sagte der Lehrer: »Die Wut über den verlorenen Groschen, nicht wahr? Von Ludwig van Beethoven.« Opalski nickte nur. Er hatte Tränen in den Augen. Aus dem Wohnzimmer rief Henriette Opalski: »Und jetzt die Träumerei!«

»Aus den Kinderszenen von Robert Schumann«, setzte der Lehrer hinzu, auch um zu zeigen, was er alles wusste. Die Mädchen waren auf Zehenspitzen aus dem Nachbarzimmer herübergekommen und saßen mit angezogenen Knien auf dem Sofa, das auf der anderen Seite des Zimmers stand. Opalski erfüllte den Wunsch seiner Frau, und diesmal ließ er seinen Tränen freien Lauf. Als das Stück verklungen war, sagte Ebinger, dem gefühlvolle Momente immer peinlich waren, nüchtern: »Man muss das Klavier unbedingt stimmen lassen.«

Für ein Dorf wie Fleckenhausen brauchte man keine Zeitung. Nachrichten verbreiteten sich wie Lauffeuer. Und so wusste bald jeder der 1200 Einwohner, dass der Opalski, der bei der Kranzmarie wohnte, ein großer Musiker sei. Dem Pfarrer Lietzenauer hatte es freilich schon der Lehrer Ebinger gesagt. »Sie suchen doch einen Organisten, nicht wahr?«

»Ja, schon«, hatte der Geistliche geantwortet. »Was Frau Niedermeier am Harmonium so spielt, zieht einem, ehrlich gesagt, die Schuhe aus.«

»Lassen Sie das die Frau bloß nie hören.«

»Ich sag's ihr freundlicher. Aber ich weiß ja, dass für die arme Frau die Choralbegleitung jeden Sonntag eine schwere Prüfung bedeutet, die sie lieber heute als morgen loswerden möchte.«

Und so kam es, dass am ersten Sonntag im August die Kirche bis auf den letzten Platz gefüllt war, weil es sich herumgesprochen hatte, dass Ferdinand Opalski an diesem Tag die Orgel spielen werde, die man seit drei Jahren so wieder zum ersten Mal zu hören bekam. Voller Ehrfurcht lauschte die Kirchengemeinde dem Vorspiel vor dem Einzug des Pfarrers. Bei den Chorälen allerdings erwies sich der Organist als zu schnell. Die Gemeinde schleppte sich mit ihrem Gesang seinem Spiel hinterher, und es gelang ihm nicht, sich auf das Tempo der Gottesdienstbesucher einzustellen, so dass am Ende dann doch eine gewisse Unzufriedenheit unter ihnen herrschte. Schwester Gertrud übernahm es, mit Ferdinand Opalski zu reden. Auf ihre direkte Art sagte sie: »Schadet nix, wenn Sie a bissle langsamer tun. Sie müsset drauf achten, dass die Leut au mitkommet.« Und so wurde es dann von Sonntag zu Sonntag besser.

In Fleckenhausen hatte es schon immer viele musikbegeisterte Menschen gegeben. Der Gesangverein Liederkranz, der Kirchenchor, aus dessen Sängern auch der Leichenchor gebildet wurde, die Musikkapelle und der Posaunenchor waren vor dem Krieg aus vielen Wertungsspielen als Sieger hervorgegangen. Auf die vier Ensembles war man stolz in der Schönbuchgemeinde. Doch nach dem Krieg hatte es nur zaghafte Versuche gegeben, die Kapelle und die Chöre wieder auferstehen zu lassen. Viele Musiker waren im Krieg geblieben. Vor allem aber war weit und breit kein Dirigent zu sehen, der bereit gewesen wäre, die Leitung zu übernehmen. Den früheren Lehrer Albert Ebinger, der jahrelang den Gesangverein dirigiert hatte, wollte niemand fragen. Das wäre etwas anderes gewesen, wenn er als Lehrer oder gar als Schulleiter wieder eingesetzt worden wäre. Aber so wussten die Leute nicht, ob es nicht ein Fehler gewesen wäre, wenn sie ihm so eine wichtige öffentliche Funktion angetragen hätten.

In der Kirche aber hatten sich alle von der großen Musikalität und

Virtuosität des neuen Mitbürgers Ferdinand Opalski überzeugen können.

An einem Dienstagnachmittag im August klingelte eine dreiköpfige Delegation an der Tür von Marie Laisens Haus in der Pfrondorfer Straße. Ob man den Herrn Opalski sprechen könne. Der saß hinter dem Haus an einem Gartentisch und schrieb auf einer kleinen Schreibmaschine an einem Artikel über Bachs Oratorien. Das Manuskript wollte er der Redaktion einer Musikzeitschrift anbieten. Opalski stand auf, als die drei Männer auf dem schmalen Plattenweg zwischen den Rosenhecken auf ihn zukamen. Otto Trautwein, der Maurer, der es zum Baumeister gebracht hatte, stellte sich als Erster vor. Dann Ulrich Bürkle, »von Beruf Friedhofsgärtner«, und schließlich Horst Kümmerle, Bäcker und »der Mann mit der schönsten Baritonstimme zwischen Steinenbronn und Lustnau«, wie Bürkle schmunzelnd sagte. Sie nahmen um den Gartentisch Platz, und die Kranzmarie brachte vier Gläser, eine Flasche Apfelsaft und eine Flasche Sprudel. »Wenn mr scho amal so hohen Bsuch hat, net wahr!«

Der Musiker gab zu bedenken, dass er zwar einen Chor geleitet habe, aber das sei ein professionelles Ensemble gewesen – alles Leute mit einer soliden Gesangsausbildung, die sie durchaus auch zu Solokonzerten befähigt hätte.

»Ja no«, sagte Bürkle, »wenn wir Ihne natürlich net gut gnueg sind …«

»Das ist doch nicht das Problem«, gab Opalski zurück. »Aber ich müsste erst einmal lernen, wie man mit Laien arbeitet. Ich will Sie ja auch nicht überfordern.«

»Aber fordern wär scho net schlecht«, sagte der Bäckermeister Kümmerle.

Opalski lächelte. Das gefiel ihm.

»Sie sollen's ja au net umsonst machen«, sagte Otto Trautwein. Er sprach für die Kapelle des Musikvereins. »Langsam füllt sich unsere Vereinskasse wieder a bissle.«

Bürkle, der den Gesangverein vertrat, nickte. »Bei uns ist es genauso. Mir könnet zwar keine große Sprüng mache, aber zahle könnten wir schon was.«

Nur Kümmerle, der für den Kirchenchor sprach, konnte kein Angebot machen, aber irgendwie müsse man halt sehen, dass man das Honorar für die Organistendienste »a bissle erhöht«.

Am Ende besiegelte man das Arrangement mit einem kräftigen dreifachen Handschlag. Noch lange Zeit später massierte der Musiker seine Rechte, weil er die Nachwirkungen spürte.

Christian rannte den ganzen Weg. Es war schon Anfang Dezember, aber er trug noch kurze Hosen, und seine nackten Füße steckten in den zu großen Schuhen, die von seinem älteren Bruder auf ihn übergegangen waren. Noch hatte es nicht geschneit, aber die Regenpfützen waren schon mit einer hauchdünnen spiegelnden Eisschicht überzogen. Doch dem zehnjährigen Buben war es nicht kalt. Im Gegenteil. Der Schweiß lief ihm in die Augen, sein Atem ging schwer, die Last auf seiner Schulter drückte ihn fast in den Boden. Aber er hielt nicht an, um zu verschnaufen.

Der Briefträger hatte ihm eine halbe Stunde zuvor, als Christian eigentlich grade auf dem Weg zum Fußballplatz am Mühlweg war, zugerufen: »Für euch ist ein Paket auf der Post. Kannst es abholen!«

Ein Paket, das konnte nur bedeuten: ein Care-Paket. Eine Sendung aus Amerika von seiner Tante Hilde, die eigentlich nicht seine Tante, sondern nur die Cousine seiner Mutter war. Als junges Mädchen war sie kurz nach dem Ersten Weltkrieg in die Staaten ausgewandert, hatte eine feinmechanische Lehre gemacht und sich auf das Schleifen gebrauchter Spritzenkanülen und Operationsnadeln spezialisiert, die so für eine weitere Verwendung genutzt werden konnten.

Schon im Herbst 1945 war das erste Paket aus Amerika gekommen. Es enthielt vor allem Kleidungsstücke, aber auch Reis, Kaffee, Seife und Erdnussbutter. Luise Ebinger hatte ihrem Bäsle in langen Briefen gedankt und immer auch die Notsituation geschildert, in der sie mit ihrer Familie war. Freilich hatte sie nie übertrieben. Das war nicht ihre Art. Vielmehr erzählte sie in ihren Schreiben, dass es ihren Kindern und ihr vergleichsweise gutgehe. Zwar sei Albert noch immer im Lager, und man wisse nicht, wann ihn die Franzosen freiließen, aber wenn man das Elend rundum betrachte, sei das eigene Schicksal erträglich. Als ihr Mann von den Franzosen entlassen wurde, teilte Luise auch das der Cousine sofort mit. Die Folge war, dass jetzt immer Kleidungsstücke für ihn in den Paketen waren.

Alle drei, vier Monate kam ein Care-Paket, und es war dann immer ein wenig wie Weihnachten, wenn die Mutter die Schnüre sorgfältig aufknotete, mit einem scharfen Messer den Kanten des Kartons nachfuhr und schließlich die Oberseite aufschlug. Mit angehaltenem Atem standen die drei Kinder um sie herum und sahen ihr zu, wie sie Stück um Stück aus der Schachtel hievte.

Für jeden war etwas dabei. Und so fügten auch alle drei Kinder den Briefen der Mutter jeweils ein eigenes Dankeschön bei. Christian war aber der Einzige, der seinen Dank auch immer gleich mit Bitten verband. Dass dennoch die Schokolade, die er so sehnlich herbeiwünschte, nie dabei war, lag daran, dass man ja nie wusste, ob das Paket nicht der Hitze ausgeliefert sein würde und die Schokolade dann verlaufen und alles versauen würde, erklärte ihm die Mutter.

Im letzten Brief hatte Christian der Tante Hilde nun seinen allergrößten Wunsch mitgeteilt. Die Dorfbuben spielten noch immer mit Saublasen oder Stoffknäueln Fußball. Und ihr größter Wunsch war ein Lederball, den man aufpumpen konnte. Wer so ein Spielgerät besessen hätte, wäre der ungekrönte König der Fleckenhausener Dorfjugend gewesen. Vielleicht war ja in dem Paket, das Christian jetzt rennend und keuchend durchs Dorf schleppte, der so sehr ersehnte Ball.

Der Junge erreichte das Schulhaus, stürmte die Steintreppe hoch, durchquerte den breiten Korridor zwischen den beiden Schulzimmern, riss die Verbindungstür auf und rannte mit letzter Kraft in den ersten Stock hinauf.

Gerhard saß über seinen Hausaufgaben am großen Tisch im Wohnzimmer. Hanna kauerte mit angezogenen Beinen im Lesesessel des Vaters zwischen den beiden Fenstern, die zum Schulhof hinausgingen, und bearbeitete ihre Fingernägel mit einer Feile. Christian warf das schwere Paket auf den Tisch, dass es einen lauten Knall gab und Gerhards kariertes Rechenheft vom Tisch gefegt wurde.

»He, wie hammers denn?«, protestierte der ältere Junge. Aber als er den Kopf hob, sprang er auf und schrie: »Ein Paket von Tante Hilde!«

Hanna warf ihre Nagelfeile auf den kleinen, runden Rauchtisch neben dem Sessel und sprang auf. Die Mutter kam aus der Küche. Und dann begann die Zeremonie. Christian wollte mit beiden Händen in dem Karton nach dem Ball kramen, bekam aber gleich ein paar auf die Finger. »Kannst du nicht warten?!« Luise Ebinger hob zwei fast neue Jacken heraus und hielt sie hoch. »Die sind ja no pfennigguet. Das werden Schulkittel für euern Vater.« Eine Hose aus grauem Leinenstoff mit Nieten auf den Taschenrändern hielt sie Gerhard an und sagte: »Die passt dir.« Und dann war da das zusammengefaltete Ding aus Leder. »Mein Ball!«, rief Christian. »Mein Ball, mein Ball, mein Ball!« Und schon war er damit aus dem Zimmer. Zwar rief ihm die Mutter nach: »Du bleibst da!« Aber da war er schon halb die Treppe hinunter. Er lief die Bergstraße hoch und bei der Alten Post, dem ehrwürdigen Gasthof mit Metzgerei, vorbei hinunter zum Sportplatz am Mühlweg. Sechs Buben, die meisten ein, zwei Jahre älter als er, kickten mit einer Schweinsblase drei gegen drei auf ein Tor, in dem Heinz Opalski stand, der sich durch seine außergewöhnlichen Fähigkeiten als Torwart den Respekt der ganzen männlichen Dorfjugend erarbeitet hatte, obwohl er ein Flüchtling war.

Christian schwenkte das Lederding über seinem Kopf und schrie den ganzen Weg durch die Birkenallee schon: »Ich hab einen Lederball! Ich hab einen Lederball!«

Alle Jungen versammelten sich um ihn. Das Leder mit den feinen Poren glänzte in der Sonne. Fast andächtig betrachteten es die Fußballspieler. Christian, der für das Spiel nicht besonders begabt war und beim Wählen der Mannschaften immer als Letzter oder Vorletzter genommen wurde, strahlte über das ganze Gesicht.

»Ich hol eine Pumpe«, rief Winfried Scheiffele. Er wohnte nicht weit, und es dauerte keine fünf Minuten, bis er wieder da war. Das Ventil war leicht zu finden, und die Pumpe passte sogar. Die Buben bildeten einen Kreis, in dessen Mitte Winfried kniete und nun Stoß um Stoß Luft in den Lederball hineinpumpte. Langsam wölbten sich die Lederflächen, die Nähte wurden sichtbar.

Aber plötzlich rief Heinz Opalski: »Was ist denn das?« Winfried hob den Kopf und hielt mit dem Pumpen inne. »Des ischt ja gar koi Ball, des ischt a Ei!«

»Was hascht denn da für an Scheißdreck daherbrocht«, fuhr ein anderer Junge den Lehrersohn an. »Willscht ons verarsche, oder was?«

Christian stiegen die Tränen in die Augen. Bis vor einer Minute hatte er noch gemeint, vor dem größten Triumph seines Lebens zu stehen. Er hatte sich schon ausgemalt, wie er bestimmen konnte, wer mitspielen durfte und wer nicht. Rudi Häfele, der Älteste an diesem Tag, der schon ins Gymnasium nach Tübingen ging, sagte: »Leut, da kann der Christian nix dafür. Das ist ein American Football.«

»Hä?«, machte Winfried Scheiffele. Und ein anderer fragte: »Was soll denn des sei?«

»Die Amis spielen a ganz anders Spiel.« Geduldig begann Rudi zu erklären. Aber da hatte Christian das halb aufgepumpte Ei schon unter den Arm geklemmt und war vom Sportplatz geschlichen. Zu Hause wurde er dann noch dafür ausgeschimpft, dass er einfach davongerannt sei »wie die Sau vom Trog«! Nur Gerhard wollte wissen, warum Christian geheult hatte, und der ältere Bruder hatte Verständnis für die Niederlage des Kleinen. Seine Versuche, Christian zu trösten, verpufften freilich. Auf dem Tisch lagen noch all die Herrlichkeiten, die aus dem Care-Paket gekommen waren. Darunter auch eine flache braune Schachtel, deren Deckel mit einem Goldrand eingefasst war.

Das musste endlich die Schokolade sein. Christian war jetzt alles egal, selbst wenn er nachher Prügel bekommen würde. Er musste die Schokolade haben. Wenigstens das! Er hob den Deckel ab, fuhr mit dem Zeigefinger tief in die braune Masse und schob sie in den Mund. So also schmeckte Schokolade? Das war die zweite Enttäuschung an diesem Tag, wenngleich sie auch nicht so groß war wie die erste. Im selben Augenblick kam seine Mutter herein. Entsetzt schrie sie auf: »Christian, was machst du denn mit der Schuhcreme?!« Hanna, die wieder im Lesesessel saß und sich ihrer Maniküre widmete, ließ ein glucksendes Lachen hören. »Ich glaub, er hat die Schuhcreme für Schokolade ghalten!«

Christian rannte hinaus, warf sich im Bubenzimmer bäuchlings auf sein Bett und stülpte das Kissen über seinen Kopf.

Nicht einmal zum Abendessen zeigte er sich.

Albert Ebinger war wie immer kurz nach sechs Uhr von der Arbeit nach Hause gekommen. Um halb sieben wurde gegessen. Weil ihr Mann den Tag über nichts Warmes in den Magen bekam, kochte Luise am Abend. Es gab Linsen und Spätzle, allerdings ohne Wurst oder Fleisch. Die Mutter hatte schon zweimal nach Christian gerufen, aber der kam nicht aus seinem Zimmer. Schließlich ging der Vater hinüber. Er lehnte sich von innen gegen die Tür und sagte: »Weißt du, es gibt immer mal wieder schlimme Niederlagen, und ich glaub, du hast heut so eine erlebt. Aber, glaub mir, Niederlagen sind immer auch Herausforderungen. Du wirst jetzt deinen Kameraden beweisen, dass dich so was nicht umschmeißt. Schließlich trifft dich ja keine Schuld. Und jetzt komm zum Essen!«

Der Vater ging zum Bett hinüber, fuhr seinem Jüngsten mit der Hand übers Haar, eine zärtliche Geste, die bei ihm etwas ganz Seltenes war, nahm ihn bei der Hand und kehrte mit Christian zusammen ins Wohnzimmer zurück.

Berthold Kreft war in den Wochen und Monaten ihrer gemeinsamen Arbeit kaum gesprächiger geworden. Aber es konnte passieren, dass er plötzlich ein Thema anschnitt, seinen Beifahrer Ebinger intensiv anschaute und auf dessen Erklärungen wartete. So sagte er eines Morgens: »Warum schwätzet Sie eigentlich so selte schwäbisch?«

»Das hängt wohl mit meinem Beruf zusammen«, antwortete Ebinger und glaubte, damit sei das Thema beendet.

»Aber isches net so, dass mr in onserem Dialekt manche Sache viel anschaulicher sage kann?« Ebinger sah zu ihm hinüber. Kreft war doch immer für eine Überraschung gut.

Sie hatten es heute nicht weit. Manchmal fuhren sie auf die Schwäbische Alb oder in den Schwarzwald, überall dorthin halt, wo die Fabrikanten ein billiges Holzangebot bekommen hatten. Aber heute ging es in den heimischen Schönbuch, keine vier Kilometer vom Dorf entfernt. Zunächst fuhren sie auf der alten Römerstraße Richtung Tübingen und dann auf der Höhe des Eckbergs links Richtung Waldorf. Nach etwa zwei Kilometern verließen sie das Waldorfer Sträßle und bogen rechts ab in einen lichten Buchen- und Eichenbestand, den sie auf einem weichen Waldweg durchquerten. Es war Mitte September. Die Blätter der Bäume färbten sich bereits. Auf den Baumkronen lag ein sanftroter Schimmer. Die Sonne blinzelte hin und wieder durch das Blattwerk. Der Motor des Lastwagens brummte gleichmäßig. Kreft schaltete herunter und verminderte die Geschwindigkeit, so als ob er sich an diesem Tag besonders viel Zeit lassen wollte.

»Was meinen Sie zum Beispiel?«, fragte Ebinger.

Ein verschmitztes Lächeln umspielte die Lippen des Fahrers. »Was saget mir zum Beispiel, wenn ein Seil unter großer Anspannung reißt?«

Ebingers Antwort kam wie aus der Pistole geschossen: »Es fatzt.«

»Sehet Se«, Kreft nickte zufrieden. »Da hört mr doch direkt, wie des passiert.«

»Mhm, Sie haben recht«, gab der Lehrer zu.

»Neulich hab ich glese …«, fuhr der Sonnenwirt fort, und Ebinger verkniff es sich gerade noch, überrascht zu fragen: »Sie lesen?«

»… also ich hab glese, dass da, wo mir ›schaffen‹ saget, des bei andere ›buckeln‹ heißt oder ›malochen‹ oder ›arbeiten‹ halt.«

»Ja, und?«

»Schaffe, des heißt doch auch ›etwas schaffen‹, net wahr?«

»Richtig.«

»So, und was heißt jetzt schaffen auf Englisch?«

»Wissen Sie 's?«

»Ja no, i hab's halt auch glese. Es heißt create.« Kreft sprach es aus, wie man es schrieb, und der Lehrer schenkte es sich, ihn zu belehren, wie das Wort auf Englisch ausgesprochen wurde. »Mhm«, machte er, »und wenn man das direkt verdeutscht, heißt es, kreativ sein, etwas schaffen.«

Eine Lichtung kam in Sicht, über die sich ein heller blauer Himmel spannte. Kreft hielt an und kurbelte sein Fenster herunter. Ebinger tat es ihm nach. Die sanfte spätsommerliche Luft strömte herein. Kreft stellte den Motor ab und drehte seinen Kopf wieder dem Lehrer zu. »Und unsere Sprüch erscht.«

»Was meinen Sie da zum Beispiel?«

»Ja, zum Beispiel oin, den ich emmer auf mich bezoge hab: ›Aus ama kromme Holz macht mr koi Lineal!‹«

»Ja, das passt zu Ihnen«, sagte Ebinger. »Mein Schwiegervater, der ja übrigens auch Holzarbeiter gwese ischt, hat auch einen Lieblingsspruch ghabt, wenn es Probleme gab: ›Mr kann net alle Berg ebe mache!‹«

Kreft nickte. »Den merk ich mir.«

Er startete den Motor wieder. Sie mussten nur noch ein paar hundert Meter durch den Eichen- und Buchenhain. Als sie die Lichtung überquert hatten und dem gewundenen Pfad, der immer enger wurde, weiter folgten, musste Kreft seine ganze Aufmerksamkeit aufs Fahren verwenden. Manchmal ging es so dicht zwischen zwei Bäumen hindurch, dass sie die Außenspiegel einklappen mussten. Der Weg wies tiefe Kuhlen auf. Der Lastwagen schwang auf und ab wie ein Schiff in den Wellen. »Da vorne bei der riesigen Eiche rechts, dann hammers«, sagte Kreft, als wollte er seinen Beifahrer beruhigen. Er schaltete in den ersten Gang und fuhr in die enge Biegung hinein. Fast wären sie zusammengestoßen, denn Gottlieb Schätzles Holzvergaser kam ihnen mit erstaunlicher Geschwindigkeit entgegen. Als die beiden Lkws schließlich von ihren Fahrern gestoppt worden waren, standen sie sich Stoßstange an Stoßstange gegenüber wie zwei zum Kampf entschlossene Boxer.

»Ja Herrgottsack!«, entfuhr es Kreft. »Was duet denn der da?«

»Da wird man nicht lang fragen müssen«, sagte Ebinger. Sie stiegen aus, und auch Schätzle kletterte aus seinem Führerhaus. »Ich setz zrück«, rief er. »Da hinte ischt eine Bucht!«

»Zerscht erklärscht amal, was du hier machscht«, knurrte Kreft.

»Könnt ich dich genauso frage!«

»Ja, aber ich hab eine Genehmigung von der Forstbehörde.«

Ebinger fühlte sich bei dem Disput nicht wohl.

Kreft ging um den Holzvergaserlastwagen herum, stieg auf einen der Hinterreifen, um an die Plane heranzukommen, mit der Schätzle seine Ladung abgedeckt hatte, zog sie zur Seite und sagte: »Han i mir's doch halbe denkt!«

Schätzle hatte sich inzwischen eine Zigarette angezündet und sah Ebinger durch den Rauch hindurch an. »I will amal so sage, Herr Lehrer, Ihre Bube gfällt's bei mir.«

Ebinger blickte in die gelbrötlichen Baumkronen hinauf und sagte nichts.

Kreft kam zurück. »Lauter frisch geschlagenes Holz. Und das Farbzeichen ist von uns.«

»Von euch? Ghörts denn dir, Berthold?«, fragte Schätzle und sah den Sonnenwirt von der Seite an.

»Meine Chefs.«

»Gut, ich will amal so sage: Ich fahr's zurück und lad's wieder ab.«

»Des sowieso!«, antwortete Kreft.

»Und was noch?«

»Ich zeig dich an!«

»Du machst was?«

»Ich zeig den Diebstahl an. Ischt doch selbstverständlich. Und ich hab ja zum Glück einen Zeugen!« Er nickte zu Albert Ebinger hin.

»Ihr wollt mich reinreiten?«

»Wenn scho, dann hascht du dich selber reingritten«, versetzte Kreft. »Man hat ja scho länger vermutet, wie du billig an dein Holz kommst.«

»Bischt ja bloß neidisch, weil's bei mir so gut lauft ond in dei Wirtschaft emmer weniger Leut kommet.«

Ebinger mischte sich ein. »Meine Herren …«

»Sie halten sich besser raus!«, giftete Schätzle. »Sie habet lang gnueg a großes Maul ghabt!«

»Also fährst jetzt zrück oder net?«, meldete sich Kreft wieder.

»Ja. Aber über die Anzeige schwätzet mir noch amal.« Schätzle ging zu seinem Lastwagen hinüber, setzte den rechten Fuß aufs Trittbrett und packte mit der linken Hand den Rahmen der Fahrertür. In dieser Haltung sah er noch mal herüber. »Und des ausgerechnet an meim 40. Geburtstag!«, rief er. Dann zog er sich vollends in sein Führerhaus hinein. Der Holzvergasermotor hatte die ganze Zeit weiter vor sich hin geblubbert. Schätzle legte den Rückwärtsgang ein.

»Wollen Sie ihn wirklich anzeigen?«, fragte Ebinger.

»Jedenfalls sag ich unsere Chefs Bescheid!«

Während Ebinger nun auch wieder ins Führerhaus kletterte, sagte er zu Kreft, der schon hinterm Steuer saß: »Man zerstört ja auch ein junges Glück, net wahr?«

»Ich weiß scho, was Sie meinet. Trotzdem!« Kreft ließ die Kupplung kommen und blieb so dicht an Schätzles Lastwagen dran, dass man das Gefühl haben konnte, er wolle ihn schieben.

Gottlieb Schätzle war bis zu diesem Tag unbehelligt geblieben, obwohl es der Forstverwaltung und der Polizei ein Leichtes gewesen wäre, ihm seine Holzdiebstähle nachzuweisen. Allein die Reifenspuren, die sein Holzvergaserlastwagen im aufgeweichten Untergrund der Waldwege hinterließ, hätten erfahrene Fahnder schnurstracks zu ihm führen müssen.

Mit zornrotem Kopf warf Schätzle das Holz von der Ladefläche. Die Meterholzstücke lagen zwischen zwei sauber geschichteten Holzbeugen wie die Stäbchen eines Mikadospiels. Ebinger und Kreft luden einstweilen das Meterholz von den Stapeln auf. Während sie beim Langholz den Flaschenzug benutzten, mussten diese Scheite und Rundhölzer Stück für Stück von Hand verladen werden. Schon nach einer Viertelstunde fingen Ebingers Muskeln an zu brennen, und nach einer Stunde stellten sich auch Atembeschwerden und leichte Herzschmerzen ein. Er wollte aber auf keinen Fall darüber sprechen. Der anteilnehmende Blick Krefts entging ihm, und so wunderte er sich, dass der Sonnenwirt, obwohl der keine Ermüdungserscheinungen zeigte, überraschend eine Pause vorschlug.

Schätzle hatte das gestohlene Holz schnell abgeladen, war dann wortlos wieder in sein Führerhaus gestiegen und rückwärts aus dem Wald gefahren – eine starke Leistung, denn es ging gut zwei Kilometer über den nicht befestigten Waldweg, über Wurzeln und herausstehende Steine und durch enge Baumpassagen, bis er endlich die alte Römerstraße erreichte.

Nach einer halben Stunde nahmen Kreft und Ebinger ihre Arbeit wieder auf.

Nach Feierabend hatte Kreft den beiden Fabrikanten Bericht erstattet. Ebinger war nur dabeigestanden und hatte nichts gesagt. »Und Sie können das alles bestätigen, Herr Ebinger?«, fragte der ältere der beiden Fabrikantenbrüder.

Ebinger nickte. »Leider ja.«

»Wieso leider?«

»Schätzle ist ein Nachbar von mir. Genau wie Herr Kreft. Ein guter Nachbar sogar, auch genau wie Herr Kreft. Er hat zu meiner Familie gehalten, solange ich im Lager war.«

Er konnte nicht erkennen, ob das seine Zuhörer beeindruckte.

»Wir werden überlegen, was man da machen muss«, sagte der ältere Fabrikant.

»Vielleicht, wenn er Ihnen den Schaden ersetzt …«

»Wie soll man den bemessen? Er hat ja offenbar so geschickt gestohlen, dass man nicht genau weiß, wo und wie viel.«

»No ja«, meldete sich plötzlich der Sonnenwirt. »Mir lebet in so einer Zeit, da muss jeder sehe, wo er bleibt. Aber ich hab's ja schließlich nicht für mich bhalte könne.«

Nach dem Gespräch mit ihren beiden Chefs gingen Ebinger und Kreft dicht nebeneinander nach Hause. Keiner sprach, bis sie vor dem Schulhaus haltmachten. Hinter den Wirtshausfenstern auf der anderen Straßenseite brannte schon Licht.

»D'Tag werdet emmer kürzer«, sagte Kreft.

Wie immer wurde auch an diesem Abend in der Familie Ebinger pünktlich gegessen. Seitdem der Vater wieder da war, musste jeder reihum erzählen, was er den Tag über erlebt hatte. Nicht immer gab es da viel Berichtenswertes. Gerhard zuckte dann die Achseln und sagte: »Vielleicht weiß ich morgen was.« Hanna gab sich Mühe, ihre kargen Erlebnisse ein wenig auszuschmücken. Nur Christian hatte immer etwas zu erzählen, und fast immer war er in seinen Geschichten der Held. Es konnte den Eltern wohl kaum entgehen, dass da manches schlicht erfunden war, aber der Vater ließ es bei einem skeptischen Lächeln bewenden und die Mutter bei einem leisen Kopfschütteln und dem nur hingemurmelten Satz: »Wo soll das nur noch hinführen.«

Heute allerdings war der Vater als Erster an der Reihe. Er erzählte, wie er und Kreft den Holzdieb Schätzle im Wald überrascht und überführt hatten. »Wahrscheinlich wird sich die Polizei jetzt darum kümmern«, schloss er seinen Bericht und wendete sich dann an seine beiden Söhne: »Und ihr werdet ab heut nicht mehr bei ihm arbeiten!«

»Was?« Der Aufschrei der beiden Buben kam wie aus einer Kehle.

»Was hat das denn mit uns zu tun?«, wollte Gerhard wissen.

»Der Mann ist kriminell. Was er tut, ist unmoralisch, und so jemanden meidet man, Gerhard!«

»Sollen wir dich dann jetzt auch meiden?« Der Junge hatte sehr leise gesprochen, aber sein Satz wirkte wie eine Bombe. Einen Augenblick lang war es ganz still am Tisch.

»Was sagst du da?«, brachte Albert Ebinger schließlich heraus.

»Oder willst du sagen, dass das, was ihr Nazis getan habt, nicht kriminell und nicht unmoralisch war?«

»Gerhard, um Gottes willen!«, sagte die Mutter tonlos.

Hanna meldete sich: »Des kann mr doch frage, oder? Der Herr Schätzle hat so viele gute Eigenschaften …«

»Das stimmt allerdings«, sagte Luise Ebinger. »Trotzdem …!«

»Was trotzdem?«, fuhr Gerhard auf. »Also ich geh morgen nach den Hausaufgaben wie immer zum Schätzle!«

»Ich auch!«, rief Christian, der freilich gar nicht so richtig begriffen hatte, worum es eigentlich ging.

Der Vater war in sich zusammengesunken. Seine Hände lagen gefaltet auf den Knien, und er hatte den Kopf so tief gebeugt, dass die Stirn fast auf der Tischplatte auflag. »Mein Gott! Meine eigenen Kinder!«, sagte er. Als er den Kopf wieder hob, hatte er Tränen in den Augen. Das wiederum missfiel seiner Frau, die große Gefühle genauso von sich fernzuhalten versuchte wie ihr Mann. »Jetzt tu dir bloß nicht selber leid!«

»Wie oft hab ich gsagt, dass ich mich schuldig fühle, dass ich meine Strafe demütig angenommen habe, dass ich ein anderer geworden bin. Sogar der Herr Pfarrer hat mich dafür neulich in den höchsten Tönen gelobt.«

»Der kennt dich nicht«, brachte seine Frau zwischen zusammengepressten Zähnen hervor.

»Was sagst du da?«

»Die Marie Häfner ischt a ganz gscheite Frau. Die kennt dich, seitdem wir hier in Fleckenhausen sind. Und weißt du, was die neulich über dich gsagt hat?«

»Ja?«

»Seine Demut ist sein größter Stolz!«

Albert Ebinger stand ruckartig auf, nahm den Stuhl an der Lehne und knallte ihn dicht an den Tisch. Dann verschwand er durch die Tür zum Herrenzimmer, die er laut hinter sich zuschlug.

»Jetzt ischer beleidigt, gell?«, krähte Christian.

Seine Mutter sah ihn mit einem verschwörerischen Lächeln an. »Der wird mit Schwarzbrot wieder gut, da brauchet mir koin Kuche dazu! Esset auf, Kinder.«

Schweigend brachten sie ihre Mahlzeit zu Ende. Als die Mutter die Teller zusammenstellte, um sie in die Küche zu tragen, öffnete sich die Tür zum Herrenzimmer. Ein völlig veränderter Albert Ebinger trat heraus – aufrecht, den Kopf hoch erhoben, das Kreuz durchgedrückt. Er schwenkte ein offiziell aussehendes Schreiben über dem Kopf und rief, dass es klang wie aus einer Trompete: »Tatatatataaaa!«

Alle starrten ihn an. »Um Gottes wille, was ischt passiert?«, rief seine Frau.

»Ich darf wieder im Schuldienst tätig sein. Ab 1. November. Zwar nicht hier, weil die Franzosen ein Ortsverbot verhängt haben, aber ich krieg eine Stelle in Tübingen-Lustnau. Da komm ich ja sogar mit dem Fahrrad hin.«

Gerhard und Christian schauten sich an. Sie wussten, die Sache mit Gottlieb Schätzle würde keine Rolle mehr spielen.

Der Holzhändler ging seit seiner ersten Kinofahrt nach Tübingen, die sich jetzt in unregelmäßigen Abständen wiederholte, im Haus von Kathrin Lubinger aus und ein. Gottlieb Schätzle war zwar fast zehn Jahre älter als sie, aber darüber wurde im Dorf kaum getuschelt. Der Mann wurde allgemein respektiert, wenn nicht gar bewundert, von vielen allerdings auch beneidet. Seitdem es das neue Geld gab, vermehrte niemand sein Vermögen so planvoll und schnell wie er.

Kathrin Lubinger hatte den Tisch festlich gedeckt. Es war ihr sogar gelungen, alle Zutaten zu einer echten Buttercremetorte zu organisieren und den Bäcker Kümmerle dazu zu überreden, sie zu backen und mit einer schönen Garnitur zu schmücken. Aus dunkelroten Johannisbeeren hatte er die Schrift »Alles Liebe zum 40.« geformt. Kathrins schlanke Figur umfloss ein langes seidenes Kleid bis hinunter zu den Knöcheln. Dazu trug sie Schuhe mit hohen Absätzen.

Wo sie den Sekt aufgetrieben hatte, verriet sie nicht. Jetzt füllte sie zwei Gläser und prostete Schätzle zu. »Noch auf viele schöne Jahre, Gottlieb!« Schätzle trank sein Glas in einem Zug aus und hielt es der Geliebten wieder hin. »Langsam«, sagte sie. »Der Abend ist noch lang. Jetzt schneid erst amal deine Torte an.«

Schätzle nahm ihr die Flasche aus der Hand, goss sich selber nach und leerte auch das zweite Glas in einem Zug.

Kathrin sah ihn prüfend an. »Ist was passiert?«

»Des kann mr wohl sage!« Er nahm sich ein drittes Glas Sekt. Und dann erzählte er die Geschichte, die ihm im Wald widerfahren war. Kathrin Lubinger legte die Stirn in Falten. »Sag amal, hast du eigentlich nicht immer damit gerechnet? Das hat doch net ewig gutgehe könne.«

Gottlieb Schätzle stellte das Glas hart ab. »Die vom Forstamt hent doch wegguckt. I will amal so sage: Des hat mich ja au einiges gekostet. Und wenn da im Januar der Chef in Rente geht, hätt des sowieso ein Ende ghabt. I will ja au bloß noch diesen Winter Brennholz verkaufe.«

»Und danach?«

»Werd ich ausschließlich Fuhrunternehmer. Spätestens im April kauf ich meinen ersten Omnibus. Und die Bandsäge montier ich auf einen Traktor, dann kann ich von Hof zu Hof fahre und vor de Häuser Holz säge!«

Kathrin nahm ihm das Glas aus der Hand und legte ihre Arme um seinen Nacken. Sie küsste ihn auf beide Augen und sagte leise: »Mein tüchtiger, tüchtiger Mann!«

Er löste sich von ihr. »Und was mach ich, wenn mir der Kreft und der Lehrer einen Strich durch die Rechnung machen?«

»Das schaffet die nie«, sagte Kathrin. »Des wollte die net amal!«

Luise Ebinger war schon unter ihre Bettdecke gekrochen, als ihr Mann aus der Küche kam, wo er sich an dem graugesprenkelten Schüttstein unter dem laufenden Wasserhahn gewaschen und die Zähne geputzt hatte. Er zog sich aus und legte seine Kleider sorgfältig über die Lehne des Stuhls, der am Fußende seines Bettes stand. Luise sah ihm zu. Sein Körper hatte sich verändert. Die Waldarbeit im Lager und danach die tägliche Anstrengung bei den Holztransporten hatten ihn gestählt. Arme und Beine waren viel muskulöser als früher. Am Bauch keine Spur von Fett. Sein Brustkorb schien sich geweitet zu haben. Da Albert in seinem Nachthemd umständlich nach dem Ausgang für Kopf und Arme suchte, konnte sie ihn in Ruhe betrachten. Ihr Magen zog sich zusammen. Wann hatte ihr Mann das letzte Mal zärtlich oder auch, was ihr noch lieber gewesen wäre, verlangend zu ihr herübergefasst? Damals im Wald bei Balingen, als sie auf dem weichen Boden aus Tannennadeln und Blättern ihre Decke ausgebreitet und sich geliebt hatten. Und seitdem? Vielleicht liegt's ja an mir, dachte sie. Vielleicht müsste ich ihn verführen. Aber wie sollte sie das machen? Alberts Cousine Lydia hatte für nächste Woche ihren Besuch angesagt. Die kannte keine Tabus. Sie redete über Sex, als ob es das Normalste von der Welt wäre, und schockierte damit regelmäßig ihre Umgebung. Vielleicht konnte sie die fragen. Vielleicht, vielleicht, vielleicht. Lauter Vielleichts! Albert schlug seine Decke zurück und stieß einen zufriedenen Seufzer aus, als er sich hinlegte. »Jetzt wird alles wieder gut«, sagte er.

»Gutnacht«, sagte seine Frau.

Am nächsten Morgen sprachen Kreft und Ebinger erst, als der Lastwagen tief in einem Tannenwald hinter Freudenstadt zum Stehen gekommen war. Ebinger wollte dem Sonnenwirt grade eröffnen, dass ihre Zusammenarbeit nun zu Ende gehe, als der sagte: »Der Fabrikant ist gestern Abend no bei ons en dr Wirtschaft gwese. 's erste Mal übrigens, seitdem ich ihn kenn. Er hat mir a Viertele spendiert, und dann hat er mich an den Tisch in der Nische nach hinte zoge, damit ons ja niemand hat höre könne.«

»Lassen Sie mich raten«, sagte Ebinger. »Er hat gesagt, es nütze niemand, wenn man den Schätzle anzeige.«

Kreft sah den Lehrer überrascht an und nickte mit seinem schweren Kopf.

Ebinger fuhr fort: »Ich hab mir das auch noch überlegt gestern. Die Fabrikantenbrüder sind doch ziemlich eng mit dem Chef des Forstamtes. Und jetzt stelle man sich amal vor, der Schätzle hat den gschmiert. Das würde ja dann alles rauskommen, wenn es eine Verhandlung gibt.«

»Des könnt passe«, sagte Kreft. »Der Fabrikant hat nämlich gsagt: ›Was bringt uns des, wenn wir den Oberförster in Schwulitäte brenget? Mir müsset ja au mit dem zamme schaffe.‹«

»Und überhaupt: Wer will denn den Franzosen in die Hand spielen?«, warf der Lehrer ein.

Kreft hob seine breiten Hände und ließ sie langsam wieder sinken. »So isches! Ich halt mei Maul, und Ihne soll ich ausrichten, dass es für Sie auch besser wär, Herr Nachbar.«

Ebinger nickte. »Ich bin sowieso net in der Lage, dass ich mei Maul weit aufreiße könnt … obwohl …«

»Obwohl was?«

»Ja, also. Ich hab gestern den Bescheid bekomme, dass ich wieder in den Schuldienst zurück darf.«

Kreft schluckte. »Ja so … ja dann … also mein Glückwunsch!« Er sah dabei aus, als ob ihm alle Felle davonschwimmen würden. Nach einem tiefen Atemzug und mehrfachem Räuspern sagte er: »Schad! Mir hent wirklich gut zamme gschafft!«

»Ja«, sagte Ebinger. »Und Sie haben so viel Geduld mit mir ghabt.«

»No ja, Sie waret ja auch ganz anstellig, net wahr?! So oin wird mr so leicht net wieder finda!«

Albert Ebinger hatte sich noch selten in seinem Leben über so einen schlichten Satz so sehr gefreut!

Anton Häfner hatte in der Zeitung entdeckt, dass man beim Daimler in Sindelfingen Leute einstellte. Er las die Meldung seiner Frau vor. »Willscht dich bewerbe?«, fragte sie.

»Ja. Die Landwirtschaft alloi ernährt uns ja net.«

Marie Häfner nickte. Eigentlich ging es allen im Dorf so. Nirgendwo in Schwaben gab es noch große Höfe wie etwa in Bayern. Das Erbschaftsgesetz in Württemberg schrieb die Realteilung vor. Der Besitz wurde also nicht an den ältesten Sohn weitergegeben, sondern unter den Kindern aufgeteilt. So waren schließlich aus ansehnlichen großen Gehöften immer kleinere Besitzungen geworden. In Fleckenhausen gab es eigentlich nur noch Nebenerwerbslandwirte. Die Männer suchten sich Arbeit in einer Fabrik oder bei einem Handwerksbetrieb. Die Frauen kümmerten sich ums Vieh, und wenn der Familienvater nach Feierabend nach Hause kam, arbeiteten sie gemeinsam auf dem Feld. Der Urlaub wurde nach Möglichkeit in die Erntezeit gelegt.

Eigentlich blieb da nicht viel Zeit für anderes. Aber nahezu alle Fleckenhausener gehörten auch noch einem oder mehreren Vereinen an, sangen im Chor, spielten in der Musikkapelle, kickten oder turnten beim VFL, dem Verein für Leibesübungen, oder machten sich beim Verschönerungsverein nützlich, der dafür sorgte, dass die Wanderwege gut ausgeschildert und saubergehalten wurden. Gut zwei Dutzend Dorfbewohner gehörten dem Schwäbischen Albverein an, der in Fleckenhausen eine eigene Ortsgruppe besaß.

Vor dem Krieg war Anton Häfner Mitglied im Sportverein und im Gesangverein gewesen. Ein ziemlich aktives Mitglied sogar. Bei den Sportlern hatte er den Kassenwart gemacht, bei den Sängern war er für die Organisation von Ausflügen und gelegentlichen auswärtigen Gastauftritten zuständig gewesen. Nach seiner Rückkehr aus der Gefangenschaft wurde er von einstigen Vereinskameraden immer wieder angesprochen, er solle doch wieder mitmachen, aber er hatte jedes Mal sehr kurz angebunden abgelehnt.

Marie Häfner fand es gut, dass ihr Mann wieder in die Fabrik wollte – nicht nur wegen des Geldes, das ihnen natürlich auch guttun würde, sondern vor allem, weil sie hoffte, er komme so aus dem ewigen Grübeln heraus. Seitdem sich Kathrin Lubinger und Gottlieb Schätzle zusammengetan hatten, und das auch noch sozusagen direkt vor Anton Häfners Augen, war er noch stiller und zugleich noch schroffer geworden. Nur um seine Tochter Inge war er wie immer rührend besorgt.

Noch am selben Abend setzte er sich hin und schrieb seine Bewerbung. Er hatte als 14-Jähriger einstmals eine Lehre als Autogenschweißer begonnen und mit knapp 17 erfolgreich abgeschlossen. Dass er bei der Wehrmacht zweieinhalb Jahre lang als Funktechniker gearbeitet hatte, erwähnte er ebenfalls. Auf einem extra Blatt notierte er seine Noten aus dem Zeugnis zur Gesellenprüfung. Es war auch noch eines der Passbilder da, die er für den neuen Personalausweis hatte machen lassen. Schließlich entschloss er sich, am nächsten Morgen mit dem Zug nach Sindelfingen zu fahren, um seine Bewerbung persönlich abzugeben.

Bewusst nahm er den ersten Zug, mit dem die Daimlerarbeiter, die bereits ihre Beschäftigung gefunden hatten, zur Arbeit fuhren. Die meisten, die am Endbahnhof Fleckenhausen einstiegen, kannte er. Mit Reinhold Aberle, der sich, gleich nachdem der Zug losgefahren war, neben ihn auf die Holzbank setzte, war er acht Jahre lang zur Schule gegangen. Seit seiner Rückkehr aus der Gefangenschaft hatte er freilich noch keine fünf Sätze mit ihm gewechselt. »Schaffst jetzt au beim Daimler?«

Häfner schüttelte den Kopf. »Ich will mich bewerben!«

»Persönlich?«

»Ich denk, des ischt besser.«

»Kommt drauf an, wie der Personalchef drauf ischt.«

»Wie heißt der denn?«

»Zaininger. Adolf Zaininger.«

»Ehrlich?«

»Ja, warum soll er denn net so heiße?«

»Hascht ja recht. Bloß …«

»Was, bloß?«

»Ich hab einen Kompaniechef ghabt – vor Stalingrad, der hat so gheiße. Und er war aus unserer Gegend. Aus Schwieberdingen, glaub ich.«

»Wenn er's ist, ist es ja vielleicht ein Glück für dich, Anton.«

»Des glaub ich weniger …«

In Weil und Holzgerlingen stiegen weitere Arbeiter zu. Viele von ihnen mussten stehen. Aber es herrschte eine aufgeräumte Stimmung. Fröhliche Zurufe flogen hin und her. Derbe Witze machten die Runde. Anton ertappte sich dabei, dass er laut mitlachte, obwohl ihn plötzlich das Gefühl beschlich, dass aus seinem Vorhaben nichts werden würde.

Am Werkstor fragte er den Pförtner nach dem Weg zum Personalchef. Der hagere Mann um die 60 trat aus seinem Häuschen neben dem rot-weißen Schlagbaum. Er trug einen grauen, glattgebügelten Arbeitsmantel. »Sind Sie angemeldet?«

»Er ist ein Kriegskamerad von mir!«

Jetzt war der Mann an der Pforte plötzlich sehr aufmerksam. »Sie waren an der Front?«

»Sechs Jahre lang, vom ersten bis zum letzten Tag und dann noch zwei Jahre in russischer Gefangenschaft.«

»Und schon entlassen?«

»Nicht entlassen. Abgehauen.«

»Respekt, Kamerad! Respekt! Und Zaininger?«

»War mein Kompaniechef!«

»Haus C, dritter Stock, Zimmer 121, den Gang ganz nach hinten!« Der Mann im grauen Mantel salutierte.

Adolf Zaininger, der auf seinen Vornamen immer stolz gewesen war, saß hinter einem aufgeräumten Schreibtisch. Außer einem Notizblock, auf dem nichts aufgeschrieben war, und einem scharf gespitzten Bleistift lag nichts auf der blanken Oberfläche. Er sah überrascht auf, als seine Sekretärin in der offenen Tür stand und sagte: »Sie haben Besuch!«

Die junge Frau, die einen plissierten blauen Rock und eine weiße Bluse trug, trat zur Seite. Der Mann, der hinter ihr auftauchte, kam dem Personalchef bekannt vor, aber er wusste nicht, wo er ihn hintun sollte.

»Grüß Gott, Herr Zaininger!«

»Ja, bitte?«

Dick war er geworden, der einstige Kompaniechef. Sein Gesicht rund und bleich. Von den Mundwinkeln zogen sich schmale, aber tief eingegrabene Linien fast bis zur Kinnspitze hinab. Unter den Augen hatte er Tränensäcke.

Anton Häfner legte seine Unterlagen auf den Tisch. »Ich möchte mich bewerben.«

Zaininger kniff die Augen zusammen. »Kennen wir uns?«

Häfner nickte. »Sie waren schon mal mein Vorgesetzter.«

Zwischen den Augenbrauen des Personalchefs bildete sich eine steile Falte. »Und wo soll das gewesen sein?«

»Vor Stalingrad, Koordinaten 17/2, Abschnitt Q.«

»Unteroffizier Häfner?«

»Ja!«

»Sie waren doch der …« Zaininger unterbrach sich.

»Ja, ich war der, den Sie damals beinahe wegen Meuterei vors Kriegsgericht gebracht hätten.«

»Häfner! Befehlsverweigerung.« Er grinste plötzlich. »Beinahe! Genau! Aber Sie haben ja dann den Befehl doch ausgeführt, wie sich's gehörte.«

»Der Stoßtrupp war ein Himmelfahrtskommando und konnte absolut nichts mehr bringen.«

Zaininger lehnte sich weit zurück und faltete die Hände über seinem Bauch. »Das hatten weder Sie noch ich zu entscheiden. Sie können kein militärisches Kommando führen, wenn Ihren Befehlen nicht konsequent Folge geleistet wird.«

»Wir waren nur noch drei Mann, als wir zurückgekommen sind. Neun Mann sind gefallen.«

»Sind Sie gekommen, um das mit mir zu diskutieren?«

»Nein. Aber ich merk jetzt, es geht nicht anders.« Häfner nahm seine Bewerbungsunterlagen vom Tisch und klemmte sie unter den Arm. »Entschuldigen Sie die Störung, Herr Hauptmann!« Dass er die Hacken zusammenklappte und militärisch knapp kehrtmachte, fiel ihm gar nicht auf. Er war schon fast an der Tür, als Zaininger sagte: »Was sind Sie in Ihrem Zivilberuf?«

Anton blieb stehen. »Autogenschweißer, und ich hab bei der Wehrmacht eine Ausbildung als Nachrichtentechniker gemacht.«

»Wenn Sie bei uns arbeiten wollen, war das unser letztes Gespräch über unsere gemeinsame Vergangenheit. Verstanden?«

Langsam wendete sich Häfner um. Zaininger saß noch immer in der gleichen gemütlichen Haltung hinter seinem Schreibtisch.

»Heißt das …?

»Das heißt, Sie können im Chassiswerk anfangen. Setzen Sie sich doch.«

Zögernd nahm Häfner auf dem Besucherstuhl vor dem Schreibtisch Platz und legte seine Bewerbungsunterlagen wieder auf den Tisch. Zaininger öffnete eine Schublade und zog ein Formular heraus. Er nahm einen Füllfederhalter aus der Brusttasche seiner Anzugjacke, schraubte ihn auf und begann das Papier auszufüllen. »Geburtstag?«

»21. 12. 1920.«

»Geburtsort?«

»Fleckenhausen, Kreis Tübingen.«

»Erlernter Beruf … ach ja, haben Sie ja grade gesagt: Autogenschweißer. – Irgendwelche chronischen Erkrankungen?«

Anton Häfner antwortete wie ein Automat. Und Adolf Zaininger blieb bei seinem geschäftsmäßigen Ton. Schließlich zog er ein Kohlepapier zwischen den Seiten heraus und riss das Blatt über der Kopfzeile »Anstellungsvertrag« von der Kopie ab. Die untere Seite schob er über die Tischplatte, nachdem er sie unterschrieben hatte. »Sie unterzeichnen hier«, sagte er. »Anfangen können Sie am nächsten Ersten. Sie melden sich in Halle sieben bei Diplomingenieur Gernot Kreidler. Er ist Ihr Abteilungsleiter. Noch Fragen?« Er nahm die Kopie zurück und schob das Original des Anstellungsvertrags über die Platte.

Häfner rührte es nicht an. »Meine Bewerbungsunterlagen?«

»Ich kenn Sie doch. Das genügt!«

Anton Häfner schob sein Bewerbungsschreiben samt Anlagen in die schmale Aktentasche auf seinen Knien. Der Anstellungsvertrag lag noch vor ihm auf dem Tisch.

Für den Personalchef war das Gespräch beendet. Aber Anton Häfner begriff das nicht. Er blieb sitzen und konnte seine Augen nicht von dem feisten Gesicht seines einstigen Kompaniechefs wenden.

»Ja, das war's!«, sagte Zaininger.

»Träumen Sie auch manchmal vom Krieg?«

»Wie bitte?«

»Ich fast jede Nacht!«

»Ich sagte bereits: Wenn Sie bei uns arbeiten wollen, war das unser letztes Gespräch über unsere gemeinsame Vergangenheit. Bitte, gehen Sie jetzt.«

Häfner blieb sitzen. Vor ihm lag der Arbeitsvertrag. Unterschrieben von beiden Seiten.

»Es war keine Befehlsverweigerung, ich hab Sie nur gebeten, vernünftig zu sein. Ich war doch viel länger in diesem verdammten Krieg als Sie. Und ich wusste: Das wird ein Todeskommando. Eigentlich habe ich um mein Leben und das meiner Kameraden gebettelt.«

»Das reicht jetzt!« Zaininger stand abrupt auf.

Doch es schien, als nehme Häfner den anderen gar nicht mehr wahr. »Aber gleich hieß es: Entweder du gehorchst, oder ich bring dich vors Kriegsgericht. Und man hat ja funktioniert. Alle haben funktioniert.

Fragen stellen? Nicht erlaubt! Sich weigern? Ausgeschlossen! Doch der Stoßtrupp war sinnlos, und er war auch nicht von oben befohlen.« Plötzlich sah Häfner seinem einstigen Kommandeur wieder direkt in die Augen. »Es war Ihre Entscheidung, Hauptmann Zaininger. Und trotzdem: Seit diesem Einsatz fühle ich mich schuldig, als hätte ich meine Kameraden umgebracht – mit eigener Hand ermordet! In meinen Träumen sind sie alle wieder da, der Kai aus Kiel, der Henner aus Kassel, der Toni aus Berchtesgaden. Ich werde sie nicht los, Herr Hauptmann! Ich werde sie nicht los! Und der Andreas Lubinger ist wahrscheinlich im Lazarett des Gefangenenlagers verreckt! Mein bester Freund!«

»Schluss jetzt!« Die Stimme des Personalchefs überschlug sich. Er kehrte auf seinen Sitz hinter dem Schreibtisch zurück, als verleihe ihm diese Position mehr Autorität.

»Aber ich war nicht schuld!«, sagte Anton leise. »Ich war nicht schuld.«

»Sie wollen mich im Nachhinein zum Mörder machen?«, schrie Zaininger. »Nicht mit mir, Häfner. Nicht mit mir!«

Der Personalchef grapschte nach dem Anstellungsvertrag, um ihn an sich zu ziehen und zu zerreißen. Doch Anton schlug blitzschnell mit der flachen Hand auf das Papier und zog es zu sich heran. Zaininger griff ins Leere. Häfner stand auf, faltete den Vertrag sorgfältig auf Briefkuvertgröße und schob ihn in die Innentasche seiner Jacke. »Ich fang dann am nächsten Ersten an«, sagte er und verließ den Raum, ohne seinen einstigen Kompaniechef noch einmal anzuschauen.

»Du hast mir das nie erzählt«, sagte Marie Häfner am Abend, als sie das Nachtessen beendet hatten und Inge in ihrem Kinderzimmer eingeschlafen war.

»Ich wollt net drüber reden, weil ich versucht hab, das alles zu vergessen. Aber wie ich heut vor dem Zaininger gsesse bin, da war alles wieder da.«

»Vielleicht wär's besser gwesen, wenn wir drüber geredet hätten – du und ich.«

»Ja, vielleicht hast du recht!« Seine Stimme klang mit einem Mal freundlich und sanft.

Sie sahen sich an. Beide schwiegen. Ein Lächeln huschte über Maries Gesicht. Schließlich sagte sie: »Und du willst trotzdem dort schaffe?«

»Ja! Der Lohn ist in Ordnung. Mit den Kollegen werd ich schon auskommen, und der Zaininger sitzt weit weg in seinem Büro. Außerdem: Warum soll der mir a zweites Mal alles vermasseln?« Er stand auf. »Ich bin müd. War ein langer Tag.«

Anton lag schon im Bett, als Marie unter ihre Zudecke kroch. Plötzlich entschloss sie sich. Sie schob ihren schmalen Körper hinüber zu ihrem Mann. Er rückte nicht zur Seite, wie das schon ein paarmal passiert war, sondern wendete sich ihr zu und legte seinen rechten Arm um ihre Hüfte. Sanft zog er sie zu sich heran.

Die Bürgermeisterwahl war eine klare Sache. Der erst 32-jährige Heinrich Raichle gewann im ersten Wahlgang. Im Herbst 1949 zog er ins Rathaus ein, und er sollte dort 30 Jahre lang außerordentlich erfolgreich regieren – ein überzeugter Demokrat und pragmatischer Verwaltungsmann mit vielen guten Ideen. Albert Ebinger lernte ihn schon kurz nach der Wahl näher kennen. Der Bürgermeister hatte ihn zu einem Gespräch eingeladen. Als die Sekretärin ihn ins Amtszimmer des Gemeindechefs führte, kam ihm der sportliche Mann mit ein paar schnellen Schritten und ausgestreckter Hand bis zur Türschwelle entgegen, begrüßte ihn freundlich und bat ihn an einen kleinen, runden Besprechungstisch in einer Ecke des Raums. In einer Thermoskanne stand Kaffee bereit. Auf einem Tellerchen lagen ein paar trockene Kekse. Der Bürgermeister schenkte ein. »Ich hab schon während des Wahlkampfs viel von Ihnen gehört«, begann er. »Sie werden im Dorf offenbar sehr verehrt.«

Ebinger wusste nicht, was er dazu sagen sollte, zumal er meinte, aus Raichles Stimme einen ironischen Klang herausgehört zu haben. Also schwieg er erst einmal.

»Von der Unterschriftenaktion haben Sie sicher gehört«, fuhr der Bürgermeister fort.

Ebinger nickte und führte die Kaffeetasse langsam zum Mund.

»97 Prozent der erwachsenen Bevölkerung haben für Sie gestimmt, also für Ihre Wiedereinstellung als Lehrer in Fleckenhausen.« Der Bürgermeister lachte. »Solche Ergebnisse kennen Sie ja aus der Zeit vor 1945.«

Ebinger setzte seine Tasse ab. Das Gespräch, das bislang nur ein Monolog des Bürgermeisters gewesen war, nahm für ihn eine unangenehme Wendung. »Ich weiß, dass so eine Unterschriftensammlung nur wenig bewirken wird.«

»Würde ich so nicht sagen. Es ist ja niemand gezwungen worden. Das hat dann eine andere Qualität als die Abstimmungen zu Ihrer Zeit.«

»Ich arbeite bereits wieder als Lehrer«, sagte Ebinger. »Und ich bin sehr froh darüber.«

»Ja. Das verstehe ich. Und natürlich habe ich mich erkundigt. In Lustnau sind alle höchst zufrieden mit Ihnen. Die Kinder, die Eltern und Ihre Vorgesetzten.«

»Das ist gut so. Und zwar genau in dieser Reihenfolge, Herr Bürgermeister.«

Diese Antwort nötigte Raichle ein anerkennendes Lächeln ab. »In meinem Gemeinderat sitzen vier Männer, die zu Ihnen in die Schule gegangen sind, und die machen auch Druck: Ich solle etwas unternehmen.«

»Was soll ich dazu sagen?«

»Sie müssen nichts dazu sagen, Herr Ebinger. Ich unterrichte Sie lediglich davon, dass ich mich im Sinne dieser Umfrage und des Stimmungsbildes in unserem Gemeinderat darum bemühen werde, Sie zurückzuholen.«

»Danke!«, sagte Ebinger. »Ich weiß das sehr zu schätzen.«

Der Bürgermeister stand auf. Sofort wollte sich auch Ebinger erheben, aber Raichle stoppte ihn. »Wenn wir schon zusammensitzen, möchte ich ein paar Dinge mit Ihnen besprechen.« Er ging zu einem schmalen Schrank, öffnete ihn, holte eine Kognakflasche und zwei Gläser heraus und kam zurück an den kleinen, runden Tisch. »Sie trinken doch einen mit?«

Als der Lehrer schließlich den Bürgermeister verließ, waren über zwei Stunden vergangen. Raichle hatte mit Ebinger sein ganzes Programm für die nächsten Jahre besprochen. Er wolle, dass die Gemeinde wachse, schon um ihre Selbständigkeit zu gewährleisten. Früher oder später müsse man mit einer Gemeindereform rechnen. Jetzt müsse erst einmal schleunigst neues Bauland erschlossen werden. Man lag schließlich im Einzugsgebiet der Städte Tübingen, Reutlingen, Böblingen und Sindelfingen. Dort entstünden neue Industrien. In Tübingen werde zudem die Universität kräftig wachsen. Fleckenhausen lag mitten in einer wunderschönen Naturlandschaft und konnte, wenn man es geschickt machte, sehr gute neue Wohngebiete erschließen. Dazu wolle er die Lebensqualität erhöhen. Man müsse die Sportstätten und vor allem das Freibad ausbauen beziehungsweise renovieren. Ein Bürgerhaus solle entstehen, in dem möglichst viele kulturelle Veranstaltungen stattfinden sollten. Zu seinen Ideen gehöre auch der Plan für zwei Gewerbegebiete, die er der Industrie und dem Handwerk kostengünstig anbieten wolle. Und es liege ihm am Herzen, für die Alten und Kranken zu einer optimalen Versorgung zu kommen. Er werde ein Haus schaffen, sagte er, mitten im Dorf, in dem die Menschen unter ihren Mitbürgern alt werden könnten. Gut versorgt und betreut von den örtlichen Vereinen, der Kirche und möglichst vielen ehrenamtlichen Helfern. »Und ich möchte, dass wir da auch Zimmer bereithalten, in denen alte Menschen, die sonst zu Hause betreut werden, untergebracht werden können, während ihre Verwandten im Urlaub sind.«

»Erstaunlich«, sagte Ebinger an dieser Stelle.

»Was ist erstaunlich?«

»Dass Sie als junger Mann solche Ideen entwickeln.«

»Man muss an die Zukunft denken«, sagte der Bürgermeister. »Und unser aller Zukunft ist das Alter, ist es nicht so?«

Albert Ebinger hatte die ganze Zeit aufmerksam zugehört und nur gelegentlich kleine Kommentare oder Hinweise eingestreut. Es zeigte sich schnell, dass kaum jemand so gut über die Menschen im Dorf Bescheid wusste wie er. Ebinger kannte jede Familie. Er wusste viel über die Begabungen und die Schwächen jedes Einzelnen. Und es erwies sich, dass der neue junge Bürgermeister sich genau diese Kenntnisse zunutze machen wollte. Ebinger konnte nicht erkennen, wie ihn Raichle einschätzte. Aber als der Bürgermeister ihm an der Tür die Hand reichte und sagte: »Wir werden gut zusammenarbeiten«, hatte er das Gefühl, seinem Wunsch ein Stück näher gekommen zu sein, wieder in Fleckenhausen unterrichten zu dürfen.

Raichle hatte beim französischen Militärkommandanten, General König, einem jovialen Elsässer, nach mehreren Anläufen im Mai 1950 einen Termin bekommen. Wie vor jedem wichtigen Gespräch hatte sich der Bürgermeister gut vorbereitet und möglichst viel über König in Erfahrung gebracht. Der eigentliche Gesprächsgegenstand war die drohende »Auskreisung« des Dorfes aus dem Landkreis Tübingen und die Einverleibung Fleckenhausens in den Landkreis Böblingen. Aber König beschied ihn, das würde am Ende die deutsche Verwaltung entscheiden, er wolle sich da nicht einmischen. »Sonst noch etwas?«, fragte er und sah auf seine Uhr.

Raichle nickte. »Wir Fleckenhausener wollen gerne den Lehrer Ebinger wiederhaben.«

»Wie bitte?«

»Ich hab dazu schon vor einiger Zeit eine Eingabe gemacht.«

»Ach, diese Geschichte. Er ist ein alter Nazi, nicht wahr?«

»Ja. Aber es herrscht einhellig die Meinung, dass er niemandem direkt geschadet hat. Eher im Gegenteil.«

»Zum Beispiel?«

»Mein Vorvorgänger im Amt, ein harter Gegner des Regimes,

berichtet, dass Ebinger ihn stets geschützt habe.« Raichle hatte noch ein paar Pluspunkte mehr über Ebinger gesammelt. Aber der General wollte nichts davon wissen. Er fand es schon mehr als human, diesen Lehrer überhaupt wieder in seinem Beruf zu beschäftigen.

»Gut«, sagte Raichle, »ich verstehe Sie. Dennoch würde ich Ihnen gerne ein Geschäft vorschlagen.«

»Ein Geschäft?«

»Na ja, das ist vielleicht der falsche Ausdruck, aber mir fällt grade kein besserer ein. Man hat mir erzählt, Sie seien ein leidenschaftlicher Jäger.«

»O ja!« Plötzlich wirkte der Kreiskommandant sehr aufmerksam.

»Haben Sie denn schon mal in unserem Gemeindewald gejagt?«

»Nein. Dazu brauchte ich ja vielleicht auch Ihre Zustimmung. Unsere Macht ist eben auch schon wieder begrenzt.«

Raichle verkniff es sich zu sagen: »Gott sei Dank!« Stattdessen sagte er: »Dann wissen Sie auch nichts über diesen kapitalen Sechzehnender?«

König war wie elektrisiert. »Ein Sechzehnender?«

»Ja. Er steht in unserem Gemeindewald. Unsere Förster sagen, einen solchen Hirsch gebe es bei uns nur einmal in einem Jahrhundert.«

»Sie selbst jagen nicht?«, fragte der Franzose.

Raichle lächelte. »Ich treibe Leichtathletik und spiele Tennis.«

König winkte geringschätzig ab. »Und was ist nun mit dem Hirsch?«

»Wir würden Ihnen den Sechzehnender gerne überlassen, wenn …«

»Wenn was?«

»Wenn wir dafür den Ebinger wiederkriegen.«

Königs Gelächter füllte für ein paar Augenblicke den ganzen Raum. »Sie bieten mir einen Hirsch gegen einen Lehrer? Sind Sie denn sicher, dass dieser Ebinger das wert ist?«

Raichle nickte und atmete auf. Es hätte ja auch ganz anders ausgehen können, wenn der Kreiskommandant das Angebot als eine anmaßende Frechheit bewertet hätte. Stattdessen hielt der Franzose dem Bürgermeister seine rechte Hand hin. »Schlagen Sie ein!« Das Geschäft war perfekt.

Vierzehn Tage später schoss der französische General im Morgengrauen den Hirsch von einem Hochsitz im Wald am unteren Gunzberg. Er traf ihn mit dem ersten Schuss tödlich, was ihm die Anerkennung seiner begleitenden Offiziere und der deutschen Forstbeamten einbrachte.

Zwei Monate später stieg der Lehrer Ebinger zum ersten Mal wieder aus der Wohnung des Schulhauses hinab ins Erdgeschoss und betrat den linken der beiden Klassenräume. »Guten Morgen, Kinder«, rief er laut. »Guten Morgen, Herr Ebinger!«, schallte es ihm aus 44 Kehlen entgegen. Luise hörte es droben im ersten Stock, und eine tiefe Zufriedenheit erfasste sie.

Nur wenige Monate, nachdem Albert Ebinger wieder als Lehrer eingesetzt worden war, stand seinem jüngsten Sohn die Aufnahmeprüfung für das Tübinger Keplergymnasium bevor. »Er wird es schon schaffen«, sagte Albert Ebinger zu seiner Frau, »er ist zwar faul, aber intelligent genug.«

»Faul ist er nicht«, wendete seine Frau ein, »er interessiert sich nur für zu viele Sachen.«

Der Vater lachte. »Aber am wenigsten für die Schule. Der Bub lebt manchmal nur in seiner Phantasie!«

Luise musste ihrem Mann recht geben. Sie sah es ja auch mit zunehmender Besorgnis. Wenn der Unterricht drunten im Klassenzimmer zu Ende war, sprang Christian als Erster aus der Tür, stürmte zur Wohnung im ersten Stock hinauf, warf seinen Schulranzen in eine Ecke und rief: »Hausaufgaben mach ich später!« Und schon war er wieder hinaus zur Tür. Er rannte die Schulstraße bis zur Hauptstraße vor und pfiff, kaum dass er den ehemaligen Gasthof zum Bären erreicht hatte, auf vier Fingern drei gellende Töne. Ganz oben unterm Dachgiebel, wo eine geräumige Wohnung lag, öffnete sich dann zumeist ein Fenster, und sein Freund Charly Grimmer schaute heraus. Der hatte weniger Probleme, von zu Hause wegzukommen, als Christian. Charlys Mutter schien es gar nicht wahrzunehmen, wenn er rief: »Ich geh schnell weg. Just half an hour!«

Betsy Grimmer stammte aus Australien, war in ihrem ersten Leben, wie sie es nannte, Opernsängerin gewesen und hatte kurz vor dem Krieg in Perth den schwäbischen Wollaufkäufer Hermann Grimmer geheiratet. Schon im Frühjahr 1947 war der aus Stuttgart-Untertürkheim stammende Textilkaufmann auf der Suche nach dem Standort für eine Fabrik in Fleckenhausen fündig geworden. Er hatte den ehemaligen Gasthof zum Bären angemietet, den großen Festsaal zur Maschinenhalle ausgebaut und zwölf Webstühle aufstellen lassen. Fleckenhausen hatte nun neben der Zaunfabrik ein zweites kleines Industrieunternehmen.

In der Familie Grimmer wurde zumeist englisch geredet. Betsy, eine schöne, zierliche Frau um die 40, sprach anfangs kaum Deutsch, und den Dialekt verstand sie auch nach Jahren nicht.

Und so fand sie sich in dem schwäbischen Dorf nur schwer zurecht. Gesprächen ging sie nach Möglichkeit aus dem Weg und wurde deshalb von den Dörflern als abweisend und hochmütig empfunden. Beides traf nicht auf sie zu. Sie war ein gütiger Mensch, ein viel zu gütiger, wie ihr Mann fand. Immer war sie auf der Suche nach Gelegenheiten, anderen zu helfen, was freilich von den Einheimischen oft missverstanden wurde. Und so zog sie sich mehr und mehr zurück, spielte oft stundenlang Klavier oder las in den englischen und amerikanischen Journalen, die ihr Freunde aus dem Ausland schickten.

Christian war Charly, der eigentlich schlicht auf den Namen Karl getauft worden war, zum ersten Mal an einem glühendheißen Sommertag am Schaichbach begegnet. Wenn man den Talweg ungefähr einen Kilometer hinunterlief, kam man an eine Stelle, wo sich das Flüsschen vor einer schmalen, scharfen Biegung ein wenig verbreiterte. An dem engen Bachknie stand Charly Grimmer bis zum Bauch im Wasser. Er war vollkommen nackt. Seine Kleider lagen an der Uferböschung.

»Was wird denn das, wenn's fertig ist?«, rief Christian ihm zu.

»Siehst du doch!«

Christian trat dicht ans Ufer heran und entdeckte, dass der andere Steine und Zweige gesammelt hatte, die er jetzt unter Wasser festzumachen versuchte. »Du willst den Bach aufstauen?«

»Ja, wird mein Swimmingpool.«

»Dein was?«

»Mein Schwimmbad!«

Jetzt begriff der Lehrersohn. »Also bei uns heißt des Gompa!«

»Gompa?«

»Gumpen«, versuchte Christian zu übersetzen.

»Aha!« Es sah nicht so aus, als ob der nackte Junge im Wasser ihn verstanden hätte.

Christian zog nun auch seine Kleider aus und stieg ins Wasser. Während Charly die Steine versenkte und Zweige und Weidengerten um sie schlang, um sie aneinanderzubinden, kratzte Christian mit den Händen Erdreich, Lehm und Gras aus der Uferböschung und dichtete die Zwischenräume ab. Erst als ihnen das Wasser bis unter die Achseln reichte, bemerkten sie ihren Erfolg. Die Staumauer hielt. Der kleine See reichte aus, um zehn Züge zu schwimmen, ohne irgendwo anzustoßen, wobei es nur Charly war, der schwamm. Christian lief mit den Füßen über den Grund und tat mit den Armen so, als könne er schwimmen.

Seit jenem Sommertag sahen sich die beiden Buben täglich. Hinter dem Bären lag ein großes, mit Obstbäumen bepflanztes Wiesenstück, an das sich ein Wäldchen anschloss, das ebenfalls zum Anwesen des Bären gehörte. Das ganze Gelände wurde nun ihr Reich. In einer alten Eiche bauten sie sich ein Baumhaus. Ein Stück tiefer im Wald erweiterten sie ein Erdloch zu ihrer Höhle. Und oft verschwanden sie für viele Stunden in ihrem Wäldchen.

Betsy Grimmer freute sich, hatte doch ihr Sohn bislang im Dorf kaum Anschluss gefunden. Auch Hermann Grimmer war froh, dass sein Söhnchen endlich »in diesem öden Nest«, wie er Fleckenhausen nannte, einen Freund gefunden hatte.

Der Fabrikant war der Erste im Dorf, der nach dem Krieg ein Auto besaß. Keinen Mercedes, den die Leute dem Fabrikanten durchaus zugebilligt hätten, sondern einen einfachen VW Käfer. Jeden zweiten Sonntag fuhr Grimmer damit nach Stuttgart, um die Heimspiele des VfB zu besuchen. Charly und Christian durften mit.

Für den Lehrersohn waren diese Fahrten in die Landeshauptstadt die absoluten Höhepunkte in seinem damaligen Leben. Mehr als das Fußballspiel interessierte ihn die Fahrt mit dem Auto auf der kurvigen Bundesstraße 27 durchs Siebenmühlental und über die Höhe bei Echterdingen bis hinab zum breit dahinströmenden Neckar, an dessen Ufer das Stadion lag. Und mehr noch als auf die Autofahrt freute er sich auf den Besuch bei Charlys Tante in Stuttgart-Untertürkheim. Hermann Grimmers Schwester war eine gutmütige rundliche Frau, die für den Besuch jedes Mal einen Hefekranz und einen Marmorkuchen gebacken hatte. Die dicken Kuchenstücke durfte man zudem mit Butter bestreichen und mit Zucker bestreuen, was im Haushalt der Ebingers als undenkbare Völlerei gegolten hätte.

Das Neckarstadion war damals noch eine halbe Ruine gewesen. Oft verloren sich nur wenige tausend Zuschauer in dem weiten Oval. Charly und Christian suchten sich einen Platz auf den brüchigen Betonstufen in der Kurve, während Hermann Grimmer unter dem Dach der Haupttribüne einen Sitzplatz hatte, wo er regelmäßig Geschäftsfreunde traf, mit denen er die wirtschaftliche Entwicklung Deutschlands besprechen konnte. Alle glaubten zu spüren, dass die Zeit der Not und der Entbehrungen zu Ende gehe. Schneller, als erwartet. Der Marshall-Plan, den die Amerikaner unter Präsident Truman am 3. April 1948 ins Werk gesetzt hatten, würde schon bald seine Wirkung zeigen. Die Hilfen umfassten 13,1 Milliarden Dollar, aufgeteilt auf Kredite, Rohstoffe, Lebensmittel und sonstige Waren.

»Man muss es den Amis hoch anrechnen, dass sie damit die Deutschen vor einer Hungersnot retten wollen«, sagte Hermann Grimmer.

»So selbstlos ist das auch wieder nicht«, sagte sein Nachbar, der im Remstal eine kleine Schraubenfabrik besaß. »Denen geht's vor allem darum, ein Bollwerk gegen den Kommunismus zu bauen.«

»Ja und?«, gab Grimmer zurück. »Was soll daran falsch sein?«

»Und außerdem schaffen sich die Amerikaner bei uns Absatzmärkte, die sie unbedingt brauchen bei ihrer derzeitigen Überproduktion an Waren.«

»No problem, that's okay«, sagte Grimmer, der gerne englische Floskeln in seine Sätze einflocht. »Für uns geht es jetzt nur darum, den sich anbahnenden Aufschwung nicht zu verschlafen.«

»Tooor!«, schrien sie zwischendurch oder unterbrachen ihre Wirtschaftsdebatten mit Sätzen wie: »Das war doch niemals Foul«, »Den hätt der Torwart halten müssen« oder »Der Schiedsrichter ist ja blind!«

Auf dem Feld mühten sich die Fußballhelden der Region ab, die Barufka, Retter oder Schlienz hießen. Robert Schlienz hatte bei einem Verkehrsunfall einen Arm verloren und galt trotz dieses Handicaps als einer der besten Mittelläufer aller Oberligen. Und im VfB-Tor stand ein kleiner Mann namens Schmied, den freilich eine enorme Sprungkraft auszeichnete und den man deshalb Gummischmied nannte. Reich konnte man zu jener Zeit als Fußballspieler nicht werden. Obwohl 1948 das Vertragsspielerstatut eingeführt wurde, reichten die Bezüge der Fußballer, die ihnen die Spielerverträge bescherten, nicht, um zu leben. Doch der Verein unterstützte sie auf andere Weise, indem er ihnen zu wirtschaftlicher Selbständigkeit verhalf. Robert Schlienz konnte so nebenbei ein Sportartikelgeschäft betreiben, Karl Barufka einen Spirituosenladen und Erich Retter eine Tankstelle.

Am Tag der Aufnahmeprüfung weckte Luise Ebinger ihren Sohn Christian schon früh um sechs Uhr. Der Junge war sofort hellwach, als ihn seine Mutter sanft an der Schulter anfasste. Er sprang mit beiden Beinen gleichzeitig aus dem Bett, rannte in die Küche und wusch sich unter dem Wasserhahn. »Bist du aufgeregt?«, fragte die Mutter, als er sich an den Küchentisch setzte und verwundert registrierte, dass er an diesem besonderen Tag ein weiches Ei und ein Wurstbrot serviert bekam. »Überhaupt nicht!«, log er. Dabei konnte er die Füße nicht stillhalten und hatte Mühe, mit seinen zitternden Händen das Ei zu löffeln.

Der Bus nach Tübingen ging um 7 Uhr 11. Gerhard sollte sich um den jüngeren Bruder kümmern und dafür sorgen, dass er sich im Gymnasium zurechtfand.

Der Omnibus kam von Waldenbuch, hielt zweimal in Fleckenhausen, dann noch einmal in Bebenhausen, in Lustnau, an der Tübinger Universität und erreichte 25 Minuten später die Endhaltestelle am Tübinger Hauptbahnhof. Von dort waren es zu Fuß zehn Minuten durch den Park zum Keplergymnasium.

Mit wenigen Ausnahmen waren es immer dieselben Leute, die den Omnibus um diese Zeit nutzten. Pendler, die zur Arbeit fuhren, und Schüler eben, die sich im hinteren Bereich des Busses versammelten. Christian war der Einzige aus Fleckenhausen, der zur Aufnahmeprüfung fuhr. Er hatte das schon damals nicht verstanden. In seiner Klasse gab es mindestens drei Schülerinnen und zwei Schulkameraden, die genauso gut waren wie er, und einen, nämlich Helmuth Kümmerle, der ein weitaus besserer Schüler war als Christian. Aber ins Gymnasium gingen nur die Kinder der Lehrer, Pfarrer, Ärzte und Apotheker.

Im Omnibus musste er feststellen, dass Gerhard, der für ihn immer der große Bruder und ein Vorbild gewesen war, auf üble Weise gehänselt wurde. Die anderen Schüler hockten eng beisammen. Gerhard drückte sich auf einer Bank dicht ans Fenster, als ob er sich so weit wie möglich von den anderen absetzen wollte, und starrte die ganze Zeit hinaus in die nebelverhangene Landschaft.

»Musst jetzt auf deinen kleinen Bruder aufpassen, Hosenscheißer?«, rief einer. Und ein anderer: »Ist der genauso ein Stinker wie du?«

Als sie aus dem Bus ausgestiegen waren und sich auf den Weg zum Gymnasium machten, fragte Christian seinen Bruder: »Was haben die denn gegen dich?«

»Weiß nicht«, gab der einsilbig zurück.

»Ich tät mir das alles nicht gefallen lassen.«

»Ja, kann sein.«

»Und warum lässt du dir's dann gefallen?«

Gerhard blieb abrupt stehen und sah seinen kleinen Bruder mit hochrotem Kopf an. »Weil ich nix dagegen machen kann. Die sind stärker.«

Von da an sprach er nicht mehr. Erst als sie das imponierende Sandsteingebäude erreichten, sagte Gerhard: »Wenn du reinkommst, ist gleich rechts ein Tisch. Da meldest du dich. Du stehst ja auf der Liste.« Damit ließ er den Bruder stehen und stieg die Treppe hinauf.

Um ein Uhr fuhr der Bus mit Ziel Waldenbuch wieder zurück. Die Prüfung ging kurz vor zwölf Uhr zu Ende. Christian trödelte in der Stadt herum. Er war schon öfter in Tübingen gewesen, aber immer nur in Begleitung seiner Mutter, und die ging immer dieselben Wege zu den Geschäften, in denen sie einkaufen wollte. Christian nahm sich vor, die Stadt demnächst zu erkunden. Vielleicht konnte ihm Hanna dabei helfen.

Den Bus erreichte Christian im letzten Moment. Gerhard stand an der Tür und hatte einen Fuß auf dem Einstieg.

»Bei ons isch mr fei pünktlich«, knurrte der Fahrer.

Der Zeiger auf der großen Uhr am Postgebäude gegenüber sprang genau in diesem Moment auf die volle Stunde. Christian zeigte hinüber. »Bin ich doch!«

»Werd bloß net frech, Bürschle!« Der Chauffeur rammte den ersten Gang hinein und fuhr so heftig los, dass es Christian fast von den Beinen gerissen hätte.

Auf der letzten Bank saßen vier Schüler, die nur auf die beiden Brüder gewartet zu haben schienen.

»Du bleibst am besten vorne, Ebinger!«, schrie einer. »Sonst stinkt da hinten wieder alles.«

Gerhard und Christian setzten sich in eine Bank in der Mitte des Busses.

»Das ist, weil ich mal …« Gerhard musste noch mal neu ansetzen. »… weil ich mal … Ja, ich hab tatsächlich mal in die Hose gemacht.«

Christian schaute den großen Bruder an. »Na und?«

»Natürlich hat man das gerochen!« Gerhard sprach so leise, dass ihn sein Bruder kaum verstehen konnte.

»Na und?«, sagte der noch mal. »Das kann doch passieren.«

»Später ist es halt noch mal vorgekommen. Aber danach nie wieder.«

»Und deswegen sind die so gemein zu dir?«

Gerhard hob die Schultern. »So sind sie halt. Wenn ich's net wär, wär's ein anderer, auf dem sie rumhacken. Die gucket sich einen aus, und dann sind sie alle gegen den. Verstehst, das schweißt die zusammen. Es gibt Leut, die suchen sich ein Opfer, und das machen sie gemeinsam fertig. Das brauchen die, damit sie selber größer dastehen!«

In diesem Augenblick kamen zwei der Jungen nach vorne und beugten sich über die Sitzbank der Brüder. »Ist der da genauso ein Hosenscheißer wie du?«, fragte der eine und zeigte auf Christian. Der andere sagte: »Bestimmt, das liegt doch in der Familie!«

In diesem Augenblick sprang Christian auf. Er rammte dem Ersten seinen Kopf in den Bauch, dem Zweiten die Faust in den Unterleib. Als der Erste nach ihm griff, fuhr er ihm mit den Fingernägeln ins Gesicht, gleichzeitig trat er den Zweiten so heftig gegen das Schienbein, dass der vor Schmerz aufschrie.

»Christian, hör auf!«, schrie Gerhard. Aber sein kleiner Bruder hörte es nicht. Er raste derart, dass seine beiden Gegner kein Mittel fanden, ihn zu bändigen. Als von hinten ein Dritter kam und nach Christian griff, biss er den so heftig in die Hand, dass sie blutete.

Der Fahrer trat plötzlich auf die Bremse, so dass der ganze Bubenknäuel zu Boden stürzte. Aber auch als die anderen über ihm lagen, biss, kratzte, spuckte und trat Christian Ebinger in seinem Furor weiter um sich, bis der Fahrer den Gang entlangkam, ihn am Kragen packte, hochzog, zum Einstieg zerrte und mit einem Fußtritt hinauswarf. Zischend schloss sich die Tür hinter dem Jungen. Der Bus ruckte wieder an. Gerhard sah seinen Bruder im Straßengraben stehen. Sein Hemd war zerrissen, er blutete aus der Nase, und er ballte noch immer die Fäuste. Seine Gegner hatten sich aufgerappelt, blieben kurz bei

Gerhard stehen, sagten aber nichts, sondern verzogen sich wieder nach hinten auf die letzte Bank.

Als Christian eine gute Stunde später nach Hause kam, hatte Gerhard die Eltern längst informiert. Der jüngste Ebinger hatte ungefähr drei Kilometer zu Fuß gehen müssen. Zwischendurch hatte er sich immer mal wieder hingesetzt, weil er sich so entsetzlich schwach fühlte.

»Du bist mir vielleicht einer!«, empfing ihn der Vater nicht ohne einen gewissen Stolz in der Stimme, während die Mutter sofort begann, das Blut unter Christians Nase abzuwaschen und die Kratzwunden in seinem Gesicht zu versorgen. Und weil der Schulmeister Ebinger alles, was er von sich gab, am liebsten mit einer Belehrung verband, sagte er noch: »Das war vielleicht mutig von dir, aber gscheit war's nicht!«

Als Hanna am Abend erfuhr, was sich ihr kleiner Bruder an seinem Prüfungstag geleistet hatte, sagte sie: »Es gibt da so einen Spruch: ›Wer sich nicht wehrt, lebt verkehrt.‹ Vielleicht hat das der Gerhard jetzt begriffen.«

Gerhard freilich änderte sich nicht, aber seine Peiniger ließen ihn von jenem Tag an in Ruhe.

Albert Ebinger kannte einen der Lehrer, die die Aufgaben der Prüfung zu korrigieren hatten. Unterm Siegel der Verschwiegenheit erzählte der schon Tage, bevor das offizielle Ergebnis bekannt wurde, Christian habe mit sehr guten Leistungen bestanden. Über seinen einzigen Fehler im Diktat habe sich freilich das ganze Kollegium amüsiert. Er hatte »Anmeisen« statt »Ameisen« geschrieben, was natürlich eigentlich logisch sei. Der Schwabe mache aus der Vorsilbe »an« immer ein einfaches »a«. Man sage ja im Schwäbischen nicht »anziehen«, sondern »aziehe«, nicht »Angriff«, sondern »Agriff«, nicht »anmaßen«, sondern »amaße«. Also sei der Fehler Christians, aus Ameise Anmeise zu machen, doch wohl das Ergebnis einer logischen Überlegung gewesen. Ein Umkehrschluss sozusagen.

Hanna, die mit sechzehn Jahren und der mittleren Reife von der Schule abgegangen war, arbeitete nun als Stenotypistin im Innenministerium des Landes Württemberg-Hohenzollern, dessen Hauptstadt Tübingen war. Sie wäre gerne länger in der Schule geblieben und hätte Abitur gemacht, aber kurz nach Kriegsende konnte die Mutter das Schulgeld für die oberen Klassen des Gymnasiums nicht aufbringen.

Von ihrem kleinen Gehalt musste Hanna monatlich hundert Mark für den Haushalt abgeben. »Schließlich wohnst und isst du ja bei uns«, hatte die Mutter gesagt. Mit dem Rest aber konnte sich Hanna ihre eigenen bescheidenen Wünsche erfüllen und manchmal auch die Wünsche anderer. Als ihr kleiner Bruder die Aufnahmeprüfung bestanden hatte, schenkte sie ihm einen Besuch in der Stuttgarter Oper. Christian war von klein auf von Musik begeistert gewesen. Schon mit vier Jahren setzte er sich mit gekreuzten Beinen vor das Radiogerät auf den Boden, wenn ein Konzert übertragen wurde, um zuzuhören. Er bewegte sich dann nicht von der Stelle. Lange Zeit hatte er sich vorgestellt, dass in dem hellbraunen Holzkasten mit dem grün leuchtenden magischen Auge lauter daumengroße Musiker säßen, die diese wunderbare Musik machten.

Oft, wenn er alleine im Bubenzimmer saß, sang er mit seiner glockenhellen Stimme nacheinander alle Lieder, die er kannte. Und wenn er und seine beiden Geschwister gegen Abend in den Feldern spazieren gingen, sangen er und Hanna oft zweistimmig, während Gerhard stumm blieb und sich ein paar Schritte zurückfallen ließ. Christians Lieblingslied war: »Bunt sind schon die Wälder, gelb die Stoppelfelder, und der Herbst beginnt. Rote Blätter fallen, graue Nebel wallen, kühler wird der Wind.«

Doch was war das alles gegen den Besuch in der Stuttgarter Oper? Ganz klein kam er sich vor, als er neben seiner großen Schwester vor der runden Fassade des Musiktempels mit seinen klassizistischen Säulen stand. Eine gewaltige Freitreppe mit sehr hohen Stufen führte zu den Türen hinauf. Hanna erzählte ihrem Bruder, dass diese Steintreppe das Einzige gewesen sei, was stehen geblieben war, als das Opernhaus 1902 ausgebrannt sei.

»Ja, und dann war hier zehn Jahre eine Ruine«, sagte ein Mann neben ihr, der den beiden zugehört hatte. »Erst 1912 wurde dieses Haus gebaut, nach den Plänen eines berühmten Architekten aus München.«

»Und wie hat der gheißen?«, wollte Christian wissen.

Der Mann wendete sich seiner Begleiterin zu. »Wie hieß gleich noch mal der Architekt?«

»Max Littmann«, sagte die Frau mit einem Blick, der zu sagen schien: »Das weiß man doch!«

So beeindruckt der kleine Christian von der Fassade war, so sehr überwältigte ihn der ovale Saal des Opernhauses. Mit offenem Mund stand der Bub aus Fleckenhausen unter der Tür, als eine Frau in einem schwarzen Seidenkleid ihre Karten abgerissen hatte und er einen ersten Schritt in den Raum machte. Er starrte hinauf zu den Deckengemälden in Blau, Gold und Rot. Sein Blick ging über die vergoldeten Brüstungen der Logen und wanderte dann zur Bühne, die mit einem dicken roten Samtvorhang verhüllt war. »Könntest du bitte mal weitergehen?«, sagte die Frau im schwarzen Seidenkleid. »Die anderen wollen auch hinein.« Wie in Trance ging Christian nach vorne, wo hinter einer Balustrade tief unten der Platz des Orchesters war. Jetzt standen dort nur Stühle, Notenständer und ein paar große Instrumente wie Bassgeigen und Pauken.

»Los, komm her! Hier sind unsere Plätze«, hörte er Hanna hinter sich sagen.

»Was? So weit vorne?«

Hanna nickte. Sie hatte Karten für die zweite Reihe gekauft. »Genau. Wir sitzen Orchestersessel«, sagte sie. »Ganz vornehm!«

Christian versank in dem roten Polster. Eine alte Dame, die vor ihm Platz genommen hatte, drehte sich zu ihm um. »Kannst du denn überhaupt etwas sehen?«, fragte sie freundlich. »Leider kann ich mich nicht kleiner machen.«

»I kann zwische Ihne und dem Mann da durchgucke!«, sagte Christian.

»Wie alt bist du denn?«

»Zehn Jahr, bald schon elf!«

»Da bin ich auch zum ersten Mal in die Oper gegangen«, sagte die Frau, die ein silbernes Kleid trug. »Und ich bin nie wieder losgekommen von der Oper.«

Plötzlich rauschte Beifall auf. Der Dirigent erschien. Offenbar hatten die Orchestermusiker inzwischen Platz genommen, denn man hörte schon eine Weile, wie sie ihre Instrumente stimmten. Der weißhaarige Mann war aus Christians Blickwinkel nur vom Kopf bis zur Brust zu sehen. Er verbeugte sich, und Christian hatte das Gefühl, der Dirigent schaue ihm dabei direkt in die Augen. Aber da wendete der sich schon wieder um und hob beide Hände. In seiner Rechten hielt er einen dünnen weißen Stab, und als er mit dem herunterfuhr, setzte die Musik ein. Im selben Moment glitt der Vorhang auseinander, und ein wunderschönes Bild erstrahlte in einer Helligkeit, wie sie Christian noch nie in seinem Leben gesehen hatte. In der Mitte eines Marktplatzes stand ein runder Brunnen, aus dem Wasser emporsprudelte, ehe es ins Becken zurückfiel. Umgeben war der Platz von Fachwerkhäusern, zwischen denen kleine Gassen nach hinten liefen. Ein paar kurze Treppen schwangen sich zwischen manchen Gebäuden zu einer zweiten Ebene hinauf. In der Mitte prangte ein mächtiges Wirtshaus. Im Hintergrund sah man einen Kirchturm. Durch die Gassen und über die Treppen strömten jetzt Leute in bunten Kostümen auf die Bühne. Sie trugen Blumengirlanden und schwenkten farbige Tücher. Und das alles war eingehüllt in eine wunderbare Musik, die ganz anders, schöner, größer klang als alles, was Christian bisher aus dem Radio gehört hatte. Dann begannen die Menschen auf der Bühne zu tanzen und zu singen. Offenbar feierten sie ein großes Fest. »Kirbe«, flüsterte Hanna ihrem kleinen Bruder zu, »Kirchweih!«

Was danach passierte, verstand der Junge nur zum Teil. Zwei Verliebte sollten sich nicht heiraten dürfen, weil der Mann namens Hans in der Gegend unbekannt und offenbar arm war. Stattdessen sollte Marie, das Mädchen, das er liebte, einen anderen nehmen, einen reichen Bauernsohn, der aber dumm war, stotterte und Wenzel hieß. Hans verzichtete gegen die Bezahlung von 300 Talern auf die Braut – deshalb hieß die Oper wohl auch »Die verkaufte Braut« –, doch erst, nachdem der Heiratsvermittler ihm garantiert hatte, dass Marie einen Sohn des Großbauern Micha heiraten werde. Aber dessen Sohn war doch der dumme stotternde Wenzel. »Wie kann einer nur so blöd sein«, raunte Christian seiner Schwester in einer kurzen Pause zu. Aber da setzte schon wieder die Musik ein, und mit einem Schlag war Christian alles gleichgültig, was mit den Leuten auf der Bühne passierte. Er wollte nur noch diese wunderbare Musik hören und die bunten, hell strahlenden Bilder auf der Bühne in sich aufnehmen. Und er dachte bei sich: »Die da oben sollen ja nicht aufhören.« Dieses Wunder sollte nie, nie, nie mehr enden. Und dann war es doch plötzlich vorbei. »Och, schade«, machte Christian. Aber seine Schwester tröstete ihn, es sei jetzt nur eine Pause, in einer Viertelstunde gehe es weiter. »Komm, wir gehen was trinken.«

»Ich bleib hier!« Christian hielt sich mit beiden Händen an den Armlehnen seines Sessels fest, zog die Beine an, damit die Opernbesucher aus seiner Reihe an ihm vorbeigehen konnten, und war durch nichts zu bewegen, den Saal zu verlassen, vor lauter Angst, er könnte etwas verpassen. Hanna zuckte die Achseln und ging ins Foyer hinaus. Und als es weiterging, waren alle Menschen wieder im Saal. Auch der Dirigent kam zurück und wurde mit lautem Beifall begrüßt.

Am Ende stellte sich heraus, dass Hans auch ein Sohn des Großbauern Micha war. Er war als kleines Kind von der Stiefmutter fremden Leuten mitgegeben worden. Sein Vater hielt ihn für tot. Und weil Hans, der wohl wusste, wessen Kind er war, darauf bestanden hatte, Marie dürfe nur einen Sohn Michas heiraten, kamen die beiden doch noch zusammen. Nach der Pause konnte Christian der Handlung besser folgen. Die Musik, das hell strahlende Bühnenbild, die bunten Kostüme und die schwungvollen Tänze versetzten ihn nicht mehr in gleicher Weise in diesen seltsamen Traumzustand, in dem er zuvor gewesen war. Dennoch fand er es wunderschön. Und als sich die Künstler verbeugten, sprang er vor Begeisterung mit beiden Füßen auf seinen Sitz und klatschte mit hocherhobenen Armen. Als ein paar Leute im Publikum »Bravo« riefen, schrie auch er aus Leibeskräften: »Bravo, bravo, bravo!« Die Dame in dem Silberkleid vor ihm drehte sich zu ihm um, lächelte ihn an und sagte zu Hanna: »Ihm wird's genauso gehen wie mir. Die Oper wird ihn nicht mehr loslassen.«

Hanna legte ihren Arm um die Schultern des kleinen Bruders und sagte: »Das wär ja nicht schlimm, oder?«

Sie erreichten im Laufschritt den letzten Bus Richtung Tübingen am Stuttgarter Hauptbahnhof. Als sie einstiegen, sagte Christian zu seiner Schwester: »Wenn ich mal heirate, muss die Frau genauso sein ...«

»Wie die Marie, meinst du?«

»Nein, wie du!«

Der Bus war fast leer um diese Zeit. Sie setzten sich auf die letzte Bank. »Du kannst ruhig schlafen«, sagte Hanna, »ich weck dich, wenn wir da sind.«

Aber an Schlaf war nicht zu denken. Nicht im Bus und auch später noch lange nicht in seinem Bett.

Albert Ebinger unterrichtete nun schon wieder ein halbes Jahr und war dabei genüsslich in seine Routine von früher zurückgefallen. »Was sich einmal bewährt hat, funktioniert immer wieder«, pflegte er zu sagen. Vier Stunden hatte er am Vormittag, danach stieg er die 22 Stufen in den Oberstock hinauf, wo Luise bereits das Mittagessen bereithielt. Anschließend legte er sich für eine halbe Stunde aufs Sofa, schlief fast augenblicklich ein und wachte zuverlässig nach 30 Minuten wieder auf.

Doch an diesem Tag wurde nichts aus seinem Mittagsschlaf. Schon als er die Glastür aufschloss, hörte er die durchdringende Stimme seiner Cousine Lydia, und es berührte ihn peinlich, dass Luise, seine Frau, hell und herzlich lachte über das, was die Besucherin offenbar gesagt hatte. Albert stieß die Tür zum Wohnzimmer auf. Lydia eilte auf ihn zu, umarmte ihn stürmisch und drückte ihm einen Kuss auf die Wange. Etwas unwillig schob er sie von sich. »Hast du nicht erst morgen kommen wollen?«

Lydia lachte schallend die Tonleiter hinauf. »Man sieht richtig, wie du dich freust!« Sie war 45, eine stämmige Frau. Ihre blonden Haare hatte sie zu einer wilden Frisur aufgetürmt, die Albert Ebinger an einen aufgeplatzten Polsterstuhl erinnerte. Ihre Lippen waren für seinen Geschmack viel zu grell geschminkt, ihr Pulli zu eng und ihr Rock zu kurz. Dazu trug sie lila Seidenstrümpfe und hochhackige Pumps.

»Ich bring jetzt das Essen auf den Tisch«, sagte Luise und verschwand in der Küche.

Albert zog seine Jacke aus und setzte sich. »Nimm doch Platz, Lydia! Wie war die Reise?«

»Na ja, der Zug hatte Verspätung und blieb vor Göppingen erst einmal eine Stunde stehen. Offenbar waren dem Heizer die Kohlen ausgegangen, und die mussten erst nachgeliefert werden. Natürlich hab ich dann in Stuttgart erst den übernächsten Bus bekommen, sonst wäre ich schon viel früher da gewesen.«

Sie kam aus Ulm an der Donau, wo sie mitten in der Altstadt in einem windschiefen Haus mit kleinen Fenstern eine enge Zweizimmerwohnung bewohnte, die ihr auch als Schneiderwerkstatt diente. Eigentlich hatte sie ein Studium als Kostümbildnerin absolviert und war auch ein paar Jahre lang am Theater gewesen. Doch das war in den letzten Kriegsjahren durch Bomben zerstört worden, und als es in der Turnhalle der Wagnerschule provisorisch wieder eröffnet wurde, brachte der neue Intendant seine eigene Kostümkünstlerin mit, die zudem seine Ehefrau war. Aber er hatte Lydia in Aussicht gestellt, sie könne ab der nächsten Spielzeit als Gewandmeisterin und damit als Chefin der Schneiderwerkstatt einsteigen. Da sie vor ihrem Studium eine Lehre als Schneiderin abgeschlossen und später auch den Meisterbrief gemacht hatte, brachte sie alle Voraussetzungen mit. Das alles erzählte sie ihrem Cousin in atemlosen kurzen Sätzen, die sie nahtlos aneinanderreihte. Sie werde die Stelle annehmen, sagte sie, als

Luise mit dem Essen aus der Küche kam. »Und wenn ich's geschickt anstelle, lässt er mich irgendwann auch Entwürfe machen.«

Es gab Maultaschen mit Kartoffelsalat, und Lydia aß mehr, als ihre beiden Gastgeber zusammen. Luise hatte aus Quark und Honig sogar noch einen Nachtisch gezaubert. Nach dem Essen schob Albert seinen Stuhl energisch zurück und stand auf. Er müsse sich auf den morgigen Unterricht vorbereiten. »Weißt du, ich hab doch mehr vergessen, als ich gedacht habe«, sagte er zu Lydia. Dann verschwand er mit einem sehnsüchtigen Blick auf sein geliebtes Mittagsschlafsofa im Herrenzimmer.

»Der vergisst doch nix!«, sagte die Cousine zu Luise.

»Da hast du recht. Seine Stunden, die er jetzt hält, sind tupfengleich wie die vor seiner Inhaftierung. Und die waren auch schon gleich wie die lang vor dem Krieg.«

Die Frauen spülten rasch das Geschirr und machten sich dann auf den Weg, um spazieren zu gehen. Gleich hinter dem Haus führte ein schmaler Pfad an einem dünnen Wiesenbach entlang zum Friedhof. Sie besuchten das Doppelgrab von Luises Eltern, gossen die Blumen, zupften ein wenig Unkraut und setzten den Weg dann Richtung Reuthe fort. Der Feldweg, links und rechts von Schlehenbüschen gesäumt, stieg sanft bergan. Ein wolkenloser Himmel spannte sich über die Landschaft. Die Luft war für Oktober erstaunlich weich und warm. Als sie die Höhe erreichten, setzten sie sich auf eine Bank, die an der gekalkten Wand des Feldschützenhäuschens stand. Von hier hatte man einen Blick über das ganze Dorf, das sich ins Schaichtal schmiegte und ringsum von Wäldern eingefasst war. Die Laubbäume hatten ihre Herbstfärbung fast verloren, aber die Tannen, Fichten und Föhren fügten sich zu einer dunkelgrünen Kulisse. Ein paar Lärchenbäume dazwischen funkelten in einem helleren Grün.

»Wie geht's euch denn jetzt so?«, fragte Lydia.

»Gut. Danke!«

»Also ich hab das jetzt nicht wirtschaftlich gmeint.«

»Sondern?«

»Euch zwei, so als Paar. Manchmal hat man das Gefühl, ihr kennt euch zwar, aber seid nur entfernte Bekannte.«

»So wirkt das auf dich?«

Lydia nickte. »Und? Empfindest du's auch so?«

Luise war die Richtung des Gesprächs unangenehm. »Wird das jetzt ein Eheberatungsgespräch, oder was?«

»Nur, wenn du's willst.« Lydia lächelte.

Erst neulich hatte sich Luise vorgenommen, mit der Cousine ihres Mannes über dessen Desinteresse im Bett zu reden. Jetzt brachte sie es doch nicht fertig. Aber Lydia musste man nicht erst fragen, die gab auch auf nicht gestellte Fragen gerne wortreiche Antworten. »Schlaft ihr denn noch miteinander?«

»Lydia, um Gottes willen, so was fragt mr doch net!«

»Ich schon, Luise!«

»Ja no … äh … eigentlich net.«

»Und uneigentlich?«

»Au net!«

Jetzt mussten beide lachen.

»Aber du hättest schon Lust, oder?«, fragte Lydia.

Luise gab einen tiefen Seufzer von sich. »Wenn du mich so fragst …«

»Schon verstanden. Du musst ihn halt rumkriegen.«

»Aha, und wie soll das gehen?«

Lydia stand auf, machte ein paar Schritte von der Bank weg, drehte sich dann um und musterte Luise. »Du hast ja beinah meine Figur.«

»Na ja, ich bin a bissle größer und vielleicht au a bissle kräftiger«, gab Luise zurück.

»Macht nix, je knapper die Dinger sitzen, umso besser.«

»Was für Dinger denn?«

»Das wirst ja dann sehen. Hat der Albert am Nachmittag noch mal Unterricht?«

»Von drei bis fünf Uhr, ja. Warum?«

»Na, dann komm!«

Jetzt hatte es Lydia eilig, ins Schulhaus zurückzukommen. Als sie durch den breiten Gang zwischen den beiden Klassenzimmern kamen, hörten sie Albert Ebinger dozieren: »Wer der Schiller war und wer der Mörike, wer der Hölderlin und wer der Uhland, das muss ein Schwabe wissen. Ich erzähl's euch! Und dann les ich euch von jedem ein Stückle vor, das ihr durchaus verstehen werdet!«

Luise lächelte. »Ich sag doch: Wortgleich derselbe Unterricht wie vor 15 Jahr!«

Im Schlafzimmer öffnete Lydia ihren Koffer. Und brachte ein paar Stücke hauchdünner Unterwäsche hervor.

Luise machte große Augen. »Was ist denn das?«

»Die einen sagen Dessous, die anderen Reizwäsche. Gemacht ist das Zeug jedenfalls, um den Männern zu gefallen.«

Luise hatte ein Leben lang ein fleischfarbenes Korsett und Feinrippunterwäsche getragen. Ihre Büstenhalter waren zweckdienlich, aber bestimmt nicht verführerisch. Die breiten, ebenfalls fleischfarbenen Strapse waren direkt an dem Korsett festgemacht. Als Lydia jetzt einen schmalen schwarzen Hüftgürtel mit dünnen, rosenbestickten Strapsen aus dem Koffer holte, hielt Luise unwillkürlich den Atem an.

»So was ziehst du an?«

»Nicht immer, aber wenn ich was vorhab.«

»Wenn du was vorhast?«, echote Luise.

»Na ja, wenn ich einen rumkriegen will.«

»Hör auf. Ich mag des net hören!«

Lydia lachte. »Bei dir geht's ja bloß um den eigenen Mann. Du wirst ihm eine Freude machen.«

»Das könnt auch genau das Gegenteil bewirken.«

Lydia schüttelte den Kopf. »Ich kenn die Männer. Los, probier's mal an.«

»Nicht jetzt, heut Abend vielleicht. Pack die Sachen weg, der Albert kann jeden Moment kommen!«

»Angsthas!«, sagte Lydia,

Nach dem Abendessen hatten die Frauen noch einen Likör getrunken. Albert hatte sich zwei Gläschen Rotwein genehmigt. Lydia hatte viel zu erzählen. Wie Albert Ebinger, so las auch sie viel und konnte ganze

Passagen aus den Büchern nacherzählen, was ihr Vetter rückhaltlos bewunderte. Kurz vor zehn Uhr ging man ins Bett.

Luise ließ ihrem Mann den Vortritt beim Waschen und Zähneputzen. Als sie selbst in die Küche kam, um sich am Schüttstein ihrer Abendtoilette zu widmen, kam Lydia herein. In der rechten Hand hielt sie einen golden glänzenden Parfümflakon, in der linken die hauchdünne Unterwäsche. Luise stand im Unterrock vor dem Spülbecken und warf sich mit beiden Händen kaltes Wasser ins Gesicht. Sie drehte den Hahn ab, richtete sich auf und sagte: »Ich mach's net!«

Lydia zuckte die Achseln. »Dann lässt du's halt!«

Luise schlüpfte in ihre Pantoffeln und ging ins Schlafzimmer. Ihr Mann lag auf dem Rücken und las in einem Buch. Sie zog sich aus, schlüpfte in ihr Nachthemd und kroch unter die Decke. »Albert!«

»Hm?«, machte er, ohne von seiner Lektüre aufzusehen.

Sie rutschte zu ihm hinüber und nahm ihm das Buch aus der Hand.

»Was ist?« Er wollte das Buch zurückhaben. Luise beugte sich über sein Gesicht und drückte ihm einen Kuss auf die Lippen. Er drehte seinen Kopf weg und sagte: »Gutnacht, schlaf gut!« Im selben Augenblick löschte er das Licht.

Kathrin Lubinger war wieder einmal beim Suchdienst des Deutschen Roten Kreuzes gewesen. Und wieder war sie ohne den geringsten Hinweis auf ihren Mann Andreas zurückgekommen. Gottlieb Schätzle besuchte sie am Abend gegen neun Uhr. Immer wenn sie nach Tübingen fuhr, um sich einmal mehr nach ihrem vermissten Mann zu erkundigen, war es ihm bang zumute. Was würde geschehen, wenn Andreas tatsächlich den Krieg und die Gefangenschaft überlebt hatte? Noch immer wurden tausende deutscher Soldaten in russischen Gefangenen- oder Arbeitslagern festgehalten. Und viele von ihnen hatten sich niemals melden können. Es gab auch sogenannte Schweigelager, deren Insassen keinerlei Kontakt nach außen haben durften.

Im Gegensatz zu früher gab es beim Suchdienst keine langen Wartezeiten mehr. Der Mann hinter dem rissigen gelben Schreibtisch hatte Kathrin sofort mit ihrem Namen begrüßt. Als sie sich überrascht darüber zeigte, sagte er, es sei doch kein Wunder, dass man sich an eine so schöne Frau erinnern könne. Sie sei eben eine auffallende Erscheinung. Er sah sie dabei freundlich und offenbar ohne Hintergedanken an. Kathrin fragte: »Wie sind denn Ihre Erfahrungen … Ich meine, nach so langer Zeit und wenn man so gar keine Nachricht bekommt?« Der Mann wiegte seinen Kopf hin und her. Er warne davor, sagte er, Schlüsse aus irgendwelchen Hinweisen zu ziehen, ob sie nun negativ oder positiv seien. »Zu oft habe ich schon erlebt, dass wir da falsch gelegen sind.« Erst neulich sei ein Mann nach Hause gekommen, von dem man seit 1941 keinerlei Nachricht gehabt habe. »Stellen Sie sich vor, nach über zwölf Jahren.« Andererseits gebe es immer mehr Frauen, die ihren Mann amtlich für tot erklären ließen, um endlich an die Kriegerwitwenrente zu kommen.

Kathrin nickte. Ja, daran habe sie auch schon gedacht. Aber neulich habe in der Zeitung gestanden, es seien immer noch über 5 000 deutsche Soldaten in russischer Gefangenschaft.

»Unsere Regierung bemüht sich, die endlich nach Hause zu holen«, sagte der Mann vom Suchdienst. »Vielleicht schafft es ja der Bundeskanzler Adenauer.«

Auf der Rückfahrt im Bus versuchte sich Kathrin wieder einmal auszumalen, wie das wohl wäre, wenn ihr Andreas plötzlich vor der Tür stünde. Der Gedanke hinterließ bei ihr eine diffuse Angst, die sie nicht hätte genauer beschreiben können. Seitdem der aufmerksame Gottlieb Schätzle fast jeden Tag zu ihr kam, sie häufig auf seine Fahrten mitnahm und sie immer wieder mit Geschenken überraschte, fühlte sie sich in ihrem Leben wohl. Und dass ihr Sohn Hans bei den Großeltern gut versorgt war, erleichterte vieles.

Anton Häfner versuchte sie möglichst aus dem Weg zu gehen, was natürlich schwierig war, da sie ja in seiner direkten Nachbarschaft wohnte. Sie hatte schon öfter überlegt, ihr kleines Haus zu verkaufen und woanders hinzuziehen. Aber immer wieder verwarf sie den Gedanken, zumal ihr Gottlieb Schätzle dringend abriet. »Wenn's Geld verreckt, bleibt dir wenigstens dei Häusle«, pflegte er zu sagen.

Für Marie Häfner war Kathrin Lubinger Luft. Wenn sie sich auf der Straße, in der Molkerei oder im Gemischtwarenladen begegneten, ignorierten sie sich gegenseitig. Aus dem Liederkranz war Frau Lubinger ausgetreten, als Marie Häfner dort Mitglied geworden war, obwohl die Häfnerin eine Stimme wie eine Kreissäge hatte, wie Schätzle befand. Aber das sagte er auch nur, weil es Wasser auf die Mühlen seiner Geliebten war. Schätzle wusste um die Affäre Kathrins mit Anton Häfner, aber er störte sich nicht daran, was wiederum Kathrin ziemlich störte.

Im Herbst 1953 starb überraschend Kathrin Lubingers Mutter, Gerda Lamparter. Sie war nur 68 Jahre alt geworden, und sie war ihr ganzes Leben lang nie krank gewesen. Hans, der inzwischen ein junger Mann von annähernd 20 Jahren war, aber noch immer wie ein Kind an seiner Oma hing, war am Morgen ins Schlafzimmer seiner Großeltern gegangen, weil seine Großmutter nicht zum Frühstück und auch später nicht gekommen war. Der Großvater war in den Obstwiesen, um das Fallobst einzusammeln, das er in die Mosterei bringen wollte. Hans hätte ihm später dabei helfen sollen, aber das morgendliche Ritual zwischen Oma und Enkel wollte der Großvater nicht stören. Die beiden setzten sich immer um halb acht Uhr zum Frühstück, beteten gemeinsam ein Tischgebet, und die Oma fragte: »Was hast du geträumt in der Nacht?« Manchmal schüttelte Hans nur den Kopf und sagte: »Nix!« Aber oft erzählte er auch ausschweifend von all den Figuren, die ihn im Traum besucht hatten: Zwerge, Feen, Ritter auf weißen Pferden, Drachen und böse Wölfe. Es war, als berichte er aus einer anderen, in sich geschlossenen Welt. Dazu aß er ein Butterbrot mit Marmelade und trank zwei Tassen Kaffee. Jeden Morgen. Nach dem Frühstück gingen sie in den Stall. Hans melkte die beiden Kühe, die Großmutter mistete aus und gab den Tieren neue Spreu. Das Füttern übernahm Hans, der auch die Schubkarre mit dem Mist auf den großen Misthaufen hinter dem Stall schob und sie dort umkehrte, um sie zu leeren.

Der basedowkranke junge Mann war nur 1,60 Meter groß, und er hatte einen seltsam watschelnden Gang. Aber er hatte sich bei der täglichen Arbeit Muskeln zugelegt und war sehr kräftig geworden. Wenn er arbeitete, sang er unablässig eigene einfache Melodien, zu denen er selbst seine Texte erfand. »Die Sonne scheint, mir geht es gut, hau mich auf den Hut!« oder »Oma ist lieb, wo ist der Dieb?«, trällerte er vor sich hin, lachte dann keckernd und wiederholte ungezählte Male: »Oma ist lieb, wo ist der Dieb?« Man musste sich Hans Lubinger als fröhlichen Menschen vorstellen.

Doch an diesem Morgen kam die Großmutter nicht in die Küche. Hans wartete lange und geduldig. Endlich stieg er die Treppe hinauf, öffnete die Tür und sah, dass seine Großmutter noch im Bett lag. »Oma, aufstehen. Spät!«, rief er. Aber die Großmutter rührte sich nicht. Zögernd watschelte Hans zu den Ehebetten hinüber und stupste mit dem Zeigefinger gegen ihre Schulter. »Oma, aufstehen!« Als sie sich immer noch nicht rührte, rüttelte er sie an beiden Schultern. Und schlagartig begriff er, was geschehen war. Er ließ sich auf den Stuhl am Fußende der Betten plumpsen, auf dem die Kleider seiner Großmutter lagen, und sagte: »Oma ist tot.« Und so blieb er sitzen, regungslos. In einem ewigen Singsang sagte er vor sich hin: »Oma ist tot. Oma ist tot. Oma ist tot.« Tränen rannen in einem nicht enden wollenden Strom aus seinen hervorquellenden Augen. Die Hände hielt er zwischen seine Knie gepresst. Und so fand ihn der Großvater zwei Stunden später.

Drei Tage danach war die Beerdigung. Hans ging an der Hand seines Opas hinter dem Sarg her. Als der Posaunenchor »Bis hierher hat dich Gott gebracht« zu spielen begann, drehte sich Hans um und barg sein Gesicht an der Brust des Witwers. Er wollte nicht zusehen, wie die Sargträger seine Oma in die Grube hinabließen. Ernst Lamparter legte den rechten Arm um den jungen Mann und hielt das zitternde Bündel fest. Mit der Linken drückte er ein Taschentuch gegen seine Augen, um die eigenen Tränen zu trocknen. Dazwischen ging sein Blick immer wieder zu seiner Tochter Kathrin hinüber, die einen eleganten schwarzen Mantel trug und einen schwarzen Hut, den man wohl modisch nannte. Kathrin senkte den Blick zu Boden. Sie schämte sich, weil sie während der ganzen Trauerfeierlichkeiten darüber nachgedacht hatte, was nun womöglich auf sie zukam und wie sie damit fertig werden würde. Sie hatte kaum ein Wort des Pfarrers gehört, weil sie überlegte, ob sie Hans nun wieder zu sich nehmen müsse. Sie hatte ihr Gesangbuch nicht aufgeschlagen, als die Gemeinde das erste Lied anstimmte, weil sie darüber nachdachte, ob ihr Vater nun womöglich zu ihr ziehen wolle oder ob er von ihr verlangen würde, zu ihm nach Bodelshausen zu kommen. Sie hatte nicht einmal die Hände gefaltet, als das Vaterunser gebetet wurde, weil der Gedanke sie quälte, wie Gottlieb Schätzle reagieren würde. Dass er sie noch regelmäßig besuchen käme, wenn Hans und sein Großvater mit in ihrem Haus leben würden, bezweifelte sie.

Gottlieb hatte sie mit seinem Lastwagen nach Bodelshausen gebracht und versprochen, sie am späten Nachmittag gegen sechs Uhr wieder abzuholen. Auf der Fahrt hatte sie nicht gewagt, mit ihm über all die Fragen zu sprechen, die ihr jetzt im Kopf herumgingen. Aber auf der Rückfahrt würde er wohl selber darauf zu sprechen kommen, und dann musste sie irgendwie vorbereitet sein. Jemand berührte sie sanft an der Schulter und schob sie nach vorne zum Grab. Sie warf drei Schäufelchen Erde und ihren Strauß weißer Rosen hinab auf den Sarg. Und dann stand plötzlich Hans neben ihr. Unter seiner Jacke zog er einen kleinen Teddybären, kaum größer als eine Faust, hervor. »Der ist für dich, Oma!«, sagte er und warf ihn in die Grube hinab. Einen Augenblick stand der junge Mann mit hängenden Armen weit nach vorne gebeugt zwischen seiner Mutter und seinem Opa am Rand des Grabes. Dann griff er nach der Hand seines Großvaters und trat mit ihm zur Seite.

Beim Leichenschmaus im Nebenzimmer einer Gastwirtschaft saß Kathrin links von ihrem Vater, rechts neben ihm saß Hans.

»Hast du dir schon überlegt, wie's weitergehen soll?«, fragte Ernst Lamparter.

Kathrin schüttelte den Kopf. »Das ist halt alles so überraschend gekommen. Wer hat denn damit grechnet?«

»Ich am allerwenigsten«, sagte ihr Vater. »Immer bin ich mir ganz sicher gwesen, dass ich vor ihr gehe dät.« Er fuhr sich mit der Hand über die Augen. »Aber der Mensch denkt, und Gott lenkt.« Es trat eine lange Pause ein, ehe Lamparter sagte: »Was soll jetzt bloß werden?«

Hans hob seinen Kopf und legte seine Hand auf die rechte seines Opas. »Ich bleib bei dir, gell!«

Das erzählte Kathrin als Erstes, als sie in das Führerhaus des Lastwagens gestiegen war, den Schätzle kürzlich erst auf einen Dieselmotor umgerüstet hatte. Es war, als wollte sie ihm möglichst rasch die Sorge nehmen, er könnte in ihre Familienangelegenheiten hineingezogen werden. Gottlieb sagte nichts dazu. Kathrin sah zu ihm hinüber. Sein Habichtsgesicht war ernst. Die beiden steilen Falten, die sich von den Ohren zum Kinn hinabzogen, schienen sich vertieft zu haben. Sein Mund war schmal wie ein Strich, seine Augen waren halb geschlossen. Plötzlich lachte er auf. »Wie mein Vater damals gstorben ist, hat meine Mutter gsagt: ›Endlich! Ich hab mir immer auch noch a paar schöne Jahre als Witwe vorgstellt.‹«

»Gottlieb! Sei so gut! Des hascht jetzt erfunde, gib's zu!«, rief Kathrin entsetzt.

Er schüttelte den Kopf. »Genauso hat sie's gsagt. Aber so schön waren die Jahr dann au wieder net. Sie hat schreckliche Schmerzen im Kreuz und in den Knien gekriegt, und eigentlich hat sie sich bloß noch über ihr Leben beklagt.«

»Hat sie denn bei dir gewohnt?«

»Bloß zwei Jahr, dann ist sie ins Altersheim.« Schätzle zog eine verbogene Zigarette aus dem Brusttäschchen seines Hemdes, Kathrin kramte aus dem Handschuhfach ein Feuerzeug und zündete die Zigarette an.

»Ich will amal so sage … also, wenn ich ehrlich bin, ich hab mich zu wenig um sie gekümmert.« Schätzle stieß den Rauch aus, der sich rasch in der Fahrerkabine ausbreitete. »Ich war ja ihr einziges Kind!«

»So ist es bei mir auch«, sagte Kathrin. »Aber soll ich jetzt meinen Vater zu mir nehmen?«

»Ich geb dir da keinen Rat.« Schätzle lenkte seinen Lastwagen auf einen Parkplatz zwischen der Bundesstraße und dem Waldrand. Draußen legte sich die Dämmerung über die Landschaft wie ein graues Tuch. Als der Wagen ausgerollt war, ließ sich Kathrin gegen Gottlieb Schätzles Brust fallen. Er legte seinen rechten Arm um sie und drehte mit der linken Hand den Zündschlüssel im Schloss. Das Motorgeräusch verebbte.

»Dätst du denn trotzdem bei mir bleibe?«, fragte Kathrin.

Schätzle antwortete nicht. Er rauchte seine Zigarette zu Ende, drückte die Kippe im Aschenbecher aus, hob mit beiden Händen Kathrins Gesicht an. »Ich brauch dich doch!« Er küsste sie.

»Das ist keine Antwort auf meine Frage«, sagte Kathrin zwischen zwei Küssen. Da war Gottliebs Hand schon unter ihre schwarze Bluse geglitten. Ein Knopf sprang ab. Ich hätt die Knopflöcher nachnähen sollen, schoss es Kathrin durch den Kopf, sie griff nach dem Gürtel seiner Hose. Gleichzeitig sagte sie: »Mir hättet bei mir dahoim ja au a Bett!«

Schätzle lachte kurz auf. »Wenn mir aber net so lang warte könnet!«

Als der Lastwagen in der Waldenbucher Straße ausgerollt war, blieben sie noch eine Weile sitzen. Jetzt rauchten beide. Sie hatten kein Wort gesprochen, seitdem sie den Parkplatz wieder verlassen hatten. Kathrins Kopf hatte ganz ruhig in Schätzles Schoß gelegen. Sie spürte, wie sich die Muskeln seiner Schenkel bewegten, wenn er die Kupplung, das Gaspedal oder die Fußbremse bediente. Kathrin Lubinger konnte sich nicht erklären, warum sie ausgerechnet jetzt zu weinen begann.

»Du hast mir keine Antwort gegeben«, sagte sie.

»Da schwätzt man dann drüber, wenn's soweit ist!«

»Kommst noch mit?«, fragte sie.

»Noi, i fahr hoim. I muss morge scho vor Tau und Tag raus!«

Als die beiden aus dem Führerhaus kletterten, kam ein kleiner Lichtkegel auf sie zu. Er stammte aus einer Fahrradlampe. Der Fahrer bremste und blieb neben den beiden stehen. Jetzt erkannten sie den Dirigenten Ferdinand Opalski. »Nabend«, sagte er.

»Sie sind aber au no spät unterwegs«, ließ sich Schätzle hören.

»Ich hab für morgen einen Radioabend organisiert. Wir treffen uns alle im Schulhaus in dem Klassenzimmer rechts, wenn man reinkommt.«

»Wieso, was ist denn morgen?«, fragte Kathrin.

»Das wissen Sie nicht?«

»Der 4. Juli 1954«, sagte Schätzle.

»Ja, und?«

»Endspiel in Bern!«

»Und dafür interessieren Sie sich?«

Opalski sah Kathrin an. »Sie etwa nicht?«

»Da geht's ja jetzt net bloß um Fußball«, warf Schätzle ein.

»Sondern?«

Opalski bockte sein Fahrrad auf und holte tief Luft. »Herr Schätzle hat recht. Es geht darum, ob unsere Nation …«

»Oh, verhebs!«, rief Schätzle.

Aber Opalski ließ sich nicht drausbringen. »Nun, ein bisschen Nationalstolz, oder nennen wir's Patriotismus, wird doch wohl erlaubt sein. Ich denke, wenn Fritz Walter gut ins Spiel kommt, den Morlock geschickt einsetzt, und der spielt dann in den Lauf von Ottmar Walter oder, noch besser, in den von Helmuth Rahn, dann sind die kaum zu bremsen. Und der Liebrich steht ja hinten drin wie der Fels in der Brandung.«

Die beiden anderen starrten den Musiker perplex an.

»Jetzt guck au, der Feingeist Opalski!«, sagte Schätzle. »Also ich will amal so sage: Des hätt ich jetzt net denkt, dass mr sich so fachmännisch mit Ihne über Fußball unterhalte kann.«

»Über so einen brutalen Sport!«, fügte Kathrin hinzu.

»Fußball, meine liebe Frau Lubinger, ist eine Mannschaftssportart, die Disziplin, Kunstfertigkeit, Schnelligkeit im Denken wie im Handeln erfordert«, dozierte Opalski weiter. »So ein Spiel kann wie ein großes Theaterstück oder wie eine Sinfonie sein …«

»Also ich weiß nicht, ob ich mir die Blamage mit anhöre soll, wenn des Spiel morgen übertragen wird«, meldete sich nun wieder Schätzle. »In der Vorrunde habet die 8 zu 3 verlore gege die Ungarn. Und jetzt sollet se gege die gleich Mannschaft gwinne?«

Aber Opalski ließ sich nicht aus dem Konzept bringen. »Alles Taktik, mein Lieber, alles Taktik! Herberger hat die in Sicherheit gewiegt. Die Männer um Puskas kommen im Gefühl des sicheren Sieges auf den Platz. Für die wird es ein böses Erwachen geben.«

Albert Ebinger und seine beiden Söhne hatten die Einrichtung des Klassenzimmers gemeinsam umgebaut. Die Schulbänke standen jetzt im Kreis und waren bis an die Wände zurückgerückt. Dazwischen und davor hatten sie noch zusätzliche Stühle aufgestellt. Auf dem Lehrerpult stand das Radio aus dem Wohnzimmer im ersten Stock. Eine Tonprobe hatte ergeben, dass es auch hier einen tadellosen Empfang hatte.

Als Erste kamen der Baumeister Otto Trautwein und Ulrich Bürkle, der Friedhofsgärtner. Trautwein war nun schon über 70, aber man konnte ihn dennoch fast jeden Tag auf irgendeiner Baustelle antreffen. Bürkle hatte seine Gärtnerei in den letzten beiden Jahren kräftig erweitert. Überall ging es aufwärts. Die Leute hatten wieder mehr Geld in den Taschen und gaben es gerne aus. Die beiden Männer trugen eine Kiste Bier und eine Kiste Mineralwasser herein. Kurz danach erschien der Bäcker Kümmerle mit einem Korb voller Butterbrezeln.

Der Exbürgermeister Hansjörg Schmoll, der inzwischen auf die 80 zuging, wie er es ausdrückte, obwohl er vor nicht allzu langer Zeit gerade erst die 70 überschritten hatte, stieg, auf einen Stock gestützt, mühsam die Treppe herauf. Die Familie Opalski rückte vollzählig an. Auch Marie und Anton Häfner kamen rechtzeitig, bevor das Spiel in Bern angepfiffen wurde. Im letzten Moment schneite Gottlieb Schätzle herein.

Opalski wusste, dass Herbert Zimmermann das Spiel reportieren würde. Das sei unter den vier Radioberichterstattern Kurt Brumme, Gerd Krämer, Rudi Michel und eben Zimmermann ausgelost worden.

»Ruhe jetzt!«, rief Albert Ebinger mit seiner durchdringenden Schulmeisterstimme. Die Stimme des Sportreporters Zimmermann erklang: »Deutschland im Endspiel der Fußballweltmeisterschaft – das ist eine Riesensensation. Das ist ein echtes Fußballwunder.«

»Des kann mr wohl sage«, rief Trautwein. »Die werdet haushoch verliere.«

»Bitte!« Opalski legte den Finger auf die Lippen.

Die Tür ging auf. Berthold Kreft, seine Frau und ihre Tochter Ida kamen herein.

»Die mit dem kürzesten Weg kommen immer zletzt«, sagte Luise Ebinger lächelnd.

Die Ungarn erzielten schnell hintereinander zwei Tore. Die Spannung im Fleckenhausener Schulzimmer ließ nach. Schätzle sagte: »Also i will amal so sage: Wenn die Ungarn jetzt noch ein Tor schießen, geh ich heim und schaff was.« Die Männer griffen nach den Bierflaschen, und Kümmerles Butterbrezeln fanden rasch ihre Abnehmer. Doch dann schoss überraschend der auf halbrechts spielende Morlock das Anschlusstor, und von da an richtete sich die Aufmerksamkeit wieder voll auf das Radiogerät. »Gott sei Dank«, tönte Herbert Zimmermanns Stimme. »Es steht nur noch zwei zu eins. Das sollte uns Mut geben.« Doch dann hatte er nur noch über »immer neue Angriffswellen« zu berichten, die auf das deutsche Tor zurollten.

Opalski sagte: »Eine Standardsituation könnt was bringen.«

»Was ist das, eine Standartensitution?«, fragte Christian Ebinger.

Opalski verbesserte ihn: »Standard-, nicht Standartensituation. Damit sind Freistöße, Strafstöße oder Eckstöße gemeint.«

In diesem Augenblick berichtete Zimmermann mit bebender Stimme, die Deutschen hätten eine Ecke herausgeholt. »Wie immer wird Fritz Walter sie treten.«

»Still jetzt«, rief Albert Ebinger, obwohl in diesem Moment keiner sprach. Fritz Walter brachte die Ecke herein, und Rahn schoss den Ball ins Tor. Jetzt stand es 2 zu 2. Die Zuhörer im Klassenzimmer rissen jubelnd die Arme hoch.

»Seh ich das recht?«, fragte Luise Ebinger, als die Begeisterung abgeebbt war. »Jetzt müssen die Deutschen nur noch ein Tor schießen, dann haben wir gewonnen?«

Gerhard grinste seine Mutter an: »Mama, du bist ein richtiger Blitzmerker!«

Die Stimme des Radioreporters klang mit zunehmender Dauer der Übertragung immer aufgeregter. Im Mittelpunkt seiner Reportage stand plötzlich Toni Turek, der Torhüter der deutschen Mannschaft, der die Schüsse, die auf sein Tor kamen, einen um den anderen bravourös parierte. »Turek wächst über sich selbst hinaus!«, schrie der Reporter. »Turek bringt die Magyaren zur Verzweiflung.« Und als der Tormann einen gefährlichen Kopfball des erfolgreichsten ungarischen Stürmers, Sándor Kocsis, abwehrte, überschlug sich die Stimme des Reporters: »Toni, du bist ein Fußballgott.« Albert Ebinger sah in diesem Moment zu Pfarrer Lietzenauer hinüber. Ihre Blicke begegneten sich, und der Geistliche zuckte mit erhobenen Armen mit den Schultern, als wollte er sagen: »Das muss man in so einem Moment verzeihen.« Dass später, nach diversen Rügen aus beiden Kirchen und Interventionen ihrer Gewährsleute in den Rundfunkräten, die Stelle nachsynchronisiert wurde und dann »Toni, du bist Gold wert« lautete, fanden sie beide ausgesprochen albern.

Das Spiel ging seinem Ende zu, und immer noch stand es unentschieden 2 zu 2. Zimmermanns Stimme klang immer dramatischer. »Sechs Minuten noch im Wankdorfstadion in Bern – keiner wankt. Unaufhörlich prasselt der Regen hernieder. Es ist schwer, aber die

Zuschauer harren aus. Wie könnten sie auch anders? Eine Fußballweltmeisterschaft ist nur alle vier Jahre. Und wann sieht man so ein Endspiel?«

»Sag amal, das ist doch klasse, wie der des beschreibt. Und so schnell. I glaub, der erzählt was, bevor's passiert!«, flüsterte Christian seinem Bruder zu.

Gerhard, dessen Gesicht hektische rote Flecken zeigte, nickte nur und bedeutete Christian, er solle still sein. Und Christian beschloss in diesem Moment bei sich, dass er auch einmal ein großer Sportreporter werden wollte.

Die Zuhörer rutschten mit ihren Stühlen nach vorne, andere stemmten sich aus den engen Schulbänken heraus und gingen auf Zehenspitzen vor zum Lehrerpult, um näher am Radio zu sein. »Bozsik, immer wieder Bozsik, der rechte Läufer der Ungarn hat den Ball ... verloren, diesmal an Schäfer. Schäfer nach innen geflankt. Kopfball – abgewehrt. Aus dem Hintergrund müsste Rahn schießen. Rahn schießt. Tooor! Tooor! Tooor!« Der Reporter war außer sich. Die Fleckenhausener Zuhörer sprangen mit hochgereckten Armen herum, lagen Nachbarn in den Armen, die sie sonst kaum grüßten, schrien durcheinander, dass man Zimmermanns Stimme aus dem Rundfunkgerät nicht mehr hören konnte.

Endlich ließ sich Ebinger wieder mit seiner Stentorstimme hören: »Es ist noch nicht aus, Leut! Jetzt heißt es Daumen drücken.«

Genau das rief auch Zimmermann seinen Hörern zu: »Drei zu zwei führt Deutschland fünf Minuten vor dem Spielende. Halten Sie mich für verrückt, halten Sie mich für übergeschnappt. Ich glaube, auch Fußballlaien sollten ein Herz haben und sollten sich an der Begeisterung unserer Mannschaft und an unserer eigenen Begeisterung mitfreuen und sollten jetzt Daumen halten!« Atemlos berichtete er weiter. Die Minuten verrannen. »Rahn spielt zu Fritz Walter. Ball verfehlt. Puskas am Ball im Mittelkreis – aber Eckel springt dazwischen – hat abgewehrt. Die ganze deutsche Mannschaft setzt sich ein. Mit letzter Kraft, mit letzter Konzentration. Ottmar Walter fällt hin. Boszik an zwei Deutschen vorbei. Jetzt haben die Ungarn eine Chance, spielen ab zum rechten Flügel – Czibor – jetzt ein Schuss. Gehalten von Toni. Gehalten!«

»Eigentlich müsst doch langsam Schluss sein«, ließ sich Luise Ebinger hören, aber die Männer zischten unisono: »Pssst!«

»Die Ungarn erhalten einen Einwurf zugesprochen«, berichtete Zimmermann, nun schon heiser und nach Atem ringend. »Der ist ausgeführt. Kommt zu Bozsik … Aus! Aus! Aus! Aus! Das Spiel ist aus! Deutschland ist Weltmeister. Schlägt Ungarn mit drei zu zwo Toren im Finale in Bern!«

Was Zimmermann danach noch sagte, ging unter im Jubel der Zuhörer im Fleckenhausener Schulhaus. Als sie sich beruhigt hatten, ergriff Albert Ebinger als Erster das Wort: »Das kann man noch gar nicht abschätzen, was das für unser Land bedeutet. Ich sage euch, dieser Sieg hat eine gewaltige Symbolkraft. Er ist ein Zeichen des Aufbruchs nach dem verlorenen Weltkrieg und den Entbehrungen der Nachkriegszeit!«

Die anderen hatten ihm fast andächtig zugehört. Einen Augenblick war es ganz still. Die Männer nickten stumm zu dem, was der Lehrer gesagt hatte. Da ließ sich plötzlich Gottlieb Schätzle hören: »Unser Lehrer Ebinger! Nie um große Worte verlegen. Sie hent nix verlernt, gell! – Einen schönen Tag noch.« Damit verließ er das Schullokal.

»Was war denn das jetzt?«, fragte Trautwein.

»Ich würde es für ein Lob halten«, sagte der Pfarrer.

»Ein leicht vergiftetes«, fügte Opalski an.

Ebinger hob besänftigend die Arme. »Ich kann gut damit leben!«

Danach feierten sie bis in den späten Abend hinein.

»Ein Triumph!«, rief der Deutschlehrer Fritz Haberer am nächsten Tag laut, noch bevor er seinen Schülern in der 10b einen guten Morgen wünschte, und wiederholte noch einmal: »Ein Triumph!« Die meisten Schüler wussten sofort, was er meinte. Andere starrten ihn verständnislos an.

»Sie meinen die Weltmeisterschaft?«, fragte Christian Ebinger, der nun schon das zweite Jahr Klassensprecher war und sich deshalb befugt fühlte, auch einmal etwas zu sagen, ohne sich zuvor gemeldet zu haben.

»Was denn sonst?« Haberer sprang auf das Podium, auf dem das Lehrerpult stand. Der Oberstudienrat war höchstens 1,65 Meter groß, hatte einen zähen, durchtrainierten Körper, ein wettergebräuntes Gesicht und wild abstehende strohblonde Haare. »Das wird eine Menge ändern, Männer!«

»Was denn?«, fragte Christian Ebinger.

»Wir können den Kopf wieder heben. Wir sind wieder wer. Unsere ganze Nation kann endlich wieder stolz sein auf etwas.«

Peter Schmidt fuhr dazwischen: »Die Spieler vielleicht und ihr Trainer, wie heißt der gleich noch mal?« Das war natürlich wieder eine seiner typischen Provokationen, denn dass der Trainer Sepp Herberger hieß, wusste nahezu jeder in Deutschland, auch wenn er sich nicht für Fußball interessierte.

Peter Schmidt war der Schüler, den der Oberstudienrat Haberer am meisten hasste. »Ja, ich leiste mir den Luxus, manche mehr zu mögen als andere und manche auch abzulehnen«, hatte er einmal zu seiner Frau gesagt, »und diesen Schmidt möchte ich lieber heute als morgen rausschmeißen.«

Begonnen hatte die Fehde zwischen den beiden, als Haberer, der auch der Klassenlehrer der 10b war, im Dezember des vorausgegangenen Jahres eine Feierstunde zum Volkstrauertag ansetzte. Traditionell wurde dieser stille Feiertag bundesweit zwei Sonntage vor dem ersten Advent begangen, und es blieb den Schulen überlassen, am darauffolgenden Montag darauf einzugehen.

Gleich in der ersten Stunde befahl Haberer den Schülern, aufzustehen und »Haltung anzunehmen«. Er selbst trug an diesem Tag einen dunklen Anzug und eine schwarze Krawatte. »Wer weiß, worauf wir uns heute, bevor wir den Unterricht beginnen, erst einmal besinnen wollen?«

Peter Schmidt meldete sich als Einziger. »Gestern war Volkstrauertag!« Dann zog er einen Notizzettel aus der Tasche und las vor:

»Der Volkstrauertag wurde erstmals am 28. Februar 1926 begangen. Überall fanden Gedenkfeiern für die deutschen Gefallenen des Ersten Weltkriegs statt.« Schmidt machte eine kleine Pause und fuhr dann mit erhobener Stimme fort: »Die Nazis übernahmen diesen Feiertag …«

»Moment!«, fuhr Haberer dazwischen.

Aber Peter Schmidt ließ sich nicht drausbringen. »Sie nannten ihn ›Heldengedenktag‹. Nicht mehr das Gedenken an die Toten sollte im Mittelpunkt stehen, sondern die Heldenverehrung. Die Flaggen wurden auf Befehl von Joseph Goebbels nicht mehr auf halbmast gesetzt, sondern vollstock gehisst, wie das damals hieß …«

»Danke!«, rief der Lehrer. »Das genügt erst mal. Unsere gefallenen Soldaten mahnen. Darauf kommt es mir an. Ich habe da ein Zitat gefunden, von einem Hamburger Pastor namens Jähnisch, das der bei der ersten Feier zum Volkstrauertag auf dem Ohlsdorfer Friedhof in Hamburg 1926 gesprochen hat und das bis heute seine Gültigkeit bewahrt hat: ›Horche jeder auf den Geist der Toten und bekenne sich zu ihnen. Selber riefst du einst in Kugelgüssen: Deutschland muss leben, und wenn wir sterben müssen.‹ Ist das nicht großartig?«

Die Schüler schwiegen. Der Oberstudienrat trat an die vordere Kante des Podiums und reckte seinen kleinen Körper. »Wer von euch hat seinen Vater im Krieg verloren?«

Elf der 28 Schüler meldeten sich. Auch Peter Schmidt, und da er noch stand, nahm er auch gleich wieder das Wort.

»Mein Vater ist in Afrika gefallen.«

»Wo da genau?«, fragte Haberer.

»Keine Ahnung!«

»Du weißt das nicht? Habt ihr denn nicht nachgeforscht? Das war doch vermutlich bei der legendären Schlacht vor El-Alamein zwischen dem 23. Oktober und 4. November 1942. Die deutsche Panzerarmee Afrika unter Generalfeldmarschall Erwin Rommel kämpfte ruhmreich gegen die britischen Verbände von Lieutenant General Bernard Montgomery, auch wenn sie am Ende besiegt wurde. Dort in Ägypten also ist vermutlich dein Vater den Heldentod gestorben!«

Peter Schmidt löste sich aus seiner Bank und machte ein paar Schritte nach vorne. »Es ist mir scheißegal, wo mein Vater verreckt ist und wo sie ihn verscharrt haben. Er ist einen sinnlosen Tod in einem sinnlosen Krieg gestorben. Und wer heute einen Helden aus ihm machen will, ist für mich ein Verbrecher!«

Mucksmäuschenstill war es geworden in dem Klassenraum. Haberer rang nach Atem. »Das ist … das ist …«

»Das ist für mich eine unumstößliche Wahrheit«, sagte Peter Schmidt ganz ruhig.

»Ich …« Der Lehrer musste noch mal ansetzen. »Ich werde dafür sorgen, dass Sie keinen Tag länger an dieser Schule bleiben!« Haberer hatte ein Abkommen mit den Schülern, sie auch noch in der zehnten Klasse duzen zu dürfen, schließlich kannte er die meisten, seitdem sie zehn Jahre alt waren. Aber wenn es ernst wurde, verfiel er sofort ins Sie.

»Von mir aus. Ich würde sowieso lieber in eine Schule gehen, wo man keine Heldengedenktage mehr feiert.« Peter Schmidt setzte sich wieder.

»Sie kommen sofort mit aufs Rektorat!«, schrie Haberer.

»Dann komme ich aber mit«, meldete sich Christian Ebinger.

»Ich brauche Sie nicht«, bellte der Lehrer.

»Aber vielleicht braucht er mich«, sagte der Klassensprecher und deutete auf Peter Schmidt.

Und so machten sie sich zu dritt auf den Weg.

Oberstudiendirektor Prof. Dr. Österreicher war ein berühmter Mathematiker und ein bekannt strenger Schulleiter. Seine eigentliche Leidenschaft galt allerdings der Musik. In den letzten Jahren war es ihm gelungen, Unterstützer zu finden, die jedem Schüler, der ein Instrument lernen wollte, dieses und sogar den Unterricht finanzierten. So war ein Schulorchester entstanden, das weit über Tübingen hinaus bekannt und später zur Keimzelle des deutschen Jugendorchesters wurde.

Als Haberer und die beiden Schüler in seinem Sekretariat erschienen, verabschiedete sich Österreicher gerade von dem Besitzer einer florierenden Maschinenfabrik, der einen Scheck über 10 000 Mark für das Musikensemble dagelassen hatte. Der Schulleiter war in bester Stimmung. »Na, was gibt es so Aufregendes, dass Sie mitten in der Stunde zu mir kommen?«

»Ein Skandal, der seinesgleichen sucht!«, rief Haberer viel zu laut, so dass der Rektor beschwichtigend beide Hände hob.

»Kommen Sie doch rein!« Er öffnete die Tür vom Sekretariat zu seinem Büro. Schlichte, schwere Holzmöbel, ein antiker Holzsessel hinter dem wuchtigen Schreibtisch und ein riesiger verglaster Bücherschrank bestimmten die Einrichtung. »Bitte!« Österreicher deutete einladend auf die Sitzecke, wo um einen runden Eichenholztisch vier gepolsterte Stühle standen.

»Ich bleibe lieber stehen«, sagte Haberer. »Wenn Sie erlauben.«

»Na gut, schießen Sie los!«

»Wie jedes Jahr begehe ich in meiner Klasse auch heute den Heldengedenk... den Volkstrauertag.«

Der Direktor nahm den Versprecher mit einem irritierten Stirnrunzeln zur Kenntnis.

»Und dieser Schüler ...«

»Sie meinen Peter Schmidt?«, unterbrach Österreicher. »Unsere Schüler haben alle einen Namen.«

»Ja. Dieser Peter Schmidt hat sich auf eine so beschämende, despektierliche Weise über den Tod deutscher Soldaten ...«

»Über den Tod meines Vaters«, unterbrach Schmidt.

»Kann ich bitte mal ausreden?!«, brüllte der Lehrer.

Der Direktor ging dazwischen: »Vielleicht berichtet ja der Klassensprecher, was passiert ist. Es scheint mir, als ob eine neutrale Stimme ganz gut wäre.«

Christian Ebinger gab den Dialog zwischen dem Lehrer Haberer und dem Schüler Schmidt wortgetreu wieder. Als er seinen Klassenkameraden mit den Worten zitierte: »Und wer heute einen Helden aus ihm machen will, ist für mich ein Verbrecher!«, stampfte Haberer voller unbändigem Zorn mit dem rechten Fuß auf. »Er hat mich einen Verbrecher genannt. Ich verlange die Relegation dieses Schülers, Herr Direktor!«

Österreicher erhob sich. »Das ist freilich ein schwerwiegender Vorgang, Schmidt!«

»Herr Haberer sagte dann noch: ›Ich werde dafür sorgen, dass Sie keinen Tag länger an dieser Schule bleiben!‹«, beendete Christian seinen Bericht.

Österreicher ging zu seinem Schreibtisch und setzte sich in den Holzsessel. Jeder in der Schule wusste, dass er so seine Gespräche zu beenden pflegte. »Wir werden das beim nächsten Lehrerkonvent besprechen. Gehen Sie jetzt bitte in Ihre Klasse zurück.«

»Ich bitte um die Erlaubnis, den Schüler Schmidt vom heutigen Unterricht auszuschließen«, meldete sich Haberer noch einmal.

»Lieber Kollege, dafür sehe ich keinen Anlass. Und Ihnen, Schmidt, rate ich, Ihren Lehrer nicht weiter zu provozieren.«

Die 10 b hatte an diesem Tag nur die erste Stunde bei Haberer, und die dauerte nur noch fünf Minuten, als das Trio ins Klassenzimmer zurückkam. Haberer schickte die Schüler vorzeitig in die Pause und begab sich ins Lehrerzimmer. Es galt jetzt, im Kollegium eine Mehrheit für den Ausschluss des Schülers Peter Schmidt zu organisieren. Haberer wusste, dass er mit seiner Haltung durchaus nicht alleine war. Viele Lehrer, vor allem jene, die ohne körperliche und seelische Blessuren aus dem Krieg zurückgekehrt waren, hatten es satt, immer wieder nach ihrer Verantwortung für die Gräuel der Naziherrschaft gefragt zu werden. Bis zu sechs Jahre hatten sie ihren Kopf hingehalten, und nun mussten sie sich Vorwürfe anhören, so als ob sie den Wahnsinn hätten verhindern können. Daraus resultierte oft ein Trotz, der sie dazu brachte, die Dinge, die in der Nazizeit geschehen waren, zu bagatellisieren, wenn nicht gar zu beschönigen.

Aber Haberer war nicht sehr erfolgreich. Nur drei Lehrer waren bereit, ihn zu unterstützen. Alle anderen hielten gar nichts davon, »sich zu exponieren«, wie sie es ausdrückten.

»Man könnte meinen, Feigheit sei eine Tugend«, sagte Haberer am Abend zu seiner Frau.

Im Konvent, der am folgenden Freitag stattfand, unterrichtete Oberstudiendirektor Österreicher die versammelte Lehrerschaft dann auch lediglich davon, dass er mit dem Oberschulamt und sogar mit einem Vertreter des Kultusministeriums über den Fall gesprochen habe. In beiden Fällen habe man ihm geraten, es bei einem Verweis bewenden zu lassen. Juristisch könne man in so einem Fall nur unterliegen. Der Schüler Schmidt habe nicht expressis verbis gesagt, der Lehrer Haberer sei ein Verbrecher. Wörtlich habe sein Satz gelautet: »Wer heute einen Helden aus ihm – seinem Vater nämlich – machen will, ist für mich ein Verbrecher.« Also handle es sich um eine eher allgemeine Formulierung. Im Übrigen habe man ihm empfohlen, die Sache nicht zu hoch zu hängen. »Und ich musste meinen Gesprächspartnern recht geben. Wir wissen, wie sensibel vor allem die Presse reagiert, wenn behauptet wird – was ich freilich niemandem an dieser Schule unterstellen möchte –, dass das Gedankengut aus dem Dritten Reich noch immer in den Köpfen vieler Lehrer herumspuke.«

Danach herrschte zwischen dem Lehrer Haberer und dem Schüler Schmidt eine Art Waffenstillstand. Dennoch hätte Fritz Haberer darauf wetten können, dass Peter Schmidt versuchen würde, die kleine Siegesfeier, die er am 5. Juli 1954 der deutschen Nationalmannschaft widmen wollte, zu torpedieren. Umso überraschter war er, als Schmidt sagte: »Das war wirklich ein tolles Spiel.«

»Haben Sie's denn verfolgt?«

»Von der ersten bis zur letzten Minute! Klasse! So spannend kann kein Roman sein.« Schmidt wirkte begeistert.

»Sie empfinden also endlich auch einmal so etwas wie Stolz, Schmidt?«

»Stolz? Nein, Freude, Herr Haberer.«

»Aber das ist doch ein Tag, an dem man stolz darauf sein kann, Deutscher zu sein!«

»Ja, ›man‹ vielleicht. Nur ich erlebe es eben ein bisschen anders.« Es sah so aus, als sei Peter Schmidt freundlicher geworden, milder in seinem Urteil. Aber Christian Ebinger wusste, es war eher die Klugheit des Mitschülers. Er hatte sich in einem berühmten Internat am Bodensee angemeldet, und um aufgenommen zu werden, brauchte er einen guten Notendurchschnitt. Haberer hatte ihn in Deutsch von einer Zwei auf eine Vier heruntergewertet, und das galt es zu ändern.

Jedenfalls verlief die Deutschstunde nach dem Gewinn der Fußballweltmeisterschaft, ohne dass Schmidt noch einmal das Wort ergriff. Er schwieg selbst dann, als Haberer darüber redete, dass die Fußballspieler typisch deutsche Tugenden wie Kampfeswille, Disziplin und Opferbereitschaft bewiesen hätten.

Christian Ebinger hatte Oberstudienrat Haberer schon vor Tagen um einen Gesprächstermin gebeten. An diesem Tag nun trafen sie sich auf dem Schulhof, gingen dann aber auf die Uhlandstraße hinaus und auf der anderen Seite in den Park.

»Also los!«, sagte Haberer. »Was liegt an?« Er sah auf die Uhr. »Du hast zehn Minuten Zeit.«

»Die brauch ich gar nicht. Sie wären doch gar nicht unglücklich, nehm ich mal an, wenn Peter Schmidt die Schule verlassen würde.«

»Dazu sag ich nichts!«

»Er hat sich in Salem beworben. Aber seine Mutter ist ja Kriegerwitwe und hat wenig Geld. Er braucht also ein Stipendium.«

»Ja und? Soll ich für ihn sammeln gehen? Du weißt genau, wie er sich bei mir im Unterricht benimmt.«

»Ja, das weiß ich. Aber dass das auf seine Noten durchschlägt ...«

»Was behauptest du da? Sieh dich vor, mein Lieber, was du sagst.«

»Also ich bin ja selber nicht schlecht in Deutsch.«

»Du bist der Beste.«

»Der Zweitbeste. Peter Schmidt ist besser, und das wissen wir beide.«

Oberstudienrat Haberer war stehen geblieben, hatte seine Fäuste in die Seiten gestemmt und sah zu Christian auf, der gut einen Kopf größer war. »Die Noten gebe immer noch ich, Ebinger!«

»Darum geht's ja grade.«

»Willst du behaupten, ich sei ungerecht?«

Christian schwieg. Genau davon war er ja überzeugt. Haberer wendete sich um und trat gegen einen Stein, der in hohem Bogen in den Anlagensee flog.

»Guter Schuss!« Christian grinste.

»Also, was willst du?« Haberer drehte ihm noch immer den Rücken zu.

»Wenn Peter Schmidt wieder auf eine Zwei käme, würde er's schaffen.«

»Also jetzt hör mal …«

»Jeden Tag eine gute Tat«, zitierte der Schüler den Wahlspruch der Pfadfinder, wohl wissend, dass Haberer dieser Jugendorganisation sein ganzes Leben lang verbunden war, auch in der Zeit, als die Pfadfinderschaft von der Hitlerjugend aufgefressen worden war.

»Gnade vor Recht, meinst du?« Endlich drehte sich der Lehrer wieder um.

»Wenn Sie es so nennen wollen …«

»Das Gespräch bleibt unter uns!«

»Ja, logisch.«

Haberer sah wieder auf seine Uhr. »Gehen wir zurück!«

Am 1. September 1954 wechselte Peter Schmidt auf das Internat am Bodensee. In seinem Jahreszeugnis der 10b stand hinter Deutsch eine Zwei.

Luise Ebinger war in den ersten Nachkriegsjahren nicht mehr zu den Proben des Gesangvereins gegangen, die aushilfsweise von einer Musikstudentin geleitet wurden. Sie sagte es nicht laut, aber es widerstrebte ihr, dass eine Frau, die zudem fast 20 Jahre jünger war als sie selbst, den Taktstock führte. Marie Häfner hatte mehr als einmal gesagt, Luises schöne Stimme fehle dem Chor, aber sie hatte die Freundin nicht umstimmen können. Erst als sich Ferdinand Opalski als Dirigent zur Verfügung stellte, ging sie wieder zu den Proben.

Doch die Stimme hatte nicht mehr den Klang wie in den früheren Jahren. Zwar erreichte sie die Höhen noch immer mühelos, aber der Schmelz, das leichte Vibrato, der weiche Ton waren verlorengegangen. Luise spürte das selbst als Erste. Nach vier oder fünf Proben sprach sie Ferdinand Opalski darauf an. Der Dirigent tröstete sie. Ihre Stimme werde den alten Klang zurückgewinnen, wenn sie entsprechend übe. »Die schweren Zeiten, die hinter uns liegen, haben bei uns allen Spuren hinterlassen«, sagte er, »und bei vielen Leuten merkt man das eben auch an der Stimme.« Luise wendete ein, im Unterschied zu ihm und seiner Familie sei es doch ihr und den Ihren gutgegangen. »Trotzdem«, entgegnete Opalski, ohne näher darauf einzugehen. Am Ende bot er ihr an, sie persönlich zu unterrichten.

Seitdem ging sie einmal in der Woche die Pfrondorfer Straße hinauf zum Haus der Kranzmarie.

Luise Ebinger stand in der immer gleichen Haltung neben dem Klavier, den linken Arm aufgelegt, das rechte Bein leicht ausgestellt, die Hüfte etwas vorgeschoben und das Kinn angehoben. In keiner anderen Phase ihres Lebens hätte sie sich so hingestellt, und sie musste unwillkürlich lächeln, als sie sich ausmalte, wie ihr Mann reagieren würde, wenn er sie so sehen würde.

Albert Ebinger ließ seine Frau spüren, dass ihm die wöchentlichen Gesangsstunden nicht recht waren. »Das brauchst du doch wirklich nicht. Für den Gesangverein reicht deine Stimme hundertmal!« Er selbst hatte aufgehört, am Klavier und mit der Geige zu üben. Manchmal spielte er noch eins der beiden Instrumente, doch er brach immer schnell wieder ab. Eher lustlos unterrichtete er Christian am Klavier. Aber mit dem Jungen war es auch ein Kreuz. Kaum hatte er die ersten Tonarten begriffen und ein bisschen etwas von den Harmonien verstanden, spielte er auf eigene Faust drauflos. Er kümmerte sich nicht um die Noten und nicht um die richtigen Fingersätze. Zugegeben, der Bub war musikalisch, doch er war nicht dazu zu bewegen, systematisch zu lernen und zu üben. »Du willst immer den zweiten Schritt vor dem ersten tun!«, rügte ihn der Vater. Aber das änderte nichts.

Wenn die Mutter dazukam, fuhr sie manchmal ihrem Jüngsten durch die Haare, die sich nie so hinlegen wollten, dass sich eine vernünftige Frisur ergeben hätte, und sagte: »Der ganze Kerle ist so widerborstig wie seine Haar!«

»Ich geb's auf«, seufzte Albert Ebinger eines Tages, und von da an kümmerte er sich nicht mehr darum, was sein Sohn am Klavier trieb. Und schließlich verlor auch Christian die Lust an seinem dilettantischen Musizieren.

Eines Abends sagte Luise Ebinger zu ihrem Mann, sie überlege sich, ob sie eine zweite Gesangsstunde in der Woche nehmen solle.

»Das wird mir zu teuer«, beschied sie ihr Mann barsch. »Das wären ja dann 20 Mark in der Woche!« Wenn er sich Rechenschaft abgelegt hätte, wäre dem Lehrer wohl bewusst geworden, dass es nicht das Geld war, weswegen er den erweiterten Gesangsunterricht ablehnte. Luise sprach in letzter Zeit immer häufiger über ihren Gesangslehrer, und Albert klang da zu viel Begeisterung mit. Niemals hätte er zugegeben, dass er eifersüchtig war. Aber wie sollte man dieses Gefühl sonst nennen, das ihn mehr und mehr umtrieb.

Als er ein paar Tage später nach dem Vormittagsunterricht am Esstisch Platz nahm und grade den ersten Löffel Grießklößchensuppe zum Mund führen wollte, sagte seine Frau: »Ich hab dem Bäcker Kümmerle zugsagt …«

»Was hast du dem zugesagt?« Albert ließ den Löffel sinken.

»Dass ich ihm am Samstag beim Verkaufen helf.«

Der Löffel fiel in den Teller. Die Suppe spritzte auf. »Was hast du?«

»Er zahlt mir zwei Mark für die Stund.«

»Meine Frau hat es nicht nötig zu arbeiten!« An Alberts Stirn trat eine bläuliche Ader hervor, in der man das Blut pochen sah.

»Es ist ja nur, damit ich die zweite Gesangsstunde zahlen kann. Aber ich glaub, es dät mir auch Spaß machen.«

»Das verbiet ich dir!«, sagte ihr Mann.

Luise, die in ihrem Eheleben nur selten ihrem Mann widersprochen hatte, sagte: »Des ischt aber jetzt net dei Ernscht!«

»Und ob!« Alberts Gesicht war dunkelrot angelaufen.

Seine Frau tupfte umständlich ihren Mund mit der Serviette ab, ehe sie sagte: »Wie oft hast du Sachen gmacht, ohne mich vorher zu fragen?«

»Wie bitte?«

»Weischt, so unselbständig wie früher bin ich nimmer.« Luise saß nun sehr aufrecht auf der vorderen Kante ihres Stuhles und versuchte vergeblich, den Blick ihres Mannes mit ihren Augen festzuhalten. »In der Zeit, in der du im Lager warst, hab ich dich auch nicht jeden Tag fragen können, wie's dir recht wär.«

»Aber jetzt bin ich wieder da.«

»Trotzdem: Es hat sich einiges verändert. Und weil du mir die zweite Gesangsstunde nicht bezahle kannscht, zahl ich sie halt selber. Und jetzt iss bitte, deine Suppe wird ja kalt.«

Albert Ebinger war sprachlos. Er löffelte seine Suppe, und als er den leeren Teller von sich schob, wechselte er bewusst das Thema: »Wo ist eigentlich der Christian?«

»Beim Herrn Pfarrer, glaub ich.«

»Soso, glaubst du?«

»Er will eine eigene Jungschar gründen, glaub ich.«

»Glaub ich, glaub ich, und was weißt du?«

Luise ließ sich nicht aus der Ruhe bringen. »Er ist doch jetzt schon seit zwei Jahr beim CVJM in Tübingen …«

»Mein Gott, als ob ich das nicht wüsst!« Albert gelang es nicht, seine schlechte Laune zu überwinden.

»Und er leitet dort schon seit einem halben Jahr eine eigene Gruppe. Jetzt möchte er eben, dass auch bei uns in Fleckenhausen die Kirche eine Jugendgruppe aufmacht.«

»Der Christian?«

»Ja. Er traut sich das zu.«

»Was traut sich der nicht zu!«

Albert widmete sich dem Schnitzel, das ihm seine Frau aufgetan hatte. »Im Gymnasium macht er den Klassensprecher, fällt aber durch und muss die Klasse wiederholen. Er macht beim Theater mit, schreibt Artikel für die Schülerzeitung …«

»… und jetzt hat er sogar angefangen, Gitarre zu lernen, damit er in der Jungschar die Lieder begleiten kann.«

»Und woher hat er das Instrument?«

»Das hat ihm der CVJM geliehen, solang er in Tübingen in so einer Gruppe mitarbeitet. Er darf die Gitarre aber behalten, wenn er hier in Fleckenhausen eine eigene Gruppe aufmacht.«

»Mit der Gitarre wird er genauso aufhören wie mit dem Klavier. Der Bub macht mir wirklich Sorgen. Manchmal hab ich Angst, er schlägt seinem Onkel Josef nach.«

»Wär das so schlimm?«

»Du kannst fragen!«

»Dein Bruder hat auch seine guten Seiten«, sagte Luise.

»Bloß hat er halt sehr viel mehr schlechte!« Albert schob den Teller von sich. »Mein Gott, ist das Schnitzel zäh.«

Luise ließ sich auch dadurch nicht aus der Ruhe bringen. »Man steckt halt net drin im Fleisch, wenn man's kauft.« Sie sah ihrem Mann direkt in die Augen. »Wir hätten ihn nicht so im Stich lassen dürfen, deinen Bruder Josef!«

Albert schlug mit der Faust auf den Tisch, dass das Besteck hochsprang. »Also jetzt langt's aber, Luise! Sind wir etwa schuld, dass der kriminell geworden ist?«

»Mein Gott, was hätt er denn machen sollen?«

»Anständig leben wie andere Leut! In meiner Familie hat's keine Diebe und keine Betrüger gegeben, bis der Josef damit angefangen hat!«

»Er war halt völlig verzweifelt!«

Draußen ging die Wohnungstür, und Sekunden später stürmte Christian ins Zimmer. Er ließ sich auf einen Stuhl fallen. »Mann, hab ich einen Hunger!«

»Hände waschen!«, beschied ihn seine Mutter.

Murrend stand der 16-Jährige auf und ging in die Küche.

»Lass uns vor dem Christian nicht weiter drüber reden«, bat Luise ihren Mann.

Er nickte. »Wenn der Bub bloß nicht nach dem Josef kommt!«

Als der Junge wieder hereinkam, rief er schon unter der Tür: »Also am Sonntag gibt's der Herr Pfarrer nach dem Gottesdienst bekannt, und am Mittwoch nächster Woche fangen wir an.«

»Und auf die Idee, uns zu fragen, ob wir einverstanden sind, bist du nicht gekommen?«, fragte ihn sein Vater.

»Heißt das, es ist dir nicht recht?« Der Bub sah seinen Vater überrascht an.

»Die Schule geht vor. Du wirst ja wohl nicht noch eine Klasse wiederholen wollen.«

»Ja, aber grad weil ich wiederhol, weiß ich halt das meiste schon, da kann ich doch auch die Jungschar leiten.«

»Iss bitte!«, sagte seine Mutter. »Ich denk, du hast so einen Hunger!«

Eine Weile herrschte Schweigen am Tisch. Als Luise dem Jungen einen Teller mit Schnitzel und Kartoffelsalat hinschob, sagte der zu seinem Vater: »Der Pfarrer hat sich unheimlich gfreut. Und wenn du jetzt dagegen bist …«

»Ich bin ja nicht dagegen«, unterbrach ihn Albert Ebinger barsch. »Aber bevor man in deinem Alter so was anfängt, fragt man seine Eltern!«

»'s nächste Mal!« Christian schob eine Gabel mit Kartoffelsalat in den Mund und vermied es, seinen Vater anzusehen.

Als Albert Ebinger nach dem Nachmittagsunterricht in die Wohnung zurückkam, fand er seine Frau, über ein Fotoalbum gebeugt, am Tisch im Wohnzimmer sitzen. Er warf einen Blick über ihre Schulter. »Kannscht des nicht lasse?« Im Unterricht hatte er sich große Mühe gegeben, seine schlechte Laune zu verbergen. Es war Teil seines unerschütterlichen Pflichtbewusstseins, die Schüler seine persönlichen

Befindlichkeiten nicht spüren zu lassen. Aber seine Stimmung hatte sich seit dem Mittagessen nicht gebessert.

Luise zeigte auf eine der Fotografien. »Das hat er bei seinem letzten Fronturlaub mitgebracht.« Das Bild zeigte Alberts zehn Jahre jüngeren Bruder Josef in der Uniform eines Hauptmanns der Wehrmacht. Auf der linken Brusttasche blinkten zwei Orden – Auszeichnungen für besondere Tapferkeit vor dem Feind. Josef hatte damals behauptet, er wisse nicht, wofür er »die Klunker« bekommen habe. Schneidig sah er aus auf dem Bild. Sein Blick hatte etwas Herausforderndes. »Schade, auf der Fotografie sieht man gar net, was für schöne blaue Augen er hat«, sagte Luise mit einem kleinen Seufzer. »Wo er jetzt wohl sein mag?«

»Interessiert mich nicht. Für mich ist er gestorben!« Damit ging Albert ins Herrenzimmer und schlug die Tür hinter sich zu.

Luise schloss das Fotoalbum und ließ ihre Hand noch eine Weile auf dem mit Stoff überzogenen Einband ruhen. Damals, als Josef Ebinger das letzte Mal in Uniform zu Besuch gekommen war, hatte er einen eleganten grauen Offiziersmantel aus Hirschleder getragen. »Den lass ich dir da«, hatte er zu ihr gesagt, »daraus lässt du den Buben Lederhosen machen.«

»Ja musst du den Mantel denn nicht zurückbringen?«

»Mir wird schon was einfallen.« Er hatte sie mit einem listigen Lächeln angeschaut. »In dem Krieg muss man sehen, wo man bleibt.«

Im Unterschied zu seinen älteren Brüdern war Josef Ebinger von Anfang an kein Freund der Nationalsozialisten gewesen. Dafür sei er zu freiheitsliebend, hatte er zu Albert gesagt, und der hatte erwidert: »Zu undiszipliniert, meinst du wohl.«

Aber Josef lachte nur über die Antwort. Er lachte überhaupt oft einfach weg, was man ihm vorhielt. Es fehle ihm der nötige Ernst, hatte schon die strenge und fromme Mutter der drei Brüder über ihren Jüngsten gesagt. Und dennoch war er immer ihr Liebling gewesen. Und nicht nur ihrer. Die meisten Frauen mochten den immer gutgelaunten jungen Mann mit den blitzenden Augen und dem leicht spöttischen Zug um den Mund.

Luise musste lächeln, als sie daran dachte, wie er zu Hanna bei seinem Besuch im Frühjahr 1944 gesagt hatte: »Wenn der Krieg vorbei ist, gehen wir zwei miteinander einkaufen, und du kriegst seidene Strümpf!«

Als der Krieg endlich vorbei war, kam Josef schon wenige Monate später zurück. In Begleitung einer eleganten Dame, die er in Rumänien kennengelernt hatte und von der es hieß, sie sei eine Gräfin. Sie trug teure Kleider, ihre leuchtendroten Haare hatte sie in einer kunstvoll hochtoupierten Frisur zusammengefasst. Sie hielt zwei silberne Pudel, mit denen sie im Monat zweimal zum Hundefriseur ging. Und das alles in einer Kleinstadt auf der Schwäbischen Alb.

Josef, der vor dem Krieg eine Kaufmannslehre gemacht hatte, gründete eine kleine Textilfabrik, wie es hieß, mit dem Geld der Gräfin, die er im Mai 1947 heiratete. Er mietete sich in einer Villa in schönster Hanglage ein und kaufte sich ein Auto, mit dem er an einem Sonntagmorgen plötzlich im Schulhof von Fleckenhausen vorfuhr. Er hupte, rief nach Christian und sagte: »Los, wir fahren eine Runde.«

Noch bevor Luise Einspruch erheben konnte, setzte er den Jungen zwischen seine Beine auf den Fahrersitz des Ford Taunus 12 M und sagte: »Du nimmst das Steuer!« Und während der Onkel geschickt Gas, Kupplung und Bremspedal bediente und mit der rechten Hand durch die Gänge schaltete, durfte der Bub das Auto lenken – aus dem Dorf hinaus, die steile Straße nach Weil im Schönbuch hinauf und über die Kälberstelle wieder zurück nach Fleckenhausen.

Das Versprechen, mit Hanna seidene Strümpfe kaufen zu gehen, konnte der charmante Onkel an jenem Tag nicht einlösen. Es war ja Sonntag, und alle Geschäfte waren geschlossen.

Auf der Rückfahrt besuchte er seine Brüder im Internierungslager Balingen. Was er ihnen mitbrachte, den Wein, den Schinken und das Holzofenbrot, konfiszierten die Bewacher. Und das Gespräch zwischen den drei Ebingers versandete schon bald. Josef mochte die Klagen über die schlechte Behandlung durch die Besatzer nicht hören, und seine Brüder reagierten ablehnend und barsch auf seine Bemerkung, man hätte den Nazis spätestens abschwören müssen, als die begonnen hätten, die Juden zu verfolgen und zu vernichten. Man habe ja nicht wissen können, was mit denen geschehen sei, herrschte ihn sein Bruder Ottmar an. »Dann müsst ihr aber blind und taub gewesen sein«, gab Josef zurück. Und als Albert, der Älteste, nickte und sagte: »Wir waren nicht blind, wir haben nur die Augen zugemacht!«, gab es auch noch Streit zwischen ihm und dem mittleren der Brüder.

Josef setzte sich in seinen Ford Taunus 12 M und fuhr langsam durchs Killertal auf die Hochebene der Alb hinauf. Wenigstens Albert, sein zehn Jahre älterer Bruder, hatte eine gewisse Einsicht gezeigt. Irgendwann, so glaubte Josef fest, würde man wieder zusammenfinden.

Doch das machten nicht die älteren Brüder, sondern er selbst unmöglich. Seine Firma hatte noch keine 15 Monate existiert, als plötzlich alle Maschinen stillstanden. Josef hatte sich verkalkuliert. Das investierte Geld war bald zu Ende, und die Bank gewährte ihm keinen Kredit mehr. Er stand vor dem Bankrott, und als seine schicke rumänische Frau dies begriff, trennte sie sich von ihm, ließ sich nach einem halben Jahr scheiden und heiratete ein weiteres Jahr später Josefs Konkurrenten, der die Ruinen der kleinen Textilfabrik für wenig Geld aufgekauft und dem eigenen Betrieb einverleibt hatte. Josef war mit einem Mal nicht nur mittellos, sondern hatte auch noch Schulden bei Lieferanten und bei Freunden, die er niemals würde zurückzahlen können. Also verließ er eines späten Abends die kleine Stadt, und niemand wusste, wo er hingegangen war. Manche glaubten, er habe sich das Leben genommen. Andere erzählten, er habe in letzter Minute noch eine große Summe auf die Seite geschafft und sei mit dem Geld nach Afrika oder Südamerika abgehauen, wo er ein neues, feudales Leben begonnen habe.

Fünf Jahre vergingen. Albert und sein Bruder Ottmar waren längst wieder zu Hause bei ihren Familien, als Josef überraschend wieder auftauchte. Eines Abends stand er plötzlich vor der Wohnungstür im ersten Stock des Schulhauses und klingelte. Luise erkannte den Schwager schon an seiner Silhouette hinter der Milchglasscheibe im oberen Teil der Wohnungstür. Ihr Herz schlug bis zum Hals, als sie die Tür aufriss. »Bist du's, Josef? Bist du's wirklich?«

Er trug einen dreiteiligen Anzug. Der Stoff war dünn und glänzte. Das weiße Hemd war grau verfärbt und wirkte genauso abgetragen wie Jacke, Weste und Hose. Der Hemdkragen stand offen. Die beiden obersten Knöpfe fehlten. Josef lächelte und streckte ihr seine beiden Hände entgegen. »Luise!«

»Mein Gott, Josef! Bin ich froh!«, sagte sie leise. Albert sei bei einer Fortbildung und komme erst spät am Abend. »Der wird sich freuen!« Sie zog den Besuch in den Flur herein und rief nach Christian. Hanna und Gerhard waren nicht zu Hause.

Den ganzen Nachmittag verbrachten Onkel und Neffe miteinander. Josef erzählte »Schwänke aus seinem Leben«, wie er es nannte – lustige Geschichten, die immer auf eine überraschende Pointe hinausliefen. »Stimmt das denn alles?«, fragte Christian.

»Im Prinzip schon. Aber die Geschichten werden jedes Mal ein bisschen besser. Wenn mir was Neues dazu einfällt – es muss natürlich gut sein! –, dann füge ich's ein, und dann bleibt es auch.«

Christian hatte nie groß drüber nachgedacht, aber jetzt wurde ihm klar, dass er sich genauso verhielt. Sie spielten dann noch ein paar Partien Schach, und Christian wurde den Verdacht nicht los, dass ihn der Onkel in zwei der Spiele gewinnen ließ.

Später waren dann auch Hanna und Gerhard nach Hause gekommen, sie saßen um den großen Tisch im Wohnzimmer. Luise hatte ein schnelles Essen gezaubert, und Josef hatte gegessen wie einer, der seit vielen Tagen nichts bekommen hatte. Er hatte um einen Schnaps zur besseren Verdauung gebeten und hob ihn gerade an die Lippen, als sein Bruder auf der Schwelle erschien.

»Gibt's dich also doch noch!«, war das Erste, was Albert sagte. Er trat an den Tisch, legte flüchtig seine rechte Hand auf die linke Schulter Josefs und setzte sich ihm gegenüber. »Wie geht's dir?«

»Siehst es ja«, antwortete Josef. »Ich leb noch. Und langsam kommen auch für mich wieder bessere Zeiten.«

»Wollen wir's hoffen!«

Albert entschied, dass Christian und Gerhard im Herrenzimmer schlafen sollten. Josef konnte so im Bubenzimmer nächtigen, wo ihn niemand störte, wenn er ausschlafen wollte.

Hanna blieb unter der Tür noch mal stehen. »Und was ist mit meinen seidenen Strümpfen?«

»Nicht vergessen!«, gab der Onkel zurück. »Versprochen ist versprochen. Und ich hab ja schon gesagt, es kommen wieder bessere Zeiten.«

Kurz darauf verabschiedete auch er sich und verschwand im Zimmer der Söhne. Luise räumte den Tisch ab, und als sie ins Wohnzimmer zurückkam, fand sie ihren Mann tief in Gedanken. »Dem geht's schlecht«, sagte er.

»Das Beste wär, er bliebe ein paar Wochen da und könnte sich erholen«, sagte Luise.

Albert nickte. »Ja, das wär das Einzige, was wir für ihn tun können.«

Aber Josef verließ die Lehrerwohnung schon eine halbe Stunde, nachdem Albert in seinen Unterricht gegangen war. Die Söhne waren wie immer schon kurz vor sechs Uhr aus dem Haus und zum Bus gelaufen, der sie nach Tübingen brachte.

»Willst nicht noch a Weile bleiben?«, fragte Luise und hielt wieder Josefs Hände in den ihren.

»Es geht nicht!«

»Warum denn nicht?«

»Frag lieber nicht!« Er beugte sich zu ihr herab, küsste sie auf beide Wangen und verließ fast fluchtartig das Haus.

Am Abend, als sie ins Bett gingen, entdeckten Gerhard und Christian, dass ihre Spardosen, die auf einem kleinen Wandbord im Bubenzimmer standen, aufgebrochen und geleert worden waren.

»Der Sauhund!«, schrie Christian. Und Gerhard sagte finster: »Das verzeih ich ihm nie! – 17 Mark und 60 Pfennige hab ich ghabt.«

Christian hatte nicht im Kopf, wie viel er angespart hatte. Bestimmt weniger als sein großer Bruder. Aber das war nicht der Grund, dass sein Zorn schnell verrauchte. Er hatte die ganzen Jahre immer wieder an den Lieblingsonkel gedacht. In seiner Erinnerung war Josef ein strahlender Held. Und immerhin trugen beide Jungen auch jetzt noch den ganzen Sommer über die Hosen, die seine Mutter aus dem Hirschledermantel des einstigen Offiziers hatte schneidern lassen. Damals vorsorglich in Übergrößen, so dass sie lange Zeit genutzt werden konnten. Und niemals hatte Christian die Autofahrt in der Ford-Limousine vergessen. Auch deshalb nahm er beim Abendessen den Onkel in Schutz. »Der zahlt das zurück. Mit Zinsen und Zinseszinsen!«

»Wer's glaubt ...«, knurrte sein Bruder finster.

Zwei Tage später klingelten zwei Polizisten an der Wohnungstür. Albert Ebinger bat die Beamten ins Herrenzimmer, nachdem sie gesagt hatten, sie seien auf der Suche nach einem gewissen Josef Ebinger. Er sei zur Fahndung ausgeschrieben, und man habe Zeugenaussagen, dass er hier gesehen worden sei. Albert Ebinger bestätigte. »Ja, er war da. Hat uns besucht. Aber dass er polizeilich gesucht wird – davon hatte ich keine Ahnung. Was wirft man ihm denn vor?«

»Diebstahl, Betrug und Heiratsschwindel!«

»Meinem Bruder Josef Ebinger?« Der Lehrer starrte die beiden Polizisten ungläubig an.

»Ja. Er ist schon seit sieben Monaten auf der Flucht. In Überlingen am Bodensee ist er zwar festgenommen worden, konnte aber aus dem Polizeigewahrsam fliehen.« Der ältere der beiden Beamten sprach seine Sätze, als habe er sie alle vorsorglich auswendig gelernt. »Wissen Sie denn, wo er hin wollte?«

Albert Ebinger schüttelte den Kopf. »Wir hatten eigentlich gedacht, er bleibe ein paar Wochen bei uns. Es ging ihm nicht gut, das hat man ihm angesehen.«

»Sobald er sich bei Ihnen meldet, geben Sie uns bitte Bescheid!«, sagte der Polizist und reichte Ebinger eine Visitenkarte.

»Ja, mach ich. Selbstverständlich!«

Erst beim Abendessen berichtete Albert seiner Familie von der polizeilichen Vernehmung, wie er es nannte. Und er kommentierte die Angelegenheit nur mit einem Satz: »Ab heute ist das Tischtuch zwischen ihm und uns zerschnitten!« Seine Frau sagte nichts dazu. Hanna wischte ein paar Tränen aus ihren Augenwinkeln. Gerhard schaute noch immer finster vor sich hin. Und Christian sagte, obwohl er keine Ahnung hatte, wo dieser Satz plötzlich herkam: »Wer ohne Schuld ist, der werfe den ersten Stein.«

Der deutsche Bundeskanzler Konrad Adenauer reiste im September 1955 mit einer Regierungsdelegation nach Moskau. Am 17. Mai desselben Jahres war die Besatzungszeit im Westen Deutschlands zu Ende gegangen. Die Bundesrepublik war nun ein freier, unabhängiger Staat – aufgebaut mit Hilfe der Amerikaner und von denen fest ins westliche Bündnis eingebunden. Adenauer, der am 15. September 1949 nur mit einer Stimme Mehrheit und zudem seiner eigenen zum Kanzler gewählt worden war, hatte 1953 im Herbst die zweite Bundestagswahl glänzend gewonnen. Die Einladung aus der Sowjetunion kam zwei Jahre später. Die Regierenden in Moskau boten Verhandlungen über die Aufnahme diplomatischer Beziehungen an.

Adenauer, der ein tiefes Misstrauen gegen die Herren im Kreml hegte, schickte eine eigene Fahrzeugkolonne voraus und bestand darauf, dass die deutsche Delegation nur von Köchen bekocht wurde, die er ebenfalls vorab aus Bonn nach Moskau entsandt hatte. Die sowjetische Führung gab sich große Mühe. Gleich zu Anfang lud sie zu einer festlichen Aufführung im Bolschoi-Theater zu Ehren der deutschen Politiker ein. In ihrer Gastfreundschaft wollten sich die Sowjets von niemandem übertreffen lassen. Doch die Verhandlungen kamen nicht voran. Adenauers Forderung, alle deutschen Kriegsgefangenen, die noch in der Sowjetunion festgehalten wurden, müssten sofort entlassen und nach Hause geschickt werden, stieß auf die massive Ablehnung der Moskauer Führung. Andererseits wollte sie aber unbedingt einen Vertrag auf gegenseitige Anerkennung abschließen. Man kam nicht weiter. Da bestellte der deutsche Kanzler für den Abend seine engsten Mitarbeiter zu sich in seine Hotelsuite. Er war sich ganz sicher, dass dieser Raum abgehört wurde. In der Überzeugung, dass die Russen mithörten, erklärte er seinen entsetzten Delegationsmitgliedern, man werde am nächsten Morgen abreisen. »Für mich sind die Verhandlungen gescheitert, also was sollen wir dann noch hier?« Seine Mitarbeiter beschworen ihn, nichts übers Knie zu brechen. Auch die Vertreter der Opposition, die mitgereist waren, redeten ihm zu, die Verhandlungen am nächsten Tag wie vereinbart weiterzuführen. Aber der Kanzler blieb eisern.

Sehr früh am nächsten Morgen erreichte Adenauer die Botschaft, man sei bereit, über die Entlassung der 5 000 deutschen Gefangenen zu reden.

Zwar kam es zu keiner vertraglichen Abmachung darüber. Aber die Führung im Kreml gab ihr feierliches Ehrenwort, dass der deutsche Wunsch erfüllt werde. Und die Russen hielten sich an ihr Versprechen.

Kathrin Lubinger, die sich sonst nicht für Politik interessierte, verfolgte alle Nachrichten über die Bemühungen des Bundeskanzlers, die letzten Kriegsteilnehmer nach Hause zu bringen, mit größter Aufmerksamkeit. An manchen Tagen ließ sie keine Nachrichtensendung im Radio aus. Und als Adenauer nach seiner Rückkehr verkündete, es gebe die absolut verbindliche Zusage der Sowjets, die letzten deutschen Kriegsgefangenen zu entlassen, überkam sie eine große Unruhe.

»Ich glaub, der Andreas kommt heim«, sagte sie eines Abends zu Gottlieb Schätzle.

»Aha«, machte der nur.

»Ich hab's sogar geträumt.«

»Geträumt au no. Soso.«

»Was mach ich denn jetzt?«

»Jetzt warten wir's halt ab«, sagte Schätzle.

»Und wenn er wirklich wiederkommt?«

Schätzle zuckte nur die Schultern. »Woher soll ich das wissen?«

»Gottlieb, ich hab Angst!«

Schätzle sagte nichts dazu. Er ging zum Fenster und sah zum Haus der Häfners hinüber. Kathrin trat hinter ihn und legte ihre Arme um seine Hüften. »Ich will dich nicht verlieren, Gottlieb!«

»Sie kommen nächsten Sonntag im Lager Friedland an«, sagte Schätzle. »Heut ist Freitag. Soll ich dich hinfahren?«

»Das würdest du machen?«

»Ja, selbstverständlich.« Der Holzhändler verließ seine Geliebte, ohne sie noch einmal umarmt oder gar geküsst zu haben.

Am nächsten Tag wusch er schon am frühen Morgen seinen Lastwagen. Christian Ebinger, der immer noch ab und zu Aushilfsarbeiten bei Schätzle leistete, übernahm es, die Fahrerkabine zu reinigen. Er hatte Herbstferien und war froh, wenn er an einigen Tagen etwas Geld verdienen konnte.

Als sie ihre Vesperpause machten, sagte Schätzle plötzlich: »Weißt noch, wie du zu mir gsagt hast, die Kathrin Lubinger dät gern mit mir ins Kino nach Tübingen fahren?«

Christian nickte nur. Er erinnerte sich gut daran. Sollte er jetzt gestehen, dass er und Gerhard das alles erfunden hatten, um die beiden zusammenzubringen?

»Damit hat alles angfangen«, fuhr Schätzle fort. »Und jetzt kommt vielleicht ihr Mann zurück.«

»Hat sie denn Nachricht von ihm?«

Schätzle lachte auf. »Nein. Aber das zweite Gesicht. Sie hat im Traum gsehen, wie er wiederkommt.«

Christian wusste nicht so recht, was er dazu sagen sollte. Damals war er noch ein naives Kind gewesen, doch jetzt fühlte er sich ziemlich erwachsen. Er begriff, welche Konflikte sich da auftun konnten.

»Ich fahr sie hin«, sagte Schätzle.

»Wohin?«

»Nach Friedland, wo der Transport ankommt.«

»Ehrlich?«

»Ich hab mir nichts vorzuwerfen.«

»Könnt ich da mit?«, fragte Christian plötzlich.

»Hä?«, machte Gottlieb Schätzle.

»Ich hab doch noch Herbstferien. Und das muss doch was Tolles sein, wenn mr da dabei sei könnt. Ich könnt was drüber schreiben. Für unsere Schülerzeitung oder fürs Schwäbische Tagblatt.« Tatsächlich hatte der inzwischen fast 17-jährige Junge in der letzten Zeit immer wieder Berichte für die Lokalzeitung geschrieben und damit ein kleines Honorar verdient. Seine Mutter sagte immer mal wieder zu ihrem Mann: »Ich möchte wissen, warum der Bub so hinterm Geld her ist.«

»Damit er sich was leisten kann«, hatte Albert Ebinger kühl geantwortet. »Er will ja so schnell wie möglich selbständig werden.«

»Und du findest das gut?«

»Ich wüsst nicht, was man dagegen haben müsste!«

Schätzle zog ein großes kariertes Taschentuch aus der Hosentasche und schnäuzte sich umständlich, betrachtete es kurz und faltete es dann sorgfältig zusammen, bevor er es wieder einsteckte. »Von mir aus, wenn's deine Eltern erlauben.« Plötzlich gefiel ihm der Gedanke, dass er auf dieser schwierigen Tour nicht mit Kathrin alleine sein müsste.

Zu Hause erzählte Christian, Schätzle sei auf die Idee gekommen, ihn nach Friedland mitzunehmen. Das müsse ihn als jungen Reporter doch interessieren, habe er gesagt.

»Christian! Das ist doch a Schnapsidee«, sagte seine Mutter. »Das kommt doch überhaupt nicht in Frage.«

»Ich find's gut«, meinte der Vater. »Wann kann ein Bub in seinem Alter schon mal solche Erfahrungen machen? Am liebsten wär ich selber dabei.«

»Aber du dätescht net au no ins Führerhaus neipasse«, sagte Christian.

Albert Ebinger lachte. »Da hast du allerdings recht.«

Sie fuhren am 6. Oktober, einem Samstag, frühmorgens los. In Kassel, wo Schätzle einen guten Bekannten hatte, wollten sie übernachten, um dann am Sonntag rechtzeitig in Friedland zu sein. Viel sprachen sie nicht auf dieser Reise. Kathrin hatte befremdet darauf reagiert, dass der Lehrersohn mitfahren sollte. Aber nun war auch sie nicht unglücklich darüber; denn so konnte sie alle paar Kilometer zu Christian sagen: »Erzähl doch mal was.« Und Erzählen war Christians liebste Beschäftigung.

In seiner Jugendgruppe nutzte er an jedem Heimabend die letzte halbe Stunde, um seine eigene Fortsetzungsgeschichte weiterzuspinnen, die er einmal angefangen hatte, ohne auch nur entfernt zu ahnen, wo sie hinführen würde. Ein paar erste Sätze genügten ihm. Vor seinem geistigen Auge entstanden Figuren, die zu seiner eigenen Überraschung schnell etwas miteinander zu tun bekamen. Er konnte Stimmungen erzählen, die in den Köpfen seiner Zuhörer ganze Filme entstehen ließen. Die Mitglieder seiner Gruppe liebten es, wenn gegen Ende der Heimabende nur ein paar Kerzen angezündet wurden und Christian sich von den anderen noch einmal berichten ließ, was bisher geschehen war (manches hatte er die Woche über vergessen), um dann, zögernd zuerst, aber bald schon flüssig weiterzuerzählen. Kathrin hatte davon gehört und fragte nun: »Wie fängst du denn so eine Geschichte an? Also nehmen wir mal die, die du den Buben grade erzählst.«

»Weiß nimmer so genau. Ich glaub, das ging ungefähr so: ›Es war schon fast Nacht. Der Mond ging grade hinter dem dichten Tannenwald auf und verbreitete ein fahles Licht. Von ferne hörte man Hufgetrappel, das schnell näher kam. War das die Räuberbande, vor der alle Menschen in der Gegend zitterten? Schemenhaft waren die Rosse und ihre Reiter zu sehen. Voraus ritt ein Mann in einem wehenden schwarzen Mantel, aber sein Pferd war ein Schimmel, dessen Fell im ersten Mondlicht hell leuchtete.‹ So in der Art etwa.«

»Ischt des net verrückt?«, sagte Kathrin zu Schätzle.

Der gab nur ein Brummen von sich.

»Erzählst du denn auch Liebesgeschichten?«

»Davon versteh ich ja nix«, gab Christian zurück.

Jetzt meldete sich Schätzle doch noch zu Wort: »Aber von Gäul und Räubern und einer Mondnacht im Wald – da verstehst was, hä?«

»Das ist natürlich Phantasie«, sagte Christian ein wenig kleinlaut.

»Also ich will amal so sage: Phantasie brauchscht für a Liebesgschichte au!« Der Fahrer schaltete einen Gang herunter und sah zu Kathrin hinüber. »Stimmt's?«

Kathrin sagte nichts dazu, sondern bat Christian, die Geschichte weiterzuerzählen. Er begann damit kurz hinter Karlsruhe, und als sie die Autobahnabfahrt nach Kassel nahmen, fand er endlich ein Ende. Schätzle lächelte. »Dich sollt ich immer mitnehmen, dann würden meine Fahrten net langweilig.«

»Wär vielleicht ein Beruf«, Kathrin lachte zum ersten Mal an diesem Tag, »Geschichtenerzähler für Fernfahrer, damit's denen nicht langweilig wird und sie womöglich am Steuer einschlafen.«

Schätzles Freund stammte aus Holzgerlingen. Die beiden hatten als Lehrlinge beim selben Flaschnermeister in Böblingen angefangen. Ein Jahr lang hatten sie bei ihm gelernt und waren zusammen in die Berufsschule gegangen. Doch dann war Gottliebs Vater plötzlich gestorben, und er musste den bäuerlichen Betrieb übernehmen, der ihn und seine Mutter halbwegs ernährte. »Damals hat man noch denkt, ich gründe amal eine Familie, und dazu hätt's dann doch nicht glangt«, hatte Schätzle einmal den Ebinger-Brüdern erzählt.

Der Jugendfreund war im Beruf geblieben und hatte jetzt in Kassel einen gutgehenden Handwerksbetrieb als Installateur, den seine Frau von ihrem Vater geerbt hatte. »Da haben wir doch geglaubt, wir hätten seit zehn Jahren Frieden«, sagte der Gastgeber, als er eine Flasche Wein öffnete. »Und jetzt kommen die letzten Soldaten aus dem Krieg erst wieder in die Heimat zurück.«

»Und man weiß nicht, was in dieser langen Zeit aus ihnen geworden ist«, sagte Kathrin.

»Du meinst, was aus ihm geworden ist«, meldete sich Schätzle.

Sie nickte nur.

Christian wurde eine kleine Kammer im Obergeschoss zugewiesen. Und als er schlafen ging, öffnete der Gastgeber grade die zweite Flasche Wein.

Als sie anderntags gegen Mittag auf dem Begrüßungsplatz des Lagers Friedland ankamen, hatten sich bereits tausende Menschen versammelt. Eine Glocke begann zu läuten, und am Horizont tauchten die ersten Omnibusse auf, die langsam den Hang herunter auf das Lager zurollten. Christian hatte sich von seinem Freund Charly einen Fotoapparat geliehen, eine einfache Box, in die er einen Film für zwölf Bilder eingelegt hatte. Drei weitere Filme hatte der Textilfabrikant Grimmer gestiftet. Jetzt suchte sich der Junge einen Platz, um das Geschehen besser einsehen zu können. Er entdeckte hinter einer Baracke eine Leiter, die am Boden lag. Schätzle half ihm, sie aufzurichten und an die Stirnwand der Baracke zu lehnen. Sprosse um Sprosse stieg Christian hinauf. Die Wartenden standen ganz still. Eine seltsame Ruhe lag über dem Platz. Nur das Brummen der Omnibusse war zu hören. Christian zählte sie. Es waren siebzehn, und das konnte nur der Anfang sein, wenn 5 000 Männer kommen sollten. Als der erste Bus den Begrüßungsplatz erreichte und langsam eine Runde fuhr, ehe er abgestellt wurde, sah man deutlich die Gesichter hinter den Scheiben. Junge und alte Männer. Einige hielten Blumen in der Hand, die ihnen auf dem Bahnhof, wo sie bereits von Bundespräsident Heuss begrüßt worden waren, auf dem Weg vom Zug zu den Omnibussen zugesteckt worden waren. Einige winkten mit kleinen, steifen Gesten. »Das Gegenteil von Jubel«, ging es Christian durch den Kopf.

Nun war Bewegung in der Menge. Immer mehr Transportfahrzeuge rollten heran. Die Männer stiegen aus. Manche trugen noch Uniformen, andere Anzüge, die man ihnen in Moskau noch rasch verpasst hatte, bevor man sie in die Züge nach Westen setzte. Die wartenden Menschen drängten nach vorne. Aber die heimkehrenden Soldaten standen dicht bei dicht und wendeten sich einer improvisierten Bühne zu, auf der nun Bischof Lilje das Vaterunser betete. Die dunklen Stimmen der Männer vereinten sich zu einem anschwellenden Chor, als sie begannen, das Gebet mitzusprechen. Nach dem »Amen« stimmte plötzlich einer der Heimkehrer an: »Nun danket alle Gott mit Herzen, Mund und Händen …« Und aus tausenden Kehlen erklang: »… der große Dinge tut an uns und allen Enden.«

Da war keiner, zumindest konnte Christian aus seiner Höhe keinen erkennen, der nicht mitgesungen hätte. Auch er selbst stimmte mit ein, und eine Gänsehaut überzog seinen ganzen Körper.

Ein Vertreter der Heimkehrer trat ans Mikrophon. »Wir sind die letzten Soldaten des großen Krieges«, sagte er mit fester Stimme. »Wir weinen und wir schämen uns der Tränen nicht.« Und dann sprachen einige der Heimkehrer in einem schleppenden Ton den Eid: »Vor dem deutschen Volk und den Toten der deutschen und sowjetischen Wehrmacht schwören wir, dass wir nicht gemordet, nicht geschändet und nicht geplündert haben. Wenn wir Leid und Not über andere Menschen gebracht haben, so geschah es nach den Gesetzen des Krieges.« Schließlich wurde die Nationalhymne gesungen, und man hörte manche Stimme heraus, die »Deutschland, Deutschland über alles« sang, ehe sie auf die dritte Strophe einschwenkte: »Einigkeit und Recht und Freiheit für das deutsche Vaterland …« Als sie verklungen war, sah Christian dicht unter sich den ersten Heimkehrer und hörte ihn sagen: »Schön warm habt ihr's hier. Als wir vor drei Wochen in Swerdlowsk abfuhren, hatten wir 20 Grad minus.«

Frauen kämpften sich durch die Massen der heimgekehrten Soldaten. »Bitte, bitte«, hörte Christian eine immer wieder rufen. »Ist Friedrich Schönleber dabei?« Aber niemand wusste die Antwort. Und dann plötzlich waren da zwei, die sich in den Armen lagen. Mutter und Sohn offenbar. Glücklich, tränenüberströmt, unfähig, etwas zu sagen.

Christian suchte mit den Augen nach Schätzle und Kathrin Lubinger. Er stieg noch zwei Sprossen auf seiner Leiter hinauf. Und dann sah er sie, mitten in einem Pulk Soldaten. Er stieg rasch die Leiter wieder hinunter, sprang den letzten Meter mit einem mächtigen Satz auf den Boden hinab und bahnte sich einen Weg zu der Gruppe. Als er ankam, hörte er, wie einer der Heimkehrer sagte: »Der Andreas Lubinger? Der muss irgendwo da hinten sein. Hat uns manchmal ganz schön bei Laune gehalten mit seiner Mundharmonika.«

Christian sah in Gottlieb Schätzles Gesicht, das plötzlich ganz weiß geworden war. Der Fuhrunternehmer räusperte sich. »Ja, dann wollen wir ihn mal suchen.«

Sie machten sich auf den Weg. Christian blieb wenige Schritte hinter Kathrin und Schätzle und schoss zwischendurch immer mal wieder ein Foto.

Andreas Lubinger stand in einer kleinen Gruppe. Er trug eine feldgraue Uniform und eine Schirmmütze. Auf seinem Rücken hing ein schwerer Rucksack. »Man müsste wissen, wie lange die Formalitäten dauern«, hörte Christian ihn sagen. Da legte Gottlieb Schätzle seine schwere Hand auf Andreas' Schulter. »Scheiß auf die Formalitäten, wir bringen dich jetzt heim!«

Lubinger fuhr herum und starrte Schätzle aus zusammengekniffenen Augen an. »Kennen wir uns?«

Schätzle trat wortlos zur Seite und gab so den Blick auf Kathrin Lubinger frei.

»Kathrin?« Andreas Lubinger schluckte. Dann wiederholte er ein ums andere Mal: »Kathrin, Kathrin, Kathrin, Kathrin!«

Kathrin streckte die Hände aus. »Komm doch endlich her, Andreas!«

Dann lagen sie sich in den Armen. Christian drückte auf den Auslöser seiner Box. Schätzle sagte zu Kathrin: »Du weißt ja, wo du uns findest«, fasste Christian um die Schulter und zog ihn mit sich fort.

Im Führerhaus des Lastwagens zündete sich Schätzle eine Zigarette an. Er nickte zu der Box in Christians Händen hin. »Hast alles im Kasten?«

»Glaub schon. Bist du jetzt unglücklich?«

»Ja, was denn sonst? Aber ich hab schon amal zu deim Bruder gsagt: Ich hab bei Frauen kein Glück.«

»Vielleicht kommt's ja noch«, sagte Christian. Er dachte an die Rückfahrt und malte sich aus, wie die wohl werden würde. Gottlieb Schätzle würde kein Wort sagen. Frau Lubinger musste sich in einem schrecklichen Zwiespalt befinden und würde wohl auch kaum ein Wort über die Lippen bringen. Also dachte sich Christian im Stillen schon ein paar Geschichten aus, die er erzählen konnte.

Das freilich erwies sich als unnötig. Denn es war Andreas Lubinger, der, kaum dass sie ins Führerhaus des Lastwagens geklettert waren, zu reden begann. Seine Erzählungen über den Krieg und die Gefangenschaft erwiesen sich durch die Bank als Heldengeschichten, in denen der Held er selber war.

»Das muss furchtbar gewesen sein …«, setzte Kathrin einmal an, und Andreas unterbrach sie sofort: »Das kannst du laut sagen. Ihr könnt euch das ja nicht vorstellen. Diese Kälte. Wenn der Schneesturm tobte, hast du nichts gesehen. Die Flocken kamen waagrecht daher und waren wie spitze Nadeln. Einmal, da hat uns so ein junger Leutnant, der von Tuten und Blasen keine Ahnung hatte, als Stoßtrupp losgeschickt …«

»Ich weiß«, sagte Kathrin, »ich kenne die Geschichte.«

Aber Andreas ließ sich in seinem Redefluss nicht unterbrechen. »Es war saukalt, eine helle Mondnacht. Da hast du keine Deckung. Wir mussten über ein breites freies Feld. Wintertarnung hatten wir nicht mehr, wisst ihr, weißes Zeug, das man anziehen musste, um im Schnee nicht sofort gesehen zu werden. Der Iwan hatte uns entdeckt, kaum dass wir losgezogen waren. Aber die waren schlau. Die haben ganz ruhig gewartet, bis wir auf nur noch 20, 30 Meter heran waren, und dann ratterte das erste Maschinengewehr los. Nur drei von uns haben es zurück geschafft! Dieser idiotische Kompaniechef …«

»Leutnant Zaininger, nicht wahr?«, ließ sich Kathrin nun hören, und zum ersten Mal hielt Andreas in seiner Erzählung inne.

»Woher weißt du das?«

»Anton Häfner hat es mir erzählt.«

»Ach so, ja natürlich. Der Anton. Ein 1-a-Kamerad, kann ich dir sagen. Auf den war Verlass.«

Andreas Lubinger fragte nicht, wann und wie sein Freund zurückgekommen war.

»Er hat mir das Päckchen von dir gebracht«, sagte Kathrin. »Mit deinem Ehering, deiner Uhr und meinen Postkarten, die ich dir ins Feld geschrieben habe.«

»Sauber! Ich sag ja, auf den war Verlass!«

Gottlieb Schätzle hatte die ganze Zeit nur Augen für die Straße gehabt. Er trieb den Motor in die höchsten Drehzahlbereiche und starrte stur geradeaus. Doch jetzt warf er einen schnellen Blick zu

Andreas Lubinger hinüber. Den Mann schienen nur seine eigenen Geschichten zu interessieren. Christian Ebinger hatte er noch nicht einmal gefragt, wer er sei. Der 17-Jährige saß außen rechts auf der Bank, Schulter und Kopf gegen das Außenfenster gedrückt, und bemühte sich, so wenig Platz wie möglich in Anspruch zu nehmen. Kathrin saß neben ihm. Er spürte ihren warmen Körper. Andreas hatte sich zwischen seine Frau und den Fahrer gezwängt. Der feldgraue, filzartige Stoff, aus dem seine Uniform gemacht war, dünstete in der Wärme des Führerhauses den Geruch nach Schweiß und kaltem Rauch aus. Christian schloss die Augen, und schon bald fiel er in einen unruhigen Schlaf.

Als er wieder zu sich kam, hörte er Musik. Andreas Lubinger spielte auf einer Mundharmonika ein Lied, das Christian irgendwoher kannte. Erst als Gottlieb Schätzle dazu brummte: »Schwarzbraun muss mein Mädel sein, gerade so wie ich …«, fiel es ihm wieder ein: »Schwarzbraun ist die Haselnuss.« Aber da war das Lied schon zu Ende.

»Wo sind wir?«, fragte Christian.

»Schon hinter Mannheim!«, antwortete Gottlieb Schätzle. »Gleich kommt ein Parkplatz, da machen wir eine Pinkelpause.«

»Wird auch Zeit«, sagte Andreas Lubinger. »Die Mundharmonika hat dem Kai Schiffner aus Kiel gehört. Der ist bei dem Stoßtruppunternehmen draufgegangen. Sein Zeug haben wir unter uns verteilt, und ich hab das Instrument gekriegt, obwohl ich gar nicht spielen konnte. Man lernt es aber schnell.«

Gottlieb Schätzle ließ den Laster auf einem Parkplatz ausrollen. Inzwischen war es dunkel geworden. Weit und breit war kein anderes Fahrzeug zu sehen. »Damen links, Herren rechts!«, rief Schätzle und deutete auf zwei Büsche.

»Es ist schon ganz schön kalt«, sagte Kathrin.

»No ja, mir hent Oktober«, gab Schätzle zurück.

Christian stand zwischen den beiden Männern, als alle drei ihr Wasser abschlugen. »Wie kommt's, dass du mich abgeholt hast?«, fragte Lubinger plötzlich und sah zu Schätzle hinüber.

Ein paar Augenblicke lang war nichts zu hören als das gleichmäßige Plätschern ihres Urins. Endlich sagte Schätzle: »Frag die Kathrin, sie wird's dir erklären.«

»Und was ist eigentlich mit dir?«, fragte der Heimkehrer nun den Jungen. »Wie heißt du überhaupt?«

»Christian Ebinger.«

Schätzle lachte laut auf. »Jetzt sind wir bald sechs Stunden unterwegs …« Aber weiter kam er nicht.

»Gehörst dem Lehrer Ebinger?«, fragte Andreas Lubinger.

Christian nickte nur und knöpfte seinen Hosenladen zu. Er wendete sich um und sah hinter einem Busch, keine zehn Meter entfernt, das glatte, helle Hinterteil von Kathrin Lubinger. Die Frau erhob sich gerade wieder aus der Hocke und zog ihren Schlüpfer hoch. Christian verspürte eine starke Erregung.

»Zu dem bin ich in die Schule gegangen«, hörte er Andreas sagen. »Ein guter Lehrer.«

»Ja«, sagte Christian lahm. Er ging zum Lastwagen zurück und traf dort gleichzeitig mit Kathrin Lubinger ein. »Mir tut der Schätzle leid!«, sagte er unvermittelt.

Kathrin legte ihren Arm um Christians Schultern und drückte ihn kurz an sich, so dass er ihre Brüste spüren konnte. »Und ich? Tu ich dir nicht leid?«

»Weiß nicht.«

»Aber du weißt doch Bescheid, oder? Erst die Geschichte mit Anton Häfner und dann die mit dem Gottlieb Schätzle. Was glaubst du, wie lange es dauert, bis mein Mann das alles erfährt?«

»Am besten sagen Sie 's ihm doch selber, oder?«

Kathrin tippte mit der Kuppe ihres Zeigefingers auf Christians Nasenspitze. »Du hast recht, nur ob ich den Mut habe …« Sie seufzte und kletterte ins Führerhaus zurück.

Als der Lastwagen die Waldenbucher Straße hinauffuhr und vor dem Haus der Lubingers hielt, war es schon fast Mitternacht. »Danke noch mal«, sagte Kathrin mit belegter Stimme, »danke für alles, Gottlieb!«

Ein paar Augenblicke standen sie dicht voreinander. Schätzle räusperte sich. »Schon gut!« Er wendete sich ab, salutierte kurz mit dem Zeigefinger an der rechten Stirnseite und stieg ein. Erst als er wieder hinter seinem Steuer saß, rief er durch die noch offene Fahrertür: »Gutnacht!« Auch Christian kletterte wieder ins Führerhaus. Im Rückspiegel sah er, wie Kathrin Lubinger und ihr Mann ins Haus gingen.

Der Fahrer sprach kein Wort, bis sie das Schulhaus erreicht hatten. »Also, ich dät amal so sage: War gut, dass du dabei warst«, sagte er, als Christian sich anschickte, auszusteigen.

»Gutnacht, Gottlieb!« Christian ging zur Haustür und schloss sie auf.

Auf der Fahrt von Friedland nach Fleckenhausen hatten Kathrin und Andreas Lubinger kaum ein persönliches Wort gesprochen. In der Wohnung war es kalt. Kathrin sagte, froh, dass sie etwas zu tun hatte: »Ich mach schnell ein Feuer im Ofen.«

»Wir können auch gleich ins Bett«, sagte Andreas. »Wo ist denn der Hans?«

»Bei seinem Großvater.«

»Du meinst, bei den Großeltern?«

»Meine Mutter ist erst vor ein paar Wochen gestorben.«

»Das tut mir leid. Und warum ist der Hans nicht hier?«

»Er fühlt sich halt in Bodelshausen viel wohler.«

»Wohler als bei seiner eigenen Mutter?«

Jetzt erst fiel Kathrin auf, dass ihr Mann, der früher breites Schwäbisch gesprochen hatte, nur noch hochdeutsch redete.

»Hast du dein Schwäbisch eigentlich verlernt?«, fragte sie.

Andreas ging nicht darauf ein. »Warum fühlt sich der Bub bei den alten Leuten wohler als bei dir?«

»Meine Mutter kann … also sie hat viel besser mit ihm umgehe könne. Ich hab nicht halb so viel Geduld mit ihm, wie sie … ghabt hat.«

»Ja, aber jetzt?«

»Der Hans hat bei den Großeltern viele kleine Aufgaben übernommen. Er kümmert sich um die Tiere, hilft dem Opa auf dem Feld und im Garten. Er ist wirklich glücklich dort. Übrigens, ein Bub ist er nimmer. Er wird dieses Jahr noch zweiundzwanzig.«

Andreas ließ sich in den Sessel neben dem Ofen fallen. »Mein Gott, ja. Mir fehlen sechzehn Jahr. Sechzehn Jahr haben mich dieser Krieg und die Gefangenschaft gekostet. Was hier alles passiert sein muss inzwischen.«

»Ja«, sagte Kathrin und hielt ein brennendes Streichholz an die zusammengeknüllten Zeitungen im Ofenloch. Erste Flammen züngelten am Papier empor. Die feinen Holzspäne fingen Feuer.

»Ich müsst dich ja eigentlich fragen …«, sagte Andreas Lubinger.

»Ja? Was denn?«

»Ich denk, alle, die heimkommen, fragen das.«

»Was denn?«, sagte Kathrin noch einmal.

»Ob du mir treu warst.«

Kathrin schloss die Ofentür und erhob sich langsam von den Knien.

»Muss das jetzt sein?«

»Ich frag doch bloß.« Er lachte auf. »Mir ist ja nichts anderes übriggeblieben. Aber hier, hier ist doch das Leben weitergegangen.«

»Ja. Du hast recht. Hier ist das Leben weitergegangen. Der Anton hat mir ja keine Hoffnung gemacht, als er zurückgekommen ist. Er hat erzählt, dass sie dich mit Typhus ins Krankenhaus gebracht hätten, und danach hätt man nichts mehr von dir gehört. Und du selber hättest gesagt: ›Lebendig komm ich da nimmer raus!‹ Er hat mir dann das Päckle gegeben. Du hättest zu ihm noch gsagt: ›Sag der Kathrin, wie sehr ich sie geliebt hab. Aber i glaub, des woiß sie au so!‹«

»Da hat er sich gut erinnert!«

»Und ich weiß noch, was ich drauf gsagt hab.«

»Nämlich?«

»Wenn's net so wäre, dät's vielleicht au net so weh.«

Kathrin setzte sich auf die Knie ihres Mannes und nahm seinen Kopf in die Hände. Sie sah ihm in die Augen. »Ich muss mich erst wieder an dich gwöhne, Andreas.«

Im Ofen knisterte das Feuer. Die Wärme breitete sich im Zimmer aus. »Keine Antwort ist manchmal auch eine Antwort«, sagte Andreas.

Die Redaktion des Schwäbischen Tagblatts befand sich in Tübingen am Beginn der Uhlandstraße, dicht bei der großen Neckarbrücke. Christian Ebinger ging kurz nach Unterrichtsschluss durch das Tor des Zeitungsgebäudes und meldete beim Pförtner, dass er in der Lokalredaktion erwartet würde, was so nicht stimmte, denn dort wusste man noch nichts von dem Besuch des gelegentlichen freien Mitarbeiters. Noch immer hatte er Herzklopfen, wenn er die Redaktion betrat, obwohl er nun schon ein halbes Dutzend Mal da gewesen war.

Der Redakteur Mosebach, verantwortlich für die Landseite, auf der die Berichte aus den Dörfern im Kreis Tübingen erschienen, sei beim Umbruch, beschied ihn die Sekretärin. Er mache eine Seite für die Wochenendbeilage fertig. »Aber da kannst du ihn nicht stören.« Christian wollte schon sagen: »In der Schule werden wir ab der 10. Klasse gesiezt«, aber er ließ es, weil er längst begriffen hatte, wie mächtig die dicke, bleiche Frau Schallenberger war, die hinter ihrem schmalen Schreibmaschinentischchen besonders voluminös wirkte. Seitdem er sie kannte, trug sie stets plissierte Röcke mit einem blaugrünen Muster und dazu einen Pulli mit Rollkragen, der ihr zwei Nummern zu eng war.

Einmal hatte ihm der Redakteur Mosebach gesagt: »Wir alle hoffen jeden Morgen, dass sie keine schlechte Laune hat.«

»Warum denn?«, hatte Christian gefragt.

»Weil sie dann unausstehlich ist, alle herumkommandiert und ihre miese Laune auf uns überträgt!«

»Schade«, sagte Christian jetzt zu Frau Schallenberger. »Ich hätt so gerne mal dabei zugeschaut, wenn eine Seite zusammengebaut wird.« Aus seinem Schulranzen zog er ein Päckchen hervor und legte es neben Frau Schallenbergers Schreibmaschine.

»Was ist denn das?«, fragte sie.

»Für Sie.«

Überrascht nahm sie das Päckchen, riss das Papier auf, ohne darauf zu achten, ob man es nicht vielleicht noch einmal verwenden könnte, und starrte auf die Pralinenschachtel, die Christian fast vier Mark gekostet hatte. »Echt? Für mich?«

»Von meinem letzten Honorar!«, erklärte Christian. Er ahnte, dass er eine vernünftige Erklärung dafür brauchte, wie er sich solche Ausgaben leisten könne. »Außerdem verdien ich noch a bissle was bei einem Holzhändler und Fuhrunternehmer in Fleckenhausen.«

Frau Schallenberger strahlte ihn an. »Du bist mir vielleicht einer!« Sie hob den Deckel von der Schachtel und schob sich mit zwei spitzen Fingern eine Praline zwischen die Lippen. »Du auch?«

»Lieber würd ich ja in die Mettage gehen.«

»Da guck amal, des weiß er au scho, dass es Mettage heißt! Ja, dann komm halt.«

Sie versteckte die Pralinenschachtel unter einem Stapel Manuskriptpapier in der Schublade ihres Tischchens und stand ächzend von ihrem Schreibtischstuhl auf. Der Weg führte durch verwinkelte Gänge und über schmale Treppen in ein Nebengebäude. Unterwegs erzählte Frau Schallenberger, sie selber schreibe ja auch. Ihre Spezialität sei der Marktbericht am Mittwoch und am Samstag. Niemand wisse über das Angebot und die Preise auf dem Tübinger Markt vor dem Rathaus besser Bescheid als sie.

Sie erreichten eine Flügeltür mit zwei großen Scheiben in Brusthöhe, durch die man in die Technikräume hineinsehen konnte. »Dort hinten«, sagte Frau Schallenberger. »Und du sagst keinem, dass ich dich reingelassen hab.«

»Großes Ehrenwort!« Christian blinzelte der dicken Frau zu und stieß die Tür auf. Gleich vorne rechts saßen in einem Glaskasten die

Korrektoren an langen Tischen. Sie trugen graue Mäntel und hatten einzelne Zeitungsseiten vor sich. »Bürstenabzüge« seien das, erklärte ihm später Mosebach. Sobald die Zeitungsseite aus dem Bleisatz im Schiff zusammengesetzt sei, werde die mit einer Bürste voller Druckerfarbe eingeschwärzt und mit einem frischen Blatt Papier in Zeitungsgröße abgedeckt. Mit einer Handwalze gehe dann der Setzer drüber, und schon sei das Negativ in den Bleibuchstaben positiv als Zeitungsseite zu lesen. Erst wenn die Korrektoren grünes Licht gegeben hätten, könne man die Druckplatte herstellen und auf die Zylinder der Rotationsmaschine schrauben.

Im Hintergrund sah Christian acht Setzmaschinen, sogenannte »Linotypes«, an denen Männer, die ebenfalls graue Mäntel trugen, auf einer Tastatur die Texte eingaben. Buchstaben aus Blei reihten sich zu Zeilen, die später zu Blöcken zusammengesetzt wurden. Die Überschriften fügte der Metteur aus einzelnen Lettern von Hand in einem Winkelhaken zusammen.

Mosebach stand an einem langen Tisch. Ihm gegenüber auf der anderen Seite ein Techniker im grauen Mantel. Als Christian die beiden erreichte, sagte der Redakteur grade: »Da machen wir einen Dreispalter draus. Die Überschrift setzen wir in 24 Punkt. Und wenn's nicht ganz passt, hab ich da noch eine kleine Meldung im Stehsatz, die wir drunterklemmen können.«

»Grüßgott, Herr Mosebach«, sagte Christian Ebinger.

»Wer hat dich denn hier reingelassen?« Mosebach war ein Mann Mitte 50, der von sich selber sagte, er müsse niemandem mehr etwas beweisen. Er hatte einen kahlen Schädel und trug unter der Nase einen Schnurrbart, der weit über beide Lippen hinunterhing. Christian hatte sich schon manchmal gefragt, wie der Redakteur wohl beim Essen den Löffel oder die Gabel hinter diesen dichten, dicken Vorhang bringe. Mosebach trug eine braune Hose aus breitem Cordsamt, dazu ein blaues Hemd und eine rote Strickjacke. Eine Pfeife, die allerdings kalt war, steckte in seinem linken Mundwinkel. Ihr Stiel grub sich durch das dichte Barthaar.

»Ich hab den Weg selber gefunden«, log Christian.

»Und du hast nicht die Schallenbergerin bestochen?«

Christian biss sich auf die Unterlippe.

»Aha. Also doch!« Mosebach grinste und sagte zu dem Metteur: »Wenn die Meldung a bissle zu kurz ist, schieben wir Pappe zwischen die Zeilen.«

»Wird gemacht«, sagte der Mann auf der anderen Seite des Mettagetisches.

»Und?« Mosebach sah Christian an.

»Ich war am Sonntag in Friedland. Da hab ich auch Fotos gemacht. Und ich hab auch schon einen Bericht geschrieben.«

»Hoppla!« Es klang anerkennend.

Der Metteur sah auf und schaute Christian an, als ob er ihn jetzt erst bemerken würde. »Du warst in Friedland?«

»Sag ich doch.«

»Und warum?«

»Aus Interesse und weil mich einer mitgenommen hat.«

»Hat deine Geschichte denn einen lokalen Bezug?«, wollte Mosebach wissen.

»Ja, freilich. Wir haben einen Heimkehrer aus Fleckenhausen abgeholt. Sie kennen doch den Schätzle?«

»Den Fuhrunternehmer?«

»Ja. Mit dem und der Frau des Heimkehrers bin ich gefahren.«

»Und wo sind die Fotos?«

Christian zog die belichteten Filme aus der Hosentasche. Mosebach nahm sie ihm aus der Hand. »Ja, dann lass uns mal zur Dunkelkammer gehen. Sie schaffen das ja vollends alleine, oder?«, sagte er zu dem Metteur, der nur bestätigend nickte und eine dicke Schnur um die künftige Zeitungsseite zog, die in Spiegelschrift aus Blei auf einem sogenannten Schiff lag.

Das Fotolabor war auf demselben Stockwerk. Da das rote Licht über der Tür nicht leuchtete, konnten sie den dunklen Raum betreten. Mosebach schloss die Tür von innen ab, schaltete die Warnleuchte ein und nahm im schummrigen Licht einer Infrarotlampe die Filme aus den Kapseln.

Eine halbe Stunde später zog er das belichtete Fotopapier mit einer Pinzette aus dem Fixierbad und hängte die Bilder mit Hilfe von Wäscheklammern an eine Leine, die sich quer durch die Dunkelkammer zog. »Nicht schlecht«, lobte er. »Die sind zum größten Teil reproduktionsfähig. Sobald sie trocken sind, geben wir die besten in die Chemiegrafie und lassen Klischees draus machen.«

»Klischees?«

»Was für den Text die Bleizeilen sind, sind die Klischees für die Bilder. Man muss sie dann im Schiff einpassen. Und jetzt les ich erst einmal deinen Artikel.«

Vor der Tür zum Fotolabor lehnte sich der Redakteur gegen ein breites Fensterbrett und begann Christians Bericht zu studieren. Schließlich sagte er: »A bissle was muss man noch korrigieren und kürzen natürlich. Aber wenn ich den Platz krieg, mach ich für morgen eine ganze Seite draus.«

»Und was krieg ich dafür?«, wollte Christian wissen.

»Respekt und Anerkennung!« Mosebach begann seine Pfeife zu stopfen.

»Ich rede vom Honorar!«, sagte der Nachwuchsreporter.

»Ich auch.« Mosebachs Lächeln wurde zu einem breiten Grinsen. »Na ja, fünfzehn Mark für den Artikel und für jedes Foto noch mal sieben Mark fuffzig.«

Am nächsten Tag wurde in Fleckenhausen über nichts anderes gesprochen. Der Artikel beschrieb die Ankunft des Flüchtlingstransports, die Begrüßungsreden und das gemeinsame Singen und Beten der Rückkehrer und ihrer Angehörigen. Aber fast genauso viel Text war dem Wiedersehen des Ehepaars Lubinger und der schnellen Heimreise im Lastwagen Gottlieb Schätzles gewidmet. Schätzle und die Lubingers stiegen zu lokalen Berühmtheiten auf, über die man sich allerdings trefflich das Maul zerreißen konnte, wusste doch jeder im Dorf, dass die Kathrin »ein Verhältnis« mit dem Fuhrunternehmer hatte und dass da zuvor schon mal was mit Lubingers Kriegskameraden Häfner »gelaufen« war.

Hannelore Birkenhofer verließ in aller Frühe die Molkerei, wo sie zwei Liter Milch und ein halbes Pfund Butter gekauft hatte, als ihr Christine Lauer begegnete. »Hent Se scho d' Zeitung glese, Frau Birkenhofer?«

»Das mach ich, wenn ich heimkomm. Da koch ich mir einen Kaffee, genehmige mir eine frische Brezel mit Butter, und dann setz ich mich ganz gemütlich in meinen Sessel im Alkoven …«

Aber weiter kam sie nicht. »Ja, dann wissen Sie das ja noch gar nicht: Der Schätzle hat den Andreas Lubinger aus Friedland gholt. Mit seim Lastwagen.«

»Und woher wisset Sie des?«

»Ha, aus dr Zeitung, sag ich doch!«

»Des steht in der Zeitung?«

»Mit Bildern! ›Die Fleckenhausenerin Kathrin Lubinger umarmt ihren Mann, der nach zehn Jahren Kriegsgefangenschaft am Sonntag nach Hause zurückkehren durfte‹, steht drunter. Die Bilder hat, scheints, der Christian Ebinger gmacht.«

»War der denn dabei?«

»Sonst hätt er's ja wohl kaum fotografiere könne.«

»Aber der Schätzle und die Kathrin …«

»Ja, ischt des net oheimlich? Ob der Andreas ahnt, was sei Frau alles getriebe hat, solang er in russischer Gefangenschaft war?«

»Er wird's erfahre!«, sagte Frau Birkenhofer und ging rasch davon. Der Heimweg würde länger werden als sonst; denn sie kam an vielen Häusern vorbei, wo man die Nachricht begierig aufnehmen würde. Christine Lauer betrat den Laden der Molkerei und fand dort ihr Publikum.

Es war der dritte Tag nach Andreas Lubingers Rückkehr. Er hatte fast die ganze Zeit verschlafen. Morgens stand er nicht vor neun

Uhr auf, und gleich nach dem Mittagessen legte er sich wieder hin. So gesprächig er auf der Fahrt von Friedland nach Fleckenhausen gewesen war, so wortkarg war er jetzt. Das Haus hatte er in diesen drei Tagen noch für keine Minute verlassen. Als Kathrin ihn fragte: »Wollen wir nicht amal a Stückle spazieren gehen?«, hatte er nur den Kopf geschüttelt. Gegessen hatte er kaum etwas, dafür rauchte er am Tag zwei Packungen Zuban leer.

»Was ist denn mit dir?«, hatte ihn seine Frau ein ums andere Mal gefragt, und er hatte nur geantwortet: »Mir geht's gut. Danke!«

Manchmal trat er ans Fenster und sah auf die Straße hinaus. Am zweiten Abend hatte er gesehen, wie Anton Häfner von der Arbeit nach Hause kam. Andreas hatte schon die Hand am Fenstergriff und ließ sie dann doch wieder sinken. Warum war eigentlich sein alter Freund nicht herübergekommen, um ihn zu begrüßen?

In der ersten Nacht war Andreas, kaum dass sie ins Bett gegangen waren, über seine Frau hergefallen. Ohne einen Hauch von Zärtlichkeit. Ein wildes Begehren hatte ihn übermannt, und doch fiel er schon nach ein paar Minuten in sich zusammen und keuchte. »Es geht nicht! Herrgottsack, es geht nicht.«

»Du musst dir Zeit lassen«, hatte Kathrin gesagt.

»Zeit! Zeit! Zeit! Ich hab zehn Jahr Zeit ghabt!«

Hans Lubinger hatte wie jeden Morgen die zwei Kühe gemolken, dem einzigen Schwein Futter in den Trog getan und den Hühnern Körner gestreut. Jetzt saß er in dem kleinen Bauerngarten hinterm Haus seines Großvaters mit gekreuzten Beinen im Gras und genoss die wärmenden Strahlen der Herbstsonne. Unverwandt sah er zu einem Baum hin, der hinter den Gemüsebeeten stand. Die Früchte waren längst geerntet. Nur ein einziger Apfel hing noch hoch oben an einem fast schon blattlosen Ast. Wie immer hatten sie eine letzte Frucht – für Gott – am Baum gelassen. Rund um den Stamm lagen bereits viele bunte Blätter, und langsam, ganz langsam gesellten sich neue dazu. Das war das Spiel, das Hans beobachtete. Immer wieder löste sich eines der rotgelben Blätter und segelte zu Boden. In der kaum bewegten Luft schwankte es ein wenig hin und her, wie ein Schifflein auf leicht bewegtem Wasser, bevor es sich sanft zu den anderen legte. Hans zählte langsam mit, wenn er es schaffte, ein Blatt genau in dem Moment zu entdecken, da es sich löste. Meistens war er bei 16 oder 17, wenn es die Erde erreichte.

So fand ihn sein Vater vor, als er am vierten Tag nach seiner Rückkehr kurz nach neun Uhr sein Fahrrad an den Gartenzaun lehnte. Er war um sechs Uhr losgefahren und niemandem im Dorf begegnet. Kathrin hatte er einen Zettel hingelegt. »Bin mit dem Rad in Bodelshausen.« Sie hatte das Papier gegen halb acht Uhr gefunden und sich als Erstes gewundert, wie verändert die Schrift ihres Mannes war: Früher hatte er weich und rund geschrieben, jetzt hatten seine Buchstaben steile Ausschläge nach unten und oben und waren schwer zu entziffern. Kathrin fiel ein, dass sie seine Schrift zuletzt auf einer Feldpostkarte aus dem Jahr 1944 gesehen hatte. Warum hatte er ihr nicht am Abend zuvor gesagt, was er vorhatte? Und warum musste er mitten in der Nacht losfahren? Sie hätte ihm doch ein Vesperbrot für unterwegs gemacht und einen Tee in die Feldflasche gefüllt, die er aus der Gefangenschaft mitgebracht hatte.

Andreas Lubinger stand lang am Gartenzaun seines Schwiegervaters und sah seinem Sohn zu, wie der die herabfallenden Blätter beobachtete. Schließlich räusperte er sich. Hans wendete den Kopf. Andreas erschrak. Das Gesicht des Jungen war bleich und schwammig, ein Mondgesicht, dachte er. Die Augen traten weit hervor. Hans stand auf, und jetzt sah sein Vater, wie unproportioniert der Körper seines Sohnes war. Die Beine und Arme zu kurz, der Bauch wie aufgedunsen. Mit kurzen trippelnden Schritten kam Hans auf ihn zu. Er fuhr sich mit unkontrollierten Bewegungen seiner kleinen weißen Hände durchs Gesicht und das dünne Haar. »Er wird mich nicht erkennen«, dachte Andreas. Aber da sagte Hans, indem er das Gartentörchen aufstieß, mit einer brüchigen Stimme: »Papa! Wieder da?« Drei, vier Schritte noch, dann legte er seinen Kopf an die Brust seines Vaters. Zögernd legte Andreas seinen rechten Arm um die Schultern des Sohnes und zog ihn noch ein wenig mehr an sich.

In diesem Augenblick trat der alte Lamparter aus dem kleinen Bauernhaus. »Ich hab's im Tagblatt glesen«, rief er. »Schön, dass du kommst!«

Sie saßen dann in der Wohnküche. Ernst Lamparter hatte Kaffee gekocht, Brot, Butter, Schinken und Käse auf den Tisch gestellt und in einem kleinen Topf Wasser aufgesetzt, um ein paar Eier zu kochen. »Jetzt erzähl«, sagte der Schwiegervater, als er sich ächzend auf einem Küchenstuhl am Tisch niederließ. Hans nahm die Hand seines Vaters und ließ sie nicht los, solange dessen Erzählungen dauerten. Es war wie am Sonntagabend im Führerhaus des Lastwagens. Andreas berichtete vom Krieg und der Gefangenschaft, als habe sich eine Heldentat an die andere gereiht. Mit dem Satz »Ja, und dann bin ich da in Friedland plötzlich der Kathrin und dem Schätzle gegenübergestanden« beendete er seinen Bericht. Da waren die Eier schon steinhart und das Wasser in dem kleinen Topf fast verdampft.

Ernst Lamparter stieß den Atem aus, als ob er ihn die ganze Zeit angehalten hätte, ging zum Herd, schaltete die Gasflamme ab und sagte seufzend, ohne sich umzudrehen: »Ja, ja, der Schätzle.«

Sein Schwiegersohn fixierte den Rücken des alten Mannes. »Ist da was gewesen?«

Lamparter drehte sich langsam um. »Ich dät mir den Kopf net drüber zerbreche, was alles gwesen ist.«

»Mach ich aber!«

»Es ist so viel Zeit vergange!«

»Trotzdem!«

Andreas Lubinger löste seine Hand aus der seines Sohnes und stand auf. »Und den Hans hat se da natürlich nicht brauchen können.«

Der alte Lamparter schüttelte den Kopf. »Der Bub war bei uns viel besser aufghoben.«

»Ich will aber, dass er wieder heimkommt.«

»Ich bin hier daheim!«, sagte Hans plötzlich mit überraschend klarer Stimme. »Der Opa braucht mich!«

»Stimmt«, sagte sein Großvater und fuhr dem jungen Mann zärtlich mit dem Handrücken über die Wange. »Was dät ich denn ohne dich, Hans?«

Andreas setzte sich wieder an den Tisch. »Die Kathrin sagt mir nicht, was in all den Jahren gewesen ist.«

»Ich sag's dir auch nicht«, antwortete Lamparter. »Aber alles, was gwesen ist, kann man verstehn.«

Als Andreas Lubinger mit seinem Fahrrad wieder in Fleckenhausen eintraf, war es früher Nachmittag. Er begegnete einigen Leuten, aber jedes Mal, wenn jemand in Sicht kam, trat er heftiger in die Pedale, beschleunigte seine Fahrt und verhinderte damit, dass ihn jemand ansprechen konnte.

Kathrin war nicht zu Hause. Andreas schob sein Fahrrad in den Schuppen. Als er wieder herauskam, sah er seinen alten Kriegskameraden Anton Häfner, der die Steintreppe vor seinem Haus herunterstieg und sich anschickte, die Straße zu überqueren. Andreas Lubinger blieb stehen und wartete regungslos, bis der Nachbar ihn erreichte.

»Ich hätt schon früher kommen sollen«, sagte Häfner und reichte dem anderen die Hand. »Jetzt hätt ich a bissle Zeit. Ich bin a paar Tag krankgschriebe und derf net ens Gschäft. Grüß dich, Andreas.« Ein kräftiger Händedruck. »Ich muss dir was sagen.« Anton hustete und brauchte ein paar Augenblicke, bis er wieder Luft bekam. »Ich, also wir haben nicht mehr damit gerechnet, dass du wiederkommst.«

»Klar!«, sagte Andreas Lubinger.

»Na ja, ich will's dir sage, bevor du's von andere hörst …« Er bekam einen neuerlichen Hustenanfall.

»Ja, dann red scho!«

»Mit meiner Frau, des war … irgendwie ist das nimmer gegange.«

Andreas nickte. »Ja, das braucht scheints Zeit.«

»Die hab ich mir aber nicht genommen. Und deine Frau … Also die Kathrin, die … du hast ihr halt arg gfehlt, überhaupt, es hat ihr überhaupt ein Mann gefehlt, verstehst?«

Andreas verstand plötzlich. »Du und mei Kathrin?«

»Ja, aber das ist lang vorbei!«

Unvermittelt traf die Faust Lubingers Häfner mitten im Gesicht. Der stürzte zu Boden und blieb auf dem Rücken liegen. Aus seiner Nase sickerte Blut. Andreas Lubinger beugte sich über ihn, streckte ihm die Hand hin und zog ihn wieder hoch. Einen Augenblick standen sie reglos dicht voreinander, bis Andreas den anderen plötzlich mit den Händen an beiden Schultern packte, an sich zog und heftig umarmte. »Des hat sei müsse«, sagte er. »Aber wenn überhaupt einem, dann verzeih ich's dir!«

»Danke!«, sagte Anton und unterdrückte einen neuerlichen Hustenanfall. »Wenn ich irgendetwas für dich tun kann …«

Andreas Lubinger löste sich von seinem Kriegskameraden. »Dann sag ich's dir.«

»Wir könnten heut Abend ein Bier mitnander trinken.«

»Weiß nicht, ob ich da bin. Vielleicht später mal.« Andreas Lubinger schritt davon, ohne sich noch einmal umzusehen. Er ging nicht in sein Haus, sondern über einen schmalen Pfad zwischen zwei Gärten hinauf zum oberen Wiesenweg in der Weinhalde. So umging er nördlich das Dorf und erreichte durch die Rosswiesen das Anwesen des Fuhrunternehmers Gottlieb Schätzle. Aus dem Schuppen hörte man, dass Holz gespalten wurde. Lubinger stieß die Tür auf, die ein knarrendes Geräusch von sich gab. Christian Ebinger hatte gerade die Axt hoch über den Kopf gehoben.

Der Junge ließ die Axt sinken und sah sich um. »Ach, Sie sind's?«

»Ist der Schätzle da?«

»Glaub schon.«

»Sonst noch jemand?«

»Keine Ahnung!«

Die Tür in seinem Rücken fiel ins Schloss. Christian legte sein Werkzeug weg, ging hinüber, öffnete sie vorsichtig, damit kein Geräusch entstand, und streckte den Kopf hinaus. Er sah, wie Lubinger ums Haus herumging.

Kathrin hatte sich lange überlegt, ob sie noch einmal zu Gottlieb Schätzle gehen sollte. Und obwohl sie zu dem Schluss gekommen war, es wäre ein Fehler, und obwohl sie sich grade ganz fest vorgenommen hatte, ihrem Liebhaber künftig aus dem Weg zu gehen, verließ sie am späten Vormittag das Haus und nahm denselben Weg, den Andreas eineinhalb Stunden später nehmen würde. Sie ließ sich viel Zeit. Am Weinhaldenweg setzte sie sich auf eine Bank, die laut einem Kupfertäfelchen an der Lehne von der Textilfabrik Grimmer gespendet worden war. »Ich werd umkehren«, sagte sie laut. Aber erst einmal blieb sie sitzen, und nach einer halben Stunde ertappte sie sich dabei, wie sie mit immer schnelleren Schritten auf das Anwesen Schätzles zuging. Durch eine kleine Scheibe im Schuppen, vor der Spinnweben wie feine Vorhänge hingen, sah sie Christian Ebinger Holz spalten. Sie ging ums Haus herum und durch den kleinen Gemüsegarten, von dem aus eine grün gestrichene Tür direkt in Schätzles Küche führte. Gottlieb saß am Küchentisch, vor sich ein Heft, in das er von einzelnen Zetteln Zahlen übertrug. Er sah auf. »Ich mach mei Buchführung«, sagte er, »muss ja auch sein.«

Er stand nicht auf, kam ihr nicht entgegen, nur die strengen Falten in seinem Gesicht schienen sich zu vertiefen. Aber vielleicht kam es ihr auch nur so vor. Er hatte sich offenbar seit ein paar Tagen nicht rasiert, war nicht gekämmt, und seine dunklen Augen zeigten rote Ränder.

»Wie geht's dir?«, fragte Kathrin.

»Beschissen. Aber ich will amal so sage: Das geht vorbei. Und dir?«

»Du fehlst mir so!« Noch immer stand sie unbeweglich mit herunterhängenden Armen unter der offenen Tür.

Schätzle stand auf, ging an ihr vorbei und schloss die Tür. »Draußen wird's langsam scho kalt!«, sagte er.

Jetzt stand er hinter ihr. Er legte seine Arme um sie, und seine Hände fassten ihre Brüste. »Du fehlst mir noch viel mehr!«, stieß er hervor und rang nach Atem. Sie ließ sich nach hinten sinken und legte den Kopf zur Seite, damit sich ihre Lippen erreichen konnten.

In diesem Augenblick erschien Andreas Lubingers Gesicht wie ein Schemen hinter der Scheibe des Küchenfensters. Und es war auch der Moment, da Christian Ebinger an der Ecke des Schuppens auftauchte und Andreas entdeckte, wie er in die Küche hineinstarrte. Plötzlich wendete sich Lubinger um, rannte quer über die Beete durch den Garten, sprang mit einer Flanke über den Zaun, raste an Christian vorbei, den er gar nicht wahrzunehmen schien, verschwand im Schuppen und kam Sekunden später mit der Axt wieder heraus.

»Nicht! Um Gottes willen, nicht!«, schrie Christian. Er stellte sich Lubinger in den Weg.

»Weg da!« Lubinger stieß Christian mit dem Ellbogen zur Seite.

Gottlieb Schätzle und Kathrin hatten Christian gehört, der jetzt, auf der Erde liegend, weiterschrie: »Gottlieb! Gottlieb! Der Lubinger!«

Kathrin lag am Boden vor dem Küchentisch. Ihr Kleid war bis unter die Achseln hochgeschoben. Ihre Beine in den Seidenstrümpfen hatte sie weit gespreizt. Ihr Höschen lag unter einem der Küchenstühle. Schätzle war über ihr und sprang nun hoch. Die Tür wurde aufgerissen. Lubinger hatte die Klinke noch in der linken Hand, in der rechten hielt er die Axt. Dicht hinter ihm tauchte Christian Ebinger auf. Gottlieb Schätzle zog die Hose hoch. Lubinger gab einen wilden Schrei von sich und hob die Axt über den Kopf. Christian machte einen Satz nach vorne und packte den Stiel mit beiden Händen. Der Angriff kam für Lubinger so überraschend, dass er nach hinten gerissen wurde und auf den Rücken fiel. Er ließ die Axt los, die Christian nun auch nicht mehr festhalten konnte, sie schlug mit der Schneide gegen sein Schienbein und riss eine blutige Wunde, bevor sie auf die weiche Erde des Gartens fiel. Da war auch schon Schätzle heran und packte die Axt. Einen Augenblick war es, als ob ein Film angehalten worden wäre. Kathrin lag nun auf den Knien. Sie hatte den Kopf weit nach vorne gebeugt und zwischen ihre Unterarme gelegt und schluchzte. Schätzle stand hoch aufgerichtet mit dem Rücken zu ihr, hielt die Axt in der Hand und starrte auf Andreas Lubinger hinab, der noch immer auf dem Rücken lag und plötzlich von einem grässlichen Lachen geschüttelt wurde. Christian machte langsam ein paar Schritte rückwärts. Jetzt spürte er das Blut, das warm an seinem Schienbein hinunterrann. Schätzle sagte: »Steh auf!« Es war nicht klar, ob er

Andreas oder Kathrin damit meinte. Lubinger erhob sich, sah zuerst Schätzle an und dann seine Frau, wendete sich um und ging davon. Als er an Christian vorbeikam, legte er kurz seine Hand auf dessen Schulter und sagte leise: »Wer weiß, wofür's gut war.« Dann verschwand er um die Hausecke. Christian ging zu Gottlieb Schätzle und nahm ihm die Axt aus der Hand. »Kein Wort zu niemand!«, sagte Schätzle.

Christian nickte. »Eh klar!«

Erst als auch er weg war, stand Kathrin auf und brachte ihre Kleider in Ordnung. »Gottlieb, was wird denn jetzt?«

»Warten wir's ab!« Er ging zum Küchenbüfett, nahm eine Flasche Obstler heraus und goss zwei Gläschen voll. Eines reichte er Kathrin, das andere trank er in einem Zug leer und füllte es sofort wieder.

Als Kathrin Lubinger eine Stunde später nach Hause kam, war ihr Mann nicht da. Er kam auch am Abend nicht heim. Lange nach Mitternacht erst ging sie ins Bett. Es dauerte lange, bis sie einschlief, und als sie am anderen Morgen zu sich kam, war sie noch immer alleine.

Luise Ebinger hatte die Wunde an Christians Bein sorgfältig ausgewaschen und, seine Schmerzensschreie ignorierend, mit Jod ausgepinselt, ehe sie eine Mullbinde um den rechten Unterschenkel ihres Jüngsten wickelte. Christian hatte erklärt, die Axt sei ihm aus unerklärlichen Gründen aus der Hand gerutscht. Er könne sich überhaupt nicht erklären, wie ihm so etwas habe passieren können, wo er doch wirklich im Holzspalten so gut sei wie kaum ein anderer. Seine Mutter hatte ihn nur angesehen. Sie hatte längst ein Gespür dafür entwickelt, wann Christian flunkerte. Eine kleine Unruhe in seiner Stimme, ein kurzes Stolpern am Anfang eines neuen Satzes, sein schneller gehender Atem und dass er vermied, ihr in die Augen zu sehen – das alles verriet den Jungen, wobei Luise Ebinger nicht im Einzelnen hätte erklären können, woran sie merkte, dass etwas nicht stimmte. Als er vom Stuhl aufstand, klopfte sie ihm die Erdkrümel vom Pulloverrücken und fragte nicht: »Und wo kommt der Dreck an deinem Pulli her?«

»Der Christian findet schneller a Ausred als a Maus a Loch!«, sagte sie manchmal zu ihrem Mann, und sie wollte den Jungen jetzt nicht zu weiteren Schwindeleien verleiten. Sie deutete auf den Verband. »Ich will bloß hoffen, dass das nicht im Streit passiert ist«, sagte sie, und als Christian ansetzte: »Ich hab dir doch gsagt ...«, ging sie einfach aus der Küche.

Andreas Lubinger kam auch am nächsten Tag nicht zurück. Am dritten Tag nach der schrecklichen Szene in Schätzles Küche war Kathrin mit dem Fahrrad zu ihrem Vater gefahren. Aber auch dort hatte sich ihr Mann in den letzten beiden Tagen nicht sehen lassen. Hans erzählte begeistert vom Besuch seines Papas. Der alte Lamparter sagte: »Wenn er alles erfahren hat, wird er's einfach nicht verwunden haben.«

»Aber was macht er dann?«, rief Kathrin verzweifelt.

Ihr Vater hob die Arme. »Die Welt ist groß, Kathrin. Er wird schon irgendwo sein.«

Als sie nach Fleckenhausen zurückkam, passte ihr Nachbar Anton Häfner sie ab. Er war wegen seiner Grippe noch immer krankgeschrieben. »Ich hab mit dem Andreas geredet«, sagte er.

»Über uns?«

»Ja.« Er lachte auf. »Er hat mir eine verpasst ...« Unwillkürlich fasste sich Häfner an die Nase, die noch leicht geschwollen war. »Aber dann haben wir uns wieder vertragen. Er hat gsagt, er verzeiht mir.«

»Ja, dir«, sagte Kathrin bitter. »Mir sicher nicht! – Hast du eine Ahnung, wo er sein könnt?«

Anton Häfner schüttelte den Kopf. »Eigene Verwandte hat er ja, glaub ich, nicht.«

»Nein. Seine Eltern sind bei einem Bombenangriff ums Leben gekommen, und Geschwister hat er keine.«

»Vielleicht musst du ihn vermisst melden.«

Kathrin lachte auf. »Jetzt ist er zehn Jahr vermisst gwesen, dann kommt er zurück, und nach ein paar Tag meld ich ihn schon wieder als vermisst? Das ist doch verrückt!«

Gottlieb Schätzle hatte für seinen Lastwagen günstig Winterreifen bekommen. Der Oktober ging zu Ende, die Temperaturen waren in der letzten Woche stark gesunken. Jeden Tag konnte der erste Schnee fallen. Am Samstag bat der Fuhrunternehmer Christian, ihm beim Aufziehen der Reifen zu helfen. Sie bockten den Laster auf, und Schätzle schraubte die Räder ab. Mit einem Stemmeisen hob er die Mäntel der Sommerreifen von den Felgen und warf sie dem Jungen zu, der sie in den Schuppen trug und dort stapelte.

»Manche Leut lassen die Reifen auf den Rädern und wechseln nur die Räder aus.«

»Klugscheißer«, sagte Schätzle, »dann brauch ich aber auch zwei Satz Räder. Und wer zahlt mir des?«

»I sag wohl besser nix mehr«, rief Christian von der Tür zum Schuppen herüber, »solang du so eine Laune hast, Gottlieb.«

»Du müsstest das doch verstehn, du hast doch alles miterlebt.«

»Und auf Befehl vergessen!«

Schätzle streckte sich und drückte die flachen Hände ins Kreuz. »Mir tut alles weh!«

Danach arbeiteten sie eine halbe Stunde schweigend weiter.

»Wie sieht's eigentlich bei dir aus?«, fragte der Fuhrunternehmer plötzlich.

»Was denn?«

»Hast a Freundin?«

»Nein!«

»Hättst gern eine? Ich mein, du bist jetzt bald 18 Jahr alt.«

»Hast du da schon eine Freundin ghabt?«

»Nein, aber des waret andere Zeiten. Manchmal bin ich tagelang mit so einem Ständer rumglaufen.« Er hob einen Schraubenschlüssel auf, um die Größe seines damals erigierten Gliedes anzudeuten. »Aber onaniert hent mir ja net.«

»Ehrlich? Warum denn nicht?«

»Weil mir fest geglaubt habet, man hat fürs ganze Leben nur 8 000 Schuss. Verstehst? Und außerdem hat man uns erzählt, dass des alles am Rückenmark abgeht, und am Ende wär man gelähmt oder würde blind. – Kannscht ruhig lache. So war des damals.«

Aber Christian lachte nicht. Er glaubte zwar nicht, dass Onanieren auf die Gesundheit schlug, aber er hatte doch jedes Mal, wenn er sich selbst befriedigte, ein schlechtes Gewissen. Außer mit Gerhard hatte er noch nie mit jemandem darüber geredet. Sein großer Bruder wurde im nächsten September 21 und hatte auch noch nie eine Freundin gehabt. Eines Abends, kurz vor dem Einschlafen, sagte der Ältere einmal: »Weißt was, Christian, ich glaub, mir sind beide gleich verklemmt. Und schuld sind unsere Eltern.«

»Warum denn?«

»Die haben doch immer aus allem ein Geheimnis gemacht. Das ganze Gebiet ist doch für uns eine einzige Verbotszone. Wir sollten mal mit der Hanna reden.«

»Meinst, die ist da anders?«

»Aber ganz bestimmt. Die weiß alles von der Tante Lydia.«

»Und woher weißt du das?«

Gerhard zog ein Heftchen unter seinem Kopfkissen hervor und warf es in Christians Bett hinüber. Das Papier flatterte. Christian fing es auf und hatte eine Doppelseite vor sich: Bilder von Mädchen, jungen Frauen, nackt oder in aufreizender Wäsche. Er konnte den Blick nicht davon wenden. Eine starke Erregung überkam ihn, und er spürte, wie sein Penis sofort steif wurde. »Woher hast du das?«

»Na, von der Hanna. Sag ich doch!«

An jenem Abend fing es an, dass sie sich gemeinsam Geschichten ausdachten und in einer Art Hörspiel spielten. Überraschend erwies sich Gerhard als um kein Haar weniger erfinderisch als sein jüngerer Bruder, der doch in seiner Jungschar Woche für Woche übte, Geschichten zu erzählen. Es war schiere Pornographie, wenngleich ihnen der Begriff nichts gesagt hätte. Und sie beide immer mittendrin. Die weiblichen Rollen in diesen Sexgeschichten spielten Frauen, die sie kannten. Es blieb freilich in diesen »Hörspielen« nicht bei Sexabenteuern, die meist sehr kurz gerieten, weil die beiden beim gleichzeitigen Onanieren viel zu schnell kamen. Bald schon erfanden sie Geschichten, in denen sie die Helden bei großen Autorennen waren oder als Stars einer Fußballmannschaft das Ergebnis durch ein spektakuläres Tor in letzter Minute noch herumrissen. Und erst danach wurden sie in ihrer Phantasie von den begeisterten Frauen belohnt. Aber genauso wenig, wie sie in der Wirklichkeit große Motorrad- oder Automobilrennfahrer wurden, genauso wenig gelang es ihnen, im alltäglichen Leben an ein Mädchen oder eine Frau heranzukommen. Erst sehr viel später erfuhren sie, dass der eine wie der andere durchaus von weiblicher Seite begehrt worden war. »Man hätte sich halt bloß trauen müssen«, sagte Christian viele Jahre danach zu seiner Mutter, als endlich einmal der Bann gebrochen war und Luise Ebinger ihrem Jüngsten erzählte, wie wenig Leidenschaft und Liebe in ihrer Beziehung zu seinem Vater gewesen war.

»Du könntest mal bei der Frau Lubinger vorbeigehen«, sagte Schätzle unvermittelt.

»Warum das denn?«

»Weil ich wissen möchte, wie's ihr geht.«

»Beschissen, das kann ich dir auch so sagen«, gab Christian zurück, »wo doch ihr Mann verschwunden ist.«

»Was ist der?«

»Verschwunden!«

»Und warum sagst du mir das erst jetzt?« Schätzle warf den Schraubenschlüssel nach Christian. Das Werkzeug flog nur knapp an dessen Kopf vorbei.

»Jetzt langt's dann aber langsam«, schrie Christian. »Die Wunde an meim Schienbein ist noch net amal verheilt …«

Und nachdem Schätzle ein »'tschuldigung« gemurmelt hatte, sagte der Junge: »Woher soll ich denn wissen, dass du das noch nicht weißt?!«

»Wer hätt's mir denn sagen sollen«, knurrte Schätzle. »Im Dorf schwätzt ja koiner mehr mit mir. Manchmal komm ich mir scho vor wie ein Aussätziger!«

»Aber wieso. Weiß doch niemand …«

»Eben doch!«

»Aber von mir nicht! Ich hab mit niemand drüber geredet. Großes Ehrenwort, Gottlieb.«

»Ja, das weiß ich, aber die Christine Lauer, die größte Schwatzbas von Fleckenhausen – ausgerechnet die muss vorbeigekomme sei, wie der Andreas Lubinger hier seine große Schau abgezoge hat.«

»Ach du lieber Schieber!« Christian setzte sich auf den Spaltblock. Es gehörte nicht viel Phantasie dazu, sich auszumalen, wie sich die Leute im Dorf die Mäuler zerrissen. »Gut, ich geh gleich nachher bei der Frau Lubinger vorbei. Was soll ich ihr sagen?«

Gottlieb Schätzle kratzte sich am Kopf. »Weiß au net.«

»Dass du jederzeit für sie da bist, vielleicht?«

Der Fuhrunternehmer hob den Kopf und sah Christian an. Ein Lächeln überzog sein Gesicht. »Ja, genau das. Das sagst ihr!«

Christian Ebinger verließ den Holzschuppen. Draußen wurde es schon langsam dunkel. Er sah zur Kirchturmuhr, konnte aber die Zeiger nicht mehr richtig erkennen. Als er über die Rosswiesen zur Weinhalde hinaufging, drangen die ersten Schläge der Glocke herüber. Das Sechsuhrläuten begann, mit dem man früher den Leuten auf den Feldern gesagt hatte, dass es Zeit war, Feierabend zu machen und nach Hause zu gehen. Noch immer hing nur eine einzelne Glocke im Turm. Alle anderen waren in den letzten Kriegsjahren zu Kanonen eingeschmolzen worden. Der Pfarrer hatte schon vor zwei Jahren damit begonnen, für ein neues vierstimmiges Geläut zu sammeln. Aber die Spenden flossen nur spärlich.

»In diesen Zeiten denken die Menschen halt zuerst an sich selber«, hatte Gerhard in seiner ernsten Art gesagt. Er war nun schon im dritten Jahr seiner Lehre, die er gleich nach der mittleren Reife bei einer Versicherung begonnen hatte, und stand mitten in den Abschlussprüfungen. Falls er aufgeregt war, ließ er sich das nicht anmerken. Als Christian ihn fragte: »Bischt nervös?«, zuckte er nur die Achseln. »Warum? Was ich könne muss, kann ich.«

Die Glocke verstummte. Christian ging auf dem schmalen Weg zwischen zwei Bauerngärten zur Waldenbucher Straße hindurch. Eine einsame Bogenlampe erhellte die Fahrbahn ein wenig. Bei Kathrin Lubinger brannte Licht. Christian klingelte. Kathrin öffnete schon wenige Augenblicke später und schien enttäuscht, als sie ihn sah. »Ach, du bist's.«

»Der Gottlieb schickt mich.«

»Komm rein!«

Sie trug einen alten, abgewetzten Bademantel. Ihre nackten Füße steckten in Pantoffeln. Ihre Haare hingen ihr nass ins Gesicht. »Ich hab gschwind meine Haar gwaschen.« Sie lachte auf. »Ich mach lauter unnützes Zeug, bloß damit ich nicht verrückt werd. – Setz dich doch.«

Christian setzte sich auf die vordere Kante eines Stuhls am Küchentisch. Kathrin achtete nicht darauf, dass der Bademantel nur lose von einem Gürtel zusammengehalten wurde und dass man darunter große Teile ihres nackten Körpers sehen konnte.

»Seit vier Tag ist der Andreas weg«, sagte sie.

Christian nickte. »Vom Gottlieb soll ich sagen, dass er jederzeit für Sie da sei, Frau Lubinger.«

Kathrin setzte sich dem Jungen gegenüber auf einen Stuhl und fuhr sich mit den Fingern beider Hände in ihr dichtes, nasses Haar. »Warum bin ich bloß zu ihm gegangen?«

Christian wusste, dass sie darauf keine Antwort von ihm erwartete, aber er sagte dann doch: »Man tut doch manchmal Sachen nur so aus dem Gefühl heraus. Ohne groß drüber nachzudenken, mein ich.«

Kathrin sah ihm überrascht in die Augen. »Das trifft's ziemlich genau. Woher weißt du denn das?«

»Ich denk mir das halt so.«

»Wenn ich wenigstens katholisch wär, dann könnt ich's beichten. Hast du gwusst, dass der Andreas katholisch ist?«

Christian schüttelte den Kopf und gab sich Mühe, nicht auf die entblößten Schenkel von Frau Lubinger zu sehen.

»Aber des dät mir ja nix nützen«, fuhr sie fort. »Schuldig dät ich mich ja trotzdem fühlen. Kann ich dir was anbieten? Willst was trinken? Oder hast Hunger?«

Wieder schüttelte Christian nur den Kopf.

Kathrin bemerkte seinen Blick, stand plötzlich auf, breitete ihren Bademantel weit aus. »Sieh mich ruhig an!«

Sie stand für ein paar Augenblicke völlig nackt vor ihm, bevor sie den Bademantel wieder schloss und den Gürtel diesmal fest verknotete. »Ich bin geschlagen mit diesem Körper. Manchmal wünsch ich mir, ich wär hässlich wie eine Krott!«

Christian schluckte und brachte nur mühsam hervor: »Was soll ich dem Gottlieb denn jetzt sagen?«

»Ach, Bub, ich weiß es ja selber nicht. Ich wünsch mir so sehr, dass der Andreas zurückkommt und bei mir bleibt. Und ich wär so gern mit dem Gottlieb zusammen. Aber was soll er damit, wenn du ihm das sagst?«

Christian nickte. »Dann sag ich ihm, er soll einfach warten, was passiert. Er muss halt Geduld haben.«

Für einen Augenblick lächelte Kathrin. »Bist ein richtiger kleiner Klugscheißer.«

»Also klein? 1,85 Meter hat der Turnlehrer neulich gemessen.«

Sie kam auf ihn zu und stellte sich dicht vor ihn, als ob sie sich mit ihm messen wollte. Er war fast einen Kopf größer als sie. Sie fasste ihn mit beiden Händen am Nacken, zog ihn zu sich herunter und drückte ihm einen Kuss auf den Mund. »Fast schon ein Mann! – Sag dem Gottlieb, wenn ich was Neues erfahre, geb ich ihm sofort Bescheid.«

An diesem Tag war auch beim Abendessen der Familie Ebinger Lubingers Verschwinden das Hauptthema. Die Diskussion war schon in vollem Gange, als Christian nach Hause kam. Sein Vater sah auf die Uhr. »Gegessen wird um sechs!«

Christian sagte nichts dazu. Er setzte sich an den Tisch und nahm sich eines der belegten Brote, die seine Mutter vorbereitet hatte.

Albert Ebinger sah seinen Jüngsten scharf an. »Du sollst dabei gewesen sein!«

»Wo dabei?«

»Bei dieser Sache mit Schätzle und Lubinger.«

»Was für eine Sache?«

»Jetzt stell dich nicht dumm, Kerle!«

Christian biss von dem Leberwurstbrot ab und schwieg.

»Jetzt sag schon«, rief seine Schwester Hanna. »Du kannst doch sonst nie genug kriegen, wenn's ums Erzählen geht.«

»Was hört man denn sonst so?«, fragte Christian jetzt.

Die Eltern sahen sich an. Alle vier scheuten sich, die Worte in den Mund zu nehmen, die man gebraucht hätte, um den Vorgang so wiederzugeben, wie ihn die Klatschbase Christine Lauer geschildert hatte.

Christian legte das angebissene Brot auf den Teller und verschränkte die Hände hinter seinem Kopf. »Wie ich dazukam, war ja eigentlich alles schon vorbei.«

»Es heißt aber, du hättest dem Lubinger die Axt aus der Hand gerissen«, sagte sein Vater.

»Und da kommt ja wohl auch die Verletzung an deinem Schienbein her«, ergänzte die Mutter.

»Ja, hätt ich zugucke solle, wie er den Schätzle erschlägt? Der Gottlieb ist mein Freund.«

»Guter Gott!«, ließ sich Luise Ebinger hören.

»Und er ist verliebt in die Kathrin Lubinger«, sagte Hanna.

»Ja!« Christian nickte heftig.

»Das entschuldigt gar nichts!«, blaffte sein Vater.

»Doch«, ließ sich überraschend die Mutter hören.

Dann war es ein paar Augenblicke still am Tisch, bis Gerhard sagte: »Wie in der griechischen Tragödie. Die Menschen werden schuldig, ohne es verhindern zu können.«

In Albert Ebinger brach der Lehrer durch. »Gut, mein Sohn. Sehr gut! Schuldlos schuldig zu werden, das ist der Kern jeder Tragödie.

Ich sag ja immer, es war ein Unglück, dass du nicht bis zum Abitur in der Schule bleiben konntest.«

»Fast eine griechische Tragödie«, feixte Christian.

»Du bist ganz still«, herrschte ihn sein Vater an. »Hättest du doch nur einmal solche Zeugnisse heimgebracht wie dein Bruder. Überall bist du um zwei oder drei Noten schlechter.«

»Außer in Musik und Deutsch«, sagte Gerhard mit einem leisen Lächeln. »Bloß bei den griechischen Tragödien, da hapert's halt a bissle, gell?«

Für den darauffolgenden Samstag hatte Christian Ebinger seiner Jugendgruppe ein Geländespiel angekündigt. Am Freitag wollte er die Strecke abgehen und die jeweiligen Aufgaben, die unterwegs zu lösen waren, an verschiedenen Haltepunkten deponieren. Sein Freund Charly sollte ihm dabei helfen, und auch Gerhard war bereit mitzukommen.

Im Wäldchen gleich hinter dem Bärengarten ging es los. In einem hohlen Baum und am Ast einer hohen Eiche, die leicht zu erklettern war, versteckten sie je eine Schatzkarte, nach der die beiden rivalisierenden Jungschargruppen das Gelände durchkämmen sollten. Sieben Stationen hatten sie sich vorgenommen, an denen jeweils neue Anweisungen erfolgen würden. Der Weg führte über einen dicken Baumstamm, der quer über dem Schaichbach lag und als Brücke diente. Danach ging es auf dem gekiesten Weg ein Stück durchs Schaichtal hinab bis zum schwarzen Hau, einem dicht mit Mischwald bestandenen Gelände, das sich nach links an einem Hang hinaufzog. Enden sollte das Geländespiel im Gewann Braunacker, nahe der Ortsgrenze zu Waldenbuch, wo ein riesiger, jahrhundertealter Mammutbaum stand.

Unterwegs bestanden Charly und Gerhard darauf, dass Christian haarklein erzählte, wie das war, als der Lubinger den Schätzle beim Vögeln mit der Kathrin erwischt hatte. Jetzt, da das ganze Dorf darüber redete, galt ja das Schweigegebot nicht mehr für ihn. Und Christian ließ sich nicht lumpen. Sie erreichten bereits die vierte

Station, als er seinen Bericht beendete. Sie steckten einen Zettel in ein Astloch, auf dem die Anweisung stand: »Bis zur Lichtung, dann dort, wo zwei Schlehenbüsche stehen, in den Wald hinein und dem Wildpfad folgen.«

Sie selbst machten sich auf den gleichen Weg. Die Sonne war bereits untergegangen, aber die Abenddämmerung verströmte ein sanftes rötliches Licht über dem Wald. Ohne Probleme fanden sie den Durchlass zwischen den Schlehenbüschen und drangen in das Waldstück ein. Gerhard ging voraus. Nach zwanzig Metern etwa fiel der Pfad steil ab, knickte scharf nach rechts und lief auf eine große Buche mit weit ausladenden Ästen zu.

Plötzlich blieb Gerhard stehen. »Was ist denn das dort?«

»Was denn? Ich seh nichts!« Sein Bruder schloss zu ihm auf.

»Da hängt einer!«, schrie Charly.

»Du siehst Gespenster!«, sagte Christian. Aber seine Stimme zitterte, denn in dem Moment, da Charly es ausgesprochen hatte, zogen seine Augen das Bild klar. Da hing tatsächlich eine Gestalt, die Füße etwa anderthalb Meter über dem Boden, frei an einem Seil, das an einem der unteren Äste befestigt war.

Christian rannte los.

»Bleib doch stehen«, schrie Gerhard. »Wir müssen die Polizei holen.«

Aber Christian ließ sich nicht aufhalten. Keine 20 Sekunden später stand er bei der Buche und starrte in das aufgedunsene Gesicht von Andreas Lubinger.

Sie waren zur Waldenbucher Straße vorgerannt und dann, ohne einmal anzuhalten, der Straße folgend bis hinunter ins Dorf. Schweißüberströmt und schwer atmend erreichten sie die Polizeistation, wo der Polizeiobermeister Schütterle grade Feierabend machen wollte. Wären sie nicht zu dritt gewesen und hätte Gerhard Ebinger nicht so vernünftig geredet, der Beamte hätte ihnen nicht geglaubt. So aber verständigte er übers Telefon seine vorgesetzte Dienststelle in Tübingen.

Zwei Stunden später bargen Kriminalpolizisten den Leichnam und brachten ihn ins gerichtsmedizinische Institut nach Tübingen. Erst dann verständigten sie Kathrin Lubinger. Sie identifizierte den Toten am nächsten Vormittag als ihren Mann und fuhr anschließend direkt nach Bodelshausen zu ihrem Vater. Dass sie danach noch einmal nach Fleckenhausen zurückkehren würde, konnte sie sich nicht vorstellen.

Die Beerdigung des Selbstmörders fand in aller Stille statt. Kathrin, ihr Vater und ihr Sohn Hans waren neben dem Pfarrer und den Sargträgern die einzigen Menschen an dem offenen Grab. Als die erste Schaufel Erde auf dem Sargdeckel aufschlug, lief Hans plötzlich laut aufschreiend davon – quer über die Gräber. Kathrin rannte ihm nach, während ihr Vater den Männern in ihren grauen Anzügen ein Trinkgeld aushändigte und sich mit ernsten, leisen Worten bei ihnen und dem Geistlichen bedankte. Am Tor des Friedhofs gelang es Kathrin, ihren Sohn einzufangen. Sie drückte den bebenden, weichen Körper ihres laut klagenden Jungen an sich. Erst als Ernst Lamparter zu den beiden trat und mit seiner tiefen Stimme sagte: »Es ist ja gut. Es ist ja gut. Es ist vorbei!«, beruhigte sich Hans. Er wendete sich dem Großvater zu und fasste dessen rechte Hand mit seinen beiden Händen. »Ich bleib bei dir, Opa, gell?«

Der Großvater nickte. »Ja freilich! Und deine Mama auch.«

Überrascht sah Kathrin ihren Vater an. Darüber hatten sie noch nicht gesprochen. Sie hatten überhaupt wenig miteinander geredet in diesen paar Tagen, seitdem sie nach Bodelshausen gekommen war.

Ihren Vater und ihren Sohn hatte sie hinter dem Haus gefunden, wo die beiden Holzscheite unter dem Dachfirst zu einer akkuraten Mauer aufschichteten. Der Junge reichte dem Großvater Scheit für Scheit, und genauso bedächtig, wie der Junge das tat, suchte Ernst Lamparter die Stelle, wo jedes Holzstück am besten hineinpasste, so dass möglichst keine Zwischenräume entstanden. Dabei redete der Großvater leise: »Jetzt gucke mr amal … Ich glaub, des passt, was moinscht?« Und Hans antwortete mit den immer gleichen drei Worten: »Passt gut, Opa!« Harmonisch sah das aus, wie die beiden Hand in Hand arbeiteten. Kathrin schossen Tränen in die Augen.

»Ich weiß nicht, ob ich hierbleiben will, Vater«, sagte sie jetzt.

»Aber ich!«, rief Hans, der seinen Schmerz vergessen zu haben schien.

»Ja wo willst denn hin?«, fragte Lamparter. »Etwa zurück nach Fleckenhausen?«

»Nein, bestimmt nicht. Ich werd mir eine Arbeit suchen. Vielleicht in Tübingen.«

»Aber dann kannst ja hier wohnen.«

»Ich weiß nicht, ob das so gut wär. Lass uns bitte später drüber reden.«

Sie hatten dann im Gasthaus zum Ochsen gegessen. Kathrin hatte versucht, sich zu erinnern, was der Pfarrer gesagt hatte, aber es fiel ihr immer nur der Satz ein: »Der Herr hat's gegeben, der Herr hat's genommen«, der ihr völlig sinnlos vorkam.

Der Liederkranz bereitete sein Adventskonzert vor. Es würde diesmal einen Überblick über das Repertoire des Chors geben, denn es sollte zugleich der Abschied für den Dirigenten Ferdinand Opalski werden, der ein Angebot des Süddeutschen Rundfunks erhalten hatte, ab 1. Januar 1957 als Musikredakteur zu arbeiten. Luise Ebinger hatte er versichert, sie auch weiter unterrichten zu wollen. Jetzt war sie auf dem Weg zu ihm, und sie fürchtete sich vor dem anstehenden Gespräch. Nasser Schnee fiel aus den tief hängenden grauen Wolken, die wie schlaffe graue Säcke auf den Tannenspitzen des Waldes zu liegen schienen. Auf dem Asphalt verwandelten sich die weißen Flocken schnell in trübes Wasser, das in den Rinnsteinen rechts und links der Pfrondorfer Straße hinabplätscherte. Luise hatte über ihre Schuhe Gamaschen gezogen, die weit über die Knöchel hinaufreichten. Sie trug unter dem hellen Gabardinemantel ihr Schneiderkostüm, das sie sonst nur an Feiertagen oder bei den wenigen Theaterbesuchen im nahen Tübingen trug, und schützte sich mit einem Regenschirm.

Die Gesangsstunde war für fünf Uhr am Nachmittag angesetzt wie jeden Dienstag und Donnerstag.

Als Luise Ebinger in den Windfang von Marie Laisens Häuschen trat, kam die Hausfrau aus ihrer Küche und nahm ihr den Schirm ab. Sie öffnete und schloss ihn ein paarmal mit heftigen Bewegungen vor der Haustür, um die Nässe herauszuschleudern, und stellte ihn dann in den Schirmständer neben der Tür. Dann nahm sie Frau Ebinger den Mantel ab. »Vornehm geht die Welt zugrunde«, sagte die Kranzmarie, als Luise in ihrem eleganten Kostüm vor ihr stand. Luise wusste nicht, was sie darauf sagen sollte, und fragte nur: »Ist er da?«

»Ja freilich! Sie hat er doch noch nie versetzt, oder?«

Luise Ebinger schüttelte den Kopf und stieg die Treppe in den ersten Stock hinauf.

Ferdinand Opalski saß am Klavier und blätterte in einer Partitur. Als Luise hereinkam, stand er auf und reichte ihr die Hand. Wie immer verbeugte er sich dabei ein wenig. »Pünktlich wie die Maurer«, sagte er und nahm wieder auf dem Klavierstuhl Platz. »Wollen wir gleich anfangen?«

»Vorher würde ich gern etwas mit Ihnen besprechen.«

Opalski deutete auf einen Stuhl neben dem Klavier, und Luise setzte sich aufrecht auf die vordere Kante der Sitzfläche. Ihre Hände legte sie auf die dicht geschlossenen Knie.

»Hübsches Kostüm«, sagte Opalski. »Gibt es einen feierlichen Anlass?«

»Nein, oder doch, ja. Wie man's nimmt. Ich …« Sie zögerte. »Also ich möchte Ihr freundliches Angebot nicht annehmen.«

Der Musiker sah sie überrascht an. »Aha, und warum nicht?«

»Solang Sie unseren Chor geleitet haben, also ich weiß nicht, wie ich es sagen soll, da waren meine Gesangsstunden sozusagen ein Teil davon, also vom Chor, net wahr.« Sie ärgerte sich darüber, dass sie ihre Sätze so herausstotterte. »Aber wenn Sie jetzt beim Radio arbeiten …«

Opalski nickte. »Sie meinen, dann wäre das eine zu private Situation.«

Luise Ebinger atmete auf. »Ja. Ich kenn doch die Leut …«

Der Musiker spielte mit der linken Hand ein paar leise Akkorde an. »Schade, ich meine, schade, dass die Menschen so sind. Uns ist es doch immer nur um die Musik gegangen.«

»Ja«, sagte Luise, und doch gestand sie sich zum ersten Mal ein, dass sie die Stunden bei ihrem Gesangslehrer nicht nur wegen des Singens so geliebt hatte. Sie hätte nicht beschreiben können, warum sie den Dienstag- und Donnerstagnachmittagen so entgegengefiebert hatte, warum sie jedes Mal eigentlich zu schnell die steile Pfrondorfer Straße hinaufgeeilt war und dann immer ein paar Minuten im Schatten einer Hecke gewartet hatte, bis sich ihr Atem beruhigt hatte, ehe sie die sechs Stufen zum Häuschen der Kranzmarie hinaufstieg.

»Wollen Sie sich's nicht noch einmal überlegen?«, fragte Opalski.

Aber Luise Ebinger war eine Frau, die von einem Entschluss nicht mehr abrückte, wenn sie ihn einmal gefasst hatte. Schließlich hatte sie auch in diesem Fall lange nachgedacht und in den letzten Nächten oft viele Stunden wach gelegen, bis sie sich endlich dazu durchgerungen hatte, dem Musiker abzusagen.

»Schade!«, sagte Opalski. »Wollen wir dann zum Schluss noch einmal alle Lieder singen, die Sie besonders lieben?«

Luise war überrascht. Sie hatte eigentlich nicht damit gerechnet, dass sie nach ihrer Ankündigung noch einmal zusammen musizieren würden.

Doch dann klang ihre weiche Sopranstimme durchs Haus: »Bunt sind schon die Wälder«, sang sie, dann »Die Gedanken sind frei« und schließlich »I, wenn i Geld gnueg hätt«.

»Das sollten Sie bei meinem Abschiedskonzert singen«, sagte Opalski, als der letzte Ton des kleinen Liedchens verklungen war.

»Das ist in meinen Augen schönste Volkskunst«, fügte er hinzu.

Luise schüttelte den Kopf. »Das ist doch ein Lied für einen Mann. Der Horst Kümmerle müsst das singen.«

Opalski gab ihr recht. »Aber Sie sollten sich auch ein oder zwei Lieder aussuchen. Für ein Solo zu meinem Abschied.«

Das Konzert fand am ersten Advent statt. Der Saal in der Alten Post war bis auf den letzten Platz gefüllt. Die Zuhörer saßen auf Bänken an langen Tischen. Opalski hatte es nicht verhindern können, dass vor den Darbietungen Essen und Getränke serviert wurden. Es gab wahlweise Schweinebraten mit Spätzle und Mischgemüse oder ein kaltes Vesper aus Leber- und Blutwurst mit sauren Gürkchen und Schwarzbrot, zu dem ein Schnaps gereicht wurde. Immerhin hatte der Dirigent durchgesetzt, dass der Chor erst beginnen würde, nachdem das Geschirr abgeräumt worden war. Aber es war ihm nicht gelungen zu verhindern, dass auch während der Veranstaltung Getränke gereicht werden konnten.

Luise Ebinger saß mit ihrem Mann und den drei Kindern an einem Tisch direkt vor der Bühne. Sie war so aufgeregt, dass sie keinen Bissen hinunterbrachte. Ihr Mann sah sie verständnislos an. »Man könnte grad meinen, du gibst ganz allein ein Konzert«, sagte er, »so, wie du dich aufführst.« Luise hatte Albert nichts davon gesagt, dass sie zwei Solopartien übernommen hatte, und auch in dem kleinen Programmzettel stand nichts davon. Das Geheimnis teilte sie mit Opalski bis zur Generalprobe, die am selben Tag nachmittags stattgefunden hatte und in deren Verlauf der Dirigent den Chor auf drei Einlagen eingestimmt hatte. »Frau Ebinger wird ›Bunt sind schon die Wälder‹ und ›Geh aus mein Herz und suche Freud‹ singen. Und Herrn Kümmerle konnte ich überreden, ›I, wenn i Geld gnueg hätt‹ zum Besten zu geben.«

Niemand neidete Luise diesen Auftritt. Sie war nun schon seit Jahren so etwas wie die gute Seele des Gesangvereins oder »die Mutter der Kompanie«, wie es der Bäckermeister Horst Kümmerle nannte. Er selbst war ohnehin einer der angesehensten Sänger, und dies nicht nur, weil er zu jeder Probe einen Korb kostenloser Butterbrezeln mitbrachte. Er hatte eine schöne Baritonstimme. Zudem führte er nun schon seit zwei Jahren den Verein als Vorsitzender, und erst vor wenigen Tagen war er in diesem Amt bestätigt worden, einstimmig mit einer Enthaltung, die von ihm selber kam.

Der Musiker Ferdinand Opalski hatte in den letzten Jahren alte schwäbische Lieder gesammelt und zum Teil neu arrangiert. Zunächst war das ein eher strategisches Unterfangen gewesen, weil er sich erhoffte, so in der neuen Heimat schneller und besser akzeptiert zu werden. Das Kalkül hatte sich als richtig erwiesen. »Bei uns kriegt jeder seine Chance, wenn er tüchtig ist«, hatte ihn der Bäckermeister Kümmerle gelehrt. »Und er muss sich halt anpassen, sonst ist er schnell unten durch.«

Opalski hatte genickt. »Das wäre bei uns in Schlesien nicht viel anders«, sagte er. Nach und nach wuchs sein Interesse an allem, was schwäbisch war. Er lernte vergnügt die plastischen lautmalerischen Begriffe und hörte immer wieder auch seine Kinder ab. »Was sagt der Schwabe, wenn ein Seil unter großer Anspannung reißt?« – »Es fatzt!« Die Jungen wussten das schon lange. Dass ein »Preagler« ein Mensch war, der umständlich redete und zu keinem Ende fand, hatten sie auch längst begriffen, wie auch, dass sich hinter dem Wort »Cluvemichel« dieselbe Figur versteckte, die man bei ihnen »Korinthenkacker« genannt hatte.

Ferdinand Opalski hatte bei seinen Studien zum musikalischen Volksgut festgestellt, dass die meisten Lieder, die bis in die Gegenwart standgehalten hatten, von Friedrich Silcher stammten oder von ihm gesammelt und zu schön klingenden Chorsätzen arrangiert worden waren. Es war gar nicht so leicht gewesen, herauszufinden, was er komponiert und was er nur neu eingerichtet hatte. Alles war längst zum allgemeinen Volksgut geworden. Opalski arbeitete schließlich auch noch an einer Biographie des einzigen namhaften schwäbischen Musikers der Vergangenheit, und ein Hörbild für den Rundfunk, das er aus dem angesammelten Material gemacht hatte, war dann auch so etwas wie die Eintrittskarte für die Musikredaktion des Süddeutschen Rundfunks gewesen. Im Frühjahr war es gesendet und inzwischen sogar noch einmal wiederholt worden.

Friedrich Silcher, Schulmeistersohn aus Schnait, geboren 1789, vertonte im Verlauf seines Musikerlebens zum Beispiel die Uhland-Gedichte »Ich hatt einen Kameraden« und »Droben stehet die Kapelle« ebenso wie das Lied von der Lorelei nach Heinrich Heines Poem »Ich weiß nicht, was soll es bedeuten«. Silcher schuf Chorsätze für vorhandene Volkslieder wie »Muss i denn, muss i denn zum Städtele hinaus?« oder »Mädele, ruck, ruck, ruck an meine grüne Seite, i hab di gar so gern, i kann di leide« oder das berühmte »Ännchen von Tharau«.

»Weißt du«, sagte Opalski einmal zu seiner Frau Henriette, »die Ohrwürmer aus seiner Feder gehen in die Hunderte.«

Ferdinand Opalskis großer Traum war es, einen Verlag für seine Silcher-Biographie zu finden. Als Musikredakteur, so dachte er, würde er es dabei leichter haben.

Über der Bühne des Saals in der Alten Post hing ein prächtiger Adventskranz, den Henriette Opalski und die Kranzmarie gemeinsam geflochten hatten. An der Bühnenrampe reihten sich kleine Tännchen zu einer geraden grünen Linie. Zwei verschieden hohe Podeste ermöglichten die Gruppierung der Sänger so, dass jeder aus dem langen Saal heraus zu sehen war. 23 Sängerinnen und 18 Sänger nahmen kurz nach acht Uhr an diesem Adventsabend Aufstellung. Auf der linken Seite stand ein Klavier. Manche der Lieder dirigierte Opalski von diesem Instrument aus.

Das Licht im Saal erlosch. Nur noch leise hörte man, wie das eine oder andere Glas abgestellt wurde. Opalski, ein eher kleiner Mann, klopfte mit der Stimmgabel gegen das Dirigentenpult, nahm den Ton auf, gab ihn an den Chor weiter und übermittelte den Sängern danach die Anfangstöne für die zweite, dritte und vierte Stimme, bis ein leiser, wohlklingender Akkord über der Bühne schwebte. Der Dirigent hob beide Arme, und als sie herunterfuhren, setzte der Chor ein: »Die Gedanken sind frei, wer kann sie erraten, sie fliegen vorbei wie nächtliche Schatten, kein Mensch kann sie wissen, kein Jäger erschießen mit Pulver und Blei. Die Gedanken sind frei.«

Schon bei der zweiten Strophe »Ich denke, was ich will und was mich beglücket« begannen einige der Zuhörer mitzusingen. Und das blieb auch so, bis sich Opalski dem Publikum zuwandte und sagte: »Wir haben nun das erste Solo, und da bitte ich Sie, still zuzuhören. Danach freuen wir uns, wenn Sie uns mit Ihrem Gesang auch weiter unterstützen.«

Luise Ebinger trat nach vorn. Sie trug ein knöchellanges schwarzes Kleid, dessen Saum und Ausschnitt mit einer mit Perlen verzierten geklöppelten grauen Spitze besetzt war, die sie einst von ihrer Mutter geerbt, aber bisher nicht verwendet hatte. Ihr Mann sah überrascht und befremdet zu ihr hinauf. Am Tisch hatte sie noch ihr Schneiderkostüm für alle wichtigen Anlässe getragen. Sie musste sich also irgendwo hinter der Bühne umgezogen haben. »Die Mutter sieht ja klasse aus!«, hörte er Christian neben sich sagen. Eine Frau, die Rücken an Rücken mit ihm saß, kommentierte: »Ja, gell, Kleider machen Leute!«

Für Albert Ebinger war es ohnehin schon eine schwer zu ertragende Veranstaltung. Eigentlich, so dachte er insgeheim, hätte er jetzt da oben stehen oder am Klavier sitzen sollen. Jetzt drehte er sich um und zischte: »Es gibt Leut, die können sich noch so rausputzen, und es wird doch nix aus ihnen.« Und als er merkte, dass man das auch so auslegen konnte, als wolle er seine Frau kleiner machen, schob er nach: »Zum Glück ist das bei meiner Frau nicht so.« Im gleichen Augenblick ärgerte er sich auch schon, dass er sich überhaupt darauf eingelassen hatte, zumal die Frau hinter ihm jetzt sagte: »War ja net so gmeint, Herr Ebinger!« Gerhard, der neben seinem Vater saß, und Hanna, die wie immer bei solchen Anlässen zu Besuch gekommen war, tauschten einen Blick, beide grinsten.

Zum Glück setzte der Chor jetzt ein: »Bunt sind schon die Wälder …« Schlagartig fiel Albert Ebinger ein, wie er damals seine jetzige Frau zum ersten Mal wahrgenommen hatte. Es war dasselbe Lied. Der Chor hatte es damals zu seiner Begrüßung gesungen, als er 1928 den Gesangverein als Dirigent übernommen hatte. Jetzt hatte er die Bilder plötzlich wieder vor Augen, als ob es gestern gewesen wäre. Und auch jetzt erhob sich Luises Stimme wieder mühelos und leicht über den Chor, doch nun war sie reifer und noch voller im Klang: »Rote Blätter fallen, graue Nebel wallen, kühler wird der Wind.« – »Schön«, hatte er damals leise gesagt und dann noch einmal: »Wunderschön!« Und er war sich selbst nicht im Klaren darüber gewesen, ob er ihren Gesang oder sie meinte.

Horst Kümmerle war vor vierzehn Tagen bei ihm gewesen und hatte ihn gefragt, ob er nicht Lust hätte, die Leitung des Chors wieder zu übernehmen. Albert Ebinger hätte am liebsten sofort zugestimmt. Wenn er ehrlich gewesen wäre, hätte er spontan sagen müssen: »Ja und mit großer Freude!« Aber er wiegte seinen schweren Kopf hin und her, drehte mit den Fingerkuppen kleine Kreise auf seiner Glatze und sagte schließlich: »Ich weiß nicht recht. Der Herr Opalski hat das ja sehr professionell gemacht. Er ist Berufsmusiker, und ich bin, gemessen an ihm, ja doch nur ein Dilettant.«

Kümmerle hatte ihm nicht widersprochen, was den Lehrer im Stillen geärgert hatte, sondern vielmehr gesagt: »Das sind wir ja auch. Lauter Laien halt. Und Sie habet das doch immer ganz gut gmacht.«

Sie würden diesem Opalski nachtrauern und ihn, den Volksschullehrer, immer an diesem Berufsmusiker messen. Und im gleichen Augenblick fiel ihm ein, dass auch seine Frau Opalski nachtrauern würde. Vielleicht fiel seine Antwort deshalb barscher aus, als er es eigentlich gewollt hatte: »Das muss ich mir gut überlegen, Herr Kümmerle. Vielleicht finden Sie ja auch jemand anderen. Auf jeden Fall brauch ich Bedenkzeit.«

Kümmerle breitete die Arme aus. »Ja no, des versteht mr!«

Der Chor war beim fünften Vers des Erntedankliedes angelangt: »Flinke Träger springen, und die Mädchen singen, alles jubelt froh …« Und wieder erklang Luises schöner Sopran: »Bunte Bänder schweben zwischen hohen Reben auf dem Hut von Stroh …« Eine Frau, die hinter Luise stand, zauberte hinter ihrem Rücken einen mit farbigen Bändern geschmückten Hut hervor und setzte ihn der Sängerin auf. Das Publikum applaudierte spontan. Albert Ebinger stellte verwundert fest, dass Tränen der Rührung gegen seine Augenlider drängten.

Und so war es auch, als Luise das Lied »Geh aus mein Herz und suche Freud in dieser schönen Sommerzeit an deines Gottes Gaben« sang. Und er war richtig froh, als nicht seine Frau, sondern der Bäckermeister Kümmerle nach vorne trat und zu Opalskis Klavierbegleitung sang: »I, wenn i Geld gnueg hätt, no wüsst i, was ich dät, no wüsst i, was ich dät, heisajuchhe, da müsst a Häusle sei, mittla em Sonneschei, mittla em Sonneschei, mittla em Klee.«

Leise sang Albert Ebinger jetzt mit: »Da müsst a Weible nei, schwarzhaarig müsst se sei, schwarzhaarig müsst se sei mit weiße Zäh, grad so wie d' Schulze Gret, dui, wenn mi nemme dät, dui, wenn mi nemme dät, ja des wär schö.«

Auch andere Zuhörer fielen ein: »Ond käm dann übers Jahr, a Bua mit Rollehaar, a Bua mit Rollehaar, später no meh, ond 's dürft zwischenei au mol a Mädle sei, au mol a Mädle sei, ja des wär schö.« Beim letzten Vers überließen sie aber das Lied wieder dem Bäckermeister ganz allein: »Aber i han koi Geld, 's gibt auf dr ganze Welt, 's gibt auf dr ganze Welt, ärmers nix meh. I glaub, i stirb no dra, 's guckt mi net oine a, 's guckt mi net oine a, ja des duet weh.«

Das Publikum klatschte begeistert und verlangte nach Zugaben. Und als Horst Kümmerle und Luise Ebinger noch in einem Duett gemeinsam sangen: »Mädele, ruck, ruck, ruck an meine grüne Seite, i hab die gar zu gern, i kann die leide«, kannte der Jubel keine Grenzen.

Luise trug noch immer das festliche schwarze Kleid, als sie eine Viertelstunde später wieder an den Tisch ihrer Familie kam. Das sorgfältig zusammengelegte Kostüm trug sie über dem Arm. Ihr Gesicht war gerötet, ihre Augen glänzten. Sie zwängte sich zwischen ihren Mann und Hanna auf die Bank. »Jetzt brauch ich unbedingt ein Bier«, sagte sie. Albert beugte sich zu ihr hinüber, legte seinen Arm um ihre Schulter, zog sie an sich und küsste sie auf den Mund. »Ihr wart großartig«, sagte er. »Besonders du!« Und er fuhr ihr in einer zärtlichen Geste mit dem Handrücken über die Wange. In diesem Moment war Luises Glück vollkommen.

Die Zahl der Sänger hatte sich in den letzten drei, vier Jahren stark erhöht. Das hing damit zusammen, dass Ferdinand Opalski ein so interessantes Programm gemacht hatte, sowohl für die Aufführungen als auch für die Proben. Er gab jedem Mitglied des Chors das Gefühl, sich musikalisch und stimmlich weiterentwickelt zu haben. Dazu kam, dass sich immer mehr Menschen in Fleckenhausen ansiedelten. Vor allem Mitarbeiter der Universität im nahen Tübingen errichteten hier ihre Einfamilienhäuser oder zogen in eine der neu entstandenen Mietwohnungen. Die Gemeinde hatte nacheinander mehrere attraktive Gebiete als Bauland ausgewiesen und für günstige Grundstückspreise gesorgt. 1945 hatte Fleckenhausen knapp 1 300 Einwohner gehabt, nun, 13 Jahre später, wohnten bereits über 3 500 Menschen in dem kleinen Schönbuchort. Viele der Neubürger suchten Anschluss im Dorf und traten deshalb in einen der Vereine ein. 17 aktive und 44 passive Mitglieder hatte der Gesangverein allein im letzten Jahr aufnehmen können – Zahlen, die Horst Kümmerle bei der Jahreshauptversammlung Ende November stolz verkündet hatte.

Schon im Januar darauf übernahm Albert Ebinger wieder die Leitung des Chors. Opalskis Repertoire ergänzte er nur sehr behutsam durch neue Lieder, und geschickt fragte er die Sänger immer wieder, wie sein Vorgänger das wohl gemacht hätte, wenn er selbst etwas Neues begann. Gelegentlich traf er sich mit dem Musikwissenschaftler auf ein Glas Wein, um dessen Rat einzuholen. Und so schaffte er einen nahezu bruchlosen Übergang.

Christian Ebinger schrieb nun schon seit über zwei Jahren mehr oder weniger regelmäßig für die Kreisredaktion des Schwäbischen Tagblatts. Er verfasste nicht nur kleine Berichte über das Dorfgeschehen in Fleckenhausen, sondern nahm auch in Tübingen Termine wahr, wenn Not am Mann war, wie es Frau Schallenberger ausdrückte. Die mächtige Sekretärin verteilte die Aufträge an die freien Mitarbeiter, und den jungen Ebinger hatte sie richtig ins Herz geschlossen, zumal er rasch dahintergekommen war, dass sie am liebsten eine Pfefferminzschokolade naschte. Im Lauf der Zeit war es zu einer Selbstverständlichkeit geworden, dass Christian den Vorrat in Frau Schallenbergers Schreibtischschublade niemals ausgehen ließ. Dafür schusterte sie dem jungen Amateurreporter immer wieder Aufträge zu, bei denen er auf ansehnliche Zeilenzahlen kam. Pro Zeile erhielt er zwölf Pfennige Honorar. Und es gab Monate, da kam er nahezu auf 800 Zeilen und auf Einnahmen um die 100 Mark. Und wenn er eigene Fotos beisteuerte, gab es pro Bild noch mal zwölf Mark obendrauf. Die Redaktionssekretärin war es auch, die eines Tages zu ihm sagte: »Wenn du vormittags und nachmittags Unterricht hast und dazwischen nicht heimfahren kannst, könntest du ja vielleicht in unsere Kantine kommen.« Frau Schallenberger verwaltete die Essensmarken, und da blieben immer mal ein paar übrig.

Und so kam es, dass Christian Ebinger ein halbes Jahr nach Andreas Lubingers Tod im Mai 1956 dessen Witwe wieder begegnete. Zunächst sah er sie nur von hinten. Sie stand zwischen der Theke und der Küchenzeile und schöpfte Gulasch aus einem der Warmhaltebecken in eine große Schüssel. Er wusste sofort, dass sie es war, obwohl er sie nur von hinten sah und obwohl sie ihre roten Haare kurzgeschnitten hatte und der viel zu weite weiße Arbeitsmantel ihre Figur verbarg. Als sie sich umdrehte und ihn erkannte, war sie so überrascht, dass sie um ein Haar die Schüssel hätte fallen lassen. »Christian! Ja was machst du denn da?«

»Ich darf jetzt hier essen, wenn ich Nachmittagsunterricht hab.«

Kathrin Lubinger stellte die Schüssel auf den Tresen, wischte ihre Hand an ihrer Schürze ab und reichte sie fast förmlich über die Theke. »Das freut mich jetzt«, sagte sie. »Ich bin noch kein einzigs Mal wieder in Fleckenhausen gwesen. Alles, was zu erledigen war, hat mein Vater gmacht.«

Christian nickte. Er wusste ja, dass der alte Ernst Lamparter das Häuschen in der Waldenbucher Straße verkauft hatte. Ein Professor, der an der Tübinger Universität lehrte, war eingezogen und hatte damit begonnen, auf der von der Straße abgewandten Seite eine große Glasveranda anbauen zu lassen.

»Ich wohn jetzt hier in Tübingen.« Endlich ließ Kathrin Lubinger Christians Hand los. »In der Haaggasse hab ich eine kleine Zweizimmerwohnung. Könntest mich ja mal besuchen.«

»Das mach ich«, sagte Christian. Die Anspannung, die seinen ganzen Körper erfasst hatte, ließ langsam nach. »Wie ist denn die genaue Adresse?«

»Es ist gleich das erste Haus am Marktplatz, gegenüber vom Rathaus. Haaggasse 1. Da, wo unten das Schreibmaschinengeschäft drin ist.«

Christian dachte: »Sie will mich wirklich einladen, sonst würde sie 's mir ja nicht so genau beschreiben.«

Kathrin hatte begonnen, einen Teller mit Gulasch und Spätzle zu füllen. »Ich schaff gern hier, so komm ich wenigstens unter d' Leut.« Sie reichte das Essen über die Theke. »Und der Verdienst ist auch ganz gut.« Es war, als wollte sie ihn jetzt mit ihren Worten festhalten. Und schließlich kam die Frage, auf die er die ganze Zeit gewartet hatte: »Was macht der Gottlieb?«

»Ich seh ihn kaum noch.«

»Ja schaffst nimmer bei ihm?«

Christian schüttelte den Kopf. »Ich arbeite ja jetzt immer mehr für die Zeitung, da hab ich halt nicht mehr so viel Zeit.«

Er verschwieg, dass Gottlieb Schätzle nach dem Selbstmord Andreas Lubingers und Kathrins Verschwinden immer unleidlicher geworden war. Nichts konnte man ihm mehr recht machen. Verabredungen hielt er nicht ein. Manchmal redete er stundenlang gar nichts, dann überfiel er Christian wieder mit einem Schwall unflätiger Sätze, weil der Jüngere ihn ermahnt hatte, er solle sich doch nicht so gehenlassen.

»Ich denk, ich bin dein Freund, da kann ich dir das doch sagen«, hatte Christian anfänglich noch dagegengehalten. Doch dann war auch er verstummt. Es war jetzt sechs Wochen her, da hatte Christian seinen ganzen Mut zusammengenommen und gesagt: »Gottlieb, ich komm jetzt nimmer. Ich muss so viel für die Schul lernen und überhaupt ...«

»Was überhaupt?«, hatte ihn der Ältere angeblafft.

»Überhaupt muss ich mich jetzt darum kümmern, was ich nach dem Abi machen will.«

»Und deshalb kannst mir nimmer helfen?«

»Ja«, hatte Christian nur geantwortet.

Gottlieb hatte sich auf den Spaltblock gesetzt, die Hände auf die Knie gestützt und die Ellbogen weit ausgestellt. »Gib's zu, du hältst es mit mir nimmer aus!«

»Das auch«, hatte Christian geantwortet. »Du hast dich halt unheimlich verändert, Gottlieb. Ich weiß ja, warum, aber trotzdem ...«

»Was trotzdem?«

»Trotzdem halt ich's nicht aus. Ich bin doch nicht schuld ...«

»Schuld für was?«

»Dafür, dass das mit der Kathrin Lubinger so schiefgegangen ist.«

Jetzt nickte Schätzle ein paarmal ernst, dann hieb er sich plötzlich mehrmals mit der rechten Faust gegen die Stirn. »Ich merk doch selber, dass bei mir nix mehr stimmt, Christian. Aber ich komm einfach nicht dagegen an. Ich komm ums Verrecken nicht dagegen an.«

Christian hatte plötzlich ein schlechtes Gewissen. Aber er spürte auch, dass er jetzt nicht nachgeben durfte. »Das richtet sich ja nicht gegen dich, Gottlieb. Und Freunde bleiben wir sowieso.«

»Du weißt doch, dass das nicht stimmt. Mit mir kann man's doch nicht aushalten. Niemand kann's mit mir aushalten!«

»Könntest du amal damit aufhören, dir selber leidzutun, Gottlieb?« Kaum hatte er den Satz ausgesprochen, da wusste Christian auch schon, dass es ein Fehler war.

»Was? Was ist los?«, brüllte Schätzle. »Muss ich mir das von dir Rotznas gfalle lasse? Ja, wo semmer denn? Sieh zu, dass du hier rauskommst. Ich will dich nimmer sehen. Hau ab, Mann! Bischt no net drauße?« Gottlieb war aufgesprungen und hatte beide Fäuste geballt.

Christian ging rückwärts zur Tür des Schuppens und hielt dem anderen abwehrend seine Hände entgegen. »Tut mir leid!«, sagte er leise.

»Des glaubscht doch selber net!«, schrie Schätzle. »I will dich nimmer sehen! Hau endlich ab, Mann!«

Christian trat hinaus ins Freie und schlug die Tür hinter sich zu. Einen Augenblick blieb er noch stehen und hörte, wie Gottlieb Schätzle drin in seinem Holzschuppen laut aufheulte und zu schluchzen begann.

»Dein Gulasch wird kalt«, sagte Kathrin Lubinger. Sie hatte unwillkürlich den weißen Arbeitskittel an den Seiten zusammengerafft und nach hinten gezogen, so dass der Stoff nun dicht an ihrem Körper anlag.

Christian schluckte. »Wenn Sie wollen, kann ich dem Gottlieb was ausrichten. Manchmal seh ich ihn ja noch.«

Frau Lubinger schüttelte den Kopf. »Wenn er was von mir wollt, könnt er sich ja melden.« Damit ging sie wieder an die Arbeit, und Christian trug sein Essen zu dem Tisch, an dem die Mitarbeiter der Lokalredaktion saßen.

»Scharfes Weib«, sagte Mosebach und nickte zu Kathrin Lubinger hinüber. »Kennst du sie?«

»Ja sicher, sie stammt ja auch aus Fleckenhausen.«

»Mensch ja«, rief Mosebach, »das war doch die, die du damals fotografiert hast, wie sie ihren Mann im Lager Friedland wiedergefunden hat.«

»Ja. Aber der ist jetzt tot.«

»Ehrlich?« Mosebach schüttelte den Kopf. »Das glaubt man doch nicht. Da überlebt einer den Krieg und zehn Jahre russische Gefangenschaft, und dann stirbt der, kaum dass er wieder daheim ist.«

»Ja«, sagte Christian nur und begann zu essen.

Dienstags und freitags aß Christian nun regelmäßig in der Kantine des Tagblatts. Manchmal setzte sich Kathrin Lubinger zu ihm, wenn die meisten Mitarbeiter wieder an ihre Arbeit gegangen waren. Sie rauchte eine Zigarette und ließ sich berichten, was in Fleckenhausen so geschah. Gottlieb Schätzle erwähnten die beiden mit keinem Wort mehr.

Drei Wochen nach ihrem Wiedersehen sagte Kathrin plötzlich: »Du hast doch versprochen, mich mal zu besuchen.«

Christian nickte. »Wann dät's denn passen?«, fragte er umständlich. Es war noch nicht endgültig raus, ob er sie duzen durfte. Da sie ihn schon als Kind gekannt hatte, kam ihr nicht in den Sinn, den jungen Mann, der er ja inzwischen erkennbar war, mit Sie anzureden.

»Irgendwann gegen Abend halt, wenn ich Feierabend hab. Ich müsst's allerdings vorher wissen, dass ich mich a bissle schönmachen kann für dich.«

Christian spürte, wie sein Gesicht bis zu den Haarwurzeln errötete. Kathrin sah es und lachte die Tonleiter hinauf. »Keine Angst, ich tu dir nichts!«

»Wer sagt, dass ich davor Angst hätte?«, gab der junge Mann mit einem Kloß im Hals zurück.

»Na, umso besser!« Wieder lachte sie. Dann tätschelte sie seinen Handrücken. »Wie wär's am Freitag? Da hör ich schon um vier Uhr auf.«

»Freitag ist okay!« Er stand auf. »Ich komm zu spät zum Unterricht.«

»Soll ich dir eine Entschuldigung schreiben?« Auch Kathrin stand auf. Sie strich den weißen Arbeitskittel glatt und band den Gürtel fester um die Taille.

Christian feixte: »Das schaff ich auch so. Bin ja schon groß.«

»Na, das werden wir ja sehen«, sagte sie und fuhr ihm kurz mit ihren gespreizten Fingern durchs Haar.

Die drei Tage bis zu dem vereinbarten Besuch bei Kathrin Lubinger verbrachte Christian im Zustand ständiger Erregung. Er sprach mit niemandem darüber. Seinen Eltern sagte er, am Freitag sei für seinen Tanzkurs, an dem er seit einem Vierteljahr teilnahm, ein Sondertraining angesagt. Man wolle beim Schlussball eine Polonaise vorführen, die ums Verrecken nicht klappen wolle. Tatsächlich hatten die jungen Paare diesen einfachen Gemeinschaftstanz längst eingeübt, und es funktionierte wunderbar.

Freitagnachmittag hatten sie zuerst Religion und anschließend noch eine Stunde Physik. Christian hätte danach nicht sagen können, was in den beiden Fächern dran gewesen war. Beim ersten Ton der Pausenklingel sprang er auf, rannte grußlos aus dem Raum, hastete die Uhlandstraße hinauf, bog plötzlich noch mal rechts ab und stand ein paar Minuten später schwer atmend in einem Blumengeschäft.

Aber er kam nicht gleich dran. Eine Frau um die 50 – wie alt war eigentlich Kathrin Lubinger? – unterhielt sich mit einem kleinen, dicken, mindestens 60-jährigen Blumenverkäufer, der eine grüne Schürze und einen Strohhut trug und während des ganzen Gesprächs seine Hände knetete.

»Ich weiß nicht so recht. Das ist so schwer, das Richtige zu finden.«

»Für welchen Anlass ist es denn?« Und Christian überlegte, was er antworten sollte, wenn ihn der Blumenverkäufer dasselbe fragen würde.

»Für ein Grab«, sagte die Frau.

»Wenn Sie mir sagen, in welcher Beziehung Sie zu dem oder der Verstorbenen stehen?«

»Den …«

»Bitte?«

»Den Verstorbenen – es sind zwei.«

Der Blumenhändler wiegte seinen schweren Kopf hin und her. »Das macht die Sache freilich nicht leichter. Vermutlich hatten die zwei ja einen unterschiedlichen Geschmack.«

»Das kann man wohl sagen«, antwortete die Frau.

Christians Verzweiflung steigerte sich ins Unerträgliche. Das konnte ja Stunden dauern, bis die beiden sich einig wurden. Der Mann holte tief Luft und hörte auf, seine Hände zu kneten. »Tscha, Blumen, nicht wahr … Blumen sind wie ein Spiegel der Seele. Sie zum Beispiel …«

»Ja?«, fragte die Frau begierig.

»Also zu Ihnen würde vermutlich eine Sonnenblume passen.«

Die Kundin schien sich darüber zu freuen. »Und zu Ihnen?«, fragte sie.

»Hab ich nie drüber nachgedacht.«

Das glaubt der ja wohl selber nicht, schoss es Christian durch den Kopf.

»Im Augenblick ... warten Sie mal ... im Augenblick vielleicht eine Distel. – Die beiden Toten ...?«

»Sind meine Eltern. Ich war lange im Ausland. Jetzt gehe ich zum ersten Mal wieder auf den Friedhof, und ich muss sagen, es fällt mir nicht leicht. Warten Sie: Meine Mutter war mehr so der Typ Veilchen oder Vergissmeinnicht. Oder auch Narzisse. Sie war ja auch nicht immer gleich.«

»Und Ihr Vater?«

»Rittersporn«, kam es wie aus der Pistole geschossen.

»Na, das ist doch schon was«, sagte der Verkäufer.

Christian überlegte sich, ob er nicht lieber irgendwo eine Schachtel Pralinen oder vielleicht einen Likör kaufen sollte. Sein Mitschüler Theo, dem man nachsagte, er sei ein gnadenloser Frauenverführer, hatte einmal gesagt: »Cointreau, das ist der ideale Büchsenöffner!« Christian war die Ausdrucksweise zu vulgär gewesen. Er hatte sich den Satz trotzdem gemerkt. Er wollte grade gehen, als die Frau sagte: »Wollen Sie nicht schnell den jungen Mann bedienen? Ich hab Zeit.«

Ohne die Antwort des Blumenhändlers abzuwarten und weil er die Frage nach dem Anlass vermeiden wollte, sagte Christian: »Fünf Sonnenblumen bitte.« Und erst danach bedankte er sich bei der Frau, dass sie ihn vorgelassen hatte.

»Stück eins zwanzig«, sagte der Mann in der grünen Schürze.

»Okay«, sagte Christian und kramte die sechs Mark aus seinem Portemonnaie.

Als er die Neckarbrücke überquert hatte und in die Neckargasse einbog, verlangsamte er seine Schritte. Er wollte ja nicht außer Atem und womöglich verschwitzt bei Kathrin Lubinger ankommen. Es war Ende Mai und weit über 20 Grad warm. Ein weißes, milchiges Licht lag über der Stadt. Manche Männer trugen ihre Jacketts lässig an einem Finger, den sie durch den Aufhänger gesteckt hatten, über der Schulter. Frauen hatten seit ein paar Tagen ihre leichten Kleider aus den Schränken geholt. Die Luft war samtweich. Auf vielen Gesichtern sah man ein stilles Lächeln. Die Stimmung war gut in der Stadt.

Christian überquerte den Holzmarkt im Schatten der Stiftskirche und ging mit immer langsamer werdenden Schritten die Kirchgasse bis zum Marktplatz hinunter. Einen Augenblick blieb er stehen und betrachtete das mittelalterliche Rathaus. Dann ging sein Blick hinüber zum ersten Haus in der Haaggasse, das erhöht über dem Platz stand und zu dem ein kurzer, steiler Stich hinaufführte. Er versuchte, sich vorzustellen, was nun passieren konnte. Sie würde etwas zu trinken anbieten, vielleicht hatte sie eine Kleinigkeit gekocht. Man würde an einem Tisch Platz nehmen. Christian überlegte sich, was er zur Konversation würde beitragen können, ohne dass es für Kathrin langweilig wurde.

Ein dicker Mann in einer lilafarbenen Latzhose, der auf den Schultern einen Sack Gartenerde trug, rempelte ihn an und maulte: »Siehst du nicht, dass du im Weg stehst?«

»'tschuldigung«, murmelte Christian und setzte sich endlich wieder in Bewegung.

Christian hatte den Klingelknopf kaum gedrückt, da ertönte schon der Summer, und die schwere Holztür sprang auf. Dahinter trat man in ein altes Gewölbe, das sich zu einem Lichthof öffnete, durch den die steile Treppe nach oben führte. Im dritten Stock stand Kathrin Lubinger weit über das Geländer gebeugt und rief: »Hast du's tatsächlich geschafft?!«

Als er den Treppenabsatz vor ihrer Wohnungstür betrat und ihr die Blumen überreichte, die er auf dem Weg nach oben aus dem knisternden Papier gewickelt hatte, rief sie begeistert: »Sind die schön! Aber des wär doch net nötig gwesen.« Sie küsste ihn links und rechts auf die Wangen und schob ihn durch die Wohnungstür in einen schmalen Flur. »Weißt du, dass du mein erster Besuch bist? Außer meinem Vater und dem Hans natürlich.«

Christian schüttelte den Kopf. Woher hätte er das auch wissen sollen.

»Links rein, da ist das Wohnzimmer. Ich stell schnell die Blumen in eine Vase.«

Christian betrat einen kleinen, niedrigen Raum, der durch ein Fenster, das sich etwa einen Meter breit über die ganze Wand zur Haaggasse hin zog, unerwartet hell, ja sonnig wirkte. Auf der anderen Seite der schmalen Gasse konnte man in einige Büros des Tübinger Rathauses blicken, wo um diese Tageszeit nur noch wenige Angestellte der Stadt an ihren Schreibtischen saßen, keine vier Meter vom Betrachter entfernt.

In der Mitte des Wohnzimmers stand ein kleiner quadratischer Tisch mit vier einfachen Stühlen drum herum. Er war für zwei Personen gedeckt. An der Wand neben der Tür waren eine weiße Couch und zwei gemütliche Sessel um einen niedrigen Glastisch gruppiert. Die beiden anderen Wände wurden von Regalen eingenommen, auf denen nur wenige Bücher, aber allerlei kleine Gegenstände standen: eine Buddhafigur, mindestens ein Dutzend Eulen verschiedener Größe aus Glas, Keramik und Holz. Dazwischen Fotos in goldenen und silbernen Rahmen. Christian erkannte auf mehreren Bildern den basedowkranken Hans, dessen Großmutter und dessen Großvater. Dazwischen entdeckte er eine Fotografie, die Andreas Lubinger als Soldat zeigte und mit einem kleinen schwarzen Band verziert war, das über die untere rechte Ecke lief.

»Ich hab ein paar Maultaschen mit Ei aufgebraten. Magst du das?«

»Ja, gern«, sagte Christian und drehte sich um. Im Treppenhaus hatte er sie noch gar nicht so richtig ansehen können. Nun stand sie auf der Schwelle. Sie trug einen gelben Rock, der kurz über den Knien endete. Darüber eine braune Wickelbluse, deren Ausschnitt den Ansatz ihrer Brüste sehen ließ. Ihr rotes Haar war etwas länger geworden, seitdem er sie das erste Mal wiedergesehen hatte. Es reichte hinten bis zum Nacken und war vorne zu einem Pony geschnitten, der dicht über den Augen endete. Die Frisur gab ihr ein jugendliches Aussehen. Wieder einmal überlegte Christian, wie alt sie wohl war. Im Stillen rechnete er. Hans war längst über 20 Jahre alt, dann musste sie über 40 sein.

»Was machst du denn für ein ernstes Gesicht?« Sie stellte die Pfanne mit den gebratenen Maultaschen auf einen weißen Keramikuntersetzer.

»Mach ich das? Ist mir gar nicht bewusst«, sagte Christian und versuchte zu lächeln.

»Trinkst du ein Glas Wein mit?«

»Ja, gerne.«

Kathrin drückte ihm eine Flasche und einen Korkenzieher in die Hand. »Das ist Männersache.«

Während er die Flasche öffnete, setzte sie sich auf einen der Stühle und schlug die Beine übereinander. »Erzähl!«, sagte sie.

»Was soll ich erzählen?«

»Was du machst, wie's dir geht, was du vorhast, wenn du mit der Schule fertig bist.«

»Ich weiß ja noch nicht, ob ich zum Bund muss.«

»Ich denke, alle müssen zum Militär.«

»Ich will aber verweigern.«

»Ja«, sagte Kathrin Lubinger, »das wär allerdings das Beste. Was Soldaten anrichten können, wissen wir doch nur zu genau!«

Christian sah sie überrascht an. Mit dieser Antwort hatte er nicht gerechnet.

»Dieser Scheißkrieg hat uns doch alles kaputtgemacht«, schob Kathrin nach. »Und jetzt stellen wir schon wieder eine Armee auf. Als ob wir nichts gelernt hätten.«

»Aus der Geschichte haben die Menschen noch nie was gelernt.«

»Was du alles weißt!« Plötzlich lächelte sie spöttisch.

»Stammt nicht von mir. Hat unser Geschichtslehrer schon hundertmal gesagt.« Mit einem kräftigen Plopp fuhr der Korken aus dem Flaschenhals. »Soll ich gleich eingießen?«

»Ja, bitte, mach das! – Ich hab übrigens gehört, Abiturienten ziehen sie auf jeden Fall zur Bundeswehr ein, weil sie Reserveoffiziere brauchen. Da kommt kaum einer als Kriegsdienstverweigerer durch.«

Christian nickte. »Ja, stimmt. Aber ich werd's trotzdem versuchen.«

Kathrin schaufelte eine große Portion Maultaschen auf seinen Teller und rief plötzlich: »Mensch, ich hab den Salat vergessen. Ich glaub, du bringst mich ganz durcheinander.« Damit eilte sie in die Küche und kam mit einer großen Schüssel zurück. Sie setzte sich wieder, hob ihr Glas und sagte: »Auf unser Wiedersehen!«

»Ja«, sagte Christian. »Prost!« Und nahm einen großen Schluck, der ihm sofort in den Kopf stieg.

Eine Weile aßen sie schweigend. Sooft Christian von seinem Teller aufsah, begegnete er Kathrins Blick, so als lasse sie die ganze Zeit kein Auge von ihm. »Schmeckt's denn?«, fragte sie, und weil er den Mund voll hatte, nickte er nur heftig mit dem Kopf.

»Wenn's noch a bissle wärmer wird, kann man im Baggersee schwimme gehen. Warst schon einmal dort?«

»Nein.«

»Ich kauf mir einen Motorroller. Eine Lambretta. Da könnten wir zusammen rausfahren und baden.«

Christian hob den Kopf und sah ihr in die Augen. »Fänd ich toll.«

»Vielleicht langt's auch für einen Kabinenroller, weißt, so einen von Heinkel, sieht aus wie ein Flugzeug ohne Flügel. Da ist man nicht so vom Wetter abhängig.«

Christian schob seinen Teller von sich. Kathrin beugte sich weit über den Tisch, um das Geschirr abzuräumen. Ihre Brüste waren jetzt fast vollständig zu sehen. Sie bemerkte seinen Blick und lachte hell auf. »Mensch, da kann man ja gucken bis zum Sohnes!«

»Bitte?«

»Du weißt doch, wie die Katholiken das Kreuz schlagen. Im Namen des Vaters, des Sohnes und des Heiligen Geistes. Und bei ›Sohnes‹ fährt die Hand runter bis … na ja, bis eben zum Sohnes halt, wie man so sagt.«

Sie machte es vor, und ihre Hand glitt dabei hinab bis zu ihrem Schoß.

Christian schluckte. »Das muss ich mir merken.«

Kathrin brachte das Geschirr in die Küche. Von dort rief sie: »Magst ein Eis zum Nachtisch?«

»Au ja, gern!«

Es dauerte etwas, bis sie wiederkam. In zwei Glasschalen türmten sich Eiskugeln in verschiedenen Farben, darüber züngelte eine bläuliche Flamme.

»Was ist denn das?«, fragte Christian.

»Ich hab's a bissle flambiert. Mit Rum. Keine Angst, der Alkohol verbrennt und verfliegt.«

Sie stellte die Schalen ab und wedelte mit der Hand die bläulichen Flämmchen aus. Christian probierte und war begeistert. Während er das Eis aß, schenkte sie ihm noch einmal sein Weinglas voll. Danach lehnte sie sich, schon nach ein paar Löffeln Eis, weit gegen die Stuhllehne zurück und schob ihre Glasschale über den Tisch. »Ich kann nimmer, vielleicht magst du ja noch.«

Christian nickte.

Kathrin stellte einen Fuß auf den Stuhl rechts von ihr, und es schien sie nicht zu stören, dass der Rock zurückrutschte, fast bis zum »Söhnes«.

»Wie alt bist du jetzt eigentlich?«

»Achtzehn werd ich im Dezember.«

»Also siebzehn«, sagte Kathrin. »Und du machst bald dein Abitur?«

»Wenn ich's schaff. Ich bin kein guter Schüler.«

»Aber ein wichtiger, oder?«

»Wie meinst denn das?«

»In der Zeitung haben sie's erzählt. Du bist Schülervorsitzender ...«

»Schülerratsvorsitzender«, verbesserte er.

»Und du machst eine Schülerzeitung.«

»Ja, das auch. Aber net allein.«

»Für alle Tübinger Oberschulen und Gymnasien?«

Er nickte. »Sonst wär's kein Geschäft.«

»Und warum heißt die Zeitung dann UKW?«

»Weil sie fürs Uhland-, Kepler- und Wildermuthgymnasium ist und jetzt auch für die Waldorfschule. Eigentlich müsst noch ein zweites W hinten dran.«

»Und du verdienst damit Geld?«

»Wir gemeinsam. Halt alle, die mitmachen. Aber wir haben ziemlich viele Anzeigen und eine ganz schön hohe Auflage – 's letzte Mal haben wir fast 3000 Exemplare verkauft, das Stück zu 30 Pfennig. Da kommt schon was rein.«

»Man sollt's nicht glauben!« Kathrin hob ihr Glas und nahm einen Schluck von ihrem Wein. »Hast du denn eine feste Freundin?«

»Nein, überhaupt nicht.«

»Traust du dich nicht?«

Christian schob die zweite leergegessene Eisschale in die Tischmitte, streckte die Beine weit von sich und verschränkte die Hände hinter dem Kopf. Er wollte sich dadurch den Anschein geben, als empfinde er hier alles als ganz normal. Aber es hatte ihn eine nervöse Aufregung gepackt. Er spürte, dass sein Atem schneller ging und seine Hände zu schwitzen begannen. »Ich weiß nicht. Nein ... ja, doch, ich ... ich trau mich tatsächlich nicht. Mein Nebensitzer, der Theo, der hat schon die dritte Freundin. Keine Ahnung, wie der das macht.«

Kathrin lachte. »Das wird doch kein so großes Geheimnis sein, oder?«

»Für mich schon. Und was er erzählt, muss ja vielleicht auch gar nicht stimmen.«

Kathrin stand auf und kam um den Tisch herum. Sie stellte sich hinter ihn und legte ihre Arme auf seine Schultern. »Vielleicht sollt ich dir helfen.«

Christian schoss das Blut in den Kopf und gleichzeitig in seine Lenden. Er war nicht in der Lage, etwas zu sagen. Die Frau legte nun ihre rechte Hand auf seine Stirn und zog seinen Kopf nach hinten, so dass er genau zwischen ihren Brüsten lag. Mit der anderen Hand fuhr sie unter sein Hemd, streichelte seine nackte Haut und spielte mit spitzen Fingern an seinen Brustwarzen. Dann beugte sie ihren Kopf nach vorne und legte ihre Lippen auf die seinen. Plötzlich spürte er, wie sich ihre Zunge einen Weg in seinen Mund suchte. Und er versuchte, es ihr gleichzutun. Es war, als kämpften die Zungen ein paar Augenblicke gegeneinander, bis sie sich einig wurden, miteinander zu spielen.

»Komm!«, befahl Kathrin. Sie griff nach seiner Hand und zog ihn vom Stuhl hoch.

Christian konnte kaum aufstehen, so schwach waren seine Knie. Er hatte das Gefühl, aus der realen Welt herausgeworfen zu sein. Alles war unwirklich. Sein ganzer Körper bebte. Er rang nach Luft. Sekunden später lag er auf Kathrins Bett, und sie begann, ihn auszuziehen. Dabei machte sie ein paarmal: »Pschschssst, sag nichts. Nicht reden.« Immer wieder beugte sie sich über ihn und küsste die Stellen, die sie nach und nach freilegte. Schließlich sagte sie: »Und jetzt du!« Sie legte sich auf den Rücken und führte seine Hände zu der Schleife am Bund ihrer Wickelbluse. Mit zitternden Fingern entkleidete er sie.

Der letzte Bus nach Fleckenhausen war weg. Es ging schon auf Mitternacht zu, als Christian die Neckargasse hinunterrannte, so schnell er konnte. Aber als er in die Mühlstraße einbog, fuhr der Bus grade an ihm vorbei die Straße hinauf. Die roten Bremslichter, die kurz vor dem Schimpfeck noch einmal aufleuchteten, schienen ihn zu verhöhnen.

Über die Fahrstraße waren es 13 Kilometer bis nach Hause. Wenn man die alte Römerstraße benutzte, die schnurgerade durch den Wald führte, waren es nur elf. Christian hatte es schon mal in einer Stunde geschafft. Im Indianertrab, den er sich einmal gemerkt hatte, als er in einem Karl-May-Roman, dessen Titel er nicht mehr wusste, gelesen hatte: 100 Schritte schnell gehen, 100 Meter laufen, und das immer im Wechsel. Auch an den anderen Tipp eines Indianerkriegers hielt er sich, seitdem er das Buch gelesen hatte: drei Schritte einatmen, vier Schritte ausatmen. Aber in dieser Nacht funktionierte das alles nicht.

Er nahm den Römerweg, obwohl auf der Bundesstraße die Chance bestanden hätte, von einem Autofahrer mitgenommen zu werden. Aber er hätte jetzt mit niemandem reden können. Zu aufgewühlt war er und auch zu müde. Er schleppte sich in Lustnau den Berg hinauf. Als er die Höhe erreichte und vor sich den schwarzen Waldsaum sah, stieß er plötzlich einen gewaltigen Schrei aus. Dann begann er doch zu rennen, und immer nach ein paar Schritten schrie er in die dunkle Nacht hinaus: »Ich bin ein Mann! Ich bin ein Mann! Ich bin ein Mann!«

Den Schulhof in Fleckenhausen erreichte er kurz nach ein Uhr in der Nacht. Als er auf das Haus zuging, hörte er plötzlich die Stimme seiner Mutter: »Da bist ja endlich!« Sie stand am offenen Schlafzimmerfester und sagte nun nach hinten über die Schulter: »Er ist da, Albert!«

Was der Vater antwortete, hörte Christian nicht genau, aber es klang wie: »Hab ich dir doch gesagt. Irgendwann wird er schon heimkommen.«

»Und was ich mir für Sorgen gemacht hab!« Die Stimme der Mutter wurde jetzt schriller. »Was der mir antut. Keine Rücksicht, kein Anstand!« Und dann wieder laut in seine Richtung: »Wo kommst du überhaupt jetzt her?«

Christian blieb stehen und legte den Kopf in den Nacken. »Es hat halt a bissle länger gedauert. Und dann war der Bus grad weg.«

Er zog den Schlüssel aus der Tasche, schloss die Haustür auf und stieg die Treppe hinauf. An der Glastür wartete seine Mutter auf ihn. Sie hatte ein Wolltuch über ihr weißes leinenes Nachthemd geworfen und sah ihn anklagend an. »Dass du mir das antust! Ich verlange eine Erklärung von dir.«

»Morgen«, sagte er und drückte sich an ihr vorbei. »Also heut, aber erst, wenn's Tag ist!« Damit verschwand er in seinem Zimmer, das er alleine bewohnte, seitdem seine Schwester Hanna geheiratet hatte, ausgezogen war und Gerhard ihr Zimmer bekommen hatte.

Am Samstag ging der Unterricht nur bis 11 Uhr. Danach fand in der Aula eine Wochenendfeierstunde statt, zu der Schüler aller Klassen eingeladen waren. Manchmal hielten Lehrer oder auch ältere Schüler ein Referat über ein Thema, das im Unterricht nicht vorkam, oder das Schulorchester gab ein Konzert. Gelegentlich mussten die Schüler auch den Diavortrag eines Lehrers über sich ergehen lassen, zumeist über Reisen zu irgendwelchen Kulturstätten im nahen Ausland. Die Teilnahme an der Feierstunde war nicht Pflicht, aber die Schulleitung achtete genau darauf, wer, vor allem von den älteren Schülern, die Veranstaltung schwänzte. An diesem Samstag war Christian das alles egal. Er fühlte sich schon den ganzen Morgen in einem seltsam unwirklichen, tranceähnlichen Zustand, und das lag nicht nur daran, dass er in der Nacht kaum geschlafen hatte. Immer wieder stiegen in seinem Kopf die Bilder des vergangenen Abends auf.

Kathrin war eine wunderbare Lehrmeisterin gewesen, die ihn behutsam immer wieder ermahnte, sich Zeit zu lassen, sich von ihr führen zu lassen, einen Schritt nach dem anderen zu tun, bis sie ihm den Weg zeigte, wie er in sie eindringen konnte, wobei sie ihn sanft auf den Rücken drückte, mit breiten Schenkeln über ihm saß und sich in einem langsamen Rhythmus, den sie nach und nach beschleunigte, zu bewegen begann. Das alles war ganz anders, als er es sich hundertfach in seinen Träumen ausgemalt hatte. Und jetzt? Alles um ihn herum, alles, was er gewohnt war, hatte sich verändert. Die alltäglichen Dinge kamen ihm fremd, unwirklich, ja lächerlich vor. Es war wie nach einem schweren Gewitter, wenn die Luft plötzlich hell und klar war und die ganze Welt wie frisch gewaschen.

Christian rannte schon beim ersten Ton der Pausenklingel aus dem Klassenzimmer. »Keine Zeit«, rief er einem Mitschüler zu, der ihn fragte: »Kommst du nicht mit zur Feier?« Diesmal verlangsamte er den Schritt in der steil ansteigenden Neckargasse nicht, und er blieb auch nicht auf dem Marktplatz stehen, um zu ihrem Haus hinaufzuschauen. Er hatte keine zehn Minuten gebraucht bis zu dem Moment, da er, völlig außer Atem, an ihrer Haustürglocke läutete. Über ihm öffnete sich ein Fenster, droben im dritten Stock direkt unter der Dachkante. »Tut mir leid, ich kann dich jetzt nicht brauchen!«, rief Kathrin Lubinger. Bevor er etwas entgegnen konnte, schloss sich das Fenster wieder.

Christian war wie vor den Kopf geschlagen. Unbeweglich blieb er stehen. Er wusste nicht, wie lange er so gestanden hatte, bis wieder Bewegung in ihn kam und er sich endlich umwandte und über den steilen Stich zum Marktplatz hinunterging, der wie immer am Samstag mit Verkaufsständen gefüllt war. Am Brunnen im Zentrum des Platzes blieb er noch mal stehen und sah zu dem Fenster hinauf.

Er war sich nicht sicher, ob er sich nur einbildete, Kathrins Schatten hinter der Scheibe zu sehen, oder ob sie wirklich dort stand und zu ihm heruntersah.

Christian nahm den Bus um 12 Uhr 30, ging aber von der Haltestelle nicht nach Hause, sondern am Schulgebäude vorbei den Weg hinauf zu Gottlieb Schätzles Haus. Der Holzhändler und Fuhrunternehmer saß vor seinem Schuppen auf einem Holzklotz und drehte sich eine Zigarette. Vor sich auf einem zweiten Spaltblock hatte er die Bild-Zeitung ausgebreitet, mit deren Seiten ein leichter Wind spielte. »Sieht man dich auch mal wieder?«, brummte Schätzle.

Christian wusste gar nicht, warum er schnurstracks zu Gottlieb gelaufen war. Und als er darüber nachdachte, fand er nur die Erklärung, dass er dem Mann gegenüber ein schlechtes Gewissen hatte, als habe er Schätzle betrogen oder Kathrin Lubinger dazu gebracht, Schätzle zu betrügen.

»Ich hab die Kathrin getroffen«, sagte er beiläufig.

»Aha.« Schätzle zündete seine Zigarette mit einem klobigen Armeefeuerzeug an, dessen Deckel er mit dem Daumennagel aufklappte.

»Sie schafft jetzt beim Tagblatt in der Kantine.«

»Soso.«

»Ich mein, also 's geht mich ja nix an …«, stotterte Christian.

»Ja, genau!« Gottlieb Schätzle legte den Kopf in den Nacken und stieß eine Rauchwolke aus.

Christian räusperte sich. »Aber ich glaub, sie dät sich freuen.«

»Aha. Und über was?«

»Wenn sie dich wieder amal sehen würde.«

»Habt ihr darüber gesprochen?« Plötzlich hatte Schätzles Stimme einen gereizten Unterton.

»Nein, eigentlich nicht.«

»Und uneigentlich?«

»Na ja, sie hat gsagt, wenn du sie sehen wolltest, würdest du dich ja wohl melden.«

»Also habt ihr doch über mich gschwätzt.«

»Na ja, so halt.«

Schätzle stand auf, warf die halb gerauchte Zigarette auf den Boden und trat sie aus. »Und warum erzählst du mir das alles?«

Christian biss sich auf die Unterlippe.

»Jetzt schwätz scho!«, raunzte ihn Schätzle an.

»Weil ... weil ...« Christian gab sich einen Ruck. »Weil ich's gut fänd, wenn ihr wieder zusammenkämt.«

Gottlieb Schätzle schob sein Vogelgesicht vor, so dass ihre Nasen fast zusammenstießen. »Und was geht das dich an?«

»Nix!« Christian drehte sich auf dem Absatz um und verließ Schätzles Hof. Auch als der ihm nachrief: »Jetzt wart halt!«, blieb er nicht stehen.

Zu niemandem hatte Christian mehr Vertrauen als zu seinem großen Bruder Gerhard. Der Ältere hatte sich ganz auf seine Ausbildung bei der Versicherung konzentriert. Täglich war er mit dem ersten Bus nach Stuttgart gefahren und oft erst spät nach Hause gekommen. Wie alles im Leben nahm er seine Aufgaben sehr ernst, und so machte er fast jeden Tag Überstunden. Niemand hätte ihn als Streber bezeichnet. Bei Vorgesetzten und Kollegen galt er als gewissenhaft, aber nicht als übereifrig. Niemals spielte er sich in den Vordergrund, erwies sich stets als hilfsbereit und gegenüber weniger Begabten als verständnisvoll. Nach dem dritten Lehrjahr, das er mit Bestnoten abschloss, schickte ihn seine Firma auf die Versicherungsakademie nach Köln. Man bedeutete ihm, dass er Aufstiegschancen habe, aber dafür musste er sich verpflichten, zehn Jahre beim Unternehmen zu bleiben. Er wäre ohnehin nicht auf den Gedanken gekommen, sich woanders zu bewerben.

In dieser Zeit kam er nur an jedem zweiten Wochenende nach Hause. Diesmal fieberte Christian dem nächsten Samstag mehr entgegen als sonst. Er stand schon zehn Minuten vor der Ankunft des Omnibusses an der Haltestelle. Und als Gerhard endlich ausstieg, wie immer nahezu als Letzter, fragte er überrascht: »Ist was passiert, dass du mich abholst?«

»Das kann man sagen, mein Lieber!«

»Was Schlimmes?«

»Ich weiß nicht. Eigentlich nicht. Also pass auf. Die Kathrin Lubinger schafft doch bei der Zeitung ...«

»Keine Ahnung«, antwortete Gerhard. »Aber wenn du's sagst ...«

»Und ... also, sie hat mich eingeladen. Zu sich nach Haus, verstehst?«

Gerhard schüttelte den Kopf und sagte dann: »Das kannst du ja nachher beim Abendessen erzählen.«

»Eben nicht.« Und jetzt platzte Christian heraus: »Sie hat mit mir ... also mir hent miteinander ... Also die Kathrin und ich ...«

»Gevögelt?« Gerhard war stehen geblieben und hatte seinen abgeschabten Lederkoffer neben sich abgestellt. »Du lügst doch!«

»Ehrenwort! Pass auf ...« Nahezu atemlos erzählte Christian, dessen große Stärke ja ohnehin das Erzählen war, was er am Freitag letzter Woche erlebt hatte. Gerhard stand auch am Ende der Schilderung noch bewegungslos neben seinem Koffer und starrte seinen jüngeren Bruder unverwandt an. Schließlich stieß er die Luft aus. »Aber wenn's so toll war, warum hat sie dich dann am nächsten Tag nicht sehen wollen?«

»Ja, das wüsst ich gern. Und ich wüsst auch gern, was ich jetzt mache soll.«

»Ja, wenn du sie zweimal in der Woche beim Mittagessen siehst ...«

»Ich bin ja nimmer hingegangen.«

»Warum denn nicht?«

»Weil ich mich nicht getraut hab, Mann!«

»Ja, dann ...« Gerhard nahm seinen Koffer wieder auf. Nebeneinander gingen sie den Rest des Weges bis zum backsteinernen Schulhaus. Christian wusste nicht, was er erwartet hatte. Oder doch: Gerhard hatte doch noch immer einen Rat gehabt, wenn ein Problem aufgekommen war. Aber diesmal war der ältere Bruder überfordert. »Ich hab ja keine Erfahrung mit solchen Sachen«, sagte er, als sie die Steinstaffeln zum Schulhof hinaufstiegen. »Leider!«

Nach dem Essen, in dessen Verlauf Gerhard eher lustlos von seinem Studium erzählt hatte, nahm er Christian noch mal zur Seite.

»Also, wenn ich du wär, würd ich am Dienstag wieder hingehen in die Tagblatt-Kantine und die Lubingerin fragen, ob's bei dem einen Mal bleiben soll oder ob du amal wieder vorbeikommen könntest.«

Christian seufzte. »Ja, wenn's so einfach wär.«

»Die meisten Sachen sind einfach, wenn man sie nicht kompliziert macht.« Eine typische Gerhard-Antwort war das.

Aber mit jedem Tag kam Christian der Rat seines Bruders vernünftiger vor. Also ging er am Dienstag gegen halb eins ins Gebäude des Tagblatts. Zuerst lieferte er bei Mosebach einen Bericht über die Jahreshauptversammlung des Fleckenhausener Musikvereins ab. Und als die Redakteure sich anschickten, zum Essen zu gehen, schloss er sich an.

Kathrin räumte grade das Geschirr von einem Tisch ab. Christian hielt sich hinter Mosebachs Rücken versteckt, so dass sie ihn nicht gleich bemerken konnte. Er folgte ihr mit seinen Blicken, und plötzlich sah er Gottlieb Schätzle, der allein an einem Tisch saß und Kässpätzle mit grünem Salat aß. Kathrin blieb auf ihrem Weg zur Theke bei ihm stehen, setzte ihr Tablett kurz ab und beugte sich weit über den Tisch zu ihm hinüber.

»Scheiße!«, entfuhr es Christian.

»Was ist?« Mosebach drehte sich zu ihm um.

»Ach nix. Ich hab heut keinen Hunger!« Fast fluchtartig verließ er die Kantine.

»Sag amal, war des jetzt nicht der Christian?«, fragte Schätzle.

Kathrin sah sich um. »Ich hab ihn nicht gesehen.«

»Es hat ausgsehen, als sei er abghauen, wie er uns entdeckt hat.«

Kathrin lächelte. »Schon möglich.«

»Aber warum. Eigentlich hat er uns doch wieder zusammegebracht.«

»Du meinst, ohne ihn wärst du nicht gekommen?«

»Wahrscheinlich nicht«, antwortete der Holzhändler.

»Was hat er dir denn erzählt?«

»Bloß, dass du gsagt hättest, wenn ich dich sehen möchte, dät ich mich ja wohl melden.«

»Und weiter nix?«

»Gäb's denn da noch was?«

Kathrin schüttelte den Kopf.

»Also, ich hol dich dann um vier Uhr ab, ja?«

Im Juni brach eine Hitzewelle über das Land herein. Das Thermometer zeigte am ersten Wochenende des Monats 29 Grad Celsius. Im Radio erklärte ein Meteorologe, es handle sich um eine ungewöhnliche Wetterlage, weil die heiße Luft aus der Sahara nahezu ungestört über Nordafrika, Spanien und Frankreich nach Deutschland gelange. Älteren Menschen wurde empfohlen, der Sonne aus dem Weg zu gehen, den Tag über möglichst in geschlossenen Räumen zu bleiben und viel zu trinken. Ab Montag war an den Schulen auf unbestimmte Zeit Hitzefrei verkündet worden. Christian verließ das Schulgebäude nicht sofort, sondern ging in den Keller hinab, wo er und seine Mitstreiter ihren Redaktionsraum hatten. Die Einrichtung bestand aus drei ausgemusterten Tischen, die im Zeichensaal gestanden hatten, und zwei Regalen. Die Stühle hatte Christian Ebinger billig erstanden, als die Redaktionsräume des Schwäbischen Tagblatts renoviert und die Büromöbel zum Teil modernisiert worden waren.

Manni Balzer, ein kleiner, dünner Schüler aus der 10 A, war als Einziger da und hackte mit zwei Fingern einen Text in eine Kofferschreibmaschine. »Ich versteh nicht, dass die alle gleich abgehauen sind«, sagte er, ohne den Kopf zu heben. »Hier unten ist es doch kühl. Ich könnt den ganzen Tag hierbleiben.«

Christian holte aus einem mit Wasser gefüllten Zinkeimer, in dem sie die Getränke kühl hielten, eine Flasche Sprudel. »Was schreibst?«, fragte er.

»Einen Artikel über Kriegsdienstverweigerung.«

»Ehrlich? Das interessiert mich!«

»Willst du etwa verweigern?« Manni hörte auf zu tippen und hob endlich den Kopf.

»Ja sicher. Der Theo auch und noch zwei oder drei aus meiner Klasse.«

Manni schob einen Zettel über den Tisch. »Da!«

»Was ist das?«

»Conny Claasen. Vorsitzender des Verbands der Kriegsdienstverweigerer. Du kannst ihn dir als Beistand nehmen.«

»Du meinst, ich brauche einen Anwalt oder so was?«

»Aber hundertprozentig, Christian. Die in der Kommission sind so was von raffiniert, sag ich dir. Die lassen kaum einen durchkommen und schon gar keinen, der Abi hat. Die brauchen doch Reserveoffiziere.«

»Ja, das hat mir schon mal jemand erzählt.« Christians Magen krampfte sich zusammen, als er sich erinnerte, dass es Kathrin Lubinger gewesen war, die ihn darauf aufmerksam gemacht hatte.

Manni, der froh war, dass er seinem Chefredakteur etwas berichten konnte, was der offenbar noch nicht wusste, fuhr fort: »Weißt du, die Unteroffiziere und Offiziere in der neuen Armee sind ja fast alle von früher. 90 Prozent von denen sind in der Wehrmacht oder sogar noch in der Reichswehr ausgebildet worden. Und es sind auch eine Menge SS-Leute darunter. Als man den Bundeskanzler darauf hingewiesen hat, hat Adenauer gesagt: ›Was soll ich machen? Die NATO nimmt mir keine 18-jährigen Generäle ab.‹ Und er hat ja recht. Aber was sind diese alten Säcke für Männer?«

»Du wirst es mir sicher gleich sagen.«

»Kommisköppe, die nach dem Krieg im zivilen Leben nichts geworden sind. Für die ist es der reine Glücksfall, dass jetzt wieder eine militärische Streitmacht aufgebaut wird.« Es war klar, dass Manni jetzt Sätze zitierte, die er bereits zuvor unter Mühen für seinen Artikel formuliert hatte.

»Du meinst also, die machen grade so weiter wie früher?«

»Auf jeden Fall ist damit gewährleistet …«, Manni hob den Papierbogen über der Walze seiner Schreibmaschine an und warf einen Blick auf sein Manuskript, »… dass der alte Geist der deutschen Wehrmacht in der neuen Bundesrepublik Deutschland fröhliche Urständ feiert.«

»Klasse!«, lobte Christian.

»Übrigens, seit Franz Josef Strauß Verteidigungsminister ist, hat er nur eins im Sinn: die neue deutsche Armee mit Atomwaffen auszurüsten.«

»Ja, das hab ich allerdings mitgekriegt«, gab Christian zurück. »Das ist der Preis, den die Regierung dafür bezahlt, dass wir in die NATO aufgenommen werden. Aber es gibt auch mächtig Widerstand dagegen. Sogar Albert Schweitzer hat im April was dazu gesagt.«

»Ja, er hat in einer Botschaft, die von Radio Oslo weltweit verbreitet wurde, auf die Gefahren der Atomenergie für die ganze Menschheit aufmerksam gemacht.« Man sah Manni an, wie stolz er auf sein Wissen war. Seine schmalen, sonst so bleichen Wangen hatten sich rot gefärbt. Seine Augen leuchteten.

»Aber das wird nichts nützen, solange die NATO darauf besteht, dass auch die deutsche Bundeswehr Atomwaffen haben muss«, sagte Christian.

Manni wiegte seinen Kopf hin und her. »Wart's ab, Christian. Wart's ab! – Willst du mit Claasen reden?«

»Wo ist der denn?«

»In Heidelberg. Da steht auch eine Telefonnummer drauf.« Manni wies auf den Zettel, der noch immer zwischen ihnen auf dem Tisch lag. Christian nahm das Papier an sich, bedankte sich bei Manni, verschob die Arbeit an einem Artikel über die Unsinnigkeit der neuen Abituraufgaben in Deutsch und stieg die Treppe hinauf. Als er das Schulgebäude verließ und die acht Steinstufen zum Hof hinuntersprang, schlug ihm die Hitze entgegen. Unwillkürlich blieb er stehen und rang nach Luft. Eine Hupe ertönte in einem seltsam krächzenden Ton. Er sah in die Richtung, aus welcher der Laut gekommen war, und entdeckte Kathrin Lubinger, die, ihr linkes Bein weit ausgestellt, auf einem Motorroller saß und ihm zuwinkte. Zögernd ging er zu ihr hinüber. Sein Herz klopfte bis zum Hals, und die Luft wurde ihm noch knapper als zuvor schon durch die unnatürliche Hitze.

»Hallo, Christian«, grüßte sie fröhlich, als er endlich vor ihr stand. Der Motorroller erwies sich als nagelneue Lambretta in glänzendem Rot.

»Musst du nicht arbeiten?«, war das Einzige, was ihm zu sagen einfiel.

»Ich bin nicht mehr beim Tagblatt. Der Gottlieb sorgt jetzt für mich. Komm, steig auf. Wir haben doch ausgemacht, dass wir zum Baggersee fahren.«

»Jetzt?« Christian stand noch immer da wie gelähmt.

»Warum nicht jetzt. Ihr habt doch hitzefrei, oder?«

»Ja, schon. Aber ich hab kein Badezeug dabei.«

»Ein Handtuch hab ich für dich. Und ich weiß eine Stelle, wo man nackt baden kann. Man muss allerdings ein Stück gehen.«

»Ja, ich weiß nicht …«

»Hast du Angst?«

»Nein. Natürlich nicht.« Das war glatt gelogen.

»Na, dann los!«

Seine Schultasche brachten sie in einem Hohlraum unter dem rechten Kotflügel unter. Dann stieg Christian auf den Soziussitz, und Kathrin fuhr heftig wackelnd los. Den Führerschein hatte sie vor vierzehn Tagen gemacht, und den Roller besaß sie erst seit gestern. Wenn sie in eine Kurve bog, verlangsamte sie das Tempo so sehr, dass sie fast stehen blieb. Dann kämpfte sie um das Gleichgewicht, das sie erst wiederfand, sobald sie die Lambretta beschleunigte.

Sie parkten den Motorroller weit draußen im Neckartal unter einem Busch, unterquerten eine Straßenbrücke und erreichten eine Uferwiese, auf der das Gras, das offensichtlich niemals gemäht wurde, kniehoch stand. Trampelpfade führten zu dem Baggersee hinab und an dessen Rand entlang bis zu einem lichten Laubwald am nördlichen Ende. Überall lagerten Menschen auf Decken und mitgeschleppten Liegestühlen. Manche Badegäste hatten moderne Kühltaschen voller Getränke und belegter Brote dabei. Andere hatten kleine Feuer entzündet, über denen die heiße Luft flirrte, und rösteten Würste und Brotscheiben an den Flammen.

Kathrin ging schnell voraus. Sie trug einen schwingenden weiten Rock und darunter einen Badeanzug, dessen schmale Träger in die Haut ihrer Schultern einschnitten. In der rechten Hand hatte sie eine Basttasche, die sie ihm jetzt mit den Worten »Da, sei ein Kavalier!« reichte. Nach etwa einer Viertelstunde kamen sie zu einer kleinen Bucht, die von Erlenbüschen umstanden war. Weit und breit war kein Mensch zu sehen. »Die Leut sind zu faul, so weit zu laufen«, sagte Kathrin und stieg aus ihrem Rock, dessen Bund sie einfach geöffnet hatte, so dass er zu Boden gefallen war und wie ein Reifen um ihre Knöchel lag. »Los, zieh dich aus«, sagte sie.

»Das ist nicht fair. Du hast einen Badeanzug an …«

»Nicht mehr lange!« Sie lachte und schob die Träger über die Schultern.

Sekunden später sprangen beide nackt ins Wasser. Christian, der ein guter Schwimmer war, kraulte mit langen Zügen bis hinaus in die Mitte des Sees. Als er zurückkam, lag Kathrin lang ausgestreckt auf einem riesigen, gelb und weiß gestreiften Handtuch, die Beine schmal übereinandergelegt und die Arme unter dem Nacken gekreuzt. Eine gleichmäßige Sonnenbräune überzog ihren ganzen Körper. Auf ihren festen, kleinen Brüsten glänzten noch ein paar Wassertropfen. Auch in ihren Schamhaaren, die ein kleines rotes Dreieck zwischen ihren Schenkeln bildeten, glitzerten Wasserperlen. Als Christian Kathrin so liegen sah, wurde sein Penis sofort steif. Kathrin sah es und wurde plötzlich ernst. »Ich möchte nicht, dass du dir was Falsches denkst, Bub.«

Dieses »Bub« traf ihn wie ein Schlag. Er setzte sich mit gekreuzten Beinen ins Gras, gut zwei Meter von ihr entfernt. Kathrin schloss die Augen. Die Worte danach kamen seltsam träge aus ihrem Mund. »Ich hab gern mit dir geschlafen. Es hat mir großen Spaß gemacht. Aber du sollst nicht denken, dass das eine besondere Bedeutung hatte. Ich war so lange allein, so lange ohne Mann. Ich hatte einfach Sehnsucht danach, verstehst du das?«

Christian antwortete nicht. Er hatte sich das zweite Handtuch aus der Basttasche geholt und über seine gekreuzten Schenkel gelegt.

Kathrin öffnete blinzelnd die Augen und setzte sich mit einem Ruck auf. »Ich will nicht hoffen, dass du dich in mich verliebt hast!«

»Ich weiß nicht«, gab er zögernd zurück. Sein Mund war wie ausgetrocknet, und seine Stimme hörte sich brüchig an. »Hast du was zu trinken mitgebracht?«

Sie nickte, griff in die Tasche, zog eine Mineralwasserflasche heraus, öffnete sie und brachte sie Christian. Als sie ihm die Flasche reichte, fuhr sie ihm mit den Fingern durchs Haar. »Mein wunderbarer kleiner Liebhaber«, sagte sie und kniete sich vor ihm ins Gras. Ganz nah war sie ihm jetzt. Christian sprang auf. »Ich geh noch mal ins Wasser, und dann würde ich gern hier abhauen.«

Auf dem Weg zurück zu Kathrins Motorroller sprachen sie nicht. Erst als sie die rote Lambretta erreichten, sagte Kathrin: »Danke übrigens, dass du's dem Gottlieb nicht erzählt hast.«

»Schon gut!« Mit einem Mal kam ihm die ganze Situation unwirklich vor. Eine tiefe Trauer hatte ihn erfasst. Nicht einmal die Hitze spürte er mehr. Eigentlich fühlte er gar nichts als eine unfassbare innere Leere. Irgendetwas musst du jetzt sagen, ging es ihm durch den Kopf. »Wie geht's denn jetzt weiter? Für euch, meine ich. Den Gottlieb und dich?«

Sie standen links und rechts von dem Motorroller und hatten beide ihre Hände auf das glatte schwarze Leder des hinteren Sitzes gelegt.

»Ich hätte dich nicht verführen dürfen«, sagte Kathrin, statt Christians Frage zu beantworten.

Ihm fiel nichts dazu ein. Später wollte er drüber nachdenken. Jetzt wollte er jeden Gedanken an jenen Freitagabend nur weit von sich weg halten. »Krieg ich 'ne Antwort?«, fragte er.

»Er will mich heiraten.«

»Aha.«

»Was hältst du davon?«

Christian zuckte mit den Schultern. »Das ist eure Sache.«

»Ein bisschen ist es auch deine.« Zum ersten Mal, seitdem sie den See verlassen hatten, lächelte sie. »Irgendwie warst du doch immer bei allem dabei.«

»Und wenn ihr heiratet, ziehst du dann wieder nach Fleckenhausen?«

»Vielleicht.«

»Fahren wir?«

»Du bist sauer, gell?«

»Sauer? Nein, nicht sauer. Ich weiß nicht, was es ist, aber es geht mir nicht gut. Vielleicht können wir später noch mal drüber reden.« Schon in dem Moment, da er das sagte, wusste er, dass dies sinnlos und unnötig war. Für Kathrin war jene Nacht nichts Besonderes gewesen, anders als für ihn. Sie hatte einfach Lust auf einen Kerl gehabt, und er war der, den sie am leichtesten kriegen konnte. Ja, sie hatte sich seiner bedient. Eine ungeheure Wut stieg in ihm auf. Er öffnete das Gepäckfach am Kotflügel des Rollers, nahm seine Tasche heraus und sagte: »I lauf.«

»Was machst du?« Sie starrte ihn ungläubig an.

»Ich geh zu Fuß!«

»Aber warum?«

»Einfach so. Weil ich will.«

»Des ischt doch Blödsinn!« Die ganze Zeit hatten sie hochdeutsch geredet, jetzt verfielen beide in ihren Dialekt.

»Neulich bin ich auch glaufe. Nachts um zwölfe!«

»Ja, und?«

»Ohne und!«

Er drehte sich auf dem Absatz um und nahm einen schmalen Pfad, der links neben einem Erlenbusch in ein Wäldchen hineinführte.

»Christian, sei net albern!«

Er hob nur den rechten Arm, winkte noch ein paarmal vage mit der Hand und begann dann, ungeachtet der Hitze, zu rennen. Kathrin blieb noch ein paar Augenblicke stehen, dann ließ sie den Motor an, stieg auf und fuhr in die Stadt zurück.

»Du machst auf beleidigte Leberwurst«, sagte Gerhard am Abend, als Christian ihm von dem Badeausflug erzählte. Seit dem 1. Juni arbeitete der ältere Bruder wieder in Stuttgart bei seiner Versicherung, fuhr jeden Tag die 28 Kilometer mit dem Bus hin und her und wohnte wieder im Schulhaus. »Die Frau ist mehr als doppelt so alt wie du. Was hast du dir denn denkt? Dass das die große Liebe wird? Dass sie ohne dich nicht mehr leben kann? Hast se womöglich heirate wolle, oder was?«

»Halt du doch 's Maul. Du hast ja koi Ahnung! Bist über 20 und hast noch net *ein*mal a Frau ghabt.«

»Ich bin über 21, und des andere stimmt auch net!« Gerhard hatte es ganz ruhig gesagt, und jetzt grinste er breit.

»Hä?«, machte Christian.

»Ich hab dir doch von dem Betriebsausflug erzählt am 24. Mai.«

»Ja, aber …«

»Wir sind mit dem Gläsernen Tanzexpress der Bundesbahn nach Berchtesgaden gefahren.«

»Ja, und?«

»Vielleicht hab ich das nie gesagt, aber wir diktieren unsere Briefe ja auf Schallplatten, und die werden im Schreibsaal abgetippt. Da sitzen 20 oder 30 Stenotypistinnen, haben Kopfhörer auf den Ohren und schreiben nach unserem Diktat unsere Geschäftsbriefe.«

»Muss ziemlich öde sein«, sagte Christian.

»Ja, das hab ich mir auch denkt. Und deshalb hab ich immer, bevor ich mit dem Diktat angfangen hab, irgendwas Nettes erzählt.«

»Was denn zum Beispiel?«

»Irgendwas halt. ›Guten Morgen, schöne Unbekannte. Jetzt kommen wieder ein paar so langweilige Briefe von Gerhard Ebinger. Übrigens, heut Morgen, als ich auf den Bus gewartet hab, hat sich ein junger Mann von seiner geliebten Freundin verabschiedet. Sie isch gfahren, er musste bleiben. Denkst auch an mich?, hat sie gfragt. Und er: Wenn ich dazu komm. – Jetzt hoffe mr halt, dass er ab und zu dazu gekomme ist. Gut. Das Diktat. An das Innenministerium Nordwürttemberg, Referat Versicherungswesen und so weiter …‹«

»Und was hat das mit dem Gläsernen Tanzexpress zu tun?«

»Ich sitz mit a paar Kollegen an einem Tisch. Nicht im sogenannten Sambawagen, wo getanzt worden ist, sondern in einem Salonwagen oder wie das heißt. Plötzlich steht da eine hübsche junge Frau, also mehr noch a Mädle, obwohl ich später erfahren hab, dass sie fast ein Jahr älter ist als ich, in der Tür und sagt: ›Ist einer von Ihnen der Herr Ebinger?‹ Alle gucken zu mir her, so dass sie gleich weiß, dass ich das sein muss. ›Würdet Sie mit mir tanzen?‹, fragt sie.«

»Ja, und weiter?«, fragte Christian, als Gerhard eine Pause machte.

»›Ich kann eigentlich net tanze‹, hab ich geantwortet. Und sie: ›Des bring ich Ihne scho bei.‹ Meine Kollegen, kannscht dir ja denke, hent alle auf einmal auf mich eingeredet: ›Los, du Glückspilz!‹ – ›Keine Müdigkeit vorschieben!‹ – ›Die Gelegenheit kommt nicht wieder!‹ Und dann haben sie noch gsunge: ›Tanze mit ihr in den Morgen, tanze mit ihr in das Glück!‹ Na ja, und so war's dann ja auch.«

»Tolle Geschichte!«, sagte Christian.

»Ja, und zudem noch wahr! Seitdem bin ich fast jeden Tag mir ihr zusammen. Da, guck, ich hab ein Bild von ihr.« Gerhard zog seine Brieftasche aus seiner hinteren Hosentasche und holte ein Foto heraus. »Hast saubere Finger?«

Christian wischte die Hände an seiner Hose ab und nahm das Bild vorsichtig entgegen. Er sah ein hübsches, rundes Gesicht mit schelmisch lächelnden Augen und einem Grübchen auf jeder Wange. Die schwarzen Locken standen ziemlich wild um ihren Kopf herum. »Und das war die, die deine Briefe getippt hat?«

»Und immer noch tippt. Ja.«

»Sachen gibt's!«

»Du hast es nötig. Solche Sachen, wie's bei dir gibt, sind was Bsonders. Meine Geschichte ist zwar originell, aber dann auch wieder nicht so ungewöhnlich.«

»Wie heißt sie denn?«

»Theresa Angerer. Sie wohnt in Sindelfingen.«

»Das ist wenigstens nicht so weit«, sagte Christian.

»Ja«, sagte Gerhard. »Am Sonntag kommt sie zum Musikfest.«

»Solle mr da hingehe?«, hatte Kathrin Lubinger gefragt, als sie an der Ecke Uhlandstraße, Mühlstraße an einer Litfaßsäule ein Plakat entdeckte, das zu dem bevorstehenden Kreismusikfest am Wochenende in Fleckenhausen einlud.

»Wenn du dich traust …«, hatte Gottlieb Schätzle geantwortet. Er war stehen geblieben und hatte sich so heftig am Kopf gekratzt, dass sein schief sitzender Hut wackelte. »Früher bin ich bei so was immer dabei gwesen, aber früher haben mich die Leut auch nicht geschnitten«, sagte er.

»Das ändert sich auch wieder«, gab sie zurück. »Wir brauchen uns ja auch nicht ewig vor de Leut verstecken.«

»Sie werden sich noch lang ihre Mäuler verreißen.« Gottlieb legte seinen rechten Arm um Kathrins Hüften und zog sie an sich.

»Wer denn? So viele alte Fleckenhausener gibt's doch gar nimmer«, sagte sie.

»Ja, schon. Aber bei solchen Gelegenheiten sieht man kaum Reingschmeckte. Des ischt immer noch a Sach für die Alteingesessenen. Und die, wo neu dazu kommet, gucket sich des Ganze an wie eine Zirkusveranstaltung.«

Auf dem Sportplatz, der im oberen Teil des Dorfes direkt vor dem Waldsaum des Eckbergs lag, war im Laufe der Woche ein riesiges Festzelt aufgebaut worden. An der Stirnseite entstand eine Bühne, auf der die 16 angemeldeten Blasorchester beim Wertungsspiel am Samstagnachmittag gegeneinander antreten sollten. Später dann würde dort die Tanzkapelle sitzen, die aus jungen und zum Teil hochbegabten Musikern des örtlichen Musikvereins bestand. Der Sportverein bereitete Spiele und kleine Sportwettkämpfe für die Kinder vor.

Das ganze Dorf schien in einem Ausnahmezustand zu sein. Die Musikkapelle probte jeden Abend, die Mitglieder der anderen Vereine bastelten bis in die Nächte hinein an ihren phantasievollen Festwagen, die am Sonntag im Umzug mitfahren sollten. Die Mädchen und Frauen richteten ihre Feiertagskleider her und kümmerten sich um die Uniformen ihrer Männer und Freunde, die sie als Musiker, Feuerwehrleute oder Sportfunktionäre nur einmal im Jahr trugen.

Der einzige Friseur im Dorf war schon seit Wochen ausgebucht und machte doch ab und zu noch eine Ausnahme, obwohl er jeden Tag mehr als sechs Überstunden leistete und am Ende seine Arme vor Müdigkeit und Muskelschmerz kaum mehr heben konnte. Zumindest unter den Dorfbewohnern, die hier geboren und aufgewachsen waren, herrschte eine fiebrige Anspannung. Aufmerksam verfolgten sie in den Radionachrichten die Wetterberichte. Waren sie gut, stieg die Vorfreude; waren sie schlecht, einigte man sich schnell darauf, dass die Vorhersagen ja doch nie zutrafen und die alten Bauernregeln noch allemal die besseren Auskünfte gaben.

Am Samstag schien die Sonne. Das Thermometer zeigte schon um neun Uhr vormittags 19 Grad. Zwei Stunden später begann der Festumzug. Er startete am Rathaus in der oberen Störrenstraße, bewegte sich langsam bis zum Schulhaus, bog dann rechts ab und überquerte wenig später unter dem Schutz mehrerer Polizisten, die immer wieder den Autoverkehr stoppten, die Bundesstraße. Dann ging es steil die Pfrondorfer Straße hinauf zum Festplatz.

Sieben Musikkapellen marschierten mit. Voraus ging jeweils der Dirigent, hinter ihm der Fahnenträger, danach der Mann mit dem Schellenbaum, dann kamen die Trompeter und Posaunisten, den Abschluss machten die Tubaspieler und die Paukisten, die schwer an ihren Instrumenten trugen. Jede dieser Kapellen bildete den Kopf einer Gruppe und hatte für den Festumzug drei besonders schmissige Märsche einstudiert. Die Pausen dazwischen dauerten nur wenige Minuten. Dann hob der Dirigent seinen Taktstock, der während des Marschierens eher wie ein Marschallstab aussah und erst bei den Konzerten auf der Bühne durch einen feinen Dirigentenstab ausgetauscht wurde. Gut zwei Kilometer lang war diesmal der Zug. Die von Ochsen und Pferden gezogenen Leiterwagen waren mit Blumengirlanden geschmückt. Die Akteure auf den Wagen hatten Pantomimen einstudiert, mit denen sie die Geschichte ihres Vereins oder auch Geschichten aus dem vergangenen Jahr darstellten. Andere beschränkten sich auf selbstgemalte Bilder. Manche hatten Tafeln nach dem Vorbild alter Moritatensänger gestaltet und wiesen mit langen Zeigestöcken auf die verschiedenen Abschnitte ihrer Geschichte hin.

Albert Ebinger stand mit seiner Familie unterhalb des Schulhauses an dem Platz, wo die Störrenstraße, die Bergstraße und die Schulstraße zusammenkamen.

»Jetzt haben sie's ja noch mal gschafft!«, sagte er.

»Was denn?«, wollte Hanna wissen, die wie jedes Jahr, wenn Musikfest war, nach Fleckenhausen gekommen war.

»Einen Festzug zusammenzubringen.«

»War das denn so schwierig?«

Ebinger seufzte. »Es ist nimmer wie früher. Alles, was ehrenamtlich ist, lehnen die Menschen mehr und mehr ab. Man hat ja auch bloß Arbeit damit, und rausspringe tut nix, außer vielleicht a bissle Anerkennung, und die wird auch immer weniger.«

Luise sah ihren Mann überrascht an. »Warum bist denn so pessimistisch?«

»Ich erleb's doch jeden Tag. Freilich, es ist ein schleichender Prozess, aber ich spür ihn. Du wirst sehen, in ein paar Jahren gibt es keine solche Feste mehr und schon gar nicht mehr solche Umzüge.« Dabei klatschte er laut in die Hände und winkte begeistert der Fleckenhausener Musikkapelle zu, die an der Spitze der letzten Gruppe in die Schulstraße einbog. Seit ein, zwei Jahren hatten die Musiker neue, schmucke Uniformen. Blaue Hosen, strahlendweiße Jacken mit Knöpfen und Tressen aus Gold. Die goldbetressten schwarzen Schildmützen hatten die Musiker zumeist kess zum rechten Ohr heruntergezogen, was ihnen ein verwegenes Aussehen geben sollte.

»Ich muss los«, sagte der Familienvater, wandte sich aber noch mal an seinen Ältesten: »Wo ist denn jetzt deine Braut?«

»Meine Freundin, meinst«, verbesserte ihn Gerhard. »Sie kommt um sechs zum Festplatz.«

»Und ich muss jetzt was arbeiten«, sagte Albert Ebinger. Er war der Vorsitzende der Jury, die beim sonntäglichen Festumzug der Vereine die Preise zu vergeben hatte. Die Sieger erhielten eine Urkunde und Gutscheine für den Verzehr an den Wurst- und Getränkeständen.

Außerdem musste er durch das nachmittägliche Wertungsspielen führen und war auch da im Komitee, das die Noten vergab.

Den ganzen Tag über hatte das Wetter gehalten. Aber die Leute auf dem Festplatz und vor allem in dem großen Bierzelt litten unter der schwülen Hitze. Vor allem die Musiker. Sie hatten zwar »Marscherleichterung« bekommen, wie es Ebinger in seiner Moderation ausdrückte, und ihre Jacken ausgezogen. Trotzdem schwitzten sie heftig. Albert Ebinger stand an einem Pult ganz vorne in der Mitte der Bühne, kündigte die jeweils neue Kapelle an, verabschiedete sie nach ihrem Wertungsspiel und kommentierte das Geschehen mit launigen Worten. Und das machte er »ausgezeichnet«, wie Bürgermeister Raichle und der neben ihm sitzende Landrat übereinstimmend lobten. Der Schulmeister, der sonst eher wenig sprach, wenn er durchs Dorf ging, und immer darauf achtete, die Menschen nicht zu nah an sich herankommen zu lassen, erwies sich als Musikkenner, konnte zu jedem der Stücke etwas Erklärendes sagen und würzte seine kurzen Auftritte mit kleinen Witzen und charmanten Anekdoten. Dass dies hart erarbeitet war, wusste nur seine Familie. Das ganze Jahr über sammelte der Vater in einem Zettelkasten Sprüche und Geschichten, die er bei seinen Auftritten verwerten konnte. Jetzt aber präsentierte er sie, als wären sie ihm just in diesem Moment eingefallen.

Wenn dann die Musik wieder begann, setzte er sich auf einen Stuhl rechts vorne an der Bühnenkante und wartete geduldig, bis das Stück zu Ende und der Applaus verklungen war. Zwischendurch winkte er dem einen oder anderen Bekannten zu, wenn er ihn in dem überfüllten Festzelt entdeckte.

Hanna sagte: »Ich genier mich a bissle.«

»Warum denn?«, wollte ihr kleiner Bruder wissen.

»Das sieht so … wie soll ich sagen …, so huldvoll aus, als wollt er ein König sein.«

Ihre Mutter lächelte. »Das trifft's ziemlich genau, Hanna.«

In diesem Augenblick trat Theresa Angerer an den Tisch. »Gibt's da noch a Plätzle für mich?«

Gerhard, der sie erst jetzt bemerkte, sprang auf, stieg über die Bierbank und nahm die zierliche Frau in seine Arme. »Da bischt ja endlich.«

»Sie sind also die Theresa?«, sagte Luise Ebinger. »Kommen Sie, wir rücken a bissle zusamme. So a schmals Persönele wie Sie passt da noch gut dazwische.«

»Ich wollt sowieso a Runde über den Platz machen«, rief Christian und stand auf. Er gab der Freundin seines Bruders die Hand. »Find ich klasse, dass du kommst.«

Theresa musterte ihn interessiert. »Und du bist der Christian?«

»Gewonnen!« Er grinste. »Die Kandidatin hat einen Kanonenofen gewonnen! Aber«, sagte Christian, »ich muss grad mal weg«, und er verließ seine Familie.

Vater Ebinger, der grade eine seiner kleinen Ruhepausen hatte, beobachtete die Szene aufmerksam von der Bühne herab.

Gegen halb acht Uhr am Abend wurden die Wertungsnoten vergeben. Der heimische Musikverein hatte ein »Sehr gut« erreicht und rückte von der Gruppe B in die Gruppe A auf, was allgemein als großer Erfolg gewertet wurde. Kurz nach acht Uhr hatte die Tanzkapelle auf der Bühne Platz genommen. Die Musikanten trugen schwarze Kniehosen, weiße Hemden, weiße Kniestrümpfe und rote Westen und begannen mit einem Walzer. Die Seitenwände des großen weißen Festzeltes waren hochgerollt und mit Lederriemen fixiert worden, so dass frische Luft hereinwehen konnte.

Niemand hatte ihr Kommen bemerkt, bis sie auf der Tanzfläche auftauchten, die Frau in einem leuchtendroten Kleid, das dicht an ihrem Körper hinabfloss und erst an den Knöcheln endete, der Mann in einem schicken Trachtenanzug in Grau und Grün, der mit Hirschhornknöpfen besetzt war.

Marie Häfner war an den Tisch der Ebingers gekommen und beugte sich nun über Luises Schulter. »Hascht die gsehen: die Lubinger und den Schätzle?«

»Schönes Paar«, ließ sich Albert Ebinger hören.

»Dass die sich des trauen«, entfuhr es Marie. »Eine Schande ist das.«

Luise zog ihre Freundin neben sich auf die Bank. Sie gab Marie recht: »So ein Auftritt hätt jetzt wirklich net sei müsse.«

Es war ziemlich still geworden im Festzelt. Die Musik spielte in diesem Moment leise und verhalten. Einer der Trompeter trat ans Mikrophon und begann zu singen: »Tanze mit mir in den Morgen. Tanze mit mir in das Glück ...«

»Unser Lied!« Gerhard stand auf, fasste Theresa an der Hand und zog sie hoch. »Komm, du kannst mir ja wieder zeigen, wie's geht.«

Ein Paar verließ die Tanzfläche. Nach und nach folgten andere. Als Gerhard mit seiner Freundin auf das Podium stieg, waren es nur noch drei Paare, die sich dort drehten. Gottlieb Schätzle führte seine Partnerin geschickt und tanzte an das neue Paar heran. »Grüß dich, Gerhard!«, rief er. Der junge Ebinger blieb stehen, gab Schätzle die Hand und stellte Theresa, die noch zwei, drei Drehungen für sich selber getanzt hatte, vor. Als er auch Kathrin Lubinger die Hand geben wollte, umarmte sie ihn, drückte den jungen Mann kurz an sich und küsste ihn auf beide Wangen. Im Zelt brach ein Tumult los. »Pfui!«, schrien einige, andere johlten unverständliches Zeug, und wieder andere schrien: »Aufhören! Aufhören!«

Christian hörte das alles draußen auf dem Platz, wo er sich an einem Stand eine rote Wurst und eine Cola genehmigte.

Die Musik versickerte. Für einen Augenblick war es still. Dann sah er, wie eine der Zeltplanen am Eingang heftig zur Seite geschlagen wurde und Kathrin Lubinger wie von Furien gehetzt herausgerannt kam.

Sie hatte sich, als der Tumult immer weiter zunahm, von Schätzle losgerissen, war von dem Tanzpodest gesprungen, wobei der Absatz ihres rechten Schuhs brach. Wütend schleuderte sie beide Schuhe von den Füßen und rannte barfuß den Gang zwischen den Biertischen entlang in Richtung Ausgang. Schätzle wollte ihr nach. Er hatte gesehen, wie ein paar junge Burschen sich durch kurze Blicke verständigt hatten und sich anschickten, Kathrin Lubinger zu folgen. Aber er war noch keine drei Meter auf dem weichen Wiesenboden gelaufen, da stellte ihm ein Mann ein Bein und brüllte: »Des hascht jetzt davo, du alter Hurebock!« Schätzle stürzte hin, rappelte sich wieder auf, lief drei Schritte weiter, wurde plötzlich von einer harten Faust in den Rücken gestoßen und landete erneut auf dem aufgeweichten Boden. Ein Mann goss den Rest Bier aus einem Steingutkrug über ihn. Als er das zweite Mal aufstand, tat ihm sein Knie so weh, dass er sich nur noch mühsam humpelnd bewegen konnte. Verfolgt von den Schmährufen angetrunkener Männer erreichte er endlich den Ausgang des Zeltes.

Die jungen Männer, fünf waren es, hatten Kathrin schnell eingeholt. Sie verstellten ihr den Weg. Christian, der noch immer an dem Bratwurststand lehnte, sah, wie sich der Kreis um die Frau im roten Kleid enger schloss und nach und nach zu einem Gebüsch am Rande des Festplatzes hin verschob. Er kannte die Burschen flüchtig. Sie stammten aus einem Nachbardorf und waren vor gut einer Stunde auf ihren Motorrädern und Mopeds eingetroffen. Jetzt sah er, wie einer von ihnen die Hosen herunterließ. Sein Hinterteil leuchtete hell in der beginnenden Dunkelheit. Andere Männer hielten Kathrin fest, die verzweifelt aufschrie. Christian stieß sich vom Zahlbrett des Imbissstandes ab und setzte sich in Bewegung. Mit jedem Schritt, den er sich der Bande näherte, wurde er schneller. Zwei Männer, die Kathrin festhielten, zwangen die Frau mit dem Rücken zu Boden. Ein dritter schob ihren Rock über die Beine hinauf. Der Mann mit dem nackten Hintern schickte sich an, in die Knie zu gehen. In diesem Moment war Christian heran. Er sprang ihm mit beiden Füßen ins leicht gebeugte Kreuz, so dass der halbnackte Mann mit einem Schmerzensschrei zu Boden stürzte. Einem anderen, der nach Christians Schulter langte, schlug Christian die Colaflasche ins Gesicht. Als sich zwei weitere auf ihn warfen, biss, schlug und kratzte er um sich wie damals, als er als Zehnjähriger im Omnibus seinen Bruder Gerhard verteidigt und es in seinem unbändigen Jähzorn mit einer ganzen Gruppe älterer Schüler aufgenommen hatte. Doch diesmal war der Kampf aussichtslos. Immerhin konnte er Kathrin zurufen:

»Hau ab. Hol die Polizei!« Er lag jetzt auf dem Bauch. Ein schwerer Kerl kniete in seinem Nacken und drückte Christians Gesicht in den Boden aus Wiesengras und Walderde.

Christian bäumte sich auf. »Ich ersticke!«, japste er.

»Ja, erstick, verreck!«, schrie der, dem er ins Kreuz gesprungen war. Er hatte die Hosen noch immer nicht hochgezogen – ein dicklicher, schwammiger Typ, der eine absolut lächerliche Figur abgab. Als er jetzt nach Christian trat, riss er sich selber von den Füßen, weil er um die Knöchel von der eigenen Hose gefesselt war. Christian gelang es noch einmal, sich aus dem Griff zu befreien, er fuhr mit dem Kopf herum und biss den Mann, der ihn ins Gras drückte, in die Hand.

»Hört auf! Hört doch auf! Ihr bringt ihn ja um!«, hörte er Kathrin Lubinger schreien und dann: »Hilfe! Hilfe! Hört mich denn keiner?!«

Christian konnte kaum mehr atmen. Seine Brust schmerzte, als würde sie mit einem Eisenring zusammengepresst. Er hatte plötzlich den Geschmack von Blut im Mund. »Ich stell mich tot«, fuhr es ihm durch den Kopf. Mit einem Schlag gab er alle Körperspannung auf, sackte in sich zusammen und bewegte sich nicht mehr. Überrascht ließ der Mann über ihm von ihm ab und richtete sich auf.

»Wenn der jetzt hin ist«, hörte Christian einen seiner Peiniger sagen.

»Dann bist du auch hin!« Das war Gottlieb Schätzles tiefe Stimme. Christian drehte den Kopf und sah gegen den dämmrigen Himmel den Holzhändler wie einen Schattenriss. Er hielt einen riesigen Prügel über dem Kopf. »Dann schlag ich dich tot! Hier auf der Stelle!« Christian richtete sich, auf die Ellbogen gestützt, auf. Gottliebs neuer Trachtenanzug war mit Erde, Grashalmen, Essens- und Bierresten beschmutzt. Seine Nase blutete. Seine Augen hatten sich zu Schlitzen verengt, seine Kiefer mahlten. Das Kinn hatte er weit vorgeschoben. Die fünf Männer wichen langsam zurück. Gottlieb Schätzle folgte ihnen und verringerte dabei den Abstand zwischen sich und der Gruppe. Er überragte sie alle, und sein unbändiger Zorn ließ ihn noch stärker erscheinen als sonst.

»Nicht, Herr Schätzle. Lassen Sie das!« Das war Albert Ebingers Stimme.

Christian drehte sich, zog die Knie an, drückte seine Fäuste in die Erde und stemmte sich langsam hoch. Sein Gesicht war zerschunden. Er blutete aus der Nase und aus einer Wunde an der Schläfe. Seine Kleider sahen nicht besser aus als Schätzles Anzug. Niemand sonst bewegte sich. Schätzle senkte endlich langsam den Prügel. »Wenn der Christian nicht gekommen wäre«, stieß Kathrin hervor. In Ebingers Begleitung waren zwei Männer, einer davon ein Polizist, der zusammen mit drei Kollegen vom Tübinger Kreiskommissariat nach Fleckenhausen delegiert worden war, um für einen ordnungsgemäßen Ablauf des großen Kreismusikfestes zu sorgen.

Schon sechs Wochen später war die Verhandlung vor dem Tübinger Amtsgericht. Die fünf Männer, angeklagt wegen gemeinschaftlicher versuchter Vergewaltigung und Körperverletzung, wurden freigesprochen. Sie hatten ausgesagt, Kathrin Lubinger habe sie aufgefordert, mit ihr zu kommen, und sie habe versprochen, mit jedem von ihnen zu schlafen. Sie hätten das natürlich geglaubt, weil sie ja als leichtlebige Person bekannt gewesen sei. Man wisse ja, dass sie ihren armen, aus Krieg und Gefangenschaft heimgekehrten Mann schamlos betrogen habe. Die Zeugenaussagen Schätzles und Christians tat der Richter mit den Worten ab: Eine sogenannte Vergewaltigung könne wohl kaum stattfinden, wenn die Frau nicht mitmachen würde oder sie geradezu provoziere. Und zu Christian, der heftig und unter Missachtung aller prozessualer Regeln protestierte, sagte der Richter, er solle sich vorsehen, sonst werde gegen ihn wegen Körperverletzung verhandelt.

»Aber ich bin doch verletzt worden. Die haben mich doch zusammengeschlagen.«

»Aber nur, weil Sie sie angegriffen haben«, konterte der Richter. Und der Frau sei ja schließlich nichts passiert.

Eine Woche danach kam dieser Richter nach einem Skatabend mit Freunden gegen Mitternacht nach Hause. Er wohnte in Tübingen auf dem Österberg. Sein Auto stellte er auf dem Parkplatz eines stattlichen Gebäudes ab, das einer schlagenden akademischen Verbindung gehörte, die er selbst nach dem Krieg wieder mit ins Leben gerufen hatte. Jetzt war er dort einer der hochgeachteten »alten Herren«. Von dem Verbindungshaus zu seiner Wohnung waren es nur knapp 30 Meter. Er ging vorsichtig, denn er hatte ein wenig zu viel getrunken. Kies knirschte unter den Sohlen seiner Schuhe. Der Richter hielt sich dicht am Rand des Sträßchens, wo ein tiefer Graben neben der Fahrbahn herlief. Etwa in der Mitte zwischen Parkplatz und Haus sprangen plötzlich zwei Figuren aus einem Gebüsch, packten ihn, zogen ihm einen Rupfensack über den Kopf, verschnürten den Sack um seine Hüften, stießen ihr Opfer in den Graben und schlugen mit den Fäusten auf ihn ein. Erst gegen Morgen konnte sich der Überfallene befreien.

Der Richter verdächtigte sofort Gottlieb Schätzle. Aber der war zur Tatzeit nachweislich in Königsfeld im Schwarzwald gewesen, wo er an einer Holzauktion teilgenommen und später bis lange nach Mitternacht mit ein paar Kollegen Billard gespielt hatte. Der nächste Verdacht fiel auf Christian Ebinger. Doch der sei zur fraglichen Zeit zu Hause gewesen, sagte sein Vater aus und fragte, ob denn der Herr Amtsrichter keine anderen Feinde habe als einen harmlosen Gymnasiasten aus Fleckenhausen.

Als die ermittelnden Beamten gegangen waren, knöpfte sich Albert Ebinger seine beiden Söhne vor: »Wenn noch mal so was passiert … Also ein zweites Mal helf ich euch nicht!«

Die Brüder gaben sich zerknirscht. Und als sie wieder unter sich waren, sagte Gerhard: »Wenn er nicht im Internierungslager gewesen wäre, hätt er bestimmt nicht für uns ausgesagt.«

»Wieso denn nicht?«, wollte Christian wissen.

»Weil früher Recht und Ordnung alles für ihn waren. Aber dann, nach dem Krieg, hat er sich auch oft genug ungerecht behandelt gefühlt. Jedenfalls war er vor seiner Zeit im Internierungslager anders als danach. Weißt du noch, wie wir damals im Wald waren und Holz gemacht haben?«

»Natürlich weiß ich das noch.« Christian erinnerte sich: Man hatte damals auf dem Rathaus eine Mark und fünfzig Pfennige bezahlt, konnte dafür ein Los ziehen und bekam danach ein Waldstück zugewiesen, aus dem man das am Boden liegende Holz herausziehen konnte. Die Nummer auf dem Loszettel fand man wieder an den Bäumen, die das Areal begrenzten.

Gerhard nickte. »Äste, Zweige, loses Zeug halt und nicht viel wert. Und was hat unser Vater gemacht?«

»Er hat unter ein paar Säcken, in die wir Tannenzapfen sammeln sollten, eine Bandsäge rausgezogen, die ihm der Schätzle geliehen hat.« Plötzlich war alles wieder da, als ob es gestern erst gewesen wäre.

»Genau! Ich weiß noch, wie ich damals unseren Vater bewundert hab«, sagte Gerhard. »Er hat mit der Axt einen Keil am Fuß eines Baumstamms rausgehauen und dann die Säge angesetzt. Ich hab an der anderen Seite gezogen, bis er gerufen hat …«

»Baum kooommt!«, fiel es Christian wieder ein und auch, wie sich der gut sechs Meter hohe Baum langsam zur Seite neigte und mit rauschendem Blattwerk auf den Waldboden niedersank.

»Jetzt muss es schnell gehen«, hatte der Vater gesagt und ihnen gezeigt, wie man den Baum fachmännisch entastete. Mit dem Beil konnten ja beide Buben gut umgehen, das hatten sie in Schätzles Schuppen gelernt. Sobald alle Zweige abgehauen waren und der Stamm, der einen Durchmesser von ungefähr 30 Zentimetern hatte, nackt vor ihnen lag, wuchteten sie ihn gemeinsam auf zwei dicke Holzblöcke, so dass er frei lag. Gerhard und der Vater sägten ihn in Stücke von ungefähr 20 Zentimeter Länge, während Christian das Geviert umrundete wie ein Schäferhund, der seine Herde bewacht, um aufzupassen, dass sie auch niemand überraschte.

»Ich hab damals immer denkt, das ist doch Diebstahl«, sagte er jetzt zu seinem Bruder.

»Und unser Vater hat gesagt: ›Macht euch keine Gedanken, das steht uns zu. Uns haben sie auch genug weggenommen.‹ Wer ›sie‹ waren, hat er uns allerdings nicht erklärt.« Gerhard lachte leise in sich hinein.

»Und dann war's noch a Haufe Gschäft, das frische Sägmehl verschwinde zu lasse!«, erinnerte sich Christian.

»Und das Holz heimlich bei uns im Keller zu spalten«, ergänzte sein Bruder.

Es war damals längst dunkel gewesen, als sie fünfmal hintereinander mit ihrem schwerbeladenen Handwagen zwischen dem Waldstück und dem Schulhaus hin- und herfuhren.

»Heimlich wie der alte Schnätterer damals«, hatte ihr Vater gesagt, und als sie ihn fragten, wer das denn gewesen sei, erzählte er: »Das war hier im Dorf ein Wilderer. Sonst ein angesehener Mann, aber nachts ging er auf die Jagd. Wenn er morgens ins Dorf zurückkam, sagte er nicht ›Guten Morgen‹ wie andere Leute, wenn er jemand begegnete, sondern: ›Wieder net erwischt!‹ Das ist lange her, und es ist auch lange gutgegangen. Kurz vor der Jahrhundertwende, genau am 15. Februar 1898, feierte der König von Württemberg seinen 50. Geburtstag. Und zu diesem Anlass wollte er im Schönbuch einen Sechzehnender schießen. Das königliche Jagdrevier lag damals hier bei uns im Schönbuch, zum Goldersbachtal hin, auf der anderen Seite der Kälberstelle. Die Jäger hatten den kapitalen Hirsch über Jahre gehegt. Sie kannten seine Gewohnheiten, und so wär's natürlich kein Problem gewesen, ihn am frühen Morgen des königlichen Geburtstages aufzutreiben. Aber der Hirsch war weg, und ihr könnt euch denken, warum.«

»Weil der Schnätterer ihn geschossen hat?«, fragten seine Söhne wie mit einer Stimme.

»Ja. Und dafür ist er ein Jahr ins Gefängnis gegangen.«

»Und wie viel Gefängnis kriegt man für Holzdiebstahl?«, hatte Christian gefragt.

Der Vater hatte geschmunzelt. Er antwortete nicht auf die Frage seines Jüngsten, sondern sagte stattdessen: »Ich muss mich bei euch bedanken. Ihr seid richtig tüchtig gewesen. Solche Söhne lob ich mir.«

Wenige Tage vor dem Beginn der Weihnachtsferien fuhr Christian Ebinger per Anhalter nach Heidelberg. Er hatte mit Conny Claasen telefoniert. Der Vorsitzende des Verbands der Kriegsdienstverweigerer war sehr freundlich gewesen, hatte aber gesagt, man könne das alles nicht am Telefon besprechen. Was dagegen sprach, hatte er nicht gesagt. Christian nahm an, dass Claasen befürchtete, abgehört zu werden.

Conny Claasen war wissenschaftlicher Mitarbeiter an der Universität und arbeitete in der Bibliothek der philosophischen Fakultät. Sein Büro war nicht ganz leicht zu finden. Es lag im Untergeschoss eines fünfstöckigen, düsteren Backsteingebäudes.

Christian ging langsam den Korridor entlang und las, auf der Suche nach Claasen, an jeder Tür die Namensschilder. Plötzlich blieb er überrascht stehen. Da stand: Sekretariat Literaturarchiv, Evelyn Ebinger. Christian überlegte, ob er klopfen sollte. Doch so selten kam ihr Familienname ja auch wieder nicht vor. Andererseits hatte sein Vater oft gesagt, die Ebingers seien alle miteinander verwandt, worauf seine Frau jedes Mal antwortete: »Seit Adam und Eva sind alle Menschen miteinander verwandt.«

Christian stand noch immer unschlüssig vor der Tür, als sie plötzlich aufging und eine hochgewachsene, sehr dünne Frau in einem unscheinbaren grauen Kleid heraustrat. Sie trug einen Stapel Bücher auf den Armen und hatte offensichtlich Mühe gehabt, die Tür mit dem Ellbogen zu öffnen. Es fiel ihr auch schwer, sie auf die gleiche Art wieder zu schließen.

»Warten Sie, ich helfe Ihnen«, sagte Christian rasch und griff nach der Klinke.

»Oh, vielen Dank!«

»Sind Sie die Frau Ebinger?«, fragte er, während er die Tür zuzog.

»Ja. Wollen Sie zu mir?«

»Nein, ich suche Herrn Claasen. Aber ich heiß auch Ebinger. Und wie ich das Schild da gelesen hab …«

»Das ist immer noch nicht geändert. Der Name stimmt nicht mehr. Aber bis hier mal was passiert …«

Christian musterte die Frau genauer. Sie hatte ein schmales Gesicht, das in dieser Beleuchtung grau und verhärmt wirkte. Die blonden Haare waren in einem Dutt zusammengesteckt, aber einige Strähnen hatten sich nicht bändigen lassen und hingen lose über ihre Wangen herab. »Dann heißet Sie also gar net so?«

»Nicht mehr!« Sie wollte weitergehen.

Christian blieb an ihrer Seite. »Kann ich Ihnen tragen helfen?«

»Ja, gerne, die sind verflixt schwer.«

Er nahm vorsichtig den halben Stapel von ihren Armen.

»So viel Höflichkeit findet man heutzutage selten«, sagte sie.

»Was bedeutet das, Sie heißen nicht *mehr* Ebinger?«

»Ich bin geschieden.«

»Und darf ich fragen, wie Ihr Mann hieß?«

»Josef«, antwortete sie.

»Josef heißt ein Onkel von mir. Er stammt aus Laichingen.«

Bücher stürzten zu Boden. Unwillkürlich hatte die Frau ihre Arme sinken lassen. »Sie sind mit diesem Verbrecher verwandt?« Plötzlich kippte ihre Stimme.

»Ja, aber da kann i nix dafür!«, sagte Christian. Er setzte die Bücher, die er trug, vorsichtig auf eine Bank, die an der Wand des Korridors stand, und sammelte die anderen vom Boden auf.

Die Frau stand unbeweglich über ihm. »Ich kann für Sie nur hoffen, dass Sie von dem nichts geerbt haben.«

Christian hätte am liebsten geantwortet: »Doch, eine Hose aus Hirschleder.« Stattdessen richtete er sich wieder auf und sagte: »Wir haben ewig nichts mehr von ihm gehört. Eigentlich ist er mein Patenonkel. Wenn's derselbe ist.«

»Er wird's schon sein. Aber ich will durch nichts mehr an ihn erinnert werden.« Sie stapelte die Bücher wieder auf ihre Arme und ging schnell den Gang hinunter.

»Wissen Sie denn, wo er jetzt wohnt?«

»In Mannheim«, rief sie über die Schulter. »Er hat ein Taxiunternehmen. Das heißt …« Sie blieb noch mal stehen. »Seine neue Kebse hat ein Taxiunternehmen. Natürlich!«

»Und wie heißt die?«

Aber darauf bekam er keine Antwort mehr.

Claasens Büro lag ganz am Ende des Korridors. Als Christian eintrat, erhob sich ein schmaler Mann, Mitte 30, der gut zwei Köpfe kleiner war als Christian. Sein rundes Gesicht wirkte bleich wie das eines Menschen, der nur selten an die Sonne kommt. Die Augen waren von einem seltsamen hellen Blau und wurden durch die Brillengläser unnatürlich vergrößert. Um die vollen Lippen spielte ein leicht spöttisches Lächeln. »Du hast dich also auf den weiten Weg gemacht, nur um mich zu treffen?« Die Stimme überraschte Christian. Sie war tief und kräftig und wollte überhaupt nicht zum äußeren Erscheinungsbild dieses Mannes passen. Dass er ihn so einfach duzte, gefiel Christian nicht.

»Sie hatten doch gesagt, dass man das nicht am Telefon besprechen könne.«

»Wir Wehrdienstverweigerer duzen uns«, sagte Claasen. »Du stehst vor dem Abitur?«

»Ja, nächstes Jahr im Februar geht's los. Ich soll dann zum 1. Juni eingezogen werden.«

»Bist du schon gemustert?«

»Nein, ich hab auch noch keinen Termin.«

»Das ist gut. Da bleibt dir Zeit genug, dich vorzubereiten.« Claasen ließ sich wieder hinter seinem Schreibtisch nieder und bedeutete Christian, er solle sich auf den Stuhl auf der anderen Seite setzen. »Zum Glück habe ich einen liberalen Chef«, sagte er, »der nichts dagegen hat, wenn hier auch ab und zu mal ein Beratungsgespräch stattfindet.« Er zog eine Schublade auf und holte einen Papierbogen und eine Broschüre heraus. »Wenn du das grade mal ausfüllst und unterschreibst. Es ist der Antrag auf Mitgliedschaft in unserem Verband. Du willst doch Mitglied werden, oder?«

»Hab ich, ehrlich gesagt, noch nicht drüber nachgedacht.«

»Wir beraten nur Mitglieder. Und wenn du mich als Beistand bei der Verhandlung haben willst, geht das auch nicht, ohne dass du bei uns eintrittst.«

»Und was kostet das?«

»Schüler und Studenten zahlen, was sie können.«

»Sind 20 Mark im Jahr genug?«

»Ja, sicher!«

Christian kramte einen Zwanzigmarkschein aus der Tasche und legte ihn auf Claasens Schreibtisch. Dann wandte er sich dem Beitrittsformular zu. Claasen begann währenddessen mit einer Belehrung. Die Art, wie er sie vortrug, verriet, dass er das schon viele Dutzend Male, wenn nicht Hunderte Male gemacht hatte. »Seit diesem Jahr muss jeder Verweigerer den Ernst seiner Gewissensentscheidung schriftlich begründen, danach auch mündlich in einer Anhörung vor dem Prüfungsausschuss. Der Prüfungsausschuss ist Teil des Kreiswehrersatzamtes. Geht es in die nächste Instanz, musst du deine Gewissensentscheidung vor der Prüfungskammer der Wehrbereichsverwaltung glaubhaft machen.«

Christian hob den Kopf. »Heißt das, geprüft wird man vom Militär, dem man nicht beitreten will?«

»Du hast es erfasst! – Ich muss dich übrigens gleich warnen: Aus politischen Gründen kannst du nicht verweigern. Das wird im Gesetz ausgeschlossen. Und schon gar nicht reicht es, wenn du nur so allgemein sagst, dein Gewissen lasse es nicht zu, eine Waffe zu tragen, auf andere Menschen zu schießen. Mit Glaubensgründen kommst du gleich gar nicht durch. Wenn du zum Beispiel behauptest, du hättest Angst davor, wegen der Tötung eines Menschen im Krieg in die Hölle zu kommen, lachen die nur über dich.«

Christian unterschrieb das Formular, schob es über den Tisch und bekam im Gegenzug eine Broschüre. »Was geht dann überhaupt?«

»Du musst glaubhaft machen, dass es dir unmöglich ist, auf einen Menschen zu schießen oder ihm anderweitig Gewalt anzutun. Eine der häufigsten und hinterhältigsten Fragen kennst du vielleicht schon: ›Wie verhalten Sie sich, wenn ein russischer Soldat Ihre Mutter vor Ihren Augen vergewaltigt, und Sie haben eine Waffe in der Hand?‹«

»Ich würde sofort sagen: ›Hör auf oder ich schieße!‹«

»Falsch! Schon durchgefallen, mein Lieber! Denn damit machst du klar, dass du im Zweifelsfall eben doch bereit bist zu töten. Zumindest wird dir das so ausgelegt.« Claasen kicherte. »Neulich hat einer gesagt: Ich würde zu meiner Mutter sagen: ›Entspanne dich und genieße.‹ Den haben sie nachher so fertiggemacht, dass er in keinen Schlappschuh mehr reingepasst hat.«

»So etwas sagt man auch nicht«, erwiderte Christian ernst.

»Na ja«, machte der andere nur. »Lies erst mal in Ruhe die Broschüre durch. Wenn du dann deinen Termin hast, meldest du dich wieder bei mir. In den Fällen, die ich als Beistand begleitet habe, sind wir zu 80 Prozent durchgekommen.«

Christian bedankte sich und verließ das kleine Büro. Als er den Korridor hinunterging, blieb er vor der Tür der geschiedenen Frau Ebinger stehen, ging aber nach kurzem Nachdenken entschlossen weiter.

Bei der Rückreise hatte er einige Mühe, nach Hause zu kommen. Er stand lange an der Auffahrt zur Autobahn und mit ihm mindestens ein Dutzend anderer Anhalter. Er hatte schon fast eine Stunde vergeblich versucht, von einem Autofahrer mitgenommen zu werden, als ein Mädchen auftauchte, das ungefähr in seinem Alter sein musste und sich etwa zehn Meter von ihm entfernt postierte. Sie hielt ein Pappschild hoch, auf dem »Tübingen« stand. Christian ging zu ihr hinüber und stellte sich neben sie. »Ich will auch nach Tübingen.«

»Aha.« Es klang nicht interessiert.

Beide schwiegen. Christian sah die junge Frau von der Seite an. Sie trug Jeans und einen Parka, den sie mit bunten Bildchen beklebt hatte. Ihre Füße steckten in Fellstiefeln. Das schmale Gesicht des Mädchens wurde von einer spitzen, etwas zu langen Nase beherrscht.

Die strohblonden Haare waren kurzgeschnitten und links gescheitelt, eine Frisur, die man sonst eigentlich nur bei Männern sah.

Ohne sich nach Christian umzusehen, fragte sie: »Studierst du in Heidelberg?«

»Ich hab noch nicht mal Abitur.«

Erst jetzt sah sie ihn an. »Aha.«

»Und du? Studierst du?«

»Ja«, antwortete sie einsilbig.

Und wieder trat eine Pause ein, bis sie sagte: »Kannst du mal ein paar Schritte zur Seite gehen? Wenn es so aussieht, als wären wir zusammen, hält kein Schwein.«

»Ja, hab ich schon beobachtet: Frauen alleine kommen schneller weg.« Christian ging vier, fünf Meter zur Seite und setzte sich auf den Bordstein. Besser wäre es wohl gewesen, Autofahrer an einer Tankstelle direkt anzusprechen. Aber da hätte er gut einen Kilometer auf dem Autobahnzubringer zurückgehen müssen. Und zu allem Unglück fing es nun auch noch an zu regnen.

Ein Mercedes 170 hielt neben der jungen Frau. Die Beifahrertür wurde von innen aufgestoßen. Die Studentin beugte sich hinein und schien mit dem Fahrer zu verhandeln. Dann plötzlich richtete sie sich auf und winkte Christian. »Los, komm! Häng hier nicht rum!« Christian war mit einem Satz auf den Beinen und eilte zu dem Mercedes. Die Studentin flüsterte ihm zu: »Du bist mein Bruder, klar?« Die beiden zwängten sich auf den Rücksitz. Der Fahrer warf Christian kurz einen Blick zu, sagte »Grüßgott«, zog die Beifahrertür zu und fuhr los. »Ihr wollet also nach Tübingen?«

»Ja«, antwortete die junge Frau und lehnte sich mit einem kleinen Seufzer in das Rückenpolster zurück.

»Bis zum Stuttgarter Kreuz kann ich euch mitnehmen«, kam es von vorne. »Ich bin früher auch getrampt. Gleich nachdem ich aus der Gefangenschaft heimgekommen bin. Deshalb nehm ich auch immer welche mit. Ich hab mir schon damals geschworen, wenn du mal ein Auto hast …« Er ließ den Satz in der Luft hängen.

»Ich mach's mal genauso«, sagte die Studentin. »Ich heiße übrigens

Julia. Und mein Bruder …« Sie sah Christian auffordernd an.

»Christian«, sagte der schnell.

»Ich kann mir sowieso keine Namen merken«, sagte der Mann am Steuer.

Julia also. Christian fand, der Name passe zu ihr.

»Und was macht ihr so?«, fragte der Fahrer.

Julia sagte, sie studiere im zweiten Semester Jura, was den Mann erkennbar befremdete. »Als Frau?«, kam es erstaunt von vorne.

»Ja, warum denn nicht?«

»Und was willst amal werden?«

»Rechtsanwältin.«

»Und du?« Der Fahrer suchte im Rückspiegel den Blickkontakt zu Christian.

»Ich muss erst mal Abi machen, und dann muss ich womöglich zum Bund.«

»Und hoffentlich machst du das gern! Ich kann die Drückeberger nicht leiden, die den Dienst am Vaterland verweigern.«

»Man könnte allerdings auch als Wehrdienstverweigerer etwas für die Gesellschaft tun«, wendete Christian ein.

»Hör bloß auf! Jetzt geht's erst amal darum, dass wir uns gegen den Iwan verteidigen können, wenn's ernst wird.«

Christian sah zu Julia hinüber. Die versuchte, schnell das Thema zu wechseln. »Was machen Sie denn so?«, fragte sie nach vorne.

»Im Augenblick schaff ich noch als Vertreter für Heimtextilien. Aber weil wir grad drüber gesprochen haben: Ich hab mich freiwillig zur Bundeswehr gemeldet. Ich will da wieder rein, bevor ich die Altersgrenze überschritten hab.«

»Wieder?«, fragte Christian.

»Ja. Ich war Oberleutnant bei der Wehrmacht. Artillerie, verstehst?! Offiziere werden gebraucht. Wenn die mich nehmen, bin ich ruck, zuck Major und krieg eine eigene Kompanie. Einer muss euch Grünschnäbeln doch beibringe, wie's zugeht beim Kommiss.« Er lachte vergnügt in sich hinein. »Eure Generation – also nix für ungut – droht doch total zu verweichlichen.«

»Ja, gell, was uns nicht umbringt, macht uns stärker.«

Der Fahrer schien die Ironie nicht herausgehört zu haben. »Ganz recht!«, trompetete er.

»Flink wie die Windhunde, hart wie Kruppstahl, zäh wie Leder muss die deutsche Jugend sein«, zitierte Christian den Nazipropagandaminister Joseph Goebbels.

Der Fahrer wendete sich um. »Sag mal, willst du mich verarschen, oder was?«

»Mein Bruder hat sich doch nur an diesen Spruch erinnert«, sagte Julia schnell.

Aber Christian war jetzt nicht mehr bereit, sich zu verstecken. »Ich werde den Wehrdienst verweigern. Im Übrigen finde ich es härter, Ersatzdienst zu leisten und zum Beispiel kranke Menschen in einem Altersheim zu pflegen und ihnen den Arsch abzuwischen, als beim Kommiss ein Gewehr zu ölen!«

Sie befanden sich auf dem steilen Anstieg hinter der Abfahrt Pforzheim. Rechts sah man die dunklen Tannen des Schwarzwaldes. Der Fahrer antwortete nicht. Er beschleunigte, fuhr bei der nächsten Haltebucht rechts ran und sagte: »Aussteigen!«

Julia schickte sich an, die Rückenlehne des Beifahrersitzes nach vorne zu drücken. »Du kannst drinbleiben, aber der Feigling da muss raus.«

Julia stieg aus und machte Platz, damit auch Christian den Wagen verlassen konnte. Dann beugte sie sich noch mal ins Wageninnere hinein. »Ich lass meinen Bruder doch nicht im Stich!« Damit schlug sie die Tür zu. Der Fahrer legte krachend den Gang ein und fädelte sich in den Autobahnverkehr zurück.

Christian sah die junge Frau betreten an. Aber bevor er sagen konnte: »Tut mir leid«, brach Julia in schallendes Gelächter aus. »Hoffentlich willst du nicht mal in den diplomatischen Dienst!«, sagte sie, als sie wieder Luft bekam.

»Bist du denn nicht sauer?«

»Natürlich bin ich sauer, aber ich find's auch saukomisch. Los, da vorne ist eine Tankstelle. Wir schauen mal, ob uns dort einer mitnimmt.« Tatsächlich sah man am Ende der Steigung das leuchtende Markenzeichen einer Benzinfirma.

»So weit hätt er uns wenigstens noch mitnehmen können«, maulte Christian.

»Nun reg dich nicht auf«, gab das Mädchen zurück, »schließlich hast du's versaubeutelt.«

»Okay, zugegeben. Kann ich dich dafür in der Raststätte zum Essen einladen?«

»Hast du denn so viel Geld?«, fragte sie, als sie sich an der Selbstbedienungstheke je eine Currywurst mit Pommes frites aussuchten. Christian erzählte von seinem Zeitungsjob und den Verdienstmöglichkeiten bei der Schülerzeitung. Sie setzten sich dicht ans Fenster an einen der Resopaltische. Ihre Blicke trafen sich. Julia hatte grüne Augen mit goldenen Einsprengseln.

»Ich hab mir immer einen Bruder gewünscht«, sagte sie und schob ein schmales Pommes-frites-Stückchen, das sie zuvor in Ketchup getaucht hatte, in den Mund. »Hast du Geschwister?«

Christian nickte.

»Und verstehst du dich mit ihnen?«

»Sehr gut sogar«, antwortete er. »Vor allem mit meinem großen Bruder. Der ist drei Jahre älter als ich und eigentlich mein bester Freund.«

»Schön!«

»Aber meine Schwester mag ich auch. Die ist allerdings acht Jahre älter und inzwischen verheiratet.« Er sah ihr wieder in die Augen, und ihre Blicke verhakten sich für einen kurzen Augenblick ineinander.

»Julia ist ein schöner Name«, sagte Christian. »Eigentlich schade, dass man damals, als ich auf die Welt gekommen bin, die Buben nicht Romeo genannt hat.«

Julia lachte die Tonleiter hinauf. »Bube Romeo, wie das klingt!« Wieder ein Lacher. »Der Bube Romeo!«

»Klingt komisch, geb ich zu.« Christian stimmte in ihr Lachen ein. Nach den Pommes frites spendierte er noch ein Eis und einen Kaffee.

Als sie die Raststätte verließen, standen Wolken wie schwarze Türme am Himmel. Ein scharfer Wind wehte ihnen entgegen, trieb ihnen den Regen, der sich mit Schneeflocken zu vermischen begann, in die Augen. An einer der Zapfsäulen entdeckten sie einen schwarzen Opel Olympia mit einem Tübinger Kennzeichen. Ein Mann um die 30 mit einer Vokuhila-Frisur (vorne kurz und hinten lang) stand neben dem Tankwart und gab ihm Anweisung, auch nach dem Öl zu sehen.

Julia trat auf ihn zu. »Könnten Sie uns vielleicht mitnehmen, wir müssen nach Tübingen.«

Der Mann sah sie an. »Dich schon. Wir können unterwegs was Schönes machen. Der da dät dabei aber bloß stören!« Er deutete auf Christian, der zwei Meter hinter Julia stand.

Julia wendete sich wortlos ab und kam zu Christian zurück. »Leider gibt's 'ne Menge von diesen Scheißtypen«, sagte sie so laut, dass es der Opel-Fahrer hören konnte. »Komm, wir probieren's dort drüben.« Sie zeigte auf einen Lastwagen, dessen Fahrer grade von der Toilette kam. Noch bevor sie ihn erreichten, rief er: »Jetzt sagt nicht, dass ihr mitfahren wollt!« Das klang alles andere als einladend, und Christian wollte sich schon wieder abwenden, als der Mann sagte: »Na, dann steigt mal ein.«

Die Weiterfahrt erinnerte Christian an die Reise aus dem Lager Friedland bis nach Fleckenhausen mit Andreas Lubinger, Gottlieb Schätzle und Kathrin. Und plötzlich begann er davon zu erzählen. Der LKW-Fahrer hörte aufmerksam zu und forderte Christian immer wieder auf: »Los, weiter.« Julia, die rechts von Christian saß, legte mit einem Mal sanft ihren Kopf an seine Schulter.

»Schläfst du?«, fragte Christian zwischen zwei Sätzen seines Berichts.

»Nein, ich hör dir zu. Red weiter. Du kannst richtig gut erzählen.« Draußen hatte inzwischen ein heftiges Gewitter eingesetzt. Schwere Tropfen und bald schon dicke Schneeflocken wurden gegen die Frontscheibe geworfen. Die Scheibenwischer konnten das Wasser kaum zur Seite schaffen. Der Fahrer drosselte das Tempo. »Meine

Reifen sind ziemlich abgefahren«, sagte er zur Erklärung und dann: »Los, erzähl weiter!«

Hinter Heimsheim hörte der Regen plötzlich auf, und der Himmel erstrahlte in einem blassen Blau, das langsam in das Grau der Abenddämmerung überging. Bei Echterdingen verließ der Lastwagenfahrer die Autobahn. »Ich muss eigentlich nach Nürtingen, aber ich fahr euch schnell heim«, sagte er.

Christian war müde, als er zu Hause ankam. Das Wichtigste, nämlich dass er nach elf Jahren seinen Onkel Josef wiedergefunden hatte, vergaß er zu erzählen. Seine Gedanken beschäftigten sich noch immer mit Julia, der Zufallsbekanntschaft, wie sie es genannt hatte. Nachdem sie sich getrennt hatten, konnte er, sobald er die Augen schloss, das Mädchen mit der Männerfrisur, ihren Jeans, dem Parka und ihren Fellstiefeln ganz lebendig vor sich sehen. Gott sei Dank hatten sie ihre Adressen ausgetauscht.

Christian war überrascht, dass er zu Hause seine Schwester antraf, die ohne Ankündigung zu Besuch gekommen war. Als er ins Wohnzimmer trat, spürte er sofort, dass die Atmosphäre angespannt war. Der Grund war offenbar ein kleiner Hund, der verängstigt unter dem Tisch hockte. Die Katze Molly saß auf der Gardinenstange über dem Fenster zum Schulhof, wohin sie sich offenbar vor dem Hund geflüchtet hatte.

»Mir kommt kein Hund ins Haus!« Albert Ebinger schlug mit der Faust auf den Tisch, was bei dem kleinen Tier darunter ein zaghaftes Bellen auslöste.

»Was ist denn los?«, fragte Christian.

»Siehst du doch. Die Hanna will mir dieses Vieh andrehen.«

Christian ging auf die Knie und sah sich »das Vieh« genauer an. »Na, du!«, sagte er.

Der kleine Hund kroch auf ihn zu, leckte ihm die Hand und drängte seinen warmen Körper gegen seine Schenkel. »Wo kommt der denn her?«, rief Christian.

Hanna erzählte, dass ihr Mann Toni, der seit kurzem als Redakteur bei einer Karlsruher Zeitung arbeitete, vor ein paar Wochen eine Reportage über ein Tierheim zu schreiben hatte. Dort traf er auf das verängstigte Tier, das jetzt unter dem Esstisch saß. Den Entschluss, den verwaisten kleinen Schäferhund mitzunehmen, der eigentlich noch ein Baby war, hatte Toni offenbar ganz spontan gefasst. Und Hanna war sofort einverstanden gewesen. Sie hatten allerdings nicht bedacht, dass das Tier viele Stunden am Tag alleine in der Wohnung verbringen musste, weil beide ja berufstätig waren. Das ging auch nicht lange gut. Der Hund riss mit seinen Zähnen die Vorhänge herunter, schaffte es sogar – kein Mensch wusste, wie –, die Türen des Küchenschranks aufzumachen und das Geschirr herauszuräumen, wobei einiges zu Bruch ging. Jedenfalls mussten Toni und Hanna einsehen, dass es ihnen nicht möglich war, das Tier zu behalten. Aber den kleinen Hund wieder ins Tierheim zurückzubringen, kam für beide nicht in Frage.

»Hat der denn auch einen Namen?«, fragte Gerhard, der im Lesesessel am Fenster saß und sich bemühte, so zu tun, als gehe ihn das alles nichts an.

»Er heißt Rocco«, antwortete Hanna, »nach dem Kerkermeister in der Oper Fidelio.«

»Wieso das denn?«, fragte ihre Mutter.

»Weil er genauso ein schwarzes Gesicht hat wie der Rocco in der Oper.«

Christian kam wieder unter dem Tisch hervor. »Also ich würd ihn behalten.«

»Wie oft soll ich das noch sagen: Mir kommt kein Hund ins Haus! Jetzt ist er erst ein paar Monate alt, aber in einem Jahr ist das ein ausgewachsener Schäferhund, und er wiegt dann einen Zentner!«

»Es ist ja auch wegen der Katze«, sagte die Mutter.

»Die werden sich aneinander gewöhnen«, ließ sich Gerhard hören.

Dann war es eine ganze Weile still um den Tisch, bis Christian sagte: »Ich glaub, ich hab den Onkel Josef gefunden.«

Mit einem Schlag war der Hund vergessen.

»Was?«, riefen die anderen wie mit einer Stimme.

Christian erzählte von seiner Begegnung mit der geschiedenen Frau Ebinger in dem Heidelberger Institutsgebäude. Dabei lockte er den Hund unter dem Tisch hervor, hob ihn hoch und setzte ihn auf seinen Schoß. »Er lebt jetzt in Mannheim mit einer Frau, die ein Taxiunternehmen hat.«

»Mir ist das egal«, rief Gerhard vom Lesesessel herüber. »Ich will von dem nichts mehr wissen.«

»Ich ruf ihn an«, sagte Hanna. »Er hat mir versprochen, nach dem Krieg kauft er mir seidene Strümpf.«

»Nach dem Krieg!« Albert Ebinger wischte mit der flachen Hand vor seiner Stirn hin und her. »Der Krieg ist lang vorbei, Mädle!«

»Aber wenn er jetzt wieder da ist …« Luise Ebingers Wangen hatten sich vor Erregung rot gefärbt.

»Zuerst müsst man ihn natürlich finden«, warf Christian ein. Der Hund reckte seinen schmalen Kopf und fuhr ihm mit seiner Zunge über das Kinn.

Gerhard ließ sich wieder hören: »Du, Vater, hast du nicht immer gesagt, das Tischtuch zwischen euch sei endgültig zerschnitten?«

»Aber es ist a bissle wie beim verlorenen Sohn in der Bibel …«, meldete sich Luise Ebinger wieder.

»So viele Taxiunternehmen kann's in Mannheim ja nicht geben. Der Toni kriegt das schnell raus«, sagte Hanna. »Schließlich ist er ja Journalist.«

»Hab ich das richtig verstanden«, fragte der Vater noch mal nach, »er lebt mit einer Frau zusammen, der ein Taxiunternehmen gehört? Das tät allerdings zu ihm passen.«

»Ich red kein Wort mit dem«, sagte Gerhard finster.

Hanna stand auf. »Ich muss zum Bus!«

»Ja und der Hund?«, fragte ihr Vater.

»Den behalten wir erst mal«, sagte Gerhard. »Und wenn er nicht gut tut, kann er auch hier ins Tierheim.«

»Also ich erklär mich bereit, jeden Tag mit ihm spazieren zu gehen«, ergänzte Christian.

»Statt deine Schularbeiten anständig zu machen, ja?«, fuhr ihn der Vater an. »Du weißt, wie wacklig du stehst mit deinen Noten.«

»Frische Luft tut den Gehirnzellen gut.« Christian grinste. »Nachher kann ich sogar besser lernen.«

Hanna trat hinter ihren Vater, drückte ihm einen Kuss auf die Glatze und sagte: »Danke, Papa!« Und der gab sich geschlagen.

Später waren Gerhard und Christian mit dem Hund spazieren gegangen. Rocco lief brav an der Leine und schien alles richtig machen zu wollen.

»Der ist scheints schon gut erzogen«, sagte Christian.

»Der will sich nur einschmeicheln«, gab sein Bruder zurück, »weil er Angst hat, dass er wieder ins Tierheim muss.«

Sie spazierten auf dem schmalen Wiesenweg, der hinter der Kirche und dem Friedhof vorbeiführte, am Frohnbach entlang zur Weinhalde hinauf.

»Du, ich hab ein tolles Mädchen kennengelernt«, sagte Christian plötzlich. »Sie ist aus Tübingen, studiert Jura in Heidelberg …«

»Und warum nicht in Tübingen?«, unterbrach ihn Gerhard.

»Weil da ihre Eltern wohnen. Ihr Vater ist Theologieprofessor. Und der hat sie gewaltig unter der Fuchtel.«

»Ja, so was soll's geben. Bei der Theresa ist es nicht viel anders. Aber das hört jetzt auf. Wir heiraten spätestens nächstes Jahr im April.«

Christian blieb abrupt stehen. »Hoppla, das geht aber schnell.«

Gerhard sah seinen kleinen Bruder lächelnd an. »Damit das Kind einen Vater hat, verstehst?«

»Uiii«, machte Christian. »Sie kriegt ein Kind?«

Der Ältere lächelte noch immer. »Ja, so was kommt von so was, mein Lieber.«

»Menschenskind, dann werd ich ja Onkel!«

»Patenonkel sogar, wenn du willst.«

»Und ob ich das will! Mann, sind das schöne Nachrichten. Wissen's denn die anderen schon?«

»Nein, und du redest jetzt auch bitte nicht darüber. Am Wochenende wollen wir's allen sagen.«

In der darauffolgenden Nacht kam Christian nicht zur Ruhe. In den Phasen zwischen Halbschlaf und Wachsein, zwischen Traum und Wirklichkeit mischten sich die Bilder. Er ging mit Julia Hand in Hand über die Wiesen, durch die er Stunden zuvor mit seinem Bruder gelaufen war. Dann sah er Gerhard mit dem Baby auf dem Arm, und der Hund Rocco sprang um die Beine des jungen Vaters herum. In Wirklichkeit schlief das Tier tief und fest unter Christians Bett, atmete laut und gleichmäßig und gab zwischendurch immer mal wieder einen zufriedenen Seufzer von sich.

Schon am nächsten Tag rief Toni Mahler, Hannas Mann, einen Kollegen in der Mannheimer Redaktion seiner Zeitung an. Er erfuhr, dass die meisten Taxifahrer dort auf eigene Faust und Rechnung unterwegs waren. Es gab nur zwei Unternehmen, die mehrere Chauffeure beschäftigten. Eines gehörte einem Mann, der daneben noch einen Brennstoffhandel betrieb. Das andere einer Frau namens Roswitha Behrendt, die es von ihrem Mann geerbt hatte, als der vor fünf Jahren überraschend gestorben war. Toni ließ sich die Nummer geben und bedankte sich.

Am Abend, als sie gemeinsam das Abendessen zubereiteten, schob er ein Zettelchen über den Küchentisch. »Da, wenn du deinen Onkel tatsächlich anrufen willst.«

»Und ob ich das will!« Hanna ging zum Telefon und wählte.

Eine harte weibliche Stimme meldete sich. »Behrendt – Ihre freundliche Taxizentrale. Was kann ich für Sie tun?«

»Spreche ich mit Frau Behrendt persönlich?«

»Ja, am Apparat.«

»Kann ich über Sie Josef Ebinger erreichen?«

»Warum? Was wollen Sie von ihm?« Die Frau am anderen Ende klang plötzlich alarmiert.

Hanna musste unwillkürlich lächeln. »Ich bin seine Nichte. Ursprünglich Hanna Ebinger. Jetzt bin ich verheiratet und heiße Mahler.«

»Na so was! Die aus Fleckenhausen?«

»Ja. Hat er mal von mir oder uns erzählt?«

»Mal? Wenn Sie wüssten, wie oft er über Sie spricht ...« Dann hörte man sie rufen: »Josef, kommst du bitte mal her! Da ist ein Gespräch für dich.« Hanna hörte eine männliche Stimme aus dem Hintergrund, verstand aber nicht, was gesagt wurde. Dann Schritte, die sich näherten, und schließlich wechselte der Hörer. Der Mann am anderen Ende der Leitung räusperte sich und sagte: »Ja, bitte?«

»Ich bin's. Die Hanna. Deine Nichte, wenn du dich noch erinnerst.«

»Hanna?« Ein paar Sekunden herrschte Stille. Dann fuhr er fort: »Das ist ja eine Überraschung. Na so was. Also damit hätt ich jetzt nicht gerechn...« Er unterbrach sich und setzte neu an. »Wo bist du denn?«

»In Karlsruhe. Wir wohnen hier, mein Mann und ich.«

»In Karlsruhe? Das ist ja praktisch gleich ums Eck. Weißt was, Hanna, kommst am Samstag nach Mannheim, wir gehen in d' Stadt, und ich kauf dir seidene Strümpf!«

Sie erkannte ihn sofort, als sie durch die Unterführung vom Bahnsteig zur großen Eingangshalle ging. Er stand an einem Zeitungskiosk und schaute sich mit gerecktem Hals um. Hanna rechnete: Josef war zehn Jahre jünger als ihr Vater, und der war jetzt 56, also musste der Onkel 46 sein. Er wirkte noch immer jugendlich. Sie winkte. Josef kam auf sie zu. Die schwarzen Haare lagen in akkuraten Locken um das gebräunte Gesicht. Er trug unter dem offenen Kamelhaarmantel graue, scharf gebügelte Hosen und einen blauen Blazer dazu, der mit Goldknöpfen besetzt war, dazu ein weißes Hemd, in dessen offenen Kragen er ein kunstvoll geschlungenes blaues Halstuch gebunden hatte. »Da bist du ja.« Er fasste sie an beiden Schultern, beugte sich zu ihr herab und küsste sie zuerst auf die linke, dann auf die rechte und noch einmal auf die linke Wange. »Ich weiß ein Geschäft, wo wir genau das finden, was wir suchen«, sagte er und reichte ihr seinen Arm. »Aber zuerst gehen wir frühstücken.«

Sie landeten in einem Café, das sich im ersten Stock eines hässlichen modernen Gebäudes befand und mit nachgemachten Barockmöbeln ausgestattet war. Schwere rote Samtvorhänge hingen seitlich an den Fenstern herab. Die Stühle waren mit dem samtroten Vorhangstoff bezogen. Josef bestellte zwei Gläser Sekt, wählte für sich Eier im Glas und Toast und, auf Hannas Wunsch, für seine Begleiterin einen Joghurt mit frischen Früchten. Als Hanna aufstand, um zur Toilette zu gehen, erhob er sich, verbeugte sich ein wenig und setzte sich wieder, als sie den Tisch verlassen hatte. Das Spiel wiederholte sich, als sie zurückkam. Josef stand auf, rückte ihr den Stuhl zurecht und ließ sich erst wieder nieder, nachdem sie Platz genommen hatte.

Ein Gespräch kam nur zögernd in Gang. Sie unterhielten sich über das Wetter, das sich nicht zwischen Herbst und Winter entscheiden konnte.

Endlich gab sich Josef einen Ruck und fragte: »Wie geht's denn so in Fleckenhausen?«

»Gut geht's«, antwortete Hanna. »Unser Vater ist ja wieder Schulleiter. Inzwischen heißt das Rektor. Er hatte ja als gewöhnlicher Lehrer wieder anfangen müssen. Aber sein Vorgänger als Chef hat dann von sich aus verzichtet und sich versetzen lassen. Der ist allerdings die Treppe hinaufgefallen. Jetzt ist er Schulrat in Reutlingen.«

Josef räusperte sich. »Ist denn noch manchmal über mich … ähem … gesprochen worden?«

»Nicht so oft.« Hanna versuchte sich zu erinnern. Sie wusste nicht mehr, ob ihr Vater verboten hatte, über Josef zu sprechen. So oder so war es ein Tabu. Gerhard hatte seinen Groll gegen den Onkel nie abgelegt, seitdem der damals die Sparbüchsen der beiden Brüder ausgeraubt hatte. Ihre Mutter hatte sie ein paarmal dabei ertappt, wie sie das alte Fotoalbum hervorgeholt und lange über den Bildern gesessen hatte, die ihren Schwager zeigten.

»Es ist so viel Zeit vergangen«, sagte Josef nachdenklich. »Es ist nicht leicht, wenn man so von seiner Familie abgeschnitten ist.«

»Du hättest dich ja mal melden können«, gab Hanna zurück.

»Ja. Aber irgendwie hab ich den Moment verpasst, wo es vielleicht noch gegangen wäre. Und dann wurde es immer unmöglicher für mich.«

Hanna fasste kurz nach seiner Hand. »Es ist nie zu spät. Wenn du einverstanden bist, kümmere ich mich darum.«

»Bist halt auch eine typische Ebinger. Da wird nicht lang gefackelt, gell?«

»Warum auch?«

Die Kellnerin brachte den Joghurt mit Früchten und die Eier im Glas. Schweigend begannen sie zu essen.

Endlich nahm Josef wieder das Wort: »Wie hast du mich denn gefunden?«

Hanna erzählte, wie ihr Bruder Christian zufällig auf Josefs geschiedene Frau gestoßen war. Und erst da fiel ihr wieder ein, dass die Polizei den Onkel damals, vor elf Jahren, wegen Diebstahl, Betrug und Heiratsschwindel gesucht hatte.

»Ach ja, die Evelyn. Die verzeiht mir das nie …«

»Was denn?«

»Dass ich mich in eine andere verliebt habe. So ist nun mal das Leben.«

»Aber dir scheint das öfter zu passieren«, sagte Hanna trocken.

Josef setzte ein melancholisches Lächeln auf. »Jeder ist halt, wie er ist.«

»Man kann sich aber auch verändern.«

»Glaubst du das wirklich?«

»Ich hab's erlebt. Zu meinem Glück.«

»Erzähl!« Der Onkel sah seine Nichte aufmerksam an.

»Mein Mann, der Toni, hat Theologie studiert, als ich ihn kennengelernt hab. Katholische Theologie. Seine Mutter hat früher mal ein Gelübde abgelegt, dass einer ihrer vier Söhne Priester werden solle. Und ihn hat's halt getroffen. Er war der weichste von allen. Also ging er auf ein katholisches Internat, dann ins Priesterseminar und schließlich zur Uni. Er hatte schon die niederen Weihen, als wir uns ineinander verliebt haben. Und da hat er eben sein ganzes Leben umgeschmissen und angefangen, Geschichte und Englisch fürs Lehrfach zu studieren.«

»Ja, und? Ein einfacher Wechsel der Fächer, oder?«

Hanna lachte. »Hast du eine Ahnung! Die Kirche hat die ganzen Ausbildungskosten zurückverlangt. Das Internat und das Seminar konnte er nur kostenlos besuchen, wenn er danach auch Pfarrer wurde. Seine Familie war arm. Völlig ausgeschlossen damals, dass sie so eine Ausbildung selbst hätte finanzieren können.«

»Und wie seid ihr da rausgekommen?«

»Ich hab ja als Sekretärin gearbeitet. Und manchmal habe ich im Bus auf der Fahrt ins Büro so einen Lore-Roman gelesen. Ich hatte schon immer gedacht, so was könnte ich auch schreiben. Problemlos. Mit links sozusagen.«

»Sag bloß, und das hast du gemacht?«

Hanna nickte. »Für jedes Heftchen gab es 400 Mark, und manchmal hab ich im Monat zwei davon geschrieben. Im Büro übrigens. Ich hatte nicht so viel zu tun, und mir stand eine tolle Schreibmaschine zur Verfügung. Ich hab auf meinen Papierkorb lose ein paar Blätter Seidenpapier gelegt. Das Manuskript hatte ich neben der Maschine liegen, und wenn mein Chef reinkam, hab ich die Textseiten einfach vom Tisch gewischt. Sie fielen in den Korb, und das Seidenpapier schlug darüber zusammen. Weg war der Lore-Roman!« In der Erinnerung daran musste sie über ihren eigenen Trick von damals lachen.

»Man merkt, dass wir verwandt sind«, sagte Josef.

Hanna wurde ernst. »Ich glaube, dass man das, was du gemacht hast, und das, was ich getan habe, nicht unbedingt miteinander vergleichen kann.«

»Ja«, sagte er schlicht. »Du hast recht. Und vom Schlimmsten habt ihr alle überhaupt keine Ahnung.«

»Was war das denn?«

»Das hat mit dem Krieg zu tun. Aber lass uns bitte über was anderes reden. Wir sollten uns die gute Stimmung nicht verderben lassen.«

Aber so leicht ließ sich das Thema dann doch nicht ändern. »Damals hat dich die Polizei bei uns gesucht …«, sagte Hanna.

»Ja, und irgendwann hat sie mich auch gefunden. Das war im Frühjahr 1950. Ich hab dann auch ein Gefängnis von innen kennengelernt. Die Richterin, eine der wenigen Frauen in dem Beruf, hat mir zwei Jahre ohne Bewährung aufgebrummt, obwohl die Damen, denen ich die Ehe versprochen hatte, um an a bissle Geld zu kommen, als Zeuginnen eigentlich nur positiv über mich ausgesagt haben. 15 Monate hab ich abgesessen. Der Rest wurde mir wegen guter Führung erlassen.«

»Trotzdem, das muss doch schlimm gewesen sein für dich«, warf Hanna ein.

»Wie man's nimmt. Weißt du, ich konnte mich schon immer an die unterschiedlichsten Lebensumstände anpassen. Und so war's auch im Gefängnis. Ich war noch keine drei Monate drin, da haben die Mitgefangenen mich schon zu ihrem Sprecher gewählt. Mit dem Direktor hab ich mich prima verstanden. Wir sind zwar nicht direkt Freunde geworden, aber wir konnten viele Probleme gemeinsam lösen. Als ich vorzeitig entlassen wurde, hat er das begrüßt, aber auch richtig bedauert. Mit einem der Wärter treffe ich mich heute noch ab und zu mal zu einem Bier.«

»Und das mit den Frauen …?«

»Lassen wir das. Ich bin ja nach der Zeit im Gefängnis anders geworden.«

»Siehst du, der Mensch kann sich halt doch ändern. Sogar du.«

»Na ja, so viel anders war's dann auch wieder nicht. Evelyn war – oder ist – eine sehr fürsorgliche Frau. Aber ich hab ihre Fürsorge bald schon als Bevormundung empfunden. Sie hat es sicher gut gemeint. Aber offenbar dachte sie, man müsse mich auf Schritt und Tritt kontrollieren, damit ich … na ja … damit ich nicht rückfällig würde.«

»Und du bist rückfällig geworden?« Es war mehr eine Feststellung als eine Frage.

»Ja. Auf einer Kaffeefahrt hab ich Roswitha kennengelernt.«

»Die Frau Behrendt, bei der du jetzt wohnst?«

»Ja. Sie ist das glatte Gegenteil von Evelyn: lebenslustig, immer gutgelaunt. Bei ihr muss dauernd was los sein. Sie tanzt unheimlich gern ...«

»Als ich angerufen hab, war sie aber ziemlich barsch.«

Er lachte. »Eifersüchtig ist sie natürlich auch. Aber ich geb ihr keinen Anlass dafür. Weißt du, ich hab's mit ihr so gut getroffen. Finanziell meine ich und so. Da nimmt man schon das eine oder andere in Kauf.«

Jetzt wäre es Hanna lieber gewesen, wenn sie nicht gefragt hätte. Die Antwort ihres Onkels verursachte ein grummelndes Unbehagen bei ihr. Und das verließ sie auch nicht, als sie durch das Kaufhaus gingen und Josef mit der Zielsicherheit des Stammkunden die Dessousabteilung ansteuerte.

Das Unbehagen verließ Hanna auch nicht, als sie wieder im Zug nach Karlsruhe saß. Ihr Onkel hatte sie noch zum Bahnhof begleitet, nachdem sie ihn unter Aufbietung all ihrer Kraft davon abgebracht hatte, ihr auch noch Schuhe, ein Kostüm und alle möglichen Kosmetika zu schenken. »Unser Abkommen war: Du kaufst mir ein Paar Strümpf. Und dabei bleibt's jetzt auch!«, hatte sie sehr bestimmt gesagt, und er hatte schließlich nachgegeben. Am Bahnsteig hatte sie ihm dann noch einmal versprochen, mit der Familie zu reden, um ein Wiedersehen möglich zu machen. Aber jetzt, da sie durch die schmutzigen, seit langem nicht mehr geputzten Scheiben des Eisenbahnwaggons auf die vorbeifliegende Landschaft hinaussah – weit hinten am Horizont erkannte sie die sanften Hügel der Weinstraße –, stellte sie fest, dass das Treffen bei ihr einen schalen Geschmack hinterlassen hatte. Das war nicht der Onkel Josef gewesen, den sie als Kind und als heranwachsendes junges Mädchen erlebt hatte, nicht der Mann, den ihre Mutter, wie sie sogar manchmal zugab, schmerzlich vermisste. Nicht der Draufgänger, der einst ihre Brüder begeistert hatte. Es schien, als gehe es ihm nur noch darum, ungestört und sorglos zu leben. Allen Initiativen, die ihn noch einmal persönlich gefordert hätten, ging er offensichtlich aus dem Weg. Und dann geisterte immer wieder dieser Satz durch ihre Gedanken: »Und vom Schlimmsten habt ihr alle überhaupt keine Ahnung.« Was hatte er damit gemeint? Sie ahnte nur, dass es um ein Kriegserlebnis ging.

Toni holte sie am Karlsruher Bahnhof ab. An diesem Samstag hatte er frei, dafür musste er am Sonntag in die Redaktion. Er hatte damals sein Studium mit der Promotion abgeschlossen, war aber nicht, wie eigentlich geplant, in den Schuldienst gegangen, sondern hatte das Angebot angenommen, bei der Badischen Volkszeitung, einem katholisch orientierten Blatt, ein Volontariat zu absolvieren, das er nach zwei Jahren erfolgreich abgeschlossen hatte. Jetzt war er stellvertretender Leiter der Lokalredaktion.

Seit kurzem besaßen sie einen Motorroller, eine Lambretta. »Wo fährst du denn hin?«, rief Hanna, den Lärm des Rollers übertönend, an Tonis rechter Schulter. »Das ist doch die falsche Richtung!«

»Lass dich überraschen!«

Toni stoppte den Motorroller nach gut einer halben Stunde vor dem Restaurant Erbprinz in Ettlingen. Auf dem Parkplatz standen dicke Limousinen, zwischen denen sich die Lambretta seltsam klein und deplatziert ausnahm. Toni bockte das Fahrzeug auf und sagte: »Ich hab einen Bericht an den Süddeutschen Rundfunk verkauft und 120 Mark Honorar dafür bekommen. Das muss doch gefeiert werden. Zumal mir die Radioredakteurin gesagt hat, ich könne gerne ab und zu wieder etwas anbieten.«

Es gab Rehbraten mit Pfifferlingen und Spätzle. Dazu tranken sie einen Rotwein aus Durbach. Und als ihnen der Kellner zum Nachtisch ein Vanilleeis mit heißen Himbeeren servierte, beendete Hanna grade ihren Bericht über den Besuch beim »verlorenen Onkel«, wie Toni ihn nannte.

»Aber irgendwie wirkst du unzufrieden«, sagte ihr Mann.

Hanna nickte. »Er ist so anders.«

»Anders, als du ihn in Erinnerung hattest, oder anders, als du ihn erwartet hast?«

Hanna versank in tiefes Nachdenken, und ihr Mann störte sie nicht dabei. Erst als der Kellner den Mokka brachte, nahm sie wieder das Wort: »Es ist beides. Von dem Onkel von damals ist nicht mehr viel übrig, und er ist so ganz anders, als ich mir vorgestellt habe, dass er heute sein würde.«

»Anders? Wie anders?«

»Gleichgültig, müde, satt. Er tut so, als ginge es ihm gut, als wäre er mit dem Leben zufrieden. Aber du merkst in jeder Sekunde, dass er genau das nicht ist.«

Toni lachte: »Vielleicht geht es ihm *zu* gut.«

Aber Hanna blieb ernst. »Und dann hat er noch einen Satz gesagt, der mir seitdem im Kopf rumgeht wie eine Liedzeile, die man nicht loswird.«

»Nämlich?«

»Vom Schlimmsten habt ihr alle überhaupt keine Ahnung.«

»Vom Schlimmsten, was er erlebt hat?«

»Ich glaube, er meinte, vom Schlimmsten, was er getan hat. Das muss im Krieg gewesen sein. So viel hat er noch gesagt, aber dann wollte er nicht weiter drüber reden.«

»Vielleicht erzählt er's ja seinen Brüdern.«

»Falls die überhaupt mit ihm reden.«

Toni fasste über den Tisch und nahm die Hand seiner Frau. »Du schaffst das schon.«

Es dauerte bis ins neue Jahr. Albert Ebinger hatte sich zunächst gesträubt. Einerseits fand er richtig, was seine Frau sagte: »Es ist doch, weiß Gott, Zeit, dass du dich mit ihm versöhnst.« Andererseits fürchtete er sich auch vor dem Wiedersehen, so als trage sein jüngerer Bruder eine Krankheit mit sich herum, die ansteckend sein könnte. Das kam nicht von ungefähr. Seit einem Vierteljahr absolvierte eine Junglehrerin ihr praktisches Jahr an der Volksschule Fleckenhausen, eine quirlige, sehr hübsche Person aus Coburg, die aus persönlichen Gründen, wie sie sagte, ihre Berufsausbildung weit weg von zu Hause abschließen wollte. Sie stammte aus einer adligen und offenbar wohlhabenden Familie und hatte, gegen alle Pläne ihrer Eltern, zunächst eine Schreinerlehre hinter sich gebracht und dann an der Pädagogischen Hochschule studiert. Ihr Abschlusszeugnis wies sie als Jahrgangsbeste aus. Und ausgerechnet so eine Frau hatte es ins beschauliche Fleckenhausen verschlagen, was andererseits auch wieder nicht verwunderlich war. Denn die Volksschule hatte sich unter der Leitung Ebingers zu einem wahren Musterinstitut entwickelt. Gemeinsam mit dem Bürgermeister war es dem Rektor gelungen, immer neue Mittel für den Ausbau der Schule zu ergattern. Hinter dem backsteinernen Schulhaus, in dem Ebinger noch immer mit seiner Familie lebte, war ein großzügiger Neubau entstanden. Die Pläne des Architekten, die Lehrerwohnung in Schulräume umzubauen und Ebinger zum Umzug in eine andere Wohnung zu bewegen, hatte der Schulleiter stoisch zu verhindern gewusst. Dabei fand er Bürgermeister Raichle auf seiner Seite, der mit Wohlwollen sah, dass der Rektor nicht nur die Baumaßnahmen mit Begeisterung verfolgte, sondern auch für jede pädagogische Neuerung aufgeschlossen war. Es gab also Gründe dafür, dass die Schule in Fleckenhausen einen besonders guten Ruf hatte und das Oberschulamt deshalb gerne seine Praktikanten dort hinschickte.

Ein jüngerer Lehrer sagte eines Tages zu Albert Ebinger: »Seit das Fräulein von Lohenstein bei uns ist, scheint auf einmal die Sonne ins Lehrerzimmer.« Das war Blödsinn, denn das einzige Fenster dieses kargen Raumes ging nach Norden. Aber Ebinger verstand den Kollegen. Er selbst ertappte sich dabei, dass er die Nähe der jungen Frau suchte. Wenn andere Lehrer Pausenaufsicht hatten, ging er meist hinauf in seine Wohnung oder bereitete im Klassenzimmer die nächste Stunde vor. Wenn Claudia von Lohenstein in der großen Pause im Hof stand, gesellte er sich immer häufiger zu ihr, was seiner Frau, die aus dem Fenster des Wohnzimmers im alten Schulhaus einen guten Überblick über den Schulhof hatte, nicht entging.

Wenn irgendjemand zu Albert Ebinger gesagt hätte, er sei auf dem Weg, sich in die junge Kollegin zu verlieben, hätte er das weit von sich gewiesen. Solche Gedanken ließ er überhaupt gar nicht zu. Aber »Gedanken und Gefühle sind zweierlei«, hatte Claudia von Lohenstein in einer Lehrprobe in der achten Klasse gesagt, als der Schulleiter hinten in der letzten Bank saß, um die Stunde danach zu bewerten. Es ging um »Kabale und Liebe« von Friedrich Schiller. Einer der Schüler hatte grade gesagt: »Wenn der Ferdinand bloß a bissle was denkt hätt, wär's gar net so weit komme!« – »Vielleicht hat er zu viel gedacht«, hatte ein Mädchen eingeworfen. »Er hätt doch merke müsse, dass die Luise ihn liebt und dass alles andere bloß eine hundsgemeine Intrige ist!«, beharrte der Junge, und eine Klassenkameradin sagte: »Sie hätt ihm doch einfach sage könne, dass man sie gezwunge hat, diesen bescheuerten Brief zu schreibe.«

Claudia hatte hellauf gelacht und ihren Vorgesetzten kurz angesehen. Albert Ebinger schmunzelte amüsiert. Ihm gefiel es, wie aufgeweckt die Schüler diskutierten.

»Dann wär's allerdings kein Theaterstück geworden«, sagte die Lehrerin. »Und eins dürft ihr nicht vergessen: Auch im wirklichen Leben geht es nicht immer nur nach dem Verstand.« Sie sah wieder zu Albert Ebinger her. Und er spürte, wie ihm unvermittelt die Röte ins Gesicht schoss.

In den darauffolgenden Tagen war Ebinger der jungen Kollegin aus dem Weg gegangen. Sie fragte ihn daraufhin in einer kleinen Pause auf ihre direkte Art: »Ist denn irgendwas passiert? Ich hab das Gefühl, Sie schneiden mich, und dabei haben Sie meine Lehrprobe doch noch so gut bewertet. Danke übrigens.«

»Bitte«, antwortete er automatisch. Was sollte er ihr sagen? Dass er ihr aus dem Weg ging aus Angst vor seinen eigenen Gefühlen, die er auf keinen Fall zulassen durfte und die ihn doch Tag und Nacht umtrieben? »Nein«, sagte er dann, »es ist nichts. Ich bin nur zurzeit schwer beschäftigt. Es geht darum, ob wir vielleicht eine Turnhalle bauen können, die von der Gemeinde auch als Festhalle genutzt werden kann. Da geht es um Summen, von denen ich bisher immer nur in der Zeitung gelesen habe.«

Claudia von Lohenstein sah ihn mit einem Blick an, der bedeuten konnte: »Ich glaube Ihnen kein Wort. Da muss was anderes sein.« Und prompt ertappte er sich dabei, dass er sagte: »Ja, es ist wirklich so.«

»Ich fände es schade, wenn Sie mich nicht mehr mögen würden«, antwortete die Junglehrerin.

»Wie kommen Sie denn auf so was?« Am liebsten hätte er angefügt: »Das genaue Gegenteil ist ja der Fall!«

Ein paar Tage später ließ er sich einen Termin beim Oberschulamt in Tübingen geben. Schulrat Werner Köberle, den er seinerzeit zum ersten Mal aufgesucht hatte, als es um seine Wiedereinstellung in den Schuldienst ging, stand kurz vor der Pensionierung. Irgendwann in den vergangenen acht Jahren hatte sich ihr Verhältnis entspannt. Köberle, der wegen seiner aufrechten Haltung unter den Nazis gelitten hatte, war Albert Ebinger lange höchst reserviert gegenübergetreten. Und er hatte ihn nie aus den Augen gelassen. So war es ihm allerdings auch nicht entgangen, wie erfolgreich Ebinger seine Schule leitete und dass er zu den Fehlern, die er im Dritten Reich begangen hatte, stand. Albert Ebinger hatte sich, so sah es der Schulrat, als lernfähig erwiesen. Und so kam es, dass Köberle den Rektor aus Fleckenhausen nach einem Routinegespräch im Oberschulamt überraschend zu einem Glas Wein eingeladen hatte, bei dem man sich äußerst behutsam – tatsächlich war jeder vor dem anderen auf der Hut – nähergekommen war. Das war nun auch schon wieder drei Jahre her. Und seitdem hatten sie ein gewisses Vertrauensverhältnis aufgebaut, das Ebinger jetzt half, seine Bitte vorzutragen.

»Es geht um die Lehramtsanwärterin Claudia von Lohenstein«, sagte Ebinger.

»Ach ja, eine sehr sympathische junge Frau.«

»Sicher, vielleicht ein wenig zu sympathisch.«

Köberle lehnte sich weit in seinem Sessel zurück, faltete die Hände vor seinem Bauch und fixierte Albert Ebinger.

»Wenn Sie mir das bitte a bissle näher erkläre würdet, Herr Kollege.«

»Sie ist wie gesagt sehr sympathisch und halt auch sehr attraktiv. Wenn ich ehrlich sein soll: Ich bin so einer Frau noch nie in meinem Leben begegnet.«

»Hoppla!«, rief der Schulrat. »Und damit haben Sie ein Problem?«

Albert Ebinger schwieg.

»Wir sind hier unter Männern und nur zu zweit, Herr Kollege. Also?«

»Ja. Sie ist … wie soll ich sagen?«

»Eine Versuchung?«

»Wenn Sie es so ausdrücken wollen. Vielleicht wäre ›Irritation‹ das richtige Wort. Jedenfalls macht mir das zu schaffen.«

»Wie lang ist sie jetzt bei Ihnen?«

»Vier Monate.«

»Ja, dann wär's ja vielleicht nicht schlecht, wenn das Fräulein von Lohenstein noch eine andere Schule kennenlernen würde.«

»Ja«, sagte Ebinger trocken.

Köberle sah sein Gegenüber eine Weile versonnen an. Dann sagte er: »Glauben Sie ja nicht, dass wir nicht öfter mit so einem Problem konfrontiert sind. Leider kommen die Betroffenen in den meisten Fällen nicht zu mir.«

Ebinger wusste nicht, was er darauf sagen sollte. Also schwieg er.

»Ich werde die junge Dame nach Mössingen versetzen, und ich werde ihr das so verkaufen, dass sie es als Auszeichnung versteht.«

Als Albert Ebinger das Oberschulamt verließ, war er erleichtert und zugleich unsagbar traurig. Am meisten aber quälte ihn, dass er überhaupt in eine solche Verworrenheit der Gefühle geraten war, wo er doch stets so sicher gewesen war, sein Leben fest im Griff zu haben.

Am Ende des Monats gab Claudia von Lohenstein ein kleines Abschiedsfest. Albert Ebinger täuschte eine schwere Magenverstimmung vor und blieb dem Ereignis fern. Seine Frau aber nahm teil. Sie wusste, dass sie etwas zu feiern hatte.

Julia hatte Christian Ebinger aus Heidelberg eine Postkarte geschrieben, sie habe am letzten Samstag im Februar Zeit und würde sich freuen, wenn sie sich treffen könnten. Die Familie Bregenzer bewohnte einen Klinkerbau aus der Jugendstilzeit in der Olgastraße. Eine schmale gepflasterte Fahrbahn führte über zwei Kurven von der Gartenstraße zu der imponierenden Villa hinauf. Christian blieb ein paar lange Minuten vor der schweren Eichenholztür stehen, in deren oberen Teil bunte Glasfenster eingelassen waren, die vor einem leuchtendblauen Hintergrund weiße Lilien und feine Schilfgräser zeigten. Endlich legte er den Zeigefinger auf den Klingelknopf. Von innen ertönte eine kleine Melodie, die in einem harmonischen Dreiklang endete. Es dauerte eine ganze Weile, bis Julia die Tür öffnete. Sie trug einen hellen, weit ausladenden Rock, unter dem sich vermutlich ein Petticoat versteckte. Darüber einen kurzärmligen blauen Rollkragenpulli. »Du bist aber pünktlich!«, sagte sie und reichte ihm die Hand. »Komm rein!«

»Wollen wir nicht gleich los?«

»Das geht nicht, meine Mami ist ganz verrückt darauf, dich kennenzulernen.« Julia stieg mit ihm eine breite Holztreppe hinauf, die in einem eleganten Schwung zu einer Galerie führte. Von dort ging es durch ein riesiges Wohnzimmer zu einem Wintergarten, hinter dem sich ein steiler Steingarten erhob, der offenbar in den felsigen Hang des Österbergs hineingesprengt worden war. Der Boden war mit rötlichen Steinplatten ausgelegt. In der Mitte stand ein gusseiserner Tisch, der ebenso wie die Stühle, die aus dem gleichen Material bestanden, weiß gestrichen war.

»Ach, da sind Sie ja!« Christian hatte Julias Mutter nicht kommen hören. Sie hielt ein silbernes Tablett in den Händen, auf dem drei Tassen, eine Kaffeekanne und ein Milchkännchen sowie eine silberne Zuckerdose angeordnet waren und das sie jetzt behutsam absetzte, um Christian die Hand zu reichen. Frau Bregenzer trug lange weiße Hosen mit Bügelfalten, darüber eine tief ausgeschnittene eierschalenfarbene Bluse und eine Kette mit dicken, matt glänzenden Perlen. Beide Hände waren mit mehreren goldenen Ringen geschmückt. Sie trat drei Schritte zurück und musterte Christian wie ein Ausstellungsstück in einem Schaufenster. Dann nickte sie ihrer Tochter zu. »Wirklich«, sagte sie, »ein gutaussehender junger Mann.«

Christian schoss die Röte ins Gesicht.

Julia lachte und sagte zu ihm: »Das hat sie nicht von mir. Da ist sie ganz alleine drauf gekommen.«

»Holst du bitte den Kuchen, Julia?«

Plötzlich war Christian mit der Dame des Hauses alleine. Er stand noch immer neben dem gusseisernen Tisch.

»Was habt ihr denn nun vor?«, fragte Frau Bregenzer und deutete auf einen Stuhl. »Bitte, setzen Sie sich doch!«

»Ich weiß nicht. Vielleicht hat Julia ja eine ganz andere Idee als ich.« Endlich nahm er Platz.

»Und Ihre Idee?« Auch Frau Bregenzer setzte sich und schlug mit einer eleganten Bewegung ihre Beine übereinander.

»Im Museum-Kino läuft ›Die Bekenntnisse des Hochstaplers Felix Krull‹. «

»Ach ja. Das muss ein zauberhafter Film sein. Mit Horst Buchholz in der Hauptrolle, nicht wahr?«

Christian nickte.

»Kennen Sie den Roman?«

»Leider nicht.«

»Überhaupt nichts von Thomas Mann?«

»Doch. In der Schule haben wir ›Herr und Hund‹ durchgenommen. Und mein Vater hat mich gezwungen, ›Die Buddenbrooks‹ zu lesen.«

»Gezwungen?«

»Na ja, ich hatte grade ›Stiller‹ von Max Frisch gelesen. Aber mein Vater hielt das nicht für Literatur.«

»Da ist mein Mann allerdings ganz anderer Ansicht.« Frau Bregenzer schob eine Strähne ihrer blonden Haare aus der Stirn. »Wie finden Sie denn Max Frisch?«

»Mir hat die Idee von der ›fidelen Resignation‹ gefallen. Ich glaube nämlich, dass er damit das Verhalten unserer Eltern«, er versuchte ein Lächeln, »Anwesende natürlich ausgenommen, in der Nachkriegszeit ganz gut beschrieben hat.«

»Examiniert sie dich?«, hörte er Julia von der Terrassentür her rufen. Er drehte sich nach ihr um. Sie trug einen gedeckten Apfelkuchen auf einem runden Tablett, das sie jetzt neben dem Kaffeegeschirr abstellte.

»Ich bitte dich«, ließ sich ihre Mutter hören, »wir haben uns nur ein wenig unterhalten.«

Christian sah auf seine Uhr. »Ich hab gedacht, wir gehen ins Kino, doch dann müssten wir eigentlich los.«

»Aber den Kuchen müssen Sie probieren!« Frau Bregenzer hob mit dem Tortenheber ein Stück ab, legte es auf einen kleinen Teller und schob ihn über den Tisch.

Julia lachte wieder. »Widerspruch zwecklos!«

»Nun stell mich nicht so dar, Julia!« Und dann zu Christian: »Wir sind eine durch und durch liberale Familie!«

Christian aß das Stück Kuchen, so schnell es ging, nahm noch ein paar Schlucke Kaffee und erhob sich dann.

»Wann bist du wieder zu Hause?«, fragte Frau Bregenzer ihre Tochter.

Julia wandte sich an Christian: »In Heidelberg fragt mich das niemand.«

»Aber wir sind hier nicht in Heidelberg!« Plötzlich hatte Frau Bregenzers Stimme einen scharfen Klang.

Julia wollte sich offensichtlich auf keine Diskussion einlassen. »Spätestens um zehn Uhr!«

»Vielen Dank! Der Kuchen war prima!«, sagte Christian.

Frau Bregenzer stand auf. »Leider nicht selbstgebacken. Ich backe nie!« Sie reichte Christian die Hand.

Als sie die gepflasterten Kurven zur Gartenstraße hinabgingen, sagte Julia: »Verstehst du jetzt, warum ich nicht in Tübingen studiere?«

»Ich glaube schon. Hast du denn Lust, ins Kino zu gehen?«

»Das hätte ich auch vorgeschlagen. Da kannst du mal sehen: Zwei Seelen, ein Gedanke.«

Im Kino hatte Christian ein paarmal seinen Arm um Julias Schulter gelegt und sie an sich gezogen. Aber sie hatte jedes Mal »Nicht« gesagt und seine Hand von ihrer Schulter geschoben. Als er wie von ungefähr seine rechte Hand einmal auf ihren linken Schenkel legte, fauchte sie: »Lass das doch, bitte!« Christian hatte danach seine Bemühungen eingestellt und sich ganz dem Film gewidmet. Als sie das Kino verließen und auf die Mühlstraße hinaustraten, fasste Julia wie selbstverständlich seine Hand. »Wie hat es dir gefallen?«

»Großartig. Vor allem die Musterungsszene. Ich muss mir das Buch unbedingt beschaffen und das alles nachlesen.«

»Ach ja, dir steht das ja auch bevor«, erinnerte sich Julia. »Aber so einfach wie Felix Krull wirst du's nicht haben.«

»Nein. Er tut ja ganz begeistert, so als ob er unbedingt zum Militär wollte, und dann zeigt er immer mehr von diesen irren Zuckungen. Die ganze Musterungskommission fällt darauf herein und hält ihn am Ende für verrückt. So was würde ich niemals hinkriegen, und es würde heute auch gar nicht mehr funktionieren.«

»Im Roman sagt Felix Krull, er habe sich streng wissenschaftlich und mit größter Genauigkeit auf diese Musterung vorbereitet.«

»Ach, du kennst den Roman?«

Julia lächelte. »Seitdem ich lesen kann, hat mir mein Vater genau vorgeschrieben, welche Bücher ich lesen sollte. Er hat geradezu generalstabsmäßig einen Lektüreplan aufgestellt. Komischerweise ist mir dadurch die Lust am Lesen nie vergangen.«

»Ich kann mich erinnern«, sagte Christian, »dass ich Weihnachten einmal todunglücklich war, weil ich alle möglichen Geschenke gekriegt habe, aber kein Buch.«

»Ich sage ja: Zwei Seelen, ein Gedanke!«

Obwohl es eigentlich noch Winter war, ging ein lauer Wind. »Ich finde, es riecht schon ein bisschen nach Frühling«, sagte Julia. Sie waren auf den Österberg gestiegen und hatten am Panoramaweg eine Bank gefunden, die halb unter einem Weidenbusch mit weit überhängenden Zweigen stand. Julia sah auf die Uhr. »Wir haben noch über eine Stunde Zeit.« Für Christian klang das wie ein Versprechen. Unter ihnen lag die Stadt. An ein paar Stellen war die spiegelnde Wasserfläche des Neckars zu sehen, darauf der glitzernde Widerschein der Straßenlaternen. Im Hintergrund konnte man im Licht eines fast vollen Mondes den Steilabfall der Schwäbischen Alb erahnen.

»Weißt du, wie Eduard Mörike die Alb genannt hat?«, fragte Christian.

Julia nickte. »Die Blaue Mauer.« Und sie kannte sogar das dazu passende Zitat: »Mit großen Freuden sah er die Alb als eine wundersame blaue Mauer ausgestreckt. Nicht anders hatte er sich immer die schönen blauen Glasberge vorgestellt, hinter denen, wie man ihm als Kind erzählt hatte, die Schneckengärten der Königin von Saba liegen.« Julia musste über sich selber lachen. »Was man in seinem Hirn so alles speichert.«

»Wer ist denn da gemeint?«

»Seppe, ein armer Schusterjunge auf Wanderschaft. Die Hauptfigur aus dem ›Stuttgarter Hutzelmännlein‹. Das ist eine ziemlich verquere Geschichte, in der auch die Schöne Lau vorkommt, die im Blautopf bei Blaubeuren wohnt.«

»Gehört hab ich schon davon. Gelesen hab ich das nie«, gestand Christian ein. »So ist das, wenn man nur eine gediegene Halbbildung hat.« Plötzlich überkam ihn der Gedanke, dass er Julia nicht gewachsen war. Er fühlte sich wie ein Tölpel und hätte nur zu gerne etwas von der Eleganz, dem Charme und der Pfiffigkeit von Felix Krull gehabt.

»Was ist mir dir?«, fragte Julia nach einer Weile.

»Nichts. Warum?«

»Du bist auf einmal so still.«

»Ich hab halt in meinem Hirn viel weniger gespeichert als du. Doch wart amal. Zur Schwäbischen Alb kenn ich noch einen Reim, mit dem wir die Namen von drei Bergen auswendig gelernt haben: Jusi, Teck und Neuffen …«

»Das sind drei große Häufen!«, übernahm Julia sofort. Natürlich wusste sie auch das und fand sogar noch eine Fortsetzung, die für Christian neu war: »Dahinter aber steigt herauf, die Schwäb'sche Alb mit ihrem Trauf.«

Genau in diesem Moment schob sich eine dunkle Wolkenwand vor den Mond, und die Blaue Mauer verschwamm im dunklen Nichts. Julia fröstelte. Sie hatten zwar beide warme Mäntel an, aber die Kälte kroch nun doch in sie hinein.

Christian zog Julia an sich. »Ich wärm dich a bissle!«

»Ich freu mich so auf den Sommer«, sagte sie. »Dieses Jahr war ich leider kein einziges Mal schwimmen.«

»Ich schon. Im Baggersee. Man kann ihn von hier nicht sehen.« Er schluckte trocken. Plötzlich sah er sie wieder vor sich: Kathrin Lubinger, ausgestreckt in der Sonne, mit Wasserperlen auf ihren Brüsten und in ihrem Schamhaar. Was dann geschah, hätte er später nicht beschreiben und schon gar nicht begründen können. Er drehte sich zu Julia herum. Ihr Gesicht war plötzlich ganz nahe. Christian fasste mit beiden Händen nach ihrem Kopf, zog ihn zu sich heran und presste seinen Mund auf ihre Lippen. Zögernd erwiderte Julia den Kuss, sträubte sich aber gleichzeitig gegen die Umarmung. Sie rückte von Christian ab, stemmte ihre flache rechte Hand gegen seine Brust und versuchte sich von ihm zu lösen. Doch für den jungen Mann war es nicht schwer, diesen Widerstand zu überwinden. Seine rechte Hand lag jetzt zwischen ihren Schulterblättern, während seine linke unter den Stoff des raschelnden Petticoats fuhr.

»Nicht, Christian. Lass das doch!«, flüsterte sie. »Bitte! Hör auf damit!« Aber da war seine Rechte schon unter ihrem Pulli und tastete nach ihren Brüsten.

»Du sollst aufhören!«, sagte sie jetzt lauter und sehr bestimmt. Doch Christian schien sie nicht zu verstehen. Seine Lippen sogen sich in ihrer Halsbeuge fest, seine linke Hand verkrallte sich in ihrem Höschen. Plötzlich ein gellender Schrei: »Hilfe!« Und noch einmal: »Hilfe!« Christian ließ schlagartig von ihr ab. Julia stieß ihn mit beiden Händen von sich, sprang auf und rannte den schmalen Weg hinunter.

»Warte! Warte doch. Es tut mir leid!«, rief Christian. Aber er war unfähig, ihr zu folgen. Wie gelähmt saß er auf der Bank.

Am ersten Sonntag im März 1957 trafen sich die drei Ebingerbrüder im Stuttgarter Ratskeller. Albert war als Erster da. Er hatte einen Bus früher genommen als nötig, um ja pünktlich zu sein. Die Zeit zwischen der Ankunft und dem Treffen um 13 Uhr verbrachte er mit einem Bummel durch die Königstraße, die sich anschickte, die bevorzugte Einkaufsmeile der Schwaben zu werden. Im Ratskeller hatte er vorsorglich einen Tisch bestellt, was, wie sich herausstellte, nicht nötig gewesen wäre. Das Lokal mit seinen schweren Eichenholzmöbeln und den dunkel getäfelten Wänden war nur halb voll. Kein Wunder, draußen war ein wunderbarer Frühlingstag. Die düstere Atmosphäre in dem bürgerlichen Lokal stand in einem starken Gegensatz zu dem hellen, warmen Licht auf den Straßen und Plätzen der Stadt.

Als Nächster kam Ottmar. Der mittlere der Brüder war größer als Albert und inzwischen noch dünner geworden. Und sein schmaler Kopf noch schmaler als früher: spitze Nase, vorspringendes Kinn, sehr hohe Stirn. Um den kahlen, hageren Schädel lief ein grauer Haarkranz. Ottmar ging leicht gebeugt.

Die beiden Brüder gaben sich fast förmlich die Hand. Ottmar bestellte ein Viertel Weißwein, einen Riesling aus Heilbronn. Als sein älterer Bruder etwas sagen wollte, hob der Notar abwehrend die Hände. »Ich weiß, ich trinke zu viel, aber es gibt auch ganz andere Tage.«

Albert schob die Speisekarte über den Tisch. »Ich ess das Schnitzel mit warmem Kartoffel-Gurken-Salat.«

»Ich mag nichts essen«, antwortete Ottmar und schob die Speisekarte zurück. »Wie verhält man sich denn jetzt, wenn der Josef kommt?«

»Das wird man sehen. Kommt ja auch drauf an, wie *er* sich verhält.«

Die Tür mit den gelblichen Butzenscheiben wurde aufgestoßen. Auf einen Stock gestützt kam der jüngste der Ebingerbrüder herein. »Grüß euch!« Er blieb am Tisch stehen, ohne die Hand auszustrecken, und drückte eine halb gerauchte Zigarette im Aschenbecher aus. »Mir ist es gestern ins Kreuz gfahren. Ich hab einen mordsmäßigen Hexenschuss! Zum Arzt hat mir's nimmer glangt. Ich wollt das Treffen ja auch nicht versäumen. Außerdem hab ich ganz beschissene Herzprobleme.«

Er setzte sich ächzend, lehnte den Stock an einen freien Stuhl und sah seinen Brüdern nacheinander ins Gesicht. »I bin zwar der Jüngste, aber im Augenblick seh ich ziemlich alt aus, gell?! Esst ihr was? Ich lad euch ein!«

»Wir können selber zahlen«, sagte Ottmar.

»Auch recht!« Josef winkte der Kellnerin, und als sie an den Tisch trat, veränderte sich sein gequälter Gesichtsausdruck. Er strahlte die junge Frau an. »So ein finsteres Lokal und so ein hübsches Mädle, ein echter Sonnenschein als Bedienung! Das gefällt mir. Bringen Sie mir ein kleines Bier, bitte?«

»Aber gern!« Die junge Frau lächelte Josef an. Seine Brüder wechselten Blicke, und als die Kellnerin zum Tresen gegangen war, sagte Albert zu seinem jüngsten Bruder: »Du hast dich scheints net verändert.«

»Doch, Albert! Immerhin bin ich jetzt a ganz schöne Zeit schon straffrei durchs Leben gegangen, hab mir nichts mehr zuschulden kommen lassen, und für das, was ich getan hab, hab ich gebüßt.« Es klang wie eine Erklärung, die er schon auf dem Weg hierher sorgfältig formuliert und auswendig gelernt hatte. Er zündete sich eine neue Zigarette an.

»Niemand macht dir einen Vorwurf«, sagte Ottmar.

»Umso besser!« Josef blätterte in der Speisekarte.

»So gesehen hättest du dich ja irgendwann einmal melden können«, meinte Albert.

»Ja. Du hast recht. Aber das schlechte Gewissen hält manchmal länger als die Zeit, die man für seine Taten büßt.«

Ottmar setzte sein leeres Weinglas ab und gab der Bedienung ein Zeichen, Nachschub zu bringen. Dann wandte er sich wieder an seine

Brüder: »Wisst ihr noch, was unsere Mutter immer gesagt hat? ›Mein Josef ist mein schlimmstes liebstes Sorgenkind.‹«

»Ja, sie war eine kluge Frau«, sagte Albert.

»Und so fromm«, warf Josef ein.

»Und saumäßig streng!« Das war wieder Ottmar. »Wie ich amal ein Los gekauft hab, hat sie gsagt: ›Des bringst zurück. Man spielt nicht Lotterie! Wenn es dir nötig wär, gäb's Gott von selber her!‹«

»So war sie«, sagte Albert. »Sie hat sich krummgelegt für uns. Der Vater hat als Packer ja so wenig Lohn ghabt, und dann ist er auch noch so früh gestorben. Die Witwenrente war zum Leben zu wenig und zum Sterben zu viel. Und trotzdem hat sie dafür gesorgt, dass wir alle einen anständigen Beruf lernen konnten.«

»Ja«, seufzte Ottmar, »das Los konnt ich natürlich nicht zurückgeben.« Er schloss die Augen, lehnte seinen schmalen Kopf weit zurück und sagte versonnen: »Wenn sie uns jetzt so sehen könnte …«

»Vielleicht sieht sie uns ja«, sagte Josef und bestellte Leber auf Berliner Art, dazu einen halben Liter Rotwein.

Mit der Erinnerung an ihre gemeinsame Kinderzeit und an ihre Mutter war das Eis gebrochen. Plötzlich redeten sie miteinander, als ob seit ihrem letzten Treffen keine Zeit vergangen wäre. Eine Vertrautheit stellte sich ein, mit der keiner der drei gerechnet hatte. Schließlich wandte sich Albert wieder an Josef: »Und du lebst jetzt also in einer neuen Beziehung?«

»Ja, und dabei bleibt's jetzt auch. Ich stell sie euch demnächst vor.«

Die beiden anderen nickten zustimmend.

»Ich bin froh, dass wir wieder beieinander sind«, sagte Albert. Da hatten er und Josef schon gegessen und Ottmar sein viertes Viertel Riesling in Angriff genommen. Und zu Josef gewandt, fuhr er fort: »Wie bist du gekommen? Mit dem Zug?«

»Nein, mit dem Auto natürlich. Stehen ja genug vor der Tür bei uns in Mannheim.« Da war er wieder, dieser großspurige Ton, den Josefs Brüder noch von früher kannten.

»Du hast einen Mercedes, nehm ich an«, sagte Ottmar schmallippig.

»Ja, sicher. Was denn sonst?«

»Na ja, dass du mit dem Fahrrad gekommen bist, hat auch keiner von uns angenommen«, meinte Albert.

Josef erhob sich schwerfällig, drückte seine flache Hand gegen seinen Rücken und griff nach dem Stock. »Ich bin gleich wieder da!« Er humpelte mühsam Richtung Toilette.

»Eigentlich hat er sich nicht geändert«, sagte Ottmar.

»Wir ja vermutlich auch nicht.«

»Aber die Welt um uns rum.«

»Ja, da hast du allerdings recht. Kann ich mal probieren?« Albert zog Ottmars Weinglas zu sich heran und nahm einen Probeschluck. »Ich glaub fast, ich bestell auch noch so einen. Stimmt es eigentlich, dass du in Trossingen im Gemeinderat bist?«

»Ja, seit der letzten Wahl.«

»Für die CDU?«

»Nein, für die FDP. Die haben am wenigsten Schwierigkeiten gemacht wegen meiner Vergangenheit.«

Albert nickte. »Lang hat's eigentlich nicht gedauert, bis wir wieder voll im gesellschaftlichen Leben akzeptiert waren. Also ehrlich, Ottmar, mir ist manchmal nicht so recht wohl dabei.«

»Was soll ich da sagen? Ich war doch viel aktiver in der Partei als du.«

»Jedenfalls hat man uns viel schneller verziehen, als wir gedacht haben. Eigentlich verwunderlich.«

»Das hat seine Gründe. Man braucht uns. Das ist doch klar. Das siehst du doch ganz oben. Der Globke ist unter Hitler ganz offiziell für die Rassengesetze eingetreten, und was ist er jetzt? Staatssekretär bei Adenauer und sein wichtigster Berater.«

Albert nickte. »Ja, er ist schon sehr pragmatisch, der Herr Bundeskanzler.«

»Aber uns schimpft man opportunistisch«, sagte Ottmar.

»Sind wir ja auch!«, gab Albert zurück, und er sah nicht glücklich aus dabei.

Josef kam zurück. »Ich setz mich nimmer«, sagte er, »ich steh so schwer wieder auf. Außerdem hab ich einen Termin bei meinem

Orthopäden.« Er reichte Albert die Hand. »Danke!«, sagte er schlicht.

»Ich bin ja auch froh«, antwortete Albert.

»Wenn du dir vielleicht noch amal a Stunde Zeit für mich nehmen könntest, Albert …«

»Worum geht's denn?«

»Das dät ich dir dann gern sage. Es liegt mir arg auf der Seele, und so, wie's mir geht …«

»Dann setz dich halt noch mal hin«, sagte Ottmar, »und erzähl, was dich bedrückt.«

»A anders Mal. Heut passt's irgendwie nicht.« Josef legte seine Hand auf Ottmars Schulter. »Grüß deine Kinder!« Und dann drehte er sich noch mal zu Albert um. »Und du deine auch. Dem Christian und der Hanna hab ich's ja zu verdanken, dass wir heut zusammengekommen sind.« Er stützte sich mit der linken Hand auf den Stock und winkte mit der rechten. Von der Tür aus rief er »Die Rechnung ist bezahlt« und verließ das Restaurant.

Albert und Ottmar, der sich von seinem Bruder überreden ließ, auf Kaffee umzusteigen, blieben noch eine halbe Stunde sitzen.

»Ich wollte vorher nicht davon anfangen«, sagte der Ältere, »mein Gerhard heiratet in sechs Wochen. Aber er will Josef auf keinen Fall dabei haben.« Und erst jetzt erzählte er von Josefs letztem Besuch in Fleckenhausen und von der schrecklichen Entdeckung seiner Söhne, dass der geliebte Onkel ihre Sparbüchsen aufgebrochen und ausgeraubt hatte.

»Mein Gott, muss es ihm da dreckig gegangen sein«, sagte Ottmar.

»Ja, aber es gibt Dinge, die würde keiner von uns tun, selbst wenn es ihm noch schlechter ginge.«

Als sie bezahlt hatten, was sie nach Josefs Abschied noch zu sich genommen hatten, und auf die Straße hinaustraten in die Frühlingssonne, sagte Albert: »Du und deine Familie – ihr seid natürlich zu der Hochzeit eingeladen.«

»Davon geh ich doch aus!« Ottmar legte kurz den Arm um die

Schulter seines Bruders, eine fast zärtliche Geste, die unter ihnen ein Leben lang kaum einmal möglich gewesen war.

Jeder wusste, warum Gerhard und Theresa schon ein Dreivierteljahr, nachdem sie sich kennengelernt hatten, heirateten – »heiraten mussten«, wie man das in so einem Fall ausdrückte. Aber niemand sprach darüber.

Feste konnten die Ebingers feiern, auch wenn sie sich immer bemühten, sie in überschaubarem Rahmen zu halten. Luise bestand darauf, nicht in ein Gasthaus zu gehen, sondern die Festtafel in der großen Lehrerwohnung im alten Schulhaus herzurichten. Wie immer in solchen Fällen ging ihr die Freundin Marie Häfner zur Hand. Sie hängten die Tür zwischen Wohn- und Herrenzimmer aus, verlängerten den Esstisch und rückten an beiden Enden zwei weitere Tische dran, so dass eine gut sieben Meter lange Tafel entstand. Für die Kinder wurde ein Extratisch in Hannas ehemaligem Mädchenzimmer aufgestellt.

Gerhard und Theresa hatten sich darauf geeinigt, sich nur standesamtlich trauen zu lassen. Und Bürgermeister Raichle hatte es sich nicht nehmen lassen, die kleine Zeremonie selbst durchzuführen. Um elf Uhr war man auf dem Rathaus gewesen, um halb eins nahmen alle an der festlichen Tafel Platz. Bevor die Grießklößchensuppe gereicht wurde, spielte Albert Ebinger auf seiner Geige eine Violinsonate von Beethoven, begleitet von Ferdinand Opalski. Der Musiker, dessen Frau Henriette und Pfarrer Lietzenauer waren die einzigen Hochzeitsgäste, die nicht zur Verwandtschaft gehörten. Den Geistlichen hatte Luise Ebinger bewusst eingeladen, denn sie hoffte, dass sich das junge Paar in absehbarer Zeit doch auch noch für eine kirchliche Trauung entscheiden würde. Opalski hatte sich bereit erklärt, gegen Abend ein kleines Konzert zu geben.

Aber dazu war es nicht mehr gekommen.

Kurz vor zwei Uhr klingelte es an der Wohnungstür. Christian öffnete. Draußen stand der Postbote mit einem Telegramm in der Hand. »Wahrscheinlich ein Glückwunsch für meinen Bruder«, sagte Christian. Aber der Briefträger schüttelte den Kopf. »Leider nicht!« Er hatte das Telegramm am Telefon aufgenommen und wusste natürlich, was drinstand. »Aber i kann's ja net liege lasse bis morge!«, entschuldigte er sich.

Hinter Christian war nun dessen Vater aufgetaucht. Er nickte dem Postboten kurz zu, nahm seinem Sohn das Telegramm aus der Hand, sah, dass es an ihn selbst adressiert war, und riss den gelben Umschlag auf. »Tut mir echt leid«, sagte der Postbeamte und ging rasch die Treppe hinunter. Albert Ebinger las den kurzen Text. Sein Gesicht verfärbte sich. Mit tonloser Stimme sagte er: »Der Josef ist gestorben. Sei so gut und sag der Mutter, sie soll schnell rauskommen. Und kein Wort zu den anderen.«

Luise hatte grade den Sauerbraten angeschnitten und damit begonnen, die Fleischstücke auf die Teller zu verteilen, als ihr Christian ins Ohr flüsterte, sie solle in den Flur hinauskommen. »Ich kann doch jetzt hier nicht weg«, sagte sie leicht ungehalten über die Störung. »Es ist aber wichtig«, flüsterte Christian. »Sehr wichtig sogar, kannscht mir glaube! Ich mach für dich weiter.« Er nahm ihr das Fleischmesser und die Vorlegegabel aus der Hand und schnitt weitere Bratenstücke ab. »Des ischt guet, dass du des jetzt machst«, rief sein Vetter Walter, »da gibt's gleich viel größere Stück!«

Als Luise zurückkam, änderte sich die Stimmung um den langen Tisch schlagartig. Dass sie geweint hatte, konnte man nicht übersehen, und als sie sich an einer Stuhllehne festhalten musste, weil ihre Knie nachzugeben drohten, sprang Frau Opalski auf und fasste Luise am Arm. »Was ist denn mit Ihnen? Ist Ihnen nicht gut?«

»Es ist so furchtbar!« Luise schlug die Hände vors Gesicht und wiederholte: »So furchtbar! Er war doch noch keine 50 Jahr alt! Und jetzt, wo's ihm grad a bissle bessergegange ist!«

Ihr Mann, der hinter ihr wieder eingetreten war, schüttelte den

Kopf. Nun war es nicht mehr geheim zu halten. »Der Josef ist gestorben«, sagte Albert Ebinger.

Gerhard sprang auf und stieß dabei so heftig gegen seinen Stuhl, dass er umstürzte. »Das hat er jetzt also auch noch gschafft, dass er mir mein schönstes Fest kaputtmacht!«

»Gerhard!«, schrie seine Mutter entsetzt, und ihre Stimme überschlug sich dabei. »Sei so gut!«

Die Hochzeitsgesellschaft saß da wie gelähmt. Schließlich nahm Ottmar das Wort. »Also, seid mir nicht bös, aber das Fest müssen wir a anders Mal feiern.«

Und plötzlich war es an der Braut, die Situation zu retten. »Wisst ihr was, wir wollten doch sowieso eventuell auch noch kirchlich heiraten. Dann holen wir alles nach.«

»Dass ich das für eine richtig gute Idee halte, werden Sie verstehen«, meldete sich Pfarrer Lietzenauer.

Auf einmal redeten alle durcheinander, bis Gerhard seine Stimme erhob. »Gut. Das ist sicher die beste Lösung. Fragt sich nur, machen wir das vor oder nach der Taufe unseres Kindes?«

Man beschloss, das in aller Ruhe in den nächsten Wochen zu besprechen. Marie Häfner und Luise Ebinger packten das Essen in handliche Päckchen für die Gäste, so dass jeder eine ordentliche Portion Fleisch, Kuchen sowie Wurst- und Käseaufschnitt, der fürs Abendessen vorgesehen war, mit nach Hause nehmen konnte. Gegen drei Uhr hatte sich die Gesellschaft aufgelöst. Das Brautpaar, Theresas Mutter Lotte, Albert und Luise Ebinger, Christian, Hanna und deren Mann Toni saßen etwas verloren um die große Tafel.

»Wie ist das bloß so schnell gekommen?«, fragte Luise, die noch immer mit den Tränen kämpfte.

»Es ging ihm schon länger schlecht«, antwortete ihr Mann. »Genauer gesagt, er war tief verzweifelt.«

»Hat er euch davon erzählt?«, fragte Hanna. »Als ihr euch in Stuttgart getroffen habt?«

Albert Ebinger schüttelte den Kopf. »Ich hab ihn danach noch mal gesehen.«

»Davon hast du ja gar nichts erzählt.« In Luises Stimme schwang leichte Empörung mit.

»Er hat mich gebeten, dass es ganz unter uns bleibt.«

Hanna erinnerte sich plötzlich an Josefs befremdlichen Satz, den er bei ihrem Wiedersehen in Mannheim gesagt hatte: »Vom Schlimmsten habt ihr alle überhaupt keine Ahnung.« Und sie wiederholte ihn jetzt leise, so, als spräche sie nur zu sich selbst.

»Was schwätzt denn da?«, fragte ihre Mutter.

»In Mannheim, in dem Café, hat er das zu mir gsagt: ›Vom Schlimmsten habt ihr alle überhaupt keine Ahnung.‹«

Ihr Vater nickte. »Mir hat er's erzählt.«

Josef Ebinger war mit seinem Mercedes nach Tübingen gekommen. Albert, der ohnehin auf dem Oberschulamt zu tun gehabt hatte, erwartete ihn in der Weinstube Forelle in der Kronenstraße, wo man die besten Linsen und Spätzle mit Saitenwürstle und einen guten Württemberger Tropfen bekam. Zuerst wollte der jüngere der beiden Brüder nicht so recht heraus mit der Sprache, redete über dies und das, über seine neue Lebenspartnerin, mit der er »zufrieden, aber nicht glücklich« sei, über das Haus, das sie eventuell gemeinsam bauen wollten. »Aber das erleb ich vielleicht gar nicht mehr.«

»Warum denn nicht?«, fragte sein Bruder.

»Ich hab ein Aneurysma, also so eine Arterienerweiterung, nah am Herzen. Das kann jederzeit platzen.«

»So was kann man doch operieren.«

»Ist aber ein großes Risiko. Und das will ich nicht eingehen. Ich geh auch gar nimmer zum Arzt. Weißt, ich kann dem Leben nix mehr abgewinnen.«

»Jetzt sei bloß so gut! Also Depressionen passen nun wirklich nicht zu dir.«

»Früher nicht, da hast du recht, heut schon eher.«

Dann, beim zweiten Glas, begann er vom Krieg zu erzählen. Er sei nie gerne Soldat gewesen, sagte er, und Hitlers Großmachtpläne habe er von Beginn an für irre Hirngespinste gehalten, auch nach den Anfangserfolgen in den sogenannten Blitzkriegen gegen Polen und Frankreich.

»Da warst du gscheiter als ich und der Ottmar«, sagte Albert.

»Das hat mir aber auch nicht geholfen.«

»Geholfen? Wobei?«

»Bei dem, in das ich hineingezogen worden bin.«

Albert sah seinen Bruder nur wartend an. Er hatte das Gefühl, dass er Josef jetzt nicht drängen durfte.

»Da!« Der Jüngere zog seine Brieftasche aus der Innentasche seiner Jacke, öffnete sie umständlich und entnahm ihr den Ausriss aus einer Illustrierten. »Das ist schon vor anderthalb Jahren in der Illustrierten Quick erschienen. Aber erst vor einem Dreivierteljahr hat es mir jemand zugeschickt. Anonym.« Er schob den lappigen Fetzen Papier über den Tisch.

Albert blickte auf ein Schwarzweißfoto, dem man noch in der Druckwiedergabe ansah, dass das Original ziemlich vergilbt gewesen sein musste. Eine Frau und zwei Männer hingen an dicken Stricken dicht nebeneinander am Ast eines Baumes in etwa drei Metern Höhe. Fünf Soldaten der deutschen Wehrmacht standen in lässiger Haltung neben dem Baum und schauten zu den Erhängten hinauf. Zwei von ihnen rauchten. Einer hatte ein teuflisches Grinsen im Gesicht. Etwas abgewandt stand ein Offizier.

»Also wenn du das sein sollst, bist du praktisch nicht zu erkennen«, sagte Albert.

»Aber das ändert nix dran, dass ich's bin.«

Unter dem Bild stand: »Deutsche Soldaten bestrafen drei Zivilisten, die sich geweigert haben, ihre Nahrungsmittel abzuliefern.«

»Das Gesetz des Krieges«, sagte Albert.

Josef nahm einen tiefen Schluck aus seinem Glas. »Ja, ja, man hat immer gesagt, Befehl ist Befehl. Ich hab ihn von unserem Divisionskommandanten bekommen, und ich hab ihn weitergegeben an meine Männer. Das alles hab ich lang verdrängt. Und dann war plötzlich dieses Bild in meinem Briefkasten. Jetzt muss ich jeden Tag daran denken. Ich hab einen alten Kameraden in Hannover besucht, der mich angerufen hat und dem das Foto auch zugespielt worden ist. Aber der hat ganz anders reagiert als ich. Der hat nur einen unbändigen Zorn gekriegt. ›Von wem kommt die Schweinerei?‹, hat der geschrien. ›Der hat bestimmt nicht den Kopf hingehalten! Der ist garantiert nicht bei 30 Grad Kälte in Eis und Schnee im Schützengraben gelegen. Den haben die Jagdflieger nicht beschossen auf dem Rückzug. Wir haben ums nackte Leben gekämpft! Neben mir sind die Kameraden gestorben wie die Fliegen. Um ein Haar hätt uns der Iwan noch erwischt und für zehn Jahr ins Straflager gesteckt, wo sowieso die meisten verreckt sind.‹ Dann hat er mich angeschaut und plötzlich ganz ruhig gesagt: ›Und überhaupt, wir einfachen Soldaten waren doch nicht schuld. *Du* hast den Befehl gegeben! Die Verantwortung liegt – wenn schon – dann ganz allein bei dir!‹ Und soll ich dir was sagen, Albert? Genauso hab ich's empfunden, und genauso empfinde ich das noch immer. Jeden Tag.«

»Hast du denn eine Ahnung, wer dir das zugeschickt hat?« Albert schob den Ausriss aus der Illustrierten zurück. »Der muss euch ja kennen.«

Josef nickte. »Ja, auch da denk ich ständig drüber nach. Vielleicht war's der Michel Steiner. Der steht auf dem Bild da ganz außen. Er hat sich damals geweigert mitzumachen. Ich hätte ihn auf der Stelle erschießen müssen. Aber er wusste natürlich, dass ich das nicht tun würde. Noch am selben Tag, als das Bild in unserem Briefkasten lag, habe ich versucht, ihn zu erreichen. Aber bis jetzt hab ich ihn nicht auftreiben können. Was hätt's auch gebracht? Das Foto hat alles wieder in mein Leben zurückgeholt. Ich seh die Gesichter immer wieder vor mir. Junge Gesichter. Die Frau …«, er hämmerte mit der Kuppe seines Zeigefingers auf dem Foto herum, »… die Frau hat sogar Deutsch gekonnt.«

Albert Ebinger sah sich um. Josefs Stimme war immer lauter geworden. An den Nebentischen wurden die Gäste aufmerksam.

Der Ältere legte seine Hand auf den Arm seines Bruders. »Nicht so laut, Josef!«

Es war ein warmer Septembertag gewesen, doch hatte man den Herbst schon gespürt. Die wenigen Felder in der Gegend von Tornowsk, die noch bewirtschaftet wurden, waren abgeerntet. Die paar Einheimischen, die nicht geflohen waren, hatten das Korn unbemerkt zu Schrot gemahlen und in der heißen Asche heimlich entzündeter Feuer tief in den Wäldern zu Brot gebacken. Die junge Frau und ihre beiden Begleiter waren auf ihrem Weg zurück ins Dorf dem Unteroffizier Bernd Matuschke in die Arme gelaufen, der mit zwei Kameraden, die unter seinem Kommando standen, auf einem Erkundungsgang war. Die drei jungen Leute hatten noch versucht, der deutschen Militärstreife zu entkommen, aber Matuschke hatte sofort geschossen und einen der Männer ins Bein getroffen. »Sind garantiert Partisanen. Festnehmen!«, hatte er seinen Begleitern befohlen.

Im Lager hatte dann Josef einen Sanitäter als Erstes angewiesen, die Wunde des Angeschossenen zu verbinden. Das war kaum geschehen, da fuhr ein Jeep ins Lager, besetzt mit vier Militärpolizisten – vier Kettenhunden, die man so nannte, weil sie an der Metallplakette zu erkennen waren, die an einer Kette um ihren Hals hing. »Rausgeschmissene Zeit!« Das waren die zwei Worte, die sich Josef ins Gedächtnis eingegraben hatten. »Rausgeschmissene Zeit«, bellte der Chef der Kettenhunde und wies auf den Verband am Bein des jungen Mannes. »Warum verbindet ihr den? Der wird sowieso aufgehängt! Das ist ein Befehl, Herr Oberleutnant!«

Als der Jeep weitergefahren war, hatte die junge Frau Josef mit einem flehenden Blick angesehen. »Sie werden uns doch nichts tun, Herr Offizier …«

Josef kehrte aus seinen Gedanken zurück, schaute seinem Bruder in die Augen und sagte: »Ich werde dieses Lächeln in ihrem Gesicht nie vergessen. Und wenn es in meinen Gedanken wieder auftaucht, meistens nachts, wenn ich mich schlaflos herumwälze, werd ich schier verrückt. Und immer, immer quält mich die Frage: Warum habe ich den Befehl nicht einfach ignoriert?«

»Weil dich dieser Unteroffizier Matuschke vermutlich denunziert hätte«, sagte Albert.

Josef nickte nur. »Zwei Tag davor hat die Militärpolizei einen

Kameraden von mir, einen Hauptmann, standrechtlich erschossen, ohne Kriegsgerichtsurteil, weil er sich geweigert hat, ein 16-jähriges Mädchen zu erschießen, das aus unserem Lager ein paar Fleischkonserven gestohlen hatte.«

Josef schlug seine Hände vors Gesicht und murmelte kaum hörbar: »Ich hab den Befehl gegeben.« Albert legte erneut seine Hand auf den Arm des Bruders. »Wir alle sind schuldig geworden in diesem Krieg. Glaub mir, keiner von uns ist ohne Schuld. Man wird sie nicht los. Man kann nur lernen, mit ihr zu leben.«

»Ich nicht. Das weiß ich: Ich kann nicht damit leben, Albert!«

Zwei Tage später hatte Albert Ebinger Roswitha Behrendt in Mannheim angerufen und sich zunächst versichert, dass sie alleine war, bevor er sie fragte, ob man sich demnächst einmal sehen könne. »Nur wir beide.«

»Gern«, sagte Frau Behrendt, »worum geht's denn?«

»Das lässt sich am Telefon schlecht sagen.«

»Also so ins Blaue hinein … Sie müssen verstehen, ich bin sehr beschäftigt. Der Laden hier frisst mich auf, und Ihr Bruder ist mir da ja keine Hilfe.«

»Ich hab das Gefühl, es geht ihm nicht gut.«

»Ja, das stimmt! Aber ich kann ihn nicht zum Arzt prügeln. Ich bring ihn auch nicht dazu, das Rauchen aufzugeben, und mit dem Trinken ist es genauso. Wenn ich das alles gewusst hätte …«

»Er ist so verzweifelt«, unterbrach sie Albert.

»Ja, meinen Sie, ich seh das nicht? Aber ich hab keine Ahnung, wo das herkommt und was ich dagegen machen kann.«

»Darüber wollt ich ja grade mit Ihnen sprechen.«

»Geben Sie mir Ihre Telefonnummer. Ich ruf Sie an, wenn ich mal Zeit hab«, sagte Frau Behrendt. Und dabei war es dann geblieben.

Das alles erzählte Albert Ebinger jetzt seiner Familie und schloss mit den Worten: »Ich glaube ja, er hätte gerettet werden können, wenn er nur gewollt hätte.«

Von einem Tag auf den anderen war es noch einmal kalt geworden. Mitten im April. Die Temperaturen waren innerhalb von 48 Stunden um 18 Grad gefallen. Ein heftiger Wind riss Äste von den Platanen, die den gekiesten Friedhofsweg säumten. Die Schirme nutzten nur wenig, denn die Sturmböen trieben den Regen, als bestünde er aus spitzen Nadeln, den Menschen in die Gesichter. Kurzfristig hatte der Pfarrer umdisponiert und die Trauerfeier in die Friedhofskapelle verlegt. Aber jetzt stand der Weg zu dem offenen Grab an. Der Sarg lag auf einem eisernen Karren, dessen Gummiräder luftgepolstert waren. Der Regen hatte den Untergrund aufgeweicht und schmutzige Pfützen gebildet. Als die Trauergemeinde sich bis zu Josef Ebingers Grabstätte vorgekämpft hatte, begann der siebenköpfige Leichenchor – fünf Frauen und zwei Männer in schwarzer Kleidung mit durchsichtigen Regencapes darüber – zu singen: »Bis hierher hat mich Gott gebracht.« Der Pfarrer sprach danach die rituellen Worte »Gott hat's gegeben, Gott hat's genommen ... Asche zu Asche, Staub zu Staub« in einem Tempo, das an eine Werbebotschaft im Radio erinnerte. Und als endlich der Sarg in die Grube hinabgelassen wurde, wozu der Leichenchor ein zweites Mal sang, hörte der Regen schlagartig auf.

Ein älterer Mann trat zu Albert Ebinger. Er stellte sich als Dr. Gregor Schüle vor und sagte, er sei Josefs Hausarzt gewesen. Ein trauriges Lächeln flog über sein Gesicht. »Keine leichte Aufgabe, glauben Sie mir.«

»Ja, ich hab schon so etwas vermutet«, antwortete Albert Ebinger.

»Die geschädigte Arterie hätte man vielleicht reparieren können«, sagte der Mediziner. Aber das habe der Patient um keinen Preis der Welt gewollt. »Und was er sonst so mit sich herumtrug – da konnte ihm ein einfacher Doktor wie ich nicht helfen.«

Beim Leichenschmaus in einer Gaststätte am Rheinufer saß Roswitha Behrendt zwischen Ottmar und Albert. Sie hatte ihre Haare in einem hellen Graublau getönt. Scharf in Form gelegte Locken waren um ihren Kopf drapiert. Frau Behrendt wirkte eher verärgert als traurig. »Wer verreist jetzt mit mir?«, fragte sie in den Raum hinein, als das

Essen schon vorbei war und der Kaffee gereicht wurde. »Der Josef und ich sind viel unterwegs gewesen – so wie 's die Arbeit in meinem Unternehmen halt zugelassen hat. Aber allein macht man ja so was nicht.« Und dann fragte sie Ottmar unvermittelt: »Sind Sie eigentlich verheiratet? Ich mein, weil sie so allein gekommen sind.«

»Ich bin verwitwet«, antwortete der Notar.

»Schon länger?«

»Seit drei Jahren.«

»Und da leben Sie immer noch allein?«

Luise, die auf der anderen Seite des Tisches saß, sprang auf. Angewidert raunte sie ihrem Sohn Gerhard zu: »Das halt ich nicht aus!« Sie trat durch eine Glastür hinaus auf die Terrasse des Lokals. Kurz danach gesellte sich ihre Tochter Hanna zu ihr. Beide fröstelten in dem kalten Wind, der das Wasser des Flusses unter ihnen zu kurzen Wellen zusammenschob.

»Grad hat die Behrendt dem Onkel Ottmar angeboten, er soll sie doch mal besuchen«, berichtete Hanna. »Am besten über ein Wochenende.«

»So ein schamloses Weibsbild«, entfuhr es Luise. »Geh bitte rein und sag deinem Vater, dass ich gehen möchte.«

»Aber unser Zug fährt erst in zwei Stunden.«

»Die Zeit werden wir ja irgendwie rumbringen.«

Hanna war nur bis Karlsruhe mitgefahren, und auf dem Stuttgarter Hauptbahnhof verabschiedete sich Gerhard. Er hatte auf mehrere Wohnungsanzeigen geschrieben und für den späteren Nachmittag zwei Besichtigungstermine im Stuttgarter Osten verabredet. Theresa erwartete ihn auf dem Bahnsteig.

Auf dem Weg zum Busbahnhof sagte Luise: »Hoffentlich fällt der Ottmar nicht auch noch auf dieses Weib rein!«

Albert hob die Schultern. »Des Menschen Wille ist sein Himmelreich!«

Abends saßen sie noch lange zusammen: Luise, Albert und ihr Sohn Christian. Die Fenster standen weit offen, obwohl es nach wie vor kühl war. Niemand hatte das Licht eingeschaltet, als es dämmrig geworden war. Draußen hatte ein Sturm die Wolken auseinandergerissen. An einem unwirklich klaren, hellen Himmel stand ein fast runder Mond und verstrahlte ein kaltes Licht über dem Dorf.

»Der Krieg ist schuld«, sagte Luise.

»Ja«, ihr Mann nickte, »jetzt ist er 13 Jahre vorbei, und noch immer leiden unzählige Menschen unter den Folgen. Im Grund ist der Josef jetzt noch ein Opfer dieses verdammten Weltkriegs geworden.«

Dann war es eine Weile still, bis Luise wieder das Wort nahm. »Dabei ist er doch immer so ein fröhlicher, leichtlebiger Mensch gewesen.«

Plötzlich lachte Christian auf. »Wisst ihr noch – bei meiner Konfirmation?«

»Lass das mal«, sagte sein Vater.

Aber Christian überhörte den Einwurf. »Er hat gesagt: ›Die Verse, die alle Konfirmanden gemeinsam sprechen müssen, brauchst du nicht zu lernen. Du murmelst einfach immer: Kotelett, Schnitzel, Kotelett, Schnitzel. Hauptsache, der übrige Chor spricht den Text.‹«

»Ja, und das hast du Faulenzer dann auch genauso gemacht«, sagte der Vater schlechtgelaunt.

Luise kicherte. »Und wie die im Chor zu Ende waren, hast du's nicht gemerkt, und durch die ganze Kirche hat es gehallt: ›Kotelett, Schnitzel, Kotelett, Schnitzel.‹«

»Also das ist ja nun wirklich kein Ruhmesblatt«, knurrte Albert.

»Aber komisch war's schon«, sagte seine Frau. »Auch wenn ich mich damals in Grund und Boden geschämt hab.«

»Ja, ja. Den beiden hast du immer alles nachgesehen: deinem Schwager Josef und deinem Jüngsten da.« Die Laune des Familienvaters schien sich nicht zu bessern.

»Der Josef hat so viele gute Seiten gehabt«, sagte Luise. »Und so will ich ihn auch in Erinnerung behalten.«

Am Tag vor Beginn der Abiturprüfung Ende April versammelte Oberstudiendirektor Österreicher die Schüler der 13. Klasse in der Aula des Gymnasiums. Man werde in diesem Jahr besonders streng darauf achten, dass es zu keinen Unregelmäßigkeiten komme. Tatsächlich war in den vorausgegangenen Jahren einiges passiert, was dem guten Ruf des Keplergymnasiums geschadet hatte. Einmal war sogar ins Rektorat eingebrochen worden. Die Täter hatten die Mathematikaufgaben abgeschrieben und wieder an ihren Platz zurückgelegt. Wären die Einbruchspuren an den Türen nicht gewesen, hätte niemand Verdacht geschöpft. So aber hatte Österreicher die Polizei kommen lassen und war, kurz bevor die Beamten unverrichteter Dinge wieder abziehen wollten, auf die Idee gekommen, die Umschläge mit den Prüfungsaufgaben untersuchen zu lassen. Den versierten Beamten von der Spurensicherung war dann rasch aufgefallen, dass einer der Umschläge, nämlich genau jener, der die Mathematikaufgaben enthielt, geöffnet worden war. Sie sicherten Fingerabdrücke, aber die Einbrecher waren offenbar schlau genug gewesen, Handschuhe zu tragen. So konnten die Täter nie überführt werden. Aber es gelang noch rechtzeitig, neue Aufgaben zu stellen. Die Ironie der Geschichte lag am Ende darin, dass keiner der Abiturienten in Mathematik eine schlechtere Note als eine 3 erreichte.

Österreicher verkündete, da im letzten Jahr offensichtlich auf der Toilette in Fremdwörterbüchern einzelne Vokabeln nachgeschlagen worden seien, wie man sehr viel später leider von einem Schüler habe erfahren müssen, würden dieses Mal die WCs vollständig abgedunkelt. Außerdem werde jeder Schüler, der auf die Toilette gehe, durchsucht. »Und bitte ersparen Sie sich jeden Protest. Er wird nichts bringen.«

Christian Ebinger protestierte dennoch. Er war schließlich Schülerratsvorsitzender, und seiner Meinung nach war es »ein aggressiver Akt gegen die Würde des Menschen, ihn in finsterstem Dunkel seine Notdurft verrichten zu lassen«, wie er es zum Amüsement seiner Mitschüler ausdrückte. Der Direktor lächelte zwar, ging aber nicht weiter darauf ein, sondern beschloss die Sitzung mit den Worten: »Das war's!«

Auf der Fahrt zwischen Tübingen und Fleckenhausen erzählte Christian seinem Freund Charly, der inzwischen vom Gymnasium auf die Waldorfschule gewechselt war, im Bus vom Auftritt des Rektors.

»Man müsste ihm ein Schnippchen schlagen«, sagte Charly.

»Und wie würdest du das machen?«

»Ich würde …« Die Idee, die sie entwickelten, führte dazu, dass Christian Ebinger anderntags nur insgesamt 90 Minuten an der Abiturprüfung teilnehmen konnte. Plötzlich hatte Oberstudiendirektor Österreicher an seinem Tisch gestanden, mit den Fingerknöcheln kurz aufs Holz geklopft und gesagt: »Ebinger, für Sie ist die Prüfung beendet. Verlassen Sie sofort das Schulgelände. Ich will Sie hier keine Minute länger sehen.«

In der Nacht davor waren Christian und Charly vom Neckarufer aus in das Schulgebäude eingedrungen – ein einfaches Manöver; denn Christian hatte, bevor er die Schule am Nachmittag verlassen hatte, ein kleines Fenster im Büro der Schülerzeitung geöffnet und so angelehnt, dass es nicht auffallen konnte. Ohnehin rechnete er nicht damit, dass nach ihm noch jemand die Redaktionsräume betreten würde. Das Fenster lag dicht unter der Decke des Souterrainraumes. Draußen schloss es am oberen Rand der Uferböschung zum Neckar hin über dem Boden ab. In einem Rucksack hatte Christian zwei Taschenlampen und alle einschlägigen Nachschlagewerke dabei. Durch das menschenleere Gebäude schlichen sie hinauf ins Erdgeschoss und zu den WCs, die sich im Vorraum zur Aula befanden, wo anderntags die Prüfung stattfinden sollte. Lampen und Nachschlagewerke verstauten sie unter einem Heizkörper. Zehn Minuten später zwängten sie sich schon wieder durch die schmale Öffnung hinaus.

Am nächsten Morgen führte Christian sein erster Weg in die Redaktion, wo er das Fenster von innen verriegelte.

Für die Übersetzung aus dem Französischen waren zwei Stunden angesetzt. Christian kämpfte sich mühsam durch den Text. Elf französische Wörter waren es, die er nicht kannte und die er mit dem Füller auf den Rücken seines linken Unterarms zwischen Uhrarmband und Ellenbogen schrieb. Dann ging er zur Toilette.

Im Vorraum hatte Oberstudienrat Haberer Aufsicht. »Na«, sagte er, leichte Häme in der Stimme, »das sind die nervösen Pfützchen, gell, die kommen, wenn man in die Bredouille gerät.« Er ließ den Schüler die Taschen leeren und klopfte kurz dessen ganzen Körper ab. »In Ordnung!« Es klang, als ärgere er sich darüber.

Christian betrat das Klo, tastete sich durch den stockdunklen Vorraum mit den Pissbecken und verschwand in einer der Kabinen. Dass Haberer die Außentür öffnete und den Kopf hereinstreckte, registrierte Christian nicht. Später behauptete der Lehrer, er habe Licht am unteren Türspalt gesehen, außerdem habe der Schüler Ebinger die Spülung nicht gezogen. Sofort, nachdem der Abiturient das WC verlassen habe, sei er deshalb hineingegangen und habe den Raum untersucht.

Als Österreicher an Christians Tisch trat, war der grade dabei, die fehlenden Vokabeln von seinem Unterarm in sein Heft zu übertragen. Fünf Minuten später trat er auf die Uhlandstraße hinaus.

Christian Ebinger konnte sich nicht daran erinnern, seinen Vater je weinen gesehen zu haben. Selbst bei seiner Verhaftung 1945 und bei ihren Besuchen im Internierungslager war er ihm stets ruhig und gefasst erschienen. Auch im letzten September, als sein Onkel Josef beerdigt wurde, hatte dessen ältester Bruder keine Träne vergossen. Auf jede andere Reaktion wäre Christian vorbereitet gewesen, jedenfalls redete er sich das später ein. Aber als sein Vater plötzlich zu weinen begann, war es, als würde mit einem Schlag alle Kraft aus Christians Körper gesogen. Hilflos starrte er den Vater an.

Bevor er den Bus nach Fleckenhausen genommen hatte, war Christian ziellos durch die Stadt gelaufen. Alles war ihm unwirklich vorgekommen. Manchmal lachte er laut und hysterisch auf, dann lehnte er sich wieder gegen eine Hauswand, weil er Angst hatte, seine Beine würden ihn plötzlich nicht mehr tragen.

Er nahm dann den Bus um 15 Uhr, und als er endlich das Schulhaus betrat und durch den Flur zwischen den beiden Klassenzimmern zum Treppenhaus gehen wollte, das zur Lehrerwohnung hinaufführte, hörte er die Stimme seines Vaters, der im rechten Raum die achte Klasse unterrichtete. Einem plötzlichen Impuls folgend klopfte er.

Albert Ebinger riss die Tür auf. »Was ist?«, rief er ärgerlich, noch bevor er sah, wer da im Flur stand.

»Ich bin von der Schule geflogen!« Christian wusste nur eins: Er musste es so schnell wie möglich hinter sich bringen.

»Was?« Der Vater begriff nicht, was sein Sohn da sagte.

»Ja! Man hat mich rausgeschmissen.« Ängstlich starrte er in das Gesicht seines Vaters. Der ließ sich mit dem Rücken gegen die Tür des Klassenzimmers fallen, starrte seinen Sohn ungläubig an und sagte kaum hörbar: »Das kann nicht sein.«

»Doch. Und ich bin selber schuld.«

»Hast du betrogen?«

Christian nickte nur. Und da schüttelte plötzlich ein trockenes Schluchzen den massigen Körper seines Vaters. Er ging, noch immer gegen die Tür gelehnt, leicht in die Knie, schlug seine Hände vors Gesicht und begann hemmungslos zu weinen.

Erst eine Stunde später begriff Christian langsam, warum die Nachricht seinen Vater so schwer getroffen hatte.

Zu dritt saßen sie im Wohnzimmer um den großen Esstisch: Christian und seine Eltern. »Hanna und Gerhard konnten beide nicht bis zum Abitur auf der Schule bleiben, weil das Geld nicht gereicht hat«, sagte Albert Ebinger. »All unsere Hoffnungen haben deine Mutter und ich auf dich gesetzt. Du solltest wenigstens studieren. Eines unserer Kinder wenigstens. Und jetzt das!« Bis zu diesem Moment wirkte Albert Ebinger halbwegs gefasst. Aber dann schrie er plötzlich los: »Du bist kein Haar besser als der Josef. Du bist genauso wie er. Haltlos! Gewissenlos!«

»Albert!« Luise Ebinger unterbrach ihren Mann. »Du gehst zu weit!«

»So? *Ich* geh zu weit. *Ich*? Mein Sohn bescheißt bei der wichtigsten Prüfung in seinem Leben. *Mein* Sohn! Ich bin Lehrer, hast du das vergessen? Ich bin mit Leib und Seele Lehrer! Und ich dachte, ich hätte meine Kinder zur Ehrlichkeit erzogen, und was macht der da? Geh mir aus den Augen, du Betrüger! Ich kann dich nicht mehr sehen. Du hast alles kaputtgemacht. Alles!«

»Tust du dir jetzt selber leid?«, fragte Luise mit erstaunlich ruhiger Stimme.

Da hatte Christian schon das Zimmer verlassen. Er war hinausgerannt, hatte die Glastür aufgerissen, war durchs Treppenhaus hinuntergestürzt, hatte den Hausflur durchquert, wo er sich einen Weg zwischen den Kindern hindurch bahnen musste, die nach der Pause in die Klassenzimmer zurückströmten, und kam erst wieder zu sich, als er vor Gottlieb Schätzles Holzschuppen stand.

Die kühle Frage seiner Frau hatte Albert Ebingers Furor mit einem Schlag beendet. Er fuhr sich mit der Hand über die Augen und sagte, als tauche er aus einem bösen Traum auf: »Wo ist er?«

»Ich weiß nicht. Er ist weggelaufen. Aber kannst du dir nicht vorstellen, dass das für ihn noch viel schlimmer ist als für dich?«

Ebinger ließ sich gegen die Lehne seines Stuhls fallen. »Nein! Nein, das kann ich mir nicht vorstellen. Er ist alt genug. Er hätte wissen müssen, was er da tut.«

Gottlieb Schätzle goss zwei Schnäpse ein und reichte eines der Gläser an Christian weiter. »Du wirst es überleben und dein Vater auch.«

»Was soll ich denn jetzt machen, Gottlieb?«

»Also ich will amal so sage: Erst muss sich der Pulverdampf verziehen, und dann wird man sehen. Du kannst doch die Prüfung nächstes Jahr noch amal mache.«

Christian schüttelte den Kopf. »Mich krieget keine zehn Gäul mehr in eine Schule.«

»Das sagst du jetzt. In a paar Tag sieht alles anders aus.«

»Könnt ich nicht bei dir arbeiten?«

Gottlieb Schätzle lachte auf. »Da isch dr Zug 'naus!«

»Wie bitte?«

»Oder d' Katz da Baum 'nauf, wenn du woischt, was i moin. Ich geb meinen Laden hier auf. Die Kathrin und ich, wir habet große Pläne!«

Christian starrte den Holzhändler an. »Was denn für Pläne?«

»Wir gehen nach Amerika.«

»Hä?«

»Ich verkauf meinen Holzhandel, meine Grundstücke, das Haus, das ganze Anwesen, verstehst? Ich hab des alles scho schätzen lassen. Hätt gar net denkt, dass da so viel dabei rauskommt.«

»Ja, und?«

»Jetzt kauf ich erst amal drei Backöfe. Erstklassige Backöfe. Made in Germany, verstehst?«

»Nein. Kein Wort.«

»Die werden dann von Bremen aus nach Amerika verschifft.«

»Ich versteh immer noch nix.«

»Ein Kumpel von mir hat in den USA, also in Arizona, verstehst, eine riesige Farm. Baut Getreide an. Der muss mit dem Jeep um seine Felder rumfahre und braucht da drei Stund dafür.« Schätzle goss sich einen zweiten Schnaps ein. »Willst auch noch oin?«

Christian schüttelte den Kopf. Vor vier Stunden hatte man ihn von der Schule verwiesen, man hatte ihm den Boden unter den Füßen weggezogen, und nun ging auch noch der Mann, auf den als Einzigen noch Verlass war, wie er glaubte, aus seiner Welt.

»Also, i will amal so sage: Die Kathrin und ich haben einen Lehrgang gemacht. Brotbacken, verstehst?«

Wieder schüttelte Christian nur den Kopf. Das konnte doch kein Mensch verstehen, was Gottlieb da erzählte.

»In Amerika, sagt mein Kumpel, gibt's bloß weißes Brot, das wie nasser Pappedeckel schmeckt. Er meint, wenn man da deutsches Brot – also German Bread halt – herstellt … also, i will amal so sage: Da kannscht Millionär werde.«

Einen Augenblick schoss Christian der Gedanke durch den Kopf, er könnte die beiden vielleicht bitten, ihn mitzunehmen. Aber das ging schon wegen Kathrin nicht. Und natürlich sprachen auch tausend andere Gründe dagegen. »Jetzt trink ich doch noch einen«, sagte er mit belegter Stimme.

Schätzle goss nach. »Kannst uns ja dann amal bsuche.«

»Mach ich!« Christian kippte den Schnaps.

Schätzle legte seinen Raubvogelkopf schief und sah den jungen Mann aus seinen fast schwarzen Augen an. »Sieh mich an. Wer hätt vor zehn oder fünzehn Jahr denkt, dass ich amal die Kathrin heirate und mit ihr nach Amerika zieh. Dass aus dem halbfertigen Installateur und unbegabten Bauern ein erfolgreicher Holzhändler und Fuhrunternehmer wird und schließlich der größte Bäcker von deutschem Brot in Amerika? Wer weiß, was aus dir noch amal alles wird?« Jetzt nahm Schätzle direkt einen Schluck aus der Flasche und fuhr sich mit dem Handrücken über den Mund. »Und weißt noch, wie ich nach dem Krieg angfangen hab? Als Holzdieb. Kannst ruhig sage: als Kleinkrimineller! Man muss sehen, wo man bleibt, Christian. Du bischt doch a Kerle voller Ideen. Dir wird scho was einfalle.«

Als Christian den künftigen German-Bread-Bäcker verließ, war er auf seltsame Weise getröstet. Plötzlich erfasste ihn so etwas wie eine Euphorie. »Also, ich will amal so sage«, hatte Schätzle zum Schluss gemeint, »so eine Niederlage ist immer auch eine neue Herausforderung!« Er hatte Christian an den Schultern gefasst und kurz an sich gezogen. »Bischt a gueter Kerle! Und das wissen deine Eltern natürlich auch.«

Noch am selben Tag begann Albert Ebinger wie ein Löwe für seinen Sohn zu kämpfen. Er wollte mit allen Mitteln erreichen, dass Christian weiter an den Prüfungen teilnehmen und Französisch in einer Sonderprüfung nachholen konnte. Ein paar Stunden lang sah es so aus, als ob er damit auch Erfolg haben könnte. Seine Beziehungen zum Oberschulamt waren längst wieder so gut wie vor dem Krieg, und im Kultusministerium saß ein guter alter Freund aus Nazizeiten. Aber am Ende kam der Bescheid, der Schüler Christian Ebinger könne im folgenden Jahr die Prüfung wiederholen, man empfehle ihm aber, die 13. Klasse an einem anderen Gymnasium zu besuchen.

Das nächste Schuljahr begann erst im September nach den Sommerferien. Davor musste Christian noch zur Musterung für den Wehrdienst. Um die Zeit zu überbrücken, suchte er sich eine Arbeit. Beim Tagblatt in Tübingen sagte ihm Frau Schallenberger kühl, man werde ihn wohl nicht beschäftigen können, schließlich sei er kriminell geworden, und das habe sich inzwischen herumgesprochen. Der Redakteur Mosebach meinte, er hätte Christian eventuell ein paar Aufträge gegeben, aber gegen die Schallenberger lasse sich so etwas nicht durchsetzen. Wie konnte diese dicke, unförmige Kröte, die in den letzten zwei Jahren mindestens einen halben Zentner Pralinen verzehrt hatte, die Christian ihr geschenkt hatte, so viel Macht und Einfluss haben?

»Du musst das ja auch begriffen haben«, sagte Mosebach, »hättest du sonst so viel in diese Schokolade investiert?«

Hilfe kam von Christians Schwager Toni in Karlsruhe. Der war inzwischen zum Ressortleiter für Lokales aufgestiegen und erwies sich nun als zuverlässiger Freund. Er hatte immer mal wieder einen Artikel von Christian in der Tübinger Tageszeitung gelesen und auch seine Arbeit an der Schülerzeitung verfolgt, ohne groß darüber zu reden. Er hütete sich auch davor, den kleinen Bruder seiner Frau zu loben, weil er glaubte, der könne sich zu rasch zu viel darauf einbilden. Jetzt aber, als er mit Hanna über ein Wochenende zu Besuch in Fleckenhausen war, fragte er Christian, ob er nicht Lust habe, für ein paar Wochen nach Karlsruhe zu kommen. Er könne auch ab und zu frei für die Lokalredaktion arbeiten und sich ein bisschen Geld damit verdienen. Christian war begeistert. Am Sonntagabend stieg er zu den beiden in ihren gerade neu erworbenen Fiat 500.

Am Montagmorgen fuhr Christian mit Toni in die Redaktion im Zentrum der Stadt Karlsruhe. Hier befand sich nur eine siebenköpfige Redaktion, die dreigeteilt war: Lokales und Lokalpolitik, dazu gehörte auch die Berichterstattung aus dem Landkreis, Lokale Kultur und Lokaler Sport. Der überregionale Teil der Zeitung wurde aus Freiburg geliefert. Toni stellte seinen Schwager vor. »Er soll hier hospitieren und dabei rauskriegen, ob er für den Beruf des Journalisten geeignet ist.« Von Christians Fiasko bei der Prüfung erzählte er nichts, wohl wissend, dass die Voraussetzung für eine Redakteursausbildung das Abitur, wenn nicht gar ein abgeschlossenes Studium war. »Er hat schon ein bisschen Erfahrung als freier Mitarbeiter beim Schwäbischen Tagblatt in Tübingen«, fügte Toni noch hinzu.

Von seinem Schreibtisch ganz in der Ecke des Großraums meldete sich ein untersetzter Mann mit einer Glatze, in der sich das Licht der Deckenlampe spiegelte. »Verstehen Sie was von Sport, junger Mann?« Der Redakteur trug ein Lumberjack, Cordhosen, und seine nackten Füße steckten in Sandalen.

Toni stellte ihn vor: »Daniel Kraft, unser Sportchef.«

»Nicht besonders viel«, antwortete Christian vorsichtig. »Ich hab mal eine Weile Fußball gespielt, in der A-Jugend des VFL Fleckenhausen.«

»Der Schreitmüller ist nämlich ausgefallen«, erklärte der Sportredakteur seinem Kollegen Toni, »und ich hab keinen, der über das Pokalspiel morgen schreibt.«

»Traust du dir das zu?«, fragte Toni seinen Schwager.

»Kein Problem.« Christian hätte in seiner jetzigen Situation zu allem ja und amen gesagt.

Und so fand er sich am nächsten Tag um 18 Uhr im Wildparkstadion wieder. Er hatte einen Ausweis bekommen, der ihm den Zugang zur Pressetribüne ermöglicht hätte. Aber als er das Stadion betrat und ein paar der Fans um sich herum fachsimpeln hörte, fasste er spontan den Entschluss, sich in die Stadionkurve zu stellen, wo die Anhänger des heimischen Clubs standen. Wenn er Fragen zur Mannschaft und zu dem Spiel hatte, fand er hier bestimmt jemanden, der ihm antwortete.

Das Spiel hatte kaum begonnen, da erfasste Christians Umgebung eine kollektive Erregung. Ein Karlsruher Verteidiger hatte einen anstürmenden Gegner zu Fall gebracht, und nun sollte es Elfmeter geben. »Das war nie und nimmer foul!«, rief ein Mann neben Christian. »Der hat doch ganz klar den Ball gespielt!«, sekundierte sein Nebenmann. »Und wenn, dann war's außerhalb der Strafraumgrenze!« »Der Schiedsrichter ist doch nicht neutral. Das hat man schon im Spiel gegen Frankfurt letzte Woche gesehen«, rief ein dritter. »Ist ja auch schwachsinnig«, kommentierte ein weiterer Fan, »denselben Schiedsrichter für zwei aufeinanderfolgende Spiele desselben Vereins einzusetzen. Das müsste verboten werden.« Christian sah auf seine Uhr, schrieb in seinen Block: »Sechste Minute. Ein vermeintliches Foul.« Und dann die Stichwörter: »klar den Ball gespielt«, »außerhalb der Strafraumgrenze«, »Schiedsrichter nicht neutral, Spiel Frankfurt«. Und so hielt er es während des ganzen Spiels. Am Ende siegte der heimische Verein mit 3:1, und Christians Nachbar sagte beim Verlassen des Stadions: »Das war eine einmalige Energieleistung, die haben die Stuttgarter regelrecht niedergekämpft.«

Am Tag darauf erschien Christian Ebingers Bericht auf der lokalen Sportseite als Aufmacher unter der Überschrift »Einmalige Energieleistung des KSC – Stuttgart regelrecht niedergekämpft«, und im Text fanden sich all die Zitate, die der Jungreporter im Stadion mitgeschrieben hatte, als seien dies alles seine Erkenntnisse aus der Beobachtung des Spiels gewesen. Schon am Vormittag meldeten sich einzelne Anhänger des heimischen Clubs mit Sätzen wie »Endlich mal einer, der etwas von Fußball versteht« am Telefon der Sportredaktion.

Der Ressortleiter lobte seinen neuen Mitarbeiter. »Obwohl Sie neu sind in der Stadt, haben Sie sofort das richtige Gespür für den Verein gefunden. Respekt.« Christian schämte sich ein wenig wegen der guten Kritiken und war doch stolz auf den einfachen Trick, auf den er gekommen war. Daniel Kraft streckte Christian seine Rechte hin. »Kannst mich Danny nennen!«

»Christian, aber Chris genügt!« Er schlug ein.

Mit Tonis Einverständnis machte Kraft den Neuling ohne weitere Vorbedingungen zum Sportreporter. »Solange der Schreitmüller krankgeschrieben ist, kannst du bei uns arbeiten. Auf Honorarbasis, versteht sich.«

Gottlieb Schätzle hatte sich im vergangenen Jahr einen Personenwagen angeschafft. Einen Opel Olympia. Da hatte er freilich von seinen Amerika-Plänen selbst noch keine Ahnung gehabt. Das Auto hatte er nun genauso verkauft wie alles andere. Übergeben würde er es aber erst am Tag vor ihrer Abreise. So war es mit dem Käufer ausgemacht. Nun waren er und Kathrin in dem Wagen auf dem Weg nach Bodelshausen.

Hans und sein Großvater arbeiteten in dem kleinen Bauerngarten hinter dem Haus, der mit einem einfachen Lattenzaun eingefasst war. Links und rechts des Plattenwegs, der vom Törchen aus genau durch die Mitte lief, waren zwei exakt gleich große Rechtecke angelegt. Links züchtete Lamparter Gemüse und Beeren, der rechte Teil war ganz den Blumenrabatten vorbehalten. Es gab Leute im Dorf, die es für eine glatte Verschwendung hielten, so viel fruchtbaren Boden nicht auch noch als Nutzgarten zu verwenden. Aber es waren dieselben Leute, die im Sommer und Frühherbst oft lange am Zaun stehen blieben, um die Blumenpracht zu bewundern. Manch einer von ihnen führte sogar seine Besucher von auswärts zu Lamparters Grundstück, um dessen Blütenparadies stolz als besondere Sehenswürdigkeit Bodelshausens zu präsentieren.

Es war ein kalter Tag. Zwar hatte es schon lange nicht mehr geschneit, aber die Temperaturen lagen weit unter null Grad. Opa und Enkel waren in warme Jacken eingehüllt, hatten Wollmützen auf den Köpfen, die noch die Oma gestrickt hatte, und ihre Hände steckten in dicken Handschuhen. Sie gruben mühsam die leicht gefrorene Erde um. Als sie das Auto heranfahren hörten, richteten sie sich gleichzeitig auf und stellten, einer wie der andere, in der genau gleichen Haltung ihren rechten Fuß auf die Schneide des Spatens.

Kathrin stieß das kleine Gartentor auf und ging schnell auf die beiden zu. Sie umarmte zuerst Hans und dann ihren Vater. Schätzle folgte, nahm nach einem »Grüßgott mitnander!« dem alten Lamparter den Spaten aus der Hand und setzte dessen Arbeit fort. »Das machet ihr recht«, sagte er, »ab morgen soll's noch amal schneien. Und – i will amal so sage: Wenn ihr den Boden vorher düngt, wäscht's am Ende, wenn's taut, alles schön ins Erdreich rein.«

Lamparter nickte mit einem spöttischen Lächeln. Was das anbelangte, brauchte er keine Belehrung. Zu seiner Tochter sagte er: »Komm rein, ich mach einen Kaffee, und der Hans lauft schnell zum Bäcker und holt einen Kuchen.«

Hans nickte ernst. »Jawoll. Das mach ich!«

Sein Großvater holte aus der Backentasche seiner Hose den Geldbeutel und reichte ihn dem Enkel. Diese Geste und die Art, wie Hans das Portemonnaie selbstverständlich übernahm und einsteckte, zeigte, wie vertraut die beiden miteinander waren.

Als Vater und Tochter die Küche betraten, in der dank des Herdfeuers eine wohlige Wärme herrschte, fragte Lamparter: »Und? Was führt euch hierher? So oft passiert das ja nicht.«

Kathrin registrierte den leicht vorwurfsvollen Unterton. Sie trat ans Fenster, das auf den Bauerngarten hinausging, und sah, wie Gottlieb

Schätzle in gleichmäßigen starken Bewegungen die Schollen aus der Erde stach, umdrehte und mit der Seite der Spatenscheide die Brocken zerkleinerte. »In Zukunft wird's noch seltener sein«, sagte sie, ohne sich dem Vater zuzuwenden. »Es sei denn …«

»Was soll denn des jetzt heiße?«

»Wir ziehen weg. Weit weg. Und am liebsten würden wir euch zwei mitnehmen.«

»Der Schätzle und du?«

»Ja.«

»Und du meinst, das tät gutgehe?«

»Warum nicht?«

Lamparter hatte inzwischen Wasser aufgesetzt, den Porzellanfilter auf der Kaffeekanne platziert, das Filterpapier mit einem Atemstoß aufgefaltet und setzte es jetzt ein. Als er das Kaffeepulver einfüllte, sagte er: »Und wo wollt ihr hin?«

»Nach Amerika!«

Lamparter hielt in der Bewegung inne. Kathrin kam vom Fenster herüber, stellte sich dicht hinter ihren Vater und legte ihre Arme um seine Brust. »Es ist eine einmalige Chance, Papa!«

Das Wasser begann zu kochen. Lamparter löste sich von seiner Tochter, nahm den Topf vom Feuer und goss den Inhalt vorsichtig in den Kaffeefilter. Kathrin setzte sich an den Küchentisch.

Ihr Vater räusperte sich. »Nach Amerika also. Des ischt au dr nächste Weg!« Er stand unverändert mit dem Rücken zu ihr am Herd. Und so blieb er stehen, bis ihm Kathrin den ganzen Plan erläutert hatte. Sie schloss mit den Worten: »Der Gottlieb könnt sich gut vorstellen, dass ihr zwei mitkommt. Arbeit gäb es genug, und wir wären alle zusammen.«

Ihr Vater drehte sich um. »So ein alte Baum wie mich kannscht nimmer verpflanze, Kathrin. Des schlägst dir besser aus dem Kopf!«

Sie wollte es sich nicht eingestehen, aber eigentlich war sie erleichtert. Sie wusste, ihr Vater und ihr behinderter Sohn würden ihr fehlen, und sie fühlte sich auch dazu verpflichtet, für die beiden da zu sein. Aber bei einem so radikalen Neuanfang, wie sie und Gottlieb Schätzle ihn vorhatten, wären sie durch Lamparter und Hans bestimmt auch behindert gewesen. Wie von fern hörte sie ihren Vater fragen: »Und das ist also beschlossene Sache, ja?«

»Ich sag doch, die Backöfen sind schon unterwegs. Und wir haben auch schon unsere Flugtickets nach Amerika.«

Lamparter stellte die Kaffeekanne auf den Tisch, holte Milch aus dem Kühlschrank und eine Zuckerdose vom Bord über der Spüle. Dann setzte er sich ächzend Kathrin gegenüber. »Du bist hoffentlich nicht auf die Idee gekommen, den Hans allein mitzunehmen?«

»Warum fragst du?«

»Ohne ihn hätt mein Leben keinen Sinn«, sagte der alte Lamparter schlicht. »Wir brauchen einander.«

Die Tür ging auf. Hans kam herein und trug das Kuchenpaket vor sich her, als handle es sich um eine Krone auf einem Samtkissen. Dann drehte er sich um, schob seinem Opa den Hintern entgegen, und der zog seinen Geldbeutel aus der hinteren Hosentasche des jungen Mannes.

»Streuselkuchen, Schweinsohren und Florentiner«, meldete Hans.

Kathrin ging zum Fenster und öffnete es. Ein kalter Wind fuhr herein.

»Es riecht nach Schnee«, sagte Lamparter.

Kathrin rief in den Garten hinab: »Gottlieb, es gibt Kaffee und Kuchen.«

»Ich komm gleich. Ich mach nur schnell hier fertig«, kam es aus dem Garten zurück.

»Den Gottlieb kann man brauchen«, sagte Hans.

***

»Der reine Terrorismus.« Der Sportchef hatte seine Füße auf den Schreibtisch gelegt und seinen Stuhl nach hinten gegen die Wand gekippt. Hinter seinem Ohr steckte ein Bleistift, in seinem Mundwinkel hing eine halb gerauchte Zigarette, deren Asche in diesem Moment abfiel und sich auf seinem rechten Hosenbein verbreitete. Danny Kraft nahm keine Notiz davon.

»Was?« Christian fuhr herum. Er saß am Platz des erkrankten Reporters Schreitmüller und tippte mit zwei Fingern einen Bericht in die Maschine.

»Wie du tippst. Jede Minute ein Anschlag.« Danny lachte über seinen eigenen Witz. »Dieses Adler-Suchsystem macht mich ganz meschugge!«

»Was ist denn das nun schon wieder: Adler-Suchsystem?«

»Na, deine Art zu tippen, Mann: Mit dem Zeigefinger kreisen, und wenn du den Buchstaben gefunden hast, herabstürzen und zuschlagen.«

»Ha, ha, ha!« Christian ärgerte sich. Er hätte wesentlich schneller schreiben können, aber zuerst musste er die Formulierung im Kopf haben. Wenn er dann den fertigen Satz schrieb, war dies für ihn eine mechanische Handlung, während der er gedanklich bereits am nächsten Satz arbeitete.

»Also wenn du Reporter werden willst, musst du wesentlich fixer werden. Am besten lernst du ganz schnell, im Zehnfingersystem zu schreiben.«

»Ich bin noch immer rechtzeitig fertig geworden.«

»Aber auch nur, weil ich dir mehr Zeit eingeräumt hab, als eigentlich erlaubt ist. Ich bin halt auch zu gutmütig«, antwortete Danny Kraft. Und nach einer Pause: »Stimmt es eigentlich, dass du verweigern willst?«

»Ja!«

»Als Abiturient hast du da aber wenig Chancen.«

Christian überlegte sich einen Moment, ob er Danny Kraft klaren Wein einschenken und zugeben sollte, gar kein Abitur zu haben, ließ es dann aber.

»Und, hast du einen guten Beistand?«

»Den besten!«

»Aha. Und wer ist das?«

»Conny Claasen.«

»Conny Claasen?«

»Ja, kennst du ihn?«

»Flüchtig. Aber das wird ja nun wohl nichts werden.«

»Warum denn nicht?«

»Den haben sie doch aus dem Verkehr gezogen.« Danny lachte. »Im doppelten Sinn sozusagen.«

»Ich versteh kein Wort.«

»Liest du denn keine Zeitung?« Der Sportchef beugte sich über seinen Papierkorb, kramte kurz darin herum und warf dann eine zerknitterte Zeitung auf den Tisch. »Da! Die FAZ von gestern.«

Christian starrte auf die Titelseite, konnte aber nichts finden, was mit Claasen hätte zu tun haben können.

»Umdrehen! Letzte Seite! Vermischtes!«

Christian drehte die Zeitung um. »Ermittlungen gegen Vorsitzenden des Verbands der Kriegsdienstverweigerer«, las er. Und in der Unterzeile: »Vorwurf der Unzucht nach Paragraph 175.«

»Das hat was, oder? Der Chef der Kriegsdienstverweigerer ein 175er, ein warmer Bruder, ein Homosexueller«, rief Kraft und schickte den Worten wieder sein keckerndes Lachen hinterher.

Toni gesellte sich hinzu. »Das Gesetz haben die Nazis gemacht«, sagte er. »1935. Die waren gnadenlos gegen Schwule. Manche von denen haben sie sogar ins KZ gesteckt.«

»Aber die Bundesrepublik hat den Paragraphen im Jahr 1949 übernommen«, wusste Daniel Kraft. »Und später wurde sogar durch den Bundesgerichtshof festgesetzt, dass der Tatbestand der Unzucht nicht einmal eine persönliche Berührung voraussetzt. Bestraft werden kann auch gleichzeitiges Masturbieren.« Das schien ihn besonders zu amüsieren.

Toni setzte sich mit einer Pobacke auf die Ecke von Christians Schreibtisch. »Kennt ihr die Geschichte von Adenauer und seinem Außenminister Brentano?«

Die beiden anderen schüttelten den Kopf.

»Irgend so eine Petze hat dem Adenauer gesteckt, dass Brentano ein Homosexueller sei. Darauf soll Bundeskanzler Adenauer geantwortet haben: ›Ich weiß nicht, was Sie wollen, bei mir hat er's noch nicht probiert.‹ Und damit war für ihn die Sache erledigt.« Toni wendete sich an seinen Schwager: »Aber was bedeutet das jetzt für dich, Christian?«

»Ich weiß nicht. Der Termin ist nächsten Montag, also heute in einer Woche. Ich wollte am Donnerstag oder Freitag zu Claasen fahren und alles besprechen.«

»Das hat ja nun keinen Sinn mehr. Soll ich mich mal umhören, wer sonst in Frage käme?«

»Braucht er denn einen Beistand?«, fragte Danny Kraft. »Ich hab mal gehört, die Prüfer sind besonders fies, wenn man mit einem Rechtsanwalt oder so anrückt. So 'n Kommisskopp denkt doch: Am stärksten ist ein Mann allein.«

Ohne diesen Einwand hätte Christian Ebinger vielleicht noch nach einem anderen Beistand gesucht. Aber so erschien er am darauffolgenden Montag alleine vor der Kommission.

Von Anfang an hatte er das Gefühl, auf verlorenem Posten zu stehen.

Auf die erste Frage war er noch vorbereitet: »Sie behaupten also, dass Ihr Gewissen den Dienst an der Waffe nicht zulasse. Was verstehen Sie überhaupt unter Gewissen?«

Da Christian die Broschüre, die ihm Claasen gegeben hatte, im letzten Augenblick noch rasch durchgelesen hatte, antwortete er schnell und druckreif: »Gewissen, das ist eine Überzeugung tief in meinem Inneren von Recht und Unrecht, und diese Überzeugung bestimmt alles, was ich tue.«

Der Vorsitzende lächelte maliziös. »Den Satz haben Sie gut auswendig gelernt.«

Christian Ebinger merkte, wie in ihm schon hier ein innerer Zorn gegen den Prüfer aufstieg.

»Sie werden mir jetzt gleich sagen, dass diese Überzeugung auch beinhaltet, unter keinen Umständen Menschen verletzen oder töten zu können. Was sind dafür die prägenden Einflüsse bei Ihnen?«

»Wie bitte?«

»Na ja, so eine Überzeugung kommt ja nicht aus dem Nichts, nicht wahr?! Waren es Ihre Eltern, Ihre Lehrer, der Pfarrer oder wer sonst – wer hat Sie auf solche Gedanken gebracht?«

»Seit einem gewissen Alter bin ich in der Lage, selbständig zu denken«, antwortete Christian.

»Sie haben ja sicher die Broschüre ›Hilfen für Kriegsdienstverweigerer‹ gelesen.«

Christian nickte nur. Er wusste nicht, worauf der Prüfer hinauswollte.

»Dann wissen Sie auch, dass wir bei unserer Entscheidung, ob Ihre Begründungen ausreichend sind, Ihren Bildungsgrad berücksichtigen müssen.«

»Und was bedeutet das?«

»Sie haben ganz andere Mittel, uns hinters Licht zu führen, als ein einfacher Hilfsarbeiter zum Beispiel.«

»Aber der Umkehrschluss ist ja wohl nicht erlaubt«, sagte Christian.

»Ich verstehe nicht.« Der Prüfer beugte sich weit vor. Er hatte ein rundes, fleischiges Gesicht mit sehr kleinen, wässrigen Augen hinter dicken Hautwülsten.

»Weil ich das Gymnasium besucht habe, kann ich kein ernstzunehmender Wehrdienstverweigerer sein. Denken Sie so?«

Der Prüfer lachte hell auf. »Das ist nicht neu. Sie versuchen, den Spieß umzudrehen und Ihrerseits uns zu prüfen.« Er sah nach rechts und links zu seinen Beisitzern. »Denken Sie etwa, wir urteilen nicht neutral? Glauben Sie, wir machen es uns leicht? Unterstellen Sie uns irgendwelche Vorurteile?«

»Ich habe nichts dergleichen behauptet!«

Du darfst dich auf keinen Fall provozieren lassen, hatte sein Schwager Toni gesagt. Aber das erwies sich jetzt als nicht so einfach. Alles, was der Vorsitzende sagte, brachte Christian gegen ihn auf. Er erinnerte sich an einen Spruch seines Vaters, wenn den ein innerer Zorn erfasste: »Da stellt sich eine Drahtbürste in meinem Bauch auf.« Christian glaubte die Drahtbürste körperlich zu spüren.

»Ich verspreche Ihnen«, sagte der Vorsitzende und senkte dabei seine Stimme um eine halbe Oktave, »was wir über Sie wissen, lassen wir in unser Urteil nicht mit einfließen.«

»Was Sie über mich wissen?«

»Nun ja. Tübingen ist nicht so groß, und Ihre Verfehlungen beim Abitur waren nicht so klein, dass sich das alles nicht herumgesprochen hätte.«

In diesem Augenblick wusste Christian, dass er verloren hatte. Die Frage, was er tun würde, wenn er mit einer Waffe in der Hand zuschauen müsste, wie ein russischer Soldat seine Mutter vergewaltigen würde, kam nicht. Stattdessen schilderte der Vorsitzende mit zunehmender Dramatik, wie ein Zug auf eine Weiche zurast, die ein Attentäter im letzten Augenblick so umstellen will, dass der Zug in voller Fahrt entgleisen und gegen einen Brückenpfeiler prallen muss. Christian solle sich vorstellen, den Täter rechtzeitig entdeckt zu haben, eine Waffe in der Hand zu halten und so das Unglück verhindern zu können. »In dem Zug sitzen 200 Leute, Männer, Frauen, Kinder, und Sie können deren Leben retten, indem sie einen Schwerverbrecher unschädlich machen. Sie müssen ihn nicht einmal gleich totschießen.«

»Unschädlich machen? Was sind denn das für Worte?«, entgegnete der Prüfling schwach.

»Antworten Sie auf meine Frage!«

»Ich gebe auf!« Zu seiner eigenen Überraschung drehte er sich auf dem Absatz um und ging zur Tür. Von dort aus sagte er: »Wenn ich bei der Bundeswehr auf Menschen wie Sie treffe, habe ich andere Feinde als die Soldaten der Roten Armee!«

Er war sich in diesem Augenblick großartig vorgekommen. Aber als er auf die Straße hinaustrat, eine menschenleere, gesichtslose Straße irgendwo im Tübinger Vorort Derendingen, überfiel ihn ein Gefühl tiefer Depression. Seine Beine wurden so schwer, dass er kaum gehen konnte. Durch eine schmale Gasse erreichte er die Steinlach, einen Bach, der in Tübingen dem Neckar zufloss. Er setzte sich auf eine Bank, wollte weinen und schaffte es nicht. Er verstand sich selber nicht mehr. Warum hatte er so schnell aufgegeben? Warum hatte er nicht gegengehalten? Warum war ihm partout nichts eingefallen, was er gegen die

Zumutung, ihm solch eine Frage zu stellen, hätte sagen können? Zu all den Niederlagen der vergangenen Wochen und Monate hatte sich nun eine neue gesellt. Konnte einem Menschen mehr schiefgehen als ihm? Er hatte das Abitur versaut, seine erste große Liebe, Julia, verprellt, und nun war es ihm auch noch misslungen, den Wehrdienst zu verweigern. Die Arbeit bei der Zeitung in Karlsruhe ging zu Ende, weil der kranke Reporter zurückkam. Eine eventuelle Weiterbeschäftigung scheiterte schon daran, dass er nunmehr am 1. Juni zur Bundeswehr eingezogen wurde. Ein Jahr lang würde er dort bleiben müssen. Für diese Zeit war klar, wie sein Leben weiterging. Aber danach.

»Trostlos«, sagte er laut.

»Bitte?«

Christian sah sich um. Er hatte nicht bemerkt, dass außer ihm noch jemand auf der Bank saß. War der alte Mann schon dagewesen, als er selbst gekommen war, oder hatte er sich erst später hingesetzt?

»Nix!«, sagte Christian.

»Nix gibt es nicht. Es ist immer was«, sagte der Mann.

Jetzt erst sah ihn Christian richtig an. Er trug einen abgewetzten Parka, seine Haare waren grau, ebenso der Bart. Aus dem faltenreichen Gesicht blinzelten klare, helle Augen. Der alte Mann zog unter der Bank einen Holzkoffer hervor, öffnete ihn vorsichtig, klappte aus dem Deckel zwei scherenartig gekreuzte Beine heraus, stellte mit deren Hilfe die obere Hälfte des Koffers als Tisch auf und kippte die Platte. Mit einem Mal stand eine Staffelei vor ihm. Aus dem anderen Teil des Koffers nahm er eine Palette und ein paar Pinsel, die er wie einen Blumenstrauß hielt.

»Sie könnten mir ein bisschen Wasser aus dem Bach holen«, sagte er zu Christian. Der nahm das kleine Glasgefäß, das ihm der alte Mann reichte, in die Hand und stieg über die Böschung zur Steinlach hinab, füllte das Glas, indem er es in die Strömung hielt, und kehrte zurück.

»Danke«, sagte der Alte, »ich bewege mich nicht mehr so leicht.« Mit einem Kohlestift, den er aus der Brusttasche seines Parkas zog, begann er Striche auf das erste Blatt eines dicken Skizzenblocks zu zeichnen.

»Was malen Sie denn?«, fragte Christian.

»Den Baum dort drüben. Haben Sie schon mal so eine gleichmäßig gewachsene Kastanie gesehen? Jetzt hat sie ihre ersten Blätter, im Mai kommen dann die Blüten. Ich werde sie im Lauf des Jahres noch drei- oder viermal porträtieren. Ein Baum im Wandel der Jahreszeiten.«

Während er weiter seine Striche aufs Papier brachte, sagte er plötzlich: »Und was bedrückt dich so?«

Christian wunderte sich nicht, dass der Maler ihn plötzlich duzte, das Recht dazu schien er mit seinem Alter erworben zu haben, und er konnte sich nicht erklären, warum er begann, dem Fremden seine ganze Geschichte zu erzählen. Der hörte zu, ohne den jungen Mann auch nur einmal zu unterbrechen. Als Christian berichtete, wie er vor dem Prüfungsausschuss des Kreiswehrersatzamtes gescheitert war, nickte der Alte, als ob er nichts anderes erwartet hätte. »Und eine nächste Instanz gibt's nicht?«

»Doch, bei der Wehrbereichsverwaltung. Aber ich hab ja meinen Antrag sozusagen selber zurückgezogen.«

Der Maler verteilte Farben in die kleinen Kuhlen seiner Palette, stieß einen Pinsel in das Wasserglas und begann der Kastanie auf seinem Skizzenblock Farbe zu verleihen. »Und das mit dem Mädchen? Gibt's da keine Revisionsmöglichkeit?«

»Ich hab Ihnen das nicht so genau erzählt. Aber so, wie sie an dem Abend davongerannt ist …« Christian ließ den Satz in der Luft hängen.

»Einen Versuch wär's doch vielleicht wert. Ich hab mal so was Ähnliches erlebt.«

Christian sah den Maler ungläubig an.

»Ja, glaub mir nur. Es ist lange her, aber ich hab's nicht vergessen. Das war kurz vor meinem Abitur. Und es war auch hier in Tübingen. Das Mädchen, oder muss ich sagen, die junge Frau, also nennen wir sie einfach beim Namen: Ich hab Sarah schon in der Schule kennengelernt. Wir haben Tanzstunde zusammen gemacht.« Er kicherte. »Das war noch im letzten Jahrhundert. Ich glaube, 1896, aber so genau weiß ich das nicht mehr, könnte auch 97 gewesen sein.«

»Vor über 60 Jahren«, warf Christian ein.

»Ja, mag sein. Es war eine scheue, aber eine sehr schöne Liebe. Sarahs Vater war unser Hausarzt. Er und mein Vater waren Freunde. Ich hab ihr damals meine Liebesbriefe auf der Papierrolle einer Registrierkasse geschrieben, die ich mir vom Gemischtwarenhändler Kiderlen hatte schenken lassen.«

»Auf einer Papierrolle?«

»Ja, die war vielleicht fünf Zentimeter breit und etwa 20 Meter lang. Vielleicht auch 50 oder 100. Immer wenn der Brief fertig war, also das waren dann schon manchmal ein oder zwei Meter, habe ich ihn von der Rolle abgeschnitten, zusammengefaltet, in ein Kuvert gesteckt und meiner Sarah geschickt. Wenn die Rolle zu Ende war, habe ich mir eine neue besorgt. Sarah hat, wie ich später erfahren habe, alle diese schmalen Papierbänder wieder aneinandergeklebt. Sie ging damals in die Hauswirtschaftsschule. Ich besuchte das Uhlandgymnasium.« Er riss das Blatt vom Skizzenblock und legte es zum Trocknen in den flachen unteren Teil seines Holzkoffers. »Ich weiß nicht, wie oft ich ihr geschworen habe, sie werde auf immer und ewig meine einzige Liebe bleiben. Aber, was soll ich sagen, rasch tritt den Mann die Versuchung an. Bei mir war das eine fünf Jahre ältere Frau, eine der ersten, die studiert haben. Schwarze Haare, schwarze Augen, enge Kleider. Sie rauchte, ging alleine in die Kneipen und redete in den Diskussionen die Männer an die Wand. Man kann sich heute gar nicht mehr vorstellen, was das damals für eine Sensation war, wenn eine Frau so auftrat.

Als ich sie zum ersten Mal gesehen habe, saß ich ganz still in der Ecke einer Weinstube, ließ aber kein Auge von ihr. Das muss sie bemerkt haben. Denn am Ende des Abends kam sie direkt auf mich zu. Ich wollte grade gehen, da fragte sie mich: ›Bringst du mich nach Hause?‹ Ja, und da ist es dann passiert. Gleich am ersten Abend hat sie mich verführt. Mich, den unerfahrenen Gymnasiasten aus der Oberprima.«

Der Maler hatte ein neues Bild begonnen. Schon nach den ersten Strichen war zu erkennen, dass er ein Schwanenpaar zeichnete, das gut

20 Meter bachaufwärts nahe dem Ufer schwamm, wobei die beiden Tiere immer dicht beieinander blieben, sich in kleinen, engen Kreisen drehten, auf der Suche nach Futter zur gleichen Zeit ihre Hälse tief ins Wasser hinabsenkten und in einer synchronen Bewegung wieder hoben.

»Sie hat in einer Nacht einen Mann aus mir gemacht«, erzählte der Maler weiter. »Danach wollte sie nichts mehr von mir wissen. Ich hatte natürlich die allerschlimmsten Gewissensbisse gegenüber Sarah. Aber was schlimmer war: Ich wollte nun das, was ich gemeint hatte, in der einen Nacht gelernt zu haben, auch mit Sarah ausprobieren. Liebe und Begehren, das sind ja keine Gegensätze, nicht wahr? Im Gegenteil eigentlich. Aber ich habe mich dabei schrecklich benommen. Sie war entsetzt und erschüttert und verließ mich – fast möchte ich sagen: angeekelt.«

Christian nickte heftig, und der Maler sah es. »Du verstehst das?«

»Es ist, als hätten Sie die Geschichte von Julia und mir erzählt.«

»Na, dann wollen wir hoffen, dass es bei dir auch so weitergeht, wie es bei mir weitergegangen ist.«

»Nämlich?«

»Wenn du willst, erzähl ich's dir, bis ... bis ... bis zum bitteren Ende.« Der alte Mann räusperte sich, mischte Farben an und vermied es, Christian anzusehen.

Der sagte einfühlsam: »Wenn's Ihnen nichts ausmacht.«

»Ich hab dann in Heidelberg studiert und nicht in Tübingen, schon, um ihr nicht mehr begegnen zu müssen. Aber natürlich kam ich immer wieder nach Hause. Und eines Tages standen wir plötzlich voreinander. Ich kam aus dem Café Pfuderer am Marktplatz, wo ich Zeitung gelesen und einen Mokka getrunken hatte, und sie wollte hinein, weil sie dort mit einem jungen Mann verabredet war. Den Moment vergesse ich nie, und wenn ich noch mal 80 Jahre alt werden sollte. Wir sahen uns an. Ich sagte spontan: ›Wenn du wüsstest, wie leid mir alles tut.‹ Sie sagte nichts dazu, sondern schloss mich nur in ihre Arme. Dann löste sie sich von mir, sagte: ›Ich muss nur schnell Bescheid sagen‹, rannte in das Café hinein und kam schon nach wenigen

Minuten wieder heraus. ›Er versteht es nicht‹, sagte sie, ›aber das macht jetzt nichts.‹ Wir sind dann nicht ins Café gegangen, sondern zum Neckarufer hinunter und haben uns ein Ruderboot gemietet. Danach sind wir zusammengeblieben bis …« Er unterbrach sich.

»Bis?«

»Nun«, sagte der alte Mann leise, »Sarah ist ein jüdischer Name, das wirst du wissen.«

»Sie ist … Ist sie deportiert worden?«

Der alte Mann nickte, legte den Pinsel aus der Hand und schloss die Augen. »Da waren wir schon 30 Jahre verheiratet. Ich hatte schon Pläne gemacht, wollte sie über den Bodensee in die Schweiz bringen, wenn der Terror der Nazis noch schlimmer werden sollte, was er dann ja auch geworden ist. Wir konnten uns zwar nicht vorstellen, wie das sein würde, getrennt zu sein. Seit unserer Hochzeit waren wir immer zusammen gewesen. Aber zu meinem Plan gehörte es, den Nazis weiszumachen, ich hätte mich losgesagt von meiner jüdischen Frau. Sobald ich dann hier alles geordnet gehabt hätte, wäre ich ihr natürlich gefolgt. Sarah war an dem Tag, als ihre Eltern abgeholt wurden, bei ihnen. Ihr Vater war krank und brauchte Pflege, und Sarah hatte nach der Hauswirtschaftsschule auch noch eine Ausbildung zur Krankenschwester gemacht. Sie kam nicht nach Hause, und als ich Angst bekam, war es zu spät. Ein Nachbar hatte gesehen, wie die Nazis die beiden alten Menschen und ihre Tochter weggebracht hatten. Nur mit zwei Koffern. Die Wohnung meiner Schwiegereltern war bereits geplündert. Sarahs Vater starb auf dem Transport. Meine Frau und ihre Mutter …« Er konnte nicht weitersprechen.

Plötzlich kamen Christian seine eigenen Sorgen unbedeutend, ja geradezu läppisch vor. Nachdem ein paar Minuten vergangen waren, fragte er leise: »Wie haben Sie das bloß überlebt?«

»Ja, wie? Ich weiß es nicht. Zuerst hab ich noch alles versucht, sie zu finden. Ich war Jurist, musst du wissen. Anwalt. Und hier in Tübingen ein durchaus angesehener Mann, wenn du so willst. Aber was Ohnmacht bedeutet, habe ich in den Wochen nach dem Abtransport meiner Frau begriffen. Ich bin von Pontius zu Pilatus gelaufen, habe alle meine Verbindungen spielen lassen, habe mich tief gedemütigt vor den Parteibonzen und vor den schwarzen Rittern der SS, bekam aber immer nur zur Antwort: ›Warum haben Sie auch eine Jüdin geheiratet?‹ Oder: ›Sehen Sie sich vor, dass wir Sie nicht hinterherschicken.‹ Eines Tages, ich weiß mit dem besten Willen nicht mehr, wann das war, habe ich aufgegeben. Nicht nur die Suche nach Sarah und ihren Eltern, sondern überhaupt alles. Ich habe mich nicht mehr um meine Kanzlei gekümmert, alle Kontakte zu anderen Menschen abgebrochen, hab in meiner Wohnung gesessen und – ja, man muss es so sagen – habe mich gehenlassen, bin im wahrsten Sinn des Wortes verkommen.

Im Dezember 1944 bekam ich dann die Nachricht vom Tod meiner Frau. Ich weiß noch, dass ich sie fast mit Erleichterung aufgenommen habe. Endlich herrschte Klarheit. Zudem war jedem denkenden Menschen bewusst, dass der Krieg bald zu Ende sein musste. Eines Tages las ich an der Mauer der Uni einen Spruch, den irgendwer mit roter Farbe hingepinselt hatte: ›Wenn nichts mehr geht, fängt alles an!‹ Dieser einfache Satz blieb in meinem Kopf, er wiederholte sich wie ein Mantra. Wieder und wieder und wieder. Ich suchte gar nicht nach einem Sinn, sondern nahm den Spruch nur wie ein Versprechen. Noch am selben Tag habe ich damit begonnen, mein Haus aufzuräumen. Ich lieh mir einen Handwagen und schaffte den Müll aus meinem Haus, der sich da über Jahre angesammelt hatte.

Um diese Zeit habe ich Kleists Novelle ›Die Marquise von O‹ gelesen und bin an einem Satz hängengeblieben, der sich mir danach tief ins Gedächtnis eingegraben hat: ›… mit sich selbst bekannt gemacht, hob sie sich plötzlich, wie an ihrer eigenen Hand, aus der ganzen Tiefe, in welche das Schicksal sie hinabgestürzt hatte.‹« Er lächelte. »Ich hab versucht zu erkennen, wer ich war, mich sozusagen selbst wieder zu entdecken und neu zu beginnen. Vorsichtig nahm ich Kontakt zu alten Bekannten auf. Und als die Franzosen einmarschierten, habe ich mich bei denen als Dolmetscher verdingt. Ich habe seit der Schulzeit ein sehr ordentliches Französisch gesprochen. Langsam erwachten auch wieder meine Fähigkeiten als Rechtsanwalt. Mancher arme Kerl, dessen Verteidigung ich übersetzen musste, war zu Unrecht in die Fänge der Besatzungsjustiz gefallen. Ich konnte da dem einen oder anderen heraushelfen.«

»Haben Sie wieder geheiratet?«

»Nein. Das kam für mich nicht in Betracht. Das wäre für mich ein schlimmerer Betrug gewesen, als wenn ich Sarah zu ihren Lebzeiten betrogen hätte. Eigentlich hat mein Leben an dem Tag aufgehört, als ich in der geplünderten Wohnung meiner Schwiegereltern stand und wusste: Ich hab Sarah verloren.«

»Aber Sie leben doch!«

»Ja, aber mein eigentliches Leben lag vor diesem Tag, auch wenn ich nach dem Krieg neu begonnen habe. Bedauern Sie mich nicht, junger Mann!« Zu Christians Überraschung ging der Alte plötzlich wieder zum Sie über. »Ich habe alles erlebt: Ungestüm, Unsicherheit, Ehrgeiz, Stolz, Bitterkeit, Liebe, Freundschaft, Ablehnung und Zuneigung, Gutes und Schlechtes. Wissen Sie, wer Edith Piaf ist?«

»Eine französische Sängerin, glaube ich.«

Der alte Mann nickte. »›Der Spatz von Paris‹, sie singt das schöne Lied ›Je ne regrette rien‹ – ›Ich bereue nichts‹.« Er sang mit brüchiger Stimme ein paar Takte des Chansons. Dann sah er Christian lächelnd in die Augen. »Gerne wäre ich mit Sarah alt geworden, aber wie das geworden wäre, wissen wir nicht. Kinder konnten wir nicht bekommen. Und das war vielleicht gut so; denn sie wären ja auch Juden gewesen, Jude ist bekanntlich jeder, dessen Mutter Jüdin ist. Andererseits: Hätten wir Kinder gehabt, wären wir vielleicht rechtzeitig ins Ausland gegangen. Man weiß es nicht. Das Leben ist, wie das Leben ist.
Vor ein paar Jahren habe ich angefangen zu malen. Sie sehen's ja. Und manchmal treffe ich einen Menschen wie Sie, und dann rede ich mit ihm. Nach solchen Tagen kann ich dann auch gut schlafen, was sonst nicht oft der Fall ist. – Du könntest mir noch mal frisches Wasser holen.« Er kippte die farbige Brühe aus dem Glas auf den Boden und reichte es Christian.

Christian hatte sich zu Fuß auf den Weg gemacht, war über die blaue Brücke gegangen, an der Ecke Uhlandstraße/Mühlstraße hatte er sich einen Augenblick überlegt, der Lokalredaktion des Schwäbischen Tagblatts einen Besuch abzustatten, hatte sich dann aber doch nicht getraut. Stattdessen war er langsam über die Neckarbrücke gegangen und an deren Ende in die Gartenstraße eingebogen. Dort kaufte er an einem Blumenstand einen kleinen Strauß und machte sich auf den Weg zum Haus der Familie Bregenzer in der Olgastraße. Als er vor dem imponierenden Klinkerbau stand, kam ihm sein Vorhaben mit einem Mal unsinnig vor. Aber jetzt umkehren? Er schnaufte ein paarmal durch, als ob er seinen Atem beruhigen müsste, und klingelte schließlich. Es geschah lange nichts. Christian wollte sich schon – innerlich erleichtert – abwenden und die steile Pflasterstraße wieder hinabgehen, als die schwere Tür geöffnet wurde. »Ja, bitte?« Vor ihm stand ein Mann um die 60 von mittlerer Größe und ziemlich dick. Er trug eine abgewetzte braune Cordsamthose und einen blau-weiß geringelten Pullover, der Christian an einen Seemann erinnerte.

»Zu Bregenzer«, sagte Christian.

»Sie wollen zu mir?«

»Sie sind Herr Bregenzer? Entschuldigung, Herr Professor Doktor Bregenzer?«

»Ja. Also, was ist?«

»Ich bin ein Freund von Julia …«

»Aha, aber sie ist nicht da. Die Woche über studiert sie in Heidelberg. Wenn Sie ein Freund von ihr sind, müssten Sie das eigentlich wissen.«

»Ja, das weiß ich. Und deshalb bin ich eigentlich da. Ich hab Julias Adresse in Heidelberg nicht und bin in den nächsten Tagen zufällig dort …«

»Und die Blumen?«

»Waren eigentlich für Ihre Frau. Wir haben uns mal kurz kennengelernt, als ich Julia abgeholt habe.«

»Sind Sie etwa dieser Felix Krull?«

»Wie bitte?«

»Ja, so heißen Sie in unserer Familie, wenn Sie der sind, der mal mit Julia im Kino war und sich dann nie mehr gemeldet hat. Die feine Art ist das nicht, junger Mann!«

»Ja, das tut mir auch leid.«

Der Professor winkte ab. »Solange man jung ist, darf man Fehler machen. Sie wollen also Julias Adresse in Heidelberg? Die ist Neckargasse 17, Hinterhaus. Die Blumen geb ich meiner Frau, wenn sie nach Hause kommt. Sie ist bei der Maniküre, vielleicht auch bei der Pediküre oder bei der Kosmetikerin oder irgendeiner Massage. Es ist eines der modernen Rätsel, warum Frauen so viel Zeit bei solchen Nebensächlichkeiten verbringen.« Professor Bregenzer nahm Christian den Blumenstrauß resolut aus der Hand, sagte noch »Viel Glück für Sie« und schloss die Tür wieder. Christian stand noch ein paar Augenblicke auf dem Vorplatz der Villa. Das war also der hochangesehene Theologieprofessor Manuel Bregenzer gewesen. Schließlich machte sich Christian auf den Weg zur Bushaltestelle.

Albert Ebinger war halbwegs versöhnt mit seinem Sohn, nachdem er einige seiner Artikel in der Badischen Volkszeitung gelesen hatte. Da schien eine Begabung zu lauern, aus der etwas werden konnte. Zwar war es Albert Ebinger schwergefallen zu akzeptieren, dass sein Jüngster das 13. Schuljahr nicht wiederholen wollte, um ein Jahr später sein Abitur nachzuholen. Aber irgendwann hatte er einsehen müssen, dass sein Sohn mit nichts auf der Welt dazu zu bewegen war, in die Schule zurückzukehren. Noch unglücklicher als der Vater war die Mutter darüber. Sie konnte sich nicht vorstellen, was aus ihrem Sohn jetzt noch werden sollte. »Du wirst dich noch amal mit Zeitunge zudecke«, sagte sie nicht nur einmal, was so viel hieß wie: Du wirst eines Tages auf der Straße landen. Und wenn ihr Mann beruhigend sagte:

»Das wird nicht passieren, Luise, dafür hat er zu viele Begabungen«, tröstete sie das nicht.

Dass sein Sohn bei seiner Prüfung als Wehrdienstverweigerer gescheitert war, fand der Vater gut. »Ich bin zwar nicht der Meinung, dass die Armee die Schule der Nation ist«, sagte er, »die Schule der Nation ist die Schule! Aber dir wird ein Jahr, in dem Disziplin und Gehorsam entscheidend sind, guttun.«

»Bestimmt nicht!«, sagte Christian. »Das wird ein verlorenes Jahr für mich.«

»Wenn du so denkst, hättest du ja auch noch einmal die Oberprima wiederholen können«, konterte der Vater. »Vom Militär hätten sie dich so lange zurückgestellt.«

»Und dann hätte ich doch noch zum Bund gemusst!« Christian stand auf. »Ich geh ins Bett. Morgen muss ich schon um halb sechs raus.« Er würde wieder nach Karlsruhe fahren, wo er versuchen wollte, in den letzten Wochen bis zum Beginn seines Wehrdienstes möglichst viele Aufträge für die Zeitung zu bekommen. Der Sportreporter Schreitmüller würde zurück sein, aber inzwischen war Christian auch immer wieder in den anderen Ressorts eingesprungen, wenn Not am Mann war.

»Ich mach dir Frühstück«, sagte seine Mutter.

»Lass mal, um die Zeit krieg ich sowieso noch nichts runter.«

»Ich hab dir immer Frühstück gmacht, egal wie früh am Morgen des gwese ischt. Und dabei bleibt's. So wie du mein Kind bleibst, so lang ich leb!«

»Aber von mir kannst du dich verabschieden. Ich steh deinetwegen nicht mitten in der Nacht auf«, sagte sein Vater. Sie gaben sich die Hand, und Albert Ebinger legte seine Rechte kurz in Christians Nacken, freilich ohne ihn an sich ziehen zu wollen, wie es einen Augenblick den Anschein hatte. »Pass auf dich auf!«, sagte er. »Und mach uns keine Schande!«

Die Neckargasse in Heidelberg war leicht zu finden. Sie führte schnurgerade von der Hauptstraße zum Fluss hinunter. Das Haus mit der

Nummer 17 war als eines der wenigen bei den Bombenangriffen der Alliierten nicht getroffen worden. Wie ein Fremdkörper stand es, mit dem spitzen Giebel zur Straße, zwischen Betonbauten, die in den letzten Jahren nach einem Einheitsentwurf viel zu schnell hochgezogen worden waren, um die dringende Wohnungsnot in der Universitätsstadt zu lindern. Die Fassade des alten Hauses war erst kürzlich in einem freundlichen Rotton gestrichen worden. Die Fensterrahmen setzten sich hellgrün ab. Zwischen den Stockwerken traten kräftige braune Balken hervor. An den Fallrohren der Dachrinne rankte sich Efeu empor. Durch ein Rundbogentor gelangte Christian in einen gepflasterten Gang, der sich zu einem Innenhof öffnete. Das Hinterhaus entsprach den phantasielosen Neubauten vorne an der Straße links und rechts des Giebelhauses.

Christian trug einen Rucksack, in den er, für den Fall, dass das Treffen freundlicher ausfallen sollte, als er eigentlich erwartete, eine Flasche Wein und eine Schachtel Pralinen eingepackt hatte. An der Klingelleiste fand er für die Wohnung im Dachstock drei Namen: Bregenzer, Worini und Clairmont. Er streckte schon den Zeigefinger aus, drückte aber gleichzeitig mit der Hand gegen die Haustür, die nach innen aufschwang. Langsam stieg er die Treppe hinauf, registrierte, dass es im ersten Stock nach Sauerkraut und im zweiten nach gebratenem Fisch roch, und erreichte schließlich den schmalen Treppenabsatz vor der Dachstockwohnung. Neben der Tür standen auf einem Stück Pappe, das mit einer Reißzwecke festgehalten wurde, dieselben drei Namen wie unten auf der Klingelleiste.

Christian klopfte, und eine männliche Stimme rief: »Ist offen!«

Zögernd betrat Christian die Wohnung. Ein schmaler Korridor führte auf ein helles Zimmer zu, das sein Licht durch ein großflächiges Dachfenster bekam. An einem Tisch, der aus einem einfachen Brett auf zwei Böcken bestand, saß ein junger Mann in einem grauen Trainingsanzug. Er hatte ein Handtuch um den Nacken gelegt und tippte auf einer kleinen Kofferschreibmaschine. Ohne sich umzudrehen, sagte er: »Merde, das ist ein Katastroph, 'eißt es jetzt, er ist gesessen sieben Jahr oder er 'at gesessen?«

»Wenn er im Gefängnis war, heißt es, er hat gesessen«, sagte Christian und sah sich in dem Zimmer um. Es gab noch zwei Schreibtische, die aus einfachen Holzplatten auf Böcken bestanden, dazu eine Sitzecke aus Säcken, die mit Styroporkugeln gefüllt waren, wie er wusste, davor stand ein niedriger Glastisch, und an der Wand gegenüber der Tür türmte sich eine Art Bücherregal, das aus Obstkisten zusammengesetzt war.

Der Mann an der Schreibmaschine fuhr herum. »Wer bist du?«

»Ist Julia nicht da?«, fragte Christian dagegen.

»Nein, an die Uni … äh … an der Uni. Kommt aber bald.«

»Bist du Franzose?«

»Oui, c'est vrai! Und du, bist du ein Freund von Julia?«

»Tja, wenn ich das noch so genau wüsste.«

»Ich verstehe«, sagte der Franzose, als ob ihm Christian soeben alles erklärt hätte. »Kaffee?«

»Ja, gerne!«

Der andere stand auf und reichte Christian beiläufig die Hand. »Jacques Clairmont.«

»Christian Ebinger!«

Jacques ging in die Küche nebenan. Christian folgte ihm. Auf der schmalen Spüle türmte sich schmutziges Geschirr. An der Stirnseite stand ein riesiger roter Kühlschrank, wie ihn Christian bisher nur in Kneipen gesehen hatte. An dessen Tür klebten zahllose Zettel voller Notizen. Auf dem Fensterbrett stand eine Thermoskanne. Die griff sich Jacques, reichte sie Christian und sagte: »Ich muss eine Tasse spülen.« Während er dies tat, fragte er: »Und woher kennst du Julia?«

»Aus Tübingen. Oder nein, eigentlich hab ich sie beim Trampen hier in Heidelberg an der Autobahn kennengelernt. Bist du ihr Freund?«

Jacques lachte. »Non, mon ami, c'est impossible, du verstehst?«

»Nee, eigentlich nicht«, antwortete Christian.

»Lass es dir von ihr erklären.« Er goss Kaffee in die frisch gespülte Tasse und in einen Topf, der neben seiner Schreibmaschine stand.

»Was studierst du?«, fragte Christian.

»Jura. Wir alle drei studieren Jura. Das ist sehr praktisch, jeder kann jedem 'elfen.«

In diesem Augenblick sprang die Wohnungstür auf, man hörte zwei weibliche Stimmen, und da traten die beiden Frauen auch schon ins Zimmer.

Julia starrte Christian an: »Ich glaub's ja nicht!«

»Hallo«, sagte Christian. Julia war noch schöner, als er sie in Erinnerung hatte. Sie trug Jeans und eine lockere Bluse darüber, dazu rote Schuhe mit halbhohen Absätzen. Ihr Gesicht war leicht gerötet. Die blonden Haare trug sie jetzt viel länger und zu einem Pferdeschwanz zusammengebunden.

Die andere junge Frau war kleiner und ein bisschen pummelig. Sie hatte ein rundes Gesicht und auffallend helle blaue Augen. Sie war ebenfalls blond, trug ihre Haare aber in einer akkurat geschnittenen Bubikopffrisur. »Ich bin die Gabi«, sagte sie jetzt, »Gabi Worini.«

»Hallo«, sagte Christian, dem es plötzlich unbehaglich war. Die drei waren offenbar so etwas wie eine Familie, und er fühlte sich wie ein Eindringling. »Ich hatte in Heidelberg zu tun, und da hab ich gedacht, ich schau mal rein.«

»Und woher hast du meine Adresse?« Julia stand noch immer wie angewurzelt direkt bei der Tür.

»Von deinem Vater!«

»Das auch noch!« Sie warf ihre Tasche auf einen der Sitzsäcke, blieb aber stehen, wo sie war.

»Kann ich denn mit dir reden?«, fragte Christian.

»Ja sicher. Rede!«

»Unter vier Augen!«

»Ui, ui, ui, Ge'eimnisse!«, rief Jacques.

»Am besten geht ihr spazieren«, schlug Gabi vor.

»Na gut«, sagte Julia, obwohl sie von dem Vorschlag nicht begeistert schien.

Christian holte die Weinflasche und die Pralinenschachtel aus seinem Rucksack und platzierte beides neben Jacques' Schreibmaschine. »Kleines Mitbringsel«, sagte er und ging zur Tür. Dort endlich kam er Julia so nahe, dass er ihr die Hand geben konnte. Er erinnerte sich an den alten Maler, der ihm erzählte, wie er seine Freundin Sarah vor dem Café Pfuderer in Tübingen wiedergetroffen hatte und wie sie ihn damals wortlos in die Arme genommen hatte.

Schweigend gingen sie die Treppen hinunter. Als sie in den Hof traten, sagte Julia: »Studierst du jetzt auch in Heidelberg?«

»Nein. Ich studiere gar nicht. Zurzeit arbeite ich bei einer Zeitung in Karlsruhe, und am 1. Juni muss ich zum Bund.«

»Ich denke, du wolltest verweigern.«

»Ja, aber ich bin nicht durchgekommen. Außerdem bin ich von der Schule geflogen. Bei mir herrscht also ziemliches Chaos.«

Sie gingen die Gasse hinunter und erreichten nach wenigen Minuten das Neckarufer. »Ich bin eigentlich nur gekommen, weil ich dich um Verzeihung bitten wollte«, sagte Christian und kickte einen Stein ins Wasser.

»War ein ziemlicher Schock!«, sagte Julia.

»Ich kann dir gar nicht sagen, wie leid mir das tut. Ich weiß nicht, was da über mich gekommen ist.«

»Das Gleiche, was Männer halt immer überkommt«, sagte Julia, und der bittere Ton in ihrer Stimme war nicht zu überhören.

»So etwas, also ... ich meine, so was ... so was würde ... würde nie wieder passieren.« Christian ärgerte sich, dass er anfing zu stottern.

»Da täuschst du dich. Es wird immer wieder passieren.«

»Woher willst du das denn wissen?«

»Ich weiß es eben.«

Sie erreichten eine Bank. Julia setzte sich. Sie presste ihre Hände flach zusammen und legte sie zwischen ihre eng geschlossenen Knie.

»Du kennst mich doch gar nicht«, sagte Christian. Er sah sie an. Sie war so schön, aber alle Unbekümmertheit, die sie damals beim Trampen zwischen Heidelberg und Tübingen gezeigt hatte, schien verflogen zu sein. »Was ist mit dir?«, fragte er.

Julia beugte ihren Kopf weit nach vorne, so dass er fast auf ihren Knien auflag. »Das musst du nicht wissen. Es geht dich nichts an.«

»Vielleicht doch. Julia, ich hab mich in dich verliebt.«

Langsam hob sie ihren Kopf, wendete sich Christian zu und sah ihm in die Augen. »Wie kannst du so etwas sagen?«

»Es ist wahr.«

»Und warum bist du dann so über mich hergefallen?«

»Ich hab doch versucht, mich dafür zu entschuldigen.«

»Erklär's mir!«

Wie erklärte man so etwas? Nach seiner Erfahrung am besten immer mit einer Geschichte. Und so erzählte er nun Julia, wie er nach seiner Niederlage vor dem Bundeswehr-Prüfungsausschuss auf den alten Maler getroffen war, und erzählte dann dessen ganze Geschichte, die er fast Wort für Wort im Gedächtnis hatte. Das Einzige, was er ausließ, war die wunderbare Idee, die Liebesbriefe auf dem schmalen Papierband der Registrierkassenrolle zu schreiben. Vielleicht würde er sie ja selbst irgendwann einmal umsetzen und dann so tun, als wäre sie auf seinem eigenen Mist gewachsen. Julia unterbrach ihn nicht. Und während er immer weitersprach, legte sie ihren Kopf gegen seine Schulter. Wie damals in dem Lastwagen auf der Fahrt durch den stürmischen Regen von der Pforzheimer Raststätte bis Tübingen, als er die Geschichte von Gottlieb Schätzle, Kathrin Lubinger und deren Mann zum Besten gegeben hatte. Und er schloss mit einem Satz des Malers: »Liebe und Begehren, das sind ja keine Gegensätze, nicht wahr? Im Gegenteil eigentlich.«

Julia richtete sich wieder auf. »Wenn wir mal wieder beide in Tübingen sind, sollten wir ins Café Pfuderer gehen. Aber jetzt gehen wir erst mal was essen.« Sie stand auf, nahm Christian an der Hand. »Gleich um die Ecke gibt es ein jugoslawisches Lokal. Da gibt's eine gewisse Gewähr dafür, dass wir keine Kommilitonen von mir treffen.«

Die jugoslawischen Lokale waren in den letzten beiden Jahren wie Pilze aus dem Boden der Städte geschossen. Die meisten hießen »Mira«, und alle boten die gleichen Hackfleischspeisen an: Cevapcici oder Rasnici mit grünen Bohnen und Pommes frites, dazu einen schweren Rotwein und zum Abschluss einen Slibovic.

Als Christian den zweiten halben Liter Wein bestellte, protestierte Julia nicht. Sie hatte Christians Gesicht nicht aus den Augen gelassen, als er zögernd und mit erkennbar schlechtem Gewissen von seinem Geniestreich beim Abitur erzählte. Wie konnte ein Mensch nur seine ganze Zukunft mit so einer hirnrissigen Aktion aufs Spiel setzen. Aber das dachte sie nur, sie sagte es nicht. Plötzlich hatte sie das Gefühl, man müsse Christian beschützen. Er hob grade sein Glas und sagte: »Ich möchte auf den alten Maler trinken. Schade, dass ich ihn nicht nach seinem Namen gefragt habe.« Sie tranken sich zu. Die Bedienung räumte die Teller ab und stellte ungefragt zwei Schnapsgläschen auf den Tisch.

Christian fasste nach Julias Hand. »Hast du mir denn verziehen?«

Julia schob seine Hand zurück. »Ich weiß nicht.«

»Warum hast du denn gesagt, das würde immer wieder passieren?«

»Denk einfach nicht mehr weiter drüber nach«, antwortete Julia.

»Du hast gesagt: ›Ich weiß es eben‹«, beharrte Christian. »Das klang so, als wäre dir das schon öfter passiert.«

»Ich will nicht darüber reden.« Sie trank den Schnaps in einem Zug und spülte gleich mit dem Rotwein nach. Der Alkohol war ihr längst in den Kopf gestiegen. Julia versuchte, ihre Gedanken und ihre Erinnerungen zu ordnen. Aber sooft sie dazu ansetzte, sooft verlor sie auch wieder den Faden, und dann nahm sie noch einen Schluck Wein, obwohl sie genau wusste, dass er ihr nicht bekam. Plötzlich sagte sie: »Es ist mir vorher nur einmal passiert, aber das hat gereicht.«

»Und was bedeutet das?«

»Das bedeutet …« Sie musste neu ansetzen. »Das bedeutet, wenn du einmal versaut bist, bist du für immer versaut.«

»Versaut?«

»Beschmutzt, durch den Dreck gezogen, aussätzig geworden«, brach es aus ihr heraus.

Als Christian diesmal nach ihrer Hand griff, ließ sie es geschehen. Eine dunkle Ahnung stieg in ihm auf. »Hört sich so an, als wär dir mal was ziemlich Schlimmes passiert.«

»Wie man's nimmt.«

Christian beschloss, auch noch die bisher ausgesparte Geschichte zu erzählen, jene nämlich über Kathrin und ihn selbst. Der Wein half ihm, die Barrieren, die er sonst nie übersprungen hätte, zu überwinden. »Kurz bevor wir miteinander im Kino und danach auf dem Österberg waren«, begann er, »hat mich eine alte Bekannte aus Fleckenhausen eingeladen …« Je länger er erzählte, umso genauer fragte Julia nach. Immer mehr Details wollte sie wissen, und von Christian fiel die Scheu nach und nach mehr und mehr ab. Während er erzählte, trank Julia den restlichen Wein. Sie ließ kein Auge von ihm.

»Sie hat dich also zuerst ausgezogen?«, fragte sie nach.

»Warum willst du denn das alles so genau wissen?«

»Wie soll ich das sagen? Es … es erregt mich, Christian.« Sie winkte der Bedienung. »Wir bezahlen, und dann müssen wir sofort weg.«

Christian sah sie befremdet an. »Du willst nach Hause?«

»Ja. Aber du kommst bitte mit!«

»Was ist denn jetzt passiert?«

»Ich weiß es nicht. Aber es muss jetzt sein. Los, komm!«

Den Weg zu Julias WG legten sie im Laufschritt zurück und gerieten dabei ziemlich außer Atem. Als sie das Treppenhaus betraten, legte Julia den Zeigefinger auf ihre Lippen. »Jetzt müssen wir leise sein.«

Die Tür zur Dachwohnung war nicht verschlossen. Auf Zehenspitzen schlichen sie hinein. Aus dem großen Raum am Ende des Korridors klang Musik. Julia öffnete die erste Tür links, schob Christian hinein und schaltete das Licht an, das von einer nackten Birne kam, die an einem kurzen Kabel unter der Decke baumelte. Der Raum war höchstens zweieinhalb Meter breit und drei Meter lang und hatte an der Wand gegenüber der Tür nur ein schmales Fenster. Außer einer Matratze am Boden gab es nur eine kleine Truhe, die als Nachttischchen diente. Eine Schnur, an der Kleider hingen, zog sich diagonal durch das Zimmer.

Julia schlüpfte aus ihren Jeans, zog ihre Bluse aus und sagte: »Jetzt du!«

Christian knöpfte sein Hemd auf. »Schneller!«, sagte Julia atemlos und begann ihm zu helfen. Zwischendurch schlang sie ihre Arme um seinen Nacken, zog ihn an sich, küsste ihn wild und fordernd. Gleich darauf lagen sie beide nackt auf der Matratze.

Christian hatte keine Ahnung, wie viel Zeit vergangen war, als sie noch immer schwer atmend auf dem Rücken nebeneinander lagen. Plötzlich stand Julia auf. »Ich hol den Wein, den du mitgebracht hast.« Sie verließ nackt, wie sie war, das Zimmer.

Christian setzte sich auf. Er sah auf seine Uhr, die am Boden neben der Matratze lag. Es war kurz nach eins in der Nacht. Draußen hörte er leise Stimmen. Offenbar unterhielt sich Julia mit Jacques. Kurze Zeit später kam sie kichernd zurück. »Wir waren wohl nicht leise genug«, sagte sie, indem sie Christian die Rotweinflasche und einen Öffner reichte.

»Macht dir das nichts aus?«

»Nein, wieso?«

»Und Jacques?«

»Jacques interessiert sich nicht für Frauen. Gabi allerdings schon.« Sie lachte. »Aber die treibt sich im Club Voltaire rum und kommt sicher nicht vor dem Frühstück nach Hause.«

»Heißt das, sie wäre eifersüchtig auf mich?«

»Könnte schon sein.«

Julia blies den Staub aus zwei Gläsern, die sie mitgebracht hatte, und Christian goss den Wein ein. Sie saßen sich nun im Schneidersitz gegenüber und tranken sich zu.

»Was du da angedeutet hast … ich meine, du seist … wie hast du gesagt?«

»Beschmutzt, versaut.« Sie stellte das Glas behutsam auf den Boden und nahm Christians Hände in die ihren. »Es war mein Onkel. Mein Patenonkel sogar. Der Bruder meines Vaters. Das ist jetzt vier Jahre her, ich war also schon fast 17. Immerhin. Ich hab ihn sehr gemocht – bis zu diesem Abend damals.« Julia zog eine zerknautschte Zigarettenschachtel unter der Matratze hervor. »Ich rauche nur ganz selten«, sagte sie, zündete die Zigarette an und griff wieder nach ihrem Glas.

»Das Bild werde ich nie in meinem Leben vergessen«, sagte Christian.

»Ich hab's dir doch noch gar nicht erzählt!«

»Nein, das meine ich nicht. Ich meine das Bild, wie du da mit den überkreuzten Beinen auf deiner Matratze sitzt, nackt, in der linken Hand eine Zigarette, in der rechten das Weinglas und vor deinem Gesicht der blaue Rauch.«

»Willst du nun wissen, was damals war?«

»Willst du's denn wirklich erzählen?«

»Ja, und zwar zum ersten Mal! Meine Eltern waren verreist. Ich kam sehr gut alleine zurecht. Aber mein Onkel Robert hatte versprochen, sich um mich zu kümmern. Er hat das auch toll gemacht. Jeden Tag hatte er eine neue Idee, was wir zusammen unternehmen könnten. Eines Abends hat er vorgeschlagen, wir könnten doch auch mal zu Hause bleiben und etwas spielen.« Sie lachte bitter auf und wiederholte: »Etwas spielen. Du kannst dir vorstellen, was einer mit ›Spielen‹ meint, wenn er ein 17-jähriges Mädchen verführen will. Ich gebe zu, dass mich das ›Spiel‹ zuerst fasziniert hat. Es war, wie soll ich sagen, es war sehr erotisch. Aber als er plötzlich über mich herfiel, mit einer solchen Brutalität …« Sie sprach nicht weiter.

»Du musst mir das nicht weiter erzählen. Jetzt weiß ich natürlich, warum du so geschockt warst, als ich auf dem Österberg …«

»Wenn's das nur gewesen wäre!«, unterbrach sie ihn laut. »Meine Eltern sind überraschend nach Hause gekommen. Wir hatten sie eigentlich erst einen Tag später erwartet.«

»Au, Mann«, sagte Christian, »ich kann mir ungefähr vorstellen, was da los war.«

»Das glaube ich nicht!« Julia drückte ihre Zigarette in einer kleinen Keksdose aus, die als Aschenbecher diente, und trank einen Schluck Wein. »Wir hatten ihr Auto gehört, und mein Onkel hat es fast noch geschafft, sich anzuziehen. Ich lag halb ausgezogen und wie paralysiert auf dem Teppich vor unserem Kamin, als sie hereinkamen. Meine Mutter kriegte einen hysterischen Anfall, und mein Vater ging mit seinem Bruder hinüber in sein Arbeitszimmer. Ich hörte noch, wie Onkel Robert das Haus verließ. Dann kam mein Vater zurück. Und er gab mir die Schuld.«

»Was?«

»Ja. Ich sei eine verruchte Lolita, sagte er. Der Roman ›Lolita‹ von Nabokov war ein paar Monate zuvor erschienen. Mein Vater und sein Bruder Robert haben ihn gleich noch in der Originalsprache gelesen. Warum sie so scharf darauf waren, kann man sich ja denken. Auch meine Mutter glaubte, ich hätte meinen Onkel Robert mit allen Mitteln verführt. Sie verdächtigte mich sogar, das Buch ›Lolita‹ heimlich gelesen zu haben, dabei hatte sie keine Ahnung, was da genau drinstand. Trotzdem redete sie darüber, als ob sie es von A bis Z gelesen hätte. Aber das hat sie meistens so gemacht, wenn von Büchern die Rede war. Es genügte ihr völlig, das eine oder andere von meinem Vater aufgeschnappt zu haben.«

Julia stellte ihr Glas wieder auf den Boden und fasste erneut nach Christians Händen. »Beide redeten sie auf mich ein, ich solle ja mit niemandem darüber sprechen. Schließlich sei nicht nur mein guter Ruf in Gefahr, sondern auch ihrer. Als sie rausgingen, hörte ich meine Mutter noch sagen: ›Hoffentlich wird sie nicht schwanger.‹« Julia ließ Christians Hände los, rollte sich zusammen und legte ihren Kopf in seinen Schoß. Leise sagte sie: »Ich bin so froh, dass du gekommen bist.« Dann zog sie die Bettdecke von den Füßen herauf, machte sich lang, schmiegte ihren Kopf in seine Halsbeuge und war Sekunden später eingeschlafen.

Am nächsten Morgen frühstückten Julia und Christian in der Küche. »Es ist, als ob ein dicker schwarzer Vogel, der die ganzen vier Jahre auf meiner Schulter gesessen hat, plötzlich über Nacht verschwunden wäre«, sagte sie und küsste ihn. Jacques streckte nur kurz den Kopf herein und rief: »Ich 'au ab in die Vorlesung. Schönen Tag!« Und weg war er. Kurz darauf schlurfte Gabi in einem geblümten Schlafanzug herein, ging zum Kühlschrank, nahm eine Flasche Milch heraus und trank direkt aus der Flasche. Sie sah die beiden aus müden Augen an, sagte »soso« und ging wieder hinaus.

»Ist sie jetzt sauer?«, fragte Christian.

»Kann schon sein. Seitdem sie hier eingezogen ist, wirbt sie um mich. Sie hat ja gemerkt, dass mich Männer nicht interessieren, wenn nicht gar abstoßen.« Julia lächelte. »Aber das ist ja jetzt vorbei!«

Am 1. Juni 1958 zog Christian Ebinger in die Kaserne Lagerlechfeld ein. Er trug in der rechten Hand seinen Koffer, in der linken eine kleine Reiseschreibmaschine und hatte einen Rucksack geschultert. Hinter etwa 30 flachen, zweistöckigen barackenähnlichen Bauten lag ein Flugplatz für Düsenjäger. Christian sollte nun hier ein Jahr lang in einem Flugabwehrbataillon Dienst tun. In einer Halle gleich hinter dem Tor hatte er sich in eine lange Reihe einzuordnen, die auf einen breiten Holztisch zulief, hinter dem sieben Uniformierte saßen, um die Personalien aufzunehmen und die einzelnen Rekruten je einer Batterie zuzuweisen. »Bei der Flugabwehr«, wurden die Rekruten belehrt, »heißt das nicht Kompanie, sondern Batterie, verstanden?!«

»Name?«

»Christian Ebinger.«

»Geboren?«

»21. 12. 1938.«

»Beruf?«

»Schüler.«

»Beruf des Vaters?«

»Lehrer.«

Der Mann hinter dem Tisch blätterte seine Unterlagen durch und hob dann plötzlich den Kopf. »Ach, so einer sind Sie!«

»Was für einer?«

»Ein gescheiterter Wehrdienstverweigerer. Na, die haben wir besonders gern!«

»Das steht da drin?«, fragte Christian.

»Ich stelle hier die Fragen, ja?! 3. Batterie, Gebäude 14A! Aber zuerst ab in die Kleiderkammer, gleich da hinten.«

»Sehr freundlich!«, sagte Christian ironisch, nahm seinen Koffer und wollte gehen.

»Stillgestanden!«, brüllte der Mann hinter ihm.

Christian drehte sich um. »Meinen Sie mich?«

»Ja, wen denn sonst? Stillgestanden!«

Christian schüttelte den Kopf und schickte sich an zu gehen. »Das ist ein Befehl«, hörte er den Uniformierten noch rufen, aber da verließ er gerade den Raum. Ein paar der Rekruten lachten.

In der Kleiderkammer stellte sich heraus, dass noch nicht genügend Kleidung und Ausrüstungsgegenstände da waren. »Wir sind halt noch ganz am Anfang«, sagte der zuständige Unteroffizier. »Aber morgen kommt eine neue Lieferung, dann können wir Sie vielleicht einkleiden. Den Stahlhelm, das Gewehr und den Kampfanzug können Sie schon mitnehmen. Ausgehuniformen, Unterwäsche und Mützen gibt's in den nächsten Tagen. Und probieren Sie mal, ob Ihnen von den Schuhen welche passen.«

Christian suchte sich ein Paar aus und setzte sich auf eine Bank, um sie anzuprobieren. Neben ihm saß ein kleiner, dünner Rekrut mit roten Haaren und einem mit Sommersprossen gesprenkelten Gesicht. Er schüttelte ununterbrochen den Kopf und sagte ein ums andere Mal: »Das gibt's doch nicht. Das darf's doch gar nicht geben.«

»Was denn?«, fragte Christian.

»Der hat mich nach dem Beruf meines Vaters gefragt, und ich habe gesagt: ›Mein Vater ist im Krieg gefallen.‹ Und weißt du, was der darauf antwortet?«

Christian schüttelte nur den Kopf.

»Pech gehabt!«

»Unglaublich! Also da können wir uns ja auf etwas gefasst machen. Aber sag mal, musst du denn überhaupt zum Bund, wo dein Vater doch gefallen ist?«

»Das gilt nur für den ältesten oder den einzigen Sohn. Ich weiß nicht mehr genau. Nur, dass es für mich nicht gilt, das weiß ich. Ich hab noch drei ältere Geschwister.« Er streckte Christian die Hand hin. »Stefan Schulze.«

»Christian Ebinger. Wo bist du eingeteilt?«

»3. Batterie, Haus 14 A.«

»Ich auch.«

Die Schuhe passten. Christian behielt sie gleich an den Füßen und stopfte seine eigenen in den Rucksack. Gemeinsam suchten sie das Haus 14 A.

»Hauptfeldwebel Steinmann«, stellte sich ein Mann vor, der breitbeinig auf der obersten Stufe der kurzen Steintreppe vor der Eingangstür stand. Er war höchstens 1,65 Meter groß, und über seinem mächtigen Bauch spannte die Uniformjacke. Sein rundes Gesicht zeigte eine ungesunde Röte. Als er einmal seine Mütze abnahm, um sich am Kopf zu kratzen, kam ein strubbeliger gelber Haarschopf zum Vorschein. Seltsamerweise waren die Koteletten, die sich von seinen Ohren bis fast zum Kinn hinabzogen, fast schwarz. Hauptfeldwebel Steinmann hatte ein Klemmbrett in der Hand, verglich die Angaben der Neuankömmlinge mit einer Liste darauf und wies jedem eine Zimmernummer zu. Nach und nach versammelten sich immer mehr junge Männer vor Haus 14 A. Schließlich zählte Hauptfeldwebel Steinmann mit ausgestrecktem Zeigefinger die Köpfe. »Fehlt noch einer, aber sonst sind wir ja komplett. Also mal herhören, auch die, die schwer hören. Ich bin euer Spieß. Für alles zuständig, ja?! Unsere Batterie hat 120 Mann. Ihr werdet in zehn Stuben verteilt. Immer zwölf Mann auf eine. Und dieses Dutzend bildet auch eine Gruppe. Die kleinste Einheit in der Truppe, geführt von einem Gefreiten oder Obergefreiten. Verstanden?« Ein paar der Rekruten nickten, andere murmelten Zustimmung, und der Spieß brüllte los: »›Jawoll, Herr Hauptfeldwebel‹ heißt das. Also noch mal: Verstanden?«

»Jawoll, Herr Hauptfeldwebel!«, riefen die neuen Soldaten im Chor.

»Das kommt gefälligst zehnmal so laut!«

»Jawoll, Herr Hauptfeldwebel«, schrien sie jetzt aus vollem Hals.

»Schon besser.« Der Spieß rieb zufrieden die Hände. »Drei Gruppen bilden einen Zug. Jeder Zug wird von einem Unteroffizier geführt. Verstanden?«

»Jawoll, Herr Hauptfeldwebel!«, brüllten die neuen Soldaten.

»Jetzt geht jeder auf sein Zimmer, sucht sich einen Spind aus und räumt ihn ein. Die Gruppenführer werden euch sagen, wie. Aaaachtung!«

Die Rekruten sahen sich ratlos an.

»Wenn ich ›Achtung‹ befehle, nehmt ihr gefälligst Haltung an. Hacken zusammen, der ganze Körper straff, Kinn hoch und Hände an die Hosennaht. Verstanden?«

Die jungen Soldaten, noch alle in Zivil, stellten ihre Gepäckstücke ab und warteten auf die Wiederholung des Befehls. »Stillgestanden!«, schrie der Feldwebel jetzt. Einige rissen ihre Knochen zusammen, strafften ihren Körper, streckten das Kinn vor und legten ihre Hände an die Hosennaht. Andere, zu denen auch Christian gehörte, sahen sich eher belustigt um.

»Das kapiert ihr schneller, als ihr denkt. Und wenn ich's in euch reinprügeln muss. Rührt euch!« Er machte vor, was er damit meinte, indem er aus der Habachtstellung den rechten Fuß etwas vorstellte und die Schultern fallen ließ. »Wegtreten!«

»Das heißt wohl, wir können jetzt unsere Zimmer suchen«, meinte Christian.

»Bist 'n heller Kopf, wenn die Sonne drauf scheint!«, antwortete der Spieß nun schon fast gemütlich. Dann fiel sein Blick auf den schmalen Schreibmaschinenkoffer. »Was 'n das?«

»Eine Schreibmaschine.«

»Und was wollen Sie damit hier?«

Christian sah den Spieß nur an. Die Frage konnte der sich ja wohl selbst beantworten.

»Was Sie damit wollen, habe ich gefragt!«

»Ein bisschen schreiben, wenn ich dazu komme.«

»Dass Sie dazu nicht kommen, dafür werde ich schon sorgen, Kanonier … Name?«

»Ebinger.«

»Kanonier Ebinger. Wegtreten!«

Sechs Doppelstockbetten, ein quadratischer Tisch mit zwölf Stühlen drum herum und eine Reihe mit zwölf schmalen Metallspinden – das war die ganze Einrichtung der Stube. Als Christian Ebinger eintrat, waren die meisten Betten schon belegt, vor allem jene, die nahe an dem einzigen Fenster des Raums standen. »Unter mir ist noch frei«, rief Stefan Schulze. Er saß auf einem der oberen Betten direkt neben der Tür und baumelte mit den Beinen. Christian warf seinen Koffer auf die untere Matratze und setzte sich daneben. Elf Betten hatten bereits ihren Besitzer. Ein zwölfter Soldat fehlte noch.

Die Tür ging auf, ein drahtiger Mann in Uniform kam herein, kaum älter als die Rekruten. Er trug einen Stapel etwa zwei Meter lange rechteckige Pappen mit einer Breite von 15 Zentimetern unter dem Arm und in der Hand kleinere, etwa 25 Zentimeter lange Pappstreifen.

»Heut geht das mal noch so«, sagte er. »Ab morgen ruft der Stubenälteste, wenn ich komme: ›Achtung‹, ihr stellt euch in Reihe auf und nehmt Haltung an. Dann macht der Stubenälteste Meldung: ›Gruppe 4 vollzählig angetreten.‹ Oder wenn ihr nicht vollzählig seid: ›Gruppe 4 mit so und so viel Mann angetreten‹ – je nachdem, wie viele im Raum sind. Mein Name ist Gefreiter Ewald Schoch. Die Anrede lautet Herr Gefreiter. Und jetzt zeige ich euch, wie man die Betten baut und die Spinde einrichtet. Um fünf Uhr ist Stubenkontrolle. Die führt der Hauptfeld durch.«

Er verteilte die langen Pappen und erklärte, dass sie unter dem Bettbezug die vordere Kante bilden sollten: »Damit das auch schön akkurat grade wird, kapiert?« Die kleinen Pappstreifen sollten die Kanten der Hemden versteifen. Dann teilte er die Spinde zu. »Wer ist Ebinger?«, fragte der Gruppenführer, als er wieder an der Tür war.

Christian meldete sich.

»Pech für die Stube«, sagte der Gefreite Schoch. »Ebinger hat versucht, den Wehrdienst zu verweigern, ist aber nicht durchgekommen.

Ihm werden wir besondere Aufmerksamkeit widmen, und das trifft dann leider die ganze Gruppe.«

»Und was heißt das?«, fragte Stefan Schulze.

»Nächstes Wochenende zum Beispiel, wenn alle Ausgang haben, schiebt diese Gruppe hier Feuerwache.« Damit verließ der Gefreite den Raum.

»Sag mal«, meldete sich einer der Soldaten, »weil du Arschloch nicht zur Bundeswehr wolltest, werden wir jetzt bestraft, oder was?«

Christian lehnte sich gegen seinen Spind. »Das ist doch klar, was da läuft. Sie wollen euch alle gegen mich aufbringen. Wenn ihr meinetwegen leiden müsst, werde ich hier keine ruhige Minute haben. Das ist eine Schikane, die man sich nicht besser ausdenken könnte.«

Während dieser kleinen Ansprache war ein hochgewachsener, schlaksiger junger Mann hereingekommen. »Kanonier Sebastian Rademacher meldet sich zum Dienst«, sagte er mit einem breiten Grinsen. »Wenn ihr auf den Kollegen da losgehen wollt, müsst ihr auch auf mich losgehen. Ich hab auch versucht, den Wehrdienst zu verweigern, und bin nicht durchgekommen. Offenbar ist die Gruppe hier so 'ne Art Strafkompanie. Dieser dicke Idiot, der sich Spieß nennt, hat mir schon gesagt, dass ich hier einen von meinesgleichen finden werde. Das bist also du?« Er reichte Christian Ebinger die Hand. Dann hob er einen der Pappsteifen hoch. »Zu was ist das denn gut?« Christian erklärte es ihm. »Ja, da geh ich noch mal schnell in die Kantine einkaufen. Die gibt es nämlich. Ich hab erst mal das ganze Gelände erkundet, bevor ich mich hier gemeldet habe. Soll ich einem was mitbringen?« Als keiner darauf antwortete, verließ er die Stube wieder.

»Meine Freundin kommt extra am Wochenende her«, sagte einer, der auf Knien in seinem Bett lag und versuchte, die Pappe unter dem Laken festzumachen. »Ich hab doch gedacht, dass wir das Wochenende freikriegen.«

»Wenn wir tatsächlich wegen dir Wache schieben müssen, kannst du was erleben!«, sagte ein anderer.

Als Sebastian Rademacher zurückkam, trug er vorsichtig eine Tüte mit Eiern vor sich her.

»Was willst du denn damit?« fragte Stefan Schulze.

»Wirst du gleich sehen.« Rademacher schob behutsam ein Ei nach dem anderen in die Fersen seiner Socken und baute dann eine akkurate Pyramide damit im obersten Fach seines Metallschranks. »Sieht doch klasse aus, oder?«

»Du hast eine Vollmeise«, sagte ein Rekrut, der einen Platz direkt am Fenster ergattert hatte.

»Könnte man so sagen.« Sebastian Rademacher grinste. »Wie heißt du?«

»Sepp Clausnitzer, warum?«

»Nur so.«

»Aaaachtung!« Das war die Stimme des Gefreiten Ewald Schoch. »Gruppe 4 zur Spindkontrolle vollständig angetreten«, meldete er dem Hauptfeldwebel Steinmann, der jetzt die Stube betrat. Die Hände auf dem Rücken ging er an den Spinden vorbei. Als er an Christian Ebingers Schrank kam, sagte er: »Wem gehört der Sauladen hier?«

»Mir«, sagte Christian.

»Das heißt: ›Melde gehorsamst, dieser Sauladen gehört mir, Herr Hauptfeldwebel.‹«

Christian sagte nichts dazu.

»Verstanden?«, brüllte der Spieß.

»Ja, aber ich tu mich schwer damit.«

»Was? Sind Sie wahnsinnig, Mann? Ich will 'ne anständige Meldung!« Er war dicht vor Christian hingetreten. Christian roch den rauchgeschwängerten Atem des Vorgesetzten.

»Melde gehorsamst, dieser Sauladen gehört mir, Herr Hauptfeldwebel.«

»Lauter!«

Christian sah sich um. Seine Mitbewohner schienen sich zu amüsieren. Nur Sebastian Rademacher lehnte an seinem Bett und schüttelte verständnislos den Kopf.

»Wird's bald?«

Christian konnte sich weder jetzt noch später erklären, warum er willenlos dem Befehl gehorchte und den Satz wiederholte, so laut er konnte.

Hauptfeldwebel Steinmann riss die Kleider samt ihren Bügeln von der Stange und warf sie Christian vor die Füße. »Sie wissen, wie ich heiße?«

»Melde gehorsamst, Sie heißen Hauptfeldwebel Steinmann.«

»Genau. Und da gibt's so 'n Spruch, den ich jetzt nicht weiß, aber mein Name sagt, was ich für einer bin, verstanden?!«

»Nomen est omen«, sagte Sebastian Rademacher.

»Was ist los?«

»So heißt der Spruch. Kommt aus dem Lateinischen, Herr Steinmann.«

Der Hauptfeldwebel starrte Rademacher an. »Was sind denn Sie für 'n Komiker?«

»Rademacher, mein Name.«

»Ihr Spind?«, herrschte der Spieß ihn an.

Sebastian Rademacher deutete, ohne etwas zu sagen, auf seinen Blechschrank.

»Und was ist das?« Steinmann zeigte auf die Sockenpyramide.

»Ich dachte, wenn man die Kanten der Hemden mit Pappe ausformen muss, wäre es sicher in Ihrem Sinne, wenn man für die Socken ein ähnliches System entwickelt. Ich erhebe da allerdings keinen Gebrauchsmusterschutz drauf.«

Steinmanns Mund stand weit offen. Er stierte Rademacher an, und es schien, als würden dabei seine Augen weit aus ihren Höhlen quellen. Der Spieß schnappte nach Luft. »20 Liegestütze!«, brüllte er. Rademacher lächelte, legte sich flach auf den Boden und absolvierte in kürzester Zeit 20 Liegestütze, erhob sich wieder und sagte: »Gut so?«

»Das heißt: ›Melde gehorsamst, Befehl ausgeführt! 20 Liegestütze gemacht!‹« Steinmann erwartete aber nicht, dass Rademacher den Satz wiederholte, sondern wendete sich wieder dessen Spind zu. Er fasste den Schrank an der oberen Kante, kippte ihn nach vorne, so dass alles, was auf den glatten Metallflächen der Fächer gestapelt war, herausrutschte und zu Boden fiel, auch die Sockenpyramide, um die sich schnell ein kleiner See aus Eigelb und Eiweiß bildete.

»Jetzt bin ich mal gespannt, wer diese Sauerei da wegmacht«, ließ sich der Kanonier Sebastian Rademacher hören. Darauf brüllte der Spieß so laut und so unkontrolliert los, dass sich vor der Stube nach und nach Soldaten aus den anderen Zimmern versammelten. Schließlich bahnte sich ein junger Offizier einen Weg durch das Gewühl, und als er auf der Schwelle des Zimmers erschien, schrie Sepp Clausnitzer: »Aaaachtung! Stube 14 mit 12 Mann vollständig angetreten.«

Hauptmann Weller war der Batteriechef. Er war vom Bundesgrenzschutz übernommen worden wie viele junge Offiziere beim Aufbau der Bundeswehr und gehörte somit einer anderen Generation an als Männer wie Steinmann, die schon in der alten Wehrmacht gedient hatten und Kriegsteilnehmer gewesen waren. Eigentlich wollte er sich den Rekruten erst am nächsten Tag vorstellen, was bei ihm immer mit einem Vortrag verbunden war, in dem er seiner Truppe das neue Bild des Bürgers in Uniform erläuterte.

»Was ist denn hier los?«

Hauptfeldwebel Steinmann nahm Haltung an. »Dieser Kanonier hat es ganz offensichtlich darauf angelegt, mich zu verarschen, Herr Hauptmann.«

Der Batteriechef sah Rademacher an. »Was sagen Sie dazu?«

Rademacher erläuterte seine Idee von der Sockenpyramide. Weller hatte Mühe, ein Schmunzeln zu unterdrücken. »Sehr kreativ und gleichzeitig dumm. Name?«

»Rademacher!«

»Sie müssen sich hier der Disziplin unterwerfen, Kanonier Rademacher. Alles, was diese Disziplin untergräbt, müssen wir unterbinden. Eine militärische Truppe ist nicht demokratisch organisiert, sondern hierarchisch. Mir ist es lieber, wenn unsere Männer das von Anfang an begreifen und aus eigener Überzeugung akzeptieren. Das erspart es uns, sie zur Disziplin zu zwingen, wofür wir – das können Sie mir glauben – genügend Mittel haben. Am Ende unterwirft sich hier jeder unseren Gesetzen. – Die Gruppe reinigt den Boden gemeinsam. Wer ist der Stubenälteste?«

»Ist noch nicht festgelegt, Herr Hauptmann«, sagte Steinmann.

»Wer erklärt sich freiwillig bereit?«

»Wird das nicht automatisch der Älteste?«, fragte Christian.

»Nein. Die Gruppe kann einen Mann vorschlagen. Wir stimmen dem dann zu oder auch nicht. Aber wenn sich einer freiwillig meldet …«

»Ich könnte das übernehmen«, sagte Clausnitzer. »Wahrscheinlich bin ich sogar der Älteste hier.«

»Name?«

»Kanonier Clausnitzer.«

»Gut, Clausnitzer. Sie machen bei Hauptfeldwebel Steinmann Meldung, wenn hier alles wieder in Ordnung ist.« Der Hauptmann legte die rechte Hand an die Mütze und verließ den Raum.

Steinmann sah sich finster um, ballte die Fäuste und hob sie wie ein Boxer. »Eins kann ich euch sagen. Euch werde ich schleifen, bis euch das Wasser im Arsch kocht. Ich hab noch jeden kleingekriegt, ob er Rademacher heißt oder nicht.«

Er ging hinaus, ohne noch einmal eine Habachtstellung oder auch nur eine Meldung erwartet zu haben.

Den Eiersee putzten Rademacher, Christian und Schulze weg. Die anderen schauten zu. Clausnitzer, der auf der Fensterbank saß und seine Fersen in gleichmäßigem Rhythmus gegen die Verkleidung der Heizung schlug, sagte nach einiger Zeit: »Wenn die uns fertigmachen, nur weil ihr zwei Arschlöcher hier auf der Stube seid, dann gnade euch Gott!«

Um zehn Uhr ging das Licht aus. Christian brauchte lange, um einschlafen zu können. Er wollte sich zwingen, an Julia zu denken, aber immer wieder gewannen die Bilder dieses ersten Tages bei der Bundeswehr die Oberhand.

Um sechs Uhr wurden die neuen Soldaten durch den schrillen Ton einer Trillerpfeife geweckt. Die Waschräume waren eng, und hinter manchem Waschbecken standen drei, vier Mann in der Schlange, die ungeduldig darauf warteten, dass die vor ihnen Stehenden fertig wurden. Schließlich blieb allen nur eine halbe Stunde bis zum Antreten vor dem Kasernengebäude. Sebastian Rademacher stand neben Christian über eines der Waschbecken gebeugt und warf sich mit den gewölbten Händen kaltes Wasser ins Gesicht. Als er sich aufrichtete, sagte er: »Hier musst du aufpassen, dass du nicht aus Versehen deinen Nebenmann wäschst statt dich selber.«

Am Abend, kurz vor Dienstschluss, ließ sich Christian Ebinger durch den Gefreiten im Vorzimmer bei Batteriechef Weller melden. »Wenn Sie gleich am ersten Tag mit einer Beschwerde kommen, kann ich Ihnen nur sagen …«

Christian hob abwehrend beide Hände und unterbrach den Hauptmann. »Keine Beschwerde, nur eine Bitte.«

»Das ist im Zweifel noch schlimmer.«

Aber Christian ließ sich nicht drausbringen: »Der Hauptfeldwebel …«

»Das heißt, der *Herr* Hauptfeldwebel!«

»Der Herr Hauptfeldwebel hat gesagt, unserer ganzen Gruppe werde der Wochenendausgang gesperrt und wir würden zur Wache eingeteilt, nur weil Kanonier Rademacher und ich versucht haben, den Wehrdienst zu verweigern. «

Weller wurde nachdenklich. »Eigentlich dürfte das hier gar nicht bekannt sein.«

»Steht aber ganz offensichtlich in den Papieren. Ich bin schon mehrfach darauf angesprochen worden.«

»Gut! Ich nehme das zur Kenntnis.«

»Schon die Ankündigung hat die anderen in unserer Gruppe gegen uns aufgebracht. Man kann sich vorstellen, wie die sich gegen uns verhalten, wenn sie wegen uns leiden müssen.«

»Ich sagte bereits, dass ich es zur Kenntnis genommen habe. Weggetreten!«

Christian schlug die Hacken zusammen, machte eine zackige Kehrtwende oder zumindest das, was er dafür hielt, und verließ den Raum.

In den folgenden Tagen musste Christian Ebinger begreifen, dass er mit seinen Argumenten bei Hauptmann Weller nur einen Teilerfolg erzielt hatte. Die Gruppe musste zwar nicht dafür büßen, dass sie zwei gescheiterte Wehrdienstverweigerer in ihren Reihen hatte. Aber für Sebastian Rademacher und ihn selbst galt das nicht. Die Soldaten lebten immer nur auf das Wochenende zu. Wenn der Urlaub für Samstag und Sonntag gestrichen wurde, war das die Höchststrafe. Und die traf Christian Ebinger und Sebastian Rademacher in den ersten zwölf Wochen neunmal, während ihre Stubenkameraden stets freibekamen. Dabei hatte der Strafdienst oft gar keinen Sinn. Feuerwache, die konnte man noch verstehen. Immerhin musste jemand vor Ort sein, damit er den Alarm auslösen konnte, wenn ein Brand ausbrach. Aber sie hatten auch bei den Flugzeugen Wache zu schieben, was eine Farce war. Sie verfügten zwar über Gewehre, bekamen aber keine Munition ausgehändigt.

»Was mach ich denn, wenn der böse Feind kommt und einen von den F-84-Düsenjägern klauen will?«, fragte Christian seinen Freund Sebastian Rademacher.

»Ist doch klar, du schmeißt das Gewehr nach ihm.«

Rademacher schien nichts aus der Ruhe zu bringen. Am zweiten Tag der Grundausbildung regnete es in Strömen. Der Hauptmann hatte zwei Stunden Exerzieren befohlen. Die Batterie trat in Dreierreihen an. Hauptfeldwebel Steinmann brüllte seine Kommandos: »Stillgestanden! Gewehr über! Rechtsum! Im Gleichschritt marsch!« Nach den ersten drei oder vier Marschtritten öffnete sich in der dritten Reihe plötzlich ein leuchtendroter Schirm. »Halt!«, kommandierte Steinmann. »Das Ganze halt!« Er liebte es, wenn die Truppe mit einem Klack zum Stehen kam. Aber diesmal konnte er sich nicht darüber freuen. »Das sind doch wieder Sie, Rademacher!«

»Melde gehorsamst«, rief der Rekrut, »es regnet!«

»Das hat ja wohl jeder mitbekommen, Sie Vollidiot! Den Schirm her!«

»Aber ich glaube nicht, dass der Schirm meine Wehrkraft schwächt«, entgegnete Rademacher.

Steinmann entriss dem Kanonier den Schirm. »Mit Gewehr am langen Arm 20-mal um die marschierende Truppe!«, befahl er.

»Jawoll. 20-mal um marschierende Truppe.« Rademacher riss seine Waffe von der Schulter, nahm sie in die rechte Hand, trat aus dem Glied und begann im Laufschritt die Truppe, die ihren Marsch wieder aufnahm, zu umkreisen wie ein Schäferhund die Herde. Um ihn nicht zu schonen, ließ Steinmann die Batterie im Eiltempo siebenmal um das Viereck des Exerzierplatzes marschieren.

Als Rademacher die 20 Runden hinter sich hatte, baute er sich vor Steinmann auf: »Kanonier Rademacher meldet sich zurück. Befehl ausgeführt. 20-mal um marschierende Truppe. Darf's ein bisschen mehr sein?« Er wirkte nicht besonders angestrengt.

»Ich kann Sie auch 50-mal rumscheuchen!«, schrie der Spieß.

»Würde ich dankend annehmen. Ist ein gutes Training. Vielleicht muss ich Ihnen das erklären, Herr Stabsfeldwebel. Ich bin Zehnkämpfer. Letztes Jahr hessischer Landesmeister mit 6 788 Punkten.«

»Zurück ins Glied!«, befahl Steinmann. »Das wird ein Nachspiel haben.«

Das Nachspiel war dann wieder einmal der Wachdienst am Wochenende, zu dem auch Christian Ebinger eingeteilt wurde. Die anderen zum Wachdienst Verdammten trafen sie beim Fahnenappell und der Vergatterung. Es waren ausnahmslos Kameraden, die ebenfalls versucht hatten, den Wehrdienst zu verweigern, und dabei gescheitert waren.

Christian Ebinger bewunderte Sebastian Rademacher. Er selbst war körperlich nicht stark genug, um die Schikanen der Ausbilder ohne Folgen auszuhalten. Zweimal schon war er bei Geländeübungen völlig erschöpft zusammengebrochen. Das ständige »Sprung auf, marsch, marsch! Hinlegen! Sprung auf, marsch, marsch! Hinlegen«, und das bis zu 200-mal am Stück, raubte ihm alle Kraft. Am Ende blieb er total erschöpft liegen. Sein Herz raste. Er bekam keine Luft mehr. Plötzlich sah er ein Paar Stiefel direkt vor seinen Augen. Dann folgte ein Tritt gegen seinen Stahlhelm. Christian musste den Kopf nicht heben, um zu wissen, wer ihn da trat. »Wenn ich mir vorstelle, wir müssten gegen den

Iwan einen Krieg gewinnen und hätten solche Flaschen wie Sie dabei, Ebinger, da könnten wir ja gleich kapitulieren!«, brüllte der Spieß.

Christian schaffte es nicht, dagegen aufzubegehren. Er spürte förmlich, wie sein Wille, sich zu wehren, immer schwächer wurde und am Ende ganz zusammenbrach.

Dazu hatte auch ein Erlebnis in der fünften Ausbildungswoche beigetragen. Angekündigt war ein 30-Kilometer-Tagesmarsch mit voller Ausrüstung. »Da verschaffen wir uns doch selber eine Marscherleichterung«, hatte Sebastian Rademacher zu Christian gesagt. In den Tornistern mussten sie eine komplette Zeltausrüstung mitschleppen. Immer zwei Mann hatten je eine Hälfte bei sich zu tragen. Dazu kamen die Gasmaske, Proviant und das Gewehr. Statt der Zeltausrüstung packten sie auf Rademachers Vorschlag zerknülltes Zeitungspapier in ihre Tornister.

Nach 20 Kilometern erfasste Christian eine gewisse Unruhe. Schon immer hatte er ein gutes Orientierungsvermögen gehabt. Und langsam wurde ihm klar, dass dieser Tagesmarsch abends nicht in der Kaserne enden würde. Sie entfernten sich immer weiter von ihrem Standort Lagerlechfeld.

Am Nachmittag hatte es zu regnen begonnen. Der Himmel war wie mit grauen Tüchern verhängt und wurde von Westen her immer dunkler. Ein unangenehmer Wind trieb ihnen die Nässe ins Gesicht. Und immer weiter marschierte die Batterie im gleichen Schritt und Tritt. Sebastian Rademacher, der in der Dreierreihe vor Christian ging, wendete den Kopf. »Denkst du auch, was ich denke?«

Christian nickte. »Das Zelt wird uns fehlen.«

Sie erreichten einen Waldrand auf einer sanften Anhöhe. Hauptmann Weller, der die Soldaten in einem Jeep begleitete, ließ die Truppe anhalten. »Gutes Marschtempo«, rief er. »34 Kilometer in sechs Stunden, 44 Minuten. Hier richten wir unser Nachtlager ein. Morgen machen wir dann 40 Kilometer, und am dritten Tag geht es über 30 Kilometer locker in die Kaserne zurück. Zelte aufbauen. Die Gruppe 10 sammelt Holz und sorgt für ein anständiges Feuer. Das geht auch im Regen, ihr werdet sehen.«

»Was machen wir denn jetzt?«, fragte Christian.

»Das Schlimmste ist nicht, dass wir kein Zelt haben. Schlimmer ist, was der Steinmann draus macht.«

Da stapfte der Hauptfeldwebel auch schon heran. »Ja los, los, los. Was ist mit dem Zeltaufbau? Keine Müdigkeit vorschützen, Leute!«

»Sie haben uns doch erzählt, wie Sie monatelang vor Stalingrad im Eisregen ohne Zelt aushalten mussten«, sagte Rademacher. »Eine von den vielen Heldentaten Ihrer ruhmreichen militärischen Vergangenheit.«

»Ja, und?« Steinmann gelang es nur selten, Ironie als solche zu erkennen.

»Wir wollten Ihnen nacheifern, Herr Hauptfeldwebel. Zelte brauchen wir nicht.«

Steinmann lachte auf. »Schon verstanden. Ihr seid nicht die Einzigen, die sich's leichter machen wollten. Wird alles notiert.« Damit ging er weiter auf der Suche nach anderen, die ihre Zeltplanen in der Kaserne gelassen hatten.

Immerhin konnte man das trockene Zeitungspapier aus den Tornistern gut gebrauchen, um ein Feuer in Gang zu bringen. Unter ein paar jungen Tannen, die zum Glück sehr dicht standen, versuchten Christian und Sebastian zu schlafen. Am nächsten Morgen waren sie wie gerädert und durchnässt bis auf die Haut. Es hörte zwar auf zu regnen, aber die 40 Kilometer des zweiten Tages wurden für Christian zu einer furchtbaren Tortur. Schuhe und Socken wurden nicht trocken. An den Füßen bildeten sich Blasen. Am zweiten Abend zog sich Christian weit in ein Waldstück zurück, nur um seinen Tränen freien Lauf lassen zu können. Er weinte nicht nur über seine Müdigkeit, seine Erschöpfung, seinen körperlichen Schmerz, sondern auch darüber, dass ihm nichts anderes übrigbleiben würde, als sich Männern wie Steinmann völlig zu unterwerfen.

Als sie nach dem Dreitagemarsch zurückkamen, legte sich Christian, so wie er war, auf sein Bett. Nicht einmal die Stiefel zog er aus. »So kaputt war ich in meinem ganzen Leben noch nie«, sagte er zu Sebastian Rademacher.

Der grinste nur. »Los, komm, ich lade dich auf ein Bier ein.«

»Ich schaff das nicht mehr. Lass mich einfach liegen.«

»Nichts da. Ich hab den Steinmann grade in die Kantine gehen sehen. Der soll nicht denken, dass er uns kleingekriegt hat. Wenn's drauf ankommt, geb ich dem sogar ein Bier aus.«

So gut es ging, machten sie sich im Waschraum etwas frisch, zogen saubere Klamotten an und gingen zur Kantine. Über Christian hätte man sagen müssen: Er schleppte sich zur Kantine.

Steinmann saß an einem Tisch und hielt große Reden. Er hatte offenbar schon einiges getrunken und war nicht mehr ganz nüchtern. Während Rademacher und Ebinger an der Theke warteten, bis der Zapfer drei Bier eingelassen hatte, hörten sie ihren Spieß trompeten: »Der Iwan hat gedacht, wir hätten ihn nicht bemerkt. Aber, Popöchen, Popöchen«, er zog sein linkes Augenlid mit dem Zeigefinger herunter, »ich war ja schlau. Ich hab einen Mann, von dem ich gewusst hab, dass er ein guter Kletterer war, ein Bayer natürlich, auf den höchsten Baum geschickt. Und der deutsche Feldstecher, müsst ihr wissen, der war ja einsame Spitze. Also der da oben sieht glasklar, wie die Russkis in einer Zangenbewegung auf unseren Posten zukommen. Je 20 Mann mindestens. Und wir waren ja nur elf. Ich befehle: Alles zurücklassen. Ein Feuer machen. Muss so aussehen, als wären wir in unserem Unterstand. Dann haben wir alle Handgranaten, die wir noch hatten, mitgenommen, haben uns verteilt, und zwar so, dass die bei ihrem Anmarsch nicht an einem von uns vorbeikommen konnten. Vier meiner Männer haben es in die Bäume hinauf geschafft, ohne dass von unten etwas von ihnen zu sehen war. Die letzten 50 Meter sind die Russkis im Laufschritt und mit Gebrüll auf unseren Unterstand zu. Und dann volle Salven aus allen Rohren. Und in dem Augenblick, als die begriffen haben, dass da gar keiner war, werfe ich die erste Handgranate. Mitten hinein in das Russengesocks. Und dann alle anderen. Ich sag euch, keiner von denen hat das überlebt.«

»Gefangene wurden ja sowieso nicht gemacht«, sagte Rademacher und stellte ein Bier und einen Schnaps vor Steinmann hin.

»Stimmt. Wer nicht gleich hin war, hat den Gnadenschuss gekriegt.«

»Ja, ja«, sagte Rademacher, »hätte unsere Armee lauter Steinmanns gehabt, hätten wir den Krieg garantiert nicht verloren. Prost, Herr Hauptfeld.«

Christian hatte sich müde auf einen Stuhl neben dem Spieß sinken lassen.

Steinmann blickte auf und sagte zu Rademacher: »Ganz recht! Aber sag das mal dem Hauptmann Weller. Der Mann hat null Kriegserfahrung. Wie so ein Weichei im Ernstfall … Ach, scheiß drauf! Prost!« Er kippte den Schnaps. »Bist gar nicht so übel, Rademacher, und verdammt leistungsfähig. Muss man dir lassen. Na ja, Zehnkämpfer, das ist schon was. Prost!« Er trank einen großen Schluck Bier. »Aber dass du dich immer mit diesem Versager abgibst …« Damit stieß er seine Faust gegen Christians Brust.

»Der Ebinger hat andere Qualitäten, und die soll man nicht geringschätzen, Herr Hauptfeldwebel.«

»So? Und welche Qualitäten sollen das sein?«

»Bevor der Kanonier Ebinger eingezogen wurde, hat er schon als Journalist gearbeitet, und das wird er nach seiner Zeit beim Bund auch wieder tun. Ich würde mich wundern, wenn wir da nicht noch einiges über uns zu lesen bekämen. Jedenfalls sammelt er schon fleißig Material.«

Steinmann kniff die Augen zusammen und boxte Christian wieder gegen die Brust. »Aber da will ich nur Positives lesen, dass das klar ist, Ebinger.«

»Mal sehen.« Christian trank sein Bier aus und stand auf. Er hatte Mühe, auf die Beine zu kommen und seinen Körper geradezuziehen. »Ich geh in die Falle.«

»Ja, mach das mal, du Schreiberling. Das hier ist was für Männer.«

Auf der Stube war nur Stefan Schulze. Die anderen seien alle noch mal losgegangen, sagte er. »Als ob ihnen der Dreitagemarsch nichts ausgemacht hätte.«

»Bei denen kommt die Erschöpfung erst morgen. Jetzt sind sie einfach froh, dass sie's hinter sich haben«, antwortete Christian. Er zog die Papierrolle unter seinem Kissen hervor und begann zu schreiben. 20 Mark hatte er dem Kantinenwirt dafür bezahlt, dass der ihm aus seinem Vorrat für die Registrierkasse drei Rollen überlassen hatte. Die Streifen, die er an Julia schickte, nummerierte er penibel. Jetzt schrieb er 38 in die obere rechte Ecke und begann: »Meine liebste Julia. In den letzten drei Tagen konnte ich nicht schreiben, weil wir einen Gewaltmarsch gemacht haben. 34, 40 und 30 Kilometer …«

Christian nummerierte auch Julias Antwortbriefe. Der letzte trug die Nummer 14. Von Mal zu Mal wurden sie kürzer und sachlicher, und sie erreichten ihn in immer größeren Abständen. Zweimal hatte sie nun schon über einen neuen Assistenten an ihrer Fakultät geschrieben, der sie sichtlich beeindruckt haben musste. Er sprach Französisch, Englisch und Spanisch fließend und war ein Spezialist für Urheberrechte. »Wenn Du später einmal ein berühmter Schriftsteller wirst«, schrieb Julia, »wäre er ein idealer Berater für Dich.« Sie selbst wolle sich nun aber auch auf das Urheberrecht spezialisieren, und dann könne ja vielleicht auch sie selbst Christian beraten.

Erst am Ende der dreimonatigen Grundausbildung bekam Christian endlich einen Wochenendurlaub. »Einsamer Minusrekord«, hatte Steinmann gehöhnt. Und ausgerechnet an diesem Wochenende war Julia bei einem Seminar in Straßburg, das von jenem tollen Assistenten geleitet wurde, von dem sie neuerdings so schwärmte.

Christians Mutter hatte sich vorgenommen, alles aufzubieten, was Küche und Keller hergaben. Zum ersten Mal seit langer Zeit hatte sie wieder ihre alten Rezepte durchstöbert, die sie früher einmal gesammelt und zwischen die Blätter des berühmten Kiehnle-Kochbuchs gelegt hatte. Sie wollte ihrem Jüngsten etwas ganz Besonderes kochen. Kalbfleischgeschnetzeltes zum Beispiel mit Risibisi. Soweit sie sich erinnern konnte, hatte sie das zum letzten Mal einige Wochen nach ihrer Hochzeit zubereitet.

Als Christian die Treppe von den Schulräumen heraufkam, stand sie am oberen Ende der Treppe vor der Glastür. »Mein Gott, Bub, bist du schmal geworden«, rief sie und nahm ihn in die Arme – eine Zärtlichkeit, deren er in seiner Kindheit und Jugend kein halbes Dutzend Mal teilhaftig geworden war. »Geht's dir denn gut?«

»Nein«, sagte Christian ehrlich. »Ich erlebe die schlimmste Zeit meines Lebens bisher. Aber den meisten anderen geht es genauso.« Er warf seinen Rucksack in die Ecke, schleppte sich ins Wohnzimmer und ließ sich in den Lesesessel am Fenster fallen.

»Ich mach dir einen Kaffee!« Seine Mutter eilte in die Küche. Christian schloss die Augen. Aus dem anschließenden Raum, dem Herrenzimmer, hörte er Stimmen. Vermutlich hatte sein Vater wieder einmal die Eltern einer Schülerin oder eines Schülers »vorgeladen«, wie er es nannte. Christian musste grinsen. Früher hatten sie diese Gespräche heimlich belauscht – die Ohren an die Tür gedrückt, er und sein Bruder Gerhard. Einmal war die Stimme des Besuchers besonders gut zu hören gewesen. Karl Kächele, ein vierschrötiger Gipsermeister, ereiferte sich: »Ich kann überhaupt net verstehe, warom mei Fritz so schlecht im Rechne ischt. Der brengt ja bloß Vierer ond Fünfer hoim.« Darauf hatte der alte Schulmeister Ebinger geantwortet: »Ha, jetzt sag amal, Karle, du hascht doch damals ausschließlich Fünfer gschriebe. Und trotzdem ist was aus dir worde.« So war das mit ihrem Vater. Er hatte ein Gedächtnis wie ein Elefant. Und nun war er bald 30 Jahre Lehrer an der Fleckenhausener Volksschule. Das brachte eben mit sich, dass er auch schon die Eltern mancher Schüler unterrichtet hatte.

Luise Ebinger kam mit einem Tablett, auf dem sie eine Kaffeekanne, ein Milchkännchen, die silberne Zuckerdose – ein altes Erbstück von ihrer Großmutter – und ein Tellerchen mit selbstgebackenen Plätzchen, die bei ihnen Gutsle hießen, balancierte. Sie stellte es vorsichtig auf dem runden Rauchtischchen ab, zog einen Stuhl heran, setzte sich zu ihrem Sohn und goss den Kaffee ein. »Du wirst wahrscheinlich heut noch zur Julia fahren?«, fragte sie.

Er schüttelte den Kopf. »Sie ist in Straßburg bei einem Seminar.«

»Und sie hat es nicht einrichte könne?« Die Mutter schüttelte verständnislos den Kopf.

»Könne eventuell scho, aber vielleicht net wolle.« Christian nippte an seinem Kaffee. »I glaub, des hält net zwische uns.« Wie immer, wenn er sich mit seiner Mutter in einer vertrauten Situation befand, fiel er ins Schwäbische zurück.

»Des tät dir aber weh, gell?«

Christian nickte nur und fuhr sich mit der Hand über die Augen. Im gleichen Moment hörten sie, wie der Vater seine Gäste verabschiedete und zur Glastür brachte. Sekunden später kam er herein. »Ja, da bist du ja!« Er durchschritt das Zimmer, gab seinem Sohn die Hand und musterte ihn. »Und warum bist du nicht in Uniform?«

»Also wenn ich die auch noch im Urlaub tragen müsst, tät ich ja vollends verrückt werden.«

»Egal, was war, Christian, die Uniform des Soldaten ist und bleibt das Ehrenkleid der Nation!« Albert Ebinger griff sich die Tasse seiner Frau, mit der anderen Hand nahm er ein Gutsle, tunkte es kurz ein und schob es in den Mund. »Hmm, so was Guts gibt's also, wenn der verlorene Sohn wieder amal heimkommt.«

»Ich wär gern öfter gekommen, aber man hat mich ja nicht rausgelassen.«

»Ja, ja, das hast du ja geschrieben. Ist es denn so schlimm?«

»Schlimmer! Aber reden wir nicht drüber. Ich weiß, dass es bei dir im Internierungslager noch viel schlimmer gewesen ist.« Der Sarkasmus in Christians Stimme war unüberhörbar. »Wenn's euch nichts ausmacht, leg ich mich a bissle hin.« Er stemmte sich aus dem Sessel heraus und ging in sein Zimmer.

Luise sah ihren Mann an und schüttelte den Kopf. »A bissle einfühlsamer hättest schon sein könne. Nicht nur, dass es ihm beim Kommiss so schlechtgeht, wahrscheinlich geht auch das mit der Julia auseinander.«

»Des wär sowieso nichts gewesen. So ein verwöhntes Töchterle aus so einem hochgestochenen Professorenhaushalt. Mein Vater hat schon immer gsagt, man soll nicht höher furzen, als einem der Arsch gewachsen ist.«

»Albert!« Jetzt empörte sie sich wirklich. »Als ob es irgendjemand auf der Welt gäbe, für den unser Christian nicht gut genug wär!«

Albert Ebinger setzte sich in den Lesesessel. »Du hast recht, Luise«, lenkte er zur Überraschung seiner Frau ein. »Das war schon immer mein Problem, auch wenn ich nie darüber geredet hab, dass ich denk, ich bin so vielen Leuten nicht ebenbürtig.«

»Aber warum denn?«

»Vielleicht, weil ich nicht studiert hab. Und das gleiche Schicksal blüht ja unserem Christian jetzt auch.«

»Dann lass uns dafür sorgen, dass er nicht auch auf die dumme Idee kommt, er könnt weniger wert sein als andere Menschen.«

Albert sah seine Frau an, griff nach ihrer Hand und sagte fast feierlich: »Wie gscheit du doch manchmal bist, Luise.«

»Wie war's daheim?« Sebastian Rademacher saß zufällig im selben Zug von Augsburg nach Lagerlechfeld, als Christian vom Wochenendurlaub zurückkam.

Christian winkte ab. »Ich hätt genauso gut in der Kaserne bleiben können.«

»Das glaubst du ja wohl selber nicht.«

»Na ja, meine Mutter hat sich mächtig ins Zeug gelegt, gekocht und gebacken wie ein Weltmeister. Mein Vater kann sich nicht entscheiden, ob er's nun gut findet oder nicht, dass ich beim Barras bin. Mein Bruder war gar nicht da, weil er mit seiner Frau und dem Baby Urlaub in Südtirol macht ...«

»Und deine Freundin?«, unterbrach ihn Rademacher.

»Seminar in Straßburg. Wenn's stimmt.«

»Hoppla!«, machte Sebastian Rademacher.

»Lass uns über was anderes reden. Wie war's bei dir?«

»Spitze! Ich hab Samstag eine Trainingseinheit bei den Zehnkämpfern mitgemacht und abends in unserer Band gespielt bis morgens um vier. Sonntag hab ich bei meiner Freundin gepennt, bis ich auf den Zug musste.«

»Hast du denn keine Familie?« Erst jetzt fiel Christian auf, dass sie noch nie darüber geredet hatten.

»Meine Eltern sind geschieden. Die haben mich zehn Jahre lang hin und her geschoben, und immer hatte ich das Gefühl, da, wo ich grade war, wollte man mich eigentlich nicht. Sie sind beide längst wieder neu liiert. Ich hab auch Halbgeschwister. Aber schon mit 16 hab ich mich selbständig gemacht. Mein Oller zahlt mir 'ne anständige monatliche Summe, bis ich 28 bin, hat er versprochen. Da kannste sehen, was ein schlechtes Gewissen ausmacht.«

»Ich könnt ohne meine Familie nicht leben«, sagte Christian. »Sag mal, hab ich das richtig verstanden: Du spielst in einer Band?«

Sebastian Rademacher nickte. »Saxophon und Klarinette.«

»Ich spiel mehr schlecht als recht Gitarre«, sagte Christian.

»He, dann lass uns doch hier 'ne Band aufbauen.«

»Was denn, in der Kaserne, meinst du?«

»Gibt dir gleich einen Sonderstatus. Du spielst bei den Offiziersfeiern. Und wenn die Unteroffiziere 'ne Fete machen, kannst du dem Steinmann, wenn er mal wegguckt, heimlich ins Bier pinkeln, denn als Musiker musst du bei denen auch bedienen.«

Christian brach in schallendes Gelächter aus. »Der Gedanke gefällt mir!«

Als sie in die Kaserne zurückkehrten, fand Christian einen Brief auf der Matratze seines Bettes. Er legte sich hin, riss das Kuvert auf und zog das hellgrüne Papier heraus, auf dem Julia ihm zu schreiben pflegte.

»Lieber Christian, ich hab so ein schlechtes Gefühl, weil ich bei Deinem ersten Heimaturlaub« – sie schrieb tatsächlich »Heimaturlaub«, als wäre er an der Front – »nicht da sein kann. Vor allem, weil ich Dir viel lieber unter vier Augen gesagt hätte, was ich Dir jetzt leider nur schreiben kann. Ich möchte unsere Beziehung beenden …«

Christian las nicht weiter, sondern zerknüllte das Papier und heulte auf wie ein waidwundes Tier.

Sebastian Rademacher kam herüber und setzte sich auf die Bettkante. »Was ist mit dir?«

Christian war nicht in der Lage zu antworten. Er warf das zerknüllte Papier auf den Boden. Rademacher hob es auf und strich es auf den Knien glatt. »Darf ich's lesen?«

Christian nickte nur.

Sebastian las und faltete dann das Papier sorgfältig zusammen. »Komm, wir gehen noch einen trinken.«

»Ist doch gleich Zapfenstreich.«

»Wer kümmert sich denn um so was. Los! Ich weiß, wie man auch nach Mitternacht wieder reinkommt.«

Das »Scharfe Eck« war eine Kneipe, die von den gemeinen Soldaten lebte – eine Baracke, deren Schäbigkeit durch rotes Licht und Schlagermusik aus einer Musikbox nur noch unterstrichen wurde. Offiziere und Unteroffiziere verkehrten nicht in diesem Schuppen, hätte das doch bedeutet, dass sie sich mit den einfachen Soldaten gemein machten. Als Rademacher und Ebinger hereinkamen, erklang Lale Andersens Stimme aus der Musikbox: »Vor der Kaserne, vor dem großen Tor …« Sebastian brach in lautes Gelächter aus. »Das hat grade noch gefehlt.« Sie setzten sich auf zwei Hocker am Tresen, und Sebastian bestellte für sie »Whisky on the Rocks«.

Nur an ein paar wenigen Tischen saßen ein paar versprengte Soldaten und vier oder fünf Huren, die ihren Arbeitstag schon abgeschlossen hatten und nun ihr Geld zählten und ein letztes Glas tranken. Um ein Uhr, das wusste Rademacher, wurden die Damen von einem Kleinbus aus Augsburg abgeholt.

»Ich bezahle und du erzählst, wenn du willst«, sagte Sebastian.

Christian fuhr sich mit beiden Händen durch seinen Haarschopf. »Alle haben sie mich immer den Geschichtenerzähler genannt. Aber meine eigene gibt nichts her, Sebastian.«

»Nicht mal ein bisschen Liebeslyrik?«

Christian trank sein Glas in einem Zug aus, stellte es auf den Tresen, und Rademacher gab dem Zapfer ein Zeichen, er solle es noch einmal füllen. »Wie wir uns kennengelernt haben, war schon sehr lustig.« Christian erzählte von ihren Abenteuern beim Trampen von Heidelberg nach Tübingen. »Dann hab ich sie ... wie soll ich das nennen? Sexuell überfallen? Nee, nicht überfallen, überfordert trifft's vielleicht besser.« Er erzählte auch das in allen Einzelheiten. »Danach war Funkstille. Ein halbes Jahr lang. Ich hab dann das Glück gehabt, einen alten, weisen Mann zu treffen ... Ja, ja, lach nur – wie im Märchen war das.«

»Ich lache gar nicht«, warf Sebastian ein.

»Der hat mir seine Geschichte erzählt, die am Anfang der meinen ziemlich ähnlich war.« Christian berichtete Sebastian von der großen, ungewöhnlichen Liebe des Malers zu seiner Sarah und deren bitterem Ende. »Am Schluss hat mir der alte Mann dann geraten, Julia zu erklären, dass Liebe und Begehren zusammengehören und dass ein Anfänger dabei manchen Fehler machen kann. Danach hab ich sie in Heidelberg besucht. Sie hat mir erzählt, wie sie von ihrem eigenen Onkel missbraucht wurde und dass sie seitdem so einen Männerhass hatte, dass gar nichts mehr ging ... Aber am selben Abend ging doch etwas, und es war so unbeschreiblich, so unglaublich, so ...«

»... richtig schön«, schloss Rademacher den Satz ab. »Das wolltest du doch sagen.«

Christian nickte und trank sein zweites Glas leer. »Danach haben wir uns ganz oft gesehen. Wir waren so ... wie soll ich sagen? So vertraut, so nahe. Das kannst du dir gar nicht vorstellen. Ich hab gedacht, nein, ich hab das nicht nur gedacht, es war so: Es war der Himmel auf Erden! – Ich trinke noch einen.«

»Kein Problem!« Sebastian bestellte. Er selbst hatte es einstweilen bei einem Glas belassen.

»Und dann musste ich zur Bundeswehr. Und irgendwie war es so, als verliere Julia nach und nach ihr Interesse an mir, oder soll ich sagen, ihre Gefühle für mich. Vielleicht hat sie nicht begriffen, warum ich's nicht geschafft habe zu verweigern. Vielleicht war ich ihr aber auch zu … zu … zu unbedeutend. Sie ist so eine geistige Überfliegerin, verstehst du? So wie du …«

Sebastian Rademacher winkte ab. »Der Intelligenzquotient macht einen Menschen nicht liebenswerter, Christian!«

»Jedenfalls wurde ihr Ton immer kühler. Vielleicht fand sie ja auch die Idee, meine Briefe an sie in Fortsetzungen auf einer Rolle aus einer Registrierkasse zu schreiben, einfach blöd.«

Rademacher nickte. »Das könnte allerdings sein. – Jetzt nehm ich doch auch noch einen.« Er begann leise zu singen: »Es ist traurig, wenn Liebe erkaltet, es ist furchtbar, wenn Liebe vergeht. Doch wie kann man von Liebe erwarten, dass sie immer und ewig besteht.«

»Was singst du denn da?« Christian schob sein leeres Glas schon wieder dem Mann hinterm Tresen zu.

»Ist von Georg Kreisler. Geht dann weiter: ›Doch ich liebe jede auf immer …‹ Freilich immer nur, bis er sie umbringt – rechtzeitig eben, bevor die Liebe vergeht.«

Christian schüttelte sich. »Das ist jetzt nicht dein Ernst!«

»Kennst du Georg Kreisler nicht?«

»Nur ›Gehen wir Tauben vergiften im Park‹ und ›Der Triangelspieler‹.«

Sebastian sang wieder: »Und da sitz ich mitten im Orchester drin und halt bereit mein Triangel. Und endlich zeigt der Dirigent auf mich hin, und dann steh ich auf und mach …«

»Bing!«, riefen jetzt beide.

Christian übernahm. Er hatte eine schönere und stärkere Stimme als Sebastian, und nach und nach schauten die wenigen anderen Gäste her. »Die Violinen weinen jetzt, die Cellos und Bässe ergrimmen. Die Flöten jubeln, das Glockenspiel lacht …«

Und dann sangen wieder beide: »Ein Triangel kann man nicht einmal stimmen.«

Gelächter und Beifall um sie herum.

Als sie das »Scharfe Eck« verließen – aus der Musikbox dröhnte grade das Lied »In einem Polenstädtchen, da lebte einst ein Mädchen«, hatte draußen ein scharfer Herbststurm eingesetzt, der die Kronen der Platanen am Straßenrand niederdrückte, als habe er die Bäume im Genick gepackt. Zudem hatte es zu regnen begonnen. Die Huren rannten unter lautem Kreischen zu einem Kleinbus auf dem Parkplatz. Christian breitete die Arme aus und sang lauthals: »Die Sonne ist warm, und die Lüfte sind lau, geh mr Tauben vergiften im Park …« Er sprang mit beiden Füßen in eine Pfütze, dass das Wasser hoch aufspritzte. »Nimm für uns was zum Naschen in der anderen Taschen, geh mr Tauben vergiften im Park.« Christian war betrunken. Sebastian war auch nicht mehr nüchtern, aber durchaus noch in der Lage, seinen Kameraden dazu zu bringen, endlich still zu sein. Das Loch im Zaun, durch das man das Kasernengelände verlassen und durch das man später auch wieder zurückkriechen konnte, fand er ohne Probleme.

Am nächsten Tag war Scharfschießen angesagt. Seit einiger Zeit musste, unter den Argusaugen des Hauptfeldwebels, einer der einfachen Soldaten die Truppe kommandieren. »Nicht zur Strafe, nur zur Übung«, hatte Hauptmann Weller gesagt. Ausgerechnet an diesem Montag war Sebastian Rademacher dran. Er sollte die Batterie zum Schießstand führen. 119 Mann stellten sich in 39 Dreierreihen und einer Zweierreihe auf. Sebastian Rademacher trat vor die Truppe und sagte leise und in gediegenem Plauderton: »Batterie stillgestanden! Rechtsum!«

»Was soll denn der Scheiß, Sie Nasenbär?«, brüllte Steinmann. »Ja glauben Sie denn, der Mann im letzten Glied kann Sie hören?«

Rademacher winkte ab. »Das spricht sich rum, Herr Hauptfeldwebel.«

»Zurück ins Glied. Ihnen werd ich lehren …«

»*Sie* werde ich lehren …«, korrigierte Rademacher sanft.

»Was?«

»Es heißt: ›Sie werde ich lehren, sich hier zu benehmen wie ein richtiger Soldat!‹ So wäre der Satz ja wohl weitergegangen.«

Christian konnte nicht mehr an sich halten und lachte laut los. Andere fielen ein.

»Ich werde noch heute ein Strafverfahren gegen Sie einleiten. Morgen haben Sie einen Termin beim Bataillonskommandeur. Dafür werde ich sorgen. Und Sie auch, Ebinger. Und jetzt herrscht Ruhe im Glied. Batterie stillgestanden! Rechtsum! Im Gleichschritt marsch!«

Die Schießbahn lag zwischen zwei langgezogenen Hügeln.

Das Schulschießen war die einzige Gelegenheit, bei der die Soldaten scharfe Munition ausgehändigt bekamen, dreimal je ein Magazin mit sechs Schuss.

Christian Ebinger war als siebter dran. Die Kameraden vor ihm hatten gut geschossen, und Hauptfeldwebel Steinmann war stolz auf sie. »Am liebsten würde ich Sie gar nicht ranlassen«, sagte er zu Christian. »Sie versauen ja doch wieder nur das Gesamtergebnis.« »Darauf kannst du dich verlassen«, hätte Christian am liebsten gesagt. Er hatte noch jedes Mal seine sechs Schuss abgegeben, ohne überhaupt das Ziel anzuvisieren. Er legte sich auf den Boden, die Ellbogen auf einem Sandsack, drückte das Magazin in den Schacht, legte die Waffe an und nahm Druckpunkt. Steinmann stand dicht neben ihm. Christian schloss die Augen und drückte ab. Von vorne, wo die Beobachter nach jedem Schuss die Zielscheibe kontrollierten, kam der Ruf: »Fahrkarte!« Also hatte er nicht einmal die Scheibe getroffen.

Steinmann trat mit seiner Stiefelspitze hart gegen Christians Stahlhelm. Das kannte der Schütze schon, und er wusste auch, bei jeder weiteren »Fahrkarte« würden die Tritte heftiger werden.

Bei den anderen Rekruten gab der Spieß Anweisungen: »Sichern! Entsichern! Einatmen, ausatmen, Luft anhalten! Druckpunkt nehmen! Langsam einatmen, kurz nicht atmen … und … Feuer!« Mit Christian Ebinger redete er bei solchen Übungen schon lange nicht mehr. »Ist ja eh Hopfen und Malz verloren!«

Christian schoss und Steinmann trat. Viermal nahm der Schütze das scheinbar mit stoischer Ruhe hin. Beim fünften Tritt sprang er plötzlich auf. Die Waffe hielt er professionell im Anschlag. »Ich halte das nicht mehr aus!«, schrie er. »Ich halte das nicht mehr aus! Ich bring dich um! Dich bring ich um!« Dabei achtete er freilich darauf, dass sein Gewehr gesichert blieb.

Hauptfeldwebel Steinmann rannte los, schlug Haken wie ein Hase, lief im Zickzack durch die Gasse zwischen den Hügeln. Kein Mensch hätte diesem dicken Mann zugetraut, so schnell und flink zu sein. Nach etwa 30 Metern sprang er über die linke Böschung und war auf der anderen Seite verschwunden.

Rademacher und ein paar andere lachten und klatschten in die Hände. Andere reagierten empört. Niemand wusste so recht, wie es jetzt weitergehen sollte. Christian legte sein Gewehr auf den Boden und setzte sich an den Rand der Böschung.

Es dauerte keine fünf Minuten, da rasten zwei Jeeps heran, deren Besatzungen ihre Waffen schussbereit hielten. Rademacher holte ein weißes Taschentuch heraus und begann damit zu wedeln. Er hatte es immer abgelehnt, die grauen Bundeswehrtaschentücher zu benutzen. »Wir ergeben uns!«, rief er.

Über dem Kamm des linken Hügels erschien das Gesicht des Hauptfeldwebels, und als er merkte, dass keine Gefahr mehr drohte, stapfte er heran. »Ein Mordversuch«, schrie er. »Festnehmen, den Mann!« Dabei zeigte er auf Christian.

In einem der Jeeps wurde Christian zum Arrestgebäude gebracht, einem quadratischen, aus Ziegelsteinen gemauerten Bau, der frei auf einer Fläche nahe dem Tor zum Flugplatz stand und nur über eine eiserne Tür und zwei kleine vergitterte Fenster verfügte. Im Inneren befanden sich zwei Zellen, deren Einrichtung aus einer Pritsche, einem Tischchen, einem Stuhl und einem Spind bestand. Zwischen den Zellen gab es ein Klosett mit einem Waschbecken. Zurzeit war keiner der Räume belegt.

Ein junger Unteroffizier, den er nicht kannte, schob Christian Ebinger durch die Tür. »Wenn du's nicht weitersagst: Ich finde es klasse, wie du dem Steinmann Angst gemacht hast. Vielleicht hört der jetzt endlich damit auf, mit seinen Heldentaten im Krieg rumzuprotzen und uns andere alle für Weicheier zu halten!«

Er drückte die Eisentür von außen zu und schob einen schweren Riegel vor.

Christian inspizierte sein Gefängnis und entschied sich für die Zelle, die vom Flugplatz abgewandt lag, in der Hoffnung, hier würde der Lärm der startenden und landenden Düsenjäger ein wenig besser zu ertragen sein. Er legte sich auf die Pritsche, verschränkte die Arme unter dem Hinterkopf und überlegte, was ihm jetzt wohl blühen würde. So viel war ihm klar: Wenn das Bataillonskommando seinen Fall vor ein ordentliches Gericht brachte, konnte er am Ende wegen versuchten Mordes oder Totschlags verurteilt werden. Und dann war sein Leben vollends im Eimer.

Aber in den nächsten Tagen geschah erst einmal gar nichts, außer dass ihn zweimal am Tag ein Soldat der aktuellen Wachmannschaft mit schussbereiter Waffe zu einem Freiluftgang abholte. Dicht hintereinander marschierten sie den immer gleichen Weg um den Bau herum. Offiziell hieß das Hofgang, obwohl er nur über die öde Brachfläche vor dem Zaun des Flugplatzes führte. Dass der Wachsoldat sein Gewehr ohne Munition im Anschlag hielt, wusste Christian aus eigener Erfahrung. Auch er selbst hatte früher schon Gefangene ausführen müssen.

Schon eine Stunde nach seiner Verhaftung waren Stefan Schulze und Sebastian Rademacher gekommen – auch sie scharf von zwei Kameraden bewacht – und hatten ihm Waschzeug, Unterwäsche zum Wechseln, seine kleine Schreibmaschine, Papier und einen Stapel Bücher gebracht.

Sebastian schaute sich um. »Ich beneide dich. Du kannst hier den ganzen Tag faulenzen, lesen, schreiben. Essen wird dir gebracht. Was will man mehr?« Er setzte sich auf den einzigen Stuhl in der Zelle. »Ich hab deinen Schwager angerufen.«

»Ehrlich? Du kennst den doch gar nicht.«

»Aber du hast von ihm erzählt. Es war nicht schwer, ihn ausfindig zu machen.«

»Und?«

»Er hält dich zwar für einen Vollidioten, will sich aber trotzdem um deinen Fall kümmern. Er meint sogar, dass man eine nachträgliche Verweigerung durchkriegen könnte.«

»Wolltest du das nicht auch mal versuchen?«

»Nee, du, ich reiß das Jahr hier ab und mach denen so viel Schwierigkeiten wie möglich.« Sebastian erhob sich von dem Stuhl. »Die anderen auf unserer Stube sind richtig happy darüber, dass man dich aus dem Verkehr gezogen hat.«

Als die beiden gegangen waren, setzte sich Christian an den Tisch, zog ein Blatt Papier in die Kofferschreibmaschine ein und begann ansatzlos zu tippen.

Zehn Tage waren vergangen, und einer war wie der andere gewesen. Morgens gegen sieben Uhr brachte ein Soldat das Frühstück. Um acht Uhr holte er das Geschirr ab und überwachte, dass Christian seine Zelle reinigte. Um zwölf Uhr mittags gab es Mittagessen, anschließend 20 Minuten »Hofgang«. Gegen 19 Uhr gab es Abendessen und danach noch einen Ausflug ins Freie. Um 22 Uhr ging das Licht aus.

Am elften Tag kamen zwei Soldaten der Militärpolizei und befahlen Christian Ebinger mitzukommen. Die kurze Fahrt im Jeep endete vor dem Verwaltungsgebäude, in dem auch der Bataillonskommandeur residierte. Christian wurde in einen Raum geführt, der wie ein Gerichtssaal eingerichtet war: am Kopfende auf einem Podium ein breiter Tisch mit drei Stühlen dahinter, links davon ein kleiner Schreibmaschinentisch, rechts ein Tisch für zwei Personen. Christian stellte sich vor, dass dort sein Ankläger sitzen würde. Einen Platz für einen Verteidiger entdeckte er nicht. Für den Angeklagten und etwaige Zeugen standen mehrere Stühle dem Richtertisch gegenüber. Die beiden Militärpolizisten nahmen links und rechts der Tür Aufstellung.

Fünf Minuten später erschien der Bataillonskommandeur, Oberst Siegfried Hartung, begleitet von einem Leutnant und einem Unteroffizier. Christian Ebinger stand auf und nahm Haltung an.

Der Oberst war ein Mann von Mitte 50 mit graumelierten Haaren und einem gebräunten, schmalen Gesicht. Die Uniform saß bei ihm wie ein Maßanzug. Wäre er in Zivilkleidung erschienen, hätte man ihn für einen gutsituierten Unternehmer halten können. Durch eine schmale Seitentür trat eine junge Frau ein, die an dem Schreibmaschinentisch Platz nahm.

»Sie wissen, warum Sie hier sind?«, fragte Hartung, als er und seine Begleiter sich gesetzt hatten.

Christian blieb stehen. Es hatte ihn auch niemand aufgefordert, sich zu setzen. »Ich denke, wegen des Vorfalls beim Schulschießen.«

»Genauer!«

»Ich habe den Oberfeldwebel Steinmann mit dem Gewehr bedroht.«

»Ihre Waffe war geladen, nicht wahr?«

»Ja, aber nicht entsichert.«

Der Oberst nickte. »Das wurde in der Untersuchung des Falls von mehreren Zeugen bestätigt, kann aber wohl kaum zu Ihrer Verteidigung herangezogen werden.«

»Ich hatte nicht die Absicht, Herrn Steinmann zu verletzen oder gar umzubringen.«

»Aber wie kommen Sie dann zu so einem Verhalten?«

Christian schwieg.

»Haben Sie meine Frage nicht verstanden?«

»Doch. Aber wenn ich hier erzählen soll, wie es bei mir dazu gekommen ist …«

»Wir hören Ihnen zu!«

»Haben Sie den Film ›08/15‹ gesehen?«

Überrascht sahen sich die Männer hinter dem Richtertisch an. Die Protokollantin nickte heftig.

»Was soll denn das jetzt?«, fragte der Oberst.

»Der Wachtmeister Platzeck, im Film heißt er immer nur ›Schleifer Platzeck‹, gespielt von Hans Christian Blech, der muss für Hauptfeldwebel Steinmann ein Vorbild gewesen sein.«

»Und Sie? Sie sind dann der Gefreite Asch, wenn auch nicht von Joachim Fuchsberger gespielt?« Der Oberst schien sich zu amüsieren. Jedenfalls hatte er damit gezeigt, dass er den Film auch gesehen hatte. Im Jahr 1954 war »08/15« ein absoluter Kassenknüller gewesen. Der Film spielte im Jahr 1939 und zeigte, wie eine Kompanie von einem Wachtmeister namens Platzeck und dem Zugführer Schulz bei jeder sich bietenden Gelegenheit schikaniert wurde.

»Nein. Eher der Kanonier Hannes Vierbein!«

»Das Opfer also. – Spielen Sie Klavier?«

»Nein, nur Gitarre. Aber ich will mich eigentlich nicht mit diesem Vierbein vergleichen. Es geht nur darum, dass ich ähnliche Schikanen auszuhalten habe wie er. Ich hatte im Bau Zeit genug, alles genau aufzuschreiben.«

Der Oberst beugte sich weit über den Tisch nach vorne. Er schien plötzlich alarmiert zu sein. »Aha? Und zu welchem Zweck?«

»Zunächst nur, um alles festzuhalten.«

»Zunächst. Und dann?«

»Das weiß ich noch nicht.«

»Wir machen eine kurze Pause!« Der Oberst ging rasch hinaus. Draußen gab er den Befehl, die Arrestzelle Ebingers zu durchsuchen und alles, was der Kanonier in seiner Haft geschrieben hatte, beizubringen. Mit ernster Miene kam er danach zurück.

»Sie wissen, dass wir, sobald wir einen Verdacht auf ein strafwürdiges Verbrechen haben, Ihren Fall der Staatsanwaltschaft übergeben müssen.«

Christian nickte. »Wäre vielleicht ganz gut.«

»Wie bitte?«

»Immerhin würde die Öffentlichkeit dann erfahren, wie hier Menschen behandelt werden.« Christian wunderte sich über sich selbst. Wo nahm er nur den Mut her, hier so zu sprechen. In den zurückliegenden Monaten hatte er sich dem Druck von oben mehr und mehr gebeugt. Die schlimmsten Demütigungen hatte er ertragen, immer bemüht, nicht aufzufallen. Und nun? Schon in der Arrestzelle hatte er begriffen, dass er an einem Punkt angelangt war, an dem er womöglich endgültig aufgeben und alles mit sich machen lassen würde. Die Alternative lautete, alles abzuhaken und neu anzufangen. Und dazu hatte er sich entschlossen. Der Angriff auf Steinmann war, so schien es, wie ein Befreiungsschlag für ihn gewesen.

Oberst Hartung kramte in seinen Papieren und hob dann den Kopf. »Sagt Ihnen der Name Toni Mahler etwas?«

»Ja.«

»Und was?«

»Er ist Journalist.«

»Sie kennen ihn?«

»Ja! Ich habe in seiner Redaktion hospitiert. Zunächst als Sportreporter, danach habe ich in der Lokalredaktion gearbeitet.«

»Sie wollten mir nicht sagen, dass Sie mit ihm verwandt sind?«

»Er ist der Mann meiner Schwester.«

Ein Soldat trat herein, nahm Haltung an, grüßte militärisch und legte einen Stapel Papiere auf den Richtertisch, in dem Christian sofort sein Manuskript erkannte. Sebastian Rademacher sei Dank, dachte er. Der Freund hatte ihm Kohlepapier zu den DIN-A4-Bögen gelegt und geraten, auf jeden Fall immer einen Durchschlag zu machen und gut zu verstecken. Die Durchschrift steckte hinter einem Balken an der Decke des Klosetts.

Der Oberst überflog die ersten Seiten. Schließlich nahm er wieder das Wort. »Ihre Zeugenaussage können wir uns weitgehend schenken, hier steht ja alles schwarz auf weiß. Geht zu den Akten!« Er schob die Blätter zu der Protokollantin hinüber, zog die Papiere dann aber wieder an sich und verwahrte sie in einem Aktendeckel, der vor ihm lag. »Wir vertagen die Sitzung. Sie kommen mit mir, Kanonier Ebinger.« Er stand auf. Zu den beiden Militärpolizisten sagte er: »Sie können den Mann in einer halben Stunde abholen.«

Als sie den kleinen Saal verließen, saß Hauptfeldwebel Steinmann auf einer Bank im Korridor, wo er offenbar auf seine Vernehmung als Zeuge wartete. Er sprang auf und nahm Haltung an.

»Die Sitzung ist vertagt«, sagte der Oberst und legte kurz seine Hand auf Steinmanns Schulter. »Und Sie würde ich gerne in einer halben Stunde bei mir sprechen. Geht das?«

»Aber selbstverständlich, Herr Oberst!«

Das Büro des Bataillonskommandeurs lag einen Stock höher. Auf dem Weg dorthin wurde nichts gesprochen. Sie durchschritten das Sekretariat, wo die junge Frau, die als Protokollantin eingeteilt gewesen war, grade wieder an ihrem Schreibtisch Platz nahm. »Machen Sie uns einen Kaffee, Fräulein Zeller?«

Der Oberst erwartete keine Antwort, sondern schob Christian Ebinger in sein Büro. Ein schwerer Schreibtisch stand schräg im Raum. Dahinter ein einfacher Bürostuhl, davor ein bequemer Sessel. Auf den zeigte der Kommandeur jetzt. »Nehmen Sie Platz. Ist ein privates Stück von mir. Der Schreibtisch übrigens auch.«

Der Blick durch ein großes Fenster ging auf das Trainingsgelände hinaus. Dort übten im grauen Novembernebel die neuen Rekruten, die am 1. Oktober eingezogen worden waren. Ein feiner Nieselregen hatte eingesetzt. Dünne Tropfen saßen wie kleine Glasperlen auf der Scheibe und gaben ihr einen matten Glanz. Der Oberst trat ans Fenster, verschränkte die Hände hinter seinem Rücken und wippte auf den Fußballen auf und ab. »Sie wissen vermutlich, wie schwierig es ist, in unserer Bevölkerung eine breite Akzeptanz für die neue Bundeswehr zu erlangen.« Es klang wie der Beginn eines Vortrags vor einer größeren Zuhörergemeinde. Christian sagte nichts dazu.

»Leute wie Stabsfeldwebel Steinmann erleichtern unsere Bemühungen natürlich nicht. Aber wir brauchen erfahrene Unterführer, die wissen, wie der Betrieb läuft. In ein paar Jahren haben wir genug junge Offiziere und Unteroffiziere ausgebildet, um auf Leute wie ihn verzichten zu können. Das habe ich auch Ihrem Schwager gesagt.« Der Oberst sah noch immer zum Fenster hinaus.

»Sie haben mit ihm gesprochen?«

Die Sekretärin brachte den Kaffee und goss zwei Tassen voll. »Milch? Zucker?«, fragte sie Christian.

»Schwarz und bitter.«

Die junge Frau ging wieder hinaus.

Jetzt drehte sich der Bataillonskommandeur um. »Ihr Herr Schwager hat ganz offiziell über unseren Presseoffizier bei der Bundeswehrverwaltung um ein Informationsgespräch gebeten. So etwas können wir als Bürger in Uniform nicht ablehnen.«

Der Oberst setzte sich hinter seinen Schreibtisch, nahm einen Schluck Kaffee und begann eine Pfeife zu stopfen. »Andererseits können wir es nicht gebrauchen, wenn ein Fall wie Ihrer an die Öffentlichkeit gezerrt wird.« Er zündete umständlich seine Pfeife an, und als die ersten Rauchwölkchen aufstiegen, fuhr er fort: »Was würden Sie an meiner Stelle tun?«

»Bevor ich darauf antworte, möchte ich gerne sagen, dass der Vorfall auf der Schießbahn aus schierer Verzweiflung entstand. Bei jedem Fehlschuss hat Hauptfeldwebel Steinmann mit seinem Stiefel gegen meinen Kopf getreten. Das war aber nur eine seiner sadistischen Methoden. Letzte Woche hat er Kanonier Rademacher und mich zum Latrinenreinigen eingeteilt. Die Fenster hat er zuvor verriegelt. Danach hat er zentimeterdick Putzmittel auf den Boden gestreut und mehrere Eimer Wasser ausgegossen. Er ist hinausgegangen und hat die Tür von außen abgeschlossen. Vielleicht wissen Sie, dass in der Latrine dicht hinter dem Fenster Schwalben nisten. Deshalb ist es uns verboten, die Fenster zu schließen. Das Gemisch aus Wasser und Putzmittel entwickelte giftige Dämpfe. Wir beide bekamen Atemnot, und als eine der Schwalben aus ihrem Nest fiel, hat der Kanonier Rademacher mit dem Schrubberstiel das Fenster eingeschlagen. Ich weiß nicht, ob dieser Fall bis zu Ihnen vorgedrungen ist.«

Oberst Hartung schüttelte den Kopf. »Hauptmann Weller hätte mich davon unterrichten müssen.«

Christian hätte am liebsten gefragt: »Was funktioniert überhaupt in der Kommunikation zwischen den Offizieren dieses Bataillons?« Aber er hielt es für klüger, nur zu sagen: »Ich könnte Ihnen andere Geschichten erzählen …«

»Danke. Ich habe ja Ihr Manuskript. Das ich übrigens, wenn ich es gelesen habe, vernichten werde.«

»Da Sie so offen zu mir sind, Herr Oberst, will ich es auch sein. Es existiert eine Durchschrift meines Berichtes an einem sicheren Ort.«

Hartung stand auf und legte seine Pfeife in einen Aschenbecher. »Sie sind eine Laus in unserem Pelz. Ich hätte gute Lust, die Staatsanwaltschaft doch noch einzuschalten.« Er ging wieder zum Fenster und starrte hinaus. Der Nebel über dem Flugfeld und dem Trainingsgelände wurde immer dichter. Die Soldaten waren nur noch als Schemen zu erkennen. »Es ist eine Güterabwägung«, ließ sich der

Kommandeur jetzt wieder hören. »Ich werde mich mit Brigadegeneral Leisinger beraten. Dann werden wir sehen.«

Da das Gespräch offensichtlich beendet war, erhob sich Christian Ebinger aus Hartungs Besuchersessel, schlug die Hacken zusammen und salutierte. Den Kaffee hatte er nicht angerührt.

»Wegtreten!«, sagte der Bataillonskommandeur.

Im Korridor vor dem Büro nahmen die beiden Militärpolizisten Christian in Empfang. Hauptfeldwebel Steinmann stand breitbeinig in der Mitte des Korridors und zwang das Trio, umständlich um ihn herumzugehen. Den Kanonier Ebinger würdigte er keines Blickes. Christian hörte noch, wie die Sekretärin aus ihrem Büro kam und rief: »Herr Steinmann, der Herr Oberst erwartet Sie jetzt.«

Die Militärpolizisten brachten Christian in sein Gefängnis zurück. Sein erster Weg führte ihn ins Klosett. Der Durchschlag seines Berichtes war noch an derselben Stelle.

Drei weitere Tage vergingen. Dann wurde Christian Ebinger erneut in das Büro des Bataillonskommandeurs gebracht. Diesmal bot ihm Oberst Hartung keinen Platz an. Er sagte nicht einmal: »Stehen Sie bequem«, als der Kanonier wie üblich Haltung angenommen hatte. Der Oberst verkündete wie ein Urteil: »Brigadegeneral Leisinger hat entschieden, dass wir in Ihrem Fall Gnade vor Recht ergehen lassen. Da Sie für den Dienst an der Waffe nicht geeignet sind, haben wir zudem beschlossen, Sie in den Innendienst zu versetzen. Ab 1. Dezember ist Ihr Platz in der Schreibstube beziehungsweise in der Poststelle des Bataillons. Ihre Ernennung zum Gefreiten wurde abgelehnt. Alle Ihre Kameraden sind inzwischen befördert worden. Mit einer Ausnahme.« Christian konnte sich vorstellen, dass es sich dabei nur um Sebastian Rademacher handeln konnte.

Die Beförderung war verbunden mit einer Erhöhung des Soldes von 50 auf 65 Mark, und man musste einen Streifen auf die Uniformärmel nähen. Auf beides konnten er und Sebastian Rademacher verzichten. »Einen nachträglichen Antrag auf Wehrdienstverweigerung würde ich Ihnen nicht empfehlen«, hörte er den Oberst sagen. Und dann: »Haben Sie noch Urlaub?«

»Sieben Tage genau.«

»Den nehmen Sie am besten gleich, und wenn Sie zurückkommen, treten Sie Ihren neuen Dienst an. Wegtreten!«

Zu Fuß ging er in den Bau zurück. Die Tür war nicht verriegelt. Er sammelte seine Habseligkeiten ein und stopfte sie in seinen Rucksack, den ihm Schulze und Rademacher am Tag seiner Verhaftung gebracht hatten. Den Durchschlag seines Berichts steckte er unter sein Hemd.

Als er den Arrestbau verlassen wollte, erwartete ihn einer der Militärpolizisten, ließ sich den Rucksack aushändigen, durchsuchte ihn und gab ihn wieder zurück.

»Danke«, sagte Christian Ebinger, warf den Rucksack lässig über die linke Schulter und marschierte zum Haus 14.

Die letzte Novemberwoche war eigentlich keine Zeit, um Urlaub zu machen. Christian Ebinger überlegte, ob er sich in einen Zug setzen und nach Italien fahren sollte. Seine Ersparnisse hätten ausgereicht. In den letzten Monaten hatte er ein paar kleine Kurzgeschichten geschrieben und unermüdlich bei den unterschiedlichsten Redaktionen eingereicht. Die meisten Adressaten antworteten nicht. In ihrem Impressum stand ja auch, dass für unverlangt eingesandte Manuskripte keine Gewähr übernommen werde. Andere schickten die Texte mit einer kurzen Ablehnung, die fast immer gleich lautete, zurück. Doch dann druckte die Kundenzeitschrift Bäckerblume eine kleine Erzählung von Christian Ebinger und überwies 25 Mark. Die nächste Geschichte erschien in der Wochenendbeilage der Augsburger Allgemeinen, Honorar 40 Mark. Inzwischen hatte er mit seinen Texten über 300 Mark verdient – genug für eine Reise nach Italien. Aber er fuhr nach Fleckenhausen.

Albert Ebinger war gerade dabei, die Vorfenster im Wohnzimmer einzusetzen, als Christian nach Hause kam.

»Du kannst mir gleich helfen!«, sagte der Vater nach einer kurzen Begrüßung. »Deine Mutter ist nach Tübingen gefahren, einen Wintermantel kaufen.«

»Du bist ganz schön spät dran mit den Fenstern«, sagte Christian.

»Ja. Aber ich hatte derartige Rückenschmerzen in letzter Zeit, dass ich's einfach nicht geschafft habe. Und deinen Bruder wollte ich nicht bitten. Er hat genug mit sich selber zu tun, seitdem er zum stellvertretenden Abteilungsleiter bei seiner Versicherung befördert worden ist.«

»Dann lass mich mal machen!« Christian ging zu den Vorfenstern, die an den Esstisch gelehnt standen. Er hängte jeweils den rechten Flügel aus, um den Rahmen greifen zu können, hob dann das erste Zusatzfenster hoch und kantete es schräg hinaus in die eiskalte Luft. Geschickt drehte er es und zog es in die Mauerumrandung herein. Er musste nun nur noch die vier kleinen Haken in die Ösen drücken, die das ganze Jahr über fest im Mauerwerk saßen, und den rechten Flügel wieder einsetzen. Die gleiche Prozedur wiederholte er bei den restlichen elf Fenstern der weitläufigen Lehrerwohnung, während sein Vater die Zwischenräume zwischen Vorfenster und Fenster mit Stoffwürsten abdichtete, die seine Frau aus Flicken zusammengenäht hatte.

Erst als die Arbeit beendet war und sich die beiden Männer an den Esstisch im Wohnzimmer setzten, fragte sein Vater: »Wie kommt's, dass du mitten in der Woche frei hast?«

»Ich musste meinen Jahresurlaub nehmen. Hat der Bataillonskommandeur persönlich verfügt.«

»Alle Achtung!«, sagte der Vater. Er hielt es für eine besondere Auszeichnung seines Sohnes, dass der Chef des Bataillons persönlich die Anweisung gegeben hatte. Christian ließ ihn in dem Glauben.

»Und? Was hast du vor?«

»Morgen will ich nach Tübingen, und übermorgen fahr ich nach Ulm. Ich will mich bei der Schwäbischen Donau Zeitung bewerben.«

»Als was?«

»Als Redaktionsvolontär natürlich, was denn sonst?«

»Ohne Abitur? Christian, das ist aussichtslos. Die meisten Redaktionsvolontäre haben ein abgeschlossenes Studium.«

»Probieren geht über Studieren.«

»Wann wirst du endlich gscheit, Kerle?«

»Gute Frage!« Christian grinste. »Immerhin hat mir die Chefredaktion dort einen Termin gegeben.« Er ging in die Küche und schmierte sich ein Leberwurstbrot.

Tags darauf nahm er den Bus um 10 Uhr. Als er in Tübingen ankam, schien die Sonne, es war windstill, aber eiskalt. Christian vergrub seine Hände tief in den Taschen seines Mantels, den er von seinem Onkel Josef geerbt hatte, und machte sich auf den Weg zum Schwäbischen Tagblatt. Die dicke, bleiche Frau Schallenberger saß an ihrem kleinen Schreibmaschinentisch wie eh und je. Sie trug sogar denselben plissierten Rock und denselben zu engen grauen Pulli wie das letzte Mal, als er sie gesehen hatte.

»Sie sind aber net angmeldet!«, sagte sie, bevor er sein »Grüßgott« loswerden konnte.

Christian legte eine hübsch verpackte Pralinenschachtel, die er tags zuvor noch beim Bäcker Kümmerle erstanden hatte, auf ihr Tischchen.

»Immer noch der gleiche kleine Charmeur«, sagte sie und griff gierig danach. »Die Kollegen sind in der Konferenz. Die muss aber gleich rum sein.«

Wie zur Bestätigung kamen die Redakteure durch die Tür. Sie schienen alle gleichzeitig zu reden. Mosebach entdeckte Christian. »Na, Ebinger, noch immer im Dienst für Volk und Vaterland?«

»Ja, geht leider noch bis Ende Mai.«

»Und dann?«

»Ja, deshalb bin ich da. Ich wollte fragen, ob Sie mir für meine Mitarbeit ein Zeugnis ausstellen könnten.«

»Kann ich, wenn ich weiß, wofür.«

»Ich will mich als Redaktionsvolontär bewerben.«

»Doch nicht bei uns? Da stehen schon lauter Akademiker Schlange.«

»Sie haben doch auch nicht studiert.«

»Nein, aber ich komm aus einer anderen Zeit, Ebinger. Also bei uns läuft da nichts.«

»Ich hab morgen einen Termin in Ulm. Und dafür hätt ich halt gern das Zeugnis.«

Mosebach setzte sich an seine Schreibmaschine, zog einen Bogen mit dem Briefkopf der Lokalredaktion ein und hämmerte sofort los. Christian trat derweil ans Fenster und sah auf die Uhlandstraße hinab. Wie viele Male war er da hinuntergegangen zu seiner Schule und wieder zurück? Er versuchte es auszurechnen. Ungefähr 200 Tage im Jahr, und das zehn Jahre lang. So kam er auf die runde Zahl 2000. Der Weg war etwa einen halben Kilometer lang, und da er ihn in aller Regel zweimal ging, kamen insgesamt 2000 Kilometer heraus. Einmal Tübingen – Sizilien. Mindestens.

Er hörte das ratzende Geräusch, als Mosebach den Papierbogen aus der Maschine zog. »So«, rief der Redakteur, »wenn's was hilft, soll's mir recht sein. Und jetzt muss ich was arbeiten.«

Christian holte sich den Papierbogen, bedankte sich, verabschiedete sich von Frau Schallenberger, winkte den anderen zu und suchte das nächste WC. So, wie er war, setzte er sich auf die Klobrille und las:

»Christian Ebinger hat während seiner beiden letzten Schuljahre in unregelmäßigen Abständen für unsere Redaktion als freier Mitarbeiter verschiedene Reportagen, Interviews und Berichte geschrieben. Er hat sich dabei als ausgesprochene Begabung erwiesen. Oft hat er zu den Berichten auch die Fotos gemacht und dies alles zu unserer höchsten Zufriedenheit. Herr Ebinger hat die Absicht, ein Redaktionsvolontariat zu absolvieren. Ich kann ihn dafür durchaus empfehlen.« Es folgten Datum und Unterschrift.

Zufrieden verließ Christian das Redaktionsgebäude in der Uhlandstraße. Er würde das Zeugnis zu den Arbeitsproben legen, die er in Tübingen und Karlsruhe gesammelt hatte. Ein paar Ausgaben der Schülerzeitschrift UKW sollten die Unterlagen für seine Bewerbung in Ulm ergänzen.

Ohne darüber nachzudenken, nahm er den Weg durch die Bahnunterführung nach Derendingen. 20 Minuten später fand er sich am Steinlachufer wieder, genau bei der Bank, auf der er im März den alten Maler getroffen hatte. Versonnen blieb er stehen und sah auf den kleinen Fluss hinab. An dessen Ufer hatten sich erste Eisränder gebildet, in denen sich die Wintersonne spiegelte. Ein Schwanenpaar stand auf der Böschung. Christian hätte gerne gewusst, ob es dasselbe war, das der alte Mann damals gemalt hatte.

Er wollte grade wieder gehen, da fiel sein Blick auf ein Paar, das langsam auf ihn zukam. Der Mann trug einen schweren Mantel mit einem dicken Pelzkragen und eine voluminöse Pelzmütze auf dem Kopf. Er stützte sich mit der rechten Hand auf einen Stock. Links neben ihm ging eine junge Frau, die sich bei ihm eingehakt hatte.

»Grüßgott!«, sagte Christian.

»Kennen wir uns?«, fragte der alte Mann.

Christian zeigte zu der Kastanie am anderen Ufer hinüber. »Haben Sie die im Lauf des Jahres noch dreimal gemalt? Einen Baum im Wandel der Jahreszeiten.«

Der alte Mann kniff die Augen zusammen und schob den Kopf weit vor. »Warten Sie, warten Sie … Wir kennen uns … Warten Sie, ich komme gleich drauf.«

»Sie haben mir damals die Geschichte von Ihrer Frau Sarah erzählt und mir einen Ratschlag gegeben, der mir sehr geholfen hat, vorübergehend wenigstens.«

Jetzt nickte der alte Mann heftig. »Ja! Mit einem Mal ist alles wieder da. Haben Sie etwas Zeit?«

»Ja.«

Der Alte wendete sich der jungen Frau an seiner Seite zu: »Lass uns nach Hause gehen, Sarah. Wir zeigen dem jungen Herrn die Bilder.«

»Sie heißen auch Sarah?«, fragte Christian überrascht.

»Ja, ich bin eine Großnichte von Herrn Leuschner.« Nun hatte dieser alte Mann endlich auch einen Namen.

Die Wohnung lag nur zehn Gehminuten entfernt im ersten Stock eines Hauses aus der Gründerzeit. Sie schritten durch hohe, ineinandergehende Räume, die sparsam, aber exquisit möbliert waren, bis zu einer ringsum verglasten Veranda. Hier hatte der Hausherr sein Atelier eingerichtet. Drei leere Staffeleien standen, jeweils einer der Fensterflächen zugewandt, im Raum.

Auf dem Weg vom Steinlachufer zu der Wohnung hatte Sarah erzählt, Leuschners Frau habe eine Cousine gehabt, die Deutschland schon 1934 verlassen habe und über London nach Israel gekommen sei. Elisabetha, so hieß sie, war Sarahs Großmutter gewesen. Sie lebte seit sieben Jahren nicht mehr.

»Ich mache einen Tee«, sagte die junge Frau und schälte sich aus ihrem dicken Mantel. Darunter trug sie enganliegende Jeans und einen bunten Rollkragenpullover. Sie hatte langes rötliches Haar und einen sehr hellen Teint. Was Christian aber besonders auffiel, waren die ungewöhnlich hellen grünen Augen und die hohen Wangenknochen. Während sie in die Küche ging, folgte Christian dem alten Mann zu seinen Bildern, die an der Innenwand der Veranda senkrecht hintereinander gestapelt waren. Ächzend beugte sich Leuschner darüber und klappte ein Bild nach dem anderen nach vorne gegen seine Knie, bis er die gesuchten fand. Er reichte sie Christian und bat ihn, sie auf den drei Staffeleien aufzustellen. »Und, bitte, in der richtigen Reihenfolge: Frühling, Sommer, Herbst. Das Winterbild ist noch nicht fertig.«

Zuletzt fand der Maler noch das Gemälde mit den beiden Schwänen. »Wenn ich mich recht erinnere, habe ich das Bild angefangen, als wir beide uns unterhalten haben.«

»Das stimmt.«

»Und? Haben Sie sich mit Ihrer Freundin versöhnt?«

»Ja.«

»Große Liebe vermutlich?«

»Sah eine Weile so aus. Aber sie hat sich inzwischen mit einem anderen Mann zusammengetan.«

»Schade! Wie finden Sie die Bilder?«

»Großartig! Ganz wunderbar!«

»Keine Schmeicheleien, bitte!«

»Ich meine das ganz ernst und ehrlich.«

Sarah erschien auf der Schwelle zur Veranda. Sie lachte. »Er glaubt es einfach nicht. Mein Onkelopa Gregor besteht darauf, ein Dilettant zu sein, obwohl er das wahrscheinlich niemals war.«

»Onkelopa finde ich hübsch«, sagte Christian und sah in Sarahs grüne Katzenaugen. Einen Moment lang konnte er ihren Blick festhalten.

»Ich organisiere eine Ausstellung seiner Bilder«, sagte Sarah. »Der Tee muss noch ziehen.« Sie setzte sich in einen Korbstuhl und schlug die Beine übereinander. »Was machst du denn so? – Entschuldigung, ist es schlimm, wenn wir uns duzen?«

»Überhaupt nicht. Im Gegenteil. Ich heiße Christian! Was ich mache? Ich bin bei der Bundeswehr, allerdings gegen meinen Willen, und habe da grade ein Strafverfahren hinter mir.«

»Und nach dem Militärdienst?«

»Ich hab schon ein bisschen journalistisch gearbeitet. Jetzt suche ich ein Volontariat. Auf jeden Fall wird Schreiben mein Beruf werden.«

»Bei uns in Israel müssen wir drei Jahre zum Militär.«

»Frauen auch?«

»Ja, sicher.«

»Und wann wirst du eingezogen?«

»Gar nicht!«, meldete sich Gregor Leuschner. »Sie wird bald ganz nach Deutschland kommen, und dann kriegt sie die deutsche Staatsbürgerschaft. Das schaffen wir ganz schnell. Wissen Sie, ich war in meinem früheren Leben auch einmal Anwalt.«

»Ja, ich weiß. Sie haben es mir erzählt.«

»Sie kann dann meine Wohnung übernehmen. Sie gehört mir, und ich werde sie Sarah überschreiben.«

»Das hat aber noch Zeit, Onkelopa. Ich hole den Tee!«

Als sie hinausgegangen war, sagte der alte Maler: »So viel Zeit ist nicht mehr. Die ist genau begrenzt.«

»Ach, das weiß man doch nie«, sagte Christian obenhin.

»Ich schon. Ich habe eine Krankheit zum Tod, und ich werde mich nicht weiter ärztlich behandeln lassen. Man muss wissen, wann es Zeit ist.«

Während sie den Tee tranken, erzählte Christian von seiner Auseinandersetzung mit Hauptfeldwebel Steinmann und dem anschließenden Verfahren. Er suchte dabei immer wieder den Blick der jungen Israelin.

Als sie das Geschirr abräumte, stand Leuschner auf. »Ich lege mich für eine Stunde hin. Sie können aber gerne bleiben.«

»Ich muss leider gehen.«

»Wenn du ein paar Minuten wartest, komme ich mit. Ich muss zur Unibibliothek«, rief Sarah aus der Küche. »Da können wir doch noch ein Stück gemeinsam gehen.«

Der Himmel hatte sich inzwischen bezogen. Erste Schneekristalle fielen wie glitzernde Sternchen aus den dünnen Wolken.

»Es finkelt!«, sagte Christian.

»Was tut es?«

»So nennen wir es, wenn Schnee vom Himmel fällt, es aber noch nicht richtig schneit.«

»Lustig!« Sie schob ganz selbstverständlich ihren Arm unter den seinen und schmiegte sich an seine Seite. »Ich hab noch nie richtigen Schnee gesehen.«

»Warst du denn noch nie im Winter in Deutschland?«

»Ich war überhaupt noch nie in Deutschland.«

»Aber du sprichst doch völlig perfekt!«

»No na, in unserer Familie wurde zu Hause immer nur deutsch gesprochen. Wenn einmal richtig Schnee liegt, möchte ich einen Schneemann mit dir bauen.«

Christian lachte. »Ja, gerne. Vielleicht an Weihnachten?«

»Da bin ich nicht hier.«

»Sondern?«

»Zu Hause in Israel. Das letzte Mal vielleicht für lange Zeit.«

Christian konnte seine Enttäuschung kaum verbergen. »Ich hab einfach kein Glück!«

»Wieso denn?«

»Immer wenn ich eine Frau kennenlerne, die mir gefällt, ist sie auch gleich wieder weg.«

»No na. War das jetzt ein Kompliment?«

»Nein, nur eine Beschreibung meines bedauernswerten Zustandes.«

Sarah blieb stehen, und als auch Christian anhielt, machte sie einen großen Schritt nach vorne, drehte sich um und baute sich dicht vor ihm auf. »Was bist du bloß für ein wundersamer Kerl?« Sie stellte sich auf die Zehenspitzen und küsste ihn auf den Mund. Dann nahm sie wieder seinen Arm, als ob das alles das Selbstverständlichste von der Welt wäre, und zog ihn weiter.

Als sie am Busbahnhof ankamen, wollte Sarah sich verabschieden, aber Christian sagte: »Ich kann dich bis zur Uni begleiten. Da gibt es auch eine Haltestelle.«

»Aber dann wirst du den Bus verpassen.«

»In zwei Stunden geht wieder einer.«

»Na gut«, sagte sie »ich bin das wert.«

Auf der Neckarbrücke blieben sie stehen und beugten sich über das Geländer. Der Fluss unter ihnen strömte schnell dahin. Christian erzählte von den Stocherkahnrennen, die im Sommer Studenten unterschiedlicher Fakultäten gegeneinander austrugen.

»Warum heißt das Stocherkahn?«

»Weil der Führer des Bootes hinten im Heck auf einem Brett steht und mit einer langen Stange das Boot vorwärts ... nun eben stochert.«

»Ist das so wie bei den Gondeln in Venedig?«

»Ja, eigentlich genauso.« Christian deutete auf die Milchbar in dem runden Anbau des Cafés Neckartor. »Da haben wir nach der Schule immer gesessen. Meistens hat es nur zu einem nackten Joghurt gereicht, den wir aus der Zuckerdose auf dem Tisch gesüßt haben.«

»Los, komm, da gehen wir jetzt hin.«

»Ich denke, du musst zur Unibibliothek.«

»Die steht auch in zwei Stunden noch.«

Die Milchbar erreichte man über eine schmale Wendeltreppe, die um die Rundung des Gebäudes herumführte. Christian blieb stehen und zeigte zu dem etwa 80 Meter entfernten Hölderlinturm hinüber. »Da hat Friedrich Hölderlin von 1807 bis 1843 gelebt. Weißt du, wer das war?«

Sarah nickte. »Er hat wunderbare Gedichte und Romane geschrieben und das Theaterstück Antigone von Sophokles aus dem Griechischen übersetzt. Die Leute haben ihn für verrückt gehalten, aber ich glaube, das war er nicht.«

Die rasche Antwort erinnerte ihn an Julia. »Woher weißt du das denn alles?«

»Mein Onkelopa hat mir fast jeden Abend irgendwelche Texte von Hölderlin vorgelesen. Leider hat er von Karl May keine Ahnung!«

Christian lachte laut. »Du bist echt komisch.«

»Das ist gut, dann langweile ich dich wenigstens nicht.«

Als sie dann in der Milchbar saßen und ihren Joghurt mit Zucker löffelten, erzählte Christian, dass er am nächsten Tag nach Ulm fahren werde, um sich bei der Zeitung zu bewerben. Sarah hob ihren Joghurtbecher, als wäre er ein Champagnerglas, und sagte ernst: »Masel Tov, ich wünsche dir Masel Tov.«

»Das heißt ›Viel Glück‹, nicht wahr?«

»Gut! Setzen! Eins!« Sarah beugte sich über den Tisch und küsste ihn auf die Wange.

Als sie sich vor der Unibibliothek verabschiedeten, sagte Sarah: »Wann kommst du aus Ulm zurück?«

»Übermorgen.«

»Dann will ich dich sehen.«

»Ich dich auch.«

»Und wenn du dich verspätest, ruf meinen Onkelopa an. Da steht die Nummer drauf.« Sie reichte ihm ein Kärtchen und umarmte ihn stürmisch. Aber weder er noch sie mochte sich vom anderen abwenden und alleine davongehen. Schließlich sagte Sarah: »Es ist schön, dass ich dich kennengelernt habe. Und jetzt werde ich beten, dass es schneit und wir nächste Woche einen Schneemann bauen können.« Entschlossen drehte sie sich um und rannte auf die Unibibliothek zu, nahm die kurze, breite Treppe mit zwei Sprüngen, drehte sich noch einmal, winkte ihm zu und verschwand durch die schwere Tür im Inneren der Bibliothek.

Christian blieb noch eine Weile wie angewurzelt stehen und sagte dann laut zu sich: »Was ist denn jetzt? Hab ich mich etwa verliebt?«

Eine ältere Frau, die auf dem Bürgersteig seinetwegen ausweichen musste, sagte lachend: »Das passiert manchmal.« Sie ging ein paar Schritte weiter und rief dann noch: »Und wenn es so ist, halten Sie Ihr Glück ja fest!«

»Sie können die Hirschstraße hinaufgehen, dann nach links am Münster vorbei die Hafengasse hinunter bis zur Frauenstraße. Die gehen Sie wieder links, bis Sie das Zeitungsgebäude sehen. Können Sie gar nicht verfehlen.« Ein freundlicher Polizist hatte ihm den Weg beschrieben, und nun folgte Christian den Anweisungen. Er musste sich dazu zwingen, langsam zu gehen. Auf keinen Fall wollte er vor der Zeit da sein. Obwohl es noch immer kalt war, standen Schweißperlen auf seiner Stirn. Er konnte sich nicht erinnern, einmal in seinem Leben so aufgeregt gewesen zu sein. 20 Minuten vor dem Termin ging er an dem Verlags- und Redaktionsgebäude vorbei, kehrte aber schon nach 100 Metern um und marschierte zurück. Um 11 Uhr sollte er sich einfinden. Jetzt stand er vor den Schaukästen, in denen die Zeitungsseiten der heutigen Ausgabe ausgehängt waren. Er las zuerst den Kommentar auf der ersten Seite, ohne den Inhalt richtig aufzunehmen. Dann widmete er sich einem Bericht über die Jugend in der DDR, die sich gegen das Verbot, Westmusik zu hören, auflehnte.

»Wir wollen keinen Lipsi
und keinen Ado Kroll,

wir wollen Elvis Presley
und seinen Rock 'n' Roll. «

Das hätten die jungen Menschen in den Straßen Ostberlins skandiert, stand da. Und dann wurde erklärt, Lipsi sei ein Tanzrhythmus, der eigens für die DDR kreiert worden sei, und Ado Kroll war offenbar ein Schlagerstar von drüben. Obwohl Christian auch von der Lektüre weiterer Artikel fast nichts im Kopf behalten hatte, blieb der Vierzeiler wie ein Ohrwurm in seinem Hirn. Als er eine Minute vor 11 Uhr die Stufen zur Pforte des Zeitungsgebäudes hinaufging, wiederholte er im Stillen ein ums andere Mal: »Wir wollen Elvis Presley und seinen Rock 'n' Roll, wir wollen Elvis Presley und seinen Rock 'n' Roll.«

»Mein Name ist Christian Ebinger«, sagte er zu dem Mann hinter der Scheibe.

»Sie werden erwartet. Zweiter Stock, dann rechts zur Chefredaktion. Ist angeschrieben.«

Eine freundlich distanzierte Sekretärin nahm ihn in Empfang. Sie trug einen engen schwarzen Rock, der knapp unterhalb der Knie endete, dazu eine weiße Bluse und im Ausschnitt eine Kette aus dicken weißen Perlen. Ihre schwarzen Haare hatte sie streng nach hinten gekämmt und in einem Dutt zusammengefasst. An einem goldenen Kettchen um ihren Hals hing eine Art Brille mit Stiel. Erst später erfuhr Christian, dass man diese seltsame Sehhilfe »Lorgnon« nannte.

»Herr von Böhner erwartet Sie bereits.« Sie ging voraus, öffnete eine gepolsterte Tür und sagte in den angrenzenden Raum hinein: »Der Herr Ebinger wäre jetzt da.«

Als Christian über die Schwelle trat, erhob sich hinter einem eleganten Schreibtisch, dessen Platte vermutlich aus Granit bestand, ein zierlicher Mann, kaum größer als 1,60 Meter. Er trug ein braunschwarz kariertes Jackett mit Lederflecken auf den Ellbogen, dazu eine dunkelgraue Cordsamthose. Den Kragen seines schwarzen Hemdes schmückte eine rote Fliege. Der Chefredakteur hatte ein schmales Gesicht. Zwei Falten, die sich von den Augenwinkeln bis zum Kinn hinabzogen, verliehen ihm ein melancholisches Aussehen. Sein Schädel lief spitz nach oben zu und war absolut kahl. »Ich freue mich, Sie kennenzulernen. Nehmen Sie doch Platz.« Er wies auf eine kleine Sitzgruppe aus Ledermöbeln und einem Tisch, der aus demselben Material bestand wie der Schreibtisch des Chefredakteurs. »Ihr Brief hat mich neugierig gemacht.«

Christian wartete, bis der Chefredakteur sich setzte, nahm dann ebenfalls Platz und legte seine Bewerbungsunterlagen auf den Tisch. »Ich habe ein paar Arbeitsproben mitgebracht.«

Von Böhner blätterte die Papiere nur oberflächlich durch, sagte dann aber: »Ein erstaunliches Œuvre für einen so jungen Mann.« Er gab Christian die Unterlagen zurück. »Sie schreiben in Ihrem Brief, Sie seien bis zum Abitur in die Schule gegangen, aber Sie schreiben nicht, dass Sie es bestanden haben.«

»Ich bin während der Abiturprüfung von der Schule geflogen.«

»Gibt's denn so was?« Von Böhner lächelte amüsiert.

»Soll ich erzählen, wie es dazu kam?«

»Ich bitte darum.«

Nach Christians Bericht sagte der Chefredakteur: »Wenn Sie so lebendig schreiben, wie Sie erzählen, haben Sie vielleicht tatsächlich das Zeug zum Journalisten. Auch ohne Abitur.«

Die Sekretärin kam mit einer entschuldigenden Geste herein. »Es wäre wichtig, Herr von Böhner.«

»Ja?«

»Herr Sander ist ausgefallen, und wir haben niemanden, den wir zu Louis Armstrong schicken können.«

»Aber der Restle geht hin, oder?«

»Ja, aber Sie wissen ja …«

»Ja.« Von Böhner bezog Christian jetzt in das Gespräch mit ein. »Der Kollege Restle legt großen Wert darauf, ausschließlich Fotograf zu sein, und weigert sich beharrlich, auch nur eine Zeile Text zu schreiben. Vielleicht ist er Legastheniker, ich weiß es nicht. Ist auch nicht wichtig. Er ist der begabteste Fotograf, den dieses ehrbare Haus jemals gesehen hat.«

Plötzlich sprang er auf und packte Christian an der Schulter. »Sprechen Sie Englisch?«

»Ich?« Christian war völlig überrumpelt. »Also, ich hatte Französisch als erste Fremdsprache.« Er sagte nicht, dass sein Französisch auch nicht gereicht hätte, um sich in der Fremdsprache zu unterhalten.

»Na ja, so viel werden Sie wohl können, um dem Herrn Armstrong ein paar Fragen zu stellen.«

»Wie bitte? Ich?«

»Kommt doch wie gerufen. Sagen wir, das ist Ihre Prüfungsaufgabe. Wenn Sie die lösen, sind Sie engagiert.«

Christian sah, wie die Sekretärin die Augen verdrehte, als wolle sie sagen, schon wieder so eine verrückte Idee des Chefs.

»Los, Fräulein Schnabel, gehen Sie mit dem jungen Mann zu Herrn Restle.« Und wieder zu Christian: »Der Kollege wird Ihnen gefallen. Wann ist der Termin?«

»In knapp einer halben Stunde im Bundesbahnhotel«, sagte die Sekretärin. »Da ist die Band abgestiegen.«

»Also dann verlieren Sie mal keine Zeit, Herr Ebinger!« Von Böhner drückte dem Neuling die Hand, sagte noch »Good luck!« und begleitete ihn zur Tür.

Christian Ebinger kam sich vor wie in einem ganz und gar unwirklichen Traum. Es gab keinen lebenden Musiker, den er mehr verehrte als Louis Armstrong. Er hatte viel über ihn gelesen und fast alle seine Platten gehört, die man im Tübinger Amerikahaus ausleihen konnte. Das Buch »Als der Jazz noch Ragtime hieß« hatte er verschlungen. Erst vor wenigen Monaten hatte Satchmo, wie Armstrong allgemein genannt wurde, zum ersten Mal in Deutschland eine Platte aufgenommen, »Uncle Satchmos Lullaby«. Mit seiner rauen Reibeisenstimme sang Armstrong darauf ein Duett mit einem kleinen Mädchen namens Gabriele.

»Sie: Ich träume von dir.
Er: And so I do for You.
Sie: Bleib immer mein guter Freund.
Er: Yes, I do.
Sie: Die Sonne geht schlafen, der Tag geht vorbei …
Er: When Uncle Satchmo sings his Lullaby."

Christians Lieblingsstück aber war »New Orleans Function«.

Und nun sollte er dieser Jazzlegende leibhaftig begegnen. Das wäre eine der wunderbarsten Stunden seines Lebens gewesen, wenn er nicht gleichzeitig den Auftrag bekommen hätte, diesen größten Star der Jazzmusik zu interviewen. Das konnte doch nur schiefgehen.

Simon Restle erwies sich als ein quicklebendiger Mann um die 40. Er schien permanent unter Strom zu stehen, war ständig in Bewegung und redete in einem Tempo, dass man ihm kaum folgen konnte. »Typisch von Böhner«, sagte er. »Da haben Sie sich ja auf etwas eingelassen.«

»Was hätte ich denn tun sollen? Ich brauche das Volontariat unbedingt.«

»Warum denn? Es gibt außer unserer noch 144 Tageszeitungen in der Bundesrepublik – mal grob geschätzt.«

Während sie das Treppenhaus hinunterhasteten, erzählte Christian seine Story im Schnelldurchlauf. Als sie über den firmeneigenen Parkplatz rannten, war er bei seiner augenblicklichen Situation in der Bundeswehr angekommen. Und als sie sich in den VW Käfer warfen, der Restle als Dienstwagen diente, sagte Christian: »Und noch was: Ich kann kein Englisch.«

Restle hatte gerade den Motor gestartet, drehte nun den Zündschlüssel wieder um und starrte seinen Beifahrer ungläubig an. »Und das haben Sie dem Chefredakteur nicht gesagt?«

»Dann hätte er mich doch gleich wieder nach Hause geschickt. Ich hätte jede Frage, ob ich dieses oder jenes kann, mit ja beantwortet.«

Restle ließ den Motor wieder an. »Okay«, sagte er, »ich war zwei Jahre in amerikanischer Kriegsgefangenschaft und hab davor schon ein bisschen Englisch gekonnt. Mit 'nem Ami kann ich reden. Wir versuchen es.«

Auf dem Weg fragte der Fotograf: »Warum heißt Armstrong eigentlich auch Satchmo? Wissen Sie das?«

Christian nickte. »Das kommt von dem englischen Wort ›Satchelmouth‹, ich weiß aber nicht genau, wie man das übersetzt.«

»Krummes Maul vielleicht?«, meinte Restle. »Nein, warte. Ein passendes deutsches Wort wäre ›Ranzenmund‹, gemeint sind wahrscheinlich seine wulstigen Lippen.«

Sie erreichten das Hotel pünktlich und wurden von einem livrierten Boy zu der Suite gebracht, die Armstrong während seines zweitägigen Gastspiels bewohnte. Da saßen sie alle. Die Götter seiner Jugend: Die ganze Band, sechs fröhliche Musiker, die alle durcheinanderredeten, und mittendrin die Sängerin Ella Fitzgerald. In einer Sofaecke hockte im Schneidersitz Louis Armstrong himself. Restle ging auf den Trompeter zu, reichte ihm die Hand und sagte etwas, was Christian noch nicht einmal ansatzweise verstand. Plötzlich stieß Armstrong ein raues, kehliges Lachen aus, das tief aus seinem Bauch zu kommen schien, sprang mit erstaunlicher Behändigkeit vom Sofa auf, kam zu Christian herüber, fasste ihn an beiden Schultern und sagte etwas, was der Jungreporter wieder nicht verstand, was aber bei der gesamten Mannschaft des King of Jazz ausgelassene Heiterkeit auslöste. Während der ganzen Zeit klickte Restles Leica.

Louis Armstrong nahm jetzt Christian an der Hand, drückte ihn auf das Sofa, setzte sich neben ihn und sagte zu Restle: »You write, okay?«

Restle nickte nur und zog einen Block und einen Stift aus der Tasche, den er, wie er später erklärte, nur bei sich trug, um die Namen der Fotografierten und die genaue Zeit der jeweiligen Aufnahme zu notieren.

Louis Armstrong legte seine Hand auf Christians Schulter und sagte: »He asks.« Und dann formulierte er offenbar die Frage. Dann sagte er: »I answer.« Und diktierte seine Antwort. Restle schrieb hastig mit. Am Ende stand der Musiker wieder auf, goss Whisky in eine Batterie von Gläsern und reichte sie unter seinen Bandmitgliedern herum. Auch Christian und Restle bekamen eins ab. Man trank sich fröhlich zu, und es war unübersehbar, dass der große Louis Armstrong ein geradezu kindliches Vergnügen an dem Spiel gefunden hatte.

Im Auto riss Restle die Blätter ab, die er beschrieben hatte, und reichte den Block seinem neuen Kollegen. Dann übersetzte er das

Interview, das Armstrong sich selbst gegeben hatte. Christian saß schweißüberströmt und mit roten Ohren in dem VW, der die ganze Zeit über noch auf dem Bahnhofsparkplatz stand, und schrieb eifrig mit. Als sie fertig waren, sagte er: »Wenn Sie mich verraten, bin ich geliefert.«

»Bei mir sind Geheimnisse gut aufgehoben«, sagte der Fotograf. »Großes Indianerehrenwort.«

Was beide zu diesem Zeitpunkt noch nicht wissen konnten: Es sollte der Beginn einer wunderbaren Freundschaft sein.

In der Lokalredaktion wurde für Christian ein Arbeitsplatz frei gemacht. Er setzte sich vor die Schreibmaschine und begann sofort mit seinen beiden Zeigefingern zu tippen. Die Redakteure wussten nicht, dass er alles in seinem Block vorformuliert hatte, und registrierten erstaunt, mit welcher Leichtigkeit und Schnelligkeit der Jungspund seine Notizen in endgültige Formulierungen umsetzte und seinen Text in die Maschine hämmerte. Als er den letzten Satz Armstrongs ins Reine schrieb, kamen ihm beinahe die Tränen. »Jedes Mal, wenn ich die Augen schließe und meine Trompete spiele, schaue ich direkt ins Herz des guten alten New Orleans. Es hat mir etwas gegeben, wofür es sich zu leben lohnt.«

Der Lokalchef las das Interview und sagte: »Das kann so in den Satz!« Er wendete sich dann direkt dem Neuling zu. »Bei uns heißt es, nichts gesagt ist gelobt genug. Aber für diese Arbeit haben Sie ein dickes Lob verdient. – Verstehen Sie eigentlich auch etwas von der Musik, die dieser Neger macht?«

»Ja«, antwortete Christian und verzichtete darauf, den Lokalchef zu bitten, den großen Musiker doch bitte als Amerikaner und nicht als Neger zu bezeichnen.

»Gut«, sagte der Redakteur. »Dann schreiben Sie auch die Kritik. Das Konzert ist um 20 Uhr in der Donauhalle. Ausverkauft seit Wochen.«

»Aber ich wollte eigentlich heute Abend zurückfahren.«

»Dann verschieben Sie das eben. Sie haben ja wohl mitgekriegt, dass unser zuständiger Mann ausgefallen ist. Wir spendieren Ihnen ein Hotel.«

Auch zum Konzert fuhr Christian Ebinger mit Simon Restle. Der Fotograf hatte den Auftrag, während des Konzerts ein paar Fotos zu schießen. Es sei seine Angewohnheit, aus dem Publikum heraus zu fotografieren, erklärte er Christian. »Ich sitze meistens in der dritten oder vierten Reihe, dann habe ich nicht den nackten Blick auf die Bühne, sondern vor mir ein paar Köpfe, die ich anschneiden kann. Wir sitzen nebeneinander.«

Was dann geschah, war so unglaublich, so umwerfend für Christian Ebinger, dass er danach ganz sicher war, das würde er sein Leben lang nie vergessen. Nach dem dritten oder vierten Stück stimmte Armstrong »New Orleans Function« an. Und in diesem Augenblick entdeckte er den Fotografen und den Jungreporter in der dritten Reihe, stieg, immer weiterspielend, von der Bühne herab, stellte sich neben Christian und musizierte – so zumindest empfand es der junge Mann – ganz allein für ihn und seinen fotografierenden Kollegen.

Nach dem Konzert wollte Christian hinter die Bühne, um sich für das Interview zu bedanken. Er hatte mit Hilfe Simon Restles auf der Fahrt zum Konzert die paar Sätze, die er dazu brauchte, auswendig gelernt. Aber ein bulliger Schwarzer, der offensichtlich für die Sicherheit des Superstars zuständig war, wies ihn entschieden zurück.

Simon Restle brachte Christian in die Lokalredaktion und verabschiedete sich. Die meisten Kollegen hatten längst Feierabend gemacht. Nur der Lokalchef war noch da. Christian tüftelte eine gute Stunde an der ersten Konzertkritik seines Lebens. Und er fühlte sich dabei noch immer, als befände er sich in einem lang andauernden Traum. Kurz vor Mitternacht kam der Chefredakteur herein. »Ich hab Ihr Interview im Andruck gelesen, Herr Ebinger. Damit machen wir morgen die Kulturseite auf. Die Kritik erscheint dann übermorgen. Wir werden die beiden Artikel natürlich honorieren. Und Sie sollen wissen, ich halte Wort. Sie können am 1. Juli bei uns anfangen.«

Christian Ebingers Hotelübernachtung hätte sich der Zeitungsverlag sparen können. Als der junge Mann das Redaktionsgebäude verließ, lief er noch zwei Stunden ziellos durch die Stadt, obwohl ein eiskalter Wind durch die menschenleeren Straßen und Gassen pfiff.

Hinter dünnen Wolken hing wie ein Schemen ein fast voller Mond, den ein heller Hof umgab. Christian erinnerte sich, dass seine Mutter in solchen Situationen manchmal sagte, eigentlich müsste Schnee fallen, aber zum Schneien sei es zu kalt. Völlig durchgefroren erreichte er seine Unterkunft und sein Zimmer, tat aber die ganze verbliebene Nacht lang vor lauter Aufregung kein Auge zu.

Im Frühstückszimmer griff er sich sofort die dort ausgelegte Tageszeitung und fand auf der ersten Seite des Kulturteils sein Interview als Aufmacher und zudem ein Bild, das ihn und Satchmo auf dem Hotelsofa zeigte. Louis Armstrong lachte auf dem Foto herzlich, Christians Gesicht dagegen wirkte angestrengt.

Während er zwei Eier im Glas, ein Käsebrot und ein Bircher Müsli verdrückte und drei Tassen Kaffee trank, las er das Interview mindestens fünfmal. Schließlich bat er, telefonieren zu dürfen. Er wählte die Nummer auf dem Kärtchen, das ihm Sarah in die Hand gedrückt hatte. Sie war selbst am Apparat. Überhastet versuchte er zu erzählen, was ihm in den letzten 36 Stunden widerfahren war, bis ihn Sarah lachend unterbrach: »Du, ich versteh kein Wort. Kannst du mir das nicht erzählen, wenn wir uns sehen?«

»Doch, natürlich. Wann treffen wir uns?«

»Na, sobald wie möglich.«

»Weißt du was, dann fahre ich nicht durch bis Stuttgart, sondern steige in Plochingen um und komme direkt nach Tübingen.«

»Das ist eine ganz wunderbare Idee. Soll ich dich abholen?«

»Ich weiß nicht genau, wann ich ankomme.«

»Dann erwarte ich dich hier bei meinem Onkelopa. Den Weg kennst du ja.«

Am Bahnhofskiosk kaufte er fünf Exemplare der Schwäbischen Donau Zeitung.

Im Zug Richtung Stuttgart bekam Christian plötzlich Angst. Irgendetwas musste passieren, was seine Hochstimmung zerstören würde. So viel Glück blieb bestimmt nicht ungestraft. Das forderte die ausgleichende Gerechtigkeit. Unterschwellig hatte er sich immer gegen solche Gedanken gewehrt, aber sie saßen dennoch tief in ihm drin. Das mochte daran liegen, dass er in einer pietistischen Umgebung aufgewachsen war. Es galt als Sünde, unverdientes Glück zu haben. Bei dem Dichter Johannes Poethen hatte er einmal gelesen, dass die vielen Stuttgarter Staffeln, insgesamt gab es an den Hängen der Stadt über 400, ein Sinnbild für den schwäbischen Pietismus seien: »Oft sind sie schmal, meist steil, nicht selten überwachsen. So zwingen sie dich, Schritt für Schritt, empor, langsam, aber stetig. Ausblick gewähren sie selten von unterwegs. Der Blick bleibt gesenkt, Gelegenheit zur Muße gibt es kaum, es mahnt und drängt: Streng dich an, der oben wird dir's lohnen.« – Im Schweiße seines Angesichts steige man mühevoll hinauf, und wenn man oben angekommen sei, dürfe man einen Blick auf den Himmel werfen, in den man vielleicht eines Tages gelangen könne, wenn man sich auf Erden nichts gegönnt habe außer Arbeit und die Vermehrung des Vermögens.

Draußen flog die Landschaft der Schwäbischen Alb vorbei. Eine weite Hochfläche mit wenigen sanften Erhebungen, gelegentlichen Waldstreifen, dann wieder Schafweiden, auf denen verstreute Wacholderbüsche hockten. Braune Feldwege zogen schwungvolle Linien in das Grün der Wiesen. Und dann ging es unversehens durch eine jähe Schlucht über die Geislinger Steige hinab in die Ebene jenseits des Steilabfalls des Mittelgebirges. Links kamen drei vorgelagerte kegelförmige Berge ins Bild. »Jusi, Teck und Neuffen, das sind drei große Häufen.« Julia Bregenzer hatte den Merkvers gekannt, und sie hatte Mörikes Beschreibung der Schwäbischen Alb als Blaue Mauer Wort für Wort wiederholen können. Christian wunderte sich, dass der Gedanke an sie nicht mehr weh tat, und wurde sich plötzlich bewusst, dass ihr Bild in seinem Inneren verdrängt worden war von dem der schönen Sarah.

Als er in Tübingen aus dem Zug stieg, zeigte ein Thermometer an der Bahnhofswand minus 12 Grad Celsius. Auf der Derendinger Seite der Unterführung verfiel Christian in Trab, einerseits um sich zu wärmen, vor allem aber um möglichst schnell bei Sarah zu sein.

Sie empfing ihn an der Wohnungstür, umarmte ihn und küsste

ihn auf beide Wangen. »Hab ich das richtig verstanden, du hast die Anstellung bei der Zeitung gekriegt?«

Er nickte. Während er seinen Mantel an die Garderobe hängte, sagte er: »So viel Glück auf einmal kann ein Mensch gar nicht haben.«

»Jeder, wie er's verdient!«, sagte Sarah.

»Eben!«

Sie sah ihn aufmerksam an. »Du meinst, es sei alles viel zu leicht gegangen?«

»Du hast es genau erfasst.«

Sarah hatte Tee gekocht und servierte ihn im Salon.

Gregor Leuschner saß in einem Sessel mit hoher Lehne und einem Fußbänkchen davor. »Sie erlauben, dass ich sitzen bleibe«, sagte er, als Christian hereinkam. »Es geht mir nicht so besonders.«

Sie gaben sich die Hand.

»Und nun erzählen Sie. Wie ist es gelaufen?«

»Wie in einem Märchen.«

Während er von seinen Erlebnissen in der Donaustadt berichtete, ging Christian mit seiner Teetasse in der Hand in dem großen Zimmer auf und ab. Noch immer hatte ihn diese halb freudige, halb angstvolle Rastlosigkeit nicht verlassen.

»Mein Gott, Louis Armstrong! Und Sie haben ihn persönlich gesehen? Ich beneide Sie«, sagte der alte Maler.

Christian holte die Schwäbische Donau Zeitung aus seinem Rucksack, schlug den Kulturteil auf und reichte Leuschner die Seite mit dem Foto, das ihn mit dem King of Jazz zeigte. Sarah beugte sich über die Lehne des Sessels und schaute ihrem Großonkel über die Schulter, der sich sofort in den Text vertiefte.

»Donnerwetter!«, sagte der alte Mann nach einer Weile. »Da kann man Ihnen wirklich gratulieren.«

»Können wir den Artikel behalten?«, fragte Sarah.

»Hab ich extra für dich mitgebracht.«

»Und Sie konnten sich wirklich nicht selbst mit ihm unterhalten? Oder haben Sie das erfunden, weil es so eine schöne Geschichte ergibt?«

Christian schüttelte heftig den Kopf. »Es ist die reine Wahrheit.«

»Wissen Sie«, sagte der Hausherr, »ich habe in meinem Leben auch viel erlebt und viel erzählt. Und die guten Geschichten habe ich natürlich immer wieder zum Besten gegeben. Sie wurden von Mal zu Mal besser. Irgendein berühmter Journalist, ich glaube, Henri Nannen war es, hat einmal gesagt: ›Ich kann meine Memoiren nicht schreiben, die ändern sich ja jeden Tag.‹«

Sarah lachte. »Jetzt übertreibst du aber, Onkelopa! Du bist doch noch immer in allem so ein penibler Jurist!«

Er schmunzelte: »Zumindest kann ich den Anschein erwecken.« Dann wendete er sich wieder Christian zu. »Für einen, der so lebendig erzählen kann wie Sie, ist die Verführung groß, immer mal wieder eine kleine Pointe hinzuzufügen, nicht wahr?«

»Ich glaube, das stimmt.«

»Mir gefällt das«, rief Sarah.

Christian erinnerte sich plötzlich, dass er einmal mit seinem Onkel Josef ein ganz ähnliches Gespräch geführt hatte.

Am Abend desselben Tages erzählte Christian seinen Eltern und seinem Bruder Gerhard, der zu Besuch im Schulhaus war, was er in Ulm erlebt hatte.

»Es ist nicht zu glauben«, sagte sein Vater, »du hast dir das Volontariat regelrecht erschwindelt.«

Gerhard sagte: »Also ich find's genial!«

»Aber er kriegt den Anstellungsvertrag ohne sein Dazutun!«, empörte sich der Vater.

»Er wird schon noch beweisen, dass er kann, was die von ihm verlangen, und dann ist doch alles gut«, meinte die Mutter.

Albert Ebinger schüttelte den Kopf. »Nein, Luise, das ist nicht in Ordnung!«

Die Laune des Vaters verschlechterte sich noch, als Christian von Gregor Leuschner und dessen Großnichte Sarah erzählte und dabei über den alten Maler regelrecht ins Schwärmen geriet.

»Du bist also von Ulm aus zuerst nach Tübingen gefahren, um diese Leute zu treffen? Hab ich das richtig verstanden?«

»Ja!«

»Und du meinst nicht, dein erster Weg hätte dich hierher zu uns führen müssen?«

»Jetzt bin ich doch da.«

»Na ja, das ist auch eine Antwort! Und du sagst, dieser Gregor Leuschner sei Maler?«

»Ja.«

»Ist er nicht Rechtsanwalt?«

»Doch, das war er einmal.«

»Der ist das also.«

»Kennst du ihn denn?«, fragte Gerhard.

»Ich bin ihm kurz nach Kriegsende begegnet, als ich im Tübinger Gefängnis saß. Also noch vor dem Lager in Balingen.«

»Ja, stimmt«, erinnerte sich Christian. »Er hat als Dolmetscher für die Franzosen gearbeitet, und mir hat er erzählt, weil er auch Rechtsanwalt gewesen sei, habe er manchen Leuten helfen können, die zu Unrecht angeklagt waren.«

»Mir nicht!«, sagte Albert Ebinger mit finsterer Miene.

Niemand sagte etwas dazu, bis der Vater rief: »Ja, ja, ja – ich war nicht zu Unrecht im Gefängnis und im Internierungslager. Das denkt ihr doch, oder?«

»Gregor Leuschner hat im Dritten Reich seine Frau verloren. Sie war Jüdin. Sie und fast ihre ganze Familie sind von den Nazis ermordet worden«, sagte Christian.

»Daran gemessen ist es uns gutgegangen«, meldete sich Luise Ebinger. »Das muss man doch irgendwann auch mal zugeben.«

Der Vater wollte die Diskussion nicht weiterführen. »Und was ist mit dem Mädchen?«, fragte er.

»Du meinst Sarah?«

»Gibt ja wohl nur die.«

»Da hast du recht. Ich hab wirklich das Gefühl, es gibt nur die – für mich wenigstens.«

»Schön«, ließ sich Gerhard hören.

»Bring sie doch mal mit«, sagte die Mutter.

»Jetzt kennt er sie grade mal ein paar Tage!« Die Laune des Vaters hatte sich kaum gebessert.

»Stimmt, aber schon bei unserem ersten Treffen war es, als ob wir uns schon immer gekannt hätten.«

»Liebe auf den ersten Blick«, sagte Gerhard. »Anode, Kathode, Schlag! Um es mal physikalisch auszudrücken.«

»Denkt sie denn auch so?«, fragte Luise Ebinger.

»Sie hat das zuerst gesagt.« Christian lächelte. »Und ich hab ihr sofort recht gegeben.«

Der Himmel war mit schwarzgrauen Wolken bedeckt, als Christian Sarah zwei Tage später von der Bushaltestelle in Fleckenhausen abholte. Es war wärmer geworden, aber das Thermometer zeigte noch immer Temperaturen unter null Grad. Ein unangenehmer Wind fegte ihnen entgegen. Sarah schob ihre linke Hand zu der rechten Christians in dessen Manteltasche, und so gingen sie die Schulstraße hinunter.

Plötzlich kicherte sie. »Soll ich bei deinen Eltern um deine Hand anhalten?«

»Keine schlechte Idee. Kannst du mich denn ernähren?«

»Ich würde mich jedenfalls darum bemühen«, sagte sie und wirkte plötzlich ernst.

»Ich glaube nicht, dass meinem Vater das genügen würde.«

»No na, verschieben wir's.«

»Aber wir arbeiten dran, oder?«

Sarah blieb stehen, umarmte ihn und sagte: »Versprochen.«

Luise Ebinger hatte das gute Kaffeegeschirr aus dem Wohnzimmerbüfett geholt und ihre mit feiner Spitze umsäumte weiße Schürze umgebunden. Sie hatte schon am Tag zuvor einen Nusskranz – Christians Lieblingskuchen – gebacken. Jetzt holte sie den Kaffee aus der Speisekammer, den sie nur zu besonderen Ereignissen verwendete. Er war noch in der großen Blechdose mit den eingeprägten Weihnachtsfiguren, die einmal im Jahr, kurz vor Advent, geliefert wurde, wenn Albert Ebinger bei Eduscho in Bremen fünf Kilo Bohnenkaffee bestellte. Aromasicher verpackt. Sie schüttete die Bohnen vorsichtig in die Kaffeemühle, klemmte sie zwischen die Knie und setzte in gleichmäßig kreisenden Bewegungen das Mahlwerk in Gang. Dann füllte sie den gemahlenen Kaffee in den Filter und goss kochendes Wasser darüber.

Als sie hörte, wie in der Wohnungstür der Schlüssel gedreht wurde, wischte Luise ihre Hände an der Schürze ab und ging in den Korridor hinaus. »Da seid ihr ja!«, rief sie. »Grüß Gott und herzlich willkommen, Fräulein Abendroth.«

»Könnten Sie mich bitte einfach Sarah nennen, Frau Ebinger?«

»Ja, gerne. Kommen Sie doch rein, Fräulein … Sarah!«

Christian half seiner Freundin aus dem Mantel. Darunter trug sie einen einfachen, schmal geschnittenen schwarzen Rock und einen enganliegenden weißen Rollkragenpullover.

»Sie hat a arg nett's Figürle«, dachte Luise Ebinger bei sich.

Albert Ebinger beendete seinen Unterricht ein wenig vor der Zeit und beeilte sich, in die Lehrerwohnung im ersten Stock hinaufzukommen. Geräuschlos öffnete er die Glastür. Bevor er ins Wohnzimmer trat, huschte er schnell ins Schlafzimmer, tauschte seine Alltagsjacke gegen sein gutes Jackett für besondere Anlässe und band sich eine Krawatte um. Auf Zehenspitzen schlich er wieder in den Korridor hinaus, um von dort die Wohnstube zu betreten, wo seine Frau, Christian und die junge Dame aus Tübingen fröhlich plaudernd um den Esstisch saßen. Der herrliche Duft des Bohnenkaffees hatte sich im ganzen Zimmer ausgebreitet.

Sarah stand auf und strich ihren Rock glatt. Sie reichte Albert Ebinger die Hand und sah ihm offen in die Augen.

»Ich bin Sarah Abendroth.«

»Ich freue mich, Sie kennenzulernen«, sagte Christians Vater steif, »behalten Sie doch bitte Platz.«

Die beiden setzten sich. Für ein paar Augenblicke sprach niemand, bis sich der Lehrer räusperte. »Hat mein Sohn Ihnen gesagt, dass ich Ihren Großonkel kenne?«

»Nein!« Sarah sah Christian überrascht an.

»Ich hielt das nicht für so wichtig«, sagte Christian.

»Mein Onkelopa hat auch nichts davon erwähnt.«

»Na ja, er muss sich nicht erinnern. Es war eine eher flüchtige Begegnung.« Albert Ebinger nahm sich ein Stück Kuchen. »Ich bin von den Franzosen verhaftet worden, und er war damals als Dolmetscher in deren Diensten.«

Warum redet er nur so geschraubt, fragte sich Christian im Stillen. Selten hatte er seinen Vater so angespannt erlebt.

»Aha«, sagte Sarah nur.

»Das ist bald 15 Jahre her«, warf Luise Ebinger ein.

»Ich wollte nur, dass Sie es wissen«, sagte Albert Ebinger zu Sarah.

»Warum hat mir denn dein Vater von seiner Verhaftung erzählt und dass er meinen Onkelopa kennt, wenn dann doch nichts daraus folgte?« Sarah und Christian hatten sich zu einem Spaziergang aufgemacht. Sie gingen hinter dem Schulhaus über die Rosswiesen zur Hohen Reute hinauf. Der Wind hatte sich gelegt, und die Wolken waren noch dichter geworden.

»Er war bei den Nazis, und er fühlt sich mitverantwortlich für das, was mit den Juden geschehen ist. Dass ich mich ausgerechnet in eine Jüdin verliebt habe, treibt ihn ziemlich um, glaube ich.«

Sarah ging nicht darauf ein, dass Christian sie so ganz beiläufig wissen ließ, er habe sich in sie verliebt. »Hatte er denn mit Juden zu tun?«

»Nein, nicht direkt. Bei uns im Dorf gab es keine. Zum Glück, muss man heute sagen. Und ich weiß nicht, wie er sich verhalten hätte, wenn Juden in unserem Dorf gewohnt hätten. Dass er Gegner des Regimes vor Verfolgungen geschützt hat, wissen wir allerdings. Den früheren Bürgermeister zum Beispiel. Aber …« Er unterbrach sich.

»Was aber?«

»Mir ist grade etwas durch den Kopf gegangen. Ich war ja damals noch ein kleines Kind, aber ich erinnere mich an ein Lied, das wir gesungen haben wie ein … wie ein normales Kinderlied. Nach einer bekannten Melodie …« Er summte die kurz vor sich hin.

»Und wie ging der Text?«

»Das sage ich lieber nicht.«

»Doch!« Das kam sehr bestimmt. »Ich will das wissen!«

Zögernd begann Christian: »Die Juden ziehn dahin, daher, sie ziehn durchs Rote Meer, die Wellen schlagen zu, die Welt hat Ruh!«

Sarah starrte Christian aus weit aufgerissenen Augen an. »Das hast du als Kind gesungen?«

»Ja, ich hatte keine Ahnung, wer oder was die Juden sind.«

Sie waren stehen geblieben. Sarahs Lippen begannen zu zittern, dann erfasste dieses Zittern ihren ganzen schmalen Körper. Christian wollte seinen Arm um ihre Schultern legen, wollte sie an sich ziehen. »Bitte nicht!«, flüsterte sie. »Bitte nicht!«

Reglos standen sie voreinander. Erste Schneeflocken fielen aus den dunklen Wolken und legten sich als weiße Flecken sanft auf Sarahs schwarzes Haar. Endlich, nach einer Zeit, die Christian wie eine Ewigkeit vorgekommen war, lehnte sie sich gegen ihn. Zögernd und sehr behutsam legte er seine Arme um ihre Schultern und zog sie an sich. Sie ließ es geschehen.

Danach waren sie schweigend Hand in Hand weitergegangen. Der Schnee fiel immer dichter und deckte in weniger als einer halben Stunde das Land mit einer dünnen weißen Decke zu.

Nach ihrem Spaziergang brachte Christian Sarah zum Bus nach Tübingen.

»Du hast gesagt, du hättest dich in mich verliebt …« Sarah hatte ihr Gleichgewicht wiedergefunden und sah ihn mit einem vergnügten Lächeln an.

»Stimmt!«

»Ich habe mich auch in dich verliebt.« Sie umarmte und küsste ihn. Dann stieg sie schnell in den Bus. Als sich die Tür zischend schloss, sprang Christian im letzten Moment hinterher.

Der Fahrer fragte: »Wohin?«

»Nach Tübingen.« Und dann fiel ihm ein. »Mensch, ich hab ja gar kein Geld dabei.«

»Ja, dann!« Der Fahrer öffnete die Tür wieder.

»Lassen Sie mal, ich lade ihn ein«, rief Sarah.

»Sachen gibt's!«, ließ der Chauffeur sich hören, nahm das Geld aus Sarahs Hand und gab Christian den Fahrschein.

Sie saßen eng aneinandergeschmiegt auf einer der Zweierbänke, und plötzlich begann Christian zu erzählen, wie er in einem solchen Postbus zum ersten Mal nach Tübingen in die Schule gefahren war, damals vor ziemlich genau zehn Jahren, und wie er auf der Rückfahrt in einem wilden Furor auf die Peiniger seines großen Bruders losgegangen war, bis der Fahrer ihn an die frische Luft gesetzt hatte.

Sarah kuschelte sich in Christians Arme. »Hört sich an, als würdest du zum Jähzorn neigen.«

»Könnte sein. Meine Mutter hat mich schon als ganz kleines Kind einen ›Gewaltnickel‹ genannt.«

»Was ist denn das für ein Wort? Nein, nein, lass mal, man versteht es ja. Überhaupt habt ihr so viele Wörter, deren Bedeutung man schon allein am Klang erkennen kann.«

Christian nickte. »Weißt du, wie ein Schwabe sagt, wenn ein Seil unter großer Anspannung reißt?«

»Sag's mir!«

»Es fatzt!«

Sarah lachte. »Das nennt man Lautmalerei, nicht wahr?«

Der Chauffeur fuhr immer langsamer. Draußen war es inzwischen dunkel geworden. Die Scheinwerfer trieben helle Keile durch das nahezu undurchdringliche Weiß der dichten, wirbelnden Flocken. Auf der abschüssigen Strecke nach der Kälberstelle geriet der Bus mehrfach ins Rutschen. Offenbar hatte sich unter dem Schnee eine Eisschicht gebildet.

Als sie in Tübingen ausstiegen, sagte der Fahrer: »Das war jetzt wahrscheinlich die letzte Fahrt heute. Bei den Straßenverhältnissen fährt kein Bus mehr. Wir haben ja noch nicht einmal die Winterreifen aufgezogen.«

»Ich muss doch aber zurück nach Fleckenhausen«, rief Christian.

»Musst du gar nicht. Du kannst bei uns übernachten!« Sarah hakte sich bei ihm ein. Der Schnee fiel jetzt so dicht vom Himmel, dass die beiden das Gefühl hatten, durch einen weißen Vorhang zu gehen. Die Straßenlaternen waren nur als helle Schemen zu sehen und hatten einen gelblichen Hof. Sarah und Christian stapften die Steinlachallee hinunter und nahmen die kleine Brücke über das Flüsschen zur Ebertstraße hinüber, in der sich Gregor Leuschners Wohnung befand. Das Licht über der Haustür brannte. Als Christian und Sarah unter dem kleinen Vordach anhielten, hatte sich der Schnee wie ein dicker weißer Pelz auf sie gelegt.

»Schneemann und Schneefrau«, sagte Sarah. Sie klopften sich gegenseitig den Schnee von den Mänteln und schüttelten die Haare, bis die letzten weißen Flocken als Wassertropfen zu Boden fielen.

In der Wohnung war es behaglich warm. Gregor Leuschner saß in seinem Lehnsessel und las in einem schwarzen Heft. Sarah küsste ihn auf die Stirn, und Christian reichte ihm die Hand.

»Ich mache uns einen Tee!« Sarah verschwand in der Küche.

Gregor Leuschner hielt das schmale Heft hoch. Der Einband glänzte wächsern im Licht der Stehlampe neben dem Sessel. »Das hat meiner Frau Sarah gehört. Sie hat im KZ darin Gedichte und Lieder aufgeschrieben, an die sie sich erinnerte. Aber auch immer wieder eigene Gedanken. Mit einem einfachen Bleistift. Manche Buchstaben sind schon ganz verblichen. Man hat mir das Heft zusammen mit ihrer letzten Habe zugeschickt, und ich habe es heute zum ersten Mal seitdem wieder zur Hand genommen.«

Christian wusste nicht, was er darauf sagen sollte. Es wäre ihm jetzt auch schwergefallen zu reden, weil er plötzlich einen dicken Kloß im Hals spürte und Tränen in seine Augen stiegen.

»Du kommst ja heute nicht mehr zurück in dein Dorf.« Leuschner hatte sich inzwischen angewöhnt, Christian zu duzen. »Dort drüben steht das Telefon!«

»Hat er dir gesagt, dass er noch nach Tübingen fahren will?«, fragte Albert Ebinger seine Frau mit gerunzelter Stirn.

»Nein. Das war vermutlich ein spontaner Entschluss.«

»Ja, sieht so aus. Es passt zu ihm. – Was sagst denn du zu dem Mädchen?«

»Mir gefällt sie.«

»Ja, aber wenn es was Ernstes wird …«

»Was meinst du denn damit?«

»Na, wenn die zwei irgendwann einmal heiraten sollten …«

»Ja, und?«

»Luise, sie ist Jüdin!«

Wieder sagte Luise Ebinger: »Ja, und?«

»Glaubst du, dass die Juden uns jemals verzeihen werden?«

»Nein, das glaube ich nicht. Und das würde man auch nicht verstehen«, antwortete seine Frau.

»Na also!«

»Was, also?«

»Sie werden uns nicht nur nicht verzeihen. Sie werden unendliche Wiedergutmachungen fordern. Und die Familie dieser Sarah wird Zeter und Mordio schreien, wenn ihre Tochter einen Deutschen heiratet – und dazu noch einen, dessen Vater in der Partei war.«

»Also so weit ist es ja noch lange nicht.«

»Jedenfalls können wir nur hoffen, dass es dazu nicht kommt.«

Sarah hatte ein kleines Abendessen gezaubert. Nudeln mit getrockneten Pilzen und geriebenem Parmesan. Gregor Leuschner hatte das schwarze Heft neben seinen Teller gelegt.

»Sag mal, Onkelopa«, sagte Sarah plötzlich, »wie sagt ein Schwabe, wenn ein Seil unter großer Anspannung reißt.«

»Es fatzt, ist doch klar. Weißt du, was ein Hambale ist?«

»Nee, keine Ahnung.«

»Ein Simpel. Und ein Fetzaberger ist ein …?«

»Lausbub«, sagte Christian.

»Da hab ich was!« Leuschner legte seine Gabel aus der Hand und griff nach dem Wachstuchheft. »Wie sagt der Schwabe, wenn's elf Uhr ist?«

»Es ist elfe«, antwortete Christian.

»Jetzt les ich euch etwas vor.« Der alte Mann blätterte in dem schwarzen Heft. »Da, ich hab es schon«, sagte er.

»Bei Nacht im Dorf der Wächter rief:
Elfe!
Ein ganz kleines Elfchen im Walde schlief
– Wohl um die Elfe –
Und meint, es rief ihn aus dem Tal
Bei seinem Namen die Nachtigall.
Reibt sich der Elf die Augen aus,
Begibt sich vor sein Schneckenhaus
Und humpelt eifrig tippe tapp
Durchs Haselholz ins Tal hinab,
Schlupft an die Mauer hin so dicht,
Da sitzt der Glühwurm, Licht an Licht.
›Was sind das helle Fensterlein?
Da drin wird wohl eine Hochzeit sein:
Da guck ich wohl ein wenig 'nein!‹
Pfui, stößt den Kopf an harten Stein!
Elfe, gelt, du hast genug?
Guku! Gukuk!«

Leuschner schlug das Heft zu und legte es wieder neben seinen Teller. Sarah klatschte begeistert in die Hände.

»Mörike hat so wunderbar unbeschwerte Gedichte geschrieben«, sagte der Hausherr. »Übrigens: Meine Frau Sarah hat sich nicht ganz komplett erinnert. Es fehlen ein paar Zeilen, aber eigentlich fehlen sie nicht; denn so, wie sie es sich gemerkt hat, ist das kleine Gedicht ganz und gar vollständig, findet ihr nicht?«

»Doch«, sagte Sarah, »ich wüsste nicht, was da fehlen könnte.«

Später hatte sich Leuschner wieder in seinen Lehnsessel gesetzt. Sarah und Christian hatten auf dem Sofa Platz genommen. Vor den Fenstern tanzten noch immer die weißen Flocken. Sarahs Onkelopa hatte eine Flasche von seinem besten Spätburgunder geöffnet. Jetzt hob er sein Glas, in dem der Wein rubinrot funkelte. »Auf euch!«, sagte der Alte.

»Auf dich!«, sagten die beiden Jungen wie mit einer Stimme.

Christian nahm Sarahs Hand. »Und Weihnachten willst du also nach Jerusalem?«

»Ich hab's meiner Familie versprochen. Weißt du, was mir das Liebste wäre?«

»Wenn du hierbleiben könntest?«

»Nein, wenn ich dich mitnehmen könnte.«

»Ist es denn schon so weit mit euch beiden?«, fragte Leuschner.

Sarah machte mit ihrem schmalen Körper eine halbe Drehung, schlug ihre Beine über eine Armlehne des Sofas und legte ihren Kopf in Christians Schoß. »Wenn es nach mir ginge …« Sie redete nicht weiter.

»Wenn es nach mir ginge, auch«, sagte Christian.

Der alte Mann lachte. »Da bleibt mir nur, euch Glück zu wünschen. Ich gehe ins Bett. Wenn euch die Flasche nicht reicht, auf der Veranda steht noch eine.« Er stemmte sich mit großer Mühe aus dem Sessel. Sofort sprang Sarah auf, um ihm zu helfen.

»Lass mal«, sagte der Alte. »Wenn du weg bist, muss ich es auch wieder alleine können.«

Er ging mit mühsamen Schritten zu Christian hinüber und legte ihm seine Hand auf die Schulter. »Pass mir gut auf meine kleine Sarah auf! Sie ist es wert, mein Freund!« Dann rief er: »Gute Nacht, ihr zwei!«, griff nach seinem Stock, der neben dem Sessel an der Wand lehnte, und ging mit langsamen, schleppenden Schritten hinaus.

»Wie lange bleibst du denn in Israel?«, fragte Christian.

»Am 10. Januar geht mein Flugzeug zurück.« Sarah setzte sich wieder neben ihn. »Wirst du's denn so lange aushalten ohne mich?«

»Leicht wird es nicht werden!« Er schob eine Haarsträhne aus ihrem Gesicht, beugte sich zu ihr hinüber und küsste sie.

Leise, kaum hörbar, sagte Sarah: »Ich möchte, dass du heute Nacht bei mir schläfst.«

Statt einer Antwort gab er ihr einen weiteren Kuss.

»Aber du musst etwas wissen, Christian!«

»Ich will alles über dich wissen!«

»Ich will dir nicht alles über mich sagen. Aber das ist wichtig: Ich habe noch nie mit einem Mann geschlafen.«

»Ich dränge dich nicht!«

»Das musst du gar nicht. Ich bin bereit.« Im gleichen Augenblick schüttelte sie ihren Kopf, dass die Locken flogen. »Schrecklich! Das klingt so feierlich!«

Sie tranken die Flasche leer und ließen die zweite in der Veranda stehen. Sarah führte Christian in ihr Zimmer und zog sich ohne Umstände aus.

Am nächsten Morgen war sie als Erste wach. Sie trat zum Fenster, zog die Vorhänge zur Seite und versuchte, möglichst kein Geräusch dabei zu machen. In der Nacht hatte es aufgehört zu schneien. Die ganze Stadt war in eine dicke Decke aus Schnee gehüllt. Die Sonne ging auf und erhellte den Himmel, der sich in immer klarer werdendem Blau über der Stadt wölbte.

»Mein Gott, ist das schön!«, rief Sarah.

Christian blinzelte. Gegen das helle Licht, das durchs Fenster fiel, erblickte er die nackte Silhouette der jungen Frau. »Mein Gott, bist du schön!«, echote er und schwang seine Beine über den Bettrand. Als er aufstehen wollte, verfingen sich seine Füße in einem Laken am Boden.

Sarah lachte. »Vorsicht! Du stolperst über die Beweise meiner verlorenen Jungfräulichkeit. Los, komm, lass uns frühstücken gehen.« Sie schlüpfte in einen Morgenmantel. »Ich mache schon mal Kaffee! Und danach bauen wir endlich unseren Schneemann!«

Christian stieg gerade in seine Hosen, als er Sarah schreien hörte: »Nein! Nein!! Nein!!!«

Er rannte aus ihrem Zimmer und über den Korridor.

»Bitte, bitte, bitte nicht!«, hörte er sie jetzt. Ihre Stimme kam aus Gregor Leuschners Schlafzimmer. Die Tür stand offen. Christian stürmte hinein. Sarah war in die Knie gebrochen. Ihre Stirn lag auf der Bettkante, ihre Arme hatte sie um die Brust ihres Großonkels geschlungen. Christian setzte sich neben Sarah auf den Boden und zog sie in seine Arme. Erst dann blickte er in das Gesicht des Alten, der zu lächeln schien. Ganz ruhig lag er da, als schlafe er tief. Gregor Leuschner war in der Nacht gestorben, die ihre erste Liebesnacht gewesen war.

Christian wunderte sich, wie selbstverständlich er sich nun um alles kümmerte. Als Erstes rief er den Hausarzt Dr. Benkiser an, der ohne Umstände feststellte, dass Gregor Leuschner an Herzversagen gestorben war. Benkiser war einer der wenigen guten Freunde des alten Malers gewesen. »Er hat schon seit Jahren an seinem schwachen Herzen gelitten«, sagte der Arzt. »Dass er so lange durchgehalten hat, ist ein reines Wunder. Ich weiß nicht, ob es Sie trösten kann«, sagte er zu Sarah, »aber alle Anzeichen sprechen dafür, dass er ganz ruhig und friedlich eingeschlafen ist. Mehr noch …« Der Arzt unterbrach sich.

»Was denn?«, fragte Sarah drängend.

»Ich glaube, er hat sich in dieser Nacht entschlossen zu sterben.«

»Was?« Sarah starrte Benkiser ungläubig an.

»Ihr Onkel wollte immer selbstbestimmt leben, und so wollte er auch sterben. Ich weiß das. Wir haben oft darüber geredet.«

»Aber warum? Warum grade jetzt?«

»Es ging ihm in letzter Zeit immer schlechter. Er hat das mit großer Bravour und sehr tapfer verborgen, oder sollte ich besser sagen: überspielt.«

»Kann man sich denn entschließen zu sterben, und dann geschieht das auch?«, fragte Christian.

»Gregor Leuschner konnte das, glauben Sie mir.«

»Wenn man sich das hier anschaut, kann man glauben, dass Sie recht haben, Herr Doktor«, sagte Sarah. Sie hob einen schmalen Ordner hoch. »Das haben wir auf seinem Nachttisch gefunden.« Der Arzt griff danach. »Meine letztwilligen Verfügungen«, stand darauf.

Benkiser nickte. »So war er: ehrlich, aufrecht und penibel. Es hätte mich gewundert, wenn er nicht alles bis ins Letzte geregelt hätte.«

In dem Ordner stand genau, wo er beerdigt werden wollte – die Grabstätte hatte er längst ausgesucht und bezahlt – und wie die Trauerfeier vonstatten gehen sollte. In dem beigefügten Testament überschrieb er sein ganzes Vermögen »meiner sehr geliebten Großnichte Sarah Abendroth«. Zuoberst in der Mappe lag ein karierter Zettel in der Größe eines einfachen Briefkuverts. In steiler, akkurater Schrift stand da geschrieben: »Ich bin froh, dass Sarah in Christian Ebinger einen Mann gefunden hat, den sie liebt und auf den sie sich – wenn ich mich nicht sehr täusche – verlassen kann. Meine ganze Hoffnung richtet sich darauf, dass die beiden miteinander glücklich werden.« Folgten das Datum des vorausgegangenen Tages und die Unterschrift Gregor Leuschners, so wie sie auch unter dem Testament stand.

Sein letzter Wille war es, »ohne jedes Brimborium unter die Erde gebracht zu werden«. Er wünschte sich, dass Louis Armstrongs »New Orleans Function« gespielt werden sollte. »Aber Reden will ich da unten in meinem Grab keine hören. Es leben keine Verwandten mehr von mir. Also muss auch niemand weiter benachrichtigt werden, außer ein paar wenigen Freunden. Sie können mir, wenn sie wollen, die letzte Ehre erweisen.« Die Namen und Adressen hatte er ordentlich aufgelistet beigefügt. In einem roten Kuvert mit der Aufschrift »Leichenschmaus« fanden sich 500 Mark. »Die sollten für einen anständigen Umtrunk meiner freundschaftlichen Wegbegleiter reichen«, hatte er dazu geschrieben. Seine Anweisungen endeten mit dem Satz: »Ich glaube, ich habe so gelebt, dass ich mich bei niemandem entschuldigen muss.«

Am Tag vor Christians Rückreise nach Lagerlechfeld wurde Gregor Leuschner beerdigt, genauso wie er es sich gewünscht hatte. Es war ein kalter, heller Wintertag. Noch immer lag dichter Schnee. Über den Friedhof klang Louis Armstrongs Musik und seine raue Stimme, als er rief: »Ashes to ashes, dust to dust.« Danach leitete er mit seiner hellen Trompete den fröhlichen Marsch ein, der nichts anderes meinte als: Wenden wir uns wieder dem Leben zu!

Sarah und Christian hatten sich nur kurz beim Leichenschmaus in der Weinstube Forelle aufgehalten und waren dann rasch nach

Hause gegangen, in Gregors Wohnung in der Ebertstraße. Es waren ihre letzten gemeinsamen Stunden in diesem Jahr. Christian musste noch einmal nach Fleckenhausen fahren, um zu packen. Am nächsten Morgen um sechs Uhr würde er dort in den Bus steigen, der ihn nach Stuttgart brachte, wo er den Anschluss an den Zug nach Augsburg und Lagerlechfeld bekam. Sarah stand in wenigen Tagen die Reise nach Israel bevor.

Auf dem Weg über die tiefverschneiten Straßen redeten sie kaum, hielten sich aber fest an der Hand.

Sie tranken noch einmal Tee zusammen. »Mir ist, als müsste mein Onkelopa jeden Augenblick aus seinem Zimmer kommen«, sagte Sarah. »Ich kann überhaupt nicht verstehen, dass er einfach so gegangen ist.«

»Ich glaube nicht, dass wir begreifen können, was in ihm vorging. Wir haben das Leben vor uns, er hatte seines hinter sich.« Christian stand auf, nahm Sarahs beide Hände und zog sie aus ihrem Sessel hoch. Sie umarmten sich fest.

»Weißt du«, sagte Sarah, »gleich an dem Tag, als wir uns drüben an der Steinlach zum ersten Mal begegnet sind, warst du mit einem Mal tief in meinem Inneren. Und da bist du seitdem geblieben.«

»Und da will ich auch unbedingt bleiben«, gab Christian zurück. »Ich liebe dich!«

In der Gewissheit, dass sich daran lange nichts ändern würde, vielleicht sogar nie, trennten sich die beiden.

»Schön, dass man dich auch mal wieder sieht«, empfing Albert Ebinger seinen Sohn in einem leicht vorwurfsvollen Ton.

»Heute war die Beerdigung von Gregor Leuschner«, sagte Christian, »da konnte ich nicht fehlen.«

Luise Ebinger servierte das Abendessen.

»Wie geht's denn nun weiter?«, fragte sie, als sie sich zu den beiden Männern setzte.

»Ich bring den Dienst beim Bund vollends hinter mich, dann fange ich in Ulm bei der Zeitung an.«

»Das heißt, du kommst eigentlich gar nicht mehr hierher zurück.« Christian lächelte. »Nur noch zu Besuch, Mama.«

Als Christian Ebinger in die Kaserne zurückkehrte, trat er seinen neuen Dienst an. Mit einem Mal war das Leben geradezu beschaulich für ihn. Nach dem Morgenappell schlenderte er ohne Eile zum Verwaltungsgebäude und nahm dort um sieben Uhr seine Arbeit auf, die ihn maximal drei Stunden forderte. »Druckposten« nannte man so etwas in der Armee. Er führte Buch über die Urlaubstage der Soldaten, registrierte eingehende Post und verteilte sie in die Fächer für die jeweilige Batterie. Den Rest des Tages verbrachte er vor allem mit Lesen. Das Buch konnte er blitzschnell durch einen bedeutend aussehenden Aktenordner abdecken, wenn überraschend jemand hereinkam, was freilich selten geschah. Die harten Tritte der Militärstiefel auf dem Holzboden hörte man schon lange, bevor ein Besucher den Raum betrat.

Chef der Poststelle und der Bataillonsschreibstube war ein gemütlicher Bayer, der es wie Steinmann zum Hauptfeldwebel gebracht hatte, ansonsten aber dessen ganzes Gegenteil war. Karl Joseph Obermeier stammte aus Prien am Chiemsee, hatte den ganzen Zweiten Weltkrieg mitgemacht, konnte jedoch nach seiner Heimkehr aus der Kriegsgefangenschaft nicht mehr lange in seinem Beruf als Bäcker arbeiten, weil er eine Mehlallergie bekam. »Früher hat man gar net gwusst, was so was ist«, sagte er zu Christian. »Und dann erwischt's dich auf oamol!«

Obermeier plauderte gerne mit seinem neuen »Postobersekretär«, wie er Christian Ebinger nannte. Er zeigte sogar Verständnis dafür, dass der junge Soldat den Wehrdienst hatte verweigern wollen.

»Woaßt, wann i a gscheits Auskommen gfunden hätt, nach dem Fiasko mit der Mehlallergie, wär i bestimmt net noamol Soldat worden.«

Als Obermeier seinen »Postobersekretär« einmal beim Lesen ertappte, reagierte er gelassen. »Woaßt«, sagte er, »i, wenn i früher zum Lesen anghalten worden wär, könnt i heut vielleicht a ganz a anderer Mensch sei!«

Von da an ließ sich der Mann, dem das Lesen zu beschwerlich war, von Christian die Romane erzählen, die der junge Soldat so begierig las. Und so machte Karl Joseph Obermeier auf Umwegen Bekanntschaft mit den Figuren Ernest Hemingways, Max Frischs, Friedrich Dürrenmatts, Heinrich Bölls und eines Tages auch mit Oskar Matzerath, dem Ich-Erzähler aus Günter Grass' Roman »Die Blechtrommel«, der in der literarischen Welt in diesen Tagen großes Aufsehen erregte.

Manchmal saßen die beiden bis lange nach Dienstschluss in Christians kleinem Büro. Der Hauptfeldwebel spendierte das eine oder andere Bier, legte seine Füße auf den schmutzig gelben Schreibtisch und rauchte seine Villiger-Stumpen. Und wieder erwies sich Christian Ebinger als begnadeter Geschichtenerzähler. Dabei hielt er sich nicht immer exakt an die Romane der Autoren, wenn er das Gefühl hatte, dass sie für Obermeier nicht spannend genug oder zu schwierig waren.

Die Figur des Oskar Matzerath faszinierte den Hauptfeldwebel besonders. »Mit drei Jahr hört der auf zu wachsen?«, fragte er. »Ja, wie geht denn so was?«

»Im Roman geht alles«, versuchte Christian zu erklären.

»Woaßt, was i denk? Der Grass hat dös bloß erfunden, damit der Oskar a ganzes Leben lang a Kind bleibt und wie a Kind über die Welt der Erwachsenen erzählen kann.«

»Da könnten Sie recht haben, Herr Hauptfeldwebel.«

»Wenn mir alloa san, kannst ruhig Sepp zu mir sagen. Aber dass mir dös net passiert, wenn andere dabei sind!«

»Jawoll, Sepp!« Christian erinnerte sich an Gottlieb Schätzle, den ersten Erwachsenen, der ihm das Du angeboten hatte. Wie es dem wohl ging, drüben in Amerika?

»Und dass der Glas zerschreien kann!« Der ältere Soldat schüttelte den Kopf. »Aber was mir gfallt, dass der sich selber das Lesen und Schreiben beibringt. Die eine Frau da, wie hoaßt se, die ihm immer vorliest?«

»Gretchen Scheffer, die Bäckersfrau, meinen Sie … äh, meinst, Sepp?«

»Ja, merkt die denn gar net, dass der Oskar ganze Seiten aus den Büchern rausreißt, damit er die Schrift lernen kann?«

»Doch. Aber sie nimmt's ihm nicht übel.«

»Dös kommt wahrscheints daher, dass sie selber koane Kinder kriagn ko.«

»Schon möglich. Soll ich weitererzählen?«

»Ja, ich bitte darum!« Karl Joseph Obermeier zündete sich einen neuen Stumpen an.

An immer mehr Abenden fanden sich auch Sebastian Rademacher und Stefan Schulze in der Schreibstube ein. Rademacher brachte dann meist eine oder zwei Flaschen Rotwein mit. »Solange mein Oller die Apanage nicht kürzt, können wir uns das leisten«, sagte er lachend. Den Gedanken, eine Band zu gründen, hatten sie inzwischen längst begraben.

6. Januar 1959. Dreikönigstag. Christian hatte die Kaserne seit drei Wochen nicht verlassen. In einem Brief an seine Eltern hatte er behauptet, er bekomme nicht frei. Das habe wahrscheinlich mit seinem Angriff auf den Hauptfeldwebel Steinmann und das darauf folgende Verfahren zu tun.

Er hätte nicht genau erklären können, warum er sich entschlossen hatte, seinen 20. Geburtstag, Weihnachten und Silvester in der Kaserne zu verbringen. Vielleicht lag es daran, dass Sarah in dieser Zeit bei ihrer Familie in Israel war. Wäre sie dagewesen, wäre er um nichts in der Welt in Lagerlechfeld geblieben.

Vielleicht lag es auch ein bisschen daran, dass der Hauptfeldwebel Karl Joseph Obermeier für die Festwochen als Kommandeur der Stallwache eingesetzt worden war. Er hatte sich ebenfalls freiwillig gemeldet. Draußen wartete niemand auf ihn. Er hatte keine Familie, keine Frau, keine Freunde. »Nach dem Krieg ist halt keiner mehr da gwesen. Die meisten von meine Freund san gfallen, und meine Eltern san beim Fliegerangriff ums Leben kommen. Und bei den Frauen hat's eh net klappt.«

»Das kann ja noch werden«, hatte Christian gesagt.

»Moanst?«

»Das ist mein Weihnachtswunsch für dich, Sepp.«

»Und? Wie schaut's bei dir aus?«

»Ich glaub, ich hab die Liebe meines Lebens gefunden.«

»So bald scho? Jetzt bist grad amal 20.«

»Macht doch nichts. Es gibt glückliche Ehepaare, die haben sich im Sandkasten kennengelernt.«

Obermeier nickte. »Ja, so Leut kenn ich au!«

Zwischen Mitte Dezember und Mitte Januar lag eine seltsame Stille über der Kaserne. Es war erneut Schnee gefallen. Die dicke weiße Decke verschluckte die wenigen Geräusche auf dem Gelände. Die Düsenjäger starteten in diesen Tagen nicht. Die Fahrzeuge waren in den Garagen. Es war seltsam, durch die Korridore und die Treppenhäuser zu gehen und niemandem zu begegnen.

Das Geburtstagspaket, das ihm seine Mutter geschickt hatte und das zugleich auch sein Weihnachtspaket war, gefüllt mit mindestens zwei Kilo ihrer berühmten »Gutsle«, einem Schnitzbrot, mehreren Tafeln Schokolade, ein paar Büchsen Hausmacher Wurst und einer Flasche Trollinger, rührte Christian nicht an. All die Kostbarkeiten wollte er für seine Lese- und Erzählabende aufbewahren.

Christian Ebinger zog sich jeden Abend nach dem Wachdienst in sein kleines Büro zurück, kochte sich mit Hilfe eines Tauchsieders Tee, setzte sich an die Schreibmaschine und begann zu schreiben. Manchmal war es nur eine kleine Geschichte, bei deren Beginn er nicht wusste, wohin sie führen würde. An diesem Abend saß er lange an dem schmalen, hässlich gelben Schreibtischchen, die Hände auf der Tastatur, und sah durch das einzige Fenster im Raum in die

Winternacht hinaus. Eine blasse Mondsichel hing über dem Kontrollturm des Flugplatzes und beleuchtete ein paar Wolkenfetzen, die unter ihr hindurchsegelten. Plötzlich richtete sich Christian auf, beugte sich zu der Schreibmaschine vor und fing an, Wörter eines neuen Textes zu tippen, nicht ahnend, was daraus werden würde. Auf dem weißen Papier erschien der erste Satz:

»Albert Ebinger stand vor der großen Landkarte, die er selbst auf Pappe aufgezogen und mit Reißnägeln an die Wand gepinnt hatte.«

ENDE

Danksagung

Ich danke meinen Freunden Hartwin Gromes und Zoran Solomun
für die kritische Begleitung bei der Entstehung des Romans;
Peter Lohmann für seine großzügig erteilten Ratschläge und Hilfen;
Uwe Zellmer, der den Titel für diesen Roman gefunden hat;

vor allem aber Ingeborg Mues, meiner langjährigen Lektorin, für ihr akribisches, einfühlsames und geduldiges Lektorat.

Daniel Speck

Bella Germania

Roman

Band 29596

2014: Die Münchner Modedesignerin Julia ist kurz vor dem ganz großen Durchbruch. Als plötzlich ein Mann vor ihr steht, der behauptet, er sei ihr Großvater, gerät ihre Welt aus den Fugen.

1954: Der junge Vincent fährt von München über den Brenner nach Mailand, um dort für seine Firma zu arbeiten. Er verfällt dem Charme Italiens, und er begegnet Giulietta. Es ist Liebe auf den ersten Blick. Doch sie ist einem anderen versprochen. Eine tragische Liebe nimmt ihren Lauf, die auch Jahrzehnte später noch das Leben von Julia völlig verändern wird.

»Wunderschön erzählt.«

Jan Weiler

fi 29596 / 1

Peter Prange

Unsere wunderbaren Jahre

Ein deutsches Märchen

Roman

950 Seiten. Gebunden

Wie wir wurden, was wir sind: der große Deutschlandroman aus der Zeit, als die D-Mark unsere Währung war. Sie sind jung, sie haben große Träume, und sie fangen alle neu an: am Tag der Währungsreform 1948, jeder mit 40 DM. Was werden sechs junge Leute daraus machen? Vom Schuhverkäufer zum Unternehmer, von der Fabrikantentochter zur rebellischen Studentin – sie alle gehen ihre ganz eigenen Wege. Ihre Schicksale sind gleichzeitig dramatische Familiengeschichte und episches Zeitporträt von 1948 bis 2001. Es ist der Roman der Bundesrepublik. Es ist unsere Geschichte.

Das gesamte Programm gibt es unter
www.fischerverlage.de

fi 5-02503 / 1

FELIX HUBY
LEHRJAHRE
ROMAN
KLÖPFER&MEYER